Du même auteur, aux éditions Bragelonne,
en grand format :

Le Dernier Souffle :
1. *Le Don*
2. *Le Sang*
3. *L'Âme*

La Trilogie Valisar :
1. *L'Exil*
2. *Le Tyran*
3. *La Colère*

Percheron :
1. *Odalisque*

Chez Milady, en poche :

Le Dernier Souffle :
1. *Le Don*
2. *Le Sang*
3. *L'Âme*

Chez Castelmore :

*L'Appel du destin*

www.bragelonne.fr

Fiona McIntosh

# *Odalisque*

Percheron – tome 1

Traduit de l'anglais (Australie) par Isabelle Pernot

Bragelonne

Collection dirigée par Stéphane Marsan et Alain Névant

Titre original : *Odalisque – Book One of The Percheron Saga*


Carte :
Cédric Liano, d'après la carte de © Matt Whitney

ISBN : 978-2-35294-602-1

Bragelonne
60-62, rue d'Hauteville – 75010 Paris

E-mail : info@bragelonne.fr
Site Internet : www.bragelonne.fr

*À Ian…*
*pour m'avoir donné, un soir, un vieux livre poussiéreux à feuilleter,*
*en sachant que l'écrivain que je suis ne saurait pas résister*
*à l'attrait du palais de Topkapi et de son harem.*

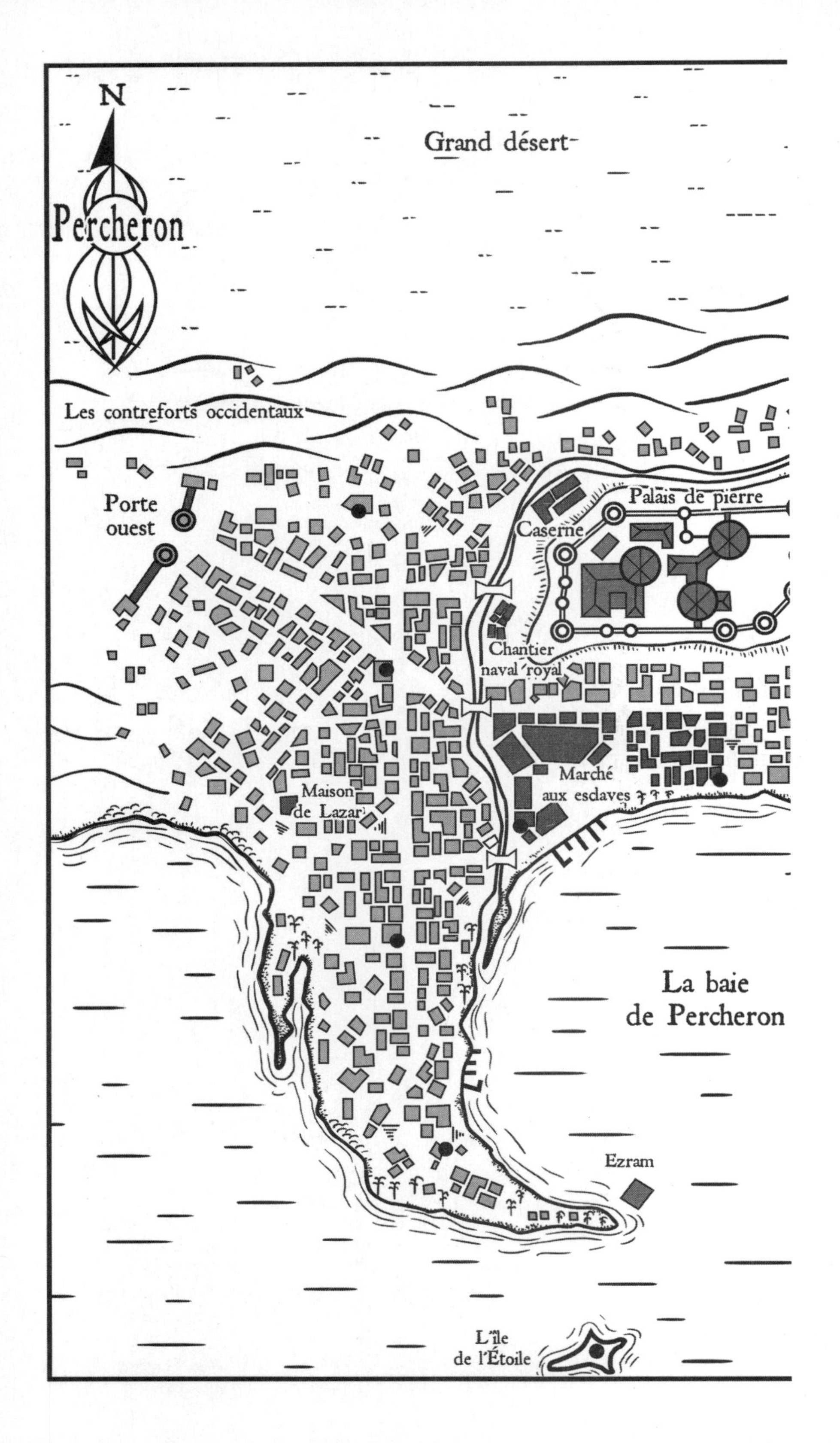
N
Percheron
Grand désert
Les contreforts occidentaux
Porte
ouest
Palais de pierre
Caserne
Chantier
naval royal
Marché
aux esclaves
Maison
de Lazar
La baie
de Percheron
Ezram
L'île
de l'Étoile

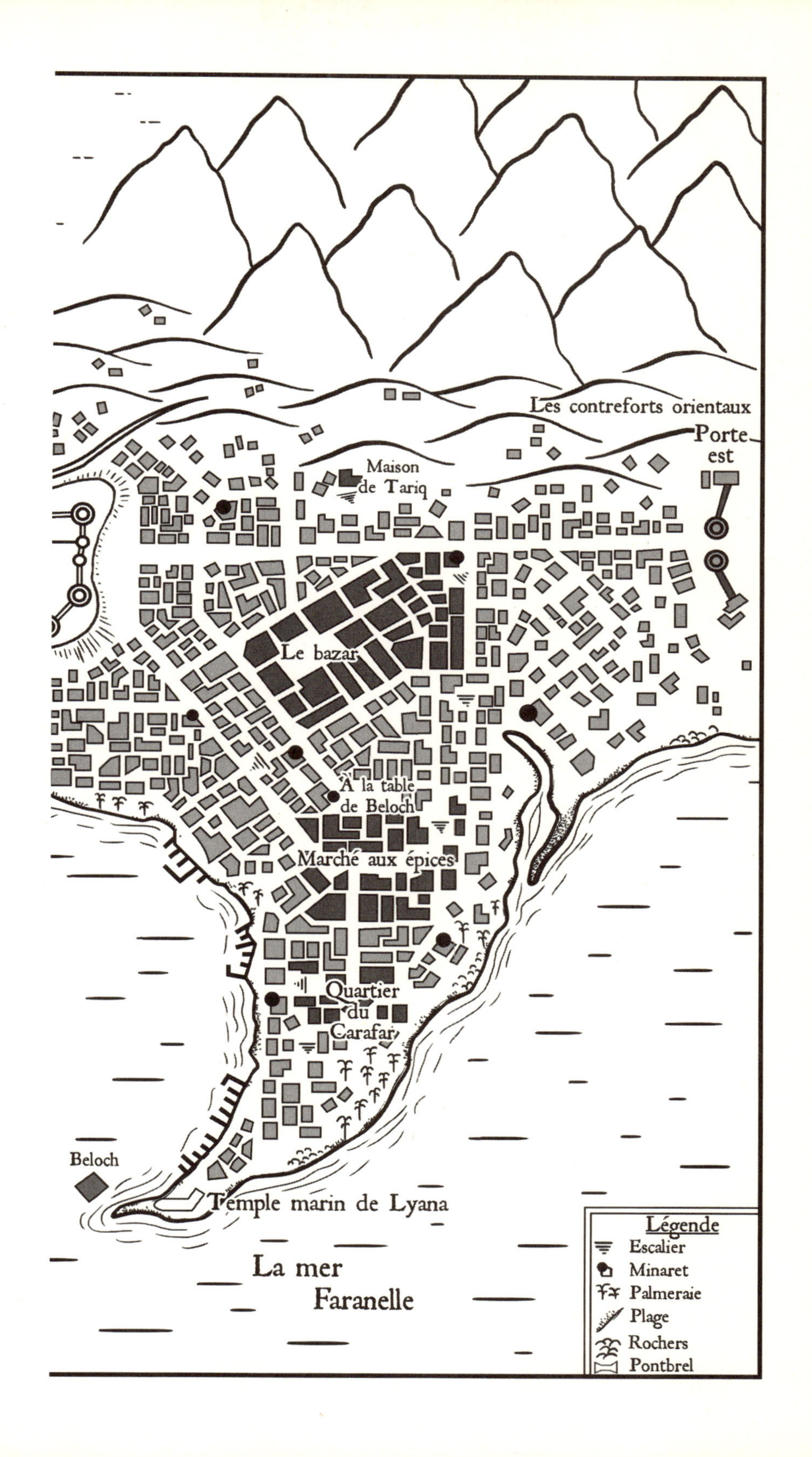

Les contreforts orientaux
Porte est
Maison de Tariq
Le bazar
À la table de Beloch
Marché aux épices
Quartier du Carafar
Beloch
Temple marin de Lyana
La mer Faranelle
Légende
Escalier
Minaret
Palmeraie
Plage
Rochers
Pontbrel

## Remerciements

Il y a des siècles, un voyageur a mis par écrit sa visite de Constantinople. Il a été particulièrement impressionné par le Palais Topkapi et les couloirs interdits de son harem. Il a toutefois réussi à y jeter un coup d'œil, puis à raconter ce qu'il avait vu et appris. Quelques centaines d'années plus tard, j'ai parcouru ces pages. En 2004, j'ai suivi ses traces lors de ma visite d'Istanbul. Le palais, la ville, le harem royal secret m'ont également impressionnée et inspirée. Ils ne demandaient qu'à faire partie d'une saga de Fantasy, et je n'ai pas pu résister. C'est ainsi qu'est né ce récit.

Comme toujours, mes remerciements vont à de nombreuses personnes, dont mon exceptionnelle maison d'édition française, Bragelonne, et son équipe pleine de dynamisme. Un merci tout spécial à mon éditeur, Stéphane Marsan, ainsi qu'à la traductrice, Isabelle Pernot. Merci d'avoir permis à l'histoire de Percheron de prendre vie en français… la plus belle langue du monde ! J'essaie… vraiment, j'essaie de l'apprendre, mais je crois que je ferais mieux de tout simplement venir vivre en France un moment… je n'aurais plus la moindre excuse !

Merci à mes tout premiers lecteurs, surtout à Pip Klimentou, Sonya Caddy et Judy Downs.

Matt Whitney, merci pour ma carte !

Quant aux libraires français, j'ai une pensée pour chacun de vous. Il me sera difficile d'exprimer ma gratitude individuellement et en personne, veuillez donc accepter ces remerciements publics. Vous faites un travail formidable en vendant de la Fantasy aux lecteurs impatients. Je suis bien consciente du nombre de romans sur le marché, je suis donc ravie que vous comptiez les miens sur vos étagères. Merci.

Par-dessus tout, un grand merci à vous, les lecteurs. Sans vous, il n'y aurait pas d'édition française. Sans vous, je n'aurais aucune raison d'effectuer mon pèlerinage annuel en France, ce qui signifierait que je serais privée de ces extraordinaires macarons au chocolat et de l'occasion de pratiquer mon terrible français ! Je vous souhaite une bonne lecture de Percheron. J'ai beaucoup aimé écrire ce récit exotique, pour vous mortels lancés contre les dieux.

# Prologue

Enchaînés les uns aux autres, les esclaves entrèrent en traînant les pieds sur la place principale du marché aux esclaves de Percheron. Ils étaient six hommes, tous des étrangers prisonniers d'un marchand appelé Varanz. Il avait la réputation de proposer à la vente des articles des plus fascinants, et ce groupe-là n'y faisait pas exception. Mais l'attention de la plupart des badauds était inexorablement attirée par le captif de haute taille dont les yeux pâles et brûlants, qui détonnaient par rapport à sa longue chevelure noire, semblaient défier tous ceux assez courageux pour croiser son regard.

Varanz sentait que ce bel étranger était spécial et qu'il allait en tirer un bon prix, même s'il avait eu besoin de six de ses assistants pour le mettre à terre et l'attacher solidement. Intrigué, le marchand s'était demandé pourquoi cet homme voyageait dans le désert. Il s'agissait déjà d'un périple dangereux en soi, mais le faire seul, c'était aller au-devant des problèmes pratiquement à coup sûr, en particulier à cause des marchands d'esclaves réputés de la région.

Mais Varanz mettait un point d'honneur à ne pas se renseigner sur le passé de ses prisonniers. Peut-être afin de soulager sa conscience, il ne voulait rien savoir d'eux, à part ce qui lui sautait aux yeux. Or, cet homme-là, qui refusait de dire son nom ou de marmonner autre chose que des jurons, était de toute évidence en bonne santé. C'était suffisant.

La vente de ce groupe d'esclaves s'ouvrit au son du gong. Le maître du marché fit taire la foule d'acheteurs bruyants.

— Mes frères, voici le lot numéro huit de Varanz.

Il se lança alors dans une longue litanie destinée à louer les qualités de chaque esclave proposé, mais déjà la majorité des acheteurs potentiels étaient captivés par l'homme au regard furieux, le meilleur du lot, le seul parmi les six à se tenir la tête bien droite, d'un air de défi. Quand vint le moment de le présenter, le maître du marché, pressentant des enchères animées, décida d'aller au-delà des détails évidents de son anatomie, tels que son apparente bonne santé, sa structure solide, ses bonnes dents et ainsi de suite.

— On l'a trouvé sortant seul des sables dorés de notre désert, sans même un chameau pour compagnie. Mes frères, je serais prêt à parier que cet homme fera un bon garde du corps. S'il est assez malin pour traverser notre désert et rester en aussi bonne forme, c'est qu'il doit avoir d'excellents dons de survie.

— Sait-il se battre ? demanda un acheteur.

Varanz haussa un sourcil et regarda en direction de l'esclave en se demandant s'il allait enfin pouvoir en tirer quelque chose. Son instinct ne lui fit pas défaut.

— Je sais me battre, répliqua l'homme. En fait, je demande à me battre pour récupérer ma liberté, les défia-t-il.

Des murmures s'élevèrent au sein de la foule. Le marché aux esclaves de Percheron avait pour particularité d'appliquer une très vieille loi quelque peu bizarre qui donnait à un esclave capturé en tant que personne libre le droit de livrer un combat à mort pour recouvrer sa liberté. La Couronne dédommageait le vendeur, que l'esclave gagne ou meure. Il s'agissait de l'une des plus vieilles coutumes du marché, instaurée bien des siècles auparavant par un Zar qui avait compris que de tels combats divertiraient ceux qui se livraient au commerce par ailleurs fastidieux de la marchandise humaine.

Ces combats étaient rares, bien entendu, car la plupart des prisonniers choisissaient la vie d'esclave plutôt que la mort.

Mais, de temps à autre, certains étaient prêts à tout perdre pour retrouver leur indépendance.

Varanz se rendit auprès de l'homme qui semblait avoir retrouvé sa langue.

— Tu comprends ce que tu demandes ?

— Oui. L'un de vos assistants nous l'a expliqué en venant ici. Je souhaite me battre pour récupérer ma liberté. Je souhaite également parler à votre Zar.

Varanz ne put s'empêcher de ricaner.

— Je ne vois pas pourquoi il accepterait de te parler.

— Il pourrait bien accepter, une fois qu'il m'aura vu combattre. Il appréciera sûrement de me voir vaincre douze de ses meilleurs guerriers.

L'arrogance de cet homme laissa Varanz sans voix. Le marchand secoua la tête et s'en alla parler au maître du marché, en expliquant brièvement à voix basse ce que proposait l'esclave. Tous les deux revinrent ensuite devant le prisonnier.

— N'essayez pas de m'en dissuader. Je veux retrouver ma liberté. Je paierai volontiers le prix si j'échoue, les prévint-il.

Le maître n'avait pas du tout l'intention de refuser une occasion de se divertir après une journée déjà longue et fatigante. Il voyait bien que Varanz s'en moquait puisque, quoi qu'il arrive, il en tirerait un bon prix.

— Combien en veux-tu, Varanz ? demanda-t-il.

— Pas moins de deux cents karels.

Le maître acquiesça.

— Je vais envoyer un message au palais pour demander l'autorisation, dit-il avant de se tourner vers l'esclave. Tu dois nous donner ton nom, insista-t-il.

Ce dernier les crucifia d'un regard froid.

— Je m'appelle Lazar.

Le combat fut autorisé, mais pas seulement. Un coursier revint rapidement annoncer que le Zar Joreb, son intérêt piqué au vif, allait assister en personne au combat. Varanz ne fut pas aussi surpris que le maître du marché, mais il savait combien il était inhabituel que le Zar de Percheron rende visite aux marchands d'esclaves. Il en fit la remarque à Lazar.

Cela ne sembla pas émouvoir l'étranger.

— Je souhaite lui parler si je gagne.

Varanz acquiesça.

— Cela dépendra du bon vouloir de notre Zar. Nous lui avons dit que douze de ses hommes vont t'affronter dans un combat à mort. C'est sans doute la raison pour laquelle il vient assister à ce spectacle.

— C'est pourquoi j'ai suggéré un nombre aussi élevé.

Varanz laissa transparaître son exaspération.

— Mais comment espères-tu vaincre une douzaine de soldats, l'ami ? Tu as encore le temps de changer d'avis et de ne pas gaspiller ta vie. Je te trouverai une bonne place. Un type comme toi sera sûrement très prisé par de riches hommes désireux de faire escorter leurs épouses, leur famille... de veiller à leur sécurité.

— Je ne suis pas une nourrice, renifla Lazar d'un air méprisant.

— D'accord. (Varanz revint à la charge.) Je sais que je pourrai te vendre en tant que garde du corps de très gros calibre à un homme qui a besoin de protection pendant ses voyages. Je te trouverai un bon propriétaire.

— Je ne veux appartenir à personne, gronda Lazar. Je veux ma liberté.

Le marchand haussa les épaules.

— Eh bien, tu l'auras, mon ami, mais on emportera ton corps dans un sac.

— Qu'il en soit ainsi. Je ne serai l'esclave de personne.

Leur conversation prit fin lorsque le maître du marché réclama le silence dans un murmure affolé. Le karak du Zar ne tarderait plus, comme en témoignait l'arrivée d'une troupe de la garde de Percheron. D'un signe de tête, Varanz ordonna à l'un de ses assistants de parquer les autres prisonniers. La vente reprendrait dès la fin de cette comédie.

— Bonne chance, mon frère, dit-il à Lazar avant de rejoindre le maître du marché, qui faisait s'aligner tous les autres marchands pour souhaiter la bienvenue à leur souverain.

Le Zar finit par arriver, entouré d'autres membres de la garde percheraise. Son karak était porté par six Elims, les soldats d'élite au turban rouge qui gardaient le harem du Zar et servaient de gardes du corps à la royauté. Plusieurs cors percherais incurvés retentirent pour marquer le passage du souverain entre les colonnes sculptées du marché aux esclaves. Tous ceux qui ne faisaient pas partie du royal cortège se prosternèrent aussitôt.

Personne n'osa lever les yeux vers le Zar sans en avoir reçu l'autorisation formelle.

Personne, sauf Lazar.

Il était à genoux parce qu'on l'avait poussé, mais il dévisagea effrontément le Zar qu'on aidait à descendre du karak. Leurs regards se croisèrent pendant quelques secondes au-dessus de la poussière du marché aux esclaves. Puis Lazar inclina la tête, de manière infime, mais cela suffisait. Le souverain comprit que l'insolent jeune homme avait accepté de saluer le plus proche représentant du dieu Zarab en ce bas monde. Il ne lui rendit pas son salut.

On installa un siège spécialement apporté par la garde. Au-dessus, les Elims déployèrent un dais sous lequel le Zar Joreb s'installa. Un sourire ironique aux lèvres, il écouta le maître du marché déclarer officiellement que le prisonnier Lazar, capturé par le marchand Varanz, avait choisi de se battre pour sa liberté contre douze guerriers de la garde percheraise. Mais personne ne regardait le maître, ni même le Zar. Tous les regards étaient rivés sur l'étranger à la peau sombre à qui l'on avait ôté ses chaînes et ses fers. Il se déshabilla pour ne garder que le pantalon ample qu'il portait en dessous et qui avait été blanc autrefois. Les spectateurs observèrent ses gestes mesurés, tandis qu'il étudiait les douze hommes qui se dévêtirent aussi avant de faire quelques mouvements pour s'entraîner avec leurs épées étincelantes. Tous ricanaient, car aucun d'entre eux ne prenait au sérieux cet adversaire si ridiculement désavantagé par le nombre.

De nouveau, le gong résonna pour réclamer le silence. Le maître décrivit alors ce qui allait se passer. Il s'agissait d'une annonce superflue, mais le fait de suivre le protocole à la lettre était un mode de vie sur les différents marchés de Percheron, en particulier en la présence sacrée du Zar.

— ... ou jusqu'à la mort du prisonnier, conclut-il d'un air sombre.

Il se tourna vers le Zar Joreb qui, d'un hochement de tête presque imperceptible, donna l'ordre qu'on commence le combat.

Les gens présents sur le marché aux esclaves ce jour-là parleraient de ce combat pendant bien des années. Personne n'avait jamais vu une chose pareille et personne ne risquait sans doute de revoir ça un jour. Lazar attrapa l'arme qu'on lui lança puis, sans même adresser de prière au dieu de son choix, s'avança pour affronter le premier guerrier. La garde avait décidé de lui envoyer ses hommes un par un, sinon, le spectacle ne serait pas amusant. Le but était probablement de blesser continuellement l'arrogant prisonnier jusqu'à ce qu'il supplie qu'on lui accorde le coup de grâce. Mais, lorsque les trois premiers guerriers se retrouvèrent à terre, ensanglantés et gémissants, leur officier se hâta d'en envoyer quatre autres en même temps.

Cela ne fit pas une grande différence pour Lazar, qui ne parut guère, aux yeux de l'assistance, intimidé par cette supériorité numérique. Il avait l'air grave de quelqu'un qui est extrêmement concentré. Il ne laissa pas échapper le moindre son, et pas une fois il ne recula, menaçant sans arrêt ses adversaires et non l'inverse. Très vite, il devint évident qu'aucun Percherais ne pouvait rivaliser avec ses talents d'escrimeur, même en se battant en tandem. Son bras armé se mua en un brouillard argenté qui se tailla un chemin ravageur dans les chairs en réduisant les douze hommes, les uns après les autres, à des loques qui pleuraient et se tordaient de douleur en agrippant leur épaule déchirée, leur jambe balafrée ou leur bras en sang. Pour leur rendre justice, les deux derniers membres de la garde se battirent superbement bien, mais aucun ne réussit à faire couler le sang de Lazar et encore moins à maîtriser ce dernier. Il combattait sans peur, toujours avec cette expression concentrée, et sa rapidité ne cessait d'augmenter. Il se débarrassa de l'un en lui entaillant la cheville avant de lui casser le poignet en marchant dessus, pour s'assurer qu'il ne reviendrait pas prendre part au combat. Puis il combattit le dernier jusqu'à l'épuisement, lorsque le malheureux tomba à genoux. D'une pichenette, Lazar fit voler l'épée du garde et lui infligea une balafre calculée en travers de la poitrine. L'homme tomba à la renverse, presque avec gratitude.

Un silence inhabituel régnait sur le marché aux esclaves, à l'exception des cris des soldats en souffrance. Les narines dilatées par l'odeur crue et métallique du sang, Varanz contempla le carnage et haussa les sourcils d'un air surpris. Personne n'était mort. Lazar avait mis ses adversaires hors d'action avec une précision redoutable, mais il n'avait pris la vie de personne. Il jeta son épée et resta debout au milieu du cercle de guerriers blessés. Seul un léger voile de transpiration sur son corps montrait qu'il avait fourni un effort physique. Sa poitrine se soulevait à un rythme régulier, calmement. Il se tourna vers le Zar et lui fit une profonde et longue révérence.

— Zar Joreb, m'accorderez-vous ma liberté à présent ? demanda-t-il finalement dans le silence qui s'était abattu sur tout le monde, y compris les blessés.

— Mes hommes préféreraient sûrement mourir plutôt que vivre avec le poids de cette défaite, lui répondit Joreb.

Varanz vit les yeux étrangement clairs de Lazar s'assombrir.

— Ils sont innocents. Je refuse de prendre leur vie à cause de ce qui n'était qu'un divertissement pour tous ceux qui sont rassemblés ici.

— Ce sont des soldats ! C'était un combat à mort.

— Zar Joreb, j'ai cru comprendre que la vie en jeu dans ce combat était la mienne, et non la leur. On m'a expliqué que je retrouverais la liberté dans la mort ou grâce à la victoire.

J'ai vaincu. Personne ne m'a dit expressément que, selon les règles de cette coutume, mes adversaires devaient mourir.

—Espèce de chiot arrogant, murmura Joreb dans le silence.

Puis il se mit à rire. Pour Varanz, qui retenait son souffle, cela paraissait impossible, et pourtant, leur Zar riait de l'audace du prisonnier.

—Viens devant moi, jeune homme.

Lazar fit deux longues enjambées, puis mit un genou à terre en acceptant enfin de baisser la tête.

—Que veux-tu, étranger ? demanda le Zar.

—Je veux vivre à Percheron en homme libre, répondit Lazar sans se redresser.

—Regarde-moi. (Lazar obéit.) Tu as humilié ma garde. Tu vas devoir rectifier cela avant que je t'accorde quoi que ce soit.

—Comment puis-je le faire, Zar Joreb ?

—En leur apprenant à se battre comme toi.

Lazar, jusque-là si impassible, contempla le Zar d'un air interrogateur. Mais il ne répondit pas.

—Deviens mon Éperon, proposa le Zar Joreb. Notre Éperon actuel doit bientôt prendre sa retraite. Nous avons besoin d'une nouvelle vision, plus jeune. Tu te bats comme si tu avais des démons à tes trousses, l'ami. Je veux que tu apprennes à mon armée comment tu fais.

Lazar plissa les yeux et répondit d'un ton circonspect :

—Vous proposez de me payer pour vivre en homme libre à Percheron ?

—Deviens mon Éperon, insista le Zar Joreb, et cette fois, il n'y avait plus d'humour dans sa voix, juste de la passion.

—J'accepte. Mais avant toute chose, il semblerait que vous deviez deux cents karels à Varanz, là-bas.

Sincèrement amusé, Joreb éclata de rire.

—Je t'aime bien, Lazar. Suis-moi dans mon palais. Nous avons à parler. Je dois admettre que je suis impressionné par la façon dont tu mets ta vie en danger pour obtenir ce que tu veux.

— Oh, je n'ai jamais été en danger, répliqua Lazar, tandis que l'esquisse d'un sourire faisait brièvement trembler ses lèvres.

# Chapitre premier

L'Éperon de Percheron ne se rendait pas compte de l'attention clandestine dont il était l'objet à l'intérieur du meilleur restaurant de rathas de toute la ville. En cuisine, deux sœurs dévoraient des yeux le célibataire le plus en vue de Percheron pendant que leurs clients se régalaient de leurs célèbres crêpes épicées.

Les deux femmes avaient commencé à cuisiner avant l'aube pour le service du matin. Depuis des années, elles préparaient ce que beaucoup considéraient comme les meilleurs rathas chauds de Percheron. Il était donc habituel de voir une longue file d'attente se rapprocher patiemment du comptoir où les époux des deux sœurs prenaient les commandes.

Les clients les plus riches s'asseyaient souvent autour des petites tables à leur disposition et payaient un supplément pour avoir le privilège de se faire servir leurs rathas fumants sur des assiettes chaudes avec des sambas et des chutneys alléchants en guise d'accompagnement.

Les deux sœurs n'avaient jamais directement affaire à leurs clients, et pourtant, elles semblaient les connaître aussi bien que leurs époux. C'était parce que les fenêtres ouvertes pour aérer la cuisine leur offraient également un splendide aperçu des habitants de Percheron au travail ou dans leurs loisirs. Or, tandis que leurs mains travaillaient sans relâche, avec une telle habileté qu'elles n'avaient plus besoin de réfléchir ou de regarder leurs doigts, les deux sœurs avaient aiguisé leur sens de l'observation.

Et rien ne leur faisait plus plaisir que de contempler le vénéré Éperon de Percheron, l'ancien prisonnier aux longues jambes et aux cheveux noirs devenu un ami très proche du Zar.

— Pourquoi crois-tu qu'il regarde toujours cette sculpture chaque fois qu'il passe par ici ? demanda la femme qui pétrissait la pâte de ses mains expertes.

— C'est la statue d'Iridor, n'est-ce pas ? L'Éperon fait ça depuis des années, lui répondit sa sœur par-dessus les minces ronds de pâte qui grésillaient dans le beurre fondu. Continue à éventer ces flammes, toi, dit-elle à un jeune garçon assis entre ses jambes, qui avait pour mission de veiller à ce que les tas de bois rougeoyants ne perdent jamais leur chaleur.

— Ça, je le sais. (La première sœur haussa les sourcils d'un air faussement exaspéré.) Je te demande ce qu'il peut bien y voir.

— Je n'en sais pas plus que toi, Mara. Peut-être qu'il lui adresse une prière silencieuse. Maintenant que j'y pense, je suis sûre que ce hibou a quelque chose à voir avec les vieilles histoires sur la Déesse.

— Chut, fit un homme en entrant en coup de vent. Tu sais qu'on ne doit pas prononcer son nom.

— Personne ne peut nous entendre ici, Bal. Et ce n'est qu'un vieux mythe. Plus personne ne croit à ces histoires de Déesse et de hibou messager, aujourd'hui. Occupe-toi de tes affaires, homme, et laisse-nous aux nôtres. Il y a plein de clients qui attendent.

— Alors, arrête de caqueter, femme, et fais-nous frire ces rathas.

— Oh, va-t'en, allez, ouste ! dit Mara en renvoyant son mari à l'avant du magasin. Tu pourrais bien avoir raison, Hasha. (Elle se consacra de nouveau à son travail, et la pâte recommença à former une pyramide étincelante.) L'Éperon est du genre secret, peut-être qu'il se repent de quelque chose.

— Je vais lui en montrer, moi, du repentir.

Sa sœur se frotta les seins en souriant d'un air malicieux. L'expression choquée qui se peignit sur le visage de Mara fit rire Hasha.

— Oh, allons, ne me dis pas que tu n'y as pas pensé au moins une fois ? Toutes les femmes de Percheron rêvent de faire des galipettes avec l'Éperon.

L'enfant à leurs pieds eut l'intelligence de garder le silence, mais son sourire entendu laissait à penser que ce n'était pas la première fois que sa mère et sa tante discutaient de cet homme, et que ce ne serait sûrement pas la dernière. L'Éperon de Percheron attisait la curiosité de tout le monde, car l'étranger aux yeux curieusement clairs n'était pas seulement le fantasme de toutes les femmes. Les hommes aussi en parlaient avec admiration.

— Non, je n'y ai jamais pensé, mentit Mara avant d'étouffer son rire. Oh, mais si j'étais plus jeune, ce serait différent.

Hasha retourna les quatre crêpes beurrées qui se trouvaient dans la poêle, et une délicieuse odeur de ratha cuit épiça l'air.

— Mais il a toujours l'air tellement sérieux. Je ne crois pas l'avoir déjà vu rire.

Mara arrêta de pétrir la pâte.

— Oh, il a des secrets, celui-là, mais on dirait qu'il ne fait jamais un pas de travers. Il paraît que le Zar le tient en plus haute estime que n'importe quel membre de son conseil, et que les hommes du protectorat mourraient pour lui. On ne gagne pas facilement ce genre de loyauté.

Sa sœur leva les yeux et s'exclama :

— Que Zarab nous sauve, Mara, il vient par ici !

Les deux sœurs regardèrent avec un réel plaisir la silhouette familière de l'Éperon atteindre à grandes enjambées la porte du restaurant de leurs époux. Le rêve de servir le soldat le plus gradé de leur pays devenait réalité.

En entrant dans le restaurant, Lazar avait déjà l'intention de commander un plat appétissant qualifié de « petit déjeuner de choix » sur le menu. Bien entendu, s'il avait su que ce qui allait arriver ce jour-là déclencherait une série d'événements si importants et si douloureux que sa vie allait changer à jamais, il aurait trouvé une bonne raison d'ignorer les crampes de son estomac affamé. L'Elim venu du palais n'aurait peut-être pas pu lui apporter aussi facilement la terrible nouvelle.

Ignorant ce qui allait se passer, Lazar s'assit à une petite table et esquissa même un sourire pour les deux dames d'âge moyen qui, en cuisine, gloussaient coquettement derrière leur voile, comme si Zarab en personne leur rendait visite.

# Chapitre 2

*Cela ne va pas être agréable*, songea-t-elle en tapotant ses lèvres parfaitement maquillées du bout de ses ongles manucurés, qu'un esclave avait polis jusqu'à ce qu'ils brillent. *Mais il faut le faire… au plus vite.*

La première épouse et favorite absolue contempla l'exquis jardin privé en contrebas, dans lequel des garçons jouaient entre les cyprès avec une vessie de porc gonflée en guise de balle. Leurs éclats de rire la firent sourire, mais quiconque aurait regardé cette femme à cet instant n'aurait décelé aucune chaleur dans son expression. Herezah imaginait déjà combien ces cris d'enfant seraient différents lorsqu'elle donnerait un ordre très particulier.

Un gémissement atroce la tira de ses pensées. Herezah prit le temps de se composer un air triste, puis tourna le dos à la fenêtre joliment sculptée pour regarder vers l'endroit où le Zar Joreb, monarque suprême de Percheron, roi des mers, souverain des déserts, puissant parmi les puissants, gisait à l'agonie. L'homme avait été traité comme un dieu ces trente dernières années. *Cependant, même les dieux doivent mourir un jour*, se dit Herezah avec une joie féroce en convoquant d'un regard l'homme légèrement voûté qui se tenait non loin de là.

Tariq lui adressa la parole à voix basse derrière sa barbe huilée soigneusement divisée en deux nattes étroites, ornées chacune d'un rubis ostentatoire. Ces audacieux accessoires étaient, pour Herezah, très révélateurs de la personnalité du ministre. Tariq aspirait à sa gloire personnelle. Elle savait qu'il convoitait le titre de grand vizir et qu'il ne s'était jamais senti si près du but. Tant mieux. Il avait des relations ; elle allait nourrir son ambition et en faire son pantin.

— Dame Herezah ?

— Allez chercher Boaz, chuchota-t-elle.

Le vizir comprit, s'inclina, et s'en alla en silence.

Herezah contempla la pièce fabuleusement décorée et dorée à l'or fin jusque dans les moindres recoins. Ce n'était pas la chambre habituelle du Zar, mais Herezah l'avait fait amener ici parce que la pièce, déjà bondée, allait continuer à se remplir au fur et à mesure de la journée. Son époux allait sûrement mourir dans les prochaines heures.

Joreb avait des goûts très particuliers en matière d'art. Heureusement, sa favorite absolue les partageait, même si, en réalité, c'était lui qui lui avait transmis ces préférences en l'aidant à reconnaître depuis l'enfance ce qui constituait la beauté. Et ce n'était certainement pas le cas de cette pièce surchargée d'or avec ses couleurs riches et criardes. Non, Joreb aimait la subtilité et la simplicité. Il préférait des teintes plus pâles et une décoration plus discrète. Herezah éprouva une pointe de culpabilité à l'idée que l'homme qui lui avait permis de s'élever au-dessus de la fange du harem allait rendre l'âme dans une pièce aussi vulgaire. Mais son regret disparut rapidement, remplacé par un frisson à l'idée que son ultime objectif, celui pour lequel elle avait œuvré pendant deux décennies, serait atteint dans quelques heures à peine.

Elle calma les battements précipités de son cœur et essaya de se concentrer sur le Zar. En dépit de ce que la mort de son époux signifiait pour elle, Herezah avait été choquée d'apprendre que ses blessures étaient fatales, en vérité.

La vaste chambre avait beau être laide, elle présentait l'avantage d'être rafraîchie par une douce brise en provenance de l'immense port semi-circulaire aux eaux d'aigue-marine que surplombait la cité de Percheron. C'était là que, pendant des milliers d'années, des cultures s'étaient affrontées et mélangées pour devenir le Percheron d'aujourd'hui. Sa position stratégique et ses réserves inépuisables de pierres précieuses et de métaux offraient à la ville des richesses dépassant les rêves de bien des nations.

Mais, alors que ces éléments avaient autrefois donné tant de puissance à Percheron, ils représentaient désormais sa plus grande menace. Herezah, très au fait des questions de sécurité nationale, savait que Joreb commençait à se faire du souci au sujet de la Galinsée en particulier. Il lui avait avoué que leur belliqueux voisin de l'ouest avait des vues sur Percheron et que cela l'inquiétait.

L'attention vagabonde d'Herezah se fixa enfin en voyant l'air soucieux des meilleurs médecins de la cour. De toute évidence, le Zar ne verrait pas le soleil se coucher, ce qui signifiait qu'ils allaient perdre la vie à leur tour pour avoir échoué à guérir Sa Majesté. Ils continuaient à se consulter et essayaient désespérément de trouver de nouvelles stratégies, ce qui était bien compréhensible.

Au pied du lit du Zar, un nain faisait des cabrioles. Somptueusement vêtu, il n'en avait pas moins l'air ridicule. Herezah retint une grimace de dégoût. Le fou représentait pour elle une contrariété de tous les instants. Il était « hermétique », ce qui ne faisait que l'irriter davantage. Même une lecture de son sang par sa sorcière, Yozem, n'avait rien révélé à son sujet. C'était une vraie page blanche. L'adepte de la magie du sang avait beau assurer qu'une chose pareille était impossible, le nain ne lui avait offert aucun indice sur lui. Herezah n'en pouvait plus de ses pirouettes maladroites sur ses pattes courtes et épaisses, et elle maudissait sa popularité.

Si Percheron portait le titre de crique la plus idyllique de la mer Faranelle, alors son Palais de pierre en était sans nul doute l'ornement le plus saisissant. Et son harem était le joyau magnifique où la beauté régnait en maître. Or, Herezah était constamment perturbée de voir rôder, au milieu de toute cette perfection, un être aussi vulgaire et difforme que ce nain. Il était le défaut à l'intérieur du joyau de Percheron. Pez – elle n'était même pas sûre qu'il s'agisse de son vrai nom – était le bouffon préféré du Zar depuis des années, elle n'avait donc pas pu s'en débarrasser. Mais, à son grand désespoir, son fils adorait Pez autant qu'elle le haïssait.

Elle soupira. Au moins, le fou du palais, avec ses étranges yeux jaunes, allait-il pouvoir divertir Boaz pendant les moments difficiles qui s'annonçaient. Peut-être même se révélerait-il être une bénédiction, car, parfois, la compagnie de Pez aidait son fils unique à comprendre les choses. Herezah ne pouvait imaginer comment, car le nain avait peine à formuler une seule phrase intelligente sans se mettre à chanter ou à faire des acrobaties ou sans que son esprit vagabonde.

Un mouvement furtif dans un coin de la pièce attira son attention. Elle jeta un coup d'œil à la silencieuse montagne de chair noire prénommée Salméo. Cet homme inspirait à la plupart des gens du palais la même peur qu'un millier de dieux en colère, et Herezah n'y faisait pas exception. Elle avait cessé de comptabiliser les fois où le géant l'avait réduite à une épave tremblante. Mais cela ne se reproduirait jamais plus, se promit-elle. À présent, elle avait le pouvoir absolu à portée de main.

Salméo était l'homme le plus intelligent et le plus rusé qu'elle ait jamais connu – et elle doutait de rencontrer un jour son égal. Il était aussi malin que dangereux, et la cruauté personnifiée... mais on ne devenait pas le grand maître des eunuques sans posséder certaines de ces qualités-là.

Salméo incarnait tant de caractéristiques désagréables qu'il était difficile de les imaginer toutes réunies chez une seule personne. Pour la énième fois, elle resta stupéfaite à la vue de ce corps imposant sous les vêtements aux riches motifs qu'il drapait par-dessus les replis de sa chair flasque. Elle ne connaissait que trop bien ces lourds replis qu'il fallait soulever pour le nettoyer. Il mariait son apparence repoussante avec un comportement vicieux qui aurait mieux convenu à une femme bafouée, ce qui n'était peut-être pas très loin de la vérité, après tout. Salméo avait été châtré à l'âge de sept ans, quand sa taille et sa corpulence avaient trompé le premier eunuque d'alors, en lui faisant croire qu'il était plus vieux. Salméo était « presque entier ». Il ne restait pas grand-chose de sa virilité, à l'exception de la douloureuse morsure du désir. Aucun jouet, aucune technique, aucune magie n'aurait su aider Salméo à vaincre ses frustrations, alors il prenait son plaisir autrement.

Herezah ne put s'empêcher de regarder en direction de l'ongle sinistre et extrêmement pointu de l'index de sa main droite. Il le couvrait de vernis rouge, afin qu'aucune femme ne puisse oublier à quoi il servait et qu'aucun garçon naïf ne fasse plus que s'interroger sur son usage. Elle réprima un frisson au souvenir du cruel contact de cet ongle quand elle avait douze ans.

Salméo dut sentir le poids de son regard. Elle eut juste le temps, avant de détourner hâtivement les yeux, de voir la pâle cicatrice qui barrait l'une de ses joues rebondies s'étirer lorsqu'il haussa les sourcils face à l'intérêt qu'elle lui manifestait.

En se détournant, le regard d'Herezah finit par tomber sur le Zar lui-même. Il gémissait et s'agitait sous les draps de soie en combattant les esprits invisibles venus le prendre.

*La mort est effectivement bien laide*, songea Herezah en voyant les lèvres du grand homme se retrousser sur un hurlement silencieux lorsqu'une nouvelle vague punitive balaya son corps. Au même moment, la porte s'ouvrit. À son grand soulagement, Herezah vit le vizir Tariq faire entrer son fils dans la pièce.

— Mon lion, dit-elle doucement à l'adolescent en tendant les bras vers lui d'un air théâtral.

— Mère.

Il l'embrassa respectueusement sur la joue, mais se contorsionna pour échapper à son étreinte.

Herezah ne réagit pas face à ce rejet voilé. Au contraire, elle se promit de faire plus d'efforts vis-à-vis de Boaz. Après tout, dans quelques heures, elle deviendrait sa régente et gouvernerait dans l'ombre de ce Zar qui avait vu si peu d'étés qu'il ne serait qu'une figure de proue. Voyant qu'il l'observait de ses yeux noirs et intelligents, elle se sentit momentanément mise à nu, comme s'il savait parfaitement à quoi elle pensait. Puis son regard alla se poser sur son père qui gémissait sur le lit.

— Tu dois te montrer courageux, Boaz, le prévint-elle. Il ne tiendra plus très longtemps.

— Ne pouvons-nous pas supprimer sa douleur ? demanda-t-il de façon laconique en ignorant l'inquiétude de sa mère.

— Les médecins l'ont atténuée, répondit Tariq, désireux de prendre part à cette conversation entre puissants.

Boaz ignora également ce flagorneur. C'était déjà choquant pour lui de voir son père dans cet état, surtout qu'il avait paru aller mieux au tout début de l'automne. Mais voir sa mère afficher cette dévotion toute neuve et sentir que chacun autour de lui essayait de profiter de son émotion, tout cela commençait à le mettre en colère.

— Viens, mon fils, dit Herezah en lui prenant la main. Tu as quinze ans maintenant, tu es assez vieux pour assister au dernier soupir de ton père.

Le « dernier soupir » ? Boaz se rembrunit. Il n'avait pas manqué de percevoir le ton prédateur de sa mère. Il ne savait que trop bien ce que signifiait la mort de son père – surtout pour elle, qui le berçait, lorsqu'il était enfant, en lui racontant comment, un jour, ils gouverneraient Percheron tous les deux. Tout cela aurait été bel et bon s'il avait existé de l'affection entre eux, mais sa mère l'avait essentiellement ignoré au cours des six ou sept dernières années et il avait appris à vivre sans l'amour maternel qui lui manquait tant. C'étaient des serviteurs royaux qui l'avaient élevé. Malgré tout, cela l'amusait que ses deux parents l'adorent : sa mère pour le pouvoir qu'il pouvait lui apporter et son père parce qu'il reconnaissait en lui un futur souverain. Boaz savait que le Zar appréciait son esprit acéré et, plus particulièrement, son amour pour les études et pour les arts. Pour ne rien gâcher, ces temps-ci, on commençait à vanter sa beauté – il voyait comment tous ces attributs faisaient de lui le meilleur héritier possible. Néanmoins, c'était écœurant de voir sa mère se réjouir de ces mêmes conclusions et s'en servir pour obtenir précisément ce qu'elle voulait, non pas pour son bénéfice à lui, mais pour le sien.

Malgré tout, elle restait sa seule alliée – pas une amie, pas un être aimé, mais quelqu'un sur qui il pouvait compter et qui protégerait ses intérêts parce qu'ils servaient si bien les siens. Cela lui faisait mal de l'admettre, mais il avait besoin d'Herezah et de son esprit brillant et agile qui pouvait comploter et échafauder un plan plus rapidement et plus intelligemment que n'importe qui.

Tout cela le mit encore plus en colère, mais ces noires pensées se virent momentanément repoussées lorsque Pez trottina vers lui. Boaz sourit intérieurement à la vue du pantalon bouffant du nain, car le vêtement n'était pas assez long pour tomber comme il fallait, si bien qu'il pendait de façon comique autour des épaisses chevilles de son propriétaire. Malgré tout, la coupe du tissu dissimulait la terrible déformation qui donnait à Pez sa démarche si particulière. Le nain arriva en sortant des carrés de soie de son nez. C'était un tour qui avait toujours amusé Boaz, mais pas ce jour-là.

— Salut, Pez, marmonna l'adolescent.

— Maître, répondit Pez.

Le garçon regarda tristement le nain.

— Est-il vraiment mourant ? demanda-t-il comme si, en posant la question à son ami plutôt qu'à ceux qu'il n'appréciait pas, la réalité serait différente.

— Nous mourons tous, chantonna Pez. Toi, les oiseaux, les poissons, moi… tes parents aussi. (Herezah lança un coup d'œil furieux en direction du nain dont le regard glissa sur elle délibérément, pour la provoquer.) Tu dois te comporter fièrement maintenant, jeune prince. Tu sais pourquoi ?

Boaz regarda son ami – le seul à qui il faisait confiance dans cette pièce – et il hocha la tête.

— Parce que je vais devenir le Zar.

— Tu as raison, mon chéri, intervint Herezah, visiblement surprise que le nain tienne un discours sensé, pour une fois. Ton père t'attend, ajouta-t-elle en éloignant Boaz du bouffon.

L'adolescent jeta un coup d'œil à Pez, qui lui fit un clin d'œil au ralenti, une curieuse manie qui n'appartenait qu'à lui. Puis le nain s'inclina de manière théâtrale et les clochettes de son bonnet de velours tintinnabulèrent dans le silence tendu, car les gémissements s'étaient éteints.

Conscient d'être le point de mire de tous les regards, Boaz prit la main de son père. Elle lui parut sèche et trop froide, comme si la mort était déjà passée. Mais un râle grinçant balaya cet instant de frayeur. Malgré ses yeux gonflés, le roi des rois essayait de voir qui l'approchait.

— Mon seigneur, murmura affectueusement Herezah à l'oreille du Zar, voici notre fils, Boaz.

Le mourant parut reprendre vie un bref instant, mais son sourire fut immédiatement remplacé par une nouvelle grimace.

— Boaz.

— Père, je...

— Chut. Écoute-moi, gronda-t-il en rassemblant ses forces pour parler d'un ton impérieux. C'est toi l'Élu. Personne d'autre! Toi seul. Ne l'oublie jamais! se força-t-il à dire encore.

Atterrés, les médecins regardèrent le dernier souffle se former et sortir dans un râle désespéré. La tête du Zar roula sur le côté, et de la bave dégoulina le long de son menton. Herezah détourna les yeux, un geste de désespoir feint, qui servit surtout à masquer son triomphe. Les médecins baissèrent la tête en imaginant quels seraient leurs derniers mots à eux aussi quand on leur trancherait la gorge ce soir-là. Il ne servait à rien de résister. Ils avaient écrit leur testament et savaient qu'on s'occuperait bien de leur famille. Ils avaient profité de leur statut et de leur richesse pendant de nombreuses années et ils avaient toujours su qu'à la mort de Joreb, ils mourraient aussi, s'ils étaient là lors de son trépas.

Ils firent leur devoir, l'un vérifiant qu'il n'y avait plus de pouls tandis que l'autre présentait un petit miroir devant la bouche et le nez du Zar. En guise d'ultime précaution, ils sortirent d'une pochette une grosse aiguille avec laquelle ils piquèrent de manière répétée le corps du mort. Herezah, de son côté, s'occupa de retirer la grosse chevalière du doigt de son époux. Boaz, dont les oreilles retentissaient encore de ce dernier message on ne peut plus clair au sujet de sa mère et dont les yeux se remplissaient de larmes brûlantes, avait du mal à croire que son père avait perdu le combat.

Il protesta avec colère contre l'usage de l'aiguille. Sentant sa détresse, Pez se laissa brusquement tomber à genoux devant lui. Comme si le geste soudain du nain était un signal, tout le monde sortit de la torpeur mentale dans laquelle les avait plongés la mort du Zar. Ils s'agenouillèrent à leur tour et se prosternèrent devant Boaz, car tous ceux présents dans la pièce connaissaient la volonté de Joreb : le fils de sa favorite absolue devait lui succéder.

Salméo mit plus longtemps que les autres à s'agenouiller mais, après force grognements, lui aussi rendit au nouveau Zar l'hommage qui lui était dû.

Boaz resta ahuri, car il n'était pas prêt à accepter ce nouveau rôle, même si on l'avait préparé depuis de nombreuses années à prendre la couronne de son père. Si Pez ne lui avait pas adressé un clin d'œil malicieux par-dessous son bras court, l'adolescent aurait fui la pièce.

— Votre Majesté ! s'écrièrent-ils tous d'une seule voix. Longue vie au Zar !

Ils répétèrent cette phrase plusieurs fois, jusqu'à ce que le nouveau roi des rois leur ordonne de s'arrêter.

Dans le silence qui s'ensuivit instantanément, Pez lâcha un pet en pointant suspicieusement son derrière en direction de la nouvelle Valide Zara et de son vizir orné de bijoux. Boaz savait que ce comportement grossier aurait dû faire revenir son père d'entre les morts pour rugir de rire. Joreb avait tant aimé la malice de Pez. Boaz sentit les prémices d'un éclat de rire lui chatouiller la gorge, mais il se contrôla, non sans effort, et concentra son attention sur sa mère, visiblement offensée. En revanche, il ignora le vizir mortifié qui méritait toutes les mauvaises odeurs venant dans sa direction.

— Mère, dit-il. Levez-vous.

Ce qu'elle fit, non sans avoir rampé devant lui au préalable, comme il se devait en présence d'un Zar. Puis elle se redressa, à genoux, pour glisser la chevalière en émeraude incrustée de diamants au doigt de Boaz. Elle hocha la tête avec assurance avant de se pencher au-dessus de la main de son fils et d'embrasser la bague avec ferveur.

— Mon seigneur Zar, lui dit-elle d'une voix étranglée par la fierté. En quoi puis-je vous servir ?

— Longue vie à la Valide Zara, dit Boaz.

Herezah se glorifia de ces mots qu'elle désirait entendre depuis tant d'années. Désormais, en tant que mère du Zar, elle allait, de par son seul nom, inspirer la peur à ceux qui l'entouraient.

Elle accepta leurs révérences, constata le sourire ironique sur le visage d'ordinaire indéchiffrable de Salméo et donna le premier d'une longue série d'ordres en tant que femme la plus puissante du pays.

— Levez-vous, tous, leur dit-elle avant de se tourner vers Tariq. Où est Lazar ?

— Il attend, Valide Zara, répondit le vizir.

Pleinement remis de l'insulte du nain, il avait peine à contenir sa joie en pensant aux richesses et au pouvoir potentiels qui l'attendaient. Longue vie à la Valide ! Il s'était bien positionné vis-à-vis d'elle.

— Faites-le entrer, lui et personne d'autre, ordonna-t-elle en ravalant un sourire à l'idée de partager ce moment de grande joie avec Lazar. La mort du vieux Zar doit rester secrète jusqu'à ce que je vous demande de l'annoncer.

Les médecins reçurent l'ordre de laver le corps de leur souverain. Ils remettaient en place les draps froissés autour du cadavre lorsque l'Éperon, grand et bronzé, entra dans la chambre.

— Lazar, dit Boaz, dont l'expression s'éclaircit.

Cet homme était la seule autre personne, dans ce palais, qu'il pouvait réellement considérer comme un ami.

L'Éperon n'accorda qu'un bref regard à la silhouette couchée sur le lit. Le choc de cette terrible nouvelle, il l'avait subi au restaurant de rathas. Il l'avait dissimulé, non sans effort, en regagnant le palais dans un silence incrédule, en avance sur le messager venu lui annoncer la mort imminente du souverain. C'était une chose à laquelle il ne pouvait réfléchir qu'en privé. Pour le moment, il se concentrait uniquement sur le nouveau Zar et sur le fait de ne pas laisser transparaître ses émotions, car Herezah le couvait du regard affamé d'un chasseur.

En un instant, Lazar se retrouva à genoux et tendit la main vers l'énorme chevalière qui avait peine à rester autour du doigt mince du jeune homme.

— Zar Boaz, Votre Grandeur, je vous offre mes services et ma vie.

Pour preuve d'affection, Boaz couvrit la main de Lazar avec la sienne, pâle et sans tache sur les doigts puissants et bronzés de l'homme à genoux.

— J'espère que nous n'aurons jamais à vous la demander, Lazar.

L'Éperon de Percheron se releva et salua Boaz d'un signe de tête, car il était fier de l'attitude du garçon. Ses yeux gris clair, qui attisaient la curiosité des Percherais et le désignaient comme un étranger, se posèrent ensuite sur Herezah, à laquelle il fit une profonde révérence.

— Valide Zara.

Elle ravala son plaisir, qu'elle dissimula derrière le masque grave qu'elle s'était composé. Elle aurait bien le temps de savourer la nouvelle allégeance que lui devait Lazar. Pour le moment, il y avait surtout des dispositions urgentes à prendre. Mais cela ne l'empêcha pas d'apprécier le fait de pouvoir enfin lui donner un ordre direct.

— Emmenez les médecins et faites le nécessaire, déclara-t-elle froidement, heureuse de ne pas être voilée à cette occasion, car ce n'était pas obligatoire au sein du palais tant que le Zar était présent.

Elle était extrêmement ravie que l'Éperon puisse contempler sa beauté et voir ce dont il se privait.

S'il sentit le plaisir que la situation donnait à Herezah, il n'en laissa rien paraître. Mais Lazar ne laissait jamais rien paraître, ou presque, de toute façon.

— Puis-je lui présenter mon dernier hommage ? demanda-t-il en regardant en direction du corps enveloppé dans ses draps de soie.

La nouvelle Valide inclina la tête et observa l'Éperon traverser la pièce en quatre enjambées avant de s'agenouiller pour embrasser la main du Zar. Il prit un moment pour lui faire ses adieux en silence, puis il se releva et se tourna vers les hommes qui avaient essayé d'empêcher ce décès.

— Médecins, leur dit-il simplement.

— Il faut être gentil avec la gorge de ces messieurs, commença à chanter Pez.

Il exécuta une nouvelle pirouette, mais l'expression exaspérée d'Herezah fit comprendre à Lazar qu'il valait mieux, dans l'intérêt du nain, le faire sortir lui aussi.

— Viens, Pez. Tu n'as qu'à nous tenir compagnie, suggéra le soldat.

Le nain approuva, non sans avoir gratifié l'assemblée d'un long et bruyant rot d'adieu.

Hautaine, Herezah dut attendre que Lazar soit prêt à partir pour lui délivrer un avertissement glacial :

— Occupez-vous d'eux tout de suite, Éperon, mais la nouvelle de la mort du vieux Zar doit rester secrète jusqu'à ce que je donne l'autorisation de l'annoncer.

Lazar nota comment Joreb, encore chaud sur son lit de mort, n'était déjà plus que le « vieux Zar » et comment le nouveau Zar se faisait déjà ignorer.

— Comme vous voudrez, Valide, répondit-il en s'inclinant.

Le vent frais qui balayait la pièce en provenance de la mer Faranelle ne parvenait pas à masquer la puanteur de l'ambition. Révolté, Lazar était heureux de pouvoir s'échapper, même si c'était pour s'occuper d'une tâche aussi ignoble que l'exécution des médecins.

Lorsque la porte se referma sur les quatre hommes, Herezah se retourna en disant :

— Tariq, Salméo.

— Valide ?

— Vous savez ce qu'il faut faire.

Ce n'était pas une question.

— Oui, répondit l'avare vizir.

— Salméo ?

L'énorme homme noir soupira.

— Vous allez vous faire des ennemis, Valide Zara.

Même à cette distance, elle sentit dans son haleine le parfum des pastilles à la violette qu'il suçait continuellement.

— Les ennemis de Boaz seront morts. Les autres seront impuissantes.

— Mère ? Que se passe-t-il ?

Boaz avait été trop absorbé par son chagrin pour suivre la conversation.

— Viens avec moi, Boaz. Je veux t'expliquer quelque chose.

Elle lui prit la main en regardant d'un air entendu les deux hommes qu'elle avait chargés de la tâche infâme.

Elle n'avait pas besoin d'en dire plus. Remplis d'une ambition obscure, les yeux de cette femme, qui gouvernait désormais Percheron dans l'ombre, parlaient pour elle.

# Chapitre 3

Boaz était profondément perturbé. Cette matinée avait commencé comme toutes les autres au palais et puis, durant un cours de langues étrangères, le vizir Tariq était arrivé, la mine extrêmement grave. Au début, le fils de la première épouse du Zar, sa favorite absolue, s'était réjoui de cette interruption. Toute occasion d'échapper aux verbes galinséens et à leur conjugaison était une bénédiction, car il s'agissait d'une langue qui mettait à rude épreuve même les meilleurs linguistes de Percheron. Sa mère lui avait expliqué que peu de personnes arrivaient à maîtriser cet idiome aussi étrange que pénible. Elle-même avait essayé d'apprendre pendant de nombreuses années, mais elle n'y était pas arrivée. Boaz avait du mal à l'imaginer échouant dans quelque domaine que ce soit et il avait cru au début qu'elle disait ça pour le flatter. Mais d'autres le lui avaient confirmé. Il était presque impossible pour un Percherais d'apprendre à parler couramment la langue du peuple de l'ouest. Sa mère avait plaisanté en disant que, si un Galinséen se présentait soudainement en ville, aucun habitant ne pourrait mener une conversation digne de ce nom avec lui. Boaz était convaincu qu'elle exagérait, et ils avaient ri tous les deux à ce sujet. Dans tous les cas, avait-il raisonné, si un Galinséen débarquait à Percheron, ce ne serait pas pour leur faire la conversation.

Apparemment, ce peuple de blonds aux yeux pâles avait tellement envie de s'emparer de Percheron que Lazar avait mis au point un réseau d'espions spécial à travers toute la ville, afin de tenir constamment le Zar au courant de la moindre information glanée à bord des navires commerciaux. C'en était arrivé au point où pas un seul navire battant pavillon de la Galinsée, ou n'ayant ne serait-ce qu'un Galinséen à son bord, n'avait l'autorisation de passer entre les géants, et encore moins de s'amarrer dans le port.

Lazar semblait connaître la Galinsée, qu'il avait apparemment arpentée pendant quelques années, et il admettait que son roi avait certainement des vues sur le beau Percheron. Boaz se souvint comment l'Éperon s'était rembruni en disant :

— ... Non pas que les souverains galinséens sauraient différencier l'art de la merde. Ils ne veulent qu'une chose, à savoir le port. Ils seraient capables de mettre la ville à sac et de la raser sans même jeter un coup d'œil en arrière.

Boaz n'y croyait pas, mais il comprenait le sentiment qui se cachait derrière cette déclaration. De toute évidence, Lazar détestait leurs voisins.

— Notre chance, c'est qu'ils ont beau être de bons navigateurs, nous sommes capables de protéger nos eaux territoriales, et le désert dans notre dos est la meilleure protection de toutes. Aucun Galinséen ne saurait survivre dans un milieu aussi hostile.

Lorsque le vizir avait interrompu sa leçon, Boaz avait brièvement pensé qu'il allait peut-être pouvoir jouer à la balle avec ses frères. Mais la perspective d'un après-midi de loisir s'était immédiatement évanouie lorsque le vizir lui avait solennellement demandé de l'accompagner.

Non seulement jouer à la balle ne faisait pas partie du programme, mais la journée n'avait cessé d'empirer. Il avait été témoin des derniers instants de son père, puis tout le monde s'était brusquement prosterné devant lui. Ensuite, il avait appris quelque chose de si terrible qu'il avait fui la chambre de son père. Les mots que lui avait chuchotés la nouvelle Valide avaient suscité une telle panique en lui qu'il avait couru trouver la seule personne capable de l'apaiser. Il voulait qu'on lui dise que ce n'était qu'un effroyable jeu que sa mère, assoiffée de pouvoir, avait inventé pour lui faire peur. Voilà pourquoi il se trouvait en cet instant dans la chambre du bouffon de la cour, quelqu'un qu'il pouvait sincèrement appeler son ami.

Assis en tailleur, Pez faisait exprès de loucher, mais il n'arrivait pas à faire sourire le nouveau Zar.

— J'ai trouvé mon pet bien minuté, déclara le nain pour rompre le silence.

— Ma mère n'était pas du même avis.

Le fou soupira et, chose rare, reprit son sérieux.

— Tu ne peux pas y échapper, Boaz.

— Mais c'est barbare !

Pez secoua sa tête démesurée.

— Il doit bien y avoir une autre solution ? supplia Boaz.

— En tout cas, aucune qui plairait à ta mère. Tu sais que c'est sa façon à elle de te protéger.

— Mon père n'aurait jamais approuvé une chose pareille.

— Allons, Boaz, dit Pez avec douceur. C'est précisément de cette manière que ton père a obtenu et sécurisé son trône.

Le jeune Zar ne s'y attendait pas.

— Je ne le savais pas.

Pez haussa les épaules.

— Il n'en était pas fier et il a délibérément préservé ses fils de cette vérité jusqu'à sa mort. Mais tu es le Zar à présent, et ta mère ne peut pas empêcher les dures réalités de la vie de t'atteindre.

— On dirait que tu la soutiens, protesta Boaz avec aigreur. (Comme Pez ne répondait pas, le Zar prit un air chagriné.) Ce sont mes frères, plaida-t-il.

— Et aussi tes assassins si les rôles étaient inversés. Boaz, ne sois pas naïf. Toutes les épouses du harem pensent comme ta mère. Elle fait le nécessaire pour te protéger toi et pour protéger le trône de Percheron.

— Elle fait ça parce qu'elle tient là sa chance d'obtenir le pouvoir !

Le nain secoua tristement la tête.

— C'est ton père qui t'a choisi pour lui succéder. Elle l'a seulement rêvé. Lui en a fait une réalité.

— Pourquoi ne puis-je pas réécrire les livres d'histoire et simplement les exiler ?

— Et ensuite devoir surveiller tes arrières jusqu'à ta mort ? Non, mon enfant, ils ont tous le droit de prétendre au trône, les plus vieux autant que toi. Tu ne vois peut-être pas les choses de cette façon pour le moment, mais chacun de ces garçons est ton ennemi. Leurs mères y veilleraient.

Le nouveau Zar laissa échapper une exclamation d'angoisse et de dégoût.

— Je ne peux pas y assister. Je refuse d'être le témoin d'une chose pareille !

— Il le faut ! répliqua Pez d'un ton tout aussi péremptoire. Sinon, les gens penseront que tu es faible.

— Eh bien, qu'ils le pensent ! cria Boaz en frappant la table.

Mais il regretta aussitôt d'avoir élevé la voix et se mit de nouveau à supplier :

— Pez, sauve-moi, ne me laisse pas assister à ça. J'en suis incapable.

Le nain se sentit déchiré. Il comprenait la peur du jeune homme, mais conspirer contre la Valide Zara équivalait à une trahison. Il allait secouer la tête lorsqu'une idée lui vint. C'était désagréable, mais efficace, et avec un peu de chance, sans conséquence.

— Tends le bras.

— Quoi ?

— Fais-le.

Boaz obéit, nerveux.

— Lazar et moi, nous sommes les seuls à te connaître vraiment, Pez. Tous les autres te prennent pour un dément.

Le nain décida qu'il ne valait mieux pas avouer à son ami que d'autres personnes connaissaient la vérité.

— Pourquoi ne leur dis-tu pas qu'ils se trompent ?

— Parce que tu es mon secret, et que ce secret est la seule chose qui m'appartienne vraiment et que ma mère ne peut pas gâcher. Je ne le partage pas parce que tu es quelqu'un de vrai. Il n'y a personne d'autre à qui je peux faire confiance comme ça.

Pez sourit, et ses traits étranges parurent se brouiller et devenir, non pas beaux, loin de là, mais brusquement normaux. La chaleur et la beauté contenues dans son sourire dévoilaient quel cœur il avait.

— Bientôt, il y en aura d'autres.

Perplexe, Boaz fronça les sourcils.

— Qui ça ?

En guise de réponse, Pez rota de manière théâtrale. Boaz connaissait suffisamment bien les tactiques évasives du nain pour comprendre qu'il ne tirerait rien de plus de son ami sur ce sujet.

— Ça va faire mal, Zar Boaz, mais pas autant que de regarder tes frères mourir.

Instinctivement, le nouveau Zar ferma les yeux.

— Comment est-ce arrivé ? hurla Herezah au visage de Tariq. Un jour comme aujourd'hui, en plus !

Elle avait revêtu une tunique noire exquise par-dessus un pantalon en soie assorti. Il s'agissait sans doute de sa tenue de deuil, mais les deux hommes présents ne manquèrent pas de remarquer comme la coupe des vêtements mettait en valeur sa silhouette sensuelle. Même en deuil, Herezah avait l'intention de couper le souffle à tout le monde.

Cet éclat ne fit pas vaciller l'expression sinistre du vizir, ce qui était à son honneur.

— C'est Pez qui l'a trouvé, Valide Zara. Apparemment, Boaz courait rejoindre le bouffon quand il est tombé et s'est blessé.

Cette explication inutile arracha à Herezah une exclamation de dégoût. Elle avait déjà deviné tout ça par elle-même. Ses yeux flamboyants de colère se tournèrent alors vers l'Éperon. Qu'il réponde à son tour du fait que tout allait de travers.

— Eh bien, Éperon Lazar ?

— Pez est venu me chercher quand l'accident s'est produit. J'ai vu que Boaz s'était cassé le bras et j'ai demandé qu'on aille immédiatement quérir l'un des médecins de la cité. Je n'avais pas vraiment le choix, Valide, ajouta-t-il.

Il ne souhaitait pas la mettre encore plus en colère en lui rappelant que c'était elle qui avait demandé qu'on exécute au plus tôt les médecins du palais.

Les malheureux étaient morts courageusement, d'ailleurs. Ils avaient fait leur prière et écrit un message à leurs familles avant de s'agenouiller calmement dans la cour des exécutions. Ensemble, ils avaient chanté le mantra qui permettrait à leurs âmes d'accéder au Jardin de Zarab.

Lazar refusait de laisser les soldats du palais mener à bien ce genre de tâches. Il avait réuni une petite équipe de bourreaux pour appliquer toute condamnation à mort ordonnée par les membres de la famille royale ou leurs agents. En l'occurrence, deux hommes d'expérience étaient venus se placer en silence derrière les médecins. Un troisième, leur chef, leur avait donné le signal dès la fin du mantra. Les bourreaux avaient apposé leur lame contre la gorge de chaque victime et leur avaient adroitement tranché la jugulaire. Ce n'était pas beau, mais c'était rapide et honorable. Ensuite, on leur avait coupé la tête, mais celles-ci ne seraient pas exposées sur des piques tant que la Valide ne donnerait pas l'ordre d'apprendre à la ville la mort de son Zar.

En son for intérieur, Lazar brocardait cette société percheraise qui prétendait aimer la paix. Il avait personnellement assisté à d'innombrables actes barbares au sein des murs du palais. Dans le même ordre d'idées, la Galinsée, que l'on qualifiait de nation barbare, n'avait jamais exécuté ses docteurs pour n'avoir pas réussi à guérir quelqu'un.

— Eh bien, j'ai renvoyé le médecin de la ville, répliqua Herezah, exaspérée. Yozem va s'occuper de Boaz. Nous allons devoir engager une nouvelle équipe de médecins pour soigner le Zar.

— Comme vous voudrez, murmura Lazar, qui continuait à s'étonner de ces vies qu'on gaspillait – ceux qu'on venait d'exécuter auraient fait de bons docteurs pour Boaz.

— Rien ne va comme je voudrais, riposta Herezah d'un ton acide.

L'absence de Boaz l'ulcérait, mais après avoir vu le Zar au teint gris suer à grosses gouttes à cause de son bras cassé, elle savait qu'il ne pouvait venir. Yozem avait déjà préparé la mixture à base d'opium qui servait à soulager la douleur. Pour les membres de la famille royale, on y ajoutait de la poussière de diamants, d'émeraudes et de rubis, même si, par la suite, Boaz prendrait son opium dans des comprimés dorés préparés uniquement pour le Zar.

— S'il n'y avait pas eu Pez..., commença Lazar.

Mais la Valide l'interrompit avec colère :

— Oui, oui, s'il n'y avait pas Pez ! Si je ne le savais pas aussi débile, je pourrais presque croire qu'il complote contre moi. (Les deux hommes voulurent protester gentiment, mais elle les ignora, l'un comme l'autre.) Qu'a-t-on raconté aux gens ?

Ce fut Lazar qui répondit :

— Ils savent seulement que le Zar est blessé et que ses médecins sont avec lui. Personne ne sait encore qu'il est mort.

Elle hocha la tête et parut se désintéresser aussitôt de la question.

— Alors, est-ce que tout est prêt, Tariq ?

— Suivant vos ordres, Valide. Salméo est avec eux.

Herezah savait que Lazar allait trouver sa dernière machination odieuse, mais qu'il dissimulerait son dégoût derrière ce masque agaçant. Il semblait vain d'espérer voir un jour cet homme trahir la moindre émotion. Les dieux savaient pourtant qu'elle essayait depuis longtemps. Elle n'aurait su dire pourquoi il attisait autant sa curiosité. Peut-être parce qu'il paraissait inaccessible au point qu'elle mourait d'envie de l'atteindre ? Toute sa vie, les hommes l'avaient convoitée. Mais celui-là ne la regardait quasiment pas. Elle le haïssait pour ça, car ce mépris l'humiliait bien plus que le fait d'être uniquement l'objet de désirs charnels. Même un simple mot gentil, au-delà de ces politesses qu'il était obligé de lui servir, serait pour elle une chose à laquelle se raccrocher. Malgré tout, tout avait changé ce matin-là. De toute évidence, Lazar en avait conscience, lui aussi, ce qui expliquait ses manières réticentes. Tant mieux. Il était grand temps de voler dans les plumes de l'aigle noir, comme elle l'appelait.

— Vos hommes devront sécuriser la zone, Éperon Lazar. Je suppose que je peux compter sur leur discrétion ?

Il inclina la tête en guise de réponse affirmative, mais elle eut le temps de voir une expression mécontente se peindre sur son visage, si brièvement qu'une autre personne aurait pu croire qu'elle avait rêvé. Mais pas Herezah. Elle connaissait les angles et les nuances de ce visage aussi bien que du sien. Elle avait assez souvent imaginé qu'elle le caressait, qu'elle embrassait ces lèvres furibondes et qu'elle plongeait son regard dans ces yeux gris argent courroucés.

— Valide…, commença Lazar.

— Il suffit, le prévint-elle. Rien ne me fera changer d'avis. C'est le seul moyen de protéger Boaz. Vous le savez aussi bien que nous. Maintenant, dites-moi, où sont les femmes ?

— Aux bains, Valide, répondit le vizir.

Elle se détourna de Lazar pour mieux lui faire comprendre qui détenait le pouvoir, à présent. Boaz était le Zar, mais c'était sa mère qui gouvernait. Cependant, elle fit en sorte d'être en mesure de continuer à observer l'Éperon du coin de l'œil. Pourquoi perdre une seule occasion de se régaler de l'apparence d'un homme qui éveillait en elle un désir véritable ? Zarab savait qu'aucun autre homme autour d'elle n'en était capable. Trop longtemps, elle avait été obligée de se plier aux caprices de Joreb, ce vieil homme empâté avec ses étranges habitudes sexuelles. Bien sûr, il y avait les demi-hommes, les eunuques à la langue douce qui satisfaisaient illégalement nombre de femmes dans le harem. Mais pas elle. Elle les trouvait repoussants. Quant à chercher le réconfort dans les bras d'une autre femme, cette seule idée lui soulevait le cœur, même si elle savait qu'un certain nombre d'odalisques et d'épouses se donnaient du plaisir entre elles. Elle se rembrunit en chassant ces pensées de son esprit. Seul Lazar faisait battre son cœur.

— Bien. Et les épouses ? demanda-t-elle à son vizir.

— Salméo les a également envoyées nager cet après-midi, Valide. Il fait si chaud, aujourd'hui. Toutes, à l'exception d'Ameera, ont profité du fait qu'il a ouvert une porte longtemps inusitée qui donne sur les Bassins de Saphir.

Elle haussa les sourcils.

— Vraiment, il les gâte, dit-elle en feignant de ne pas remarquer la grimace que son attitude condescendante arracha à Lazar. Et Ameera ?

— Elle ne se sentait pas bien. Elle a été consignée dans ses appartements.

— Postez un garde devant sa porte.

Le Vizir acquiesça, et Herezah continua :

— Passons maintenant aux garçons.

— Ils sont à la fontaine du Lion, confirma Tariq. Salméo doit les y avoir rejoints, à l'heure qu'il est.

— Nous sommes donc prêts. (Elle se tourna vers l'Éperon et lui lança un regard de pierre.) Arrêtez de froncer les sourcils, Lazar. À partir de maintenant, c'est moi qui donne les ordres. Aussi détestable que cette tâche puisse vous paraître, vos hommes veilleront à ce qu'elle soit correctement accomplie.

— Oui, Valide Zara.

En dépit de cette réponse respectueuse, elle entendit du mépris dans sa voix et vit la colère briller dans son regard. Cela fit bondir son cœur froid. Elle adorait cette férocité chez lui et, oui, le fait qu'il la défie. Il était sûrement le seul homme, à Percheron, à se raser les joues et le menton, à l'exception des jeunes garçons qui attendaient impatiemment que leur barbe pousse en même temps que leur voix muait. Cet homme-là n'avait rien d'un adolescent et c'était par fierté qu'il ne portait pas la barbe. Ses joues et son menton glabres laissaient apparaître la fermeté de ses mâchoires. De plus, il laissait libre sa chevelure noire, plus longue que celle de n'importe quel

Percherais. Encore un refus d'abandonner son indépendance. Pas de joyaux ni d'ornements non plus pour Lazar. *Non,* se dit-elle, *il est suffisamment éblouissant comme cela.*

Trop de femmes, dans le harem, passaient des heures à discuter de ce que cela devait faire de coucher avec Lazar. Pas une seule fois, cependant, il n'avait fait preuve de l'habituelle faiblesse des hommes en succombant à leurs charmes. Cela aurait été la pire des offenses, bien entendu, et aurait entraîné une exécution immédiate.

Elle aurait été la première à reconnaître qu'il ne s'agissait pas d'amour, mais Herezah désirait cet homme et éprouvait pour lui une irrésistible passion. Or, elle était désormais la seule femme du harem à pouvoir se faire obéir de lui. Voilà qui promettait des moments intéressants.

— Bien, dit-elle en espérant que ses joues n'étaient pas aussi rouges qu'elle en avait soudain l'impression. Finissons-en.

Les princes, nés des épouses du harem, étaient âgés de quinze ans à tout juste sept lunes. Ils furent rassemblés peu après midi, et le bébé fut arraché des bras de la nourrice qui l'allaitait. Ce fut elle qui donna l'alerte avec ses terribles cris. Elle ne pouvait deviner ce qui se passait, mais instinctivement, elle courut aux Bassins de Saphir chercher la mère de l'enfant. La nouvelle fit hurler les épouses qui prirent conscience de la fragilité de leur existence. Le Zar avait dû succomber à ses blessures, ce qui ne pouvait signifier qu'une seule chose. Sinon, pourquoi aurait-on pris le bébé de manière aussi brutale ? Elles grimpèrent hors des bassins et coururent éperdument en direction de l'endroit où elles avaient vu leurs fils pour la dernière fois. Leurs serviteurs eunuques jetaient des capes sur elles dans un effort désespéré pour protéger la pudeur de ces femmes qui n'avaient pas le droit de montrer leurs visages, et encore moins leurs corps nus.

Mais il était déjà trop tard pour ces mères. Leurs lions avaient disparu, emmenés dans un endroit secret dont ils ne reviendraient pas… pas vivants, en tout cas.

Le grand maître des eunuques avait rapidement surmonté les réserves que lui inspiraient les ordres de la Valide Zara. Il n'aurait pas dû être surpris de cette décision et regrettait le subtil avertissement qu'il lui avait donné plus tôt ce jour-là. Salméo se promit de ne plus jamais sous-estimer Herezah, surtout à présent qu'elle avait son avenir entre les mains. Oh, comme les rôles s'étaient inversés !

Son existence avait été presque parfaite sous le règne du vieux Zar. Personne, pas même lui, aussi calculateur soit-il, n'aurait pu prévoir l'accident qui avait coûté la vie à Joreb. Une simple chute de cheval, alors qu'il était si bon cavalier ! Il avait voulu impressionner ses fils en faisant la course avec un autre homme, leurs deux destriers lancés à pleine vitesse vers le même drapeau cramoisi planté dans le sol. Ayant déjà fait cela à d'innombrables reprises, Joreb avait gaiement mis en jeu cinq de ses plus belles odalisques. Il avait gagné cette fois-ci, mais il l'avait chèrement payé – de sa vie. Qui aurait pu deviner qu'il tomberait de sa selle en se penchant pour empoigner le prix ? Ou que l'autre cheval arriverait moins d'une seconde plus tard sans pouvoir éviter de le piétiner ? Le Zar était décédé d'une hémorragie interne massive.

Salméo soupira. Tout n'était pas perdu. Il restait l'homme le plus puissant du palais après Boaz, en dépit des illusions que nourrissait cet ambitieux vizir. Sa fortune était si grande et son réseau d'influence si vaste qu'il ne craignait personne – sauf Herezah.

Il devait absolument s'insinuer dans ses bonnes grâces, et vite. Ils avaient eu des différends, mais Herezah n'était pas stupide. « On sait ce qu'on perd, mais on ne sait pas ce qu'on trouve », disait le proverbe. Elle savait jouer à leur jeu, voilà pourquoi elle était aujourd'hui Valide Zara. Il l'admirait, en dépit de leur méfiance mutuelle. Ils étaient des créatures semblables, dans le fond, des prisonniers tous les deux, aussi démesurément ambitieux l'un que l'autre et pourvus du même instinct de survie qui leur avait permis de surpasser leurs rivaux.

Peut-être pouvaient-ils repartir de zéro en faisant table rase du passé ? Il l'avait blessée, physiquement et émotionnellement, mais c'était ça, la vie dans le harem. Herezah le savait, comme toutes les autres femmes. Si elle l'autorisait à travailler avec elle, alors ensemble, ils apporteraient au nouveau Zar un soutien formidable. Boaz était si jeune encore, Herezah allait devoir gouverner pour lui. Oh oui, au début, elle allait s'appuyer sur Tariq, mais elle ne tarderait pas à avoir besoin du réseau d'influence de Salméo, et il serait ravi de le lui mettre à disposition.

Il allait commencer par lui faire plaisir avec l'événement de l'après-midi. C'était regrettable mais nécessaire. Personne ne mesurait mieux que Salméo le besoin de suprématie absolue. Quel dommage cependant de devoir démanteler le harem. Il abritait l'une des plus belles collections que l'on ait vues depuis plusieurs siècles, et chacun, des eunuques aux favorites, y était parfaitement à sa place, grâce à lui, Salméo.

L'arrivée des enfants le sortit de ses pensées. C'était l'heure. Il espérait qu'Herezah apprécierait la symétrie entre les blessures du vieux Zar et le spectacle qu'il avait hâtivement préparé pour l'exécution. Mais, en vérité, il n'en doutait pas.

Salméo retrouva les garçons dans un pavillon qui n'avait plus servi depuis longtemps. Les esclaves qui avaient reçu l'ordre douloureux d'agir poussèrent les enfants vers l'énorme grand maître des eunuques qui prit le bébé dans ses bras et le déposa lui-même à l'intérieur d'un sac en velours cramoisi.

— Est-ce que c'est un jeu ? demanda un petit avec enthousiasme.

La cicatrice de Salméo se tordit lorsqu'il ouvrit la bouche en un large sourire, dévoilant son impressionnante dentition d'une blancheur de perle. Il y avait entre ses dents de devant un trou gros comme un doigt d'enfant qui ne manquait jamais de fasciner les gens, car sa langue ne cessait d'apparaître dans cette béance et le faisait zézayer.

— Oui, mon prince. C'est un nouveau jeu que nous avons inventé juste pour cet après-midi.

—Comment ça s'appelle ? s'écria un deuxième garçon en se glissant joyeusement dans un autre sac en velours.

—Le grand piétinement, répondit Salméo de sa voix efféminée, avec son cheveu sur la langue. Allez, on se dépêche, les garçons.

Les enfants, même les plus vieux, se bousculèrent pour entrer dans un sac en se tortillant et en pouffant.

—Maintenant, nous allons vous attacher, prévint Salméo d'un ton léger. Mais on ne serrera pas trop fort, ajouta-t-il – ce qui était un mensonge.

Il hocha la tête, et les esclaves s'exécutèrent, attachant fermement les enfants dans leur sac en velours.

—Maintenant, ne bougez plus, ordonna le gros eunuque. Le Zar va arriver, ajouta-t-il – encore un mensonge pour les obliger à se tenir tranquilles.

Chaque esclave souleva un sac avec son précieux contenu et le porta jusqu'à un grand bassin vide. C'était l'endroit idéal pour déposer les enfants. Cependant, au bout de quelques instants, le bébé se mit à pleurer, entraînant d'autres crises de larmes chez les plus jeunes, qui se lassaient déjà de la chaleur et de l'obscurité qui régnaient au sein de leur sac. Le jeu n'était plus amusant.

# Chapitre 4

Herezah n'avait pas besoin d'être voilée dans l'intimité du harem, y compris dans les cours attenantes. Néanmoins, elle portait un voile de gaze soyeuse drapé sur son visage. Les personnes présentes penseraient sans doute que c'était sa manière de témoigner du respect aux victimes, mais, en réalité, elle voulait dissimuler son expression. C'était juste une précaution. Herezah ne doutait pas qu'elle supporterait le spectacle avec grâce, aussi désagréable soit-il.

Salméo avait envoyé un groupe de ses eunuques avec un dais en soie pour la protéger du soleil et ajouter au mystère de la reine qu'elle était devenue ce jour-là. C'était un honneur particulier qu'il lui accordait là.

Derrière Herezah, la mine orageuse, se trouvait l'Éperon. Mais il ne fallait pas se fier à son visage. Il était furieux de nature, elle en était convaincue. Il se montrait brusque et distant avec tout le monde, excepté Boaz et ce satané nain. Seuls ces deux-là parvenaient à l'amuser et même à allumer l'étincelle de l'amitié au fond de ses yeux gris insondables. Certes, il avait apprécié Joreb et ils étaient proches autrefois, mais ils n'avaient pas eu beaucoup de choses à faire ensemble ces dernières années, tandis que le Zar s'engonçait dans un style de vie plus indolent. Le fait qu'il s'adonne à plus d'activités charnelles avait déçu Lazar, du moins Herezah le pensait-elle. Une raison de plus, certainement, pour qu'il en veuille au monde entier.

Il était jeune pour s'occuper de la protection de Percheron. Joreb l'avait admis, un soir, après qu'elle eut satisfait un autre de ses curieux fantasmes fétichistes.

Le Zar se prélassait, en proie à l'agréable langueur qui suit d'ordinaire une longue séance de jeux amoureux. Mais le travail d'Herezah n'était pas terminé pour autant. Elle qui n'était qu'une odalisque, à l'époque, lui avait proposé de lui faire un massage pour l'aider à s'endormir. Elle le préférait toujours de cette humeur-là, lorsque sa langue était aussi détendue que le reste de son corps.

Elle avait saisi sa chance.

— Parlez-moi de l'Éperon.

— Lazar ? avait-il dit d'une voix traînante. Quelle trouvaille pour nous ! C'était un prisonnier, en vérité.

Herezah savait, rien qu'à son physique, que Lazar était un étranger. Aucun Percherais n'avait des yeux aussi clairs, ni ce nez aquilin et ce visage aux traits si prononcés. Sans ses cheveux noirs, il aurait pu être galinséen.

— D'où vient-il ? avait-elle demandé, intriguée.

— Devine, avait répondu le Zar, taquin.

— Je ne peux pas, Très Haut. Je ne sais rien des pays au-delà de nos rivages… Je ne connais que la vie au sein du palais.

Joreb avait glissé la main sous son oreiller de soie et en avait lentement sorti le plus clair des saphirs, qui étincelait à la douce lumière des lampes.

— Si tu trouves la bonne réponse, il est à toi, lui avait-il dit avec un sourire.

Elle avait interrompu son massage pour regarder son Zar d'un air grave.

— Je ne veux pas de joyaux, Très Haut.

— Que veux-tu donc, Herezah, mon ambitieuse esclave ?

Elle détestait ce mot. Celui d'odalisque ne lui plaisait déjà pas beaucoup, mais au moins était-il plus joli. Cependant, elle n'avait pas laissé son visage trahir sa pensée.

— Je veux le statut de Zaradine.

Il avait ri avec un plaisir sincère.

— Je le savais ! Tu deviendras donc ma femme si tu trouves la bonne réponse.

— Et le saphir ?

— Est à toi quoi qu'il arrive, pour m'avoir amusé.

— Parlez-moi d'abord de Lazar et laissez-moi donner ma réponse ensuite.

Avec ses mains, elle s'était remise au travail, lentement, de manière rythmique.

— Tu sais qu'un prisonnier peut choisir de se battre pour regagner sa liberté ? (Elle avait hoché la tête.) Mais la plupart renoncent à cette possibilité, car il s'agit d'un combat à mort.

— Contre combien d'hommes, mon Zar ?

— Six, normalement. Comme tu peux l'imaginer, cela ne laisse pas beaucoup de chances au prisonnier. (Il avait posé le menton sur ses poings en se remémorant cet épisode.) Ah ! s'exclama-t-il en riant. Lazar a exigé douze adversaires et la possibilité de me parler. C'est son audace qui a retenu mon intérêt. L'idée de voir ce chiot insolent recevoir une correction m'amusait, alors j'ai demandé à l'Éperon de l'époque de choisir douze de ses meilleurs hommes et de les aligner face au prisonnier.

Les yeux noirs d'Herezah s'étaient mis à briller lorsqu'elle s'était imaginé la scène.

— De toute évidence, il a gagné, avait-elle dit en remplissant un verre de vin doux pour le Zar.

Joreb s'était retourné et redressé pour boire.

— C'est à peine s'il a transpiré, alors qu'il a laissé tous les soldats sur le carreau, les uns avec un membre cassé, les autres gémissant à cause d'une plaie quelconque. Toutes les blessures visaient à empêcher la poursuite du combat, mais aucune n'était mortelle, voilà ce qui a été le plus stupéfiant. Il m'avoua par la suite, lorsque j'accédai à son désir d'avoir un entretien avec moi, qu'il trouvait que c'était du gâchis de tuer de bons soldats uniquement pour divertir les gens. Et quand je lui ai demandé si c'était du gâchis de mettre sa propre vie en danger, sais-tu ce qu'il m'a répondu ?

Herezah avait secoué la tête. Elle ne connaissait pas bien Lazar alors, même s'ils avaient le même âge. En revanche, elle savait à quel point son corps avait envie de lui.

Joreb avait souri jusqu'aux oreilles.

— Il a dit que sa vie n'avait jamais été en danger ! Quelle impudence !

— Que voulait-il de vous, mon Zar ?

— La liberté de vivre en Percheron. Je lui ai offert davantage, et il a accepté le poste d'Éperon.

— Pourquoi a-t-il choisi Percheron ?

— Il m'a expliqué que la ville était si belle qu'elle l'inspirait profondément. Notre langue, notre culture, notre peuple, notre art, notre architecture – il voulait en faire partie.

— Il doit venir d'un endroit qui manque cruellement de toute cette beauté que nous tenons pour acquise.

Joreb avait vidé son verre avant de se rallonger sur ses oreillers.

— Tu es rusée, Herezah, lui avait-il dit en lui prenant les mains pour les poser sur sa verge. Masse-moi à cet endroit, mais donne-moi rapidement la réponse, sinon je vais oublier notre marché.

Herezah se souvint comme elle avait réfléchi furieusement cette nuit-là pour bien deviner. L'enjeu comptait plus que tout pour elle et représentait la première étape majeure vers son but ultime. En tant que Zaradine, épouse du Zar, elle pourrait lui donner un fils et avoir ainsi une chance de devenir Valide Zara. Son destin dépendait de sa réponse, et le Zar ne passerait jamais plus un marché aussi étrange avec elle.

— Eh bien ? Mon esprit est en train de partir à la dérive, ma belle. Il descend là où tes doigts m'appellent.

Elle avait pris une profonde inspiration et s'était souvenue d'avoir un jour entendu l'horrible Salméo raconter que son plus grand plaisir avait été de faire d'un Galinséen un eunuque.

« Je n'ai connu cette joie immense qu'une seule fois, et le misérable en est mort, mais c'était jouissif de voir un Galinséen perdre sa virilité, avait-il expliqué. Ce sont les gens les plus arrogants du monde et les plus difficiles à mater. »

Elle avait pris le risque.

— Vous savez, mon seigneur, si je ne le connaissais pas, je dirais que votre Éperon est galinséen.

— Tu sais que c'est impossible, Herezah, avait répondu Joreb en bâillant. Les Galinséens ont les cheveux blonds et les yeux étrangement clairs, et lui est brun, même si je t'accorde que ses traits et son comportement sont certainement typiques de notre belliqueux voisin. Qui plus est, Lazar n'a aucune animosité envers Percheron – il m'a supplié de l'autoriser à rester ici.

— Ai-je droit à un autre essai, mon Zar ?

Elle avait essayé de ne pas le supplier, mais elle devait absolument remporter ce marché.

— Pourquoi pas ? Mais je te préviens, Herezah, même si tu m'excites, je commence à me lasser de cette discussion. Si je devais m'endormir avant de prendre mon plaisir, ta réponse ne compterait pas, alors fais vite.

Il avait bâillé pour mieux souligner ses propos.

— Zar Joreb, je dirais donc que Lazar vient d'un endroit proche de la Galinsée. La Merlinée est ma réponse.

Elle connaissait bien sa géographie, et avait retenu son souffle après avoir parlé.

Joreb avait réagi vivement en l'allongeant sur le dos, une lueur d'amusement étincelant dans ses yeux noirs où il n'y avait plus aucune trace de fatigue.

— Femme, ce soir, je vais te donner un fils.

Herezah avait cambré les reins avec une joie sans mélange tandis que le Zar tenait promesse.

Plus tard encore, alors que Joreb la prenait dans ses bras pour s'endormir, elle avait suggéré qu'il organise une nouvelle démonstration pour que les femmes puissent apprécier les prouesses guerrières de Lazar. Joreb avait refusé.

— Pas même pour votre favorite ? avait-elle supplié en savourant l'idée de voir un Lazar huilé, à demi nu et obligé de se battre.

Joreb avait secoué la tête d'un air ensommeillé.

— Je lui ai donné ma parole.

— Il ne compte pas, mon Zar, ce n'est qu'un Merlinéen, qui vaut à peine mieux, de mon point de vue, qu'un barbare galinséen.

Son nouvel époux avait rouvert les yeux en grand.

— Nous ne devrions jamais les sous-estimer, ô ma belle ambitieuse. Il faudra l'apprendre à notre fils. Oui, nous sommes une nation cultivée dont les arts et la langue impressionnent les autres. Les Galinséens peuvent paraître vulgaires, en comparaison. Mais, Herezah, tu devrais les craindre et non te moquer d'eux.

Elle avait écouté et acquiescé, en sachant qu'elle avait plu au Zar cette nuit-là. Les joyaux qu'elle recevrait le lendemain seraient assez nombreux pour que les autres épouses piquent une crise de jalousie. Mais Herezah ne voulait plus qu'un seul joyau. Elle voulait un fils et que ce soit à lui que revienne le titre de Zar. Le reste lui importait peu. Le pouvoir était tout. La richesse pouvait attendre.

Elle lui avait tellement plu cette nuit-là, presque quinze ans plus tôt, que le Zar non seulement l'avait couverte de bijoux, mais l'avait de nouveau appelée auprès de lui quatre nuits d'affilée. C'était totalement inhabituel de la part de Joreb et c'était là qu'Herezah avait affiché sa volonté d'obtenir le titre de favorite absolue. Au cours de ces nuits torrides de faveurs et de jeux sexuels, elle était tombée enceinte de Boaz. Elle n'avait pas encore quatorze ans alors, et le Zar était un vieil homme, du moins à ses yeux, mais cela lui importait peu. Neuf mois plus tard, elle lui avait donné un prince et il lui avait offert la récompense ultime en faisant d'elle sa favorite absolue.

Quelqu'un s'éclaircit la voix, interrompant sa rêverie. C'était Tariq.

— Nous sommes arrivés, Valide, indiqua le vizir.

Elle aurait voulu lui dire qu'elle le savait déjà rien qu'aux grognements mécontents des enfants.

— Rangez le dais, ordonna-t-elle, ce qui fut fait.

Salméo inclina son énorme buste devant elle. Herezah remarqua qu'il était entièrement vêtu de soie noire en hommage à ceux qui allaient bientôt mourir. Son ongle verni était la seule note de couleur au sein du noir de sa peau et de sa tenue. Herezah jeta un bref coup d'œil sur sa gauche et vit que Lazar serrait les dents. Il avait déjà transmis l'ordre à ses hommes et n'avait donc pas besoin de rester, sauf peut-être pour rendre hommage, malgré lui. Mais cet hommage n'était pas pour elle, Herezah en avait conscience. C'était pour les jeunes princes.

— Devons-nous faire entrer les bêtes, Valide ?

Tariq, encore, visiblement bien décidé à prendre l'événement en mains. Elle vit Salméo se rembrunir.

— Grand maître des eunuques, dit-elle alors, en décidant à cet instant qu'elle avait beau détester Salméo, elle ne pouvait réussir sans lui. (En dépit de son nouveau statut, elle n'avait pas envie de s'en faire un ennemi et elle était capable de voir assez loin pour comprendre qu'il ferait un puissant allié.) Procédez, je vous prie.

Elle refusa de regarder le vizir, qui devait certainement fulminer d'être ainsi ignoré.

Une fois de plus, l'énorme eunuque s'inclina. Lorsqu'il se redressa, le regard qu'il échangea avec la Valide Zara exprimait en grande partie ce qu'ils n'auraient jamais besoin de se dire à voix haute. Un accord venait d'être passé. Ils étaient partenaires, désormais, et laissaient le passé derrière eux.

— Faites entrer les éléphants, ordonna-t-il d'une voix forte que le harem entendait rarement.

Salméo préférait intimider son monde avec son intonation douce et chuintante. Herezah était convaincue que ce ton fracassant venait du plus profond de lui, depuis le bout de ses mules en satin noir.

En entendant cela, les enfants emprisonnés poussèrent de nouveaux hurlements. Tout à coup, aucun ne se sentit rassuré par la promesse d'un jeu. D'une façon ou d'une autre, la chose avait pris une tournure sinistre. Un éléphant, ça n'était ni joueur ni câlin. Pourquoi en amenait-on dans la cour ? Tous les garçons s'étaient émerveillés en les voyant dans le magnifique zoo privé de leur père, mais ces mastodontes étaient dangereux, en particulier les quatre mâles.

Les femelles apprivoisées avaient été laissées dans leurs enclos. Seule une mère enragée en voyant son bébé menacé aurait accepté de marcher sur les sacs en velours qui s'agitaient. Mais les mâles n'avaient pas tant de scrupules. Leurs gardiens les amenèrent jusqu'au bassin où les cris de terreur des enfants s'intensifièrent en entendant les barrissements des animaux.

Sur l'ordre de Salméo, les hommes firent descendre les énormes bêtes dans le bassin et les encouragèrent à se dresser sur leurs pattes arrière pour se laisser retomber de tout leur poids. C'était un tour qu'on leur avait appris pour divertir les enfants ; voilà qu'à présent on l'utilisait pour les tuer.

Le premier sac qui cessa de bouger ne contenait qu'un tout petit corps. Herezah fit la grimace et pensa à Ayeesha. C'était son bébé. Après cette première mort, elle se jura de ne plus frémir. Ils étaient tous les assassins potentiels de son fils. Les autres épouses, pourtant folles de chagrin, finiraient par comprendre elles aussi, comme elle y aurait été obligée si elle n'avait pas été la mère de l'élu de Joreb.

Très vite, tous les sacs cessèrent de remuer et l'on n'entendit plus les cris pitoyables. La patte d'un éléphant vint rapidement étouffer les derniers gémissements étranges. Herezah ne manqua pas de voir le vizir détourner la tête lorsque l'un des sacs se déchira et que du sang rouge vif éclaboussa la tunique en coton blanc de l'un des gardiens. Elle reconnut le visage de l'enfant, mais tout juste. C'était le demi-frère le plus proche de Boaz. Ils étaient nés à quelques semaines d'intervalle seulement. Le garçon avait l'arrière du crâne éclaté, et de la matière liquide s'en échappait. Elle ne détourna pas le regard, mais remercia les dieux en silence d'avoir épargné cette épreuve à Boaz.

Derrière elle, Lazar ne parlait pas et ne bougeait pas non plus, mais elle était convaincue que si le silence avait régné dans la cour, elle aurait pu l'entendre grincer des dents, tant ses mâchoires remuaient furieusement. Cependant, le regard qu'elle lui lança à la dérobée derrière son voile lui apprit qu'il contemplait sans faillir l'horrible scène. Puis, Salméo ordonna que l'on remmène les éléphants. Le grand maître des eunuques devait juger que les sacs ne contenaient plus guère que de la pulpe sanglante, désormais. Aucun corps ne serait remis à sa mère en pleurs. Tous allaient être incinérés immédiatement, selon les instructions de la Valide Zara.

Herezah soupira, soulagée que ce soit fini. Le trône était sauf.

Comme s'il lisait dans ses pensés, Lazar se tourna vers elle, délibérément, et la regarda droit dans les yeux, comme s'il pouvait voir à travers la gaze et jusque dans son âme.

— Satisfaite, Valide ?

Elle refusa de mordre à l'hameçon, mais se réjouit d'avoir réussi à percer ses défenses.

— Attention, Lazar. Je pourrais très bien nommer un nouvel Éperon.

— Comme vous le désirez, Valide Zara, répliqua-t-il, pas du tout intimidé. Pardonnez-moi, le devoir m'appelle, ajouta-t-il avant qu'elle puisse répondre de la même manière.

Herezah ravala sa réaction première. Elle avait beau être devenue tout à coup la femme la plus puissante de Percheron, elle n'en oubliait pas pour autant l'avertissement du Zar quand il l'avait appelée à son chevet, plus tôt dans la journée. « Garde Lazar près de notre fils. Lui seul comprend l'esprit galinséen. »

Non, elle n'allait pas remplacer cet Éperon-là alors qu'il était peut-être tout ce qui se dressait entre Percheron et un soulèvement galinséen, surtout à présent qu'un adolescent était assis sur le trône. Elle allait laisser passer sa colère pour l'instant. Elle était suffisamment intelligente pour trouver un moyen subtil de se venger, et ne manquerait pas de le faire dès que le vieux Zar aurait été incinéré.

En fait, une merveilleuse idée était déjà en train de prendre forme dans son esprit. Elle allait montrer à l'Éperon de Percheron le pouvoir qu'elle détenait sur lui.

# Chapitre 5

Lazar leva la main pour se protéger du soleil et plissa les yeux pour contempler le paysage miroitant en contrebas. Ils étaient venus là sur les conseils des éclaireurs. À l'ouest, le soleil avait déjà dépassé le zénith, et les températures, à l'une des heures les plus chaudes de la journée, étaient caniculaires. Lazar enroula autour de son visage le pan de son turban blanc. C'était purement un réflexe, car le sable ne représentait pas une menace dans les contreforts, à moins que souffle le redoutable *samazen*, mais ce vent ne se lèverait pas avant un mois. La chaleur allait encore augmenter avant que les températures finissent par redescendre, mais le temps jouait contre eux. La nuit tombait vite dans le désert, et même si les contreforts occidentaux se situaient seulement à vingt-cinq kilomètres de Percheron, l'obscurité risquait de tomber sur eux avant qu'ils soient rentrés à la maison. Mais cela ne gênait pas vraiment Lazar. Cela faisait des jours qu'ils exploraient ces crêtes, or, il n'était jamais aussi heureux que quand il se trouvait loin des gens.

*À la maison!* Il se moqua aussitôt de lui-même pour avoir formulé la chose ainsi. Percheron représentait plutôt un sanctuaire. Il abritait un certain nombre d'éléments répugnants – parmi lesquels Herezah lui venait immédiatement à l'esprit –, mais il n'existait pas de plus beau pays au monde, non? La cité l'avait séduit, et Lazar était devenu son amant consentant. Il se demanda, en contemplant la minuscule habitation accrochée au flanc de la steppe, s'il pourrait jamais, un jour, quitter la ville de pierre. Encore récemment, il aurait répondu non. À présent, il n'en était plus si sûr. L'influence d'Herezah commençait déjà à se faire sentir, et Lazar devinait que sa morsure allait devenir féroce.

La Valide Zara avait démantelé le harem le jour même de la procession funèbre de Joreb. Comme pour la mort des princes, elle en avait fait un spectacle lamentable auquel il avait dû assister en serrant les dents. Elle avait planifié l'événement jusque dans ses moindres détails. Sur son ordre, on avait même badigeonné de pâte de piment l'intérieur des paupières des chevaux chargés de tirer le véhicule ouvert transportant le corps du vieux Zar, afin que même de simples bêtes versent des larmes pour le Très Haut.

Lazar n'avait jamais entendu parler d'une chose aussi ridicule, mais il y en avait eu bien d'autres, telles que ces quatre vierges, de saintes femmes choisies pour leur beauté, que l'on avait droguées et jetées dans les flammes du bûcher funéraire. Cet acte était censé symboliser chaque saison de la vie du vieux Zar, de la naissance à l'âge adulte en passant par l'enfance et l'adolescence. Mais il servait également à rappeler, de façon sournoise, que Joreb était le représentant désigné du dieu Zarab sur la Terre. Le fait de brûler les saintes femmes renforçait la destruction de la déesse Lyana et la futilité de ceux qui continuaient à la vénérer en privé.

Pour finir, Herezah avait dévoilé les femmes du harem, ce qui était l'humiliation la plus douloureuse qu'elle pouvait leur infliger. C'était pire que la mort pour la plupart de ces courtisanes qu'on avait habillées de vêtements ordinaires avant de les chasser du palais et de les forcer à défiler à pied dans les rues de la ville. Chacune avait reçu une bourse pleine d'or et avait dû renoncer à la protection du harem et à la vie luxueuse et indolente qu'elles avaient connue. Elles savaient coudre, faire du quishtar et échanger des commérages. C'était là toute la somme de leurs compétences… à moins d'y ajouter, évidemment, leur savoir-faire pour transporter un homme au sommet de l'extase. Si elles prenaient bien soin de leur or, avec un peu de chance, ces malheureuses n'auraient pas besoin de mettre en avant ce talent-là dans le monde extérieur où, souvent perdues, elles allaient désormais vivre.

Herezah se moquait bien de savoir où elles iraient, comment elles allaient vivre et même si elles allaient mourir. On n'avait plus besoin d'elles, désormais. Leur rôle de servante avait cessé au décès du Zar. Quant à celles qui avaient le titre d'épouse, elles n'avaient plus aucun statut. La perte de leurs droits coïncidait avec celles du Zar et de leur précieuse progéniture – onze enfants au total.

L'étape suivante, pour Herezah, était d'assembler un harem. Faisant preuve d'un sens de l'humour pervers, elle avait ordonné à l'Éperon de Percheron de partir en quête de candidates potentielles. Fulminant à cause de cet ordre que la Valide était venue lui donner en personne, Lazar avait envisagé de partir pour ne plus jamais revenir.

Pour se calmer, il était sorti du palais, à pied, et avait pris la direction du port. Il savait qu'en chemin, il passerait devant quelques-unes des bêtes sculptées qu'il trouvait inexplicablement belles. Ces créatures mythiques lui semblaient si réelles et si chaleureuses en dépit de leur silence implacable et de leur chair de pierre. Les seules statues de forme humaine étaient les géants Beloch et Ezram, les jumeaux qui dominaient le port grouillant d'activité de la ville, une baie étincelante en forme de fer à cheval.

Non, malgré la présence d'Herezah, l'enchantement qu'était Percheron à ses yeux n'avait pas diminué au fil des ans. En vérité, il se sentait davantage lié à cette cité qu'à celle de sa naissance.

*Celle de ma naissance.* En son for intérieur, il avait soupiré. C'était à sa terre natale, de l'autre côté de l'océan, qu'il avait pensé en tendant la main pour caresser sa créature préférée – Iridor, le hibou... le messager de la déesse Lyana.

Iridor l'avait toujours attiré. Il était rare qu'il passe devant les nombreuses effigies de l'oiseau disséminées dans toute la ville sans s'arrêter un instant pour les admirer ou partager l'une de ses pensées. Il ne l'avait jamais avoué à personne, mais il considérait Iridor comme un vieil ami. C'était la première statue qu'il avait vue après avoir franchi les grandes portes dorées de Percheron, et ce hibou à la mine complice était resté gravé dans sa mémoire. Lazar s'était souvent dit que c'était cet oiseau taciturne qui l'avait poussé à lancer au Zar le téméraire défi qui lui avait permis de gagner ses faveurs.

Apparemment, personne d'autre ne se préoccupait du hibou ou des autres magnifiques gravures et sculptures. Certains prétendaient que Percheron recelait trop de trésors artistiques et que lorsque l'on grandissait entouré de tant de beauté, on avait tendance à ne plus la voir.

Mais ce n'était pas la seule raison.

On apprenait dès l'enfance aux habitants de la ville que les magnifiques statues de bêtes et de géants étaient liées à la Déesse et que Lyana n'avait pas sa place à Percheron. Depuis longtemps, ses fidèles étaient considérés comme des fanatiques, et s'il restait bien quelques femmes pour continuer à visiter son sanctuaire, elles étaient peu nombreuses.

Cela faisait des siècles à présent que les prêtres s'occupaient du bien-être spirituel de Percheron, et Lyana n'était plus qu'un mythe. On racontait que les statues dataient de la dernière bataille entre les dieux, un événement qui se reproduisait de façon cyclique. Mais personne n'en était vraiment sûr.

Néanmoins, que cela soit la vérité ou un simple conte populaire, Lazar aimait cette histoire. Il y avait repensé en contemplant Iridor, l'ennemi juré de Maliz, le sorcier démoniaque qui avait juré la perte de Lyana. Jaloux de la popularité de la Déesse, Zarab avait offert à Maliz la vie éternelle à condition qu'il tue Lyana, donnant ainsi aux hommes le pouvoir suprême sur la société matriarcale au sein de laquelle Percheron s'épanouissait autrefois.

Lazar avait esquissé un rare sourire en songeant que l'avènement d'Iridor marquerait le retour de Lyana et la réincarnation de Maliz. D'après la légende, ils s'affrontaient tous les quatre ou cinq siècles. Mais cela faisait bien longtemps que

Lyana n'avait plus triomphé, et son souvenir avait presque été effacé par ces innombrables défaites. Seules les statues attestaient encore du pouvoir que la Déesse exerçait autrefois sur Percheron. Les bêtes qu'elles représentaient étaient censées appartenir à son armée et auraient été transformées en pierre par Maliz au cours de la dernière grande bataille.

Les rares et derniers croyants juraient que la Déesse allait revenir pour livrer une autre bataille. Lazar aimait bien cette foi qu'ils avaient en Lyana.

Il avait laissé derrière lui les beaux quartiers pour s'aventurer dans une partie plus malfamée, jusqu'au port qui était toujours une véritable ruche et un endroit où se perdre. Lazar retrouvait l'anonymat dans ce labyrinthe de ruelles tortueuses disséminées au hasard autour de la limite orientale du port. Ce n'était pas un lieu fréquenté par les gens riches ou célèbres. Il abritait les paysans percherais et les voleurs, les marins, les marchands de bas étage et les prostituées. Vêtu d'une tunique ordinaire, Lazar avait traversé le marché d'un pas vif et suivi une route dégagée qui menait à un temple solitaire. Tout petit, celui-ci se dressait sur une étroite langue de terre qui s'avançait d'environ mille cinq cents mètres dans la baie. Elle n'allait pas aussi loin que Beloch, évidemment, mais on ne pouvait approcher les jumeaux qu'en bateau, de toute façon. Lazar avait tourné le regard vers l'énorme géant de pierre qui protégeait sa cité, fièrement campé sur son socle jaillissant des eaux claires. Face à lui, à l'autre extrémité du fer à cheval que formait le port, se trouvait le jumeau de Beloch, Ezram.

En arrivant devant le minuscule lieu de culte, Lazar avait grimpé quelques marches pour entrer dans une pièce voûtée à l'architecture très simple. Ce temple datait de l'époque où on vénérait la Déesse et où les prêtresses dirigeaient les prières. Même s'il n'y était encore jamais entré, Lazar aimait son isolement et, puisqu'il avait Lyana à l'esprit, l'endroit lui paraissait tout à fait approprié pour y chercher un peu de calme. Il avait allumé une petite bougie et s'était agenouillé devant l'autel, sous la statue d'une femme sereine qui le contemplait. Il aurait dû baisser la tête pour prier, mais il était incapable de détacher son regard de l'effigie. Son doux sourire était si paisible et ses yeux si tristes, un reflet de son humeur à lui. Il s'était imaginé que les traits de la Déesse avaient été sculptés ainsi rien que pour lui, en attente de ce jour précis où il entrerait dans son sanctuaire le cœur lourd et une question en tête. Sur l'épaule droite de la statue était perché un hibou – Iridor –, et d'étranges symboles et plusieurs oiseaux voletaient parmi les plis de sa robe.

Rien que le fait de contempler la déesse avait apaisé sa colère. Puis une voix s'était élevée derrière lui :

— Elle est belle, n'est-ce pas ?

En se retournant, il avait vu une minuscule femme au dos courbé sortir de l'ombre. Elle portait une robe couleur d'aigue-marine – la couleur de la mer que surplombait son tout petit temple.

— Prêtresse, je suis Lazar, l'Éperon de Percheron, avait-il dit en se levant pour la saluer.

Il avait incliné le buste et constaté, en se redressant, qu'elle souriait.

— Nous vous attendions.

— « Nous » ? avait-il répété, pris au dépourvu.

En guise de réponse, elle avait regardé la statue.

— Voici Lyana. C'est elle, surtout, qui vous souhaite la bienvenue.

— C'est la plus belle de toutes les statues de Percheron, j'en suis sûr, avait-il dit, en sachant que c'était un très grand compliment.

— Vous a-t-elle aidé ?

— Pardon ?

— A-t-elle répondu à votre question ?

— Je ne lui ai rien demandé, avait-il répliqué, les sourcils froncés.

De nouveau, ce petit sourire entendu.

— Pas encore, peut-être. Pardonnez mon irruption, mon fils. Reprenez vos dévotions, je vous en prie.

La vieille femme avait fait mine de partir.

— Attendez. (Comme elle se tournait de nouveau vers lui, il avait hésité.) Vous dites que vous m'attendiez. Que vouliez-vous dire par là ?

— Cela fait de nombreuses années que nous vous attendions, Lazar. Il y a une raison à votre présence à Percheron. Vous serez toujours le bienvenu ici.

Il n'avait aucune idée de ce dont elle parlait, mais sa voix douce était hypnotique, aussi apaisante que le sourire de la statue.

— Je ne connais pas votre nom.

— Je m'appelle Zafira. Nous nous reverrons bientôt.

Une fois de plus, elle avait voulu s'en aller. Là encore, il l'avait retenue.

— Que peut-elle me dire ? avait-il demandé.

Cette fois, elle ne s'était pas retournée.

— Restez, je vous en prie. On a besoin de vous ici, avait-elle dit juste avant que l'obscurité ne l'engloutisse.

Cela faisait plusieurs jours que Lazar se repassait cette courte conversation dans sa tête. Comment la vieille prêtresse pouvait-elle savoir qu'il songeait à quitter la ville ? De fait, c'étaient ses paroles qui l'avaient convaincu de rester à Percheron – pour le moment, en tout cas. La certitude avec laquelle Zafira s'exprimait l'avait poussé à obéir, même si son « Nous vous attendions » le laissait vraiment perplexe. Il mettait cela sur le compte d'une coïncidence. Peut-être que tout le monde à Percheron finissait par visiter le temple de la mer, même s'il savait au fond de lui que cette explication était bien mince. Le temple de la mer était totalement démodé et superflu dans la vie des Percherais. Les prêtresses ne leur étaient d'aucune utilité. Zafira était juste le vestige d'un passé disparu depuis longtemps.

Soudain, Jumo fit irruption à côté de lui, le ramenant à l'instant présent.

— Tout va bien, maître ? lui demanda-t-il en amenant sa monture à côté de celle de Lazar.

Ce dernier sourit. Cela faisait bien longtemps que Jumo n'était plus son esclave, depuis qu'il avait accordé sa liberté à cet homme maigre comme un roseau. Mais Jumo n'avait jamais cessé d'utiliser ce titre, pas plus qu'il n'avait cessé de servir Lazar. Ils étaient désormais des amis très proches, et le lien profond qui s'était noué entre eux était une forme d'engagement tacite. Un jour, Lazar avait expliqué à Pez que s'il perdait Jumo, ce serait comme perdre un bras, une jambe ou la vue.

« Je ne serais bon à rien sans lui », avait-il dit.

Et Pez avait compris. Mais, en même temps, Pez comprenait toujours tout.

— Oui, tout va bien, répondit-il en contemplant le visage basané de son ami plissé par l'inquiétude.

Si Jumo avait ainsi la peau couleur de mélasse, c'était parce qu'il venait d'un pays exotique, loin au nord, que Lazar n'avait jamais vu et qu'il ne visiterait sans doute jamais.

— Est-ce que je te rends nerveux ? ajouta-t-il, tout en sachant pertinemment que peu de choses perturbaient Jumo, et surtout pas le silence.

Ils étaient douze au départ de Percheron, mais chaque fois qu'ils avaient trouvé une fille, Lazar l'avait expédiée en ville avec deux soldats pour escorte. Herezah avait demandé à Lazar de lui en ramener six de son incursion dans les contreforts. Il lui en avait déjà envoyé cinq en toute sécurité.

Le visage de Jumo s'illumina de ce sourire qu'il réservait à de très rares privilégiés.

— Non, ton silence ne me rend pas nerveux. Qu'est-ce qui te trouble, maître ?

— Rien, mon ami, soupira Lazar. C'est juste que je continue à avoir des doutes au sujet de cette désagréable mission.

— Ils rempliront un harem avec ou sans ton aide, lui rappela Jumo. Nous n'avons plus besoin que d'une seule fille pour atteindre notre quota. Sa famille sera ravie, la Valide aussi, le Zar aussi, sûrement, et toi, maître, tu seras heureux de retourner à tes vrais devoirs. Tu vois, tout le monde sera content.

— C'est un raisonnement typique de toi, Jumo, répliqua sèchement Lazar. Tu as raison, même si je ne sais pas pourquoi j'ai tellement de mal à me résoudre à perturber cette scène bucolique là-bas.

Tous deux regardèrent en direction de la hutte dont la cheminée fumait gaiement. Dehors, deux jeunes filles, sans doute des sœurs, étaient assises et leur tournaient le dos. La plus âgée brossait les cheveux de la seconde ; elles étaient aussi différentes que pouvaient l'être des sœurs. L'aînée était très brune, alors que la cadette était plutôt châtaine ; le soleil allumait des reflets de cuivre dans sa chevelure. Les filles chantaient toutes les deux. Un enfant beaucoup plus jeune, un garçon, tournait autour d'elles comme une mouche. Non loin de là, une femme était accroupie et triait du riz dans une grande bassine. Ses gestes répétitifs étaient bien connus de Lazar et de Jumo, qui avaient souvent vu les ménagères faire de même dans les quartiers de Percheron. Ils la regardèrent passer sa main à plat à la surface des grains pour les écarter, puis commencer à en enlever les saletés et les cailloux.

— Penses-tu que c'est la mère, maître ?

— Elle me paraît bien jeune, répondit Lazar, presque hypnotisé par ce simple labeur que la femme réussissait à rendre élégant grâce à ses bras fins et ses longs doigts. Non, ce doit être elle, la mère, ajouta-t-il en voyant une autre femme, plus carrée et visiblement plus âgée, sortir de la hutte.

Il la vit plisser les yeux le temps qu'ils s'adaptent à la lumière vive.

— Le père élève des chèvres, je parie, dit Jumo en désignant de la tête le petit enclos à côté de l'habitation.

— Les éclaireurs m'ont prévenu qu'il ne serait sûrement pas là, acquiesça Lazar.

— Cela t'ennuie ?

— D'emmener un de ses enfants en son absence ? Cela dépend de la mère, je suppose.

— Tu vas offrir une forte somme pour l'enfant châtaine, bien sûr, dit Jumo en faisant référence à la plus jeune des deux filles.

— Nous devons d'abord voir son visage, répondit Lazar d'un ton qui vibrait d'une colère grandissante. Herezah me reprocherait peut-être de ne pas avoir bien choisi, mais je sais comment fonctionne son esprit: elle punirait l'enfant pour m'atteindre. Non, nous avons bien choisi jusqu'ici, même la Valide ne pourra pas s'en plaindre. Mais que je sois pendu si je lui donne le moindre sujet de reproche. J'ai vu ce dont elle est capable, et l'âge n'entre pas en ligne de compte pour elle.

— Dans ce cas, allons vérifier par nous-mêmes, répondit Jumo. Il se fait tard.

Lazar soupira. Il se retourna et réussit tout juste à apercevoir, à travers les brumes de chaleur, l'étendue blanche qu'était Percheron. En revanche, le ciel et la mer se confondaient en une masse d'un bleu éclatant. Il se demanda s'il ne devrait pas partir en voyage. Cela faisait longtemps qu'il n'avait pas vu ses parents et ses frères et sœurs. Sa mère avait peut-être oublié son existence, depuis le temps, mais il en doutait. Elle était faite du même bois qu'Herezah. Jamais elle ne lui donnerait son pardon.

— Tu aimes trop le désert pour t'en aller, maître, dit Jumo d'une voix douce.

Leurs regards se croisèrent.

— Tu me fais peur quand tu lis dans mes pensées comme ça.

Jumo sourit, amusé.

— C'est juste que je te connais depuis assez longtemps pour deviner à quoi tu penses.

Lazar n'était pas d'accord. Le fait que Jumo semble souvent deviner ses pensées les plus intimes le troublait. Mais il préféra changer de sujet, comme toujours.

— Je te suis.

Tandis qu'ils s'engageaient dans la descente, la plus jeune des filles se retourna et regarda droit vers eux. Elle ne semblait pas perturbée par leur présence, mais les autres le furent quand elle les pointa du doigt, la mère rassemblant ses enfants autour d'elle et observant les deux hommes avec de grands yeux écarquillés, prête à fuir comme un animal apeuré.

Lazar talonna sa monture, car, même de loin, il pouvait voir que l'enfant était tout à fait agréable à regarder. Herezah n'aurait pas à s'en plaindre, là non plus.

— N'aie pas peur, femme, dit-il lorsque le terrain s'aplanit et qu'il put mettre pied à terre. Je m'appelle Lazar et je suis l'Éperon de Percheron, ajouta-t-il en s'arrêtant à une certaine distance. Et voici Jumo.

La mère hocha la tête.

— Qu'est-ce que vous voulez ?

Lazar avait déjà prononcé son discours cinq fois au cours des derniers jours, mais cela restait difficile pour lui. Il était peu probable que quiconque ait apporté à ces gens la nouvelle de la mort du Zar, alors ce n'était pas comme s'ils pouvaient deviner la raison de sa venue. Oh, comme il haïssait cette mission !

— Puis-je savoir ton nom ? demanda-t-il à la mère.

— Felluj, répondit-elle d'un ton brusque.

— Eh bien, Felluj, je viens te faire une offre de la part du palais.

— Mais personne ne nous connaît là-bas, protesta-t-elle, stupéfaite.

Lazar s'éclaircit la voix.

— C'est sûrement vrai. Mais ces derniers jours, j'ai fait cette même offre à plusieurs familles ici dans les contreforts et toutes ont accepté.

— Vous venez pour mes filles, n'est-ce pas ? Mon beau-frère m'a dit que ça pouvait arriver.

Il ne servait à rien de nier ou de se dérober. Il acquiesça.

— Mais pas les deux.

La mère garda son expression solennelle, mais Lazar vit une lueur fugitive s'allumer dans ses yeux noirs.

— Vous pouvez uniquement prendre Ana.

— Mère, non ! s'écria la fille la plus âgée des deux qui leur faisaient face.

Lazar se tourna vers elle et s'en voulut en voyant la douleur gravée sur ses traits. C'était à cause de lui qu'elle souffrait. Elle était brune comme sa mère, mais c'était à sa petite sœur qu'il s'intéressait, celle dont elle serrait la main très fort et dont elle brossait les cheveux avant son arrivée.

— Ana, dit-il en s'adressant à la cadette.

— Ce n'est pas elle, l'interrompit la mère, avant de se tourner vers sa fille aînée, celle qui tenait le plat de riz. Va la chercher.

— Oncle Horz a dit…

— Tais-toi !

— Mais père ne sera pas…

— Obéis ! ordonna la mère. (Ils attendirent.) Combien ?

Lazar était surpris par l'échange brutal entre la mère et la fille. La froideur de Felluj le déstabilisait.

— Euh, il faut d'abord qu'on la voie.

— Oh ! elle vous conviendra parfaitement, mais j'en veux un bon prix.

Les deux plus jeunes filles pleuraient à présent, ce qui ne fit qu'ajouter au malaise de Lazar. Le petit garçon, en revanche, continuait à courir en rond après des insectes, totalement inconscient de ce qui se passait.

La mère dut entendre un bruit, car elle éleva la voix dans le silence :

— Ne te cache pas, Ana ! Viens ici, ma fille.

L'aînée fut la première à sortir. Le visage rembruni, elle entraînait à contrecœur une autre fille que toute cette attention ne semblait guère affecter. Ses épaules carrées laissaient place à un buste mince, donnant à son corps une forme de triangle. On aurait dit une jeune pouliche, avec ses longues jambes qui sortaient de l'ample tunique qu'elle portait. Le vêtement, malgré sa largeur, laissait deviner des courbes très féminines en dessous. Mais, en vérité, seul Jumo remarqua ce détail, car Lazar ne pouvait détacher son regard du visage ovale de la jeune fille, encadré par de longs cheveux blond cendré qui tombaient sans apprêt jusqu'à ses épaules et semblaient absorber la lumière du soleil lui-même. Ce furent ses yeux, surtout, bordés de longs cils noirs, qui l'ensorcelèrent complètement. Alors qu'il regardait au fond d'eux, Lazar n'aurait su dire quelle était leur couleur tant ils semblaient le dominer, le posséder. Il avait l'impression de se noyer dans ces pupilles où brillait une lueur de défi.

— Maître ? demanda doucement Jumo.

Lazar s'obligea à sortir de ses pensées tout à coup embrouillées et vit que la jeune fille avait les yeux d'un vert marin et que la mère se moquait de lui avec son petit sourire narquois.

— Ça vous va ? demanda-t-elle, incapable de masquer le sarcasme dans sa voix.

L'Éperon avait la bouche tellement sèche qu'il ne se sentait pas capable de répondre tout de suite. De plus, son regard était déjà retourné se poser sur la jeune fille qui le lui rendait sans ciller.

— Quel âge a-t-elle ? demanda-t-il enfin.

— J'ai presque quinze étés, répondit Ana.

— Elle est mûre pour ce que vous voulez en faire, ajouta la mère d'un air détaché.

Lazar vit la fille aînée se rembrunir plus encore.

— Comment t'appelles-tu ? demanda-t-il à celle-ci.

— Amys, répondit-elle d'un air boudeur. Mon père ne sera pas d'accord.

— Tais-toi ! répliqua vivement la mère. C'est moi qui prends la décision. Venez, bons maîtres, allons parler en privé autour d'une tasse de kerrosh.

Lazar ne pouvait refuser. L'hospitalité était une caractéristique des gens du désert. Même la plus pauvre des familles égorgerait son dernier mouton pour nourrir un visiteur. La préparation de l'amer kerrosh était une des grandes traditions de Percheron et c'était même, chez les femmes du harem, une forme d'art.

— Où se trouve ton époux ? demanda-t-il à Felluj lorsqu'ils furent assis dans la hutte.

— Occupé à déplacer certaines de nos chèvres. Il est parti depuis plusieurs jours.

— Pourquoi ta fille aînée s'inquiète-t-elle à propos de son oncle ? Elle semble persuadée que son père ne sera pas d'accord ; est-ce vrai ?

Sa dernière question lui parut stupide. Quel père ne protesterait pas à l'idée de donner sa fille à un étranger ?

Une fois de plus, Jumo parut deviner les doutes qu'il nourrissait.

— Le harem prendra soin d'Ana et l'élèvera dans une splendeur sans égale, affirma-t-il en regardant la mère, même si Lazar avait l'impression que ces paroles s'adressaient davantage à lui. Elle va apprendre à lire, à écrire et à danser. Elle recevra des richesses et obtiendra même un statut si elle plaît à ses aînés.

— Combien êtes-vous prêt à payer pour elle ? demanda la mère, interrompant l'aimable description de Jumo.

— Tu sembles très désireuse de te débarrasser d'Ana, lui fit remarquer Lazar.

Felluj haussa les épaules.

— Ce n'est pas mon enfant.

En voyant Lazar hausser les sourcils d'un air interrogateur, elle ajouta :

— Elle appartient à mon mari.

— C'est sa fille ?

La femme déposa trois verres sur la table usée par de nombreux frottements.

— Non plus. Il l'a trouvée.

— Pardon ?

Felluj remplit de kerrosh fumant le verre devant lui.

— J'y ai mis une boule, expliqua-t-elle en parlant du morceau de sucre collant que la plupart des gens appréciaient dans leur boisson.

— Merci. Poursuis, je te prie.

Lazar but une gorgée. Le breuvage était délicieux, fort et sucré à la fois.

Felluj tendit un verre à Jumo.

— Mon mari l'a trouvée au nord, sur les crêtes, alors qu'elle venait de naître. La nuit précédente avait été particulièrement agitée. Le samazen avait soufflé ; alors, au matin, il est parti voir les chèvres qu'on avait laissées paître là-bas. Les bêtes avaient disparu, mais il a trouvé la petite à leur place. On y a perdu dans cet échange, si vous voulez mon avis. Au moins, les chèvres nous permettent de nous nourrir et nous donnent du lait, de la laine et du cuir.

— Le bébé avait survécu à la tempête ? s'exclama Jumo, faisant écho à l'incrédulité muette de Lazar.

De nouveau, la femme haussa les épaules.

— Je vous raconte ce qui s'est passé, vous êtes libres de ne pas me croire. Mon mari l'a ramenée à la maison et l'a élevée comme sa fille. Pour être franche, une bouche supplémentaire ne semblait pas un si grand fardeau à l'époque, mais nous avons eu deux autres enfants depuis. Mon mari aime beaucoup Ana, ce qui n'a jamais été mon cas.

— Tes filles font preuve d'une inquiétude que tu ne sembles pas partager, commenta Lazar.

— Bah ! Elles s'inquiètent seulement de la réaction de leur père. Moi, mon souci, c'est de savoir comment nous allons manger et nous habiller. C'est la fille d'une autre femme ! Je n'ai pas la moindre affection pour elle et je serai contente de la voir s'en aller.

— Visiblement, marmonna Lazar en faisant la grimace, comme s'il avait un mauvais goût dans la bouche. Mais il faut que les choses soient faites dans les règles, Felluj. Je ne veux pas qu'on m'accuse d'avoir enlevé une enfant.

La femme éclata d'un rire moqueur, mais Lazar comprit pourquoi. Les filles disparaissaient souvent dans ces contreforts, enlevées par des bandits et vendues comme esclaves.

— Je ne suis pas comme d'autres, expliqua-t-il. Ton époux doit…

Elle l'interrompit.

— Il comprendra quand il verra votre or.

Cette attitude écœura brusquement Lazar, car cela lui rappelait Herezah. Ces mères utilisaient toutes deux leur enfant pour obtenir des gains matériels. Il savait ce que c'était que de grandir sans amour maternel. Peut-être qu'une vie entière d'emprisonnement luxueux valait mieux pour Ana que ce qu'on lui offrait ici.

— Quel est le prix de la liberté ? intervint Jumo, comme s'il répondait aux pensées de Lazar.

— Dites-le-moi, répondit Felluj, et je vous dirai si c'est assez pour apaiser mon mari.

— Vingt-cinq karels, avança Lazar, lui offrant un prix bas, car il détestait sa cupidité.

Elle se mit à rire.

— Pour cinquante, elle est à vous.

Il vida son verre.

— Cinquante ? répéta-t-il en haussant un sourcil.

Il attendait qu'elle capitule et baisse son prix.

— Elle en vaut le double, répliqua Felluj, nullement intimidée.

— Pas pour nous, rétorqua Lazar en se levant. Merci pour le kerrosh.

Elle ne répondit pas, mais il vit l'ombre d'une hésitation passer sur son visage.

Lorsque les deux hommes sortirent de la hutte en plissant les yeux à cause du soleil aveuglant, les enfants les regardèrent avec attention. Seule Ana sourit, spontanément. En voyant cela, Lazar éprouva une étrange sensation, qu'il n'avait plus ressentie depuis si longtemps qu'il pensait avoir oublié ce que cela faisait. Un lien si fort s'établit entre eux à cet instant qu'il en eut la gorge nouée. La chaleur du sourire de la jeune fille entra dans sa poitrine et réchauffa un cœur froid qui n'avait pas connu cela depuis des années. Combien de temps cela faisait-il qu'il n'avait pas ressenti quoi que ce soit pour quelqu'un ? Oh ! l'amitié entre Jumo et lui était indestructible, tout comme la curieuse affinité qu'il avait avec Pez, l'étrange nain. Et il aimait beaucoup Boaz. Mais l'amour ? L'amour était totalement absent de la vie de Lazar. Il l'avait brièvement connu dans sa jeunesse, mais on le lui avait arraché. Depuis, il n'avait laissé personne entrer dans son cœur. Quelque chose dans le sourire simple d'Ana remua des sentiments depuis longtemps enfouis et rouvrit des blessures qu'il avait guéries à force de détachement et de détermination. Il fut pris de vertige face à un tel réveil.

— Adieu, ma sœur, dit-il délibérément.

Ces mots s'adressaient à Felluj, mais il les prononça face au doux regard vert d'Ana. Personne ne répondit tandis que les deux hommes se hissaient en silence sur le dos de leur cheval.

Lazar lança un dernier coup d'œil à Ana, dont le visage était à présent dépourvu d'expression, ainsi qu'à sa mère adoptive chez qui il sentait une incrédulité grandissante. Il dirigea sa monture vers le chemin escarpé par lequel ils étaient arrivés et commença à compter. Il lui donnait jusqu'à cinquante pour changer d'avis.

Mais il dépassa ce nombre, et il se résignait déjà à l'idée de s'être trompé lorsqu'il entendit une voix. C'était Felluj, qui avait grimpé en courant à angle oblique et les attendait en haut de la crête. Haletante, elle réussissait encore à les regarder d'un air de défi. Il n'était plus question d'hospitalité vis-à-vis d'honorables visiteurs, désormais. Il y avait une affaire à conclure, un bien à négocier. Lazar avait souvent vu cela sur le marché aux esclaves – ce n'était pas différent.

— Combien, alors ? demanda-t-elle.

— Je te l'ai dit, répliqua-t-il froidement. Vingt-cinq.

— Le prix est trop bas, Lazar, monsieur, plaida-t-elle en faisant pour la première fois preuve d'une certaine courtoisie, le kerrosh mis à part.

— Le prix est juste, répondit-il.

Il perçut plus qu'il ne vit le malaise de Jumo. Tous les deux savaient qu'Ana valait trois, voire quatre fois cette somme, et même Lazar ne comprenait pas sa propre réticence à payer le prix exorbitant que valait cette enfant époustouflante.

— Mon mari va pleurer son départ. C'est sa préférée, alors qu'elle n'est même pas de son sang.

Felluj cracha dans le sol sablonneux où ne poussaient que la narla et la gerra, deux espèces de graminée et d'herbe, pour nourrir les chèvres.

Ana escalada à son tour la colline. Lazar vit dans ses yeux qu'elle savait parfaitement qu'il n'y avait aucune affection pour elle dans le cœur de sa mère adoptive. Et ce fut cela uniquement, cette douleur qu'il sentait chez la jeune fille et qu'il comprenait, qui le fit céder.

— Je t'en donne quarante karels. N'en demande pas plus, femme, car tu n'obtiendras pas de moi un zeraf de plus.

— Je les prends, répondit aussitôt Felluj, si vous l'emmenez de suite. Elle n'a aucune affaire.

— Ne veut-elle pas dire adieu à sa famille ? s'étonna Jumo.

— Emmenez-la, vous dis-je ! s'énerva Felluj en poussant Ana vers eux.

— Donne-la à Jumo, ordonna Lazar en prenant la bourse à sa ceinture. Tends ton tablier, ajouta-t-il en comptant les karels.

Elle obéit, et il laissa tomber les pièces d'argent de toute sa hauteur, sans même prendre la peine de se pencher. Un karel rebondit, et Felluj se jeta désespérément dessus pour le ramasser.

— Je ne veux pas m'en aller, protesta Ana dans le silence embarrassé, comme si elle venait juste de comprendre ce qui se passait.

— Chut, mon enfant, murmura Jumo. Tu dois venir avec nous, maintenant.

Elle ne se débattit pas, mais commença à pleurer doucement en regardant derrière elle pour agiter la main avec tristesse à l'intention de son frère et de ses sœurs en contrebas. L'achat des cinq premières jeunes filles avait été difficile pour Lazar, mais cette transaction-là le touchait particulièrement, car, en vérité, les autres avaient été séduites par la promesse de luxe et de richesse. Ana était de loin la plus belle, mais il sentait que ni l'or ni le fait d'être dorlotée ne l'apaiseraient, même s'il aurait été incapable de dire pourquoi il avait cette impression.

Ils s'en allèrent au son des quarante pièces d'argent tintant dans le tablier de Felluj qui redescendait la colline d'un pas lourd.

Bientôt, la maison d'Ana et le vallon dans lequel elle avait vécu disparurent derrière eux.

— Pourquoi voulez-vous de moi, monsieur ? demanda-t-elle en tendant la main, depuis le cheval de Jumo, pour tirer sur la manche de Lazar.

— Ce n'est pas moi qui te veux, Ana, répondit-il avec plus de tristesse qu'il ne l'aurait voulu. Tu appartiens au Zar désormais, tu es son odalisque.

# Chapitre 6

Zafira habitait un minuscule appartement dans le grenier du temple, auquel on accédait par un étroit escalier de pierre et qui disposait d'une vue à couper le souffle sur le port. La prêtresse le partageait principalement avec des colombes, qui aimaient faire leur nid tout en haut de l'avant-toit, mais elle accueillait aussi les nombreux petits oiseaux qui venaient toujours à sa fenêtre pour les miettes de pain et le bol d'eau claire qu'elle leur laissait.

Pour l'heure, elle tournait le dos à sa fenêtre et à sa magnifique vue pour se pencher sur la vapeur qui s'échappait en tourbillonnant de son thé à la cannelle. Une fois encore, elle s'interrogeait sur son récent visiteur et sur son importance. Les voix qui hantaient ses rêves lui avaient dit de l'attendre et de l'accueillir lorsque enfin il se présenterait. Plusieurs années, elle avait patienté en vain, en oubliant presque tout de cette prophétie, et puis, tout à coup, deux jours plus tôt, l'homme dont avaient parlé les voix était entré dans le temple. Elles ne lui avaient donné aucune description, et pourtant, Zafira avait su, instinctivement, que l'Éperon était celui qu'elle attendait. De près, il était plus jeune qu'elle ne l'aurait pensé, avec son physique rude et son tempérament renfermé. En fait, tout était dur chez Lazar : les angles de son visage, la force qui réussissait à transparaître sous sa longue tunique ample, sa démarche décidée, le regard noir qu'il lui avait lancé et même la colère réprimée que la prêtresse avait sentie chez lui. Ses paroles, son attitude – tout en lui semblait endurci. Mais pas cruel, non. Il était renfermé, certes, déterminé et amer peut-être, mais pas cruel, en dépit de toute cette dureté apparente. Pourquoi était-il important ? Quel était son rôle ? Elle ne pouvait le deviner.

Son visiteur actuel interrompit sa réflexion.

— Un sou pour tes pensées, dit-il.

Elle sourit.

— Oh, c'est sans importance, Pez, je te le promets. (Elle but une gorgée de sa boisson.) Le quishtar est-il à ton goût ?

— Il est délicieux, et tu le sais, car personne ne le fait aussi bien que toi, Zafira, répondit-il.

— Peut-être que c'est ce pour quoi on se souviendra de moi quand je ne serai plus là, commenta-t-elle, amusée.

— Non, on se souviendra d'autres choses, j'imagine, rétorqua Pez en lui lançant un regard quelque peu cryptique.

Elle choisit de ne pas relever. Le nain était bien assez mystérieux sans chercher un double sens à ses paroles ou s'interroger sur les étranges rouages de son esprit.

— Comment es-tu arrivé ici, Pez ? demanda-t-elle brusquement, heureuse de sortir de sa réflexion confuse.

— Comme la plupart des étrangers à Percheron, j'ai été capturé et vendu comme esclave, sauf que j'étais tellement bizarre qu'il n'y avait vraiment qu'un seul endroit possible pour moi.

— Quelle chance que tu saches amuser les gens ainsi !

Pez dévisagea la prêtresse avec cet air sérieux que peu de personnes étaient amenées à lui voir.

— Voyons, Zafira, tu sais qu'il ne sert à rien de me provoquer.

Elle ne prit pas mal ce reproche si gentiment donné.

— Tu es une telle énigme, Pez. Pourquoi tout le monde autour de moi est-il si mystérieux ?

— Oh ? Qui donc te rend perplexe à ce point ?

— L'Éperon est venu au temple.

Pez hocha la tête comme s'il s'y attendait.

— Oui, ma foi, furieux comme il était en sortant du palais, je ne suis pas surpris qu'il soit allé quelque part pour se calmer. Et quel meilleur endroit que celui-ci ?

Comme elle le regardait d'un air interrogateur, Pez lui expliqua quelle mission spéciale Herezah avait confiée à Lazar.

— Oh ! je vois, dit-elle. C'est vrai qu'il semblait troublé.

Les traits étranges de Pez se réalignaient lorsqu'il souriait, transformant radicalement son visage d'ordinaire si laid.

— Troublé, c'est un euphémisme. Je pense que c'est une très bonne idée qu'il ait quitté la ville pour quelques jours.

— Mais pourquoi est-il d'abord passé par le temple ? se demanda la prêtresse à voix haute, avant d'ajouter : Je rêve beaucoup en ce moment, Pez.

— Oh ? fit celui-ci, pas du tout perturbé par ce brusque changement de sujet. Puis-je t'aider ?

— Je ne crois pas. Je ne sais même pas pourquoi je te raconte ça.

— Parce que nous sommes amis, Zafira, et le ciel sait que nous n'en avons pas assez dans cet endroit.

Elle acquiesça, car elle ne le savait que trop bien.

— Mais pourquoi sommes-nous amis ? Pourquoi nous sommes-nous choisis l'un l'autre ? Comment se fait-il que je te sache parfaitement sain d'esprit alors que tout le monde au palais te croit fou ? insista-t-elle.

— Tu te poses trop de questions, vieille femme, répondit-il gentiment en prenant dans ses mains déformées la tasse à moitié vide où le thé refroidissait. Nous cherchons tous les deux la même chose, nous l'avons vue chez l'autre et c'est pour ça que nous sommes amis.

— Mais que cherchons-nous ? demanda-t-elle d'une voix suppliante.

Pez haussa les épaules.

— Nous le saurons quand ça se présentera. Pour répondre à ton autre question, ma prétendue folie est une forme de protection. C'est mon seul moyen de défense dans un endroit extrêmement dangereux.

— Je suis désolée, Pez. Je ne sais pas ce qui me prend aujourd'hui. J'ai cet étrange pressentiment...

Elle s'interrompit en secouant la tête.

— Lequel ?

La prêtresse ouvrit les mains en signe d'incompréhension.

— J'ai la sensation qu'il va se passer quelque chose et que, d'une façon ou d'une autre, j'ai un rôle à y jouer.

— Quelque chose ?

— Oui, quelque chose d'important.

— Continue.

— Mais je ne sais pas de quoi il s'agit, Pez, protesta-t-elle en lui lançant un regard exaspéré. C'est un vague pressentiment, c'est tout.

— Est-ce que cela a un rapport avec tes rêves ?

— J'en suis sûre, acquiesça-t-elle, sauf que je ne me souviens d'aucun détail, à part qu'on m'a dit d'attendre la venue d'un homme et qu'il est important.

— Les voix dont tu m'as parlé t'ont dit cela ?

— Ce ne sont que des murmures, en vérité. Mais je ne saurais te répéter mot pour mot ce qu'elles disent.

— Comment sais-tu qu'elles parlaient de Lazar ?

— Je n'en sais rien, mais je suis certaine qu'il s'agit bien de lui. Par contre, j'ignore pour quoi on m'a dit d'attendre cette personne. Oh, Pez, je suis désolée de rester si vague.

— Ne t'inquiète pas, mon amie. Moi aussi, j'ai le sentiment d'être là pour une bonne raison, mais je suis incapable de te dire laquelle, ajouta-t-il avec un sourire triste.

— Depuis combien de temps es-tu à Percheron, Pez ?

Il regarda autour de lui en se grattant le menton. Zafira fut alors frappée par sa ressemblance avec un oiseau. Son nez était tellement recourbé qu'on aurait dit un bec. C'était la première fois qu'une telle pensée la traversait, alors même qu'ils avaient déjà passé ensemble de nombreux moments comme celui-là. Elle essaya de ne pas sourire à cette drôle d'idée.

— Cela doit faire plus de vingt ans maintenant, répondit-il.

— Si longtemps que ça ?

— Oui. Boaz a quinze ans, et j'étais déjà le bouffon du Zar depuis six étés au moins lorsque notre nouveau souverain est né.

Elle sourit.

— Je parie que tu n'as délibérément pas cessé de frustrer, d'exaspérer et d'énerver Herezah pendant tout ce temps.

— Oh, c'est le moins que je puisse faire, répondit-il, en partageant son amusement. J'espère qu'il n'y a pas d'espions ici, mon amie, ou notre nouvelle Valide fera planter nos têtes au bout d'une pique avant que l'on ait le temps de se verser un deuxième verre de thé.

Zafira se leva pour faire chauffer de l'eau.

— Sois tranquille, Pez. Mes colombes me préviendraient s'il y avait un espion dans les parages… elles roucoulent pour un rien. Je parie qu'il y a déjà eu des changements au palais Tu vas devoir faire attention à toi.

— Elle me déteste, c'est évident, mais principalement parce que je la frustre, comme tu l'as si bien dit. Je sais qu'elle utilise la magie pour creuser mon passé et fouiller dans ma tête.

— Comment fait-elle ?

— Grâce à Yozem.

Zafira laissa échapper une exclamation de dégoût.

— Cette femme diabolique ! Qu'elle soit maudite, et toutes celles comme elle !

— Elle ne peut rien trouver en moi, répliqua doucement Pez.

Zafira n'avait aucune intention de laisser couler cette remarque.

— Ah non ? Et pourquoi ça ? Les gens ne sont-ils pas terrifiés par elle parce qu'elle peut lire en n'importe qui ?

Pez fit la grimace pour montrer que cela ne l'impressionnait pas.

— La plupart ne savent même pas si elle est réelle. Oh ! elle l'est, et elle se terre dans cette horrible pièce sous le palais qui ressemble à une crypte. Mais, soit je suis immunisé contre sa magie noire, soit celle-ci n'existe pas, et Yozem est une arnaqueuse. Dans les deux cas, Herezah n'a rien contre moi. En plus, Boaz m'adore. Elle n'arrivera pas à obtenir du nouveau Zar qu'il me condamne à mort, fais-moi confiance.

— Tu es drôlement sûr de toi, Pez, lui fit-elle remarquer sur un ton qui lui suggérait de faire attention à lui.

— Je suis aussi très prudent, mon amie. Ne te fais pas de souci pour moi.

— Qu'en est-il de Tariq et de ce vilain chef des eunuques ?

Pez hocha la tête.

— Compte tenu de l'influence d'Herezah et du pouvoir qu'elle va leur confier, je crois qu'on a des raisons de s'inquiéter. C'est pourquoi la présence de Lazar au palais est importante. Il permet de faire contrepoids. Boaz le vénère, ce qui est heureux pour nous, car il écoute les conseils de l'Éperon. Je ne crois pas que notre nouveau Zar apprécie beaucoup Tariq, mais il est encore jeune. On ne doit pas trop en attendre de Boaz avant l'heure. Il possède encore les envies et les idées d'un très jeune homme. En toute franchise, je suis certain qu'il préférerait faire du cheval, tirer à l'arc, pêcher et jouer plutôt que de réfléchir à tous ces problèmes politiques. C'est ce sur quoi Herezah compte, bien entendu. Elle va le laisser s'adonner à tous ces plaisirs et lui en présenter d'autres encore tout en usurpant davantage de pouvoir pour elle et ses sycophantes.

— Tu dépeins là un bien sinistre tableau, commenta Zafira.

— Au moins, la création du nouveau harem va les tenir occupés tous les trois pendant un certain temps.

Zafira acquiesça. Tous deux restèrent assis dans un silence confortable pendant plusieurs minutes, autour d'un nouveau verre de thé. Puis elle se déplaça jusqu'à la fenêtre.

— Je me demande ce que nous attendons tous les deux. De quoi peut-il bien s'agir ? (Elle tourna son regard vers la mer et s'émerveilla, comme toujours, de la grandeur des jumeaux dans le port.) J'ai l'impression que nous sommes comme Beloch et Ezram, là-dehors, à attendre que quelque chose se produise.

— Tu pourrais bien avoir raison, ma vieille amie, répondit Pez.

Lazar ne semblait pas pressé de retourner en ville. Ils avaient donc décidé de camper sur un promontoire rocheux d'où ils voyaient clairement les eaux étincelantes de la mer Faranelle et la cité scintillante qui descendait jusqu'au rivage. On aurait dit qu'une vague de lave pastel avait jailli du sommet de la colline où se dressait le palais pour couler jusqu'au port naturel, en durcissant au cours de son lent voyage pour former la superbe architecture de Percheron.

C'était Ana qui avait fait cette remarque, pour le plus grand plaisir de Lazar, qui n'en était pas moins resté muet. C'était un homme discret en règle générale, mais il était carrément renfrogné ce soir-là.

—As-tu déjà vu une montagne entrer en éruption et recracher le chaud contenu de la terre ?

—Oui, dans mes rêves, répondit Ana en fronçant les sourcils. Je crois que ces montagnes existent quelque part à l'autre bout de la terre et c'est effrayant, alors que la beauté de Percheron me met du baume au cœur.

Lazar ne fit pas de commentaire, mais se réjouit secrètement de la description qu'Ana faisait de Percheron. Chaque fois qu'il contemplait la ville, il se sentait toujours… comment dire ? Revigoré ?

—Eh bien, je trouve que c'est une belle idée, Ana, dit Jumo en brisant le silence. À compter de ce jour, c'est toujours ainsi que je verrai la cité.

—Vous ne m'aimez donc pas, monsieur ? demanda Ana en considérant l'Éperon avec cette attitude directe qui était la sienne.

—Qu'est-ce qui te fait dire ça ? grommela-t-il en s'occupant de remuer les brises incandescentes de leur petit feu de camp.

—Vous me regardez souvent d'un œil noir, monsieur. Je ne sais pas ce que j'ai fait de mal.

—Tu n'as rien fait de mal, Ana, répondit-il.

—Non, ça, c'est sa tête des bons jours, renchérit Jumo.

Ana pouffa avec lui, ce qui leur valut un nouveau regard noir de la part de Lazar.

— Pourquoi êtes-vous triste, dans ce cas-là ? insista la jeune fille.

— Je ne sais pas, répondit Lazar avec une mélancolie qui surprit Jumo. Tiens, mange, ajouta-t-il en tendant à Ana un morceau de la volaille qu'ils venaient de faire cuire.

— Je ne mange pas d'oiseaux, s'excusa-t-elle.

— C'est du poulet, pas un vrai oiseau, intervint Jumo.

— Parce qu'il ne peut pas voler, vous voulez dire ?

En voyant Jumo acquiescer, elle rétorqua :

— Il a des ailes, Jumo. Je crois qu'un poulet volerait s'il pouvait, ce qui en fait un oiseau à mes yeux.

— Nous volerions tous si c'était possible, grommela Lazar.

Ana parut trouver cette remarque amusante et rit de nouveau de lui. Jumo se demanda quelle était la dernière personne qui avait ri de l'Éperon et où avait bien pu terminer sa tête. Voilà que ce dernier laissait une gamine haute comme trois pommes se moquer de lui. Des miracles se produisaient tous les jours.

— Eh bien, si tu ne veux pas manger, je te suggère de dormir, dit Lazar à Ana. Demain, nous allons chevaucher toute la journée et nous arriverons en ville tard le soir. Tu n'auras pas le temps de reprendre ton souffle, car la Valide Zara voudra te voir tout de suite.

— Qui est la Valide Zara ? demanda-t-elle avec toute son innocence.

Lazar fronça les sourcils en pensant à ce qu'il allait advenir de ce trait de caractère.

— Ta nouvelle maîtresse.

— C'est à elle que vous allez me vendre ?

— Elle t'a déjà achetée, Ana. Ce n'est pas moi. Ta mère t'a vendue au harem.

— Felluj n'est pas ma mère, et je préférerais rester avec vous et avec Jumo.

Les deux hommes échangèrent un regard.

— Tu te feras des amis, je te le promets.

— Êtes-vous mon ami, Lazar ? Promettez-moi que vous serez toujours mon ami.

Jumo sourit à part lui. Il n'avait jamais vu son maître aussi déconcerté.

— Je te le promets, dit Lazar.

# Chapitre 7

Ils arrivèrent avant le coucher du soleil, deux heures plus tôt que Lazar l'aurait cru, si bien qu'il décida d'offrir à Ana une brève visite de Percheron, cette belle cité qu'elle ne pourrait plus jamais revoir. Dès le lendemain matin, Ana comprendrait qu'elle était prisonnière. Toutes ces qualités qui faisaient d'elle un esprit libre fascinant seraient éradiquées jusqu'à ce qu'elle adopte l'attitude distante et feinte de toutes les femmes du harem. Il avait entendu dire que leur personnalité refaisait surface dans les pièces de bains et derrière les portes closes, ce qu'il croyait volontiers. En tout cas, il voulait y croire. Mais, dans les faits, les femmes du harem perdaient le droit de s'exprimer librement. Même Herezah avait peut-être été une jeune créature insouciante autrefois.

Herezah ! L'idée même de cette femme donnait envie à Lazar de s'attarder le plus longtemps possible en dehors du palais avec sa précieuse protégée.

— Jumo, tu pourrais peut-être ramener les chevaux et nos affaires à la caserne ?

— Tu ne viens pas, maître ?

— Je pense que je vais montrer quelques-uns des plus beaux sites de Percheron à notre invitée avant de la confier à Salméo.

— Très bien, répondit Jumo, tout en lançant à Lazar un regard d'avertissement qui en disait long. Adieu, Ana.

Il aida la jeune fille à descendre du cheval qu'ils avaient partagé tous les deux. Elle surprit l'homme en le serrant contre elle.

—Adieu, ami Jumo. Vous ne m'oublierez pas, j'espère?

—Jamais. Je sais que tu vas faire notre fierté. J'ai le sentiment qu'un jour, l'Éperon Lazar et moi-même devrons nous incliner devant toi.

—Je ne vous ferais jamais faire une chose pareille, protesta-t-elle avec un doux sourire.

Jumo se redressa et prit les rênes de la monture de Lazar.

—Sois prudent, maître, furent les seules paroles qu'il s'autorisa.

—Je serai de retour dans deux heures tout au plus, affirma Lazar. Viens, Ana, laisse-moi te montrer une partie de cette belle cité.

Il leur tourna le dos à tous les deux et s'éloigna.

—Tu ferais mieux de te dépêcher, mon enfant, dit Jumo. Il n'attend personne.

Ana lança un dernier regard en direction du petit homme à la peau mate, puis elle disparut au sein de la foule qui se pressait vers la porte principale de la ville. Il n'était pas difficile de repérer Lazar qui dépassait d'une bonne tête les Percherais. Il avait enlevé son turban, si bien que ses cheveux noirs tombaient librement jusqu'à ses épaules. Ana se dit qu'ils auraient besoin d'être lavés et de recevoir un bon coup de peigne. Elle imagina la texture qu'auraient les cheveux de cet homme si elle s'en occupait, et une vague de chaleur se répandit dans son corps. Elle se sentait bien en présence de Lazar, même si elle n'était pas sûre de pouvoir expliquer pourquoi, surtout qu'il était très distant et très grognon. Mais il y avait quelque chose. Son jeune esprit ne réussissait pas vraiment à formuler de quoi il s'agissait, mais elle se demandait s'il n'était pas une de ces personnes qui dissimulaient leur vulnérabilité sous leurs dehors bourrus. Pourtant, à part cette faiblesse, Ana ne sentait chez cet homme qu'une force intense. Il était son propre maître. Même s'il obéissait aux ordres, personne ne lui dictait sa conduite; Ana le sentait parce qu'elle était comme lui. De toute évidence, la vie allait être difficile pour elle à présent qu'elle était la « propriété » de quelqu'un. Lazar et elle étaient deux âmes destinées à se rencontrer. Tandis que cette idée prenait forme dans son esprit, elle s'aperçut qu'elle venait de rattraper l'homme qui occupait ainsi ses pensées. Elle le surprit en lui prenant la main.

— Je ne veux pas vous perdre, expliqua-t-elle en réponse à son regard interrogateur.

Il hocha la tête.

— Regarde ces statues, s'émerveilla-t-il tandis qu'ils approchaient des murs de la ville. Ne sont-elles pas spectaculaires ? Elles semblent si réelles.

— Elles sont belles, approuva la jeune fille, les yeux brillant d'émerveillement, elle aussi. Mais ce ne sont pas des statues, Lazar.

— Oh ?

— Elles ont l'air vivantes parce qu'elles l'étaient, il y a longtemps.

— Vraiment ? renifla-t-il. Quoi, ce griffon, là-bas ?

Elle hocha la tête avec le plus grand sérieux.

— Comment le sais-tu ? Es-tu si vieille que tu les as connues vivantes ? la défia-t-il d'un ton amusé.

— Je crois que je suis peut-être ce qu'on appelle une vieille âme.

L'énorme porte à double battant de Percheron était protégée par deux lions d'une taille monstrueuse, avec une crinière inégale et des ailes immenses repliées sur leur dos musclé.

— Ne sont-ils pas magnifiques ? dit Lazar en s'arrêtant pour en caresser un.

Il se sentait toujours obligé de le faire chaque fois qu'il passait là.

— Ils s'appellent Crendel et Darso.

— Oh, parce qu'ils ont un nom, aussi ? s'exclama-t-il d'un ton plein d'ironie.

— Exactement comme vous et moi, répondit-elle sans s'en soucier.

— Je ne vais même pas te demander comme tu le sais, parce que moi aussi je peux inventer des choses, Ana, et j'apprécie ton imagination. (Il se surprit lui-même en se penchant pour l'attirer près de lui et regarder au fond de ses yeux.) C'est ce qui te sauvera. Tu pourras toujours t'échapper dans ton esprit.

— Ne soyez pas triste, Lazar, souffla-t-elle en caressant ses cheveux lisses.

Cette caresse était tout à fait innocente et pourtant tellement intime que l'Éperon en eut le souffle coupé. Il sentit son cœur fondre en regardant au fond de ces grands yeux confiants. Elle était promise à un triste avenir en devenant le jouet d'un homme. Alors, pendant un instant fugace, il envisagea de s'enfuir avec elle. Il pourrait la ramener dans les contreforts ou, mieux encore, essayer de retrouver sa vraie mère. Il pourrait aussi, tout simplement, l'emmener chez lui. Il ne vivait pas au palais ou dans la caserne, il lui était donc possible d'agir discrètement. Peut-être dirait-il qu'il l'avait achetée sur le marché aux esclaves pour qu'elle tienne sa maison. Elle serait en sécurité. Il veillerait à ce qu'elle reçoive une bonne éducation et il l'aiderait à faire un bon mariage. Mais, au fond de lui, il savait que c'était impossible. Herezah lui avait demandé six filles. Les hommes qu'il avait renvoyés au palais avec les cinq autres candidates savaient que Jumo et lui devaient rendre visite à une famille vivant dans les contreforts. La Valide était trop rusée, elle apprendrait l'existence de sa nouvelle gouvernante – et Ana était bien trop belle pour échapper à l'attention des gens.

Il détourna le regard en se résignant au destin de la jeune fille. Il s'en voulait de l'avoir choisi pour elle.

— Laisse-moi te montrer d'autres merveilles, lui dit-il en espérant que sa voix ne trahissait pas l'angoisse qu'il éprouvait.

En silence, il se reprocha son attitude étrange de ces derniers jours. Tout à coup, ses émotions prenaient le dessus, et ses yeux s'embuaient sans crier gare. Il se livrait de plus en plus à l'introspection en s'interrogeant sur le sens de l'existence qu'il menait. Mais permettre à une jeune fille de jeter de l'huile sur le feu de ces doutes était le pire de tout.

Tenant toujours Ana par la main, il la guida dans les rues de Percheron tandis que la nuit tombait et que les lampes s'allumaient une à une, permettant à la cité de se draper dans un manteau plus respectable.

— Tu dois avoir faim.

En la voyant acquiescer, il lui demanda :

— Que dirais-tu d'un sharva ?

— Qu'est-ce que c'est ?

— Je vais te montrer, répondit-il. (Il en avait l'eau à la bouche rien que d'y penser.) J'espère que tu manges de la viande ?

— Oui. Il n'y a que les oiseaux que je ne mange pas, ajouta-t-elle avec un petit sourire d'excuse.

Ils se frayèrent un lent chemin à travers les marchés et dans un labyrinthe de ruelles. Autour d'eux, les gens faisaient leurs emplettes, qui allaient de la viande fraîche à des bracelets d'argent.

— J'aime cet endroit, confia Lazar. Chaque venelle est connue pour ses métiers spécifiques. Celle où nous sommes abrite les fabricants de ces chapeaux plats triangulaires que les Percherais du commun adorent. Les couvre-chefs des citoyens plus en vue sont confectionnés dans une autre rue. Tu vois cette femme là-bas ? (Ana hocha la tête.) Elle utilise douze aiguilles pour tricoter le fil.

— Ah oui, c'est aussi comme ça qu'on fait dans les contreforts.

— Bien sûr, tu as déjà vu cette technique.

Ana sourit.

— Le tricot est très large ; ensuite, on le teint et on fait réduire les chapeaux dans d'immenses cuves pleines d'eau bouillante.

— Tu as raison, ils appellent ça les chaudrons. Après avoir fait sécher les chapeaux, ils utilisent un chardon sec pour crêper les fibres, comme ça. (Il désigna une autre femme qui travaillait dur à son ouvrage.) Et tu obtiens l'une de ces beautés, conclut-il en mettant sur sa tête l'un de ces coriz, comme on les appelait, le gland dansant devant son visage.

Ana rit.

— On visite une autre rue ?

La venelle suivante était dédiée aux tapis, et celle d'après aux fabuleux coussins en velours, en soie, en laine et en cuir, de toutes les tailles et de toutes les formes possibles. Ana et Lazar déambulèrent dans des rues éclairées par des torches et passèrent devant des boutiques qui vendaient du tissu, de magnifiques lanternes à suspendre et des tuiles peintes exquises. Enfin, ils s'aventurèrent dans le labyrinthe des ruelles dédiées aux arts culinaires.

Ana fut attirée par les vendeurs d'épices qui proposaient des sacs de poudres, de graines, de haricots et de gousses aux couleurs vives. En silence, elle regarda des ménagères pointer du doigt ce qu'elles désiraient et donner une qualité. L'homme assis en tailleur près d'une balance appelait son commis, un petit garçon, qui emballait les produits demandés dans des carrés de tissu. Le vendeur ensuite les pesait, et le petit avait presque toujours raison. Il était rare qu'il doive retourner devant le sac en question pour enlever un peu d'épice ou en ajouter. Satisfaits, marchand et cliente échangeaient l'argent pendant que l'enfant nouait adroitement l'achat dans le carré de tissu à l'aide d'un ruban en soie.

— Tamara, caracan, alpse, vergun, zarakor, énonça Lazar en désignant les divers sacs. Sens-moi ça, ajouta-t-il en ramassant une petite gousse et en la broyant dans sa paume.

— Du gezil ? devina-t-elle.

— Tu es très maligne, Ana, approuva Lazar avec un grand sourire. Sais-tu à quoi ça sert ?

Ana secoua la tête.

— Je connais son parfum parce que mon père m'en a montré une fois, c'est une plante qui pousse sur les arbres à longues feuilles dans les contreforts. Le fruit durcit et passe du rouge à ce noir brillant.

Lazar acquiesça.

— On l'utilise pour parfumer les crèmes, mais si on écrase le fruit avant qu'il durcisse et qu'on le frotte cru sur les orteils douloureux, il paraît que ça soulage, ajouta-t-il en faisant une grimace pour la faire rire.

Un homme faisait rôtir des noix sur un petit feu. Il leur fit signe d'approcher. Ana se tourna vers Lazar en espérant qu'il dirait oui. Mais elle suivit son regard et découvrit un autre marchand dans un minuscule renfoncement du mur. Il découpait de la viande rôtie à la broche.

— Du sharva, annonça Lazar sur un ton théâtral avant d'entraîner Ana vers le minuscule étal.

Il leva deux doigts puis fouilla dans sa poche pour prendre des pièces. L'homme leur tendit à chacun une tranche de pain repliée d'où s'échappaient des arômes divins. À l'intérieur, Ana aperçut de minces tranches de viande rôtie, ainsi que des feuilles vertes qu'elle n'avait jamais vues et des boules de la même couleur qui ressemblaient à des fruits, inconnus eux aussi. En revanche, elle reconnut les gros pois chiches et les rondelles d'oignon translucides. Tout cela était recouvert d'une épaisse sauce blanche piquante qui ne tarda pas à dégouliner sur le menton de Lazar et d'Ana et sur les bras minces de la jeune fille.

Ils s'assirent sur le rebord d'une fontaine en pierre au centre d'une petite place.

— Tu aimes ? demanda Lazar entre deux bouchées.

La réponse étouffée d'Ana, qui avait la bouche pleine, le fit rire. Il était évident qu'elle appréciait son repas. Lorsqu'ils eurent terminé, il lui acheta un petit sorbet à base de pulpe de fruit.

— C'est le dessert parfait. Cela va enlever le feu des épices sur ta langue et le remplacer par un petit goût frais et acidulé. Mais ce sorbet n'est pas aussi délicieux que ceux que tu mangeras au palais, bien sûr, comme tu le découvriras par toi-même, ajouta-t-il avec un clin d'œil en lui tendant la moitié d'un fruit violet dont la chair avait été enlevée à la cuillère et remplacée par le sorbet.

Ana se servit de la gaufrette que lui donna Lazar pour prendre des bouchées de fruit et gémit de plaisir.

— Je n'ai jamais rien goûté d'aussi bon. Je n'oublierai jamais ce repas, dit-elle en posant sa petite main sur le poignet de Lazar.

De nouveau, une vague de chaleur traversa la jeune fille lorsque leurs peaux entrèrent en contact. Lazar ne souffla mot.

— Je ne pense pas que même le sorbet du palais puisse avoir aussi bon goût, ajouta-t-elle en sachant que ça lui ferait plaisir.

— Pourquoi dis-tu cela ?

— Parce que, à cette heure, je suis libre. La prochaine fois que je goûterai un mets aussi délicieux, je serai une esclave. Je suis donc certaine que cela aura un goût très différent.

Lazar hocha la tête avec sérieux. Ana était très jeune, mais déjà capable de rivaliser avec le meilleur des philosophes. Il y avait quelque chose de très déstabilisant dans ses réflexions, et pourtant, en même temps, elles donnaient à Lazar le sentiment d'être en sécurité, comme s'il avait enfin trouvé un refuge dans l'esprit de quelqu'un d'autre.

Ils se lavèrent les mains et la bouche à l'eau de la petite fontaine.

— Qu'y a-t-il par là ? demanda Ana en secouant les mains pour les sécher.

— Ah, eh bien, au prochain tournant, on trouve les rues où l'on vend de l'or. Tu aimerais y faire un tour ?

— Oh, oui !

Il l'y emmena donc. Au-dessus de leurs têtes, le ciel était devenu noir et les étoiles brillaient comme de minuscules joyaux sur le manteau d'encre de la nuit. Lazar s'aperçut tout à coup qu'il s'amusait. Il n'arrivait pas à se rappeler la dernière fois où il s'était senti aussi insouciant. De nombreuses personnes le reconnaissaient, évidemment. L'Éperon était un homme célèbre à Percheron. Mais, ce soir-là, cela ne l'embêtait pas. D'ordinaire, il détestait qu'on le dérange, mais il rendit aux passants leur salut et alla jusqu'à sourire une fois, à la grande surprise de l'individu courtois qu'il venait de croiser.

Dans la Ruelle de l'Or, comme on l'appelait, Ana regarda les vendeurs marchander avec leurs clients. C'était une véritable ruche bourdonnante d'activité, et pourtant, les gens ne semblaient pas pressés, pris dans leurs transactions. Le regard de la jeune fille fut attiré vers un coin sombre et une vieille femme frêle au visage voilé. Celle-ci sortit de sous sa robe quelque chose qui ressemblait à une chaîne en or, mais elle referma le poing dessus si vite qu'Ana n'aurait su dire ce qu'était vraiment le bijou. L'homme à qui elle s'adressait la dominait de toute sa taille. Sale et mal rasé, il ressemblait clairement à un vendeur à la sauvette plutôt qu'à un marchand ayant pignon sur rue.

Ana en fit la remarque à Lazar en désignant la vieille femme. Il hocha la tête.

— Oui, on les appelle des chats de gouttière. Ils n'ont pas d'endroit désigné, on les voit arpenter les ruelles à la recherche de gens auprès de qui ils peuvent acheter ou vendre des bijoux. Les marchands les détestent, mais ils ne font rien d'illégal, alors ils continuent. Mais on ne tardera pas à faire passer une loi contre ça si tout à coup ils deviennent trop nombreux. Ils ne posent pas de question, ne te demandent pas de prouver que l'objet que tu vends est bien à toi et ne te donnent aucune garantie que les sous qu'ils te remettent ou l'or qu'ils te vendent sont authentiques.

— Alors pourquoi les gens font-ils affaire avec eux? s'étonna Ana. C'est plus logique de traiter avec un commerçant qui a l'obligation d'être honnête, non ?

— Parce que les chats de gouttière ne posent pas de question. Cette femme a probablement un si grand besoin d'argent qu'elle va lui vendre son bijou, même si elle préférerait traiter avec quelqu'un d'autre.

— Ne peut-on pas l'aider ?

— Pourquoi ?

— Parce que ce serait une bonne chose.

Il sourit en voyant comme elle était sérieuse.

— Comment, Ana ?

— En achetant son or.

— Quoi ? s'exclama Lazar en riant. Je ne crois pas, non.

— S'il vous plaît, Lazar. Cet homme va sûrement essayer de la voler. Elle a l'air si désespérée qu'il ne lui en donnera pas un bon prix.

— Tu es perspicace, Ana. C'est sûrement ce qui va se passer, mais ce n'est pas à nous d'intervenir.

Le visage de la jeune fille se rembrunit, puis une expression déterminée apparut sur ses traits.

— Combien avez-vous payé pour moi ?

— Pardon ? s'exclama-t-il, pris au dépourvu par sa franchise, même s'il aurait dû s'y habituer, en deux jours.

— Combien valais-je pour ma mère adoptive ?

Lazar voyait bien qu'il ne servirait à rien de tourner autour du pot.

— Quarante karels.

— Proposez la différence à la vieille femme. Je n'ai aucune idée de la valeur des choses, Lazar, mais vous avez sans doute profité du fait que Felluj voulait désespérément se débarrasser de moi – exactement comme le chat de gouttière est en train de profiter du désespoir de cette vieille femme. Cela se voyait que notre famille était sans argent, alors vous pouviez proposer ce que vous vouliez. Combien est-ce que je vaux vraiment pour le palais… deux fois cette somme ?

— Probablement.

Il se sentait obligé d'être honnête avec elle. Les paroles sévères de la jeune fille lui faisaient très mal, mais moins que la façon dont elle le regardait. Il perçut la douleur pénétrer jusqu'au fond de son cœur.

— Dans ce cas, proposez-lui les quarante autres karels, vous n'aurez qu'à dire à la Valide que je vous en ai coûté quatre-vingt, le supplia-t-elle.

Sans donner à Lazar le temps de réfléchir, Ana se précipita vers la vieille femme qui était sur le point de vendre son bijou.

— Attendez ! s'écria-t-elle. Combien le vendez-vous ?

La femme, bien plus vieille que ce que Lazar avait pensé au départ, se tourna vers Ana et lui sourit gentiment.

— Vingt karels, ma petite.

— Je vous en donne quarante ! s'exclama la jeune fille.

— Hé ! protesta le chat de gouttière avec colère. Reste en dehors de ça, petite idiote. Tu n'as pas l'air d'avoir même un zeraf à dépenser !

Ana l'ignora.

— Je vous en prie, dit-elle à la vieille. Laissez-moi l'acheter.

— Va-t'en ! cria l'homme en poussant Ana, ce qui était une erreur, car, un instant plus tard, il sentit se refermer sur son bras une poigne si ferme qu'il couina de douleur.

— Ne la touche pas, mécréant, dit Lazar en serrant plus fort et en regardant le bonhomme se plier en deux, lentement. Tu as de la chance que je ne jette pas les gens comme toi dans la fosse, ou pire encore.

Il le lâcha.

— Éperon. (L'homme s'inclina.) Pardonnez-moi, monsieur. Mais je faisais une honnête transaction avec une cliente.

— Honnête, mon cul, ricana Lazar. Va-t'en et réjouis-toi que ça n'aille pas plus loin.

Le chat de gouttière couvrit Ana et la vieille femme d'un regard noir, puis tourna les talons d'un air furieux et s'en fut sans un mot.

— C'était une transaction honnête selon ses critères à lui, en tout cas, dit généreusement la vieille femme du fond de la capuche au sein de laquelle elle semblait se cacher.

Elle avait une voix douce, apaisante et chantante. Lazar prit sa bourse à sa ceinture.

— Tenez, quarante karels, c'est bien le prix convenu, n'est-ce pas ?

— C'est cela. Je vous remercie, Éperon Lazar, dit la femme.

Plutôt que de tendre la main, elle ouvrit une de ses poches et encouragea Lazar à verser l'argent dedans, ce qu'il fit. Il trouva cela étrange, mais cette pensée disparut comme elle était venue.

La vieille femme se tourna vers la jeune fille.

—Et voici pour toi, Ana, dit-elle en lui tendant une exquise statuette de hibou en or.

Lazar retint une exclamation. C'était une représentation d'Iridor. Il fronça les sourcils, perplexe. Il aurait pu jurer que c'était une simple chaîne en or qu'elle essayait de vendre. Même lui qui ne s'y connaissait pas en bijoux voyait que le hibou valait bien plus que quarante karels. Cependant, quelque chose dans l'attitude de la vieille femme le retint d'en faire la remarque.

—Êtes-vous sûre de vouloir vous séparer de cette sculpture d'Iridor? demanda Ana, stupéfaite devant la beauté de l'oiseau.

—Oh! oui, et je suis ravie qu'elle te revienne.

Ana sourit. La vieille femme la serra dans ses bras. Puis, elle tourna les talons et s'en alla d'un pas chancelant. Les sourcils froncés, Lazar n'en revenait toujours pas, non seulement du fait que le bijou ait paru changer de forme devant ses yeux, mais aussi parce que Ana savait qui la statuette représentait.

—J'aurais juré qu'elle cherchait à vendre un bracelet ou un collier, pas un objet de décoration, fit-il remarquer.

—Moi aussi. (Ana hésita avant d'avouer ce qui la tracassait.) Et je ne lui ai pas dit mon nom, pourtant, elle le connaissait.

Lazar se retourna aussitôt, mais la vieille femme avait déjà disparu dans la pénombre d'une autre ruelle.

—Elle savait le mien également, mais je suis connu en ville, ce qui n'est pas ton cas. (De nouveau, il fronça les sourcils.) Ana, comment sais-tu le nom de l'oiseau que représente cette statuette?

—Tout le monde connaît Iridor, répondit-elle d'un ton insouciant.

—Non, pas tout le monde, et certainement pas les gens de ton âge.

Elle haussa les épaules, comme pour affirmer que ça n'avait aucune importance.

—Je l'ai toujours connu, ajouta-t-elle.

Il voulut insister, mais Ana lui mit l'oiseau doré entre les mains, ce qui le prit au dépourvu.

— Il est à vous. Vous avez payé pour l'avoir.

— Garde-le, Ana. C'est toi qui as payé pour l'avoir. Tu vaux dix fois cette somme.

Elle lui sourit, et un nouveau lien s'établit entre eux. Non, il ne rêvait pas cette sensation de chaleur qui venait d'elle et le submergeait.

— Ils ne me laisseront pas le garder, n'est-ce pas? demanda-t-elle.

Il secoua la tête d'un air triste. Elle avait raison, évidemment.

— Je suppose que non. Il va finir dans les coffres du palais et ne verra sans doute plus jamais la lumière du jour, ou pire, il sera fondu. Iridor n'est pas exactement un ami de notre peuple.

— Quel dommage qu'il soit aussi mal vu, dit-elle tristement. Il a toujours été notre ami.

Cette formulation le surprit. Il ne savait pas très bien quoi répondre. Ce fut Ana qui brisa le silence embarrassé.

— Non, gardez-le pour moi. Ce sera un souvenir de moi et de notre amitié.

Lazar mit l'oiseau dans sa poche et prit la main de la jeune fille.

— Je veillerai bien sur lui, fut tout ce qu'il s'autorisa à dire. Maintenant, il est temps que je t'amène dans ta nouvelle maison.

— Ne vous contentez pas de veiller sur lui, Lazar, gardez-le près de vous.

Elle le dévisagea d'un regard intense, comme si elle cherchait à s'assurer qu'il comprenait bien ce qu'elle voulait dire. Il ne réussit qu'à hocher la tête, mais cela parut la satisfaire.

Il détesta chaque instant du trajet qui les amena au palais. À chaque pas, il sentait se dissiper un peu plus son impression de liberté, comme si le poids de son monde pesait à nouveau sur ses épaules. À chaque foulée, son dos semblait se courber un peu plus et ses entrailles se nouaient encore, mais cette fois, il fallait y ajouter une nouvelle note de tristesse : Ana allait disparaître de son existence.

Ils se présentèrent devant les portes du palais. Il s'annonça, ainsi que sa compagne, à la cour de la Lune et éprouva à cet instant un terrible sentiment de perte. C'était officiel. Ana était arrivée et son nom était enregistré dans les archives du palais. Il n'était plus possible de faire marche arrière.

Elle appartenait au palais, désormais.

# Chapitre 8

Pez trouva Boaz seul dans ses appartements. Longtemps auparavant, Joreb avait donné permission au nain d'accéder à n'importe quelle partie du palais – il était la seule personne à la cour à jouir d'une liberté aussi absolue. Les gardes étaient donc habitués à le voir aller et venir à sa guise, que cela soit dans les appartements du Zar ou même dans le harem. Il était le seul mâle encore intact à pouvoir visiter l'endroit le plus prisé et le plus jalousement protégé du palais sans que sa virilité en soit le moins du monde menacée.

—Je pensais bien te trouver là, dit-il. Préfères-tu rester seul avec ton chagrin ?

—Sais-tu qu'il n'y a que toi à avoir songé que la mort de mon père pouvait m'attrister ? lui confia Boaz. Tout le monde me traite comme si je devais tirer un trait dessus et assumer mon nouveau rôle. Ma mère est la pire de tous. Pour elle, mon chagrin est comme une migraine, quelque chose qui passera en dormant, grâce à un léger somnifère. (Ces derniers mots furent prononcés avec un tel dégoût que Pez préféra ne pas répondre. Le garçon était en colère et en avait tout à fait le droit.) Ne comprennent-ils donc pas ? Mon père est mort ! Je l'aimais, comme n'importe quel enfant aime son père.

Pez s'avança un peu plus dans la pièce.

—Comment pouvons-nous t'aider ?

— Je veux juste qu'on me laisse tranquille, répondit Boaz d'un air maussade.

Assis à une fenêtre, il contemplait le port.

Pez regarda le Zar et s'aperçut brusquement à quel point son jeune ami était grand et mince – comme son père l'avait été. Mais la ressemblance physique s'arrêtait là. Au niveau des traits, Boaz était le portrait craché d'Herezah, avec ses cheveux et ses yeux noirs et sa peau douce, couleur olivâtre. Il possédait également sa belle structure osseuse, très prononcée, et Pez voulait bien croire que le cœur des jeunes filles battait déjà la chamade à la pensée de leur nouveau Zar.

— Tu sais que c'est impossible, Boaz, lui rappela-t-il gentiment. L'une des principales qualités que tout le monde va chercher en toi désormais, c'est la force de caractère. (Il leva la main pour empêcher le Zar de protester.) Je sais que tu la possèdes, mais tu vas devoir le montrer à tous les observateurs politiques qui n'attendent qu'une chose : se jeter sur tes faiblesses et faire de toi leur proie.

— Je ne veux pas être heureux, pas encore, répliqua Boaz d'un ton hautain. C'est obscène de penser que je devrais chanter et danser alors que le corps de mon père est à peine refroidi.

— Je te comprends, sincèrement, mais tu dois prouver que tu es fort. Je ne te dis pas de faire semblant d'être gai, Boaz, mais tu dois participer à la vie du palais. Ne te replie pas sur toi-même. Il faut qu'on te voie, qu'on te remarque. Tu n'es pas obligé de sourire. En fait, ça n'en aura que plus d'impact si tu restes grave. Cela veut dire que tu prends au sérieux la mort de ton père et que tu es tout sauf un fils épris de pouvoir qui voulait le trône pour lui-même. Mais laisse les habitants du palais te croiser dans les couloirs et fais savoir au peuple que tu vaques à tes occupations de manière stoïque.

Il y eut une minute de silence. Puis :

— Tu as raison, comme toujours, finit par reconnaître Boaz. Je vais faire un effort.

— Je suis fier de toi. Montre à ta mère que tu es à la hauteur de ta mission et que ce trône est le tien.

— Et non pas le sien ? ajouta Boaz en se retournant pour dévisager le nain.

— Je n'ai pas dit ça.

— Ce n'était pas nécessaire.

— Je ne doute pas qu'elle te sera d'une très grande assistance. Mais elle pourrait aussi saper ton autorité. (Il changea de sujet et prit un ton plus gai.) Alors, à quoi pensais-tu tout seul dans cette grande nouvelle chambre ?

Il y eut un silence, puis Boaz poussa un profond soupir.

— J'ai passé toute la soirée à contempler Beloch et Ezram dans le port.

— Oh, vraiment ?

— Sais-tu, Pez, que c'est la première fois que je fais vraiment attention à eux ? Ils ont toujours été là, alors je ne les ai jamais vraiment regardés, je suppose.

— Je crois que la plupart des Percherais souffrent de la même maladie. Lazar ne cesse de répéter qu'aucun de nous n'apprécie les superbes œuvres d'art qui nous entourent. Connais-tu leur histoire ?

— Celle des géants ? Non, on ne nous a jamais appris les vieilles légendes – ils racontent que c'est sacrilège.

— Ben voyons ! Les prêtres redoutent un retour à l'ancien temps, lorsque l'on vénérait la Mère.

— Il va falloir m'expliquer ça, Pez, dit l'adolescent en croisant les jambes, car il se savait sur le point d'entendre une histoire.

— Et si je nous versais d'abord un verre de vin ?

Pez remplit deux verres de vin sucré allongé d'eau et se dandina jusqu'au siège au bord de la fenêtre. Il s'installa confortablement, puis s'éclaircit la voix. Boaz esquissa un petit sourire, le premier depuis des jours, et leva son verre.

— À un cœur plus léger, souhaita-t-il.

Le nain et le Zar trinquèrent.

— Bon, par où commencer ?

— Parle-moi des prêtresses, suggéra le jeune Zar en s'installant sur ses coussins.

— D'accord. Il y a plusieurs siècles, Percheron suivait l'enseignement de la Grande Déesse, que nous connaissons simplement sous le nom de la Mère, et il vénérait les déités féminines. Dans les temples vivaient de saintes femmes. C'étaient des endroits silencieux, ce qui explique pourquoi tant de statues dans nos temples ont l'index sur la bouche.

— Qu'est-ce que ça signifie ?

— Le silence symbolise la matrice dépourvue de son qui a donné naissance aux premiers dieux. Certains des écrits les plus anciens nous apprennent que le Silence était le père de la Grande Déesse elle-même.

— Mais maintenant, ce sont des endroits bruyants. Il est rare que j'apprécie une visite au temple.

Pez hocha la tête.

— Les prêtres ont tout changé. Maintenant, les temples sont des lieux de rassemblement. La prière se mêle aux mondanités. Comme tu le sais, les usuriers installent désormais leur étal devant les temples parce que ce sont des endroits où beaucoup de gens se retrouvent.

— Ainsi, les temples étaient autrefois des lieux paisibles dédiés à la prière et tenus par des femmes ?

— Eh oui. Il n'y avait pas plus sacré que la femme au sein de notre peuple. Nombre des symboles que tu vois autour de toi, Boaz, ont une connotation féminine.

— Oh ?

— Regarde ici. (Pez désigna un motif récurrent de la fresque peinte sur l'un des murs de la pièce.) Tu vois celui-ci ? Comment l'appelle-t-on ?

— Attends, dit Boaz en plissant les yeux pour mieux se concentrer. C'est le charme de vie universel.

— Bien, tu as eu de bons précepteurs, même s'ils ne t'ont pas expliqué grand-chose. T'ont-ils dit qu'on l'appelle aussi la Croix de Vie et qu'elle représente l'union du féminin et du masculin ?

En voyant Boaz secouer la tête, Pez poursuivit :

— L'ovale au sommet de la croix représente le féminin. La croix en elle-même, c'est le masculin. Mais il y a bien d'autres symboles comme celui-ci quand on regarde bien. (Le nain se tut un instant, le temps de boire une gorgée.) Pense aux décorations de la grande salle de banquet, dans le palais. Quel symbole te vient immédiatement à l'esprit ?

— Euh, celui qui ressemble à un de ces coquillages grâce auquel tu entends la mer si tu le mets contre ton oreille.

Pez sourit.

— Là encore, tu as raison. Ce coquillage, c'est une conque.

— Je sais.

— Mais sais-tu ce qu'il symbolise ?

— Non, dis-le-moi.

— Il symbolise le sexe de la femme et a souvent été utilisé pour représenter la Déesse.

Boaz en resta bouche bée. Pez sourit jusqu'aux oreilles en voyant les yeux de l'adolescent briller d'une lueur de compréhension.

— Mais le symbole de la conque est présent partout à Percheron – dans nos maisons, nos peintures, sur notre porcelaine…

— Oui, partout, approuva Pez. Cette terre célébrait les femmes autrefois ; elle priait la Déesse Mère et révérait ses prêtresses sacrées.

— Mais…

— Mais maintenant elles ne sont plus rien, conclut Pez à sa place. Oui, les gens ont oublié, et l'on n'enseigne même plus à ta génération l'histoire spirituelle de Percheron. Ce sont les prêtres arrogants qui dirigent les temples, et les quelques saintes femmes encore en vie sont tournées en ridicule.

Boaz regarda vers la mer pour digérer ce qu'il venait d'entendre. Les minutes s'égrenèrent, et Pez resta confortablement assis, pas du tout gêné par ce silence. Enfin, Boaz se tourna de nouveau vers son ami.

— Donc, en vérité, le harem du Zar est une parodie de ce que nous révérions autrefois. Les femmes ne sont plus vénérées de la même manière, elles sont devenues les esclaves des hommes, à la merci de leurs besoins et de leurs caprices.

Pez ne s'attendait pas à ce que le garçon fasse le rapprochement aussi vite. Peut-être y avait-il de l'espoir pour Percheron grâce à ce jeune homme intelligent et perspicace qui grandissait si rapidement.

—On peut voir les choses comme ça, effectivement, Boaz. Les femmes du harem n'ont aucun pouvoir, et la luxure et la décadence qui gouvernent leur vie les rendent pratiquement inutiles. Elles n'ont aucun rôle à jouer, à part servir les hommes. Les prêtres ont encouragé cette pratique pour cette raison, et maintenant, d'une façon tordue, le harem du palais est un endroit sacré.

—Quand est-ce arrivé ? s'enquit Boaz.

—Oh, il y a très longtemps. À un moment donné, les saints hommes sont devenus jaloux du pouvoir que détenaient leurs *alter ego* féminins et ont décidé d'y remédier. Je simplifie, évidemment, mais seulement pour que tu puisses mieux comprendre. Je n'avais pas prévu de te donner un cours d'histoire ce soir, ajouta-t-il avec un sourire en coin.

—Mais tout cela est si fascinant. Les femmes de mon père étaient heureuses, bien sûr – enfin, jusqu'à ce que le harem soit démantelé, ajouta-t-il.

—Tu le penses vraiment, Boaz ? Crois-tu qu'elles avaient choisi cette existence décadente, pleine d'ennui et parfois de débauche, au détriment de leur liberté et du droit de choisir leur compagnon et d'avoir des enfants qui ne seraient pas massacrés simplement parce qu'ils menaçaient l'héritier du trône ?

—Je n'ai pas ordonné ces meurtres, se hérissa le garçon.

—Je n'ai jamais dit ça. Nous en revenons à notre point de départ. Ta mère a fait ce qui est juste pour notre époque. Elle a fait la seule chose qui était en son pouvoir pour assurer la sécurité du trône de l'Élu. Toutes les autres femmes auraient fait la même chose, pourtant ça ne soulage pas ta conscience, n'est-ce pas ?

Boaz secoua la tête.

—J'en fais des cauchemars. Je ne pleure pas que mon père, Pez, j'essaie de me faire à la disparition de mes frères… de mes amis.

— Je le sais, mon enfant, et nous devons respecter ton chagrin.

— Le rôle de Valide Zara n'est-il pas en contradiction avec la façon dont nous vivons, d'après toi ? Tu ne crois pas que le pouvoir que détient ma mère rappelle l'époque de la Déesse, quand les femmes étaient puissantes ?

— Pas vraiment. Tu vois, ta mère ne serait rien sans toi, Boaz. Ne l'oublie jamais. Tu es son pouvoir, ton statut nourrit son influence. Elle n'en a aucune en son nom propre. S'il t'arrivait quelque chose, on la dépouillerait de son titre et elle ne serait plus rien, une fois encore… jetée à la rue comme elle vient de le faire avec ses rivales.

Boaz fronça les sourcils.

— Je n'avais jamais envisagé les choses de cette façon.

Pez n'insista pas, car suffisamment de graines avaient été semées dans l'esprit du garçon pour la soirée.

— Revenons-en à Beloch et Ezram, nos magnifiques géants à propos desquels tu t'interrogeais tout à l'heure.

— Oh oui, j'avais oublié !

— Certaines personnes pensent, et j'en fais partie, que les géants existaient vraiment autrefois et que ces deux-là étaient les plus puissants guerriers de leur race.

— C'est un mythe, non ?

— Je ne crois pas, répondit Pez d'un air grave. Beloch et Ezram vénéraient la Déesse, et l'on raconte que le sorcier Maliz, avec l'aide du dieu Zarab, a fondé ce nouveau courant pour faire tomber les saintes femmes de leur piédestal. À travers Maliz, Zarab a alimenté les jalousies et lancé des sorts sur ses fidèles pour renverser les prêtresses et instituer la nouvelle ère des prêtres.

— Et les géants dans tout ça ?

— Ils étaient une menace pour Maliz. Non seulement ceux-là, mais leur race aussi et toutes ces étranges statues que l'on voit dans toute la cité. Il s'agissait de bêtes qui vénéraient la Déesse et lui donnaient sa puissance.

— Et alors ?

— Maliz a passé un marché avec le dieu Zarab et les a transformés en pierre.

Boaz frappa des mains, car il appréciait beaucoup cette histoire.

— Qu'est-il arrivé à Maliz ?

— Personne ne le sait. Son histoire est assez trouble. On raconte qu'il a été transformé en démon. Certains pensent qu'il continue à influencer notre monde en manipulant les gens.

— Quoi, aujourd'hui encore ? s'écria le Zar, incrédule.

Le nain acquiesça.

— Il paraît qu'il n'est pas mort. Il se déplace d'un corps à un autre, et son esprit survit.

Boaz sourit, visiblement impressionné.

— C'est une idée assez terrifiante.

— Je suis bien d'accord avec toi, crois-moi.

— Comment fait-il pour ne pas mourir ?

— Maliz s'adonnait à l'Art Noir – as-tu déjà entendu parler de ça ? (Boaz secoua la tête.) Eh bien, contentons-nous de dire qu'il s'agit d'un passe-temps désagréable. Le marché qu'il a passé lui a permis d'obtenir la vie éternelle.

— Et Zarab ? Qu'a-t-il obtenu grâce à ce pacte ?

— La destruction de la religion de la Déesse Mère. Maintenant, Percheron prie Zarab.

— Oh, je vois. C'est astucieux !

Pez ignora cette remarque désinvolte.

— Il y a un « mais » cependant. Zarab savait que la Déesse reviendrait, alors la vie éternelle de Maliz est inextricablement liée à celle de Lyana.

— Je ne comprends pas, avoua Boaz, les sourcils froncés.

— Eh bien, c'est grâce à ce lien que Maliz peut continuer à vivre. On raconte qu'il se déplace de corps en corps en attendant la venue de la Déesse. Il observe et il étudie pour savoir qui cela pourrait bien être. Il y aura des signes, évidemment – comme Iridor, par exemple – et puis, ils se livreront bataille une fois de plus.

— Iridor ?

— Tu as bien vu toutes les images du hibou dans notre ville ?

— Oui, bien sûr. C'est l'Iridor des vieilles histoires ?

— De l'histoire de Percheron, rectifia Pez en se demandant si son récit n'entrait pas par une oreille de l'adolescent pour sortir aussitôt par l'autre.

— C'est une très bonne histoire, commenta Boaz, les yeux brillants.

— Elle est vieille de tellement de siècles qu'on pourrait croire qu'il s'agit de simple folklore, tempéra Pez.

— On voit encore des prêtresses de nos jours, pourtant.

— Certes, mais elles sont très peu nombreuses. Elles n'ont aucun pouvoir, même si elles croient toujours que la Mère va revenir. On tolère leur présence parce que la plupart des Percherais ne connaissent pas leur histoire et ne se soucient guère de ces femmes discrètes qui continuent à entretenir de vieux temples inutilisés... pour la postérité.

— Crois-tu en l'existence de Maliz, Pez ?

Le nain hésita.

— Oui, répondit-il sincèrement. Je crois qu'il observe, toujours, et qu'il attend.

— Tu crois qu'il continue à se réincarner pour attendre la venue de la Déesse ?

— Il ne se réincarne pas, Boaz. Il s'empare simplement d'un nouveau corps lorsque le précédent commence à mourir ou devient trop fragile pour ses besoins. Il n'a aucune utilité tant que la Déesse est impuissante. Mais, lorsque le pouvoir de la Mère augmentera, celui de Maliz également.

— Ils s'annulent l'un l'autre, alors ?

— Pas vraiment. Chacun a ses champions pour l'aider à vaincre l'autre.

— Oh ?

— Par exemple, la Déesse a Iridor. Lui ne prend corps que pour annoncer son arrivée. Il est son messager. Lorsque Iridor est sur le point de s'incarner, Maliz gagne en force et cherche un nouveau corps, de nouvelles victimes à attirer dans sa toile... de son côté, pourrait-on dire. Mais Lyana et lui sont liés l'un à l'autre.

Le fait que Maliz puisse s'emparer d'un corps à volonté ne faisait qu'éveiller davantage la curiosité de Boaz.

— Maliz peut donc être n'importe qui ?

— Sans doute, répondit prudemment Pez.

— Même moi ?

Le nain fronça les sourcils, et Boaz se rendit compte que la question le mettait mal à l'aise.

— Je le saurais si c'était le cas, finit-il par répondre.

— Pourquoi ?

Pez secoua la tête et commença à fredonner tout bas.

— Je le saurais, c'est tout, répondit-il d'une voix chantante.

Boaz ignora son manège.

— Alors il est toujours vivant, toujours à la recherche de sa prochaine victime ?

— On peut dire ça.

Boaz n'avait pas l'intention de le taquiner, mais il avait rarement l'occasion de voir Pez un tant soit peu bouleversé.

— Est-ce qu'il pourrait être toi ?

Boaz avait posé cette question par jeu, pour venir à bout de la brusque réticence de Pez, mais le nain leva les yeux, alarmé, son masque envolé l'espace d'un instant. Le jeune Zar eut l'impression de voir son curieux ami mis à nu pour la première fois. Puis, en un clin d'œil, cette vulnérabilité disparut, et Pez rit.

— Non, mon enfant. J'ai l'air trop bête pour que Maliz veuille de ce corps. (Il prit brusquement un air de conspirateur et surprit son compagnon en changeant radicalement de sujet.) Boaz, sais-tu que ta mère est en train de recevoir quarante-deux filles parmi lesquelles elle espère que tu choisiras un jour tes épouses ?

Boaz se rembrunit.

— Je ne suis pas prêt à, euh... tu sais.

Pez posa sa main trapue sur le bras valide du garçon, pour le rassurer.

— Je sais. Mais elle doit les préparer pour le jour où tu seras prêt, alors elle les fait venir très jeunes pour leur apprendre tout ce qu'il faut savoir sur l'étiquette du palais et sur toi. Certaines filles seront jugées spéciales et apprendront à lire, à écrire, à danser et à réciter de la poésie.

— Je ne suis pas sûr d'être intéressé par les filles, répliqua Boaz d'un ton sinistre.

— Je parie que ça changera bientôt. Veux-tu qu'on les espionne ? ajouta Pez avec une lueur de malice au fond de ses étranges yeux jaunes.

— Pardon ?

— Je connais une cachette. On pourrait regarder la présentation des filles à ta mère. Personne ne le saurait. Peut-être qu'on pourrait repérer une ou deux beautés pour toi.

Pez donna un coup de coude au jeune Zar qui rit d'un air peu convaincu.

— Tu es fou, Pez.

— C'est ce que tout le monde pense, répondit-il avec un sourire dément.

Tous les hommes qui avaient trouvé leur quota de jeunes filles devaient les présenter à la Valide. Lazar traversa d'un pas lourd et d'un air sinistre les couloirs en marbre sculpté. On pouvait apercevoir, à travers les treillis, des jardins éclairés par des torches, ainsi que de minuscules cours exquises. Le chant des cigales et le murmure des fontaines résonnaient dans le silence, et l'air nocturne, bien que lourd, embaumait le jasmin et le chèvrefeuille. Mais l'Éperon était aveugle à la beauté du palais ce soir-là.

Il se faisait énormément de souci pour Ana et se demandait comment il pourrait l'aider à se faire à la vie au palais, à cette prison à laquelle il l'avait condamnée.

Il n'y avait plus d'issue pour elle, désormais. Les gardes l'avaient emmenée avant même que Lazar puisse lui dire adieu. La jeune fille s'était retournée, solennelle, et l'avait dévisagée de son regard triste comme si elle pouvait percevoir le profond puits d'affliction qu'il croyait si bien dissimuler. En ce dernier instant, on aurait dit qu'elle le connaissait mieux que personne, et inversement. Même lors des délicieux premiers frissons de l'amour, dans sa jeunesse, Lazar n'avait jamais connu un tel sentiment d'appartenance. C'était comme si Ana pouvait voir jusque dans son âme et l'avait d'une façon ou d'une autre pris au piège dans son propre cœur. Désormais, il était à elle.

*Bah!* se dit-il en son for intérieur. *Ce dont tu as besoin, Lazar, c'est d'un lit moelleux, d'une jolie femme pour la nuit et de plusieurs carafes de vin. Il n'y a pas de meilleur remède pour noyer ton chagrin.* Mais ces mots sonnaient aussi creux dans son esprit que le claquement de ses bottes sur le sol en marbre.

Il était arrivé le premier dans la salle du Choix, parce qu'il était le seul, parmi tous ceux envoyés en quête de candidates potentielles, à pouvoir aller et venir librement dans le palais. Le Zar Joreb lui avait accordé, comme à Pez, libre accès à toutes les pièces, à la seule exception du harem dans le cas de Lazar. Les autres hommes étaient probablement rassemblés dans la cour de la Lune, le premier point d'entrée dans le palais proprement dit, où ils attendaient leur escorte de gardes eunuques.

La salle du Choix était la pièce où l'on amenait toutes les nouvelles odalisques pour les passer en revue et déterminer si elles étaient ou non dignes d'aller à l'étape suivante… c'est-à-dire à un examen physique bien plus intrusif et perturbant. Mais celui-là n'aurait pas lieu le soir même. La salle n'avait été ouverte qu'une seule fois au cours des dernières décennies, et Lazar voyait bien qu'une véritable armée d'esclaves avait été envoyée pour aérer, nettoyer et rafraîchir les lieux. Tous les volets étaient ouverts et les lanternes de verre propres et allumées. Des sièges avaient été apportés, y compris un fauteuil disposé comme un trône, sans doute pour qu'Herezah puisse jouer à la reine et oublier qu'elle aussi, un jour, avait été une jeune esclave amenée en ces lieux.

Lazar sentit l'amertume monter de nouveau en lui. Il devait absolument se maîtriser avant le début de la cérémonie, sinon, cela ne se passerait pas bien pour lui ou pour la jeune Ana.

Il vida son esprit selon une technique que Jumo lui avait apprise et se concentra sur les antiques fresques peintes sur les murs. Il n'était encore jamais venu dans cette pièce, et même s'il reconnaissait ces dessins, très répandus dans Percheron, il s'aperçut, en se concentrant dessus, qu'il ne s'agissait pas de formes abstraites, mais bien des courbes d'une conque. C'était superbe. Peint dans des couleurs délicates, le symbole s'enroulait élégamment le long des murs, autour des arcades, des fenêtres, des alcôves et de la grande porte à double battant. En continuant à observer avec un plaisir non dissimulé, il s'aperçut que les battants eux-mêmes possédaient les courbes majestueuses du coquillage travaillées dans le bronze. Les murs étaient nacrés et le sol en marbre rosâtre, donnant l'impression d'une salle profondément féminine, songea Lazar, impressionné.

Son plaisir fut interrompu par le bruissement de la soie et une voix bien connue qu'il méprisait. Il fut brusquement ramené à la réalité ; l'astucieuse technique de Jumo ne fonctionnait plus.

— Ah ! Éperon Lazar, susurra Salméo. J'espère que vous avez trouvé quelques beautés à mettre dans le lit de notre garçon.

— Pas si vite, grand maître des eunuques, Boaz choisira le moment lui-même.

L'eunuque s'humecta les lèvres. Lazar haïssait la façon dont sa langue apparaissait dans le trou entre ses dents. Cela avait quelque chose d'obscène.

— Je vous ai vu admirer le décor, reprit-il. Saviez-vous que la conque symbolise la forme féminine, Éperon ?

Lazar secoua la tête et s'éloigna de plusieurs pas comme si quelque chose avait attiré son intérêt.

— Eh ! oui, poursuivit l'énorme individu en le suivant, cette salle est dédiée aux femmes. C'est là qu'elles sont formellement remises aux bons soins du harem et qu'elles ont leur dernier contact avec les hommes en général. (Il gloussa et couvrit son sourire de son énorme main.) Mais, bien sûr, elles n'ont jamais connu d'hommes charnellement, se reprit-il comme s'il se faisait une remontrance.

En sourdine, Lazar grogna de dégoût face à ce petit manège. Il avait entendu assez d'histoires pour savoir que le chef des eunuques prenait son propre plaisir de façon cruelle, aux dépens des femmes du harem. Sauf qu'il n'y avait plus de femmes dans le harem pour l'instant : elles n'étaient encore que des enfants qui avaient besoin qu'on les protège et qu'on les soigne. Lazar aurait voulu rire de lui-même et de ses émotions ridicules, puisque l'ironie voulait qu'il soit justement l'un des criminels qui avaient amené des enfants dans ce palais. Il s'éloigna plus encore pour ne plus sentir l'haleine parfumée à la violette que Salméo soufflait continuellement au visage de ses interlocuteurs. Qu'un être aussi vil puisse avoir une haleine si sucrée et écœurante, cela ressemblait à une sinistre parodie.

— Éperon, Salméo.

Lazar se retourna et vit Tariq, qui débordait de suffisance.

— Votre présence ici est-elle nécessaire, vizir ? s'étonna Lazar d'un ton aussi désinvolte que possible. On a sûrement besoin de votre expertise ailleurs, non ?

L'homme bomba le torse avec fierté.

— Vous avez raison, bien sûr, Éperon, mais la Valide tient à ce que je connaisse tous les aspects du fonctionnement du palais. La création d'un harem est fondamentale pour le bon déroulement du règne du Zar. La Valide estime donc ma présence nécessaire, conclut-il avec fausse modestie.

Les bijoux ornant sa barbe divisée en deux tresses étaient désormais accompagnés de petites clochettes qui tintinnabulaient lorsqu'il bougeait. Cela rappela à Lazar une autre raison pour laquelle il voulait quitter le palais. Qu'allait-il advenir de Percheron entre les mains d'Herezah et de cet imbécile dédaigneux ? L'Éperon s'obligea à sourire pour masquer son dégoût, puis inclina le torse et s'excusa pour pouvoir s'éloigner de ces deux vulgaires complices de la Valide Zara.

Un gong vibra quelque part à proximité, ce qui suffit à détourner l'attention des deux individus en question.

— Voilà les Elims, annonça Salméo.

Des bruits de pas résonnèrent, et l'on entendit des voix masculines murmurer. Six traqueurs, comme les appelait Herezah, firent leur entrée dans la pièce, flanqués par douze gardes vêtus d'un ample uniforme rouge immaculé. Ces derniers avaient tous le crâne rasé, si bien que nul ne pouvait se méprendre sur leur appartenance à ce corps d'élite. Les traqueurs étaient quant à eux des marchands pour la plupart, et parmi eux se trouvait un individu que Lazar connaissait bien. Bosh était capable de fournir pratiquement tout ce qu'une personne pouvait désirer, légal ou non. Trouver des jeunes filles pour le harem avait dû être un jeu d'enfant pour lui. Lazar l'avait interpellé à de nombreuses reprises au fil des ans, puisque le bonhomme avait naturellement tendance à violer la loi, mais Bosh avait plutôt une bonne nature, et l'Éperon préférait traiter avec dix ou vingt personnes comme lui plutôt qu'avec un Salméo ou un Tariq.

— Pourquoi leur avoir bandé les yeux ? s'étonna Tariq.

Lazar refusa de répondre à cette question idiote, mais Salméo fut plus accommodant.

— Même si la salle du Choix ne fait pas à proprement parler partie du harem, elle n'en reste pas moins suffisamment proche pour que l'on prenne les précautions habituelles. Ces hommes n'ont aucune idée de l'endroit où ils se trouvent en ce moment et ils ne le sauront jamais. On leur retirera leur bandeau dès que la grande porte sera fermée et on le leur remettra juste avant qu'elle s'ouvre pour les escorter hors du palais. (Le sourire de Salméo faisait penser à un prédateur.) Vous avez beaucoup de chance de ne pas avoir subi le même traitement, vizir.

Il s'agissait là de paroles inoffensives, mais dont l'intention n'était que trop claire.

Sur un geste de Salméo, on referma les grands battants dans un claquement sourd. Puis, on retira les bandeaux, et les traqueurs battirent des paupières. Bosh aperçut immédiatement Lazar et le salua d'un hochement de tête.

— Bienvenue, mes frères, leur dit le grand maître des eunuques. Pouvons-nous vous offrir un rafraîchissement ?

Des rideaux furent tirés au fond de la salle, et un petit contingent de serviteurs, tous des hommes, se répandit dans la pièce et aborda aimablement les nouveaux venus. Chacun portait un plateau doré sur lequel étaient disposés de grands verres recouverts de buée due à la froideur du breuvage.

Bosh vint trouver Lazar.

— Vous savez qu'ils font venir des blocs de glace et parfois de la neige des Azareems, à plusieurs milliers de kilomètres d'ici, juste pour rafraîchir les boissons du palais, déclara-t-il avec un certain émerveillement.

— C'est ce que j'ai entendu dire, répliqua Lazar d'un ton peu impressionné.

Le riche marchand leva son verre.

— Au nouveau harem, donc. Zorash !

Lazar ne put se résoudre à porter un toast à la chose qui le perturbait à ce point.

— Aux jolies femmes, préféra-t-il répondre.

Bosh lui fit un clin d'œil et but en même temps que lui.

— Je suis surpris qu'on vous ait demandé de vous impliquer dans cette tâche, Éperon, commenta-t-il.

— Et moi donc. Excusez-moi.

Lazar hocha la tête et s'éloigna. La brusquerie de l'Éperon ne surprit pas Bosh. Tout le monde à Percheron savait que c'était un individu têtu, qui participait rarement aux conversations sortant de l'échange de banalités. Bosh haussa les épaules et aborda un autre marchand avec lequel il ne tarda pas à comparer la qualité des filles qu'ils avaient trouvées.

Lazar se demanda où était Ana et regretta une fois de plus de ne pas pouvoir changer tout ce qui s'était passé depuis qu'il était arrivé en haut de cette crête dans les contreforts. Il n'aurait pas dû perturber cette scène bucolique, il aurait mieux fait d'écouter son cœur et de rentrer chez lui.

Il avait le vague pressentiment d'un danger imminent, comme si quelque chose de noir se tramait, pas encore tout à fait prêt à se dévoiler. Or, curieusement, Lazar avait l'impression de se trouver en son centre.

# Chapitre 9

Pez guida Boaz dans un dédale de couloirs que l'adolescent n'avait encore jamais empruntés. D'ailleurs, à bien y réfléchir, son univers était très petit. La vie au palais était certes grandiose, mais sa mère contrôlait toute son existence. C'était Herezah qui choisissait les personnes responsables de son lever et de son coucher, de sa toilette, de ses repas et de son éducation. Lorsqu'il était plus jeune, elle décidait même où et avec qui il jouait.

Pez et lui étaient en train de faire un pied de nez aux traditions ; Boaz avait accepté uniquement parce qu'il était en colère contre sa mère et que c'était gratifiant d'affirmer ainsi son indépendance sans redouter les conséquences de son acte. Il était le Zar, après tout.

Cependant, à présent qu'ils étaient arrivés à destination, dans cette partie de Percheron où il ne faisait pas bon être vu si l'on était un homme intact, il n'avait plus tellement envie de défier l'autorité ou d'encourir la colère de tout le monde – et pas seulement de sa mère – si cela venait à se savoir. Il voulut le dire à son ami, mais le nain le fit taire dès qu'il le vit ouvrir la bouche.

— Tais-toi, Boaz, siffla Pez entre ses dents serrées. Nous sommes sur le point d'entrer dans le domaine du harem.

Boaz prit un air apeuré.

— C'est interdit, Pez.

— Pas pour moi, rétorqua le petit homme en souriant d'un air malicieux. Et n'oublions pas qui tu es.

— Quand même, insista Boaz en attrapant le bras de son ami. Je ne peux pas. Ma mère me...

— Quoi ? Elle te tuerait ? Je ne crois pas. N'oublie pas que tu es la source de son pouvoir.

— Elle ne me le pardonnera jamais.

— Et si je te disais que je peux faire en sorte que personne ne te voie ?

Boaz se mit à rire.

— Je ne te croirais pas.

— Tu devrais. Je ne t'emmène pas au-devant des ennuis, Boaz. Je te conduis à l'illumination.

Avant que Boaz ait eu le temps de répondre, un adolescent de son âge apparut au détour du couloir.

— Zar ! s'exclama-t-il en faisant aussitôt la révérence.

Pez soupira. C'était fini. Heureusement qu'ils n'avaient pas encore franchi la ligne invisible mais officielle qui séparait le harem du reste du palais.

— Salut, Kett, dit Boaz avec bonne humeur, même s'il se remettait à peine du choc d'avoir été ainsi découvert. J'essaie d'échapper à mes précepteurs, à mes gardiens et à ma mère. À tout le monde, en fait. Connais-tu Pez, mon bouffon ?

L'intéressé commença à se curer le nez tout en esquissant quelques pas de gigue. De son côté, Kett, un domestique des eunuques, secoua bêtement la tête. Son regard allait du Zar au clown, qui examinait à présent le contenu de ses narines.

Boaz fit la grimace.

— Il a de très mauvaises manières. Ne fais pas attention à lui. Ça faisait une éternité que je ne t'avais pas vu.

— Pardonnez-moi, Très Haut. Je viens d'avoir quatorze ans, et mes maîtres estiment que je suis prêt à assumer plus de corvées. Je suis donc très occupé, Majesté, expliqua-t-il en inclinant de nouveau le buste. Mais nos jeux me manquent.

— Kett a été mon camarade de jeu pendant un temps, expliqua le Zar à Pez, qui prétendait ne s'occuper de rien à part se curer l'oreille. Sa mère a servi la mienne à son arrivée au palais. Kett a été autorisé à participer à quelques-uns de mes jeux jusqu'à ce que ma mère décide que nous devenions trop proches. Alors, elle nous a séparés.

Il se tourna de nouveau vers le garçon dont le visage noir n'avait rien perdu de son expressivité en dépit des années.

— Cela fait combien de temps, Kett ?

— Quatre ans, Votre Majesté. Je vous présente mes humbles condoléances pour votre père, mais je dois reconnaître que je me suis réjoui d'apprendre que vous étiez notre nouveau Zar.

— Merci, Kett. Alors, que fais-tu maintenant ?

Boaz avait très envie de se débarrasser de l'étiquette de souverain juste pour une soirée. Agacé, il empêcha le nain de se remettre les doigts dans le nez. Du coup, Pez se mit à chanter.

— Est-il toujours comme ça, Très Haut ? demanda Kett.

— J'en ai bien peur. Mais il sait être très amusant.

Kett ne semblait guère convaincu, mais il n'avait pas oublié ses bonnes manières, lui.

— J'ai terminé pour ce soir, Majesté. Je m'apprêtais à retourner dans ma chambre. On ne me laisse pas entrer dans le harem, évidemment, mais certains domestiques utilisent ce corridor comme raccourci vers notre dortoir.

— Oh ! bien sûr. J'imagine que tu aurais des ennuis si on te voyait dans le harem.

Kett sourit.

— Je n'ai aucune envie de suivre l'exemple de mes supérieurs et de devenir un eunuque. Je crois bien que j'aime trop les filles. J'aimerais devenir un des soldats de l'Éperon, s'il veut bien de moi. Le lien qui existe entre nos deux mères pourrait m'aider, maintenant que la vôtre est Valide Zara.

— Je suis content pour toi, Kett. J'espère que tu obtiendras ce que tu veux.

L'adolescent hocha la tête.

— Est-ce que je peux faire quoi que ce soit pour vous, Très Haut ? Sauf votre respect, vous ne devriez pas être ici, vous non plus.

— Non, tu as raison. On se promenait, tout simplement, et les chansons et les danses idiotes de Pez nous ont amenés jusqu'ici.

— Laissez-moi vous reconduire à vos appartements, Majesté, proposa Kett.

— Est-ce que tu aimes voir des filles toutes nues ? demanda Pez.

La question mit brusquement fin à toute conversation polie. Les deux adolescents se regardèrent en étouffant un rire embarrassé.

— Parce que je connais une cachette d'où on peut les voir, tra-la-la, chantonna Pez en recommençant à danser d'un air empoté.

— Est-il fou ? demanda Kett.

— Complètement, confirma Boaz.

Le nain se faufila dans une ouverture dissimulée derrière un rideau de velours noir.

— Qu'est-ce qu'il fait ? protesta Kett, alarmé. C'est interdit !

— Pas pour lui. Pez a la royale permission d'aller où bon lui semble, y compris dans le harem.

La tête de Pez apparut entre le rideau et le mur.

— Tout comme vous, Zar Boaz. Vous êtes le pouvoir royal. Il n'y a pas de plus haute autorité que la vôtre dans ce pays.

— De quoi parle-t-il ?

— Il me met au défi d'entrer dans les couloirs interdits du harem, soupira Boaz.

— Non, Très Haut, vous ne pouvez pas faire ça, le supplia Kett. Venez, je vais vous raccompagner.

Le regard de Boaz alla de l'un à l'autre, mais le défi que lui lançait Pez fut le plus fort. En règle générale, le jeune Zar recherchait avant tout la paix, le calme, les études et la réflexion. Bien sûr, il aimait jouer à des jeux turbulents, mais il n'aimait pas se blesser et faire mal aux autres. En vérité, il préférerait régner avec compassion plutôt que de choisir l'approche dictatoriale qu'avaient adoptée son père et son grand-père avant lui. Cependant, il comprenait aussi que telle était la voie des

Zars de Percheron et que force et discipline étaient les piliers d'un règne. Si cela avait été possible, il aurait couru se réfugier dans l'un des monastères du désert dont Lazar lui avait parlé un jour, mais c'était l'enfant en lui qui voulait cela. Il devait travailler davantage sur lui-même et se transformer rapidement en l'homme que son père souhaitait le voir devenir : ferme, décidé et implacable.

— Viens, Boaz, insista Pez dans un murmure. Tu dois voir ce que ta mère prépare pour toi.

— Viens avec nous, Kett, suggéra Boaz sur un coup de tête.

— Peux pas protéger le petit domestique, marmonna Pez d'un ton chantant, mais Boaz l'ignora.

— Tu as dit que tu aimais les filles, insista le jeune Zar.

— C'est vrai, mais pas au point d'être décapité pour elles.

— Je n'autoriserai jamais une chose pareille. Tu oublies que je suis le Zar, rappela Boaz d'un ton hautain.

Surpris par sa propre audace, il attrapa le bras de Kett et l'entraîna derrière le rideau. Le jeune domestique voulut crier, mais Boaz plaqua sa main sur sa bouche.

— Allons, tais-toi !

— Peux pas le protéger, chantonna Pez qui remontait le corridor en se dandinant.

— Tais-toi aussi ! grommela Boaz. Tout ça, c'est ta faute. Maintenant, montre-nous le chemin !

Les trois aventuriers avancèrent en silence. Le passage étroit demeurait dans l'obscurité, drapé comme il l'était dans du tissu noir. Enfin, ils émergèrent dans un espace faiblement éclairé d'où partaient plusieurs couloirs.

Pez mit un doigt sur ses lèvres, et Boaz sentit un frisson de peur remonter le long de son échine. Zar ou pas, il se retrouvait face à un danger qu'il espérait ne pas devoir affronter.

— L'endroit où nous devons nous poster se trouve en bordure du harem, chuchota Pez. Suivez-moi.

Les garçons obéirent en priant les dieux de n'envoyer personne à leur rencontre.

— Tout le monde a été chassé de ces couloirs pour la durée de la cérémonie du Choix, expliqua le petit homme comme s'il lisait dans leurs pensées. Ne vous inquiétez pas, nous sommes seuls. Mais, à partir d'ici, nous devons nous faire silencieux comme des souris.

Ils acquiescèrent. Ils avaient l'air de fantômes dans la pénombre, où les minuscules flammes dans les lanternes suspendues projetaient une faible lumière spectrale.

Ils remontèrent plusieurs couloirs sinueux et franchirent divers coudes jusqu'à ce que Pez ralentisse enfin et leur lance un regard sinistre pour leur recommander la plus grande prudence. Boaz vit que, devant eux, la lumière semblait plus intense. Alors, il hocha la tête à l'intention de son ami. Ils étaient arrivés.

Ils avancèrent sur la pointe des pieds et retinrent leur souffle jusqu'à ce qu'ils se retrouvent derrière un treillage en bois qui dressait une mince protection entre eux et les personnes rassemblées dans une pièce très décorée. C'étaient des hommes, occupés à boire et à bavarder. Le bruit de leurs voix noyait tout ce que les trois intrus pouvaient avoir à se dire.

— On l'appelle la salle du Choix, chuchota Pez. C'est là que des jeunes filles vont être présentées à la Valide Zara. Parmi ces beautés se trouvent celles que tu finiras par choisir pour épouses, Boaz.

— Ai-je le moindre mot à dire dans cette histoire ?

Pez sourit.

— Bien sûr. Mais c'est ta mère qui fait la première sélection. Elle va en voir quarante-deux ce soir.

— Où est-elle ?

— Elle devrait arriver d'un instant à l'autre, je suppose.

Pez jeta un coup d'œil à Kett. La terreur se lisait sur son visage. Le nain aurait grandement préféré que Boaz n'invite pas ce garçon. Il était un danger pour tous les trois. Pourtant, cela mis à part, il y avait chez Kett quelque chose qui intriguait Pez. Quelque chose d'important. Il ne connaissait pas le domestique, mais il avait le sentiment qu'il aurait dû. Il existait un lien entre eux dont apparemment lui seul était conscient. Il s'en voulait de ne pas être capable d'y voir plus clairement ou de comprendre pourquoi il éprouvait tout à coup une telle tristesse pour cet enfant.

Mais il était trop tard pour faire demi-tour. Des gardes avaient dû être postés, maintenant que la Valide Zara était en chemin. Ils étaient piégés et devaient rester là, en gardant le silence, jusqu'à ce qu'Herezah quitte la salle pour retourner à ses appartements.

Il pensa à la voix qui l'avait poussé à cette folie. Il ignorait qui elle était ou pourquoi elle lui parlait, mais elle semblait appartenir à une vieille femme. Elle lui avait confié bien des années plus tôt qu'il avait une mission capitale et que cela concernait ce qu'elle appelait le Retour. Mais c'était une notion trop abstraite, même pour un esprit aussi intelligent que le sien. Il se disait souvent qu'il rêvait cette voix, mais cela ne l'empêchait pas de lui obéir.

Il sortit de sa réflexion inquiète pour se concentrer sur ce qui se passait de l'autre côté du moucharabieh. La vieille femme voulait lui montrer quelque chose. Il n'était pas encore sûr de quoi ou de qui il s'agissait. Elle lui avait dit que son cœur le lui apprendrait, ce même cœur qui battait désormais avec une grande impatience.

Depuis la balustrade qui surplombait la salle, un héraut rappela tout le monde à l'ordre d'une voix forte. Les hommes se turent. La Valide Zara fut annoncée et fit une entrée majestueuse dans la salle, grâce à une issue secrète de toute évidence reliée au harem proprement dit. Lazar nota qu'elle respectait scrupuleusement le protocole en étant couverte de la tête aux pieds, mais il n'y avait rien de pudique dans la façon dont elle se présentait à eux. Drapée dans des soieries luisantes, couleur émeraude, on ne lui voyait que les yeux, qui brillaient d'un éclat dangereux. Elle avait un regard expressif dans lequel, même à cette distance, Lazar lisait de l'excitation.

Elle scintillait, la lumière faisant ressortir les différents tons de la soie, tantôt violets, tantôt vert profond et puis rose foncé. Nul doute, Herezah était capable de faire taire une salle entière grâce à sa beauté sombre. Même voilée, elle retenait l'attention de tous.

Chacun s'inclina bien bas pour saluer l'arrivée de la Valide. Puis, Tariq et Salméo s'avancèrent pour la rejoindre sur l'estrade spécialement construite pour cette cérémonie. Les deux hommes semblaient savourer la gloire éclatante de la Valide qui rejaillissait sur eux. Oh ! oui, songea Lazar, Herezah allait trouver dans ces deux-là des serviteurs empressés. Une fois de plus, il se rembrunit en se demandant comment Ana allait supporter ces personnes cruelles et ambitieuses qui contrôlaient désormais son existence.

— Saluons tous la Valide Zara ! s'exclama Salméo, provoquant les vivats de l'assistance.

— Merci, mes frères, pour votre accueil enthousiaste, dit gaiement Herezah.

De toute évidence, elle s'amusait énormément. Il s'agissait sans doute d'un instant dont elle avait rêvé.

— Nous sommes rassemblés ici ce soir pour que vous nous présentiez des jeunes filles susceptibles d'entrer dans le harem du Zar Boaz, poursuivit Herezah. Je vous remercie de nous avoir aidés à trouver le matériau brut à partir duquel il choisira ses épouses et engendrera les futurs héritiers de Percheron. Nous serons heureux de vous verser une coquette somme pour chaque fille que nous jugerons à notre convenance.

Elle hocha la tête à l'intention de Salméo, qui s'avança, rayonnant, tandis qu'elle prenait place sur son trône.

— J'aimerais clarifier, au nom de tout le palais, le processus de sélection du harem du Zar, dit le grand maître des eunuques. D'abord, vous avez amené une quarantaine de jeunes filles âgées de dix à quinze ans. Nous vous en remercions. Comme convenu, vous toucherez vingt-cinq karels par enfant, qu'elle soit choisie ou pas. Les filles que nous accepterons vous rapporteront cinquante karels de plus. Quant à celles que nous refuserons, vous pourrez les vendre et vous faire de l'argent ou les garder pour en faire ce que bon vous semble.

Sa langue jaillit entre ses dents et vint humecter ses lèvres. Cette insinuation à peine voilée fit rire tout le monde, sauf Lazar. Salméo venait juste de donner aux marchands la permission de violer des enfants, avec la bénédiction du pouvoir royal. Mais un espoir fou naquit en lui, celui de voir Herezah rejeter Ana pour une raison quelconque, peu importe laquelle. Alors, il pourrait la protéger de ce trio maléfique. Mais aucune personne saine d'esprit ne résisterait à la jeune fille. Lazar savait qu'il se raccrochait à une chimère.

Salméo n'avait pas terminé :

— … le vizir Tariq s'occupera de la partie paiement, en effet, répondit-il à quelqu'un. Ce qui m'amène à vous préciser que la somme que nous vous devrons pour les filles choisies ce soir ne vous sera entièrement réglée que lorsqu'elles auront passé le test de Vertu. (Il laissa quelques instants en suspens cette déclaration apparemment inoffensive.) Je suis sûr que vous comprenez, mes frères, ajouta-t-il d'un ton lascif.

Si son nom n'avait pas été appelé le premier, Lazar aurait sûrement trouvé une raison de quitter la pièce à ce moment-là.

— L'Éperon Lazar a gentiment accepté de nous aider à atteindre le quota de jeunes filles nécessaires et je suis sûr qu'aucun d'entre vous ne voit d'inconvénient à ce que l'on présente sa sélection en premier. C'est un homme occupé, comme vous le savez, et il a sans doute hâte de retourner à ses devoirs après sa courte absence. Éperon ?

Lazar ignora Salméo et s'éclaircit la voix.

— Valide Zara, je vous prie de pardonner mon apparence poussiéreuse. Je viens de rentrer des contreforts et n'ai pas eu le temps de revêtir des vêtements plus appropriés à votre compagnie, expliqua-t-il en approchant de l'estrade.

En vérité, il se moquait complètement de son état, surtout vis-à-vis d'Herezah, mais cela lui permettait de combler le silence et de flatter la vanité de la Valide, en vue du coup qu'il préparait pour les minutes à venir.

— Ne vous inquiétez pas, Éperon, je suis certaine que la plupart des hommes sacrifieraient un œil pour avoir l'air aussi séduisant que vous – même dans une tenue sale.

Les marchands autour de lui ricanèrent, la plupart par jalousie, mais Lazar garda délibérément un air neutre, les yeux rivés sur la Valide. Celle-ci savait exactement comment lui arracher une réaction, comment le taquiner ou l'embarrasser. Mais jusqu'ici elle n'avait jamais obtenu la colère qu'elle désirait si ardemment allumer en lui. Il refusait de la lui donner, même si cela bouillonnait en lui.

— Merci de votre générosité, Valide. (Lazar en revint rapidement aux affaires. Il voulait s'en aller le plus vite possible.) Je présente six candidates à votre attention.

Une cloche résonna, un nouveau rideau fut écarté, et des jeunes filles firent leur entrée en file indienne. Toutes ne portaient qu'une tunique de gaze qui leur laissait un semblant de pudeur même si elle ne cachait rien. Lazar ignora toutes les autres pour ne regarder qu'Ana. Il haïssait le fait que les hommes présents dans la pièce savouraient eux aussi la vue de ce jeune corps au début de son épanouissement.

— Avancez, jeunes filles. (Salméo les fit mettre en position devant Herezah et commença les présentations.) Voici Fajel. Elle a dix ans et, comme vous pouvez le voir, possède de longs membres. J'aurais tendance à dire qu'elle sera grande...

Lazar obligea son esprit à penser à autre chose. Il ne voulait pas entendre cela. Il fixa son regard sur Herezah, pour donner l'impression qu'il écoutait attentivement, mais sans rien donner de lui à la Valide. Elle l'observait plus étroitement que la fillette, si bien qu'il garda délibérément une expression neutre, car cela irritait beaucoup Herezah. Elle parut se lasser d'essayer en vain d'éveiller son intérêt et se concentra de nouveau sur l'affaire qui les préoccupait.

— Peux-tu chanter pour nous, Fajel ? (La fillette acquiesça.) Vas-y, nous t'écoutons.

Une jolie voix s'éleva alors au sein de la pièce pratiquement silencieuse à l'exception de quelques frottements de chaussures et quelques toussotements. Il n'était plus question de bavardages amicaux entre les marchands, désormais. Chacun voulait que ses six filles soient choisies au détriment des autres.

La fillette termina sa chanson.

— C'était très joli, la complimenta Herezah avec condescendance. Tourne-toi, mon enfant.

Salméo l'aida à tourner sur elle-même pour que la Valide puisse la voir sous tous les angles.

— Celle-ci restera mince, Valide Zara, hasarda-t-il.

— Oui, nous la prenons, répondit Herezah d'un ton morne, comme si elle s'ennuyait. Suivante.

Le défilé se poursuivit. Lazar n'était pas impliqué dans la prise de décision, mais il était forcé de rester près des jeunes filles. Il se réjouit qu'Ana soit la dernière et qu'il puisse se tenir à côté d'elle tandis que le nombre de candidates diminuait. Il sentait la chaleur du corps de la jeune fille irradier jusqu'à ses doigts qui frôlaient à peine la gaze légère séparant leurs deux peaux. Il aurait aimé lui tenir la main une fois de plus pour la rassurer. Mais cela n'aurait servi à rien. Cela aurait été un mensonge, et Ana le savait sûrement.

Enfin, ce fut son tour. Lazar prit une grande inspiration pour se calmer, en espérant ne rien dévoiler sur son visage du tourment qu'il ressentait à l'intérieur.

— Valide Zara, voici Ana, trouvée à Shanar, poursuivit Salméo. Elle a presque quinze ans et possède déjà une beauté éblouissante, si je puis me permettre. Je dirais que cette jeune fille est la plus belle des quarante-deux qui vous sont présentées ce soir. J'ai cru comprendre que l'Éperon avait payé une coquette somme pour l'avoir.

— Effectivement, Salméo, et cela me paraît tout à fait justifié. (Herezah se leva. Ana éveillait son intérêt. C'était exactement ce que redoutait Lazar.) Elle vient des contreforts, vous dites ?

Lazar mit quelques instants avant de se rendre compte qu'Herezah s'adressait à lui.

— Euh, oui, Valide, de l'Ouest. Elle appartient à une famille de bergers, mais c'est une orpheline qu'ils ont adoptée.

— Ces cheveux ! s'exclama Herezah, incapable de dissimuler son excitation. Où trouve-t-on un enfant avec des cheveux de cette couleur dans les contreforts ?

Lazar haussa les épaules en prenant un air faussement ennuyé.

— La mère adoptive m'a raconté qu'ils l'ont trouvée après le passage du samazen, alors qu'elle n'était qu'un nouveau-né. Sa vraie famille est présumée morte. Quant à la couleur de ses cheveux, j'imagine qu'elle vient de l'extrême-Ouest et que ses parents étaient sûrement des marchands.

Lui-même n'avait cessé de se poser ces questions depuis qu'il avait acheté Ana. L'histoire semblait incroyable, et pourtant, c'était la seule fois où Felluj avait paru complètement sincère avec lui. L'enfant avait été trouvée et adoptée, il n'y avait rien d'autre à découvrir. Sa vraie famille était sûrement morte et venait sans doute d'un pays que nul dans cette pièce, à part lui, n'avait déjà visité.

— Oh, oui, oui, disait Herezah pendant ce temps-là, tourne, mon enfant, que mes yeux se régalent de ta splendeur.

Ana obéit. Pour la première fois, Lazar regarda son corps lui aussi. Il eut alors un pincement au cœur, cette même douleur fugace que lorsqu'elle lui avait souri. Elle était parfaite. Il avait eu tort de la comparer à une pouliche, c'était une erreur d'appréciation due à ses épaules carrées et aux vêtements amples que sa mère adoptive l'obligeait à porter. Sous la chemise transparente d'Ana se trouvait un corps nubile qui s'arrondissait dans la plénitude de la féminité. Elle avait le ventre plat et des courbes encore timides mais pleines de promesses. Sa poitrine, en revanche, était déjà bien ronde et haut perchée.

Herezah descendit de l'estrade et choqua tout le monde en pinçant l'un des tétons d'Ana. La jeune fille eut le mérite de ne pas broncher.

— Oh, oui, regardez-les se dresser, prêts à être caressés, commenta Herezah en riant de plaisir. Celle-ci n'est pas seulement voulue, elle est désirée. Boaz va l'adorer. Félicitations, Lazar. (Herezah s'adressa directement à Ana.) Tu es très belle, ma chère, le sais-tu ? Je me demande si tu vas utiliser cette beauté comme il se doit.

— Je suis comme je suis, Valide, répondit Ana posément, surprenant tout le monde au passage.

La question posée par Herezah était purement rhétorique, nul n'attendait de réponse. Cela fit taire toute l'assemblée, y compris la Valide. Salméo lança un regard de reproche à l'enfant.

— Et forte tête avec ça, poursuivit Herezah. Nous allons devoir y remédier. (Elle se tourna vers le chef des eunuques.) Salméo.

— Oui, Valide ? susurra-t-il avec enthousiasme.

— Il se pourrait bien que je m'en occupe personnellement.

Lazar sentit son cœur s'alourdir. Les choses pouvaient-elles encore empirer pour Ana ?

— Qui pourrait la préparer pour Boaz mieux que la personne qui le connaît le plus ? demanda la Valide en riant sous son voile.

— C'est un très grand honneur que vous faites à cette jeune fille, Valide, reconnut Salméo. Tu as de la chance, enfant, ajouta-t-il, encore mécontent de sa remarque audacieuse.

— Ana, tu es désormais une odalisque du harem du Zar Boaz, roi des rois, puissant parmi les puissants. (Herezah sourit.) Ce qui fait de moi ta maîtresse à compter de cet instant.

Cette fois, Ana ne souffla mot, alors que tout le monde attendait une réponse. Ce fut Lazar qui brisa le silence.

— Valide ?

— Oh oui, Éperon, nous allons vous verser une très belle somme pour cette perle rare.

— Ce n'était pas l'objet de ma demande, Valide Zara. L'achat d'Ana s'accompagnait de certaines conditions.

Il se demanda s'il réussirait à aller jusqu'au bout de sa manœuvre.

— Des conditions ? répéta Herezah de ce ton calme qu'il connaissait bien.

Elle avait appris, voilà bien longtemps, à ne pas tomber dans le piège des cris stridents que poussaient parfois les autres femmes. Il ne servait à rien d'élever la voix quand elle n'était pas d'accord. Elle avait appris, toute seule, à brider ses émotions sous la force d'un calme terrible. Lazar, cependant, s'y attendait.

— C'est bien cela. C'est inhabituel, j'en conviens, ajouta-t-il en feignant un certain embarras. Valide, cette jeune fille sortait de l'ordinaire, trop pour la laisser passer. Je me suis dit que vous seriez prête à faire une exception pour elle. Mais je comprendrais que vous preniez ombrage de ce qu'une simple paysanne vous dicte ses conditions. (Il faisait de son mieux pour l'insulter poliment, en espérant contre toute attente qu'elle mordrait à l'hameçon et les bannirait tous les deux, la fille et lui.) En fait, si cela vous offense, et je ne vous en voudrais pas si c'était le cas, je m'en tiendrai aux règles que vous avez établies avant mon départ.

— À savoir ?

— L'argent que j'ai dépensé pour elle serait pris sur ma solde, et je devrais faire de mon mieux pour me rattraper.

— Je vois, dit Herezah.

Lazar comprit qu'il avait perdu son pari. L'intérêt qu'elle portait à la jeune fille était trop grand et elle adorait se lancer dans une joute verbale contre lui.

— Alors, quelles sont ces « conditions » ? demanda-t-elle en teintant le dernier mot d'ironie.

Lazar entendit les marchands marmonner derrière lui et imagina sans peine le sourire narquois qu'ils devaient avoir.

— La mère a insisté pour qu'Ana conserve un jour de liberté par mois.

— C'est grotesque ! se récria Tariq de la part de la Valide, les bijoux dans sa barbe étincelant à la mesure de sa colère.

Herezah leva la main pour le faire taire et interrogea Salméo du regard.

— Cela n'a encore jamais été autorisé, Valide Zara, répondit l'eunuque, tout aussi indigné.

Elle hocha la tête et posa ses yeux noirs sur Lazar, qui refusa de trembler sous le poids de son regard.

— Je comprends, dit-il en faisant mine de s'incliner, dans l'espoir de pouvoir prendre congé.

— Pas si vite, Éperon, protesta doucement Herezah. La fille est bien jeune. Quel genre de liberté cette mère pouvait-elle bien avoir en tête pour elle ? Peut-être pourrions-nous la faire escorter par Salméo. Elle serait entièrement voilée, évidemment.

Cette fois, Lazar trembla.

— Euh, eh bien, Valide, je crois qu'elle avait en tête quelque chose de moins restrictif.

— Oh ?

— Sa mère m'a bien fait comprendre qu'Ana était extrêmement intelligente. Elle espérait que nous pourrions l'encourager à apprendre d'autres langues, découvrir notre culture…

— Mais bien sûr ! l'interrompit Herezah. Elle obtiendra tout cela et plus encore si elle fait preuve de talent.

— Il semblerait que je ne m'explique pas bien, Valide. Peut-être est-ce parce que je me sens extrêmement embarrassé par l'étendue des conditions imposées par la mère.

Herezah commençait à manquer de patience.

— Pourquoi ne pas nous présenter l'étendue de ces conditions, Éperon, afin que je puisse prendre une décision ferme et définitive ?

— Elle a exigé que je lui serve d'escorte, répondit-il d'un ton ferme.

— Vous ? s'exclama-t-elle d'une voix douce mais empreinte d'une colère que Lazar ne lui avait encore jamais entendue.

Il acquiesça.

— Je vous présente mes excuses, Valide. Felluj m'a personnellement confié cette enfant qui lui était si précieuse. Elle m'a chargé de veiller sur la sécurité et l'éducation d'Ana. Elle me savait soldat et a jugé que j'étais le… euh, gardien le plus approprié pour sa fille.

S'ensuivit un silence effroyable, si lourd et si palpable qu'on aurait pu le couper au couteau, le servir sur un plateau à Lazar et l'obliger à l'avaler. Cette fois, c'était fini. Il avait abattu ses cartes.

— Et si je ne choisis pas Ana, Éperon, qu'allez-vous faire d'elle ? La garder pour vous ?

— Je la revendrai, Valide, protesta-t-il d'un ton un rien insultant. Je n'ai nul besoin d'une enfant dans ma vie.

Les yeux d'Herezah étincelèrent entre les plis du voile. Elle adorait le piquer au vif.

— Mais vous voulez être son gardien, c'est bien cela ?

Délibérément, il poussa un soupir contenu mais tout à fait audible, pour bien montrer qu'il commençait à se lasser de cet interrogatoire.

— La mère a consenti à la vente parce que je lui ai promis que j'acceptais ces conditions en votre nom. Je savais que je n'avais aucun droit de faire ça, Valide Zara, mais j'étais convaincu que la jeune fille en valait la peine. Nous sommes tous d'accord pour reconnaître qu'elle sort de l'ordinaire, n'est-ce pas, et qu'elle possède un esprit capable de rivaliser avec celui de Boaz. Ana a le potentiel pour devenir une compagne épanouissante plutôt qu'un simple jouet. Je suis certain que vous, plus que quiconque, comprenez cela.

Il avait délibérément mêlé l'insulte au compliment, pour lui rappeler que Joreb l'avait choisie comme favorite absolue non seulement pour sa beauté et ses prouesses amoureuses, mais aussi parce qu'elle possédait un esprit vif semblable à celui du vieux Zar.

— Un jour par mois, avez-vous dit ?

— C'est cela. Elle serait sous ma protection pendant une journée entière.

— Elle serait entièrement voilée. Personne ne doit la voir.

— Évidemment, répondit-il, indigné.

— Je vais y réfléchir, Éperon. Ana doit d'abord passer son test de Vertu. Présentez-vous demain soir au palais, je vous communiquerai ma réponse. Nous en discuterons autour d'un dîner. En attendant, vous pouvez disposer.

Il se révolta en silence de la position dans laquelle il se retrouvait. Il ne voulait plus recevoir d'ordres de cette femme. Un dîner ? Qu'Allad le sauve, songea-t-il en priant le dieu de son pays natal.

— Merci, Valide Zara.

Il inclina le buste. Au même moment, quelqu'un éternua bruyamment non loin de lui. Mais ce n'était pas une des personnes présentes dans la pièce.

Salméo parut abasourdi. Puis, à son signal, des gardes commencèrent à envahir la salle.

— Kett, espèce d'idiot ! souffla Boaz, terrifié.

— Je… je n'ai pas pu me retenir, Zar. Je ne leur dirai pas que vous étiez avec moi, dit le jeune garçon, effrayé à l'idée d'attirer la fureur des responsables du harem sur la tête du Zar. Fuyez !

Pez ne put s'empêcher d'admirer le courage du jeune domestique.

— Inutile. Il doit y avoir des gardes dans chaque couloir depuis qu'Herezah a quitté ses appartements.

— Que peut-on faire ? demanda Boaz en regardant de tous côtés à la recherche d'une échappatoire.

— Il n'y a pas d'issue. Il faut attendre.

Ils entendirent des voix masculines et des bruits de pas se rapprocher.

— Attention ! s'exclama Boaz, en réussissant étrangement à communiquer sa panique dans un simple murmure.

Pez trouva que Kett avait l'air très calme. Seule la façon dont il se balançait d'un pied sur l'autre trahissait son angoisse.

Le nain s'exprima alors avec une voix que Boaz ne lui avait encore jamais entendue.

— Boaz, viens contre moi. (Le Zar, hésitant, se mit à bafouiller, mais Pez l'ignora.) Fais-le ! On n'a plus le temps.

— À quoi ça peut bien servir ? demanda Boaz en passant les bras autour des épaules du nain qui s'appuya contre lui.

— Chut, Boaz, pas un bruit ! ordonna Pez. Pardonne-moi, Kett, ajouta-t-il dans un murmure. Je ne peux pas te protéger, je vous avais prévenus, mais nous nous reverrons tous les deux.

— Qui êtes-vous ? demanda Kett, effrayé mais stoïque alors que les voix se faisaient plus fortes à proximité.

— Attends-moi, dit Pez en se rappelant les paroles que lui avait chuchotées la vieille femme. Ne me trahis pas.

Ce fut tout ce qu'il eut le temps de dire avant que les gardes les découvrent. Ils se jetèrent sur Kett, qui ne protesta pas. Boaz ne comprenait pas ; les soldats étaient si proches qu'ils auraient dû les voir, Pez et lui, non ? Pourtant, leurs regards semblaient glisser sur eux comme s'ils n'étaient pas là. Il aurait voulu leur crier dessus, mais il avait la bouche trop sèche pour proférer le moindre son. La lumière qui filtrait à travers le treillage aurait dû les illuminer comme ces arbres que l'on décorait pour la fête des Lumières. Mais non, les gardes ignorèrent Pez et le Zar et entraînèrent Kett sans ménagement dans le couloir.

Le nain et Boaz restèrent seuls et entendirent les voix et les bruits de pas s'éloigner tandis que la confusion dans la salle du Choix ne faisait que croître.

— Pez, chuchota l'adolescent, convaincu que ses intestins s'étaient liquéfiés à présent. Qu'est-ce qui s'est passé ?

Le nain soupira. Boaz était trop intelligent pour être dupé. De plus, il était nécessaire qu'il sache que ce n'était pas un hasard.

— Je t'avais averti ; je pouvais nous protéger, pas lui.

Boaz s'écarta de son ami et l'obligea à lui faire face.

— Qu'entends-tu par là ? Les gardes étaient aussi proches de nous que je le suis maintenant de toi et ils ne nous ont pas vus !

— Chut, Très Haut, ou ils vont revenir !

— Explique-moi comment est-il possible qu'ils aient vu Kett mais pas nous ?

— C'est un autre de mes tours, Majesté, répondit Pez.

— Non ! siffla le garçon entre ses dents serrées. Ça n'a rien à voir avec les mouchoirs que tu sors de ton nez ou les colombes de ton chapeau. C'était bien plus que ça.

— Boaz, je te demande de me faire confiance ; tu vas devoir patienter encore un peu.

— Ce qui vient de se passer relève de l'impossible, gémit le Zar, qui ne put en dire davantage, car Kett venait d'arriver dans la salle du Choix, prisonnier de la poigne solide de deux gardes.

Cela n'empêcha pas Boaz de lancer à Pez un regard furieux pour bien lui montrer que la discussion était loin d'être close.

— Est-ce lui notre espion ? demanda Herezah.

— Nous l'avons attrapé dans un corridor derrière cette salle, Valide Zara, répondit l'un des Elims.

Il s'inclina et poussa Kett qui tomba à genoux et n'osa pas relever la tête.

Herezah se tourna vers Salméo. D'un pas étonnamment léger pour un individu aussi corpulent, l'eunuque vint se camper devant l'adolescent tremblant.

— Regarde-moi, ordonna-t-il avec une autorité qu'on ne pouvait lui nier. Que faisais-tu dans ce couloir dans une zone pourtant inaccessible ?

— Grand maître des eunuques, j'étais perdu, expliqua Kett d'un air pitoyable. J'étais pressé de faire mes corvées et j'ai pris la mauvaise entrée. Je suis tellement désolé, monsieur, je me suis retrouvé de l'autre côté de cette salle et je savais que je n'aurais pas dû être là, mais j'avais trop peur pour bouger ou émettre le moindre son.

— Ce qui ne t'a pas très bien réussi, n'est-ce pas ? intervint Tariq, qui lança un regard à la ronde dans l'espoir que sa plaisanterie fasse ricaner quelqu'un.

— Pardonnez-moi, grand maître. J'ai vraiment essayé de ne pas éternuer, mais ça n'a fait qu'empirer les choses.

Lazar fit la grimace. Il sentait que ça allait mal tourner pour cet enfant. Salméo était trop cruel pour laisser passer une telle insulte à son autorité, en public de surcroît. Il jeta un coup d'œil derrière lui en direction d'Ana. Elle était encore dans la salle, car les eunuques qui s'occupaient d'elle n'avaient pas eu l'occasion de l'emmener depuis l'interruption.

Ana lui rendit son regard. Elle avait l'air apeurée.

— Comment t'appelles-tu, mon garçon ?

— Kett, grand maître des eunuques. Je sers de messager et je fais des commissions pour certains de vos hommes, même si j'espère entrer dans la garde du palais quand j'aurai l'âge. Je suis le fils de Shelah Mohab, ajouta-t-il dans l'espoir que le nom de sa mère puisse l'aider à sortir de cette situation périlleuse.

— Shelah ? répéta Herezah. Mon ancienne domestique ?

Elle rejoignit Salméo devant l'adolescent, qui, toujours à genoux, se prosterna devant elle en touchant du front le sol en marbre pâle.

— Oui, Valide, chuchota-t-il, vous étiez sa maîtresse.

— Je vois.

Herezah jeta un coup d'œil à Salméo. Pour ne pas être en reste, le vizir se faufila à son tour à côté de la Valide et du grand maître des eunuques.

— Le châtiment qu'il encourt est la mort, n'est-ce pas ?

Salméo s'adressa alors à Herezah, même si chacun dans la pièce put entendre ses paroles.

— Le vizir a raison. C'est la mort pour quiconque n'est pas autorisé à voir les filles du harem. Gardes !

Lazar ne pouvait tolérer cela.

— Valide, si je puis me permettre ?

Il alla même jusqu'à incliner le buste devant elle. Il était prêt à lui faire ce plaisir, pourvu que la vie du garçon soit épargnée.

— Qu'y a-t-il, Éperon ? demanda-t-elle, faussement agacée.

— Merci, Valide Zara. Je ne crois pas qu'il faille condamner ce garçon à mort.

— Comment osez-vous ? protesta le vizir.

— Pourquoi dites-vous cela, Lazar ? demanda Herezah derrière son voile, d'un ton un rien languissant.

Il connaissait bien cette intonation, à la fois séductrice et dangereuse.

— Ce garçon – car n'oublions pas à quel point il est jeune – n'est coupable d'aucun crime, Valide. Il vous a dit qu'il était perdu, et il serait généreux de votre part d'épargner sa vie.

Lazar voyait bien que le vizir fulminait. Salméo était tout aussi furieux, mais cela était moins perceptible. Ses paupières étaient à moitié closes, dissimulant ses pensées.

— Il doit être puni, rappela l'eunuque d'une voix douce.

— Je suis d'accord, renchérit Herezah. Il ne l'a peut-être pas fait exprès, mais le garçon se trouvait dans un endroit où il savait qu'il n'aurait pas dû être. C'est interdit.

— Mais, Valide, il était trop tard lorsqu'il s'en est rendu compte. Ce n'est qu'un enfant. S'il s'agissait d'un adulte, je serais d'accord avec vous. S'il doit être puni, alors soit, mais de grâce, pas la mort. Si je puis me permettre, peut-être pourriez-vous inaugurer le règne de votre fils en faisant preuve de clémence, Valide. Le palais ne tardera pas à apprendre ce geste.

Il la mettait au défi de prendre une décision généreuse que ses deux comparses allaient détester. Ils utilisaient leur statut comme un gourdin avec lequel ils matraquaient leurs subordonnés pour les forcer à obéir. Ce concept n'était pas étranger à Herezah, mais Lazar comptait justement sur sa vanité pour la pousser à faire un choix différent. Il retint son souffle tandis qu'elle l'observait intensément.

Ce fut à ce moment-là que quelqu'un d'autre rejoignit le débat, quelqu'un de si inattendu que Lazar faillit laisser échapper un hoquet de stupeur. Alors qu'il avait presque gagné, la situation devint tout à coup incroyablement, délicieusement dangereuse.

— Valide, Majesté, je vous en prie, dit Ana en se glissant à genoux à côté de Kett, le front contre le sol, la peau crémeuse de son dos exposée à tous les regards à travers la chemise transparente.

Salméo adressa un signe plein de colère aux eunuques qui lui avaient permis d'échapper à leur garde. De son côté, Herezah sourit d'un air sournois.

— Non, attendez. Écoutons ce que cette jeune fille a à nous dire. Ana ?

— Épargnez sa vie, Très Haute, dit-elle en utilisant toutes les mauvaises terminologies pour s'adresser à Herezah.

Non pas que cela offense la femme qui se rengorgeait au-dessus d'elle. Bien entendu, elle ne regardait pas Ana, mais l'Éperon de Percheron, qui, lui, contemplait d'un air horrifié la délicate enfant prosternée devant lui.

— Pourquoi ferais-je une chose pareille, Ana ?

— Parce que vous le pouvez. Vous êtes toute-puissante, Valide, et parce que, Très Haute, je suis prête à renoncer à quelque chose de précieux en échange de la vie de Kett.

Cette déclaration arracha à Herezah un rire cristallin mais forcé.

— Oh ! ma chère, que pourrais-tu bien avoir à me donner ?

— Ma liberté, Valide Zara. J'y renonce complètement. Si je passe le test de Vertu, je renoncerai aux conditions que ma mère a imposées à l'Éperon. Je resterai au palais pour…

— Non ! s'écria Lazar, incapable de se retenir.

Il avait dû faire appel à toute son intelligence pour négocier la libération d'Ana et obtenir qu'elle lui soit confiée une journée par mois, et voilà qu'elle jetait cette liberté au vent. Il admirait son courage, cette façon qu'elle avait de se mettre ainsi à la merci de gens qui pouvaient ordonner sa mort à elle aussi, pour simple insubordination. Mais le désespoir de Lazar était égoïste. Il voulait revoir Ana. Il refusait qu'elle se fasse entièrement engloutir par le harem au point qu'il n'entendrait plus jamais sa voix musicale ni ne verrait sa beauté s'épanouir dans la plénitude de l'âge adulte.

— Cela ne peut être autorisé, Valide.

— Et pourquoi cela ? répliqua Herezah, qui savourait chaque instant de son malaise. Ana fait là une généreuse offrande pour Kett. N'est-ce pas admirable de sa part ?

Que pouvait-il répondre à cela ?

— J'ai fait une promesse, expliqua-t-il, impuissant.

— Et vous l'avez défendue jusqu'au bout. J'avais décidé d'accorder à la jeune fille les conditions que vous avez plaidées avec tant d'éloquence. Cette liberté appartient à Ana et elle a le droit de me la rendre si elle le souhaite.

Lazar connaissait Herezah depuis très longtemps, mais il ne l'avait jamais autant haïe que ce soir-là. Maligne, elle avait vu clair dans son jeu. Elle savait observer les hommes et elle avait lu en lui comme dans un livre ouvert. Elle voyait bien qu'il voulait Ana ; peu importait la noblesse de ses intentions, elle comptait la lui refuser. Et pourquoi ? Parce que lui refusait de se donner à elle. Il préférait donner son temps et son affection à une jeune fille plutôt qu'à la Valide. Alors cette dernière avait trouvé un nouveau moyen de le punir.

La jeune Ana ne pouvait mesurer toutes les luttes d'influence qui se jouaient autour d'elle. Elle posa sa question en toute innocence.

— Alors, vous allez épargner sa vie, Valide Zara ?

— Oui. J'accepte le précieux échange que tu me proposes, Ana, répondit la Valide en teintant lourdement de sarcasme le mot « précieux ». Ce garçon ne sera pas exécuté, ajouta-t-elle, pour la plus grande déception du vizir et le soulagement de tous les autres spectateurs de cette farce.

Quant au visage de Salméo, il était impénétrable.

— Bien entendu, il sera puni, ajouta Herezah d'un ton dans lequel Lazar perçut toute sa cruauté. Kett !

Elle s'adressait désormais au garçon, toujours prosterné devant elle.

— Oui, Valide Zara.

— Ana ici présente a racheté ta vie au prix de sa liberté. Tu ne seras pas exécuté, contrairement à ce qu'exige le protocole, mais j'ai bien peur que tu doives désormais rejoindre l'endroit même où tu n'aurais pas dû entrer.

Kett la regarda d'un air perdu. Salméo, en revanche, comprit tout de suite.

— Appelez les prêtres, ordonna-t-il à sa garde.

— Valide, protesta Lazar.

— Il suffit, Éperon. Cela a assez duré. Écartez-vous, je vous prie.

Le vizir lança un regard triomphant à Lazar, qui n'eut pas d'autre choix que d'obéir.

— Cela ne prendra pas longtemps, mes frères, affirma Salméo.

— Je vais vous demander de sortir dans le couloir un petit moment, ajouta Herezah à l'intention des marchands.

Elle jeta un coup d'œil en direction de Lazar. Ce dernier comprit qu'elle souriait sous son voile.

# Chapitre 10

— Vite, il faut partir maintenant ! ordonna Pez.

— Attends, que va-t-il arriver à Kett ? protesta Boaz.

— Tu as entendu. Il va être puni. Viens, maintenant.

— Ne devrions-nous pas rester ?

— Ce ne sera pas beau à voir, assura Pez. Fais-moi confiance, tu ne veux pas assister à ça.

Boaz suivit son ami, l'esprit en proie à la confusion la plus totale.

— Ne crains-tu pas la présence des gardes ?

— Ils sont partis chercher les prêtres. Je connais un moyen de sortir d'ici si les couloirs ne sont pas étroitement surveillés. Prends ma main.

— Pourquoi ?

— Fais-le !

Par la suite, Boaz se dit qu'ils avaient eu de la chance et que l'excitation liée à tous ces événements avait affaibli la vigilance de certains gardes. Mais Pez savait que cela n'avait rien à voir. Il traversa adroitement divers couloirs sinueux jusqu'à ce qu'ils débouchent près de la fontaine du Lion.

— Ici ? Comment ?

— Je te l'ai dit, je connais bien les lieux. Viens, maintenant, le danger n'est pas encore écarté.

Lorsqu'ils arrivèrent enfin dans les appartements du Zar, ils étaient hors d'haleine. Pez se força à éclater d'un rire sauvage et fit des cabrioles le long du vaste couloir qui menait à la grande porte à double battant de Boaz. Les deux Elims s'inclinèrent devant leur Zar et se mirent à rire des facéties du nain. Ils connaissaient assez bien Boaz pour plaisanter avec lui.

— Où est-ce qu'il va chercher toute cette énergie ? demanda l'un d'eux.

Boaz haussa les épaules et poussa le nain dans son salon. Après avoir refermé la porte, le Zar, au mépris du protocole et non sans difficulté à cause de son bras cassé, remplit deux verres de vin et en tendit un à son ami d'une main tremblante.

— Maintenant, explique-moi.

Il but une gorgée pour apaiser ses nerfs à vif et sa mauvaise humeur grandissante. De son côté, le petit homme soupira, et toute lueur d'amusement s'éteignit dans son regard.

— Ça s'appelle la méthode du berger.

— Qu'est-ce que ça signifie ?

— Je peux, temporairement du moins, bloquer les gens.

— Les bloquer ? répéta Boaz, les sourcils froncés.

— Tu sais, expliqua maladroitement Pez, les guider loin de moi comme un berger guide ses moutons.

— Tu veux dire, les empêcher de te voir ?

Le nain hocha la tête.

— Mais pas longtemps.

Brusquement, Boaz comprit.

— Tu as le Don ? s'écria-t-il d'un ton plein d'effroi.

De nouveau, Pez acquiesça d'un air grave. Ce n'était pas une information qu'il avait souhaité révéler à Boaz.

— Et tu l'utilises souvent ?

— Non. Je n'en ai guère l'utilité.

— Alors, qui es-tu ? Une espèce de sorcier ? demanda l'adolescent, horrifié.

— Non. Je ne possède qu'un soupçon de magie, je n'ai aucun réel pouvoir. (C'était un mensonge, nécessaire malheureusement.) Cela me vient de mon arrière-grand-mère, qui était très sensitive. Elle s'est efforcée de garder secret son pouvoir. (Il vit Boaz écarquiller les yeux en apprenant tout cela, alors que ce n'étaient encore que des mensonges.) Ce n'est rien, Boaz. C'est à peine plus impressionnant que mes tours de passe-passe.

— Pourquoi ne m'en avais-tu encore jamais parlé ?

Pez haussa les épaules.

— Ça ne semblait pas important. Je te l'ai dit, je ne l'avais pas utilisé depuis mon arrivée ici. Je suis le bouffon du Zar. Ça n'a rien à voir avec le fait de lancer des sorts.

— Quelle est l'étendue de ta magie ? insista l'adolescent.

— Elle se limite à ça, répondit Pez d'un ton mal assuré. Je peux appliquer la méthode du berger, mais ça me prend tellement d'énergie qu'en général j'ai besoin de dormir pendant une journée entière pour récupérer. D'ailleurs, pour être franc, je ne me sens pas bien du tout. (Il battit lentement des paupières.) Je ne pouvais pas courir le risque qu'on découvre ta présence ; sinon, je n'aurais jamais utilisé le Don.

L'adolescent continua à le dévisager avec une curiosité renouvelée.

— Je vais devoir réfléchir à ce que tu viens de me raconter.

— Mais ça restera notre secret ?

— Je n'ai aucune raison de te trahir, Pez. Tu es mon ami, n'est-ce pas ?

— Oui, plus que tu ne l'imagines.

— Pourquoi sont-ils allés chercher les prêtres ? demanda brusquement le Zar avec appréhension.

— Il va y avoir une cérémonie.

— Oh ? Je n'ai pas compris ce que ma mère voulait dire en parlant de l'accueillir au sein de l'endroit dans lequel il n'aurait pas dû entrer.

— Elle va faire de lui un membre du harem, Zar, répondit Pez.

— Mais comment est-ce possible alors qu'il... ? (Son visage perdit toute couleur.) Il va devenir un eunuque ?

Pez acquiesça.

— Elle lui enlève sa virilité au moment où nous parlons.

Kett, perdu et apeuré, semblait être la dernière personne dans la pièce à comprendre ce qui était sur le point de se passer. Même Ana avait saisi ; elle essaya de s'enfuir en passant entre les jambes des eunuques qui la gardaient.

Mais Herezah resta campée sur sa position.

— Elle doit être témoin de la cérémonie. Il a vu son corps. C'est elle qui a précipité sa chute, pourrait-on dire.

— Valide, je me dois de protester..., commença Lazar, mais Herezah l'interrompit aussitôt, d'un ton agressif, cette fois.

— Ne protestez plus jamais en ma présence, Éperon. Rappelez-vous quelle est votre place. La jeune fille assistera à la cérémonie, tout comme vous.

Salméo chuchota quelque chose à son oreille, et la Valide acquiesça.

— Gardes, veuillez conduire nos invités dans la pièce de l'autre côté du couloir. Elle donne sur une cour où vous pourrez prendre l'air et où l'on vous servira des rafraîchissements. Nous ne vous ferons pas attendre longtemps.

Des murmures inquiets, perplexes et soulagés furent échangés entre les invités. Salméo prit le relais.

— Elims, l'Éperon et la jeune fille doivent rester parmi nous. Vizir, je vous présente mes plus humbles excuses, mais je dois vous demander de sortir, vous aussi.

Le vizir se hérissa tel un coq, visiblement prêt à se lancer dans une tirade virulente, mais Herezah se servit de sa voix calme pour l'apaiser.

— Merci, Tariq, je sais à quel point vous veillez à respecter les traditions du harem. Peut-être pourriez-vous divertir nos invités de ma part ? Ce ne sera pas long.

Le ministre, maigre et voûté, pinça les lèvres et n'eut pas d'autre choix que d'obéir à ce qui était clairement un ordre, malgré la manière gracieuse avec laquelle il avait été formulé.

Le prêtre arriva en compagnie de trois assistants. Il avait été visiblement informé de ce qui allait se passer, car il portait un petit rouleau en velours, tandis que les assistants amenaient des serviettes, des seaux d'eau fumante et les autres instruments de leur rituel.

Tous s'inclinèrent devant Herezah.

— Valide Zara, dit le prêtre, ce à quoi elle répondit par un signe de tête. (Puis, il se tourna aussitôt vers Salméo.) Grand maître des eunuques, c'est tout à fait inhabituel, déclara-t-il d'une voix qui tremblait légèrement sous l'effet de l'inquiétude.

Salméo esquissa un geste d'impuissance.

— Les circonstances le sont tout autant.

Tous deux regardèrent Kett, qui tremblait de tous ses membres. Un assistant allumait de petites bougies de cire qu'il disposa en croissant autour du garçon. Un autre était en train d'éteindre les lanternes dans la salle. Kett se retrouva au centre d'un petit cercle de lumière alors que les gens autour de lui étaient plongés dans l'ombre.

Herezah, qui n'avait jamais assisté à ce rituel, eut un frisson d'excitation.

— Combien de temps cela va-t-il prendre ? demanda-t-elle.

— Nous ferons vite, Valide, répondit le prêtre.

Il ne perdit pas davantage de temps et chuchota ses ordres à ses assistants.

Lazar recula pour s'adosser au mur. D'ici quelques minutes, la solidité de la pierre risquait de lui être d'un grand secours. L'Éperon n'était pas facilement impressionnable, mais il se réjouissait que ce rituel-là relève d'ordinaire du domaine du secret. Il jeta discrètement un coup d'œil en direction d'Ana, qui paraissait désespérément pâle et effrayée. Elle se retourna comme si elle lisait dans ses pensées, et ils échangèrent un long regard inquiet. La profondeur du chagrin dans les yeux de la jeune fille éveilla chez Lazar un désir intense. Il voulait la posséder, qu'elle soit sienne, mais, désormais, elle était perdue pour lui, parce qu'elle s'était offerte en échange du serviteur noir. Kett risquait de ne pas l'en remercier, songea Lazar, morose. Lui-même préférerait mourir plutôt que de subir cette procédure barbare et, pire encore, vivre avec ses conséquences pour le reste de son existence.

Kett se mit à gémir en voyant le prêtre affûter soigneusement une petite lame incurvée.

—Le rituel auquel vous êtes sur le point d'assister est l'un des secrets les plus préservés du harem, expliqua Salméo pendant les préparatifs. On ne doit pas en parler en dehors de ses murs. Il est très rare qu'on l'utilise comme châtiment, mais Kett finira par reconnaître, avec le temps, le privilège qui est le sien. C'est un très grand honneur de pouvoir servir de cette façon.

Salméo se tut brusquement et se tourna vers le prêtre, également un eunuque. Sans nul doute, les deux hommes devaient se remémorer leur propre terreur pendant ce rite de passage. Lazar retint son souffle et pria pour que les prochaines minutes passent rapidement.

—Êtes-vous prêts? s'enquit Salméo.

Le prêtre jeta un coup d'œil à ses assistants, qui acquiescèrent tous les trois.

—Oui.

—Kett, sois courageux, ordonna Salméo. Ton existence est épargnée, et tu vas connaître un nouveau mode de vie, une nouvelle manière de servir. Tu vas faire partie des esclaves les plus secrets et les plus privilégiés.

Sa voix était si douce et si mielleuse que Lazar fut obligé de détourner le regard pour ne plus voir le visage confiant de Kett. L'adolescent sentait que quelque chose de terrifiant était sur le point de se produire, mais il savait visiblement qu'il n'avait aucun moyen de l'empêcher. Il était plus facile de coopérer et, comme Lazar, de prier les dieux pour que cela se termine vite.

Les assistants déshabillèrent le jeune garçon et l'allongèrent sur le dos. Les bougies entouraient sa tête et ses épaules. Le prêtre jeta quelque chose sur les flammes, produisant étincelles et crépitements. Ce fut apparemment le signal du début du rituel. Deux des assistants se placèrent de part et d'autre de Kett pour le maintenir à terre lorsqu'il commencerait à se débattre. Le troisième utilisa de longues bandes de tissu blanc qu'il noua sous le nombril de l'adolescent en serrant bien fort. Kett se mit de nouveau à gémir. Il comprenait, désormais. Curieusement, il tourna la tête et chercha Ana qui soutint son regard. Lazar constata qu'un échange silencieux avait lieu entre les deux jeunes gens. Compassion ? Effroi ? L'Éperon n'aurait su dire, mais puisque les adultes présents dans la salle étaient capables d'un acte aussi horrible, il n'était guère étonnant que les deux adolescents cherchent du réconfort chez l'autre.

— Les bandages empêchent les saignements excessifs, souffla Salméo à Herezah.

— Peut-il en mourir ? chuchota-t-elle.

— Oh ! oui. Beaucoup ne survivent pas au rituel, en vérité. Zarab décidera.

— Bois ceci, ordonna le prêtre en tendant à Kett une petite tasse – il l'aida à s'asseoir et à en boire le contenu.

— Est-ce pour la douleur ? s'enquit Herezah, intriguée.

— C'est une concoction destinée à émousser ses sens et à l'empêcher de paniquer, répondit Salméo.

Une prière fut murmurée, le prêtre et ses assistants se tenant la main au-dessus de l'adolescent. Un assistant prit un bol. Une autre prière fut dite, puis le prêtre plongea une éponge dans le récipient et la pressa au-dessus de Kett.

— Quel est ce liquide gris qu'ils répandent sur lui ?

— C'est de la renouée poivre d'eau et du genièvre bouillis. Cette concoction est préparée par le prêtre qui récite des prières afin de purifier le liquide et le garçon. Il doit répandre l'eau à trois reprises entre deux prières afin que la vie de Kett soit préservée et que Zarab guide sa main pour le couper.

Kett se tortilla à cause de la chaleur du liquide sur une région aussi sensible. Lazar vit de la vapeur s'élever du corps du jeune garçon. Il aurait voulu fermer les yeux, mais il les garda ouverts pour honorer l'esclave qui faisait preuve d'un plus grand courage que lui-même n'en aurait montré dans de telles circonstances. Certes, il gémissait, mais sans prononcer de mots, sans pousser de cris pitoyables ni appeler à la pitié. Pourquoi ? Et pendant tout ce temps, il avait la tête tournée vers Ana pour la regarder murmurer des prières.

— Quelles sont les vertus de cette eau ? demanda Herezah en regardant le prêtre finir la troisième onction.

— Elle sert simplement à humecter la zone et la rendre aussi stérile que possible, Valide, répondit Salméo à voix basse.

Cependant, Lazar entendit chaque mot distinctement, ce qui voulait dire qu'ils n'épargnaient à Kett aucun des horribles détails.

— Je vois. Vous-même, Salméo, avez subi la même procédure ?

— Oui, Valide, jusqu'à un certain point. (Le moment était opportun, car le prêtre venait juste de se positionner entre les jambes de Kett avec son couteau en forme de faucille.) Maintenant, nous devons choisir, conclut Salméo.

— Quoi donc ?

— Le type de castration que vous souhaitez pour Kett.

Lazar crut voir Herezah trembler à ces mots.

— Vraiment ? dit-elle d'une voix rauque. Expliquez-moi de nouveau quelles sont les possibilités.

— Bien, Valide.

Salméo savait qu'elle allait le lui demander, il comprenait son besoin d'en faire un spectacle et cette cruauté qui la poussait à faire souffrir le garçon un peu plus longtemps.

— Il y a le varen. L'appareil génital est enlevé dans son intégralité, d'un seul coup. Sinon, il y a le yerzah, où l'on n'enlève que la verge. C'est peut-être la pire des trois méthodes, Valide.

— Oh ? Pourquoi dites-vous cela ?

Salméo haussa les épaules, et tout le monde dans la pièce comprit tout à coup que le grand maître des eunuques était lui-même un yerzah.

— Eh bien, on lui laisse la capacité de procréer, il lui manque juste l'équipement nécessaire.

— Pourquoi est-ce la pire solution ? insista Herezah.

Salméo esquissa une petite grimace. Lazar vit sa cicatrice frémir.

— Parce qu'il ne perd pas l'envie de copuler, Valide. Il ne peut satisfaire une femme par des moyens traditionnels et il ne peut se satisfaire lui-même par aucun moyen.

— Je vois, commenta Herezah en souriant sous son voile et en mettant de côté cette précieuse information sur le grand maître. Qu'en est-il de la troisième méthode ?

— On l'appelle xarob. L'eunuque devient asexué parce qu'on lui abîme, et souvent on lui retire, les testicules.

— Comment les abîmez-vous ?

Salméo regarda Kett ; il fallait s'occuper du garçon avant que les bandages très serrés ne lui coupent complètement la circulation du sang.

— Nous devons nous dépêcher, déclara-t-il avant d'expliquer : on peut les abîmer en les tordant, en les brûlant, en les frappant ou en les bandant très fort comme on le fait pour un animal sur le point d'être castré.

— Merci, Salméo. Je crois que le mieux pour Kett est de devenir varen.

— La totale ? répéta le prêtre pour confirmation.

— Oui, répondit Herezah. Allez-y, coupez-le.

Le prêtre hocha la tête à l'intention des deux assistants qui flanquaient l'adolescent. Aussitôt, ils lui immobilisèrent les bras. Kett ne se débattit pas. Il était figé par la peur et refusait de regarder quiconque, à part Ana. Les assistants posèrent également leur genou en travers de ses cuisses bandées. Ils ne pouvaient courir le risque qu'il sursaute pendant que le prêtre officiait avec sa lame.

Quand les deux assistants furent certains que le garçon était bel et bien cloué au sol, ils hochèrent la tête. Le prêtre s'empara avec délicatesse des organes génitaux de Kett et s'assura qu'il les tenait fermement avant de les écarter du corps de l'adolescent. Puis, d'un seul geste, il coupa à travers la peau et les tissus jusqu'à ce que tout ce qui était jusque-là attaché lui reste dans la main.

Kett hurla et, par bonheur, s'évanouit, tout comme Ana, qui s'affaissa entre les bras de ses gardes. Lazar ne pouvait rien faire pour l'aider et avait lui-même bien du mal à ne pas vomir.

La masse de chair sanglante dans la main du prêtre fut respectueusement déposée dans un bol en porcelaine blanche.

—Ils vont le garder pour Kett. La plupart d'entre nous aiment conserver la chair qu'on leur a enlevée, expliqua Salméo.

Herezah n'avait même pas cillé face à ce spectacle macabre.

—Comme c'est généreux de votre part, commenta-t-elle. En vérité, j'aimerais l'avoir.

Salméo se tourna vivement vers elle.

—C'est contraire à la tradition, Valide.

—Néanmoins..., dit-elle sans aller plus loin.

Le prêtre et ses assistants travaillaient dans l'urgence à présent, en profitant de l'inconscience de Kett.

—Ils sont en train de poser une large aiguille dans le canal à la base de la verge, expliqua Salméo. Elle est en étain et va permettre de garder ce tube de chair ouvert mais bouché jusqu'à ce que Kett guérisse.

Lazar les regarda poser sur la plaie du papier dégoulinant d'eau glacée. Puis ils firent un pansement. Alors, le prêtre soupira et hocha la tête.

—C'est fait, annonça-t-il.

—Et? s'enquit Salméo.

Le prêtre fit la grimace en se relevant.

—Il vivra. Il est jeune, il guérira vite. La blessure est propre. Maintenant, il faut le faire marcher.

Salméo se tourna vers la Valide.

—Kett va être maintenu conscient et mobile pendant les quatre prochaines heures. Ensuite, seulement, lui permettra-t-on de se reposer.

—Pouvez-vous le faire marcher ailleurs? demanda Herezah.

Son absence totale de compassion heurta si violemment Lazar qu'il faillit crier pour protester. Mais il se contenta de serrer les poings et de regarder ses pieds en comptant lentement dans son esprit, en galinséen, une langue dure et gutturale qui semblait plus agressive.

Le prêtre acquiesça.

— Qui va veiller sur lui ?

— Je vais demander qu'on vienne le chercher, répondit Salméo.

— Merci. Vous connaissez la routine, grand maître. Rien, absolument rien, pas même une goutte d'eau, ne doit franchir ses lèvres pendant trois jours.

— Je m'en souviens, répondit Salméo.

Lazar perçut de la colère dans sa voix – ou était-ce de la douleur ?

— Il souffrira terriblement, bien sûr, et il suppliera qu'on le laisse boire pour soulager sa gorge desséchée. Il voudra uriner, mais il ne faut pas, en aucun cas. (Salméo acquiesça.) Je reviendrai dans trois jours ôter la bonde, conclut le prêtre.

— Que se passera-t-il à ce moment-là ? demanda Herezah, visiblement fascinée.

— Lorsqu'on retirera l'aiguille qui bouche le trou, un jet de fluide corporel jaillira de l'ouverture, expliqua le prêtre. Kett en éprouvera un immense soulagement. Ce sera le signe qu'il est hors de danger et qu'il peut commencer à guérir.

— Et si ça ne se produit pas ?

— S'il ne peut pas uriner, alors, il sera condamné à une mort lente et douloureuse. Dans ce cas-là, je vous suggérerai de l'achever pour mettre fin à ses souffrances.

Kett gémit ; il reprenait connaissance. Des larmes perlèrent sous ses paupières closes, et il se mit à trembler. De son côté, Ana restait évanouie.

Lazar ne pouvait plus le supporter.

— Valide.

— Oui, vous pouvez disposer, Éperon. N'oubliez pas notre rendez-vous, demain soir. Je n'aime pas attendre. Salméo, faites nettoyer tout cela. Les marchands vont vouloir terminer leur transaction.

On aurait dit que toute cette histoire avec Kett n'était rien d'autre qu'un interlude fascinant qui venait de perdre son attrait. Lazar réussit à grand-peine à faire une courte révérence avant de quitter la salle en coup de vent.

Il traversa le palais à grandes enjambées furieuses jusqu'à ce qu'il arrive dans la cour de la Lune, qui baignait dans la tiédeur du soir. Il aspira une profonde goulée d'air pour calmer sa rage grandissante.

Furieux d'avoir montré ses sentiments à Herezah, il se sentait également déchiré par la perte d'Ana. Et le fait de penser à Kett lui permettait de prendre conscience de la valeur de son propre corps et du fait qu'il était intact. Peut-être que tout ce dont il avait besoin, c'était d'un pichet de vin et d'une femme facile pour soulager son désespoir. Pourtant, il ne se rendit pas dans le quartier du Carafar.

Non, il alla chercher refuge ailleurs, dans un endroit où une femme qui ne pouvait parler lui procurerait peut-être du réconfort.

# Chapitre 11

Assis seul sur le balcon de sa maison, Tariq fulminait. Même le doux clair de lune qui se reflétait sur les eaux calmes du port ne parvenait pas à apaiser sa colère. Non pas que cette émotion soit visible sur son visage. Le vizir Tariq était passé maître dans l'art de dissimuler ses pensées, même s'il jouait délibérément un jeu dangereux au sein du palais. Tous le prenaient pour un idiot vaniteux et désespérément ambitieux. Mais s'il laissait la Valide et, dans une moindre mesure, ce gros eunuque noir le piétiner ainsi, c'était parce que cela servait ses intérêts. Contrairement au vieux Zar, qui ne l'aimait pas mais lui demandait son aide, ces deux-là ne le prenaient pas au sérieux, même si son statut exigeait d'eux qu'au moins, ils fassent semblant. Cependant, la Valide devait bien voir l'utilité qu'il y avait à prétendre que le ministre était de son côté… Il espérait donc acquérir davantage de valeur à ses yeux dans les temps à venir.

Oh ! oui, il voyait tout cela, et plus encore. Mais eux ne le voyaient pas. Ils ne savaient pas qui il était ni ce qu'il était capable de faire.

Une voix sévère envahit ses pensées.

— *Tu es seul, Tariq ?*

On aurait dit le bruit de rochers frottant l'un contre l'autre.

— *Comme vous pouvez le constater*, répondit-il prudemment dans son esprit.

Le choc de cette intrusion s'était dissipé, mais il n'en restait pas moins intimidé. La voix lui faisait intensément peur, et il espérait que l'entité à qui elle appartenait ne pouvait lire dans ses pensées aussi facilement qu'elle entrait dans son esprit.

— *Tes bijoux luisent au clair de lune. Cela signifie que ta barbe tremble. Et quand ta barbe tremble, vizir Tariq, je sais que tu es en colère et sûrement en train de comploter dans ton coin.*

— *Vraiment ?*

Tariq était impressionné et terrifié. Il ferma les yeux pour se calmer, car il lui était impossible de se débarrasser de la voix. Elle venait et repartait à sa guise, et il n'avait aucun contrôle sur elle, aucun moyen de la bloquer. De plus, il y avait dans son intonation profonde quelque chose qui suggérait qu'il ne valait mieux pas essayer de la bannir.

— *Suis-je si transparent ? Peut-être devrais-je me débarrasser de cette barbe si elle me trahit si aisément*, pensa Tariq, fier de l'air détendu qu'il se donnait là.

— *Tu devrais peut-être, en effet, car ce n'est qu'une marque d'affectation. L'heure est proche où tu n'auras plus besoin de ces choses.*

— *Vous parlez comme si vous me connaissiez. Pourtant, il ne s'agit que de notre troisième conversation.*

— *Je te connais, Tariq. Je te connais mieux que quiconque.*

— *Puis-je vous poser quelques questions ?*

— *Pourquoi pas ?*

— *Parlez-vous avec d'autres comme vous le faites avec moi ?*

— *Rarement.*

— *Leur rendez-vous visite comme vous me rendez visite à moi ?*

— *Maintenant ?*

— *Oui.*

— *Non.*

— *Mais vous l'avez déjà fait.*

— *Autrefois.*

Le vizir répéta cette réponse mystérieuse dans sa tête. Qu'est-ce que cela pouvait bien dire ?

— *Où êtes-vous ?*

— *Près d'ici.*

— *À Percheron ?*

— *Oui. Mais le temps, d'ordinaire mon ami, joue maintenant contre moi.*

Voilà qui donna un peu de courage à Tariq.

— *Ne me bousculez pas,* lui dit-il.

Il retint son souffle, avant d'ajouter :

— *Ce que vous me demandez est compliqué.*

Il eut honte de la note suppliante à la fin de sa phrase. Un silence se fit dans son esprit. Il attendit.

— *Sur quoi se fonde ta réticence ?* lui demanda la voix.

Tariq sentit qu'elle était moins sûre d'elle et s'en réjouit. C'était agréable de semer le doute dans cet esprit arrogant.

— *Je ne suis pas convaincu, c'est tout.*

— *Je t'ai observé pendant des années. J'ai senti ton ambition, goûté tes désirs, perçu ta frustration face à ceux qui te croient stupide. J'admire ta détermination et la façon dont tu as dissimulé ta vraie nature, charmé la Valide et dupé l'eunuque noir.*

La voix se teintait de nouveau d'une intonation rusée. Les compliments eurent l'effet voulu. Tariq ne put s'empêcher de bomber fièrement le torse. Il se demanda fugacement si son interlocuteur était humain. Il avait l'impression qu'il s'agissait d'une espèce de créature, mais laquelle ? Néanmoins, il était secrètement ravi qu'elle reconnaisse son côté retors.

— *Comment savez-vous tout cela ?*

— *Parce que je t'ai choisi.*

— *Vous m'avez choisi ?* répéta-t-il avant de décider de prendre un risque, malgré sa peur. *Et si je n'avais pas envie d'être choisi ? Et si j'étais content comme je suis ?*

La voix sinistre éclata de rire dans sa tête. On aurait dit des montagnes de granit qui se seraient mises à remuer.

— *Content ? Je ne crois pas, vizir. N'oublie pas que je t'apporte toutes mes connaissances. Imagine un peu ! Des siècles d'informations. Je peux te dire tout ce que tu veux savoir sur notre histoire et même où est enterré le légendaire trésor du Zar Fasha.* (La barbe de Tariq se mit à trembler, et la créature rit dans sa tête.) *Tu pensais que ce n'était qu'un conte, n'est-ce pas ? Mais c'est la vérité. Il l'a fait enterrer avec toutes ses épouses et ses héritiers. Il était complètement fou.*

Le vizir voila ses pensées de son mieux, sans savoir si cela fonctionnait.

— *D'accord, vous pouvez me rendre riche. Quoi d'autre ?*

— *N'est-ce pas suffisant ? N'est-ce pas ce que tu veux, Tariq ? Devenir riche au-delà de tout ce que tu as pu imaginer ?*

— *Oh, j'ai une très grande imagination.*

Un nouveau grondement amusé résonna dans son esprit.

— *Avec quoi d'autre puis-je te tenter ?*

— *Qu'avez-vous d'autre à offrir ?* demanda Tariq en s'efforçant d'avoir l'air désinvolte, alors qu'il avait du mal à croire à la réalité de cette conversation improbable.

La voix s'était fait connaître la veille de la mort du Zar. Elle était venue à lui comme elle l'avait fait ce soir, alors qu'il prenait l'air sur son balcon. Surpris, il avait laissé tomber son verre de vin. L'effroi s'était emparé de lui jusqu'à ce que la voix l'apaise. Elle lui avait dit que Joreb mourrait avant midi le lendemain et que lui, Tariq, occupait une position parfaite pour devenir le premier conseiller de la nouvelle maîtresse du palais, la Valide Zara. Le vizir s'était éveillé avant l'aube en croyant avoir simplement rêvé. Mais, tandis que les brumes du sommeil se dissipaient complètement, ses souvenirs lui étaient apparus de plus en plus clairement, au point que, lorsque le soleil était timidement passé au-dessus de l'horizon, Tariq était convaincu d'avoir eu une prémonition. Il s'était rendu en hâte au palais pour prévenir Herezah et avait demandé à la voir de toute urgence. Face à son insistance, la première épouse et favorite absolue du Zar Joreb avait accepté, non sans un certain agacement, de le rencontrer avant sa toilette. Dissimulée sous de nombreux voiles, elle avait accueilli la nouvelle avec dédain, d'autant que les médecins avaient timidement avancé que Joreb allait s'en remettre et remonterait à cheval d'ici à la prochaine lune.

Quand Herezah avait appris qu'en réalité le Zar n'avait cessé de décliner pendant la nuit, elle avait aussitôt convoqué de nouveau le vizir. Parce qu'il avait retrouvé confiance en lui, il lui avait souri, abandonnant toute prudence pour attacher son destin à celui de cette femme.

— S'il meurt, je vais avoir besoin de bons bras droits aux bons endroits, vizir Tariq, lui avait dit Herezah avec une note de respect tout neuf dans la voix.

— Lorsqu'il mourra, favorite Herezah, vous n'aurez besoin que de moi.

Il avait vu une lueur de mépris étinceler dans ses yeux et n'avait eu aucun mal à imaginer le froncement de sourcils sous le voile, en réponse à cette déclaration audacieuse. Mais Herezah n'était pas au courant pour son visiteur nocturne. Tariq avait compris, en apprenant que l'état du Zar avait empiré, que la voix était réelle et disait la vérité.

Cette même voix qui interrompit de nouveau le cours de ses pensées.

— *Je t'offre le pouvoir.*

— *Je suis déjà vizir.*

— *Tu n'es rien, Tariq. Tu possèdes un titre, mais aucun pouvoir réel.*

— *Alors, expliquez-moi quel pouvoir vous m'offrez. Ce que vous voulez de moi, ce n'est pas rien. Ma générosité doit être récompensée à la hauteur de ce que vous me demandez.*

La voix avait une façon bien à elle d'enflammer son imagination et d'aviver sa cupidité. Il voulait le pouvoir. Tel était son vrai désir. Il voulait qu'Herezah et le gros esclave comprennent la vérité. Ils ne le renverraient plus des salles dans lesquelles ils chuchotaient tous les deux. Il voulait devenir grand vizir et voir la peur dans leurs yeux. Il voulait les voir s'incliner devant lui.

— *Alors, qui hésite maintenant?* railla-t-il.

Il perçut de la colère, contenue mais bien présente.

— *Je t'offrirai le vrai pouvoir, vizir, du genre que tu ne peux obtenir seul.*

— *En tant que vizir, j'exerce mon autorité sur Percheron tout entière*, insista Tariq.

Cette fois, la voix résonna plutôt comme un grondement.

*— Pitoyable ! Ce n'est pas de ce pouvoir-là que je te parle, idiot. Je te parle de connaissances et de sorcellerie... le pouvoir des dieux !*

Tariq frissonna d'excitation et de peur mêlées. Cette proposition était bien plus sinistre et bien plus effrayante qu'il n'aurait pu l'imaginer. La sorcellerie... le pouvoir des dieux. Qu'est-ce que cela signifiait ? Qui était la voix ? Son intrusion l'avait perturbé au point qu'il n'avait pas une seule fois eu la présence d'esprit de lui demander son nom. Elle devait bien en avoir un, non ?

Son cœur se mit à battre plus vite. Avec de la magie, il disposerait réellement d'un pouvoir dont il ne pouvait pour l'heure que rêver. Yozem se retrouverait à la rue avec ses séances de divination par le sang. Herezah n'aurait plus besoin de cette vieille bique, car elle l'aurait lui.

— *Dites-moi comment*, demanda-t-il, heureux de ne pas avoir à utiliser sa voix, sinon le visiteur aurait vu à quel point il était nerveux et combien sa gorge était sèche.

*— J'en ai assez dit. Je t'offre un pouvoir d'une nature que tu n'as jamais vue et que tu ne connaîtras jamais sans moi.*

*— Tout ce que j'ai à faire, c'est vous donner temporairement le contrôle de mon corps ?*

— *Oui*, répondit la voix. *C'est un petit sacrifice, comparé à ce que je t'offre.*

*— Qu'allez-vous en faire ?*

*— J'ai besoin d'un corps, Tariq. C'est tout.*

*— Pour quoi faire ?*

*— Rien qui n'affectera ton style de vie ou tes plaisirs. Tu seras riche, puissant et indispensable pour l'ambitieuse Valide Zara. Que pourrais-tu désirer de plus ?*

Quoi de plus, en effet, songea Tariq en son for intérieur. Le marché était plus que tentant.

*— Pouvez-vous me redonner la jeunesse ?*

— *Tu ne crois pas qu'on se poserait des questions si tu redevenais jeune tout à coup ?* rétorqua la voix.

Tariq serra les dents.

— *Pouvez-vous faire en sorte que je me sente plus jeune et que j'aie l'air moins vieux ?*

— *Jeune comme l'Éperon ?*

La voix connaissait trop bien ses faiblesses et savait les exploiter.

— *Que voulez-vous dire par là ?* fulmina Tariq.

— *Je te l'ai dit, je te connais, Tariq. Je connais tes désirs aussi bien que les miens et je sais ta jalousie vis-à-vis de Lazar. Il est le plus bel homme de Percheron. Toutes les femmes ont le cœur qui bat lorsqu'elles croisent son regard. Est-ce là ce que tu veux ?*

— *Je le hais !*

— *Je sais. Si je te donnais une apparence aussi fringante, tu obtiendrais une notoriété que ton côté mystérieux et secret n'apprécierait pas. J'imagine que l'Éperon se moque bien de l'attention que lui porte le beau sexe.*

— *C'est un imbécile !*

— *Parce qu'il ne couche pas avec toutes les femmes qui se jettent à ses pieds ?*

Tariq préféra ne pas répondre.

— *Oui, je peux te rendre plus jeune, plus charismatique et donc plus désirable. Es-tu satisfait ?*

— *Je vous donnerai ma réponse demain.*

— *Je la veux maintenant.*

— *J'ai besoin d'y réfléchir. Vous n'êtes pas en position d'exiger quoi que ce soit.*

— *Tu as raison*, reconnut la voix, amusée de nouveau. *Demain, donc.*

— *Comment vous appelez-vous ?*

— *Quelle importance ?*

— *Il faut que je sache qui vous êtes, ce que vous êtes.*

Seul le silence lui répondit, lui donnant l'impression que sa tête était vide, tout à coup. Il essaya de patienter, d'être plus malin que l'entité qui voulait son corps. Mais il ne pouvait attendre.

— Il faut que je sache, murmura-t-il d'une voix rauque.

— *Je m'appelle Maliz.*

# Chapitre 12

Pendant que Tariq négociait le plus noir des marchés cette nuit-là, Lazar se promenait – sans but, croyait-il – avec pour seule compagnie celle de ses pensées profondément perturbées. Il se sentait complètement engourdi. Les événements de la soirée s'étaient déroulés si rapidement et avaient si mal tourné qu'il avait peine à croire qu'il y avait participé.

Alors qu'il avait obtenu qu'Ana soit libérée une fois par mois et remise sous sa garde, quelques minutes plus tard, elle s'était retrouvée prisonnière à vie. Il ne la reverrait jamais et ne pouvait pas supporter cette idée. Non, vraiment pas. Pas encore une fois ! Son cœur avait mis trop d'années à se remettre de ses amours adolescentes ; brisé, il avait guéri avec le temps, mais mal, et demeurait fragile. Lazar ne s'était donc jamais autorisé à y laisser entrer quelqu'un d'autre. Oh, bien sûr, il ne se privait pas de la compagnie des femmes, et elles répondaient avec beaucoup de tendresse à son affection passagère, mais ce n'était rien que cela, de l'affection. Il s'autorisait rarement à voir la même femme plus de quelques fois. Lazar ne voulait aucun attachement et ne voulait pas que la femme ou lui en souffre. Mais Ana ! Comment avait-il pu baisser sa garde à ce point et la laisser entrer dans son cœur ?

Il tenta de se raisonner, dans sa détresse. Il ne pouvait pas être amoureux d'elle. Pourtant, il se sentait profondément attaché à elle. Était-ce cela l'amour ? Il avait quinze étés de plus qu'elle, il était presque assez vieux pour être son père. Parler d'amour lui semblait donc obscène, même dans le secret de ses pensées les plus intimes. Mais il la voulait près de lui. Son cœur exigeait de la voir, et on le leur avait permis – une permission royale. Pourtant Ana y avait renoncé pour sauver un étranger, un esclave noir. Un enfant. Il ne l'en aimait que plus pour ce sacrifice. Il l'admirait, parce qu'elle avait agi de façon totalement désintéressée, alors que lui-même en aurait été incapable.

En s'avouant cela, il leva les yeux. Il pensait entrer dans le quartier du Carafar, mais découvrit qu'il se tenait en réalité au pied de l'escalier du petit temple. Il secoua la tête d'un air étonné, ne comprenant pas ce qu'il faisait là. Il avait apparemment erré pendant plusieurs heures, car il se faisait tard.

Il monta les marches deux par deux et baissa la tête pour franchir l'entrée du paisible endroit. Une minuscule vasque rose remplie d'huile et suspendue au plafond éclairait les lieux, projetant des ombres allongées en travers de l'autel, mais nimbant d'un halo la statue de la belle femme avec des oiseaux batifolant dans sa jupe. Le hibou regardait Lazar. Celui-ci crut déceler un éclair amusé dans ses yeux, comme si l'oiseau connaissait quelque grand secret. Il observa la femme et eut de nouveau l'impression que ce doux sourire n'était là que pour lui. Il ne put s'empêcher de vouloir la toucher et tendit la main vers cette bouche. Il s'attendait à sentir sous ses doigts la fraîcheur de ses lèvres en marbre, sauf qu'elles n'étaient pas froides. Lazar aurait pu jurer qu'elles étaient chaudes sous sa peau. Et voilà qu'il voyait apparaître une légère rougeur sur son visage, comme si sa bouche se remplissait de vie.

Mais une voix vint tirer l'Éperon de sa stupéfaction. Comme pris en faute, il recula. Lorsqu'il jeta un nouveau coup d'œil à la statue, elle était redevenue d'une blancheur spectrale dans la douce lumière. Décidément, son esprit lui jouait des tours.

— Heureuse de vous revoir, Éperon. Je pensais bien avoir entendu un bruit.

Mais Lazar savait qu'il était entré silencieusement.

— Vous avez une excellente ouïe, Zafira, rétorqua-t-il en s'inclinant poliment.

— Une fois de plus, je vous dérange. Pardonnez-moi.

— Pas du tout, je n'avais pas de meilleur endroit où aller ce soir. Je suis sorti me promener pour m'éclaircir les idées et me suis retrouvé ici.

— C'est une raison comme une autre. Voudriez-vous boire du quishtar avec moi ?

— Il est presque minuit.

— Cela ne fait rien.

— J'en serais ravi.

Il suivit la toute petite prêtresse à l'arrière du temple et monta un escalier qui l'amena dans le minuscule espace aéré où elle vivait.

— C'est suffisant, commenta-t-elle en voyant la façon dont il regardait la pièce.

— La vue vaut le détour, dit-il.

Le compliment la fit sourire.

— Mettez-vous à votre aise, Éperon.

— Appelez-moi Lazar, je vous en prie.

— Merci.

Il détailla du regard ses possessions : le minuscule lit impeccablement fait et une étagère avec quelques objets, pas de grande valeur, mais sans doute précieux pour elle, à savoir un vieux vase, une toute petite tuile peinte et un verre délicat. L'ameublement était sommaire et usé, mais aussi accueillant et bien entretenu. L'unique fauteuil, bien qu'élimé, paraissait confortable, car il conservait la forme du corps de Zafira. Quelques coussins éparpillés semblaient avoir été brodés de sa main.

— Personnellement, je préfère la chair séchée de la cerise du désert, dit Zafira en s'affairant. Elle donne une infusion plus délicate que ses cousines de la ville ou des contreforts.

— Vous sentez la différence ?

— Oh ! oui, Lazar, vous devriez y prêter plus d'attention. Le quishtar a de nombreux parfums différents selon les régions. Cela fait partie du tissu de notre vie, c'est bien plus qu'un simple breuvage. Il appelle à l'amitié, il apaise et il délie la langue, ajouta-t-elle avec un sourire entendu en le regardant.

Après avoir fait bouillir de l'eau, elle versa l'infusion légèrement dorée à l'aide d'une théière en métal, en allongeant habilement le jet entre le bec verseur et les tasses en porcelaine rondes qu'elle remplissait. Lazar avait déjà assisté à cela sur le marché, mais c'était un plaisir de voir ces gestes effectués avec tant de soin pour son seul bénéfice.

— Est-ce juste pour le spectacle ? demanda-t-il. Là d'où je viens, nous nous contentons de remplir nos tasses.

— Et d'où venez-vous, Lazar ?

Son secret lui pesa, comme chaque fois qu'il devait mentir.

— De Merlinée.

— Ah ? Pourtant, vos traits anguleux proclament plutôt une origine galinséenne.

— Les Galinséens sont blonds. En avez-vous rencontré ?

— Quelques-uns, répondit-elle en le dévisageant. Je reconnais que votre couleur de cheveux n'est pas du tout typique des Galinséens.

— Mais elle l'est pour les Merlinéens.

— Sauf vos yeux. De qui les tenez-vous ? demanda-t-elle, ses propres yeux brillants de curiosité.

— De ma mère. Elle vient de l'extrême Nord-Ouest, d'un pays appelé Dromaine.

Zafira dut sentir qu'il n'aimait pas parler de son passé, car elle revint habilement à leur premier sujet de conversation.

— Tout a un sens dans la cérémonie du quishtar. Il a besoin de respirer lorsqu'il arrive dans le bol. J'aime toujours penser qu'il examine l'air auquel il est exposé. Alors, il sait quoi révéler quand on le boit.

— À vous entendre, on croirait que le quishtar est vivant, rit Lazar.

Zafira tapota trois fois de l'index la tasse qu'elle poussa vers lui.

— C'est une vieille coutume qui scelle l'amitié, expliqua-t-elle avec un petit sourire amusé.

Même s'il connaissait à peine cette vieille fille, Lazar l'appréciait déjà beaucoup. Or, il n'avait pas la réputation de se faire facilement des amis. Il y avait quelque chose en elle qui l'attirait. Il était surpris de lui en avoir raconté autant sur lui. Pour l'heure, il était heureux de sa présence simple et de son bavardage sur les coutumes de Percheron, qui lui faisaient oublier cette soirée désastreuse.

— ... sinon vous risquez de vous brûler, conclut-elle.

— Pardonnez-moi, lui dit-il en haussant les épaules d'un air penaud.

— Soyez plus attentif, Lazar, le gronda-t-elle gentiment. J'ai dit : « Utilisez la serviette, sinon vous risquez de vous brûler. »

Il hocha la tête.

— Vous savez, j'ai vécu ici presque aussi longtemps qu'en Merlinée, et pourtant j'ai tendance à boire du kerrosh plutôt que du quishtar.

— Dans ce cas, vous n'allez pas être déçu, pouffa-t-elle. Savourez d'abord ses arômes. Que sentez-vous ?

— Une épice, même si je ne saurais dire laquelle.

— Bien.

Il huma de nouveau.

— Hum, un soupçon d'agrume ?

— Oui.

— L'arôme de torréfaction est absent, contrairement à ce que j'aurais cru.

— Excellent, Lazar. On n'est pas censé le sentir dans les infusions de qualité supérieure. Quoi d'autre ?

— Je ne sais pas comment le décrire. C'est un parfum vaguement floral, quelque chose qui vient de la terre.

— Vous avez un bon nez, dit Zafira, souriante. Cela signifie que vous avez un palais très développé également.

— Je ne comprends pas.

— Eh bien, le quishtar n'a pas de goût en tant que tel. Il n'est pas amer, ni sucré, ni aigre. Et bien sûr, il n'est pas salé. Il n'a aucune saveur.

— Je ne comprends pas.

— Tout, dans le quishtar, est dans le parfum, les arômes. Votre nez doit goûter à la place de votre bouche, voilà pourquoi vous avez réussi à déduire tous les arômes à partir de l'odeur. Maintenant, buvez, mon ami, et dites-moi ce que vous sentez sous votre palais.

Il but une gorgée et, instinctivement, ferma les yeux.

— Tout ce que nous venons d'énumérer. C'est épicé, avec une note d'agrume et un soupçon de fleur et de terre.

Zafira apprécia de le regarder pendant qu'il avait les yeux fermés. Il était vigilant de nature et le voir ainsi détendu changeait complètement sa physionomie. Envolées, la prudence et la tension. Zafira remarqua les rides peu profondes qui descendaient de part et d'autre de son nez aquilin jusqu'à sa bouche. Quand il souriait, elles s'accentuaient, ne faisant qu'ajouter à la beauté de son visage.

— Vous voyez ? lui dit-elle. Vous goûtez ce que vous sentez. Mais cela n'arrive qu'avec les meilleures infusions.

— Comme c'est curieux, commenta-t-il en rouvrant les yeux.

— La vie peut être comme cette boisson, Lazar, ajouta la prêtresse en guettant sa réaction par-dessus le rebord de sa tasse.

— Comment cela ? demanda-t-il.

Il sentait qu'il commençait à se détendre.

— Elle peut vous duper. (Il détacha les yeux de la vapeur parfumée qui émanait du quishtar et les plongea dans le regard chassieux de la vieille femme.) Les apparences sont parfois trompeuses, ajouta-t-elle.

Il comprit qu'elle lui délivrait là un message délibérément obscur.

— Laissez-moi vous remplir votre tasse de nouveau.

Comme il ne dit rien, elle prit sa tasse et répéta les mêmes gestes, dans un silence confortable, cette fois, avant de reposer le récipient devant lui.

— Vous n'avez pas tapé trois fois ?

— Non, nous sommes amis maintenant.

Cette déclaration avait quelque chose de définitif, comme s'ils avaient échangé un secret.

— Pourquoi ai-je envie de vous parler quand je devrais m'en aller ?

— Seriez-vous pressé ?

— Uniquement de fuir.

— Et que fuyez-vous donc ?

— Ma vie, soupira-t-il.

Alors, sans vraiment pouvoir se l'expliquer, Lazar commença à lui parler d'Ana. Les mots parurent se déverser tel un torrent ou tel le quishtar hors de la théière de Zafira. Il lui détailler longuement leur histoire et passa ses doigts dans sa longue chevelure noire en finissant son récit :

— ... et ils l'ont obligée à assister à toute la scène.

La prêtresse prit une grande inspiration, puis siffla entre ses vieilles dents.

— Comme c'est cruel, souffla-t-elle. Et donc, votre marché a été annulé ?

Il acquiesça et éprouva un immense chagrin en l'admettant ainsi ouvertement.

— Cette enfant a un passé bien curieux, commenta Zafira, songeuse.

— À ma connaissance, elle n'en a pas.

— Le fait qu'un bébé ait pu survivre au passage du samazen alors que des chèvres en sont mortes la rend spéciale à mes yeux.

Il haussa les épaules.

— Elle a eu de la chance... Peut-être est-elle née coiffée ? (La vieille femme ne répondit pas, l'encourageant à poursuivre.) Mais il est vrai qu'elle est spéciale, pour bien des raisons.

— Soyez prudent, Lazar, elle appartient au harem désormais.

— Oui, reconnut-il d'un ton déjà résigné. Elle est inaccessible.

— Mais, évidemment, Pez est à l'intérieur du palais, reprit Zafira avec un soupçon de ruse.

— Vous le connaissez ? demanda Lazar en levant les yeux d'un air surpris.

— Oui.

— Comment est-ce possible ?

— Pourquoi ne pourrais-je pas le connaître ? (Lazar n'avait pas de réponse à lui donner.) Parce qu'on le considère comme un simplet, vous voulez dire ? (Il acquiesça.) Oh, voyons, Lazar, nous savons tous les deux qu'il n'en est rien.

L'Éperon se retrouva brusquement en territoire instable. Personne ou presque ne savait que Pez était sain d'esprit. Seuls lui et Boaz connaissaient la vérité. Pez leur avait fait jurer de garder le secret à chacun. Lazar n'avait partagé cette information avec quiconque, pas même avec Jumo au début de leur amitié, et il n'en avait jamais parlé avec Boaz, car on les laissait rarement assez seuls pour discuter d'un sujet aussi privé.

— Détendez-vous, mon ami. Il m'a révélé sa vraie nature, affirma Zafira.

Mais elle voyait bien que l'Éperon n'était pas prêt à confirmer ou à nier quoi que ce soit. Tant mieux. Il était donc loyal.

— Vous n'avez pas répondu à ma question. Comment connaissez-vous Pez ?

— Il me rend visite de temps en temps.

— Ici ?

— Où, sinon ?

— Quand était-ce, la dernière fois ?

— Hier. Nous avons partagé du quishtar.

— Et quoi d'autre ?

— Pour être tout à fait honnête, je dirais que nous avons également partagé une certaine perplexité.

— À quel sujet ?

— Nous avons tous les deux le sentiment d'avoir été réunis et qu'il y a une raison à notre présence à Percheron.

Lazar renifla, comme s'il voulait tourner cela en dérision, sans être vraiment sûr de lui.

— Tout le monde a une raison d'être.

— Vraiment ? Quelle est la vôtre ? Pourquoi êtes-vous là et non en Merlinée ? Qu'est-ce qui vous retient ici ? Il y a de la colère en vous, ce soir, et elle est justifiée, mais rien ne vous empêche de vous en aller. Pourtant, vous restez. Personne ne vous a invité au temple, mais, vous êtes venu – deux fois en quelques jours, alors que cela ne vous était jamais arrivé depuis quinze ans que vous vivez ici.

Sa remarque provoqua une nouvelle perturbation dans le monde de Lazar. Cet univers qu'il pensait si droit, si équilibré, si contrôlé, semblait soudain ne plus tourner rond.

— Je crois que c'est moi qui suis perplexe, maintenant.

— Il ne faut pas. Ne repoussez pas complètement cette possibilité, cependant.

— Laquelle ?

— Que si Pez nous a dit la vérité, à vous et à moi, c'est qu'il y a une raison. Ce n'est pas non plus un hasard si, ces derniers jours, quelque chose vous a poussé à venir au temple, ou si une petite fille a survécu au samazen pour que vous la trouviez, quatorze ou quinze ans plus tard.

— Vous pensez qu'il y a un lien entre nous tous ? demanda-t-il en fronçant les sourcils.

— Qui peut le dire ? répondit-elle.

Ce brusque revirement agaça un peu Lazar. Elle l'avait délibérément guidé pendant toute la conversation, et voilà qu'elle semblait battre en retraite. Mais il voulait des réponses.

— Pourquoi refusez-vous d'être franche avec moi ?

Elle posa son bol et prit quelques instants pour plier la serviette en lin.

— Vous me trouvez évasive ?

— Il y a quelque chose, que vous avez peur de partager – à moins que vous ne soyez pas prête à le faire.

Ce fut au tour de la prêtresse de hausser les épaules.

— Pardonnez-moi. Je n'avais pas l'intention de vous mettre mal à l'aise.

— Je ne suis pas mal à l'aise, répliqua Lazar.

Un silence s'installa entre eux tandis qu'ils se mesuraient du regard, en sachant que ce qui allait être dit ensuite risquait de transformer leur relation en quelque chose de plus intense.

Ce fut Zafira qui commença.

—Cela fait longtemps maintenant que j'ai le sentiment qu'une force puissante est à l'œuvre. Je ne peux pas l'expliquer. C'est juste quelque chose que me souffle mon instinct. Récemment, ce sentiment est devenu plus insistant. Il annonce un danger, mais aussi la délivrance. Je ne comprends pas moi-même.

—Et ce sentiment se rapporte à vous ?

—Et à d'autres aussi.

—Qui ?

Comme elle ne répondait pas, il lui demanda :

—Serait-ce moi qui vous mets mal à l'aise, maintenant ?

Elle rit doucement.

—En fait, oui. J'ai l'impression de raconter des bêtises, alors que vous êtes un tout nouvel ami.

—C'est intéressant ; cela fait deux fois que vous m'appelez votre ami.

—N'est-ce pas ce que nous sommes ?

—Nous nous connaissons à peine.

—Nous avons partagé le quishtar. C'est suffisant. (Lazar trouva qu'il y avait du vrai là-dedans.) Mais qu'est-ce qui nous relie l'un à l'autre, Lazar ? demanda-t-elle brusquement. Qu'est-ce qui vous a poussé à venir ici ? Comment puis-je deviner que c'est vous avant même de vous voir ? Qu'avons-nous en commun ?

Il hésita.

—Je peux vous dire ce qui m'attire ici, Zafira, si cela peut vous aider.

—Je vous en prie, je vous écoute.

—Je crois que je suis revenu voir la statue, celle dans le temple.

—Lyana.

Il acquiesça.

—Je n'ai jamais rien vu d'aussi beau, et pourtant Percheron est rempli d'œuvres d'art.

—Vous aimez les belles choses, Lazar. Peut-être est-ce pour cela que vous appréciez tant cette odalisque ?

—Comme il est étrange que vous évoquiez Ana pendant que nous parlons de la déesse ! Parfois, j'ai l'impression d'éprouver pour Ana ce que j'éprouve pour la statue. Je veux contempler leur beauté saisissante, mais je veux aussi les protéger de ceux qui aimeraient leur faire du mal. Je veux communiquer avec elle. Je crois que je suis venu ici ce soir en quête d'une réponse.

— Et l'avez-vous trouvée ?

— Je ne sais pas. Je voulais un peu de paix et je l'ai trouvée en vous parlant.

Les rides au coin des yeux de Zafira se creusèrent lorsqu'elle sourit.

— C'est un très grand compliment, Éperon, dit-elle, le visage tout illuminé.

— N'est-ce pas ce que font les amis ? Ils se réconfortent mutuellement.

— En effet.

— Pez vient-il chercher du réconfort lui aussi ?

— Non, il vient pour me bousculer un peu. (Ils partagèrent un instant d'amusement.) C'est étrange, Lazar, mais j'ai parfois l'impression que Pez en sait beaucoup plus qu'il ne veut bien le dire. On peut lire de la sagesse sur son visage curieusement déformé. Sa ressemblance avec un oiseau ne vous a-t-elle jamais frappé ?

— Non ! répondit Lazar en riant. Mais vous pouvez être sûre que je vais l'observer attentivement, maintenant que vous le dites. Oh ! ajouta-t-il en plongeant la main dans sa poche. Ça me fait penser, il s'est passé quelque chose de très bizarre au coucher du soleil. Ana a repéré une vieille femme dans le bazar, vous savez, dans la Ruelle de l'Or ?

Zafira hocha distraitement la tête en commençant à ranger les tasses.

— Continuez, je vous écoute.

— Eh bien, cette vieille femme marchandait de l'or. J'aurais pu jurer que c'était une chaîne… (Il fronça les sourcils en se remémorant la scène.) Quoi qu'il en soit, elle négociait avec un chat de gouttière.

Zafira, qui lui tournait le dos, poussa un grognement de dégoût.

— À son âge, elle aurait dû savoir qu'on ne peut pas leur faire confiance.

— Oui, c'est également ce que je me suis dit. Mais le chat de gouttière n'a pas pu conclure l'affaire, car Ana s'est interposée et a supplié la vieille femme de la laisser acheter son or.

— Pourquoi ? demanda la prêtresse en prenant la théière et en vidant son contenu dans le pot d'une plante, à l'extérieur, sur le rebord d'une des petites fenêtres.

— Vous savez, je n'en suis pas sûr. Elle a dit que c'était parce qu'elle sentait que la vieille femme n'allait pas faire une bonne affaire. Mais il y avait autre chose.

Il entendit Zafira rire sous cape près de l'évier où elle était occupée à nettoyer les tasses.

— J'imagine que vous l'avez acheté, n'est-ce pas, Lazar ?

— Oui, c'est vrai, reconnut-il, penaud.

Elle se tourna vers lui avec un petit air de reproche, comme s'il n'aurait pas dû gâter ainsi la jeune fille. Mais son visage se figea lorsqu'elle vit ce qu'il tenait à la main.

— Où avez-vous eu ça ? demanda-t-elle dans un murmure rauque, en laissant tomber une tasse qui se brisa à ses pieds.

Stupéfait par l'attitude de la prêtresse, Lazar contempla le hibou en or qui, malgré sa petite taille, pesait un certain poids dans sa main. La statuette se réchauffait au contact de sa peau, et Lazar aurait pu jurer que les joyaux qui lui servaient d'yeux brillaient d'un éclat interne.

— C'est ce qu'Ana a acheté.

— Lazar…, souffla Zafira d'un ton apeuré.

— Oui ?

— Cachez-le !

— Pardon ?

— Rangez-moi ça tout de suite !

Inquiet, il remit le hibou dans sa poche.

— Qu'est-ce qui ne va pas ?

Zafira haletait et gémissait, adossée contre l'évier.

— Avez-vous besoin d'un guérisseur ? demanda-t-il, hésitant.

— Non, répondit-elle sèchement. (Elle prit plusieurs grandes inspirations.) C'est Iridor que vous tenez dans votre main… ou du moins son effigie.

— Oui, je sais. Et alors ?

Zafira soupira et se retourna pour éteindre deux des trois lampes, en oubliant complètement la tasse brisée. Elle prit un cierge et l'alluma à la dernière lampe, puis s'assit à la table pour allumer aussi une bougie à moitié consumée. La flamme projeta aussitôt une lueur sur leur visage.

— Que savez-vous exactement à propos du hibou ?

Il haussa les épaules.

— Autant que le premier venu, même si je dois admettre que je l'aime bien. Il est la première statue que j'ai vue en entrant dans la ville… Je le considère un peu comme… eh bien, comme un vieil ami.

— Je vois, murmura Zafira en hochant doucement la tête. S'agit-il d'une autre coïncidence, ou cela fait-il partie de la toile qui nous relie ?

Il la regarda sans comprendre.

— Laissez-moi vous raconter ce que je sais. Iridor est aussi vieux que le temps lui-même. C'est un demi-dieu qui prend la forme d'un hibou. Le hibou travaille pour la Déesse. Il est son messager.

— Alors, pourquoi avez-vous peur de lui ?

— Je n'ai pas peur de lui, Lazar, mais de ceux qui veulent sa mort.

Lazar recula sur sa chaise pour mieux dévisager Zafira. En lui, la curiosité le disputait au scepticisme, et la prêtresse s'en rendit compte.

— Venez avec moi, lui dit-elle.

Ils redescendirent au rez-de-chaussée. Une fois de plus, elle le conduisit jusqu'à la statue.

— Le voyez-vous, maintenant, Lazar ?

— Iridor, murmura-t-il en regardant le hibou sur l'épaule de la femme, avec son air quelque peu perplexe.

— Que vous dit-il ?

— Je ne comprends pas.

— C'est un messager. Qu'est-ce que cette statue de lui vous dit ?

Lazar répondit le plus honnêtement possible.

— Qu'il a un secret.

— Ah, fit la prêtresse. Souhaite-t-il le partager avec vous ?

Il regarda de nouveau le hibou.

— Je crois que oui. Il m'apparaît un tout petit peu amusé. N'est-ce pas ainsi que vous le voyez ?

Elle secoua la tête.

— Non, il m'apparaît extrêmement sérieux.

— Vous ne voyez aucun sourire en coin ?

— Non. Il n'a que de terribles nouvelles à m'annoncer.

— Vraiment ? protesta Lazar, incrédule. Pourtant, nous regardons la même statue.

— C'est là le pouvoir d'Iridor. Il apporte des nouvelles différentes à chacun. Il est une chose ou une autre selon les personnes.

— Et il lui appartient à elle. (Lazar sortit de nouveau la statuette en or. Ses yeux ne luisaient plus, même si le métal semblait encore étrangement chaud. Lazar vit Zafira grimacer en le voyant.) Je ne vous ai pas encore raconté toute l'histoire, expliqua-t-il.

— Je veux bien l'entendre mais, d'abord, rangez-moi ce hibou et promettez-moi que vous n'en parlerez jamais à personne.

Il scruta son visage, surpris par l'effroi qu'il lisait dans ses yeux.

— Ana est au courant. Cette statuette lui appartient. Elle m'a demandé de la lui garder.

— C'est sans doute qu'elle le connaît. Elle a eu raison de vous demander cela, car on la lui aurait confisquée au palais, de toute façon.

— Oui, c'est ce qu'elle pensait. Elle… (Il hésita.) Quand je lui ai dit que j'allais la garder pour elle, Ana a insisté pour que je la garde près de moi. Je ne sais pas pourquoi.

Quelque chose traversa le regard de la prêtresse, comme une lueur de compréhension, mais elle disparut si rapidement que Lazar se persuada qu'il avait rêvé.

— Zafira, ce n'est pas le seul aspect étrange de notre rencontre avec cette vieille femme encapuchonnée.

La prêtresse regarda de nouveau la statuette d'Iridor, et Lazar eut l'obligeance de la remettre dans sa poche.

— Racontez-moi.

— Elle m'était inconnue, et Ana n'était arrivée en ville que depuis une heure, alors la vieille femme ne pouvait pas la connaître. La jeune fille n'avait encore jamais quitté son habitation dans les contreforts.

— Et ?

— Comment se fait-il que cette femme ait appelé Ana par son prénom ?

Ils se regardèrent pendant un moment sans rien dire. La mèche crachotait dans la lampe à huile, et l'eau clapotait gentiment dans le port à l'extérieur. Tout le reste n'était que silence, un silence qui s'épaississait autour d'eux.

— Êtes-vous sûr qu'Ana ne s'est jamais présentée à elle ?

— Tout à fait. C'est d'ailleurs Ana qui m'a fait remarquer que la femme nous avait appelés par nos prénoms.

— Reconnaîtriez-vous cette vieille femme si vous la voyiez ?

Il secoua la tête sans quitter Zafira du regard. Elle savait quelque chose ou, du moins, elle soupçonnait quelque chose, mais il n'aurait su dire ce que c'était.

— Elle portait un capuchon.

Il vit la prêtresse pincer les lèvres, tandis que ses mains se mettaient à trembler légèrement. Elle avait pourtant versé le quishtar d'une main sûre et ferme. Voilà qu'elle était nerveuse à présent… ou apeurée ?

— Décrivez-moi ce dont vous vous souvenez, demanda-t-elle dans un murmure étranglé.

— Une toute petite silhouette, vêtue de noir, le visage perdu au sein d'un capuchon. Une voix douce, jolie même, et sans cette particularité, il pourrait s'agir de n'importe quelle vieille femme fragile à Percheron.

— Non, pas n'importe laquelle. Pas avec une statuette d'Iridor, affirma Zafira.

— Vous ne me dites pas tout, prêtresse. Qu'est-ce qui vous fait peur ? Qu'est-ce que votre vie a à voir avec la mienne, ou celle d'Ana, ou celle de Pez ? Vous me cachez quelque chose.

Elle secoua tristement la tête.

— Je ne vous cache rien. Je suis aussi perplexe que vous, Éperon. Mais j'ai quelques connaissances, et cela peut être effrayant.

— Que savez-vous, alors ?

Elle leva les yeux vers lui, une fois de plus, et lui lança un regard farouche. Lorsque enfin elle lui répondit, ce fut d'une voix dure :

— Je ne sais qu'une chose. Avec la venue d'Iridor, le cycle progresse. Le démon cherche un corps.

Lazar ne comprit rien à ces paroles, et pourtant, elle lui glacèrent le sang.

— Et maintenant ? demanda-t-il, perdu sur cet étrange chemin le long duquel elle guidait ses pas.

— On attend.

— Quoi donc ?

— L'avènement d'Iridor.

# Chapitre 13

Pez n'était pas tranquille à l'idée d'avoir quitté un jeune Zar encore perturbé sous prétexte qu'il était fatigué et ne se sentait pas bien. Mais il n'aurait pas pu rester plus longtemps.

Il errait dans le palais avec l'impression d'être sur une pente glissante. Il essayait de se raccrocher à quelque chose, mais en vain, et tombait tête la première vers un abysse. Il n'arrivait pas à mettre le doigt précisément sur ce qui le troublait ainsi. Il avait besoin de calme pour y réfléchir.

Les gens avaient l'habitude de le voir déambuler dans les couloirs à toute heure, souvent en pouffant tout seul, quand il ne s'asseyait pas brusquement dans un coin ou qu'il ne se laissait pas glisser sur la rambarde d'un escalier. Il paraissait presque toujours distrait mais, ce soir-là, il n'avait pas besoin de faire semblant.

Son esprit fonctionnait à plein régime. Qui était Kett ? Le jeune esclave noir avait été une première surprise, il fallait bien le reconnaître, et la jeune fille une deuxième.

Mais l'impression que le destin était en marche ne cessait de le tenailler depuis quelque temps déjà. L'irruption de la vieille femme dans sa vie avait été un premier signe annonciateur de danger. Il fronça les sourcils. Oui, tout avait commencé à ce moment-là.

Il écarta de lourds rideaux pour entrer dans une pièce obscure. Le clair de lune filtrait à travers les volets ; lorsque ses yeux se furent habitués à la pénombre, Pez se rendit compte qu'il s'agissait d'une salle de réception. Elle ne paraissait pas avoir servi depuis une éternité. Personne ne viendrait le déranger là. Malgré tout, il prit la précaution de se cacher dans les ombres profondes juste avant de laisser les souvenirs de cet étrange événement remonter à la surface de sa conscience.

Cela s'était produit quatre lunes auparavant, alors que Joreb était encore en pleine santé sur son trône et que le harem fourmillait des activités des femmes et de leurs bavardages oisifs. C'était un jour ordinaire, sans présages ni avertissements. Pez se trouvait dans le harem parce qu'il attendait l'arrivée des porteballes, des femmes qui venaient vendre leurs marchandises dans cet endroit protégé. Chacune avait été personnellement choisie par Salméo et devait en montrer la preuve – son sceau sur un petit parchemin – afin de pouvoir faire affaire dans le harem. L'arrivée des porteballes provoquait toujours une certaine agitation, car tout ce qui pouvait briser la routine quotidienne – bain, habillage, repos et repas – était le bienvenu. Les femmes du harem ne manquaient de rien, à part de liberté, mais elles marchandaient furieusement les tissus bon marché et criards et les stupides colifichets que les vendeuses leur présentaient. Les vrais achats de soieries et de bijoux étaient du ressort de Salméo. Les porteballes n'étaient qu'une distraction, rien de plus.

L'une d'elles, en particulier, plus jeune et plus douce que la plupart, était venue vendre des rubans. Personne n'avait paru s'intéresser à elle ce matin-là. Alors, elle s'était tournée vers Pez, pourtant simple spectateur, et lui avait offert un ruban rouge. Il l'avait enroulé autour de son oreille et avait dansé avec énergie au milieu des femmes et des odalisques qui passaient en revue les marchandises proposées. Il en avait fait rire certaines, d'ailleurs. Puis, il avait secoué tristement la tête et rendu le ruban.

Au moment où leurs doigts s'étaient effleurés, la femme lui avait pris la main.

—Je dois vous parler, Pez, avait-elle chuchoté.

Évidemment, le nain avait été stupéfait, non par la nature de son message, mais par le fait qu'elle connaissait son nom et s'adressait à lui comme s'il était sain d'esprit. Pour toute réponse, il n'avait pu marmonner que « Venez » et l'avait guidée jusqu'au fond de la pièce. Personne ne faisait attention à lui, mais il s'était réjoui de l'absence de Salméo, car le grand maître des eunuques voyait tout.

La jeune femme l'avait suivi, en emportant avec elle plusieurs rubans.

— Faites comme si vous hésitiez à les acheter, avait-elle suggéré, même si cela ressemblait plus à un ordre.

Et puis, quand il avait levé les yeux pour lui répondre, il s'était aperçu qu'elle n'était pas jeune du tout. Devant lui se tenait une très vieille femme – jamais il n'avait connu quelqu'un d'aussi âgé. Pourtant, il n'avait pas imaginé son apparente jeunesse quelques instants plus tôt. Cela l'avait terrifié, car, bien que possédant le Don depuis l'enfance, il masquait délibérément ses talents et se cachait derrière sa difformité. En toute honnêteté, il devait reconnaître qu'il n'avait jamais vraiment compris pourquoi il faisait cela. Le Don aurait pu le rendre riche et puissant. Mais ni l'argent ni le pouvoir ne l'attiraient. Depuis qu'il était assez vieux pour mesurer l'étendue de ses capacités, il avait instinctivement gardé le secret. Il ne pouvait en expliquer la raison ; c'était comme si une petite voix l'avait conduit à agir de cette façon.

Jusqu'à ce que la vieille femme fasse voler en éclats cette carapace secrète, personne, pas même Lazar, à qui il aurait pourtant confié sa vie, n'était au courant pour sa magie.

Assis dans l'obscurité, il se rappela la façon dont certaines femmes avaient regardé dans leur direction, avant de retourner à leurs propres négociations. Personne ne voyait la vérité. Pour elles, la vieille paraissait jeune et désespérée et s'efforçait de convaincre un fou d'acheter ses marchandises. Lui voyait au-delà des apparences, il voyait la peau si fine et translucide sur son crâne qu'on aurait dit un voile. Les marques de l'âge et les minuscules veines en dessous étaient bien visibles. De plus, elle était d'une pâleur spectrale. En revanche, Pez ne se souvenait plus de ses traits, même s'il les avait longuement contemplés. Sa respiration s'était accélérée, tant il redoutait qu'on les surprenne ensemble.

— N'aie pas peur de moi, Pez, avait-elle dit avec une extrême gentillesse, en lui tendant un ruban vert. Pardonne ma ruse. Je suis ton amie. Nous avons toujours été amis.

— Qui êtes-vous ?

— Cela n'a pas d'importance. Ce qui importe, c'est qui tu es.

Il l'avait regardée d'un air interrogateur, car il ne comprenait pas ce qu'elle voulait dire. Ne l'avait-elle pas appelé par son nom, ne savait-elle pas qui il était ?

Elle avait paru lire dans ses pensées.

— Pour cette bataille, tu es Pez, certes. Mais il faut que tu découvres qui tu es vraiment. Il reste si peu de temps. Nous devons nous rassembler. Cela commence. Il est en train de chercher un corps.

— Qu'est-ce qui commence ?

— Écoute-moi, lui avait-elle dit avec une certaine urgence. (En jetant un coup d'œil par-dessus son épaule, elle s'était rendu compte que les porteballes commençaient à ramasser leurs affaires.) Elles vont partir, et je dois les suivre. Tu dois découvrir qui tu es.

Elle avait fait mine de s'en aller, mais il lui avait pris le bras. Il savait qu'elle pouvait lire sur son visage un mélange de confusion et d'agacement.

— Qui est en train de chercher un corps ?

L'ancienne n'avait dit qu'un mot, mais ce mot avait été suffisant pour le figer. Il n'avait pas bougé pendant plusieurs minutes, même après le départ des porteballes, tandis que l'atmosphère du harem retournait au calme et à l'ennui. Certaines filles avaient demandé leur narguilé. Très vite, elles retourneraient à l'oubli induit par l'opium. Personne ne faisait attention à Pez, croyant sans doute qu'il se livrait à l'un de ces voyages fantaisistes dans sa propre tête.

Enfin, il avait trouvé le courage de répéter dans son esprit le mot prononcé par la vieille femme – ou plutôt, le nom.

*Maliz.*

Depuis, Pez s'était appliqué à dénicher tout ce qu'il pouvait trouver au sujet du démon, autrefois sorcier, qui avait donné à Percheron ses fameuses créatures de pierre. Et il avait beaucoup appris.

Cependant, il n'avait rien trouvé sur lui-même, et cela l'ennuyait. Pourquoi l'ancienne lui avait-elle demandé de partir en quête de lui-même ? Voulait-elle dire qu'il avait un autre nom ?

L'apparition de Kett et de la jolie fille présentée à Herezah lui avait, pour une raison étrange, fait repenser à l'avertissement de la vieille femme. Mais pourquoi ?

Toujours assis dans le noir, il retournait son problème dans tous les sens. Que savait-il ? Il avait passé de nombreuses heures à déambuler en secret dans la grande bibliothèque du palais, qui abritait certains des plus vieux grimoires de Percheron. Personne d'autre ne semblait y venir. Seul un vieillard du nom de Halib paraissait la connaître par cœur, mais il ne s'interrogeait pas sur la présence du bouffon du Zar dans les allées silencieuses, entre les rangées de livres.

Ainsi, au fil des derniers mois, il avait appris que Maliz, à l'origine un sorcier mortel, avait apparemment initié la campagne pour renverser la Déesse et s'assurer que les prêtresses de Percheron, qui détenaient un pouvoir si discret, ne seraient plus réduites qu'à un souvenir. En récompense, il s'était vu accorder l'immortalité sous la forme d'un démon – peut-être le plus puissant de tous. Désormais, les prêtresses comme Zafira pratiquaient leur foi dans un cadre très privé et très humble. Elles n'étaient plus persécutées, car le renversement s'était produit bien des siècles plus tôt. Les fidèles de la Déesse Mère étaient si rares et si éparpillés qu'on les considérait comme inoffensifs et reclus. Ils étaient à ce point impuissants que la plupart des parents actuels, ignorant l'histoire de Percheron, pensaient que la sororité de Lyana était un bon endroit où envoyer les gamines rebelles ou se débarrasser de leurs filles laides qui ne feraient jamais un bon mariage. C'était plus un lieu de retraite qu'autre chose.

Pez avait été surpris d'apprendre que Maliz était inextricablement lié à la Déesse. Elle n'était pas simplement un objet de fixation, elle était sa Némésis. Aussi, d'après les écrits, il cherchait un corps, quoi que cela puisse vouloir dire, quand tous les signes annonçaient qu'elle allait revenir.

Les légendes racontaient que Maliz l'avait vaincue à trois reprises, mais que chaque fois, au fil des siècles, elle était revenue plus forte. Ses fidèles prédisaient en secret que son prochain retour serait le dernier et que Percheron allait de nouveau vénérer Lyana.

La visite de l'ancienne semblait vouloir dire que Pez était, d'une façon ou d'une autre, mêlé à ce conflit. Mais pourquoi ? Cela le ramenait inévitablement à la même question : qui était-il ? Pourquoi était-il important ? Elle lui avait dit de se découvrir lui-même, mais il n'avait jusqu'ici pas trouvé le moindre indice. C'était intriguant et déroutant. Peut-être avait-elle senti la magie en lui ? Mais, jusqu'à cette soirée avec Boaz, il n'avait jamais utilisé le Don à Percheron et espérait ne pas avoir à recommencer. Une fois, c'était déjà suffisamment dangereux. À présent, Boaz semblait méfiant et même blessé de constater que son ami possédait ce secret.

Le fait de penser au jeune Zar fit naître en lui un pincement de regret pour le petit esclave noir.

Pez avait senti un lien immédiat se tisser entre Kett et lui, mais il ignorait pourquoi. Il ne connaissait pas sa famille et n'avait encore jamais croisé l'adolescent. Peut-être était-ce un bon début pour ses recherches. Pez sortit de son coin d'ombre, prit un air absent et déboucha dans un couloir du harem. Les eunuques devaient être en train de faire marcher Kett pour l'obliger à rester conscient. Le nain partit donc à leur recherche en espérant qu'ils réussiraient à sauver la vie du jeune garçon.

Après avoir congédié l'Éperon, Herezah fit conduire Ana dans une antichambre. Il fallut la porter hors de la salle du Choix, car elle avait les jambes coupées après l'acte barbare dont elle venait d'être témoin. Cependant, elle ne manqua pas de remarquer le regard intense de la Valide fixé sur elle et le désespoir gravé sur le visage de Lazar. Lui pardonnerait-il un jour ?

Peu après, Salméo vint la chercher. De toute évidence, la cérémonie du Choix était terminée.

— T'es-tu remise de tes émotions, mon enfant ?

Elle hocha la tête.

— Je vais bien, mais je ne m'en suis pas remise. Je ne crois pas que je pourrais jamais m'en remettre.

La cicatrice de Salméo bougea de conserve avec son sourire retors.

— Viens, ma chère, lui dit-il gentiment en la prenant par la main. Il y a quelque chose qu'il nous faut faire ensemble.

Ana eut un mouvement de recul. L'énorme eunuque était effrayant, mais pas à cause de son apparence, plutôt de son attitude. Instinctivement, la jeune fille sentait qu'il voulait l'intimider, en dépit de son ton bienveillant. Il était le grand maître des eunuques, et elle en avait vu assez dans la salle du Choix pour comprendre que cet homme disposait d'un certain pouvoir. De plus, il était animé d'une faim qu'elle n'était pas assez mature pour comprendre mais qu'elle percevait néanmoins.

— Ana, tu dois nous obéir, désormais, poursuivit-il d'un ton plus ferme, pas du tout perturbé par sa réticence.

Il avait observé cela à de nombreuses reprises et connaissait la réaction qu'il suscitait par sa seule présence. Il adorait l'impact qu'il avait sur les gens. Peu lui importait d'avoir affaire à une adolescente de quatorze ans toute tremblante. La peur, c'était le pouvoir.

— Je ne veux pas, répondit-elle.

*Courageuse*, se dit-il. *La plupart n'oseraient pas me défier de nouveau*. Nul doute que ce courage allait se transformer en fougue dans les années à venir. Elle appartenait à une longue lignée de jeunes rebelles, dont Herezah avait fait partie, qui pensaient pouvoir lutter contre le système du harem. Mais, très vite, elles découvraient leur erreur. Aucune résistance n'était possible. Sa parole avait force de loi.

— Dois-je te faire porter ? demanda-t-il d'un ton aristocrate rempli de menace.

— Non, répliqua-t-elle, je peux marcher.

Oh ! oui, celle-là allait représenter un vrai défi. Il lui fit un nouveau sourire. Elle ne le lui rendit pas.

— Où allons-nous ?

— Nulle part, Ana. Tu es chez toi, maintenant. Nous t'emmenons simplement dans une autre partie de ta nouvelle maison.

— Ce n'est pas ma maison. C'est ma prison.

Il émit un petit bruit désapprobateur.

— Cette attitude ne t'aidera pas, mon enfant. Tu dois travailler dur et apprendre quels sont tes devoirs. Ensuite, peut-être attireras-tu l'attention des bonnes personnes.

— C'est déjà fait, rétorqua-t-elle.

Elle avait raison, bien sûr. Salméo frissonna de plaisir, car il allait être amusant de briser le tempérament de celle-ci. Ça l'était toujours avec les filles fougueuses. Pour l'instant, il préférait continuer à feindre la gentillesse. Mais, dès le lendemain, elle comprendrait qu'il vaudrait mieux pour elle ne plus jamais s'opposer à lui.

— Tu te trouves désormais dans une partie du harem où aucun homme ne peut entrer, Ana. Seuls les esclaves eunuques ont le droit de se déplacer en ces lieux parmi les femmes.

Tout en marchant à ses côtés, la jeune fille effleura une fresque peinte sur le mur.

— C'est beau, n'est-ce pas ? lui dit Salméo.

— C'est la marque de la Déesse.

— Chut, on ne parle pas de ça ici.

Il se demanda comment une simple paysanne pouvait savoir ce genre de choses.

— Pourquoi ? Cela vous effraie ?

— Non. C'est hors de propos, voilà tout.

— Pas du tout, grand maître Salméo. C'est tout à fait approprié, compte tenu du fait que vous vous mouvez uniquement parmi des femmes et des hommes qui sont plus féminins que masculins.

Il encaissa cette insulte directe et admira une fois de plus un tel sang-froid chez quelqu'un d'aussi jeune. Bien sûr, elle allait très vite le perdre lorsqu'elle comprendrait ce qui était sur le point de lui arriver. Il allait la punir, oh, de si nombreuses façons, pour cette provocation.

Ils empruntèrent en silence une série de couloirs faiblement éclairés. Salméo savourait le privilège que lui offraient la connaissance des lieux et cette marche silencieuse qui l'aidait à faire naître la tension chez Ana. Cette gamine allait recevoir sa deuxième leçon de la soirée. La première avait été viscérale, mais Ana n'avait fait qu'observer. La deuxième allait être beaucoup plus intime.

Ils arrivèrent devant une ouverture en forme d'arcade. Deux eunuques se redressèrent à la vue de leur chef et ouvrirent la porte à double battant sur une pièce peu meublée, que réchauffait doucement un petit brasero. Des fenêtres, en arcade également, étaient fermées par des moucharabiehs. Seules deux chandelles éclairaient la pièce, leur flamme vacillant dans un léger courant d'air.

— Cette pièce est très privée, Ana, elle est rattachée à mes appartements. (Elle ne répondit pas.) Nous sommes entourés d'un jardin muré. Personne ne nous voit, mon enfant. Il n'y a plus que nous, maintenant.

Elle réussit à parler.

— Je croyais que vous me conduisiez à ma chambre.

— Non.

— Mais il est si tard.

— Ça ne prendra pas longtemps.

— Vous m'avez dit où je suis. Pourquoi suis-je ici ?

— Tu as été choisie par la Valide Zara comme compagne potentielle pour son fils, le Zar Boaz.

Il l'observait soigneusement et vit son regard s'assombrir un peu. Elle était nerveuse. Tant mieux. Cependant, il n'y avait pas d'autre indice de sa nervosité, ce qui ne fit qu'intriguer Salméo davantage. Il attendit, mais comme elle se contentait de le contempler sans rien dire, il reprit :

— Je dois vérifier que tu es vierge, Ana.

— Vous rappeler mon jeune âge ne suffira pas, je suppose.

Il faillit applaudir, car il appréciait réellement son sens de la repartie. La plupart des filles fondaient en larmes à ce stade.

— Non, ce n'est pas suffisant. Je dois personnellement m'en assurer.

— Sinon ?

— Sinon, tu ne pourras pas rejoindre le harem.

— Ce qui me paraît être une solution tout à fait acceptable.

Salméo laissa un grand sourire fendre son large visage et dévoiler le trou béant entre ses dents de devant. Sa langue jaillit de ce trou comme un serpent testant les vibrations de l'air.

Il vit la jeune fille frémir de dégoût et s'en reput.

— Écoute-moi bien, Ana, la prévint-il gentiment. Tu ne peux pas rompre la promesse qui a été faite à la Valide. De l'argent a changé de mains, un accord a été conclu, et tu as toi-même passé un marché avec la mère du Zar. Il n'existe pas d'engagement plus élevé.

— À part avec le Zar lui-même, rétorqua-t-elle.

Salméo acquiesça, impressionné par sa ténacité.

— C'est vrai, reconnut-il. Mais cela signifie que tu ne peux pas quitter le harem…

— Mais vous venez juste de dire qu'à moins de pouvoir confirmer ma virginité, je ne peux pas rejoindre le harem, ce qui montre qu'il existe une façon légale d'en sortir, argumenta-t-elle.

Il porta sa main grassouillette à sa bouche pour étouffer son rire.

— Tu ne m'as pas laissé finir, fillette. Il existe effectivement une façon légale, comme tu dis, de quitter le harem avant même d'y entrer.

Il marqua une pause avant d'ajouter :

— Tu peux le quitter à l'état de cadavre. La gorge tranchée, ou décapitée, ou noyée, peut-être, si tu préfères. La noyade est certainement le mode d'exécution le plus propre mais le plus inconfortable dont nous disposions. Oui, tu peux quitter définitivement le harem dans un sac mortuaire en velours.

—Je vois, dit Ana en soutenant son regard. Dans ce cas, allez-y, faites votre test.

—Bien.

Il frappa dans ses mains et prit place derrière un bureau richement décoré. Une porte latérale s'ouvrit, et un petit homme entra. Il apportait une cuvette remplie d'eau. Un autre le suivait avec une minuscule fiole d'huile, un pot de pâte à savon et des serviettes. En silence, le grand maître des eunuques se fit laver les mains. Le premier esclave s'en occupa avec déférence après que le deuxième eut versé un peu d'huile dans l'eau. Les mains de Salméo furent ensuite recouvertes de pâte à savon et rincées, puis il les tendit pour qu'on les lui sèche méticuleusement.

Les esclaves s'inclinèrent et s'en allèrent sans avoir proféré un seul mot.

—Amenez-moi le ferris, ordonna Salméo en s'adressant à leur dos.

Ana vit entrer un troisième eunuque. Il était grand et portait un petit bol en argile sur un plateau.

—Déshabille-toi, maintenant, Ana.

Salméo vit qu'elle ouvrait la bouche pour refuser et ajouta, en désignant l'esclave d'un signe de tête :

—Sinon, il le fera pour toi.

La jeune fille ne se tourna pas vers l'eunuque, au contraire, elle affronta Salméo du regard. Le grand maître des eunuques céda le premier, ce qui le perturba beaucoup.

—Aide-la ! aboya-t-il.

—Ne me touchez pas, dit Ana. Je vais le faire.

Elle passa la chemise par-dessus sa tête et se tint nue devant Salméo, l'insolence dans le regard, la haine dans le cœur et la peur fourmillant dans tout le corps. Salméo plongea un doigt dans le bol. Lorsqu'il l'en ressortit, Ana vit qu'il y avait sur son index une substance épaisse et poisseuse.

—La sève de ferris rendra la chose plus facile pour toi, expliqua-t-il en prenant son temps pour étaler la pâte blanche gluante sur deux de ses doigts boudinés.

L'effroi s'empara d'Ana lorsqu'elle devina où ces horribles doigts allaient sonder son corps. Elle jeta un coup d'œil à la main avec l'ongle long et verni de rouge en se demandant ce que cela signifiait, mais ses pensées revinrent immédiatement à ce qui allait se passer.

Le grand maître des eunuques soupira et se leva lentement, se dressant de toute sa hauteur intimidante.

—Ana. (Il la vit froncer les sourcils et nota comme elle détestait l'entendre prononcer son nom.) Je sais que ça paraît impossible, mais ce sera beaucoup plus facile pour toi si tu arrives à te détendre.

Effectivement, c'était impossible. Elle commença à trembler malgré elle tandis qu'il approchait.

Enfin, il voyait sa peur. Même si, intérieurement, il s'en réjouissait, il afficha un air soucieux. Il s'efforçait d'ignorer la pulsation qui traversait son corps en direction de son bas-ventre et venait y mourir sous forme d'un besoin furieux, amer et inassouvi.

—Tu dois me faire confiance. Ce sera vite fini si tu ne te débats pas.

Ana recula et sentit dans son dos le corps solide de l'esclave venu se placer derrière elle. Elle n'avait nulle part où fuir.

D'ordinaire, le grand maître des eunuques demandait à ce qu'on lui tienne les filles, mais il voulait Ana pour lui seul. Il voulait sentir sa chaleur à travers la soie dont il était vêtu, goûter sa peur lorsque son corps tremblant toucherait le sien et lire la colère dans ces yeux clairs et brillants. Il voulait que son humiliation soit complète et due à son seul contact.

Il s'installa face à elle sur un banc couvert de coussins et exhiba ses doigts luisants.

—Allonge-la en travers de mes genoux, ordonna-t-il à l'esclave qui souleva Ana sans trop d'efforts.

Salméo attendait les hurlements et les suppliques habituels, il les voulait, même, mais il n'eut qu'un gémissement, profond et furieux, mais résigné. Décidément, cette fille allait donner du fil à retordre à Herezah. Il avait hâte de voir jaillir les étincelles lorsque ces deux fortes têtes s'affronteraient.

La jeune fille aux longs membres graciles se retrouva en travers de son imposant giron.

— Tu peux nous laisser, dit-il à l'esclave avant d'accorder toute son attention à la fille. Maintenant, n'oublie pas ce que je t'ai dit. Ce sera plus facile si tu trouves le moyen de détendre ton corps, surtout à cet endroit, ajouta-t-il en effleurant son pubis. Écarte les jambes, fillette, dit-il fermement.

— Je vous hais, Salméo.

— Comme tout le monde, répondit-il.

Souriant, il enfonça son doigt à l'intérieur d'Ana, à la recherche de l'hymen qu'il savait déjà intact.

Pez trouva les assistants du prêtre occupés à soutenir le corps de Kett qui ballottait entre eux. De temps en temps, les orteils du garçon raclaient le sol mais, avec les encouragements qu'ils lui murmuraient, il trouvait la force de tituber lentement en décrivant un cercle.

Pez entra en sautillant dans la pièce et tourna autour de cet étrange trio. Il gloussa en pointant du doigt le gros pansement entre les jambes de l'adolescent, puis il saisit son propre entrejambe en faisant la grimace. Il continua ses pitreries au sein de la salle et se mit à chanter. Il effectua une ou deux cabrioles avant de se planter devant Kett et d'examiner d'un regard intense son visage tiré et épuisé. Puis il recula au même rythme que le trio avançait.

— Va-t-il mourir ? pépia-t-il.

L'un des eunuques secoua la tête.

— Non, je suis sûr qu'il survivra maintenant qu'il a tenu jusque-là.

— Chut ! fit l'autre. Nous ne devons présumer de rien tant qu'il n'aura pas uriné.

— Kett, Kett, Kett, chantonna le nain sous le nez du garçon.

Il continua à chanter ainsi son prénom sur un rythme étrange, sans jamais cesser de le scruter, en attente de sa réaction.

Finalement, douloureusement, Kett entrouvrit les paupières. Il avait les yeux injectés de sang, comme ses lèvres, ensanglantées de les avoir mordues si fort lorsqu'il avait été coupé.

— L'effet de la potion se dissipe, chuchota l'un des assistants. Il ne va pas tarder à crier.

Son compagnon acquiesça.

— Combien de temps encore devons-nous le faire marcher ?

— Encore cinquante tours de salle au moins, ou jusqu'à ce qu'on entende sonner la cloche de la troisième heure.

— Laisse-nous, Pez, tu ne l'aides pas, là.

— Mais je l'aime bien, protesta le nain.

Les deux eunuques le regardèrent d'un air surpris, puis l'ignorèrent de nouveau, vaguement agacés par sa présence, car il continuait à se dandiner à reculons, au même rythme qu'eux.

— Nous sommes amis, n'est-ce pas, Kett ? demanda-t-il sous le nez du garçon.

L'intéressé frémit et marmonna quelque chose qu'aucun des eunuques ne perçut. Mais le nain entendit, lui, et cette réponse l'effraya.

— Je suis le corbeau, dit Kett.

Puis, il referma les yeux et reprit sa promenade hébétée.

# Chapitre 14

Aux premières heures de la matinée, Jumo fut soulagé en voyant arriver la silhouette familière de Lazar, à la démarche si distinctive. L'homme qu'il avait attendu dans sa maison toute la nuit semblait fatigué et distrait.

Il n'y eut pas de salutations.

— Tu n'aurais pas dû rester debout, Jumo. Tu sais que tu n'as pas à m'attendre.

— J'ai laissé une carafe de vin dans la véranda.

Jumo laissa l'Éperon ruminer seul en contemplant la Faranelle. Sans doute allait-il rester là en attendant que le soleil se lève. De fait, le lendemain matin, le domestique trouva le fauteuil vide, mais avec une couverture abandonnée dessus et une seconde carafe de vin à proximité.

Lazar sortit de la maison quelques minutes plus tard. Il s'était rasé et avait fait un brin de toilette, mais il avait les traits tirés, comme s'il n'avait pas réussi à trouver le sommeil. Il y avait dans ses yeux une lueur hantée que Jumo n'y avait encore jamais vue. Il se passait quelque chose. Il connaissait cet homme depuis trop longtemps pour ne pas savoir déchiffrer les signes. Mieux valait donc lui annoncer la nouvelle tout de suite.

— Un messager est passé il y a peu, maître.

— J'ai reçu de nouveaux ordres ?

Jumo entendit la note d'espoir dans la voix de son ami. Il savait à quel point Lazar avait envie de fuir Percheron.

— Il venait du palais… du bureau du grand maître des eunuques.

Il vit une veine battre sur la tempe de Lazar. Encore un signe qu'il connaissait bien.

— Et ?

Il ne servait à rien de tourner autour du pot.

— C'est Ana. Elle a disparu.

— Vraiment ?

Jumo acquiesça.

— Pendant la nuit.

Lazar le regarda, et une expression douloureuse passa, fugace, sur son visage. Cela semblait tellement impossible. Personne ne s'échappait du harem. Au palais, on allait lui demander de la retrouver, évidemment, pas seulement parce que c'était lui qui l'y avait amenée, mais parce qu'il était l'Éperon, responsable de la sécurité de Percheron.

— Des indices ?

— On pense qu'elle s'est échappée, déguisée en eunuque noir.

Lazar, qui s'apprêtait à tourner les talons, fit volte-face d'un air ébahi.

— C'est une plaisanterie ?!

— Apparemment, non. (Jumo ne put s'empêcher de ricaner.) Ils pensent qu'elle portait un jamoosh noir et qu'elle s'est noirci le contour des yeux avec la cendre d'un brasero.

Lazar ne put s'empêcher d'admirer Ana plus encore pour cette étonnante violation des règles les plus sacrées. Mais son amusement disparut aussitôt quand il mesura les conséquences de cette folle action.

— Ils vont la châtier, de toute évidence.

— Je le pense aussi, acquiesça Jumo. La Valide va vouloir en faire un spectacle, et Salméo n'aura pas d'autre choix que d'obéir pour renforcer son autorité.

— Nous devons la retrouver avant eux.

La Valide avait passé une mauvaise nuit. La veille au soir, elle s'était glissée entre ses draps de soie avec un sentiment de triomphe. Tout se mettait parfaitement en place, de son point de vue. Le gros eunuque et cet imbécile de vizir lui mangeaient tous les deux dans la main. Elle ne doutait pas que le harem de Boaz serait l'un des plus beaux jamais constitués. La fille adoptive du gardien de chèvres était un joyau parmi une véritable collection de pierres précieuses. Les filles étaient toutes très belles, mais il y avait quelque chose d'extraordinaire chez Ana. Herezah était convaincue qu'elle ferait partie de celles qui donneraient à Boaz un héritier. Il la choisirait sûrement dès qu'il serait prêt à coucher avec une femme, car le physique de la jeune fille était trop saisissant pour être ignoré. Cependant, il lui faudrait veiller à ce que celle-là ne s'empare pas complètement du cœur de son fils. Herezah n'était pas prête pour une lutte de pouvoir.

Elle allait devoir gérer Boaz avec soin. Il fallait lui donner des distractions intéressantes pour qu'il se sente important et utile, si elle voulait éviter qu'il se mêle de la gestion quotidienne de ce qui était clairement, désormais, son royaume à elle.

—J'ai attendu ça trop longtemps, marmonna-t-elle en buvant à petites gorgées l'infusion d'agrumes qu'elle continuait à prendre tous les matins.

Nombre des autres femmes du harem s'étaient laissées aller et avaient pris beaucoup de poids, notamment celles qui n'avaient jamais retenu l'attention de Joreb. Il avait peut-être couché avec elles une fois ou deux, mais il avait vite fait le tri entre ses favorites et celles qui ne l'intéressaient pas. Même si ces femmes délaissées continuaient à être bichonnées, elles se faisaient surtout ignorer. Sans autre avenir que la paresse, il n'avait pas fallu longtemps avant que leur vie se transforme en une perpétuelle orgie de nourriture et de narcotique pour oublier leurs frustrations.

N'étant pas du tout délaissée, au contraire, Herezah avait toujours pris grand soin de son physique. Ses frustrations à elle provenaient de son ambition et de son impatience. Maintenant qu'elle avait à sa portée tout ce dont elle avait rêvé pendant si longtemps, elle n'allait pas y renoncer, pas même pour le fils qui avait rendu tout cela possible. Boaz était jeune, il avait encore plein de choses à découvrir et d'énergie à dépenser dans des activités légères. Il n'avait pas besoin de ce sérieux fardeau qu'était la gouvernance d'un royaume, alors qu'elle pouvait si facilement s'en occuper à sa place. Elle allait tout faire pour lui faciliter la vie le plus possible. Cette nouvelle phase de leur existence allait les rapprocher et leur permettre de nouer une merveilleuse relation.

Après son thé, Herezah se leva en continuant à s'interroger à propos d'Ana et de ce qu'il fallait faire à son sujet. Le meilleur moyen de la gérer était de la revendiquer et d'en faire sa propre esclave. Ainsi, elle pourrait briser cette fille et la contrôler avant même qu'elle ne devienne disponible pour les besoins du Zar. Oui, c'était très malin de faire de la nouvelle odalisque l'un de ses agents. *Via* Ana, Herezah pourrait espionner Boaz, implanter des idées dans son esprit et le contrôler entièrement, surtout s'il choisissait la jeune fille comme l'une de ses épouses. Herezah serra les bras sur sa poitrine. Quelle merveilleuse journée ça allait être !

Cependant, avant même qu'elle puisse commencer ses exercices du matin, Salméo vint en personne lui annoncer la mauvaise nouvelle. Lorsqu'on lui apprit l'arrivée de ce visiteur inattendu, Herezah comprit que cela devait être important. Elle fit entrer l'eunuque, mais sans lui offrir de siège – après tout, il interrompait sa routine matinale.

Confortablement installée, elle prit sa tasse de kerrosh fumant, qu'elle buvait sous sa forme la plus amère – pas de douceur pour Herezah, jamais.

— Parlez, ordonna-t-elle en savourant sa toute nouvelle autorité sur celui qui l'avait humiliée autrefois.

— Valide, l'une des nouvelles acquisitions s'est échappée du harem pendant la nuit.

S'il pensait que la mère du Zar allait exploser, il se trompait lourdement. Très étonné, il constata que le visage dénudé d'Herezah ne trahissait pas la moindre colère. Elle cessa de siroter son kerrosh et tendit son long bras pour reposer délicatement la tasse en porcelaine sur le plateau. Malgré tous ses défauts, Herezah était une femme naturellement élégante. Il n'était guère étonnant que Joreb, qui aimait tout ce qui était beau et raffiné, se soit épris de cette beauté sombre à la grâce exceptionnelle.

— Ana ? demanda-t-elle comme si elle s'attendait à cette nouvelle.

Il hocha la tête. Sa cicatrice semblait plus pâle encore que d'habitude, à cause de la honte qu'il éprouvait.

— Comment cela a-t-il pu arriver, Salméo ? demanda-t-elle d'une voix à la douceur glaçante. J'appartiens au harem. Ce que vous suggérez là est impossible.

— Rien n'est impossible, Valide, risqua-t-il avant de soupirer en voyant la fureur s'allumer aussitôt dans son regard. Normalement, oui, ce serait impossible. Cependant, nous n'avons pas affaire à une enfant ordinaire, Valide, si vous me permettez cette audace.

— Comment cela ?

— Elle possède l'intelligence et, j'ajouterais même, l'insolence de dix odalisques.

— Vous avez raison, reconnut Herezah avec un sourire en coin. Comment s'est-elle échappée ?

Elle n'en revenait pas qu'une fille ait pu s'échapper du harem. Elle en était presque jalouse, en vérité.

Il ne s'agissait pas là d'une question compliquée, mais la réponse embarrassait terriblement Salméo. Il tenta de soutenir le regard acéré de la Valide, mais se retrouva bientôt à regarder ailleurs.

— Après son test de Vertu, elle est restée seule quelques instants pour reprendre ses esprits et se rhabiller. Elle a profité de l'occasion pour voler quelques vêtements et se noircir le visage. Nous avons découvert qu'il manquait un jamoosh, et la grille du brasero était par terre. Apparemment, elle s'est couverte de cendres. (Il haussa les épaules.) Il y avait des traces noires sur mes murs et elle a jeté…

Il hésita.

— Jeté quoi ?

— Elle a cassé le pot de ferris et l'a posé au milieu des braises.

Herezah ne put s'empêcher de rire.

— Oh ! quel courage. Elle vous déteste déjà, Salméo.

— J'y suis habitué, Valide, répondit-il doucement en résistant cette fois à l'envie de détourner les yeux pour ne plus voir son sourire sardonique. Elle a écarté l'un des moucharabiehs et pris la fuite en passant par ma cour.

— Pourquoi n'en ai-je pas été immédiatement informée ?

De nouveau, il hésita.

— J'ai cru qu'on la retrouverait rapidement, Valide.

— Alors, que fait-on ?

— À l'aube, j'ai envoyé un message à l'Éperon.

Les yeux d'Herezah étincelèrent.

— Pourquoi, parce que c'est lui qui l'a achetée ?

— Non, parce qu'il a plaidé pour tenter de la libérer. Je crois que l'Éperon aime bien cette enfant. Il a paru bouleversé lorsqu'elle a renoncé à cette liberté en échange de la vie de l'esclave.

Il fut ravi de la voir pincer les lèvres à l'idée que Lazar puisse éprouver de l'affection… et pour une autre femme qu'elle.

Malgré tout, Herezah ne mordit pas à l'hameçon.

— Je m'en suis rendu compte, moi aussi. Qu'est-ce que cela signifie, Salméo ?

— Je ne saurais le dire, mentit l'eunuque en haussant ses énormes épaules. L'Éperon a toujours été si distant avec tout le monde, je n'arrive pas à comprendre ce lien qui existe entre eux.

— Vraiment ? fit Herezah.

En voyant Salméo secouer la tête, elle ajouta :

— Je dirais que notre jeune odalisque a touché l'homme de glace et réchauffé son cœur gelé.

La langue du grand maître jaillit entre ses dents pour humecter ses lèvres.

— Vous en êtes sûre ?

— Appelez ça une intuition féminine. Il a plaidé avec trop de ferveur pour ne pas être épris de cette fille.

Salméo fut impressionné par ce discours, car il était évident qu'il en coûtait à Herezah de reconnaître cela.

— Vous êtes perspicace, Valide.

Elle balaya le compliment d'un geste de la main.

— Revenons-en à la jeune fille.

— On la trouvera dans l'heure, je vous le promets. De nuit, et pieds nus de surcroît, elle n'a pas pu aller bien loin. Elle doit être fatiguée et affamée et regretter déjà sa petite escapade, j'en suis sûr.

Herezah n'était pas forcément d'accord avec ce petit exposé, mais elle comprenait le besoin qu'il avait de sauver la face.

— Veillez à ce que personne n'ébruite la nouvelle. Nous ne devons pas permettre à nos filles de penser que nous tolérerons qu'elles s'enfuient. Personne n'a jamais osé une chose pareille à mon époque, ajouta-t-elle, secrètement agacée de ne pas avoir songé à essayer.

— Personne ne le saura, Valide.

— Elle doit être punie, évidemment.

— Je suis d'accord, répondit-il, soulagé une fois encore. Puis-je faire une suggestion ?

— Je vous écoute, dit Herezah en sachant comment son esprit cruel fonctionnait.

Elle se leva en emmenant sa tasse de kerrosh à moitié pleine jusqu'à la fenêtre.

— Elle doit être flagellée.

Herezah, le dos tourné, continua à contempler la vision idyllique des jardins en contrebas.

— Et abîmer cette jolie peau ?

— Elle guérira. Elle est assez jeune pour ne pas garder de cicatrices à condition d'employer un expert. Une punition moindre que cela serait un compromis, je le crains, Valide.

Elle éclata d'un rire de gorge, grave et sournois.

— Une atteinte à votre autorité, vous voulez dire ? Je comprends, Salméo, mieux que vous ne le croyez. Mais ça me va. Par contre, je veux l'avis d'un médecin avant qu'elle reçoive le fouet. Elle ne doit pas garder de marques.

Cette fois, elle se retourna pour mieux souligner ses instructions et le fixer du regard.

— À vos ordres, Valide, répondit-il en hochant la tête.

— Et sa virginité ?

— Intacte.

— Nous nous en doutions. A-t-elle pleuré lorsque vous l'avez testée ?

— Même pas une larme, répondit-il, ne se rappelant que trop bien comment Herezah avait, pour sa part, sangloté de façon hystérique lorsqu'elle avait subi le test, bien des années plus tôt.

Il vit la déception transparaître brièvement sur son visage, mais elle se reprit très vite. *Je peux encore te blesser*, songea-t-il. *Tant mieux.*

— Trouvez-la ! ordonna Herezah.

Lazar et Jumo entamèrent leurs recherches en partant du palais et se mirent d'accord pour décrire chacun un grand arc de cercle, Jumo en s'éloignant de la ville, et Lazar en s'y enfonçant, en direction du bazar.

— Nous l'avons visité ensemble, elle risque de se rendre dans les endroits familiers que je lui ai montrés.

Jumo acquiesça.

— Je te retrouverai près de la fontaine du Peuple lorsque la cloche sonnera la quatrième heure.

Ils se tenaient à présent côte à côte, inquiets, car ils s'étaient rejoints comme prévu, mais sans la moindre bonne nouvelle.

— Où pourrait bien aller une jeune fille comme elle ? se demanda Jumo à voix haute. Compte tenu de son physique, elle aurait dû être repérée tout de suite.

Ce commentaire ne servit qu'à frustrer Lazar plus encore, si bien qu'il donna un coup de poing dans le marbre de la fontaine. Il se fit mal mais, au lieu de le montrer, plongea son poing douloureux dans la poche du long jamoosh blanc qu'il portait comme uniforme.

Il sentit alors sous ses doigts la chaleur d'une statuette en or.

— Iridor, marmonna-t-il.

— Maître ? lui demanda Jumo d'un air intrigué.

— Iridor ! Bien sûr ! (Il commença à s'éloigner à grands pas.) Continue à chercher dans le bazar, cria-t-il par-dessus son épaule. Je pense savoir où elle est allée.

En vérité, il en était sûr, tout à coup. Il arriva devant le petit temple après avoir traversé en courant les ruelles du port. Il dut s'appuyer contre le mur blanc du lieu saint et aspirer de grandes goulées d'air avant de courber le dos pour entrer.

Il faisait frais et sombre à l'intérieur, comme d'habitude, sauf que cette fois, une autre personne était agenouillée à côté de Zafira, son corps mince enfoui dans un jamoosh noir bien trop grand pour elle.

— Ana, fit Lazar d'une voix rauque qui résonna bruyamment dans le silence.

Zafira sortit de sa prière la première et se retourna en posant un doigt sur ses lèvres. Puis elle se leva, tant bien que mal, en grimaçant à cause de ses genoux et de son dos douloureux. Elle vint vers Lazar avec un air de compassion sur son doux visage.

— Comme vous le voyez, j'ai une autre visiteuse, murmura-t-elle. Elle est troublée, comme vous.

— Ils sont en train de mettre Percheron sens dessus dessous pour la retrouver, Zafira.

La prêtresse hocha la tête.

— Laissez-lui encore quelques instants. Elle est aussi captivée que vous par la statue de Lyana.

Lazar fit la grimace à cause de ce nouveau délai.

— Comment saviez-vous où la trouver ? lui demanda Zafira à voix basse.

— Je ne le savais pas. C'est juste que j'avais déjà cherché partout, mentit Lazar en haussant les épaules.

Il ne voulait pas ramener Iridor dans la conversation, pas en sachant à quel point cela avait affecté la prêtresse la veille.

— Comment est-elle arrivée ici ?

— Je pensais que vous lui aviez parlé du temple, répondit Zafira.

En voyant Lazar secouer la tête, elle reprit :

— En tout cas, elle n'a cessé de me parler de vous et de votre gentillesse à son égard.

— Ma gentillesse ? se récria-t-il. Je l'ai vendue au harem !

— Elle vous pardonne, Lazar.

L'intéressé grogna. Il ne voulait pas de pardon. Il voulait retrouver le contrôle de lui-même.

— Il faut que je la ramène.

— Vont-ils la punir ?

Il ne répondit pas, mais il ne pouvait dissimuler la vérité à la vieille femme.

— Vous devez l'en protéger, insista-t-elle en lui saisissant le bras.

— J'ai fait tout ce que j'ai pu, protesta Lazar avec une angoisse évidente.

— Vous pouvez faire encore plus, Éperon Lazar, rétorqua Zafira avec un regard qui suggérait qu'elle venait de prononcer là une espèce de prophétie.

Il secoua la tête. Décidément, tout échappait à son contrôle.

— Je suis tenu par l'honneur vis-à-vis du Zar et de mon statut. Je dois la ramener au palais, répéta-t-il durement. Je suis désolé, Zafira.

— Moi de même, répondit-elle tout aussi froidement.

Ce fut sur ces paroles que Lazar décida de mettre en œuvre le vague plan qu'il avait mis au point durant la nuit. Il se rendit auprès d'Ana et la souleva. Elle le laissa faire sans se débattre, mais ses yeux étaient emplis d'un chagrin qui brisa le cœur de l'Éperon.

— Je suis désolée, chuchota-t-elle.

— Je sais.

Il aurait tant voulu embrasser sa chevelure dorée et lui dire qu'il allait tout arranger. Au lieu de quoi, il sortit du temple avec elle. Il ne se retourna pas, mais Zafira ne pensait pas qu'il le ferait.

Les paroles de la prêtresse résonnaient dans ses oreilles. Elle avait insisté pour qu'il fasse davantage. *Mais quoi ?*

— Emmenez-moi, Lazar, gémit Ana quand il la posa par terre.

Il serrait tellement les dents qu'il en avait mal, à force.

— Ana, mon devoir est envers la Couronne de Percheron.

Faute d'avoir quelque chose de rassurant à lui dire, il cita un vieux dicton militaire percherais :

« Un homme sans honneur est un homme perdu. »

Ana esquissa un pâle sourire.

— Mon oncle a dit ça, une fois.

— Ana, je...

— Je vous en prie, je sais que je dois retourner là-bas, Lazar. Ce n'est pas grave. Ah ! voilà Jumo, dit-elle en se servant de l'arrivée du compagnon de Lazar pour mettre fin à cette conversation gênée.

— Ana. (Jumo la serra dans ses bras, puis recula avec une lueur de soulagement dans le regard.) Tu nous as fait peur.

— Je savais que vous viendriez et que Lazar me trouverait, répondit-elle. Merci, ami Jumo, je suis très heureuse de vous revoir.

Elle déposa un baiser sur ses joues burinées.

— Faut-il la ramener tout de suite ? demanda-t-il en jetant un coup d'œil à Lazar.

L'Éperon soupira. Ce maudit Jumo venait encore de lire dans ses pensées. Pire, il avait pu serrer Ana dans ses bras, et elle lui avait fait la bise. Lazar s'en voulait d'avoir autant de mal à lui montrer ne serait-ce qu'une toute petite partie de l'affection qu'il éprouvait pour elle.

— Non, répondit-il en passant une main dans sa chevelure en bataille. Nous pouvons au moins partager un kerrosh.

Ils se rendirent, avec Ana entre eux, jusqu'à une boutique qui vendait le meilleur kerrosh du matin.

— Trouve-nous une table, suggéra Lazar à Jumo en voyant la longue file d'attente. Je vais chercher les boissons, ajouta-t-il en sachant que la foule allait s'écarter en le voyant.

De fait, il remercia ceux qui s'inclinèrent et se poussèrent pour lui permettre d'arriver jusqu'au comptoir.

— Éperon Lazar ! s'exclama le propriétaire dont le sourire montra les rares dents qui lui restaient.

Avec adresse, il versa le lait chaud crémeux d'un pichet à longue anse dans un autre. Grâce à des années de pratique, il n'avait même pas besoin de regarder ce qu'il faisait. Tout reposait sur ses sens, le toucher et le talent. Le lait prit une couleur mordorée au contact du kerrosh chaud dont l'odeur fit saliver Lazar.

— Trois tasses et une assiette de skazza.

— On a faim aujourd'hui ? demanda l'homme, toujours souriant, en prenant les verres qu'il gardait au chaud pour les remplir.

Très vite, Lazar revint vers ses compagnons avec du kerrosh fumant et des pâtisseries dégoulinant de miel sur un plateau. Les yeux d'Ana s'illuminèrent.

— Notre mère ne mettait jamais de lait dedans !

— C'est le paradis dans un verre, affirma Lazar en s'efforçant d'alléger l'atmosphère sinistre qui pesait sur leur petite table.

Jumo leva son verre.

— C'est aussi un remède pour les âmes troublées, dit-il en lançant un regard dur à son ami.

— Mange, Ana, reprit Lazar en poussant l'assiette. T'es-tu enfuie à cause de Kett ou t'ont-ils fait peur après ?

— Salméo ne fait-il pas délibérément peur à tout le monde ? demanda-t-elle en prenant une des pâtisseries poisseuses.

Cette question raviva la blessure de Lazar. Pourquoi avait-il remis Ana à cet homme diabolique ? À quoi avait-il donc pensé ? Il la regarda manger la pâtisserie, le miel dégoulinant sur ses lèvres, et sentit son cœur vide se réveiller. Un instant, il lui en voulut de lui faire une chose pareille, de l'obliger à se soucier d'elle.

Elle écarta une mèche de cheveux de son visage avec ses doigts collants.

— Salméo a examiné mon corps, lâcha-t-elle de but en blanc. Il a mis ses doigts à l'intérieur de moi.

Le verre de Lazar heurta violemment la table. Il ne broncha même pas lorsque le lait brûlant se répandit sur sa main tannée.

— Je ne lui ai pas donné satisfaction. Cet eunuque ne me brisera jamais, même si je vois bien qu'il en a l'intention.

Lazar n'eut pas le temps de répondre à cause de l'arrivée d'un détachement d'Elims, les troupes de Salméo. Ils étaient très reconnaissables grâce à leur jamoosh rouge.

— Vous l'avez trouvée, seigneur Éperon, dit l'un d'eux, tandis que tous dans le groupe s'inclinaient très bas.

— Il y a tout juste quelques minutes, répondit Lazar.

— Seigneur Éperon, répéta le premier, nous avons ordre de…

Lazar leva la main pour l'interrompre.

— Oui, j'imagine… euh ?

— Farz.

— Merci, Farz. J'ai trouvé l'enfant gelée et affamée. Je veille à son bien-être. Dès qu'elle se sera restaurée, je la ramènerai au palais, comme l'a ordonné votre maître.

— Ne pouvons-nous pas vous soulager de ce fardeau, seigneur Éperon ?

L'homme se montrait insistant. Jumo vit de nouveau battre une veine sur la tempe de son maître, indiquant que Lazar commençait à perdre patience. Il ne fallait jamais bien longtemps pour que ça arrive. Jumo s'empressa donc d'intervenir dans le lourd silence.

— Non, Farz. Allez-y. Retournez au palais prévenir votre maître que nous avons retrouvé Ana. L'Éperon ramènera la jeune fille dès qu'elle aura fini de manger. Vous voyez qu'elle est convenablement couverte. Aucune insulte n'est faite au harem.

Les Elims échangèrent un regard hésitant. Ils ne voulaient pas manquer de respect à l'Éperon, mais tous savaient que Salméo était tout aussi susceptible de leur trancher la gorge que de les récompenser, en fonction de son humeur. Or, il ne serait pas ravi de les voir rentrer les mains vides.

Lazar comprit.

— Prenez un kerrosh, mettez ça sur mon compte. Ensuite, vous nous escorterez jusqu'au palais, si c'est plus facile ainsi.

Les Elims hésitaient toujours.

— Venez, laissez-moi passer commande avec vous, j'en veux un deuxième.

Jumo se leva et conduisit les hommes à l'intérieur de la boutique. Sur le chemin du comptoir, il lança un clin d'œil à Lazar et vit son ami sourire en guise de remerciement. Tous deux savaient qu'il venait de lui accorder quelques précieuses minutes de répit en tête à tête avec la jeune fille.

L'Éperon se tourna vers Ana, qui regardait solennellement le moût au fond de son verre.

— Tu dois me promettre de ne plus jamais tenter de t'échapper.

— Je ne peux pas, Lazar.

— Ana, je ne serai pas toujours là pour te sauver.

— Ce n'est pas nécessaire. Je ne suis plus sous votre responsabilité depuis que vous m'avez présentée à la Valide et que vous avez pris votre or.

Oh ! comme ces paroles lui faisaient mal ! Lazar frémit, et Ana secoua la tête en fronçant les sourcils.

— Je suis désolée, dit-elle, contrite. Zafira vous a dit que je vous pardonnais de m'avoir vendue au harem. C'est vrai. Je vous en prie, ne faites pas attention à mes accusations, je suis fatiguée.

— Tu as fait en sorte que je reste impliqué vis-à-vis de toi, expliqua-t-il prudemment.

— Je ne vois pas comment, répondit-elle en le regardant d'un air grave.

— En insistant pour que je garde la statuette du hibou près de moi.

Elle parut comprendre.

— Est-ce le cas ?

Il sortit l'objet de sa poche. Un doux sourire fleurit sur les lèvres d'Ana.

— Aussi beau que dans mon souvenir. Bel Iridor.

Surpris, Lazar se redressa sur sa chaise.

—Ana, où as-tu entendu ce nom ? Est-ce Zafira qui te l'a dit ?

Elle secoua la tête.

—Iridor est mon ami, expliqua-t-elle, le regard perdu au loin. Ramenez-moi maintenant, Lazar. Je ne veux pas que quelqu'un d'autre ait des ennuis à cause de moi. Je n'aurais pas dû partir comme ça. En vérité, je savais que je ne pourrais jamais fuir. J'étais bouleversée à cause de Kett et du test de Vertu. C'était si facile, mais je n'ai pas réfléchi. Une fois dehors, quelque chose m'a poussée à chercher le temple.

Il n'eut pas le temps de lui demander comment elle connaissait son existence, car il vit Jumo revenir, l'air impuissant. De toute évidence, les Elims avaient avalé leur kerrosh si vite que le liquide avait à peine eu le temps d'imprégner leur gosier. Ils ne prenaient aucun risque avec leur vie. Lazar comprenait. La cruauté de Salméo était légendaire.

—Viens, Ana, dit-il en s'en voulant de ne pas avoir de réponse à ce dilemme.

Elle se leva sans un mot tandis qu'il remettait l'oiseau dans sa poche.

Ce fut un groupe bien étrange qui retourna vers le palais et un châtiment certain.

# Chapitre 15

— Comment va ton bras, ce matin, mon lion ? demanda Herezah en caressant les cheveux de Boaz.

Elle était venue trouver son fils juste après sa discussion avec Salméo. Elle fut soulagée de voir qu'il ne reculait pas pour échapper à son contact. Elle s'était juré de retrouver l'affection qu'ils partageaient quand il était petit. Mais cela dépendait uniquement d'elle. Boaz n'allait pas céder facilement parce qu'il se sentait abandonné. Il avait appris à vivre sans elle et, à présent, elle allait devoir changer tout cela.

— Ça fait encore mal, mais le nouveau médecin dit que je guéris vite parce que je suis jeune et que c'était une cassure nette.

— Je n'ai toujours pas compris comment c'est arrivé.

Il haussa les épaules et remit un livre sur l'étagère pour qu'elle ne puisse pas voir le mensonge dans ses yeux.

— Une mauvaise chute.

— Parce que je t'ai fait peur, mon chéri ?

— Oui. Mais je suis plus fort, maintenant.

— Je sais et j'en suis impressionnée, susurra Herezah. (Il était plus grand qu'elle, désormais. Encore un été, peut-être, et il serait un homme.) Boaz, il est capital que tu montres cette même force maintenant à ceux qui t'entourent.

— C'est un peu tôt pour m'imposer au peuple, mère. Père est mort depuis peu.

Elle entendit l'amertume dans sa voix.

— Il n'empêche, insista-t-elle en le suivant jusqu'à la fenêtre. Viens t'asseoir avec moi un moment. (Elle lui prit la main et l'attira à côté d'elle.) Précieuse Lumière, je ne parlais pas du peuple de Percheron en tant que tel, pas encore en tout cas. Je pensais aux gens de ce palais, ils ont besoin de savoir que tu es un souverain fort. Leurs commérages se répandent en ville plus vite qu'un incendie. Ils n'hésiteront pas à raconter ce qu'ils voient, que ce soit bon ou mauvais. N'oublie jamais, Boaz, que personne ici n'est ton ami, à part moi. Je suis la seule qui ait tes intérêts à cœur.

Il s'efforça de ne pas montrer son dédain.

— Pez est mon ami.

— C'est un bouffon, répliqua-t-elle vivement, avant de se radoucir. Je sais que tu apprécies le nain, mais tu ne veux pas que les gens croient que ton seul compagnon est un idiot, n'est-ce pas ?

Elle avait raison, bien sûr, mais uniquement parce qu'elle ignorait la vérité à propos de Pez et qu'elle ne la saurait jamais s'il n'en tenait qu'à lui.

— J'ai de nombreux amis au palais, rétorqua-t-il.

— Oh ? Cite-m'en un.

— Mon précepteur…

— Que j'ai moi-même nommé. Non, Boaz, cite-moi le nom de quelqu'un qui est un véritable ami pour toi, qui n'est pas payé pour te servir et qui ne te doit rien.

Il détestait ce besoin qu'elle avait de toujours avoir raison et de ne jamais lui accorder le moindre mérite ou même la possibilité de prendre la plus simple des décisions. Voilà qu'elle recommençait à presque l'humilier en s'efforçant de le convaincre. Il avait cependant un autre véritable ami, et c'était un nom qui allait lui rester en travers de la gorge, car même lui était capable de voir combien elle mourait d'envie que cette personne fasse attention à elle.

— Lazar est mon ami.

Il la vit se figer et prendre une longue inspiration.

— Tout à fait juste. (Elle s'obligea à sourire et prit sa main dans les siennes.) Mais, en dehors de l'Éperon, qui n'est pas assez souvent au palais pour que tu puisses entièrement t'appuyer sur lui, tu n'as pas de véritable ami.

— Où voulez-vous en venir, mère ? Un Zar a-t-il de véritables amis ? Il est le souverain et, de ce fait, on l'envie, on le méprise ou on le craint.

Il retira sa main.

— C'est précisément là où je veux en venir, fils. Voilà pourquoi tu dois t'appuyer sur moi et me faire confiance. Tu es la chair de ma chair. Je veux ce qu'il y a de mieux pour toi.

— Qu'attendez-vous de moi, mère ? soupira-t-il.

— Je veux que tu te montres davantage.

— Auprès de qui ?

— De ceux qui comptent, dont l'autorité influence les autres.

— L'eunuque et le vizir, vous voulez dire, ricana-t-il.

Herezah ignora cette pique.

— Tu vas devoir assister à des dîners, des réunions et beaucoup d'événements ennuyeux. (Elle hésita.) Certains seront plus difficiles à supporter que d'autres.

— Comment ça ?

— Eh bien, dit-elle en jouant avec la ceinture de sa robe, tes frères…

— Mère, nous en avons déjà discuté ! J'étais blessé !

— Je sais, mon lion, je sais. Mais tu n'as pas assisté aux funérailles de Joreb ou à la fête pour commémorer sa vie. Cette absence a été très remarquée.

— J'étais encore bouleversé par sa mort.

— Parce que je ne l'étais pas, moi ? riposta Herezah, faisant vaciller la lueur de défi dans les yeux de son fils. Peu importe ce qui se passe là-dedans, ajouta-t-elle en désignant le cœur de l'adolescent, puis sa tête, tu dois toujours faire ton devoir et paraître fort.

Ils furent interrompus par un coup frappé à la porte. Herezah laissa son fils donner la permission d'entrer. Elle savait qu'elle avait gagné la bataille, ce jour-là.

— Entrez, ordonna Boaz, distrait.

Son domestique, un jeune homme du nom de Bin, apparut et s'inclina.

— Très Haut, Valide Zara. (Tous deux hochèrent la tête.) Je suis désolé de vous déranger, Zar Boaz, mais le grand maître des eunuques souhaite s'entretenir avec la Valide. Il dit que c'est urgent.

— Fais-le entrer, ordonna Boaz. (Après le départ du serviteur, il regarda sa mère d'un air interrogateur.) Des ennuis ?

Elle n'eut pas le temps de répondre, car Salméo passa la porte à ce moment-là. Lui aussi s'inclina pour saluer ses deux supérieurs.

— Pardonnez mon interruption, Très Haut. La Valide Zara m'a demandé de la prévenir dès que j'aurais des informations.

— Ah ! la jeune fille, dit Herezah. On l'a retrouvée ?

— Oui, Valide, dans le bazar.

— C'est l'Éperon qui l'a découverte ? demanda-t-elle avidement.

— Oui. Ils partageaient un kerrosh.

— Oh ? fit-elle, piquée au vif. Comme c'est rassurant.

— Elle avait froid, nous a-t-on dit. L'Éperon a jugé nécessaire qu'elle se restaure. Ils ont partagé des pâtisseries aussi.

Rien sur le visage de Salméo ne montrait qu'il savourait le fait de meurtrir Herezah.

— Voilà qui est très gentil de sa part, répondit-elle d'un ton faussement détaché. Où sont-ils à présent ?

— Ils vous attendent, Valide Zara.

— Congédiez l'Éperon et conduisez Ana dans le harem. Elle peut bien attendre un moment mon bon plaisir.

— À vos ordres, Valide.

Il s'inclina de nouveau et s'en alla, ravi à l'idée de pouvoir chasser l'arrogant Éperon.

— Mère, que se passe-t-il ?

— Oh ! rien que je ne puisse gérer, répondit-elle.

Elle ne voulait pas avoir l'air condescendante et s'aperçut trop tard de son erreur.

De son côté, Boaz se souvint de l'avertissement du nain : il était vital qu'il commence à rappeler à sa mère qu'elle servait le trône et non elle-même.

— Si vous voulez qu'on me voie davantage, alors j'exige qu'on me tienne au courant de toutes les affaires relatives au palais, mère, déclara-t-il d'un ton cassant. Est-ce clair ?

Elle se retourna vivement à cause de la sécheresse de sa voix. Elle ne s'attendait pas à ça.

— Mais bien sûr ! (La colère l'envahit, mais Herezah la ravala juste à temps.) Pardonne-moi, fils, je ne pensais pas que c'était important.

— C'est à moi d'en décider. Racontez-moi ce qui se passe.

— C'est à cause d'une jeune fille...

— J'avais compris.

Pour la première fois, Herezah vit en Boaz ce qu'il était vraiment : un rival. Le reconquérir allait lui prendre plus de temps qu'elle ne l'aurait cru.

— Je suis désolée, mon chéri, dit-elle d'un ton radouci. Laisse-moi commencer par le commencement. Hier soir, nous avons choisi des jeunes filles pour former le nouveau harem. (Il retint son souffle, incroyablement soulagé par le fait qu'elle ne saurait jamais qu'il était présent à ce moment-là.) L'une d'elles, une enfant remarquable de par son physique et son attitude, prénommée Ana, n'a visiblement pas bien accepté notre hospitalité.

Elle pouffa.

— Elle s'est enfuie ? demanda Boaz, incrédule.

— Oui, l'idiote, en se déguisant avec le jamoosh d'un eunuque et en noircissant son visage avec de la cendre. Elle a réussi à se faufiler hors du palais.

Herezah vit que cette histoire enflammait l'imagination de son fils. Une lueur d'étonnement brillait dans ses yeux noirs et intelligents.

— Comme c'est astucieux ! J'aimerais rencontrer cette Ana.

Il était temps de rattraper le terrain perdu. Herezah savait combien son fils pouvait être impressionnable.

— En voilà une bonne idée, Boaz. Tu n'auras qu'à assister à notre entrevue.

— Pourquoi ?

— Pour décider de son châtiment, un peu plus tard dans la journée.

Sur ce, elle sourit modestement à son fils et prit congé.

Lazar fulminait intérieurement en fusillant du regard les Elims trop polis qui affirmaient que le grand maître des eunuques n'allait pas le faire attendre trop longtemps. Jumo, évidemment, n'avait pas été invité à entrer dans cette antichambre, et Ana avait été emmenée par les gardes drapés de rouge qui avaient pour mission de l'escorter dans le harem. La seule consolation de Lazar, dans tout cela, c'était qu'Herezah n'était pas là pour jubiler.

Comme s'il lisait dans ses pensées, Salméo entra au même moment dans un nuage de parfum à la violette et lui sourit d'un air condescendant.

— Désolé de vous avoir fait attendre, Éperon.

La cloche avait sonné à deux reprises depuis son arrivée. Le gros esclave noir l'avait donc fait patienter pendant une heure. Lazar lui lança un regard furieux.

— Il s'agit d'un sujet délicat pour le harem, Éperon, reprit l'eunuque. Vous devez faire preuve de patience.

— Je crois que je l'ai fait.

— Effectivement, répondit Salméo avec dédain. Nous ne vous avons déjà que trop retenu, c'est pourquoi votre présence en ces lieux n'est plus requise.

Lazar avait du mal à en croire ses oreilles.

— Quelle sorte de plaisanterie est-ce là, eunuque ?

— Grand maître des eunuques, je vous prie, rectifia l'énorme bonhomme d'une manière légèrement efféminée qui ne fit qu'enrager Lazar plus encore. Et ça n'a rien d'une plaisanterie, Éperon. Ce sont les ordres de la Valide.

— Vraiment ? Je demande à la voir.

Salméo ferma les yeux et secoua la tête.

— Impossible. Elle ne reçoit personne aujourd'hui.

— Dans ce cas, je souhaite parler au Zar.

— Il est indisponible, répondit Salméo d'un ton brusque.

— Ça ne va pas du tout, annonça Lazar en ravalant sa colère.

— Éperon, je vous en prie, ce n'est plus votre problème à présent. La jeune fille est rentrée. Nous vous remercions de nous avoir aidés, mais elle est la propriété du Zar... elle appartient au harem, et seuls les responsables du harem peuvent décider de son sort.

— « De son sort » ? De quoi parlez-vous ? s'écria Lazar – mais il savait déjà.

— Elle va être châtiée, en privé. Vous avez échangé la fille contre de l'or. L'affaire est conclue, le sujet est clos. Nous serons ravis de vous revoir au palais pour vos devoirs officiels, Éperon, mais, pour l'heure, je vous demande de partir. Mes Elims vont...

— Ne prenez pas cette peine. (Lazar percevait l'influence d'Herezah derrière l'attitude de Salméo. Il voyait le ravissement de la Valide dans le regard triomphant de l'eunuque.) Dites à la Valide, lorsqu'elle sera disponible, que je souhaite lui parler de mon poste d'Éperon.

— Je n'y manquerai pas, assura le grand maître des eunuques avant de regarder l'Éperon s'en aller.

Lazar retrouva Jumo dans une allée qui donnait sur la cour de la Lune.

— Je vois que ça s'est mal passé, commenta Jumo en pressant le pas pour rattraper son maître qui marchait à grandes enjambées furieuses.

— Ce gros tas de merde ! marmonna-t-il.

— Où vas-tu ? demanda Jumo en voyant son compagnon tourner dans une autre allée.

— Retrouver Pez, grogna Lazar.

Le nain fredonnait tout seul dans la bibliothèque en tournant les pages d'un livre bien trop rapidement pour les lire.

Lazar remarqua cependant que Pez ne regardait pas ce livre-là, mais un autre ouvert sur le sol.

— Pez ! siffla-t-il entre ses dents serrées.

Le petit homme l'observa avec un mélange de surprise et d'amusement.

— Jaune ?

— Ne joue pas avec moi, c'est important.

— Eh bien, parle moins fort, alors.

Lazar s'accroupit à côté de Pez, entre des livres poussiéreux et deux vastes rangées de grimoires qui s'élevaient vers le plafond.

— J'ai besoin de ton aide.

— Que puis-je faire pour toi ? chuchota le nain, en vérifiant du regard si Habib, le bibliothécaire, était dans les parages.

— Ne t'inquiète pas, Jumo monte la garde.

Pez hocha la tête.

— Parlons ouvertement, alors. Qu'est-ce qui ne va pas ?

— Une jeune fille du nom d'Ana a rejoint le harem hier soir.

— Oui, une enfant très spéciale.

— Tu la connais ?

— Je ne sais que ce que j'ai glané en espionnant.

— Où ça ?

— Caché dans le couloir pendant la cérémonie du Choix.

— Tu étais là ?

— Oui, ainsi que Boaz, acquiesça Pez.

— Quoi ?

— Ils ont attrapé l'esclave, Kett. Nous en avons réchappé.

Lazar eut envie de demander comment les gardes avaient pu ne pas voir le Zar et son bouffon, mais il avait des choses plus pressantes à l'esprit.

— Ana a pris peur et s'est enfuie.

Il se réjouit que le nain ne prenne pas la peine de demander comment elle avait réussi pareil exploit.

— Salméo veut faire couler le sang ? devina Pez.

— Herezah tire les ficelles, bien sûr.

— Bien sûr. En quoi puis-je t'aider ?

— Parle à Ana si tu le peux. Je ne pense pas qu'ils lui feront du mal. Ils vont surtout essayer de lui faire peur. Mais dis-lui que tu peux être son ami. J'ai été congédié. Ils ne veulent pas que je l'approche.

— Cette persécution continuera jusqu'à ce que tu couches avec Herezah.

— Tu parles ! grommela Lazar. Il faut que j'y aille.

— Je vais tout de suite voir si je peux trouver Ana, promit Pez. Boaz a le béguin pour elle, j'en suis sûr. Il n'a pas dit grand-chose, mais il ne tardera pas à trouver le courage d'en parler.

Lazar ne savait pas si cela lui faisait plaisir, mais il y avait au moins quelque chose de positif là-dedans.

— Tant mieux, peut-être pourra-t-il lui offrir la protection que je n'ai pas pu lui donner. Merci, Pez.

— Oh ! ce n'est rien. Je n'attendais qu'une excuse comme celle-ci pour rencontrer cette fascinante créature. Maintenant, va-t'en, ou tu vas nous attirer des ennuis à tous les deux. Je te tiendrai au courant, c'est promis.

— Je vais quitter la ville pendant quelques jours, prévint Lazar en partant.

Pez prit un air absent et s'en alla en quête de celle qui était au centre de la controverse. Il croisa un groupe de jeunes filles en pleurs que deux eunuques escortaient hors de l'une des salles principales. Deux autres esclaves fermaient la marche.

Il passa délibérément à côté du groupe en tournoyant et en sifflant. Ses mimiques ne firent rien pour améliorer l'humeur des filles, mais les deux eunuques en tête du cortège ne purent s'empêcher de sourire.

— Où allez-vous ? chantonna Pez, même s'il ne voyait pas l'enfant qu'il cherchait parmi elles.

— Même toi, tu ne réussiras pas à divertir celles-là, Pez, répondit l'un des eunuques. Elles vont subir leur test de Vertu.

Pez s'éloigna en faisant rimer le mot vertu avec toutes sortes de mots étranges, comme vue, perdue, pointu et dû. Cela ne fit pas rire les filles, mais il ne pouvait leur en vouloir. Il traversa ensuite les corridors du harem en espérant qu'Ana n'était pas à sa toilette, car le pavillon des bains était le seul endroit qui lui était interdit. Une étrange atmosphère régnait en ces lieux d'ordinaire pleins de chuchotements, de gloussements excités, de complots et de soupirs. Tout était tellement silencieux ! Le nain trouva Ana seule dans une pièce meublée de sofas. Assise les genoux sous le menton dans l'embrasure d'une fenêtre, elle regardait à travers le moucharabieh.

Il chanta son nom dans le silence ; lorsqu'elle se tourna vers lui, il vit qu'elle avait pleuré.

— Qui êtes-vous ? demanda-t-elle, pas du tout perturbée par son physique ingrat.

Il la rejoignit en sautillant et hissa son petit corps sur le siège.

— Le bouffon de la cour. Sommes-nous vraiment seuls ? (Elle acquiesça.) J'appartiens au Zar. Connais-tu son nom ?

— Boaz ?

— Brave fille. Eh bien, je suis un ami de Boaz, mais je suis aussi le tien.

— Pourquoi chuchotons-nous ?

— Parce que je ne peux pas prendre le risque que quelqu'un découvre que je ne suis pas un idiot.

— Oh. Personne ne le sait ? demanda-t-elle, les yeux brillants.

Avec un sourire dément, il leva les doigts en énonçant les noms de ceux qui étaient au courant, dans l'espoir que si quelqu'un jetait un coup d'œil dans la salle, il croirait qu'il lui disait le nom de tous les insectes qu'il connaissait, ou quelque chose d'aussi inutile.

— L'Éperon, son ombre Jumo, le Zar et une prêtresse appelée Zafira. Personne d'autre, à part toi maintenant.

— Pourquoi le cacher ?

— Trop dangereux, articula-t-il en silence.

Puis, brusquement, il bondit et se mit à tournoyer dans la pièce. Ana ne put s'empêcher de lui sourire.

— Vous me confiez un secret pareil. Comment se fait-il ? Vous ne me connaissez pas. Je ne sais même pas votre nom.

— Je m'appelle Pez. Si je te fais confiance, c'est grâce à Lazar. Lui ne fait confiance à personne, évidemment, mais il semble se faire du souci pour toi.

Ana parut soudain embarrassée et timide.

— C'est lui qui vous envoie ?

— Oui.

— Pourquoi est-ce dangereux de savoir ce que vous êtes, Pez ?

— Parce que. Tu dois me faire confiance, mais tu ne peux te fier à personne d'autre dans le harem. Aucune des autres odalisques, ni aucun des eunuques ou des autres esclaves. Tu comprends ?

Elle hocha la tête, les yeux écarquillés.

— Vous feriez mieux de faire une nouvelle ronde dans la pièce.

— Est-ce que quelqu'un t'a dit quoi que ce soit depuis que tu es de retour dans le harem ? lui demanda-t-il en revenant vers elle.

— Non, rien, soupira Ana. Les eunuques en rouge m'ont demandé d'attendre ici. Où sont toutes les autres filles ?

— J'en ai croisé quelques-unes dans les couloirs. Elles allaient subir leur test de Vertu.

Il vit son air de défi s'effacer brusquement et comprit qu'elle avait déjà dû subir cet humiliant rituel.

— Le grand maître des eunuques est détestable.

— C'est bien là son intention, répondit Pez. Il veut que tu le haïsses. Ça le rend plus puissant.

— Il veut me faire peur.

— A-t-il réussi, Ana ?

Elle secoua la tête. L'air de défi était revenu.

— Non, je le déteste, c'est tout.

— En vérité, vous auriez toutes dû subir ce test désagréable un jour ou l'autre, lui rappela le nain.

— Sauf que cela aurait été fait par une femme de confiance, et seulement en vue d'un mariage. Pas par un gros eunuque en sueur qui a des désirs mais rien d'autre que son doigt pour les satisfaire.

Pez ne répondit pas, car il comprenait pleinement l'horreur d'un tel acte.

— Je n'aime pas les hommes, déclara brusquement la jeune fille.

— Tu ne m'aimes donc pas ?

— À part vous, corrigea-t-elle en posant la main sur son bras.

Pez sentit un frisson le parcourir. Il ignorait pourquoi, mais c'était une sensation agréable, comme s'il était en sécurité, tout à coup.

— Et Jumo ? Je suis sûr que tu l'apprécies aussi.

— Oh ! oui. Jumo est adorable.

— Et Lazar ? J'admets qu'il n'est pas facile à aimer. En fait…

— Si, le coupa-t-elle. J'aime bien Lazar… beaucoup, même. Mais, parfois, j'ai l'impression qu'il ne m'aime pas.

— Ne fais pas attention à lui. D'habitude, il tue ceux qu'il n'aime pas et il ignore ceux qu'il ne peut pas tuer.

Elle éclata de rire.

— Tu as un rire merveilleux, Ana, comme un mélange de chant d'oiseau, de rayon de soleil, de brise marine et de parfum de péryse. C'est un son délicieux.

— Comment un rire pourrait-il avoir une odeur, Pez ? dit-elle, appréciant cette image.

Elle aimait les délicats bourgeons de péryse qui fleurissaient brièvement au printemps dans une courte explosion de couleurs spectaculaires. Leur fragrance était douce mais curieusement intense.

— Eh bien, ton rire fait penser à un champ de péryses.

— Tout le monde a raison, vous savez : vous êtes vraiment fou.

Il bondit à bas du siège et se remit à danser.

— Savez-vous ce qu'ils vont faire de moi, Pez ? demanda Ana, nerveuse tout à coup.

Lui aussi reprit son sérieux.

— Ils vont devoir te punir, Ana, en guise d'avertissement pour les autres filles. À ma connaissance, personne ne s'était encore jamais échappé du harem, tu vas donc servir d'exemple.

— Ils vont me faire mal ?

Pez n'était pas du genre à mentir à ceux à qui il faisait confiance.

— Pas au point de laisser des traces. Ce sera bref et effrayant, pour les autres, mais passager, j'imagine. Lazar te fait dire d'être courageuse. Il va voir ce qu'il peut faire.

— Il ne peut pas m'épargner cette punition.

— D'après ce qu'on m'a raconté, il s'est déjà mis en quatre pour toi, mon enfant. Il ne s'arrêtera pas là. Lazar est l'une des personnes les plus intenses et les plus passionnées que je connaisse. J'imagine que lorsqu'il aime, il aime férocement.

Ana rougit violemment.

— Êtes-vous en train de dire qu'il m'aime ?

— Je dis simplement qu'il ne laissera jamais un ami souffrir s'il peut l'éviter. Peu de choses lui résistent lorsqu'il le veut.

— Sauf Herezah, murmura Ana en se rappelant la nuit précédente et la façon dont la Valide avait si souvent regardé en direction de Lazar.

— Fais attention, Ana. La Valide est plus dangereuse que tu l'imagines, plus encore que Salméo. Tu dois rentrer dans ses bonnes grâces.

Elle ne répondit pas, mais elle hocha la tête.

— Maintenant, il faut que j'y aille, annonça Pez.

— Vraiment ? Ne pouvez-vous pas me tenir compagnie ?

— Je dois aller voir comment va Kett.

— L'esclave ?

— Oui.

— Puis-je venir ?

— Non, tu dois…

Pez entendit des bruits de pas et se remit aussitôt à faire des cabrioles. Trois Elims entrèrent dans la pièce.

— Mademoiselle Ana ? demanda l'un d'eux poliment en inclinant le buste.

— Oui ?

— Nous sommes venus vous chercher.

— Tout, pourvu que je n'aie plus à supporter cet idiot, répondit-elle en désignant le nain tournoyant.

Pez sentit son cœur battre plus fort pour la jeune fille. Elle semblait si courageuse, alors qu'elle devait être si effrayée. Elle comprenait le pacte qui existait entre eux et protégeait déjà son secret.

— Où s'en va la petite Ana ? chantonna-t-il en courant vers les trois gardes pour tirer sur leur ceinture.

— Pas maintenant, Pez, répondit leur chef.

— Je veux savoir, sinon je vais crier.

Il l'avait déjà fait une fois, et les Elims ne souhaitaient pas revivre une scène pareille. L'homme capitula aussitôt.

— Elle va être flagellée. Sur ordre de la Valide.

*Flagellée ?* Choquée, Ana ne put qu'articuler ce mot en silence.

— Alors, emmenez-la, chantonna-t-il, le cœur battant la chamade.

Il sortit de la pièce en tournoyant et s'élança au pas de course dans le couloir.

— C'est Pez, maître. Il dit que c'est urgent.

— Fais-le entrer. (Debout sur son balcon, Lazar se retourna pour rentrer dans la maison et s'aperçut que Pez était déjà là.) Qu'y a-t-il ? demanda-t-il, les entrailles nouées par l'inquiétude.

— Ils vont la flageller, expliqua le nain, encore haletant d'avoir couru jusqu'à la résidence de l'Éperon.

Lazar, qui n'était jamais du genre à gaspiller sa salive, se tourna vers son domestique.

— Jumo, mon cheval. (L'ancien esclave s'en alla en courant.) Combien de temps me reste-t-il ? demanda Lazar à Pez d'une voix pressante.

— Pas beaucoup. Les Elims sont venus la chercher pendant que je parlais avec elle.

— Connaissant Herezah, elle va vouloir en faire un spectacle.

— Auquel cas, tu peux peut-être arriver avant qu'ils commencent.

Lazar traversa la pièce principale en six grandes enjambées.

— Ça va aller? demanda-t-il à son ami par-dessus son épaule.

— Ne t'inquiète pas pour moi. Rejoins Ana et trouve vite une solution, Lazar.

Une expression douloureuse se peignit sur les traits de l'Éperon.

— C'est bien ça le problème, je ne sais absolument pas comment la sauver. J'y ai réfléchi toute la matinée, en vain, avoua-t-il d'une voix blanche.

— Fais parvenir un message à Boaz, suggéra Pez. Tu pourrais invoquer le droit du Protecteur!

Le soulagement remplaça l'angoisse sur le visage durci de l'Éperon.

— Merci, souffla-t-il.

Pez songea que Lazar tenait plus à cette jeune fille qu'il ne voulait bien l'admettre s'il était prêt à accepter un sacrifice pareil. Le nain secoua la tête, car, en toute franchise, il y avait quelque chose chez Ana qui le poussait lui aussi à vouloir la protéger. Lorsqu'elle l'avait touché un peu plus tôt, il avait eu l'impression qu'elle embrasait son âme, comme s'ils étaient liés spirituellement. Mais comment était-ce possible?

Jumo vint interrompre sa réflexion.

— Quel est le plan? Il n'a pas voulu me le dire.

— Il va invoquer le droit du Protecteur pour Ana.

— Que Zarab nous sauve, murmura Jumo en portant la main à ses lèvres pour supplier le grand dieu. (Il semblait si effrayé qu'une nouvelle vague de culpabilité s'abattit sur Pez pour avoir suggéré une chose pareille.) Herezah va adorer ça.

Pez ne put qu'acquiescer.

— Viens, laisse-moi te raccompagner en carriole, proposa Jumo. Il va avoir besoin de toute l'aide qu'on peut lui apporter.

Lazar arriva au palais en quelques minutes seulement. Il bondit à bas de son cheval et jeta les rênes à ses hommes, qui s'écartèrent pour laisser leur chef traverser la cour avec précipitation. Les soldats en patrouille le saluèrent en portant leur poing fermé à leur front puis à leur cœur, mais il les ignora.

Il se rendit directement dans le bureau du vizir. Tariq disposait d'un certain nombre de pièces dans le palais pour ses missions officielles. Par chance, ce paon couvert de bijoux sortait de son bureau au moment où Lazar s'y présenta.

— Tariq, il faut absolument que je vous parle, s'exclama-t-il.

— Eh bien, eh bien, Éperon. Voilà qui est tout à fait inhabituel. Ne peut-on pas prendre rendez-vous ?

Ses manières mielleuses ne manquaient jamais d'attiser les braises de la colère qui couvait en permanence chez Lazar.

— Non, on ne peut pas ! C'est important. Pensez-vous que je viendrais vous trouver, sinon ? (Il se mordit les lèvres. Il devait brider sa colère qui ne l'amènerait nulle part.) J'apprécierais votre aide, vizir, ajouta-t-il d'un air contrit.

— Je vois. Entrez, dit Tariq d'un ton neutre – mais il était évident qu'il savourait l'humiliation de l'Éperon.

Lazar passa rapidement devant le secrétaire de Tariq, surpris, et referma la porte de ce bureau dans lequel il venait rarement. Il détestait s'entretenir avec le vizir dans son antre, parce que son choix de meubles et de cadre était pour le moins ostentatoire. Tout chez Tariq était artificiel. De plus, Lazar savait très bien à quel point le ministre le détestait. Cela ne l'avait jamais gêné, mais mettait beaucoup de tension dans leurs rapports. Du vivant de Joreb, Lazar travaillait quasiment en autonomie. Mais, à présent qu'Herezah tirait les ficelles, cela devenait impossible. Lazar était révolté à l'idée d'avoir désormais des obligations envers cet imbécile de vizir qui avait la confiance de la Valide et donc du Zar. Il s'obligea à faire preuve de politesse.

— Je dois parler au Zar.

Tariq fit un agaçant petit bruit condescendant, comme s'il réprimandait un enfant.

— Allons, Éperon, cela n'est pas possible. Il profite d'un moment de calme consacré à la réflexion et à ses études.

— Je ne présenterais pas une telle requête si ça n'était pas important.

— Si vous le dites. Mais l'enrichissement des connaissances du Zar l'est tout autant. Qu'est-ce qui pourrait bien être plus important, en vérité ? demanda-t-il.

Ses bijoux scintillaient dans le rayon de soleil au sein duquel il avait délibérément choisi de se positionner.

Lazar savait qu'il ne servait à rien d'argumenter.

— Dans ce cas, voudriez-vous lui porter un mot de ma part ? demanda-t-il, avant d'ajouter : S'il vous plaît, Tariq.

— Je ferai de mon mieux. Tenez, il y a du papier et de l'encre sur mon bureau. Prenez ce que vous voulez, je vais demander qu'un messager vienne chercher votre lettre.

— Merci.

Sans perdre un instant, Lazar gribouilla un mot en hâte pour le Zar, puis le plia et le déposa dans la pochette en soie que lui tendait le vizir.

— Encore une chose. Il me faut maintenant m'entretenir avec la Valide Zara.

Il vit le vizir ouvrir la bouche pour protester, mais il l'interrompit aussitôt :

— Ne me dites pas que c'est impossible. Je suis l'Éperon de Percheron et je demande à voir la personne la plus haut placée dans le palais. Puisque je ne peux voir le Zar en personne, mon rang exige que l'on m'accorde une audience avec la Valide. Je ne le demanderais pas si ce n'était pas capital, ajouta-t-il.

— Éperon, ce n'est pas ainsi que nous… (On frappa doucement à la porte.) Entrez.

Un serviteur se présenta et s'inclina. Lazar fut soulagé de voir la pochette en soie remise entre ses mains. À présent que le message était en chemin, il pouvait se montrer un peu plus ferme.

— Dépêchez-vous, je vous prie, ajouta-t-il à l'adresse du serviteur.

Celui-ci s'inclina et s'en alla promptement. Lazar se retourna vers le vizir qui n'était plus dans le soleil et semblait vraiment vieux et décharné, tout à coup. Il était difficile de lui donner un âge tellement il se cachait derrière ses ornements, mais Lazar comprit brusquement qu'il ne restait plus qu'une dernière chance à Tariq de laisser sa marque sur Percheron. Il ne vivrait pas assez longtemps pour voir le pouvoir changer de mains de nouveau. Lazar décida de jouer sur les peurs de son interlocuteur.

— Je sais que c'est très inhabituel. Mais les circonstances le sont tout autant. Je vous ai dit que c'était important. Si vous ignorez ma requête, Tariq, j'utiliserai mon influence pour faire en sorte que les choses tournent mal pour vous.

— Comment osez-vous me menacer ? protesta le vizir, tremblant d'indignation.

— Ce n'est pas mon intention. J'essaie seulement de vous faire comprendre à quel point il est important que je voie la Valide.

— Mais vous refusez de partager avec moi ce problème important ?

— Tariq, je ne vois aucun inconvénient à ce que vous assistiez à l'entrevue, mais si vous ne m'obtenez pas immédiatement une audience, j'irai moi-même trouver la Valide.

C'était une menace audacieuse, puisque Lazar n'avait pas la permission d'entrer dans le harem. Cette suggestion parut horrifier le vizir, mais celui-ci savait qu'il ne valait mieux pas mettre l'Éperon au défi de bafouer les règles du palais. Cet homme n'en faisait qu'à sa tête. Que Zarab fasse rôtir son âme ! Et si le problème en question était vraiment important ? La Valide serait furieuse s'il l'empêchait d'en être avertie. S'il ne réussissait pas à rentrer réellement dans ses bonnes grâces, il resterait son pantin, à moins qu'elle choisisse de le broyer et de le dépouiller de tout, y compris peut-être de sa vie. Elle qui était une esclave, alors qu'il provenait d'une grande famille au fier lignage ! Cette femme avait été achetée sur le marché aux esclaves ! Un représentant du harem avait enfoncé son doigt dans sa bouche pour vérifier ses dents alors qu'elle se tenait nue et humiliée face à d'innombrables badauds. Et voilà qu'elle gouvernait le pays !

Maliz n'avait-il pas pour habitude de se débarrasser des femmes puissantes ? Le nom du démon lui traversait facilement l'esprit, à présent. Oh ! oui, la mission de Maliz avait été de saper puis de détruire le pouvoir des prêtresses. Grâce à lui, Percheron avait cessé d'adorer la Déesse pour la remplacer par des dieux, comme le maître de Maliz, Zarab, que tout le monde priait désormais.

Les promesses que Maliz lui susurrait donnaient à Tariq l'impression qu'il pourrait devenir comme Lazar. Comme lui, il pourrait mépriser les règles, faire comme s'il savait tout mieux que tout le monde et maîtriser sa propre destinée. Et s'il pouvait avoir l'air plus jeune, plus beau et ressembler davantage à l'Éperon ? Peut-être Maliz pourrait-il l'aider à se débarrasser d'Herezah et à la remplacer comme principal conseiller du Zar. Le démon attendait toujours sa réponse. En vérité, Tariq avait peur de lui et avait encore du mal à accepter que le démon soit venu à lui. Cette entité qu'il avait toujours considérée comme une légende semblait tout à coup si réelle !

Il s'aperçut que l'Éperon le regardait d'un air furieux et attendait une réponse. Oh ! comme il avait envie de faire souffrir cet homme !

— *Tu pourras si tu dis oui*, chuchota la voix familière, qui visiblement espionnait ses pensées. *Je t'y aiderai… mais pas tout de suite. Donne-lui ce qu'il veut. Je te promets que tu riras le dernier.*

— *Je dois capituler ?* protesta Tariq, horrifié. *Qu'est-ce que ça me rapporte ?*

— *Attends et tu verras.*

Maliz partit d'un grand éclat de rire grave dans l'esprit du ministre.

— J'attends, Tariq, lui rappela Lazar, lassé du temps que le vizir prenait pour réfléchir à sa requête.

La voix de l'Éperon le fit sortir en sursaut de ses pensées. Il était partagé. Suivre son instinct ou la voix de Maliz ? Le démon semblait savoir quelque chose. En écoutant son conseil, il lui montrerait qu'il était prêt à passer à l'étape suivante. Mais était-il prêt à donner au démon ce qu'il voulait ?

Lazar laissa échapper un grognement impatient.

— D'accord, Éperon ! répondit Tariq avec colère. Je vais vous obtenir une audience. Attendez dehors, je vous prie.

— Je n'ai pas le temps de...

Peut-être fut-ce le rire de Maliz qui lui donna du cran.

— Faites ce que je dis. Allez vous asseoir dans mon antichambre et attendez que je prenne contact avec la Valide Zara et que j'obtienne sa permission. C'est le mieux que je puisse faire.

Il réussit même à soutenir le regard d'acier de l'Éperon sans flancher ni battre en retraite.

— Merci, soupira Lazar. Vous feriez bien de convier le grand maître des eunuques à cette réunion. Ça le concerne lui aussi, ajouta-t-il avant de tourner les talons.

Tariq se tenait devant Herezah dans l'un des salons du palais. Intérieurement, il fulminait en voyant que Salméo, qu'il avait fait convoquer par l'un de ses secrétaires, avait réussi à se faufiler, malgré son impressionnante corpulence, à côté de la Valide Zara. Il donnait ainsi l'impression qu'ils détenaient tous deux le pouvoir et que Tariq n'était qu'un vulgaire serviteur venu porter un message. En s'inclinant devant la Valide, le vizir eut la sensation de s'incliner également devant l'eunuque. Cela n'échappa pas à Salméo, bien entendu, car il affichait un petit sourire satisfait, drapé comme il l'était dans de volumineuses soieries aux couleurs vives.

— Bien, le grand maître des eunuques est ici, à présent. Qu'aviez-vous à nous dire, vizir ? demanda Herezah derrière son voile, d'un ton qui trahissait son agacement d'être ainsi interrompue dans ses activités.

— Toutes mes excuses, Valide Zara, de perturber ainsi votre journée.

— Tariq, reprit-elle avec irritation, que faisons-nous ici ?

Impossible de prendre les rênes de la discussion et de se donner de l'importance.

— L'Éperon est ici, Valide, et insiste pour que vous lui accordiez audience. Je n'ai demandé la présence du chef des eunuques que parce que l'Éperon l'a spécifiée.

Il s'autorisa un bref sourire, ravi d'avoir souligné qu'il ne considérait pas Salméo suffisamment important pour être convié de fait à leurs réunions.

Mais cela l'agaça de voir le détestable eunuque et la Valide échanger un regard. Ils savaient pourquoi l'Éperon était là !

— *Évidemment,* souffla Maliz dans son esprit.

— Et que veut l'Éperon, vizir ? Le lui avez-vous demandé ? s'enquit Salméo, tout mielleux.

Tariq sentit ses entrailles se tordre de colère. L'eunuque essayait délibérément de le rabaisser. Comment la Valide pouvait-elle laisser l'esclave noir usurper son autorité en parlant pour elle ?

Il ignora Salméo pour s'adresser à Herezah.

— Il a également requis ma présence, Valide. De toute évidence, cela nous concerne tous.

— Pas vraiment, vizir, mais puisque nous sommes là, autant l'écouter. Faites-le entrer.

Normalement, Tariq se serait incliné et aurait lui-même été chercher l'Éperon, mais il avait pris la précaution d'amener son secrétaire. Il se tourna vers l'homme qui rôdait au fond de la pièce et lui fit signe, très content de ne pas avoir à s'incliner de nouveau.

— *Pourquoi ne leur poses-tu pas la question ?* suggéra Maliz. *C'est à propos d'une jeune fille, celle que l'Éperon a présentée et qui a causé tant de remue-ménage. Elle a disparu la nuit dernière après que Salméo l'a laissée seule. C'est sa faute.*

Un frisson de plaisir parcourut Tariq. Maliz avait ses avantages.

— Valide, puis-je vous demander si cela a un lien avec la jeune Ana ? J'ai appris qu'elle avait disparu la nuit dernière, au nez et à la barbe des Elims et du grand maître des eunuques…

Il vit la cicatrice de Salméo tressaillir et ses yeux briller d'une rage contenue.

— *Ah! le gros bonhomme n'a pas apprécié*, pouffa Maliz. *Fais-lui mal. Continue!*

— Si le grand maître a besoin d'aide pour discipliner ces enfants, je serai plus que ravi de doubler la garde autour du harem, Valide, proposa Tariq d'un air plein d'innocence.

— *Bien!* rit Maliz.

Salméo n'attendit pas la réponse de la Valide.

— Ce ne sera pas nécessaire, dit-il d'une voix coupante. Ce fut une défaillance momentanée. Cela n'arrivera plus.

Tariq haussa les sourcils.

— Si une simple jeune fille a réussi à passer à travers les mailles de votre filet…

— Que Zarab vous emporte…

— Il suffit! intervint Herezah. Peut-être est-ce une bonne idée de doubler la garde autour du harem. Ces filles sont bien trop audacieuses.

Tariq s'inclina devant son autorité en ayant le sentiment d'avoir gagné la guerre des mots ce jour-là. Salméo ne protesta pas, mais son attitude en disait long.

— *Oh! il va te le faire payer*, fit remarquer Maliz, ravi.

— *Il peut toujours essayer*, répliqua Tariq, étonnamment sûr de lui au sortir de cette prise de bec.

— *Bien dit, vizir. Avec mon aide, tu triompheras du gros eunuque. Penses-y. J'exige ta réponse ce soir.*

Puis le démon s'en alla.

Herezah alla s'asseoir sur un simple banc, mais elle aurait aussi bien pu s'installer sur un trône, tant elle avait un port de tête royal.

— Où doit avoir lieu le châtiment, Salméo?

— Nous avons convenu de garder cela privé. J'ai donc jugé qu'il valait mieux punir Ana dans la cour des Larmes.

— Très bonne idée.

Tariq ne demanda aucune explication. Il jugeait qu'il pouvait la trouver tout seul. Au même moment, son secrétaire fit entrer l'Éperon.

— Valide, dit-il en s'inclinant brièvement devant elle. Merci de me recevoir.

— Vous êtes le commandant de la garde de Percheron et le responsable de sa sécurité, Éperon, pourquoi vous refuserais-je une audience ? Ou quoi que ce soit d'autre, ajouta-t-elle.

Lazar choisit d'ignorer cette invitation à peine voilée.

— Je suis ici à propos d'Ana, la jeune fille que j'ai amenée à Percheron.

— La jeune fille que vous avez vendue au harem, rectifia Salméo.

Lazar ignora également cette remarque.

— Valide, comme vous le savez, je l'ai reconduite dans le harem après son évasion de la nuit dernière. Franchement, je suis aussi horrifié que vous par cette escapade, mais j'aimerais savoir ce qui l'a terrifiée à ce point, dit-il en jetant un coup d'œil en direction de Salméo.

— Lazar, fit Herezah d'une voix douce en l'appelant par son prénom pour bien donner l'impression qu'ils étaient amis, Ana est une jeune fille au physique et à l'esprit remarquables, mais elle ne peut pas être traitée différemment des autres odalisques, pas tant qu'elle ne peut se prévaloir du statut de favorite ou d'épouse. Vous comprenez, n'est-ce pas, Éperon ? ajouta-t-elle d'un ton un peu plus condescendant, mais toujours teinté de sollicitude.

Lazar se raidit d'être ainsi traité, mais fit semblant d'être à l'aise.

— Bien sûr, Valide. Je ne suggérais pas autre chose. C'est juste que…

— Vous voyez, l'interrompit-elle, le test de Vertu n'est jamais chose plaisante pour nos filles, mais nous devons toutes y faire face à un moment de notre vie. Le tour d'Ana est simplement venu la nuit dernière.

— J'en suis conscient, Valide. Je ne suis pas venu contester cela, mais découvrir ce que vous comptiez faire d'Ana.

— Ce que je compte en faire ? répéta-t-elle, avec une note de dérision.

Il se força à plus d'humilité. Il le fallait.

— Oui, Valide. Je n'ai accepté aucune pièce d'or en échange d'Ana, aussi ai-je le sentiment qu'elle est encore un peu sous ma protection.

— Vraiment ? fit Herezah, furieuse à présent. Est-ce vrai ? demanda-t-elle à Salméo.

— Je n'en ai pas connaissance, Valide. Je peux vérifier, bien entendu, mais si l'Éperon a refusé l'or qu'on lui proposait, ce n'est pas le harem qui est revenu sur les termes du contrat. C'est sa décision, non ?

— Tout à fait, intervint Lazar. Je ne revendique nullement la propriété d'Ana, je me renseigne simplement quant à votre opinion sur son égarement de cette nuit. Son immaturité, la nouveauté de son environnement et l'étrangeté de Percheron, sans oublier l'émasculation de l'esclave, ont dû accroître ses émotions et la rendre instable. Elle est encore si jeune, après tout.

— J'étais bien plus jeune qu'Ana lorsqu'il m'a fallu subir le test, Éperon, et je ne me suis pas enfuie.

— Peut-être cela ne vous est-il pas venu à l'idée, Valide. Peut-être n'en aviez-vous pas les moyens. Peut-être le grand maître des eunuques a-t-il fait preuve d'une certaine négligence ? Je présume qu'on l'a laissée seule avec la possibilité de trouver pareil déguisement ? (Il vit Salméo se rembrunir.) Peut-être est-ce le grand maître qui mérite une réprimande, Valide, et non l'enfant.

Herezah ne cilla même pas.

— Vous pourriez bien avoir raison, Éperon, et j'envisagerai cette mesure. Mais Ana doit affronter les conséquences de son propre geste. Comme vous dites, elle est jeune, mais à un âge où nous pouvons tous être responsables. N'oubliez pas que mon propre fils règne sur Percheron à quinze ans seulement ! J'étais déjà une épouse à son âge – et même une mère. Cet âge est encore tendre, mais pas immature, Éperon. Ana a pris une très mauvaise décision, et je suis sûre qu'au vu de son intelligence, elle savait que cela aurait des répercussions.

Tandis qu'Herezah campait sur sa position, Lazar comprit qu'il avait perdu cet argument-là. Il ne pouvait, par de belles paroles, éviter à Ana d'être punie. De toute évidence, ils avaient l'intention d'aller jusqu'au bout et n'avaient accepté de le recevoir que pour des raisons purement diplomatiques. Il inspira profondément pour se calmer, en sachant que ce qu'il s'apprêtait à proposer allait lui coûter cher. Il ressentit comme un bourdonnement au niveau de sa jambe tandis qu'Herezah finissait de parler. Il plongea la main dans la poche de sa longue tunique ample et sentit la chaleur d'Iridor, qui renforça son courage.

— Puis-je vous demander ce que vous avez choisi comme châtiment ?

— Je suppose que cela ne coûte rien de vous le dire.

Herezah se tourna vers Salméo pour lui laisser cet honneur, en guise d'infime revanche après l'insulte que venait de lui infliger l'Éperon.

— En tant que responsable du harem, c'est à moi qu'il revient de choisir la punition, et j'ai décidé que l'odalisque Ana recevrait trente coups de fouet.

Lazar pâlit.

— Valide ! Ce n'est qu'une enfant, elle ne peut pas supporter une chose pareille !

Il vit cette supplique déclencher un frisson de plaisir chez la femme voilée.

— Si elle flanche durant le châtiment, poursuivit Salméo d'un ton ferme, elle aura droit à un jour de repos avant de recevoir les derniers coups.

Cela ne faisait guère de différence pour Lazar, qui ne lui accorda même pas un regard. Il avait les yeux rivés sur ceux d'Herezah, qui étincelaient de triomphe. Elle savait qu'elle le tenait.

— Dans ce cas, Valide, je n'ai pas d'autre choix que d'invoquer le droit du Protecteur.

Ces paroles résonnèrent au sein d'un silence choqué. Ce droit n'avait plus été invoqué depuis une génération au moins, mais tous savaient parfaitement ce que cela signifiait. Il était l'un des fils de la tapisserie que formait le harem. Les odalisques n'avaient pas de protecteur puissant, voilà pourquoi elles complotaient et formaient des alliances. C'était la seule façon pour elles de se tenir à l'écart des ennuis.

—Je suis désolé, savez-vous ce que cela implique? demanda Lazar du ton le plus condescendant possible.

—Oui. Vous allez recevoir le châtiment au nom de la fille.

—C'est exact. Valide, la loi stipule...

—Je sais ce que la loi stipule, Éperon, répliqua-t-elle. Mais vous oubliez que vous avez au préalable besoin de la permission du Zar.

—Il l'a, annonça Boaz en faisant une entrée quelque peu théâtrale.

Lazar sentit le soulagement l'envahir et s'inclina devant leur souverain, comme toutes les personnes présentes dans la pièce.

—Mère, franchement, je ne peux tolérer qu'on flagelle un être aussi jeune. Je trouve cela... répugnant, à tout le moins.

—Très Haut, intervint Salméo avec une nouvelle courbette pour faire bonne mesure, le responsable du harem a le droit de punir les siens sans que le Zar... interfère.

—J'entends bien, grand maître des eunuques, répondit Boaz d'un ton mesuré. Mais l'Éperon ici présent a la possibilité d'invoquer ce droit. C'est lui qui a trouvé la jeune fille. C'est bien la loi du harem également, non?

—Si, Zar, reconnut Salméo à contrecœur.

—Et je préférerais qu'un homme reçoive les coups de fouet plutôt qu'une jeune fille. Je suis sûr que Lazar peut supporter trente coups de la Langue de l'Hirondelle, ajouta Boaz.

Herezah ricana froidement derrière son voile.

—Sauf, mon fils, que la méthode de flagellation est purement du ressort du harem et qu'il s'agit là d'une coutume avec laquelle tu n'as pas le droit d'interférer malgré ton statut.

Le ton d'Herezah était si glacial que la température parut baisser dans la pièce.

— Que voulez-vous dire ? s'enquit Boaz, moins sûr de lui tout à coup.

— Que ce sont les Elims qui choisiront avec quel instrument me fouetter, répondit Lazar avec un sourire amer.

Il n'avait d'yeux que pour Herezah. Tous deux s'affrontaient du regard, bien décidés à blesser l'autre.

— Est-ce vrai ? demanda Boaz au vizir.

— Oui, acquiesça Tariq. Seuls les Elims choisissent l'arme.

Boaz prit un air abattu. Lazar ne pouvait pas le laisser se faire écraser ainsi, pas quand il commençait tout juste à tester son autorité.

— Je l'accepte, Très Haut. Merci de me donner la permission d'invoquer le droit du Protecteur.

— Que Zarab soit clément avec vous, répondit Boaz, conscient qu'il ne pouvait faire plus. Où est cette Ana ? Je veux lui parler.

— Elle n'est pas prête, mon fils, rétorqua Herezah.

— Elle l'est suffisamment pour recevoir votre châtiment, mère, répliqua-t-il fermement, en sachant qu'elle allait détester qu'il lui parle avec un tel mépris devant tous ces hommes, et en particulier devant Lazar. Elle est donc plus que prête à rencontrer son Zar. Faites-la préparer, Salméo.

Voyant ce dernier se tourner vers Herezah, Boaz s'emporta :

— Avez-vous un problème, grand maître des eunuques, avec le fait de recevoir un ordre de votre Zar ? Avez-vous donc besoin de la permission de la Valide ?

— Non, Très Haut, répondit l'énorme eunuque, contrit. Je m'en occupe immédiatement. Mais que fait-on à propos de l'Éperon ?

— Je ne vais nulle part, intervint Lazar d'un ton caustique. Dites-moi juste où vous voulez que j'aille.

— La cour des Chagrins, répondit Herezah en récupérant un peu de son autorité mise à mal par son fils qui s'en allait. Ana doit être présente. Elle comprendra ainsi la faute qu'elle a commise. Veillez-y, ajouta-t-elle à l'intention de Salméo.

Les Elims avaient reçu des instructions très strictes. Ana devait prendre un bain puis être habillée d'une robe blanche spéciale, que l'on ferait glisser de ses épaules afin de dénuder son dos pour le fouet. Mais de nouveaux ordres arrivèrent pendant que les esclaves se dépêchaient de lui nouer les cheveux. Elle n'entendit pas ce qui se disait, mais elle vit bien que l'eunuque chargé de la procédure semblait consterné. Il revint dans la petite pièce d'eau après le départ des Elims et chuchota quelque chose à l'oreille de l'esclave la plus âgée. Puis, il s'en alla à son tour, laissant Ana seule avec les deux femmes qui la préparaient.

— Que se passe-t-il ? demanda-t-elle d'une voix suppliante.

— Vous devez revêtir une autre robe. Enlevez celle-ci, s'il vous plaît, mademoiselle Ana.

— Pourquoi ?

— Vous n'allez pas être flagellée.

— Je vous en prie, dites-moi ce qui s'est passé, insista Ana en se tournant vers l'esclave d'âge moyen qui lui enlevait sa robe blanche.

— Je n'ai pas d'autres informations, mademoiselle Ana, à part que je dois vous habiller d'une tenue plus formelle.

La jeune fille n'obtint rien d'autre de la femme. Elle obéit donc et enfila un pantalon de soie avant de laisser l'esclave draper autour d'elle un long jamoosh en soie bleu pâle jusqu'à ce qu'on ne lui voie plus que les yeux.

— Vous devez attendre dans la pièce voisine, mademoiselle, jusqu'à ce que les Elims viennent vous chercher.

Ana fut donc amenée à côté. Elle ne s'était pas encore retrouvée deux fois dans la même pièce depuis son arrivée au palais. Elle se demandait donc combien de couloirs et de salles il y avait dans le harem. Elle s'assit seule sur un sofa, la tête baissée, tandis que quelqu'un se postait devant la porte, à l'extérieur. Bien qu'effrayante, la perspective des coups de fouet lui avait paru plus facile à accepter que l'inconnu. À présent, elle ne savait pas ce qui l'attendait.

Elle avait l'impression d'avoir des papillons dans le ventre. Au même moment, il y eut une brusque agitation à la porte, et le nain entra en bondissant.

— Pez ! s'exclama-t-elle.

Jamais elle n'avait été aussi soulagée de voir quelqu'un. Il était occupé à sortir des mouchoirs de ses manches, de son nez, de sa bouche et de ses oreilles en marmonnant qu'il était un poisson capable de nager dans l'océan. Il ignora la jeune fille pendant une bonne minute, en sautant et en chantant. Puis, il se lança dans une longue tirade à propos de kerrosh trop chaud et de sorbet trop froid. Enfin, il s'allongea par terre et contempla le plafond peint.

— Est-ce qu'ils nous observent ? chuchota-t-il.

Ana jeta un coup d'œil en direction des gardes et secoua la tête.

— Comment avez-vous réussi à passer ?

— Je suis fou, n'oublie pas. Personne ne se soucie de moi.

— Savez-vous ce qui se passe ?

— C'est Lazar. Il a invoqué le droit du Protecteur pour toi.

— Qu'est-ce que ça signifie ? On m'a dit que je ne serais pas flagellée.

Du sofa sur lequel elle était assise, elle sentait qu'il se passait quelque chose de grave.

— C'est parce que Lazar va recevoir le fouet à ta place.

— Oh, non ! s'exclama-t-elle en se levant d'un bond.

Les gardes se tournèrent vers elle, mais ils se moquaient bien qu'elle soit bouleversée. Un certain nombre de causes pouvait expliquer son état, y compris un nain racontant des choses effrayantes. Ils ricanèrent et lui tournèrent de nouveau le dos.

De son côté, Pez s'empressa de la rassurer.

— Chut, Ana, tout ira bien. Lazar est un soldat, c'est un dur.

— Comment a-t-on pu autoriser une chose pareille ?

Pez s'assit en tournant le dos aux gardes pour qu'ils ne puissent pas voir ses lèvres bouger. Ana suivit son exemple.

—Le droit du Protecteur date de plusieurs siècles, lui apprit Pez. Et si l'on s'en souvient encore, c'est parce qu'il a été invoqué il y a bien longtemps lors d'un incident très célèbre. Une des épouses d'un Zar l'avait cocufié avec un eunuque.

—Comment est-ce possible ? l'interrompit Ana.

—L'émasculation n'avait pas été faite correctement, et il n'avait rien dit. Il réussissait à avoir des rapports charnels tout en vivant au sein de la communauté des eunuques. Personne n'en aurait rien su s'il n'était pas tombé amoureux de l'une des épouses du Zar. Elle est tombée enceinte, et le grand maître des eunuques de l'époque a compris que ce ne pouvait pas être l'enfant du Zar. La jeune femme a refusé de dénoncer son amant, tant elle lui était dévouée, alors le Zar, furieux, a ordonné sa mort. L'eunuque amoureux s'est livré et a réclamé le droit d'être exécuté à sa place, en invoquant l'une des plus anciennes lois de Percheron, qui stipule qu'une personne peut échapper à un châtiment si quelqu'un le subit à sa place.

—Oh, c'est donc une coutume ?

—À Percheron, oui. J'ignore si une telle loi existe ailleurs. L'eunuque a immédiatement subi le supplice des ganches, une mort lente et douloureuse parce qu'on te jette sur des crochets. Quelle que soit la partie du corps qui vient à s'empaler sur ces cruels crochets, c'est par là que la victime reste suspendue jusqu'à en mourir.

Ana frémit.

—Et moi, je m'en sors avec quelques coups de fouet, marmonna-t-elle.

—Tu n'as pas cocufié le Zar. Il n'y a pas de plus grande trahison au sein du harem.

—Est-ce qu'on utilise toujours ce supplice aujourd'hui ?

—Oh ! oui. Il n'y en a pas eu depuis longtemps – je suppose que cela ne saurait tarder.

—Comment va Lazar ?

—Déterminé, distant et furieux, comme toujours.

—Comment puis-je le remercier ?

— En restant à l'écart des ennuis, Ana. Ils t'ont étiquetée comme étant une rebelle. Tu dois te conformer du mieux possible à ce qu'ils veulent si tu veux survivre ici. J'imagine que Salméo doit se sentir profondément humilié après ton évasion, d'autant que tu échappes au châtiment.

— Vous croyez qu'il va vouloir se venger ?

— Oui, alors tu ne dois pas lui faciliter les choses. Reste hors de sa vue, Ana. Mélange-toi aux autres filles du harem et sois obéissante. Apprends tout ce qu'ils te demandent et accomplis tes devoirs avec zèle. Survis.

Elle hocha la tête.

— Pouvez-vous porter un message à Lazar de ma part ?

— Bien sûr.

— Pouvez-vous lui dire que je le libère ? Il ne me doit plus rien. Je suis seule, maintenant, et je l'accepte. Je vais être une odalisque obéissante, comme vous le suggérez. Dites-lui aussi que je ne lui en veux absolument pas et que ma vie est… plus riche de l'avoir connu.

Pez ne répondit pas. Ce n'était pas nécessaire. Ils restèrent assis en silence, tristement, pendant quelques minutes, puis les Elims arrivèrent.

— C'est l'heure, mademoiselle Ana. Va-t'en, Pez, ajouta le garde eunuque avec une grimace de dégoût à la vue du nain qui se curait le nez en fredonnant tout bas. Vous allez devoir vous habituer à sa présence, mademoiselle Ana, ajouta-t-il avec plus de gentillesse. Il a la permission d'entrer dans le harem. On ne peut pas l'en empêcher.

— Il ne me gêne pas, répondit-elle aussi gentiment que possible. Il ne me parle même pas, il ne fait que murmurer des choses sans queue ni tête, tout le temps.

— Il est comme ça depuis des années, mais il appartient au Zar, alors il est intouchable. Venez avec nous, je vous prie.

Pez se leva tant bien que mal et empoigna son entrejambe en désignant Ana.

— Celle-là va plaire au Zar ! s'écria-t-il.

Puis il éclata d'un rire dément et partit en courant.

# Chapitre 16

Le cœur de Salméo battait la chamade et ne pompait pas que du sang, mais de la colère aussi. L'eunuque détestait montrer ses émotions. Il préférait que personne ne devine ce qu'il pensait ou comment il réagissait à une situation. Mais ce paon de vizir et cet arrogant Éperon l'avaient rabaissé devant la Valide, juste au moment où il commençait à gagner sa confiance et sa complicité.

De rage, il frappa le marbre des murs. Même s'il avait les yeux ouverts, il ne voyait rien, car ses pensées et son sang en ébullition obscurcissaient tout. Il voulait se venger, et la Valide lui en avait donné les moyens.

On frappa à la porte.

— Entrez ! s'exclama-t-il d'une voix tonnante.

Le commandant des Elims, en qui il avait toute confiance, entra et s'inclina bien bas.

— Maître.

Il attendit, pour se redresser, que son supérieur lui en donne la permission en s'adressant à lui.

— Horz. Avez-vous appris ce qui va se passer aujourd'hui dans la cour des Chagrins ?

L'homme se releva.

— Oui, maître. J'ai appris que nous n'allions pas punir l'odalisque mais l'Éperon.

— En effet. Qui aviez-vous choisi pour donner le fouet à la jeune fille ?

— Quelqu'un de très expérimenté, maître, qui sait comment donner des coups légers sans laisser de cicatrices.

— Remplacez-le. Je veux l'un des apprentis.

— Maître ? protesta Horz, perplexe, car un apprenti risquait certainement de mal s'y prendre.

— Je veux que l'Éperon souffre, Horz. Faut-il vous le dire plus clairement ? (L'Elim secoua la tête.) L'Éperon a remis en cause l'efficacité des Elims aujourd'hui. Il s'est moqué de moi devant la Valide. Il pense qu'il va simplement recevoir la punition de la jeune fille. J'en décide autrement.

Horz sentait la haine émaner du grand maître des eunuques. Mais s'il avait trouvé le préambule glaçant, il trouva la suite carrément effroyable.

— Je veux qu'on utilise le Nid de Vipères sur lui.

Horz s'entendit bredouiller une réponse. Le fouet dont parlait Salméo servait traditionnellement à tuer, à moins d'être utilisé au préalable d'une exécution par d'autres moyens.

— Maître, je vous en prie...

— Faites ce que je vous dis, Horz. Sortez le Nid de Vipères et veillez à ce que celui qui le maniera ne sache absolument pas l'utiliser. Je le répète, je ne veux pas que l'Éperon soit simplement puni, je veux qu'il souffre. S'il devait en mourir...

*Mourir ?* Horz avait du mal à parler.

— Oui, maître ? réussit-il à dire d'une voix étranglée.

— Nous n'en serons pas tenus pour responsables. J'y veillerai.

Horz s'inclina, pensant que l'entretien était terminé.

— Je n'ai pas encore fini, ajouta Salméo d'un ton sournois. (Horz comprit qu'il n'avait pas encore entendu la pire partie du plan de son maître.) Je veux que chaque langue de vipère soit imprégnée de drezden.

Cette fois, l'Elim en perdit la voix. Ses lèvres refusaient de lui obéir.

— Me suis-je montré assez clair, Horz ?

Il y avait comme une menace dans cette question.

— Oui, maître, répondit l'Elim d'une voix tendue.

— Tant mieux, parce que si vous ne suivez pas mes ordres à la lettre, vous jouez votre vie et celle de votre frère et de sa famille dans les contreforts. Je vous suggère d'appliquer le drezden vous-même. Oh, et, Horz ? Personne n'est au courant, à part vous et moi… Je suggère que cela reste entre nous.

Lazar avait les yeux dans le vague et l'esprit vide de toute pensée. Il avait beau remonter le plus loin possible dans ses souvenirs, il ne se rappelait pas avoir jamais ressenti ça. Peut-être était-ce dû à l'attente anxieuse du châtiment ou à la peur de ce qu'il comptait faire après. Il n'en avait encore parlé à personne, pas même à Jumo. Mais il avait l'impression d'être lié, d'une façon ou d'une autre, à quelque chose qui dépassait de loin le cadre bien défini de sa vie à Percheron. Or, il ne voyait pas d'autre moyen de se débarrasser de cette sensation effrayante et asphyxiante. La statue de Lyana dans le petit temple le perturbait, car elle ne cessait de revenir le hanter. Quelque chose dans le regard de la Déesse l'appelait – non, l'implorait –, mais il ne savait pas ce qu'elle attendait de lui. L'effet ne s'était pas dissipé depuis qu'il avait posé les yeux sur elle la première fois. En toute franchise, il s'était même intensifié. Dire que pendant tant d'années, Lazar s'était senti complètement sûr de lui et de sa position à Percheron. Il se laissait rarement aller à penser à son pays natal de peur d'endommager le voile fragile et précieux du secret qu'il avait drapé autour de lui. C'était sa protection.

Mais il ne s'en souciait plus à présent. La statue avait-elle donc le pouvoir de le déstabiliser ? C'était déjà bien assez révoltant de voir Herezah disposer d'une telle autorité et de se rendre compte qu'elle avait bien l'intention de le faire danser comme un pantin. Pourtant, même cela pâlissait en comparaison de l'effroyable sentiment de perte qu'il éprouvait vis-à-vis d'Ana. Est-ce que tout était lié ? Il avait envisagé le problème sous tous les angles possibles pour se convaincre qu'Ana n'était pas importante. Il s'efforçait de la voir comme une jeune fille naïve mais, en vérité, si son corps était jeune, son âme était ancienne. Il aurait voulu l'accuser d'être une manipulatrice rusée tirant délibérément sur les ficelles de son cœur mais, là encore, cela sonnait faux. Il n'y avait rien de calculateur chez Ana, car elle était sincère, envers elle-même, envers lui et envers ceux qu'elle côtoyait. Il avait même tenté de se persuader qu'elle ne se rappellerait plus son nom après un an passé dans le harem. Il aurait voulu croire qu'elle était comme toutes ces femmes-là, qui s'efforçaient simplement de gagner un meilleur statut.

Mais il avait fini par admettre qu'Ana l'affectait si profondément qu'il ne pouvait plus réfléchir aussi clairement qu'avant. Brusquement, la vie lui paraissait désordonnée, et sa routine avait volé en éclats. Son existence protégée à Percheron était terminée. Pourtant, il n'arrivait pas encore à déterminer précisément ce qui chez la jeune fille lui faisait cet effet-là.

Il réagissait à son contact comme si elle avait le même âge que lui et était disponible. Il ne voulait pas offrir son cœur, mais elle le lui avait ravi d'un simple regard. Puis elle avait brisé ce fragile organe en refusant son offre d'échapper régulièrement à la vie morne et étouffante du harem.

Lazar ne supporterait jamais d'être à la fois si proche et si éloigné d'Ana. Voilà pourquoi il comptait quitter Percheron. Il lui suffisait d'endurer cette journée jusqu'à la fin, puis il partirait, fuyant tout ce qui était soudain si déstabilisant.

Il appuya la tête contre le marbre frais du mur et ferma les yeux en attendant son ami. Il était sûr que Jumo viendrait le trouver avant qu'il reçoive le fouet.

Il avait raison.

Avec l'aide de Pez, le domestique rencontra son maître et ami à l'endroit où on lui avait demandé d'attendre. Des Elims au visage de granit interceptèrent l'ancien esclave ; ils ne lui auraient pas permis d'entrer s'il n'y avait pas eu Pez.

— Nous sommes ici pour voir le Protecteur ! ne cessa de répéter le nain en tournant frénétiquement en rond.

Lorsque l'un des Elims suggéra de laisser entrer Pez mais pas le domestique, le nain tapa du pied et prit la main de Jumo.

— C'est mon ami ! hurla-t-il avant de montrer les dents aux Elims qui avaient l'habitude des caprices du petit homme.

— Quel mal y a-t-il à cela ? soupira l'un des gardes.

Pez se mit à danser, les doigts dans ses oreilles, ce qui ne manquait jamais d'amuser la galerie.

Cependant, une fois à l'intérieur, le nain reprit son air grave.

— Visiblement, ils ont accepté, dit-il à Lazar.

— Ils ne pouvaient gère refuser. Merci de me l'avoir suggéré.

— Je ne crois pas que tu me remercieras tout à l'heure, Lazar, répondit Pez.

Il soupira et implora du regard l'indulgence de ses compagnons avant de se mettre à sauter dans tous les sens en grognant, de sorte que les Elims au-dehors ne s'étonnent pas de ne plus l'entendre.

L'Éperon et Jumo étaient malheureusement d'accord avec les dernières paroles du nain. Salméo allait faire payer le prix fort à Lazar pour cette humiliation. Les Elims l'avaient emmené en direction de la caserne puis, comme s'ils faisaient demi-tour, l'avaient conduit dans une aile du palais qu'il n'avait encore jamais visitée.

— Nous ne sommes pas dans le harem, marmonna Jumo.

— Non, nous sommes dans la salle des Chagrins, expliqua Pez en s'immobilisant de nouveau. C'est là que les prisonniers de la famille royale sont conduits pour attendre leur châtiment. Au-dehors se trouve la cour du même nom.

— Je ne l'ai vue que depuis l'autre côté, commenta distraitement Lazar. C'est une très jolie cour, avec des oiseaux en guise de sentinelles sur les murs.

— Ce sont des corbeaux, expliqua Pez. C'est l'oiseau du chagrin, ajouta-t-il en pensant soudain à quelqu'un d'autre.

— C'est de circonstance, acquiesça Lazar.

Jumo savait qu'il valait mieux ne pas en dire trop. Lazar avait pris sa décision et n'était pas du genre à revenir dessus.

— Maître, je doute qu'ils utilisent sur toi le fouet qu'ils destinaient à la jeune fille.

Là, c'était dit. Il avait exprimé à voix haute ce qui les inquiétait tout bas. Pez hocha la tête d'un air grave.

—Les Elims consultent les Fustigeurs pour choisir, d'après ce que j'ai compris.

—Oui, c'est ce qu'on m'a dit, confirma Lazar. Je crois que nous pouvons parier notre vie sur le fait que Salméo choisira quelque chose de vicieux.

—As-tu peur ? s'enquit Jumo timidement.

—Uniquement pour Ana. J'ai le sentiment qu'ils l'obligeront à y assister.

—Oui, on peut y compter, renchérit Pez. C'est une jeune fille incroyablement sûre d'elle, mon ami. Ne te fais pas trop de soucis, elle y survivra. Inquiète-toi seulement de toi, pour l'instant.

Lazar haussa les épaules.

—Il n'y a pas grand-chose à faire. Ils feront ce qu'ils voudront, et je devrai le supporter.

Jumo se demandait quel sort cruel attendait son ami. Il en avait l'estomac tout retourné. Mais le cours sinistre de ses pensées fut brusquement interrompu par Pez qui se mit à faire le poirier contre un mur en se lançant dans ce que les soldats appelaient avec affection son charabia.

Le nain devait avoir une ouïe très développée, car, quelques instants plus tard, la porte s'ouvrit et quatre Elims entrèrent, tandis que deux autres restaient à l'extérieur.

—Éperon, si vous voulez bien me suivre, dit Horz, leur commandant.

Pour Jumo, aucun des Elims ne devait être très heureux du rôle qu'ils avaient à jouer ce jour-là. Ils étaient soumis aux caprices de leur supérieur, le grand maître des eunuques, mais c'étaient tous de féroces guerriers. Il ne fallait surtout pas s'imaginer que, parce qu'un couteau les avait privés de leur sexe, ils manquaient de la passion ou du courage qui allaient de pair avec la virilité. La plupart des Elims prouvaient leur bravoure en entrant chez les eunuques à l'âge adulte. Les autres eunuques du harem, ceux qui n'avaient pas le droit de porter le jamoosh rouge, étaient pour la plupart émasculés dans leur enfance, quand ils n'étaient pas encore capables de comprendre, au-delà de la douleur et de leur peur, ce qu'on leur enlevait.

Les Elims croyaient qu'ils seraient récompensés au Paradis, comme le leur avait promis Zarab, qu'ils vénéraient de toute leur âme.

— Je suis son second, annonça Jumo en s'interposant entre Lazar et les gardes.

— Nous avions compris, répondit Horz. C'est acceptable.

Ils étaient obligés de parler fort pour couvrir la voix de Pez qui se donnait vraiment en spectacle. Horz s'inclina devant Lazar.

— Je suis désolé, Éperon, pour le dérangement causé par le nain, mais le Zar l'autorise...

— Je sais, coupa Lazar. Je ne fais jamais attention à lui.

— Pouvez-vous me dire comment ça va se passer? demanda Jumo, bien décidé à découvrir ce qui les attendait.

Le supérieur des Elims hocha calmement la tête.

— L'Éperon va être flagellé.

C'était une évidence. Jumo garda un visage neutre.

— Par qui?

— Je ne connais pas le Fustigeur.

— Vous voulez dire que vous ne connaissez pas l'homme personnellement ou que vous ignorez lequel a été choisi? insista Jumo.

L'hésitation de l'Elim était éloquente. Alors qu'il ouvrait la bouche pour répondre, Lazar lui coupa la parole.

— Laisse, Jumo. Je vais recevoir le fouet de toute façon et, franchement, peu m'importe qui le maniera.

Pez se mit à chanter.

— Ne lui fais pas de mal, Horz, ou il se mettra en colère.

Personne ne fit attention à lui.

— Si vous voulez bien nous suivre, Éperon.

Horz jeta un coup d'œil à Jumo. Une ombre passa dans ce regard, et le cœur de l'ancien esclave s'alourdit davantage. Quelque chose se tramait, il le sentait à la tension de l'Elim.

— Merci, Horz, marmonna Lazar.

Les Elims savaient se montrer implacables lorsqu'il le fallait, mais l'Éperon comprenait que personne n'appréciait ce qui allait se passer. Il admettait à contrecœur qu'ils auraient sûrement préféré fouetter la jeune fille plutôt qu'humilier, voire blesser un guerrier comme eux, innocent qui plus est. Cela dit, il percevait leur admiration muette pour le sacrifice auquel il avait consenti.

Telle était la voie des Elims. C'était le fondement même de leur credo. Ils s'offraient à leur dieu et faisaient un sacrifice coûteux en son nom. On les respectait et on les craignait chaque fois qu'ils mettaient le pied hors du harem. En son sein, ils avaient entièrement le contrôle. Même Herezah n'aurait pas pris le risque de les offenser. Il y avait là un fragile équilibre à respecter, car les Elims avaient besoin du harem pour exister, et le harem avait besoin d'eux pour maintenir la discipline et assurer la sécurité.

Lazar emboîta le pas aux six Elims, tous aussi grands que lui, et décida qu'il ne donnerait aucune satisfaction à Herezah ce jour-là.

Les six hommes et leur victime sortirent dans la vive lumière de l'après-midi. Jumo, qui suivait le cortège d'un air mécontent, se glissa furtivement dans l'ombre projetée par le minaret en dehors des murs. Sa présence était tolérée uniquement pour porter, si nécessaire, le corps de Lazar hors des lieux à l'issue du châtiment. Pez le suivit en se catapultant presque au sein de la cour des Chagrins et se lança dans une série de sauts périlleux purement destinés à agacer Herezah et ses courtisans. Il réussit brillamment cet objectif en s'immobilisant sur le pied de l'un d'eux. Un seul homme était susceptible de porter, de jour et à l'extérieur, des babouches ornées de joyaux – Pez n'aurait pas pu mieux choisir.

— Maudit sois-tu, Pez ! s'exclama le vizir en lui donnant un coup de son autre pied.

Le nain roula plus loin en faisant mine d'avoir très mal. Deux Elims se précipitèrent pour l'aider. L'un d'eux n'était autre que Horz.

—Vizir ! s'exclama-t-il d'un ton de reproche. Par décret du Zar, Pez est absolument intouchable. Vous devez…

—Je sais, merci, Horz, l'interrompit Tariq, furieux d'avoir commis une erreur aussi grossière.

Mais il détestait le nain, et surtout le fait qu'il pouvait aller et venir à sa guise dans tout le palais, y compris le harem. La journée avait été difficile. Les facéties de Pez, qui ne manquait jamais d'embarrasser le vizir, avaient fait déborder la tension qui l'animait. Il s'attendait plus ou moins à ce que le démon prenne la parole, mais Maliz restait étrangement silencieux depuis la fin de la matinée.

Horz souleva Pez qui se tortillait toujours et le porta à l'écart. Le nain regarda Tariq avec un sourire moqueur. Oh ! comme il haïssait ce bouffon ! S'il découvrait que Pez était tout sauf demeuré, il aurait sa tête. Ce fut cette vague de haine qui l'aida à prendre enfin sa décision. Oui, il allait accepter l'offre de Maliz. Il voulait le pouvoir, la richesse et la liberté. Il ne voulait plus dépendre de ces personnes pathétiques et encore moins de ce nain dérangé. Il grimaça de plaisir à cette idée. Ce que demandait Maliz n'était que temporaire. Quelle importance si le démon utilisait son corps pendant une courte période ? La récompense valait largement ce petit désagrément. Il ne savait pas comment tout cela allait se passer, mais la colère lui donna la force de faire confiance à Maliz.

Une joie féroce l'envahit au moment où le son des trompettes proclamait l'arrivée du Zar, qui semblait grand et fier, tout à coup.

Boaz était accompagné de sa mère. Entièrement voilée, Herezah n'en restait pas moins éblouissante dans sa robe d'un bleu profond. Mère et fils sortirent sur le balcon qui surplombait la cour des Chagrins. Tout le monde s'inclina devant eux.

Puis, une autre porte s'ouvrit, et deux Elims musclés escortèrent Ana dans la cour proprement dite. Elle aussi était entièrement voilée, et Lazar détesta ne pas pouvoir contempler son beau visage.

Néanmoins, il y avait dans son regard le plus doux des sourires, et l'Éperon savait que c'était juste pour lui. Il eut l'impression que son cœur allait se briser en mille morceaux. Mais au milieu de cette douleur et de ce profond désespoir survint la compréhension. Sa décision de prendre la place de la jeune fille laissait peut-être tout le monde perplexe, mais pas lui. Il agissait ainsi pour la plus ancienne et la plus simple des raisons qui poussaient les hommes et les femmes à commettre des actes courageux mais parfois extrêmement dangereux. L'amour.

Il aimait Ana.

Lorsqu'il comprit cela, il sentit la statuette d'Iridor brûler contre sa cuisse. Il posa la main dessus et fut réconforté par sa chaleur, qu'accompagnait une sensation de paix. Il avait pris la bonne décision, voilà ce que lui disait Iridor. En même temps, il comprit qu'il était mieux de laisser la jeune fille à sa nouvelle vie et de quitter Percheron pour ne pas se punir. Il devait retourner dans son pays natal et faire face aux conséquences. Il allait prendre un nouveau départ tandis qu'elle construirait sa vie au sein du harem. Si Pez avait raison, Boaz s'intéressait déjà à elle, et elle avait donc un avenir.

La voix de Salméo interrompit sa réflexion pour expliquer les événements qui avaient conduit à cette situation. Personne n'avait besoin de l'écouter, évidemment, puisque tous savaient parfaitement à quoi s'en tenir. Mais c'était le protocole.

— … et c'est donc avec respect que nous allons infliger ce châtiment à l'Éperon Lazar, qui a invoqué le droit du Protecteur sur l'odalisque Ana, propriété du Zar Boaz. La transgression de l'esclave est considérée comme extrêmement grave, et ce par la plus haute autorité, à savoir le Zar lui-même…

» … c'est donc par vénération pour notre Zar et notre mode de vie dans le harem que nous insistons pour que ce châtiment soit pris au sérieux.

Bien qu'il soit décidé à ne donner satisfaction à personne, Lazar sentit son ventre se nouer. De toute évidence, Salméo lui réservait une surprise. À regret, Lazar délaissa Ana pour regarder le poteau auquel il allait être attaché. Il avait assisté à de nombreuses flagellations et savait à quoi s'attendre. Il se doutait que la punition d'Ana aurait surtout été symbolique, alors que la sienne, en son nom à elle, risquait d'être plus douloureuse. Il était convaincu que quelques jours de guérison seraient nécessaires avant qu'il puisse se déplacer normalement.

Le poteau avec sa barre transversale lui paraissait extrêmement sinistre, à présent. Ça n'allait pas être une simple flagellation.

— ... Il a été décidé que l'Éperon recevrait trente coups du Nid de Vipères.

Un murmure agita le balcon lorsque Boaz se tourna vers sa mère, sans doute pour lui faire part de son inquiétude. Elle lui chuchota quelque chose en retour, mais brièvement. Le sujet n'était pas ouvert à discussion. Pauvre Boaz. Il allait apprendre une dure leçon cet après-midi-là.

Lazar jeta un coup d'œil vers Jumo et vit la peur gravée sur le visage de son ami. Comme il aurait aimé lui épargner cette épreuve ! Pour sa part, l'Éperon savait qu'il n'y avait pas d'échappatoire. Il s'était toujours montré philosophe face à l'adversité. « Tu gagnes ou tu meurs en essayant », telle était sa devise. Il avait bien l'intention de gagner, mais il connaissait le Nid de Vipères. C'était une arme extrêmement douloureuse pour la peau et tout à fait capable de tuer.

Le visage de Pez avait perdu toute couleur. Le nain savait également ce que cela signifiait. Sans plus de cérémonie, il se remit à sautiller et marcha sur les orteils du vizir silencieux avant de sortir à toute vitesse de la cour des Chagrins.

Lazar ignorait où Pez se rendait, mais il devina que son ami allait chercher de l'aide pour le soigner quand tout serait terminé.

— Commençons, décréta Salméo.

Mais Ana, comprenant sans doute que le Nid de Vipères n'était pas un simple fouet, se débattit dans les bras des Elims et se mit à pleurer.

— Non, c'est mon châtiment !

— Faites-la taire ! ordonna Salméo.

— J'exige de recevoir moi-même mon châtiment ! s'écria-t-elle en s'adressant directement au Zar. Votre Majesté, revenez sur votre décision, je vous en supplie !

Boaz s'avança et posa les mains sur la rambarde de pierre. Tout le monde se tut. Salméo ferma les yeux en suppliant Zarab pour que le Zar n'accède pas à la demande de la jeune fille. La Valide se pencha discrètement vers l'adolescent. Nul doute qu'elle lui chuchota quelque chose derrière son voile, car Tariq vit le corps du Zar se raidir. Il y avait de la colère chez ce jeune homme. Ils n'allaient plus pouvoir le maintenir sous leur joug très longtemps s'ils ne lui laissaient pas un peu de latitude. Il fallait occuper le nouveau Zar, le couvrir de diversions, exaucer tous ses caprices et le libérer de toute responsabilité s'ils voulaient prendre le contrôle total de Percheron.

Boaz inspira profondément pour se calmer.

— Odalisque Ana, vous avez attiré cette punition sur vous en bafouant la loi la plus stricte du harem, celle de la discipline. Saviez-vous que ce crime était passible de la peine de mort ?

Stupéfaite, elle secoua la tête.

— C'est moi qui refuse une telle sentence. C'est encore moi qui ai permis à votre courageux protecteur, notre très respecté Éperon de Percheron, de subir le châtiment à votre place. N'exigez pas plus de ma générosité, odalisque Ana, car je crains que ma gentillesse envers les femmes de mon harem ne soit mise à rude épreuve aujourd'hui. Je suis un ami de l'Éperon, ajouta-t-il en s'adressant à tous, et j'abhorre ce qu'il est sur le point de subir. Mais je ne l'en admire et ne l'en respecte que davantage pour son courage. Il cherche à protéger quelqu'un que j'aurais dû protéger d'elle-même. (Il regarda de nouveau Ana.) Vous pouvez vous retirer si vous ne souhaitez pas voir votre propre châtiment infligé à un autre.

À cet instant, Lazar fut reconnaissant à Boaz de ce qu'il venait de faire. En réprimandant Ana si publiquement, il lui épargnait davantage de tourments de la part de ses maîtres. Maintenant que le Zar avait parlé, plus personne ne pourrait ajouter quoi que ce soit. Naïve, Ana ne savait pas encore que même le Zar ne pouvait aller contre certains règlements du harem. Il venait de lui offrir une forme de protection et lui donnait à présent la possibilité d'échapper au traumatisme de voir Lazar recevoir le fouet. Le jeune homme devenait de plus en plus rusé.

Tous attendirent la réponse d'Ana, qui s'inclina devant son Zar avant de le regarder d'un air de défi.

— Je préfère y assister, Votre Majesté, afin de ne plus jamais me méprendre sur la nature barbare du lieu dans lequel je suis obligée de vivre.

Salméo, Tariq et Herezah laissèrent échapper un hoquet de stupeur face à tant d'effronterie. Les trois personnages les plus puissants de Percheron après le Zar étaient en colère contre Ana. Il fallait espérer que la jeune fille avait effectivement éveillé l'intérêt de Boaz, car il était tout ce qui se dressait entre elle et une vie misérable.

Le jeune Zar prit de nouveau la parole.

— Amenez l'odalisque Ana dans mes appartements ce soir. Je souhaite m'entretenir avec elle en privé, annonça-t-il d'un ton si sévère que le trio qui souhaitait le régenter poussa un soupir de soulagement.

Non seulement il se chargeait lui-même de punir cette insulte, mais il souhaitait apparemment infliger sa propre rétribution plus tard, en privé.

Tariq songea à part lui qu'après un tel rejet public, Boaz devrait violer la fille et rompre brutalement son précieux hymen. Il devrait même la tuer après. Tout le monde s'en moquerait et l'aiderait sûrement à dissimuler cette mort.

— *Bien, Tariq. C'est fascinant d'écouter tes pensées quand tu es en colère*, déclara brusquement Maliz.

— *Je croyais que vous m'aviez abandonné.*

— *Comme c'est touchant. Je suis content de t'avoir manqué. Quelqu'un va devoir prendre le contrôle du Zar, car j'ai bien peur qu'il soit en train de le faire lui-même. J'en juge que tu as pris ta décision, vizir.*

— *En effet.*

*—Et?*

*—J'ai plusieurs conditions.*

*—Je ne ferai plus aucune concession.*

*—C'est juste un arrangement temporaire, vous me le confirmez?*

*—Je quitterai ton corps à la seconde où je n'en aurai plus besoin.*

La réponse du démon était un mensonge si transparent que l'ambiguïté de ces paroles échappa complètement au vizir avide de pouvoir.

*—Alors, j'accepte.*

Il y eut une seconde de silence dans sa tête, puis Maliz se mit à rire.

*—Je te verrai ce soir. Rends-toi dans le bazar, passe devant l'abattoir, je te donnerai d'autres instructions à ce moment-là. Maintenant, je m'en vais vraiment. Des préparatifs sont nécessaires.*

*—Maliz...*

*—Non, pas maintenant. Viens à moi ce soir, tard. Je t'expliquerai tout.*

Le démon s'en alla. Tariq, comme s'il sortait d'un rêve, vit les Elims conduire l'Éperon de Percheron, au physique tant réputé, jusqu'au poteau où, si le vizir avait eu son mot à dire, l'odieux soldat aurait été fouetté à mort.

# Chapitre 17

Un lourd silence s'abattit sur la cour bondée. Une nouvelle porte s'ouvrit, et un inconnu franchit le seuil. Il semblait bien jeune et peu sûr de lui. Un garçon encore moins âgé le suivait en portant, sur un linge blanc, le féroce Nid de Vipères. On l'appelait ainsi parce que ce fouet était constitué de six lanières en cuir capables d'atteindre le dos d'un homme si vite et si brutalement qu'elles rappelaient les mouvements d'une vipère. Ce cruel instrument était également surnommé le Serpent, car chaque lanière bifide s'ornait aux extrémités de deux minuscules perles en argent, acérées et délibérément forgées pour fendre la peau.

Lazar déglutit péniblement, mais ne laissa rien paraître de son trouble. Il n'avait jamais vu le Serpent à l'œuvre, mais il avait entendu parler des graves blessures qu'il était capable d'infliger. Pas étonnant que Salméo frissonne presque d'impatience. Eh bien, il allait faire bonne figure et verser son sang, mais il ne crierait pas grâce. Plutôt mordre sa propre langue que de supplier ces gens pervers. Il leva la tête pour regarder les corbeaux, ces oiseaux du chagrin, qui s'alignaient sur les murs. Ils semblaient se moquer de lui, mais il s'en fichait.

— Bienvenue, Fustigeur, dit Salméo, avant de s'incliner de nouveau devant Boaz. Très Haut, voici Shaz.

— Cet homme me semble bien jeune pour être un Fustigeur, fit remarquer Boaz, jugeant que Shaz ne devait pas avoir plus d'un ou deux étés que lui.

Salméo baissa la tête avec une humilité feinte.

— En effet, Très Haut. Notre Fustigeur en chef est en déplacement dans le Nord. Je suis désolé de vous apprendre que son adjoint est indisposé aujourd'hui. Il ne se sent vraiment pas bien et souffre d'une forte fièvre.

— Et donc, qui est Shaz ? insista Boaz, flairant une ruse.

Il jeta un coup d'œil à sa mère en se demandant si c'était là son idée. Herezah ne laissa rien transparaître dans son regard noir, mais elle secoua discrètement la tête, comme si elle venait juste d'apprendre la nouvelle. Boaz connaissait suffisamment bien sa mère pour constater qu'elle était prise au dépourvu, elle aussi. La présence de Shaz n'avait donc rien à voir avec elle.

— C'est un apprenti, Votre Majesté, répondit le grand maître des eunuques.

— Un apprenti !

Salméo haussa les épaules d'un air innocent.

— Très Haut, que pouvais-je faire ? La sentence a été proclamée. La loi du harem stipule qu'elle doit être appliquée immédiatement. Nous ignorions que l'Éperon prendrait cette décision, sinon, nous aurions peut-être pu nous organiser autrement. Mais je pensais que le fouet devait être donné à un membre du harem. Shaz est tout à fait capable de flageller l'odalisque Ana d'une main experte.

— Et l'Éperon ? s'enquit Boaz.

— Le supérieur de Shaz m'a indiqué qu'il était l'apprenti le plus talentueux qu'il ait vu depuis des années, mentit Salméo.

Boaz serra les poings. Il avait grandi dans le harem, il connaissait les subtilités du grand maître.

— Dans ce cas, puisque le harem n'est pas capable de nous fournir un Fustigeur confirmé, j'use de mon autorité pour commuer la sentence.

Salméo se mit à trembler de colère.

— Zar Boaz, je pro…

— Non, grand maître des eunuques, c'est moi qui proteste. Cette affaire n'est pas traitée correctement. Je reconnais que l'odalisque Ana a commis un crime très grave et qu'elle doit être punie. Nous reconnaissons tous, puisque c'est écrit dans nos lois, que l'Éperon peut invoquer le droit du Protecteur et subir les coups de fouet à sa place. Enfin, nous sommes tous conscients que la loi du harem stipule que seul le Grand Elim décide du moyen de punition. Mais, Salméo, ma parole a force de loi dans notre pays et j'ai le pouvoir de réduire cette sentence, sinon de commuer la manière dont elle est exécutée.

Même si sa voix n'avait pas encore complètement mué, on sentait bien à son ton que Boaz ne souffrirait aucune protestation. Il était révolté par la cruauté de l'événement qui allait se produire, et sur une personne qu'il admirait, en plus. Il lui offrit donc la seule protection que lui permettait son statut, non sans se réjouir d'avoir bien écouté les ennuyeuses leçons sur la Loi du Zar.

—Lazar recevra dix coups de moins qu'annoncé, à cause de la maladresse avec laquelle cet événement grave a été géré. (Il prit une profonde inspiration.) Si je le pouvais, Salméo... (Boaz utilisa le prénom de l'eunuque plutôt que son titre pour mieux lui rappeler l'autorité qu'il détenait sur lui) je repousserais l'événement jusqu'à ce que quelqu'un de chevronné puisse infliger les coups. Mais je sais que cela m'est impossible. (Sans attendre la réponse du grand maître, il se tourna vers le jeune homme indécis qui attendait qu'on lui donne l'ordre de frapper.) Shaz.

—Oui, Votre Majesté, répondit l'intéressé, confus et surpris.

—Vingt coups seulement. Tu m'as bien compris ?

Il s'inclina bien bas.

—Oui, Très Haut.

Il hésita, comme s'il voulait ajouter quelque chose, mais il vit Horz secouer vivement la tête. Lazar le remarqua également.

C'était donc planifié, songea l'Éperon. Salméo avait dû mettre tout cela au point en deux heures. Impressionnant. Pauvre Shaz, pris au piège et obligé de ravager le corps d'un homme. Lazar comprit qu'il lui faudrait s'armer de courage pour endurer non seulement la morsure du métal sur sa peau, mais aussi l'incompétence du Fustigeur.

Mais il n'y avait rien qu'il puisse faire. Horz lui demandait déjà de retirer son jamoosh. Tandis que Shaz déroulait le Serpent, Lazar se dévêtit en silence en regrettant que la scène ait tant de témoins. Il aurait préféré que cette débâcle ait lieu en privé. Il s'avança, nu jusqu'à la taille, uniquement vêtu de son pantalon blanc et de ses bottes. Sa chevelure noire brillait sur le bronze de sa peau.

Sur le balcon, derrière son voile, Herezah prit une longue inspiration pour se calmer. Elle avait imaginé Lazar nu tant de fois dans sa vie ! Elle avait rêvé de lui bougeant en rythme au-dessus d'elle, le visage marqué par l'extase parce qu'il la chevauchait. Mais aucun fantasme n'avait pu la préparer à la vision du vrai Lazar torse nu. Il était, à son grand désespoir, bien plus désirable dans la vie que dans ses rêves. Il se tenait fièrement devant eux, son large torse se soulevant sous l'effet de profondes respirations tendues. Herezah dévora des yeux ses bras musclés qu'il dissimulait d'ordinaire sous une tunique ample. Son regard clair se perdait dans le vide. Elle comprit qu'il les avait tous laissés ici pour disparaître dans un autre endroit où peut-être il pourrait échapper au traumatisme qui l'attendait. Elle éprouva une pointe de détresse à l'idée que ce beau corps puisse être abîmé avant qu'elle ait pu en profiter. Mais, en même temps, elle ignorait si ses blessures allaient être graves.

De toute façon, il n'était rien qu'elle puisse faire pour aider Lazar, même par cynisme, même pour son propre plaisir. Elle ne pouvait que savourer l'occasion de le voir ainsi dénudé et humilié. Après tout, qu'était-ce que quelques coups de fouet pour un homme fort ? Elle espérait l'entendre gémir de douleur et se venger ainsi de toutes ces années où elle avait gémi seule en pensant à lui.

Herezah sentit un petit frisson de plaisir parcourir son corps lorsque Lazar leva les yeux vers elle. Oh ! l'exquise insolence dans ce regard furieux ! Si seulement elle pouvait l'entraîner dans un lit maintenant, rien ne pourrait la satisfaire davantage que de le prendre quand il faisait si ouvertement un pied de nez à tous ceux qui l'entouraient.

Avait-il peur ? Sans doute un petit peu, car le fouet parut soudain effrayant lorsque le jeune homme, Shaz, le déroula et le fit claquer plusieurs fois pour s'entraîner. Par le souffle de Zarab ! C'était bien plus complexe qu'elle l'avait imaginé, tant de lanières sur une seule arme. Les claquements résonnèrent bruyamment dans la cour, et Herezah vit Ana flancher. Tant mieux, qu'elle se sente responsable de ce qui arrivait ! Et Lazar, pauvre fou, aveuglé par l'honneur, qui allait verser son sang pour une fille qui oublierait jusqu'à son existence d'ici à quelques mois.

Herezah fut tirée de sa cruelle réflexion en voyant Lazar marcher vers le poteau. Elle contempla son large dos tandis que les Elims lui levaient les bras pour les attacher solidement à la barre transversale. Les muscles qui roulaient sous sa peau se tendirent et devinrent apparents, et Herezah retint son souffle dans l'attente de la première morsure du Serpent.

Pez courait aussi vite que ses courtes jambes le lui permettaient. Les gens riaient sur son passage ; certains, qui le connaissaient, le hélèrent, mais il ne fit attention à personne. Tout en courant, il éprouva comme une brûlure. Il crut d'abord que c'était sa course qui l'échauffait, mais non. Cette chaleur n'était pas présente sur sa peau, mais dans son esprit et tout au fond de son corps. Il se sentit brusquement relié… mais à quoi ? Quelque chose l'appelait. Le poussait, même. Mais pour aller où ? Il ouvrit son esprit en quête de la réponse tandis qu'il approchait du front de mer.

Shaz agita nerveusement le Serpent. Il ne comprenait toujours pas ce qui lui arrivait. Le chef adjoint des Fustigeurs l'avait brusquement convoqué dans son bureau moins d'une heure plus tôt pour lui donner des instructions qui lui avaient fait dresser les cheveux sur la tête.

— Tu vas donner le fouet aujourd'hui, lui avait annoncé Rah de but en blanc.

— Vraiment, chef adjoint ? S'agit-il d'un entraînement sur les mannequins ?

— Non, Shaz, tu vas flageller une vraie victime.

Le jeune homme avait été choqué de l'apprendre, ce qui était compréhensible.

— Je ne suis pas prêt, chef adjoint. Hier encore, vous avez dit...

Rah avait les paupières mi-closes et s'exprimait d'un ton à la fois embarrassé et furieux.

— Je sais ce que j'ai dit. Mais j'ai reçu des ordres.

— Ai-je offensé quelqu'un, chef adjoint ?

— Non. Contente-toi d'obéir aux ordres.

Shaz avait néanmoins pris le risque d'encourir plus encore la colère de son supérieur.

— Vous ne pouvez pas me laisser faire ça, chef adjoint, alors que je ne suis pas...

De nouveau, Rah avait interrompu son apprenti.

— Nous n'avons pas notre mot à dire ! C'est un ordre qui vient d'en haut. Tu as été choisi pour infliger le fouet. Fais de ton mieux. Rappelle-toi tout ce que nous t'avons enseigné. Si quelqu'un te pose la question, dis que je suis tombé malade. Ne nous fais pas défaut.

Shaz avait senti la panique s'emparer de lui.

— Mais je ne suis pas prêt !

— Certes. Mais tu n'as pas le choix. C'est ce pour quoi tu t'es entraîné, cela arrive simplement plus tôt que nous l'aimerions.

— Mais je sais que je vais le blesser. Il pourrait ne pas s'en remettre.

Rah avait éprouvé de la pitié, mais il ne pouvait rien faire pour le garçon.

— Respire à pleins poumons entre chaque coup. Repère l'endroit où tu veux frapper avec le fouet, visualise le bout de la lanière sur le morceau de peau que tu vises, lève le bras et abats le fouet comme on te l'a appris. Tu sais quoi faire. Fais de ton mieux avec le talent que tu as, Shaz.

— Mais si je le blesse trop ?

Son supérieur avait baissé les yeux d'un air vaincu.

— C'est ce qu'ils veulent, j'imagine.

Tout s'était alors emboîté dans l'esprit de Shaz. Il n'était qu'un pion sur un vaste échiquier, manipulé par des gens bien plus importants qui ne respectaient pas le travail des Fustigeurs, ni la fierté qu'ils en tiraient lorsqu'ils le faisaient convenablement.

— Ils vous éloignent délibérément pour que votre apprenti puisse se ridiculiser en ravageant le dos d'une victime ? avait-il demandé, stupéfait.

— Oui, mais c'est bien pire que ce que tu crois, Shaz. Tu as ordre d'utiliser le Serpent.

Le jeune homme avait tressailli.

— Non, chef adjoint, c'est impossible ! Je n'ai jamais touché le Nid de Vipères. Je ne suis pas prêt à le manier.

— C'est bien ce qu'ils veulent, fiston.

— Qui est la victime ? avait-il demandé, incapable de deviner quel pauvre fou avait bien pu offenser le grand maître des eunuques au point de mériter pareil châtiment.

— C'est là le pire. C'est le dos de l'Éperon de Percheron que tu vas faire saigner aujourd'hui. Je suis désolé pour toi, Shaz. Zarab puisse-t-il guider ton poing.

Voilà que le jeune homme, tremblant et terrifié, se tenait à présent dans la cour des Chagrins. Le Serpent pendait mollement dans son poing crispé et moite après deux coups d'essai. L'animal attendait d'être pleinement réveillé et déchaîné sans pitié sur l'Éperon. Or, Shaz avait toujours admiré ce dernier, qu'il voyait parfois traverser à longues enjambées les couloirs du palais. Il était impressionné par la loyauté qu'il inspirait à ses hommes. Il avait même volontiers écouté son conseil un jour où Lazar l'avait surpris en train de pratiquer son métier sur les mannequins.

— N'oublie pas que c'est un homme, Shaz, lui avait dit l'Éperon. Tu dois respecter son corps comme si c'était le tien. Garde à l'esprit qu'il doit être capable de sortir de là avec un peu de sa fierté intacte. Si tu le fouettes trop bas trop souvent, il ne pourra pas marcher. Mais si tu concentres les coups trop haut, il ne pourra pas lever les bras. Ces hommes ont un travail, une famille, une vie. Ils doivent pouvoir y retourner. Les coups de fouet servent uniquement à punir une transgression, tu n'essaies pas d'estropier ou de tuer le condamné.

Shaz s'était efforcé de ne pas oublier ce conseil. À présent, il était censé s'en rappeler en contemplant le large torse de celui qui le lui avait donné.

— Éperon, êtes-vous prêt ? s'enquit Salméo.

— Finissons-en, bon sang ! grommela Lazar.

— Je suis obligé de vous demander si vous aimeriez quelque chose à mordre, proposa poliment l'eunuque, désireux de prolonger ce moment si intensément dramatique.

— Non ! cracha Lazar.

— Merci. Positionnez l'odalisque Ana derrière le poteau, je vous prie.

— Quoi ? rugit Lazar en luttant contre ses liens de cuir tandis que Horz et un autre Elim amenaient la jeune fille face à lui.

— Pardonnez-nous, Éperon, mais cela fait partie de la tradition lorsque le droit du Protecteur est invoqué, expliqua Salméo. La vraie victime doit partager la souffrance du protecteur.

— Vous êtes un barbare, Salméo !

L'eunuque ne put retenir un petit sourire.

— Shaz, vous pouvez commencer.

Tandis que le jeune Fustigeur prenait une profonde inspiration et lançait les lanières du Serpent en arrière en prévision du premier coup, Boaz se tourna vers sa mère.

— Je ne pardonnerai jamais tous ceux qui ont participé à cela.

— C'est le choix de l'Éperon, répliqua Herezah d'une voix aussi dure et étincelante qu'un diamant. On ne peut qu'admirer son sacrifice. Moi, en tout cas, c'est ce que je fais.

Au moment où elle se tournait de nouveau vers Lazar, le Serpent frappa pour la première fois.

# Chapitre 18

Lazar songea à fermer les yeux pour ne plus voir Ana, mais ses paupières refusèrent de lui obéir. Comme la jeune fille semblait au bord des larmes, il secoua doucement la tête pour l'encourager à rester forte. Ils étaient tous deux conscients de la beauté de cet instant qui les liait entièrement l'un à l'autre – le reste du monde ne comptait plus. D'un haussement d'épaule, Ana se débarrassa de la main curieusement protectrice de Horz et essuya rapidement ses larmes. En silence, elle articula des mots que Lazar ne put voir à cause du voile qui lui couvrait la bouche.

C'était aussi bien, car cela lui aurait ôté tout son courage.

Le Serpent le mordit sauvagement en travers des épaules. Ana vit Lazar ouvrir grand la bouche en une grimace de souffrance, mais aucun son ne franchit ses lèvres. Jamais la jeune fille ne l'admettrait devant l'eunuque souriant, qui la regardait elle et non l'Éperon, mais elle préférait autant se trouver là, le regard fixé sur le visage de Lazar, plutôt que d'avoir à contempler les dégâts sur son dos. Elle jeta un coup d'œil à Jumo. Derrière la façade neutre, elle parvenait à lire en lui toute l'horreur et la peur qu'il ressentait. Le domestique battit des paupières lorsque Shaz lança de nouveau le fouet en arrière pour porter le deuxième coup. Le regard d'Ana revint se poser sur Lazar qui haletait, seule façon pour lui de supporter la douleur brûlante. Le Serpent mordit de nouveau. Cette fois, Ana vit les langues fourchues s'enrouler autour de la poitrine de Lazar et déchirer sauvagement les chairs. Le sang jaillit des plaies et dégoulina le long du corps de l'Éperon.

Elle entendit un petit cri d'effroi mêlé d'horreur. Elle n'en était pas certaine, mais elle espérait bien qu'il provenait d'Herezah. Peut-être que, de là-haut, le Zar et sa mère ne s'étaient pas rendu compte de la nature meurtrière de cette arme.

Cette fois, Lazar ferma les yeux, de toutes ses forces, mais il ne laissa toujours pas échapper le moindre son. Le cœur d'Ana battait à tout rompre. Encore dix-huit coups. Elle risqua un coup d'œil en direction d'Herezah et ne lut qu'un désir dévorant dans ces yeux noirs et cruels.

Le troisième coup manqua clairement sa cible, et certaines billes acérées raclèrent les cheveux de Lazar et déchirèrent son crâne lorsque Shaz ramena le fouet en arrière de façon maladroite. Ana remarqua combien le jeune Fustigeur paraissait horrifié. Elle ne pouvait voir les dégâts, à part les plaies sur le flanc de Lazar, mais elle ne pouvait manquer le sang qui coulait à flots des autres blessures. Il n'était pas difficile d'imaginer combien cela devait être horrible du côté où le jeune Fustigeur se tenait. Il hésita et essuya d'une main tremblante la sueur sur son visage. Lazar ne proférait toujours aucun son.

Au quatrième coup, les lanières s'enroulèrent cruellement autour de son ventre. Shaz essayait désespérément d'adapter la hauteur de ses coups pour éviter la tête de sa victime. De nouveau, la peau se déchira et laissa couler du sang rouge vif qui s'empressa d'inonder le pantalon en coton blanc de Lazar. Du sang dégoulinait également sur son visage où il se mêlait à la sueur provoquée par la souffrance. Les cheveux fraîchement lavés de l'Éperon, qui brillaient jusqu'alors dans le soleil d'après midi, étaient à présent humides et gluants.

La cinquième morsure du Serpent arracha à Lazar un gémissement bref et guttural. Salméo sourit, car il n'attendait que cela. Le vizir laissa moins transparaître sa satisfaction. Mais Ana remarqua que, les yeux rivés sur ses sandales ornées de joyaux, il n'en avait pas moins l'air content.

Cinq autres coups plus tard, le corps de Lazar ne donnait plus guère de résistance. Même s'il restait muet désormais, il commençait à s'affaisser, suspendu aux liens de cuir qui le maintenaient debout.

Ils en étaient à la moitié.

Ana vit que Shaz haletait lui aussi, le corps luisant de sueur. Il fit de nouveau claquer le fouet d'un air angoissé. Lorsqu'il le ramena à lui, son assistant lui tendit un verre d'eau, qu'il accepta volontiers, d'une main tremblante, et qu'il vida d'un trait.

Personne n'offrit quoi que ce soit à Lazar, à part de l'amour ou de la haine, selon les personnes que regardait Ana.

Il avait compté chaque effroyable morsure du Serpent. Plus le nombre augmentait, plus il sentait ses forces l'abandonner au rythme du sang qui coulait abondamment, à présent. Au onzième coup, il perdit la volonté de se battre et révisa son jugement selon lequel la flagellation n'était pas destinée à estropier ou à tuer un homme. Il avait désormais l'impression que l'un ou les deux allaient se produire. Il n'arrivait plus à ouvrir les yeux. Il avait la gorge desséchée et les lèvres trop gercées pour laisser passer un véritable son, même s'il avait pu en émettre. Ana, sa pierre angulaire, la raison pour laquelle il avait été capable de supporter la moitié de cette odieuse punition, avait désormais disparu pour lui. Il savait qu'elle était là et qu'elle le soutenait de toutes ses forces en le suppliant en silence de tenir bon, mais il ne pouvait plus la voir à travers le brouillard du sang et de la douleur intense, cuisante.

Il y avait autre chose. Il n'en était pas certain, car n'ayant jamais reçu le fouet auparavant, il ne savait pas si l'engourdissement qu'il ressentait était un moyen pour son corps de se protéger contre le choc. Mais il avait l'impression que la mort se répandait sournoisement en lui, comme si un liquide assassin, et non la vie, courait dans ses veines. Des lumières, incandescentes et multicolores, brillaient derrière ses paupières… Était-ce la mort qui lui faisait signe ? Ce serait si facile de s'abandonner. Devrait-il se laisser aller ? Était-ce le quatorzième coup ? Il ne savait plus, il avait perdu le compte et ne pouvait plus rien entendre autour de lui. Il n'était pas certain de pouvoir rouvrir les paupières pour contempler une dernière fois les yeux clairs de la jeune fille, alors il lui dit adieu. Douce Ana. Il n'avait pas eu l'intention de donner sa vie pour elle, mais puisqu'il le fallait, il était content que ce soit en son nom à elle. Il l'aimait, sans pouvoir s'en empêcher. Oh ! elle était trop jeune pour être aimée de cette façon. Mais il savait, au fond de son cœur fissuré, qu'elle l'aimait aussi. Peu importait que ce soit un amour puéril, car un premier amour est toujours le plus doux, le plus intense et le plus pur.

Comme c'était étrange qu'il s'en souvienne aussi bien. Il avait cru avoir enfoui le souvenir de Shara si profondément que celui-ci ne reviendrait jamais à la surface. Aimer Shara avait été si facile, grâce à l'insouciance de la jeunesse. Jamais il n'aurait cru que l'éclat de cet amour pourrait diminuer. Mais la vie lui avait appris que même le plus radieux des trésors pouvait se ternir. Et voilà qu'elle lui enseignait cette dure leçon une deuxième fois.

Il imagina ses jambes se dérobant sous lui et se demanda si ça ne lui était pas arrivé pour de bon, car il ne se sentait plus relié à son corps. Malheureusement, la douleur était encore présente, aiguë et vive, mais c'était cette impression de faiblesse qui l'effrayait. Avait-il crié ? Il l'ignorait. Il ne contrôlait plus son esprit. Il voulait croire qu'il se tenait encore bien droit contre le poteau pour recevoir le châtiment, mais il sentait que sa posture n'était plus si fière.

Il se mit à trembler, ce dont il prit conscience lorsque ses dents commencèrent à claquer. Cela le réveilla brutalement mais uniquement pour renforcer sa certitude : il se mourait. La colère jaillit en lui à l'idée que Salméo, et Tariq aussi, sans doute, tireraient une grande satisfaction de sa mort. Cette violente émotion ramena un peu de clarté dans son esprit embrouillé, lui permettant d'entendre le murmure de Shaz qui comptait son dix-septième coup. Lazar se dit qu'il y était presque, mais la mort chuchotait gaiement à son oreille. En revanche, la Valide ne s'en réjouirait pas autant que les deux autres. Elle appréciait sûrement de le voir souffrir, mais son sourire s'effacerait quand Lazar trépasserait, car qui alors protégerait Percheron ?

Lazar sentit qu'il se retirait complètement à l'intérieur de lui. Il était tout petit, tout à coup, et se retrouvait aspiré au sein de son âme, qu'il devait à présent rendre aux dieux.

C'était l'heure. *Renonce, Lazar*, s'entendit-il supplier intérieurement. *Laisse-toi aller.*

Puis, il y eut une nouvelle voix, stridente, qui coupa à travers la douleur et le désespoir.

— *Lazar ! Tu dois vivre. Bats-toi. Pour elle… Pour Ana, sinon pour toi. Vis, bon sang !*

Il n'aurait su dire s'il s'agissait d'un homme ou d'une femme.

— *Qui… ?*

Ce fut là la seule réponse qu'il put marmonner, mais il n'était pas sûr d'avoir formulé et encore moins prononcé ce mot.

— Dernier coup ! entendit-il vaguement au loin.

Il ne savait plus à qui cette voix appartenait. Il ne se rappelait plus le nom du Fustigeur.

— *Je suis Iridor*, expliqua l'intrus. *C'est fini, Lazar. Ils en ont fini avec toi, mais pas nous. Nous avons besoin de toi. Jure que tu vas vivre. Jure-le sur la tête d'Ana !*

— *Je le jure*, crut-il répondre juste avant de glisser dans le vide de l'inconscience.

De grosses larmes coulaient sur les joues de Jumo, si stoïque d'ordinaire. Son maître, son grand ami, s'affaissait au point que seuls les liens autour de ses poignets l'empêchaient de s'effondrer complètement sur le sol. Ses genoux avaient cédé sous son poids au treizième coup du terrible fouet ; il avait appelé Ana au seizième. Puis, toute tension avait disparu de son corps lors de la dernière morsure du Serpent. Il avait certainement rendu l'âme.

Délibérément, Jumo regarda Salméo, qui demanda la permission du Zar. Boaz, les lèvres exsangues, hocha la tête et s'en alla d'un pas furieux sans saluer personne, pas même sa mère qu'il laissa derrière lui. Mais Herezah n'en avait cure. Jumo remarqua qu'elle ne parvenait pas à détacher les yeux du corps dévasté et ensanglanté de l'Éperon.

Le domestique se tourna alors vers Ana. La douleur qu'il lut dans ses yeux lui fit de la peine, mais il ne pouvait rien faire pour elle ; les Elims l'entraînèrent en hâte loin du carnage. Il y avait des éclaboussures de sang sur son voile.

— Vous pouvez remmener l'Éperon, annonça prudemment Salméo. Merci, Fustigeur, ajouta-t-il en jetant une bourse aux pieds de Shaz, qui tremblait.

Tout le monde quitta la cour en silence, laissant Jumo seul avec Shaz et son assistant, plus jeune encore, mais tout aussi choqué que lui face à ce gâchis.

— L'ai-je tué ? demanda Shaz, à peine capable de parler.

— Il respire, répondit Jumo avec un intense soulagement. (Mais cela ne dura, pas car, à regarder l'Éperon, il semblait qu'il n'allait plus tenir très longtemps.) De l'eau !

Le jeune assistant partit en chercher en courant. Shaz se rapprocha et s'accroupit, puis se laissa tomber à genoux auprès de l'homme qu'il avait pratiquement écorché vif. On voyait les os briller au milieu des chairs ravagées.

— Survivra-t-il ? demanda le Fustigeur d'une voix suppliante.

Jumo secoua la tête.

— Je ne vois pas comment, répondit-il d'une voix monocorde, refusant de partager la profondeur de son chagrin avec quiconque.

Shaz se mit à se lamenter en sourdine, en se balançant d'avant en arrière.

— Je leur avais dit que je n'étais pas prêt. Je les ai suppliés de ne pas m'y forcer, mais Rah n'a rien voulu entendre.

— Rah ?

— Le chef adjoint des Fustigeurs. On lui a donné l'ordre de se faire porter pâle.

— Quand ?

— Ce matin, après qu'il m'a parlé de cette flagellation. Felz, notre supérieur, est absent.

— Ah ! fit Jumo. (Tout se mettait en place.) Salméo a suggéré à Rah de prétendre qu'il était malade ? (Shaz acquiesça à travers le brouillard de ses larmes.) Aide-moi à le détacher, lui demanda le domestique en réprimant sa fureur – ce n'était pas la faute du garçon.

Au même moment, l'assistant arriva avec un bol d'eau et des chiffons. À l'aide de ses doigts, Jumo fit dégouliner de l'eau entre les lèvres parcheminées de son ami inconscient, tout en priant son dieu d'épargner sa vie. Lazar toussa faiblement, le plus beau son que Jumo ait jamais entendu.

— Posez ces chiffons humides sur son dos, ordonna-t-il en vérifiant une fois de plus si Lazar respirait. On ne peut rien faire pour lui ici, il a besoin d'un docte. (Les deux jeunes lui obéirent.) En douceur, recommanda Jumo – mais ce n'était pas nécessaire.

Shaz écarquilla les yeux.

— Monsieur, regardez, dit-il en désignant les blessures de Lazar d'un signe de tête.

Jumo examina de nouveau le dos de son ami.

— Eh bien, quoi ? Je sais qu'elles sont affreuses.

— Non, regardez, insista Shaz avec une plus grande note de peur dans la voix. Là, ajouta-t-il en essuyant le sang sur le cou de Lazar.

Jumo ne répondit pas, car il s'efforçait de comprendre ce qu'étaient ces étranges traînées brillantes qui barraient le cou de l'Éperon, un endroit que le Serpent avait laissé relativement intact.

— Qu'est-ce que ça peut bien être ? s'interrogea Shaz à voix haute.

Jumo battit lentement des paupières, résigné. Ainsi, les puissants n'avaient pas eu l'intention que Lazar survive.

— Il n'y a qu'une seule chose qui laisse des marques livides comme celles-ci, chuchota-t-il d'une voix pleine de rage. Le poison, expliqua-t-il en levant les yeux vers Shaz.

Le jeune homme secoua désespérément la tête en signe de dénégation.

— Non, monsieur, pas moi, je n'ai pas fait ça.

— Qui alors, Shaz ? demanda Jumo, le regard étréci.

— Je ne sais pas, monsieur, je le jure. Je n'ai reçu aucune instruction. Personne n'a touché au fouet en ma présence.

Jumo vit un nouveau frisson parcourir le corps de Lazar. Il n'était pas froid, car déjà au-delà du choc, mais il se mourait. Si Jumo voulait lui donner la moindre chance de survivre, l'heure n'était pas aux reproches.

— Soulevez-le, ordonna-t-il. (Les jeunes gens obéirent sans un mot, en prenant soigneusement l'Éperon par les bras.) Allongez-le sur mon dos ! ajouta Jumo en se penchant légèrement.

— Vous allez y arriver ? protesta Shaz.

— Ne t'inquiète donc pas pour moi, Fustigeur, demande-toi plutôt si ta tête restera sur tes épaules une fois que le Zar apprendra la nouvelle, gronda-t-il.

Puis, sans un adieu, il quitta la cour des Chagrins, qui empestait le sang et la trahison.

Pour un homme aussi mince, Jumo était incroyablement fort, tout en muscles et en ligaments solides. Ce n'était pas la première fois qu'il portait son maître de cette façon. Il lui avait déjà sauvé la vie. Jumo pria pour réitérer l'exploit. Espérant que ses jambes ne le trahiraient pas, il se mit à courir avec son lourd fardeau.

Il entendit quelqu'un crier, mais ne reconnut pas, au premier abord, la voix de Pez. Il était si concentré sur le fait d'avancer qu'il ne comprit même pas que c'était lui que le nain hélait. Il fallut que Pez l'empoigne pour l'obliger à s'arrêter.

— Vite ! J'ai une carriole, expliqua Pez. Je sais où le conduire.

Jumo avait la tête d'un homme en état de choc.

— Il a été empoisonné, déclara-t-il.

Jamais Pez n'avait eu l'air aussi grave.

— Je m'en doutais. Viens, le temps joue contre nous.

Jumo déposa Lazar sur le ventre à l'arrière de la carriole.

— Il respire, annonça-t-il d'une voix lointaine.

Pez serra le bras du fidèle serviteur.

— Il est fort de corps, de cœur et d'esprit. Si quelqu'un peut survivre à ça, c'est bien lui.

Jumo voulut acquiescer, mais laissa échapper un sanglot à la place. Il se glissa sur le siège du conducteur. D'étranges questions lui traversèrent l'esprit tandis qu'il guidait l'âne machinalement, car il avait bien du mal à se concentrer. À côté de lui, Pez couinait et lançait des noix sur les passants.

Jumo réussit à retrouver sa langue.

— Pourquoi veux-tu l'emmener au temple de la mer ?

— Pour y chercher de l'aide. Dépêche-toi, Jumo.

Après ça, ils gardèrent le silence en se frayant un chemin avec une lenteur exaspérante au sein de la foule de l'après-midi. Ils avaient recouvert Lazar pour préserver son anonymat, mais de nombreux passants jetèrent quand même un coup d'œil au fond de la carriole et virent le corps d'un homme sous le léger tissu. Pez se mit à fredonner en faisant des grimaces aux badauds ; Jumo, pour sa part, ignorait tout et tout le monde à part les battements précipités de son cœur. Il regrettait que l'âne ne puisse traverser la foule plus vite. Enfin, ils se retrouvèrent dans des rues plus dégagées, et la bête put accélérer le pas.

La prêtresse qu'il n'avait vue qu'une seule fois, lors de la première visite de Lazar au temple de la mer, les attendait impatiemment sur les marches, la main en visière pour protéger ses yeux de l'éclat du soleil.

— Vite, leur dit-elle, allongez-le près de l'autel, que Lyana s'occupe de lui.

Jumo fit la grimace. Combien de dieux allaient-ils implorer encore ce jour-là pour sauver Lazar ? Une fois de plus, il hissa son ami sur ses épaules et éprouva un intense soulagement en l'entendant gémir en sourdine. La volée de marches lui fit l'effet d'une montagne lorsqu'il dut la gravir avec ce poids sur son dos et l'étau suffocant de la peur enserrant son cœur. À l'intérieur, la fraîcheur et l'atmosphère sereine due au silence et à la pénombre l'apaisèrent un peu. Zafira, elle, s'agita en désignant l'autel.

— Par ici, s'il vous plaît, insista-t-elle.

— Il serait mieux dans un lit, non ? rétorqua Jumo avec colère.

— Fais ce que demande Zafira, intervint gentiment Pez.

Jumo s'agenouilla et fit glisser Lazar de ses épaules aussi délicatement que possible. Pez et Zafira le récupérèrent pour l'allonger de nouveau sur le ventre. Le tissu qui le recouvrait tomba par terre, et les mains de la prêtresse volèrent vers sa bouche comme deux oiseaux affolés, interceptant son cri d'effroi à la vue des blessures de l'Éperon.

— Oh ! Mère, pleura-t-elle. Aide cette âme et guide nos mains pour le soigner.

Jumo serra les dents. Il n'avait plus rien à faire et se sentait impuissant, tout à coup.

— Le poison va l'emporter avant ses blessures, grommela-t-il.

— Sait-on de quel poison il s'agit ? demanda Pez, arrachant la prêtresse à sa stupeur.

Les deux hommes entendirent les genoux de la vieille femme grincer lorsqu'elle s'accroupit auprès de Lazar. Elle avait préparé de l'eau fraîche et des carrés de tissu avant leur arrivée. Elle en essora un et commença délicatement son ouvrage.

Jumo secoua la tête.

— Je l'ignore, mais je crois que Shaz n'a rien à voir là-dedans.

— C'est sûrement un coup de Salméo, soupira Pez. Je me demande s'il a un complice.

— Pas Herezah, en tout cas, répondit Jumo d'un air sinistre. Tu es au courant de sa fascination pour Lazar ?

Pez s'agenouilla à son tour.

— Il faudrait que je sois aveugle et sourd pour ne pas l'être. Tu as raison, elle n'aurait pas consenti à une telle chose. De toute façon, Lazar est trop important pour le royaume. Herezah est ambitieuse et méchante, mais pas stupide, loin de là.

— Le vizir ? suggéra Jumo tandis qu'ils regardaient Zafira nettoyer le dos de Lazar en douceur.

— Pez, donne-lui ceci, demanda Zafira.

— Qu'est-ce que c'est ?

— Ça le soulagera un peu. Je n'ose pas l'endormir tant qu'on n'en saura pas davantage sur le poison utilisé. Jumo, aidez-moi à nettoyer le sang, j'ai besoin de voir ses blessures plus clairement.

— Tariq n'a pas accès aux Fustigeurs ou à leurs armes, poursuivit Pez. Non, si ça ne vient pas d'Herezah, et je pense que tu as raison à ce sujet, alors c'est l'œuvre de Salméo. Lui seul a le pouvoir de donner un tel ordre.

— Apparemment, Shaz n'était pas au courant.

Pez haussa les épaules en glissant quelques gouttes de la décoction entre les lèvres à peine entrouvertes de Lazar. Il fit la grimace en voyant la majeure partie du liquide dégouliner le long de sa bouche.

— Pourquoi l'aurait-il été ? Il n'est que le malheureux qu'on rendra responsable. J'imagine que même ses supérieurs ne sont que des pions.

Ils finirent d'enlever les croûtes de sang séché sur le dos de Lazar. De ses blessures suintait à présent un sang plus rouge et plus frais, en raison des soins.

— La plupart périraient déjà rien qu'à cause des coups, marmonna distraitement Zafira. (Ses compagnons savaient qu'elle avait raison. Ils la regardèrent suivre du doigt les traces livides du poison.) Il bouge très lentement. J'ignore ce que c'est.

— Alors, qu'est-ce qu'on fait ? demanda Jumo, de nouveau effrayé.

Pourquoi avait-il cru qu'une vieille prêtresse et un nain pouvaient sauver la vie de Lazar ? Tout lui semblait vain, à présent.

Il baissa la tête et ne vit pas l'ombre se profiler en travers du seuil. Zafira et Pez la remarquèrent, en revanche.

— Je suis désolée, dit Zafira sans se relever. Vous tombez mal, comme vous pouvez le constater.

— Oui, en effet, dit une voix de femme, douce et musicale. Puis-je entrer ? Peut-être puis-je vous aider ?

Jumo vit une silhouette encapuchonnée quitter le seuil, où elle était auréolée par la lumière du soleil, et entrer dans la pénombre du temple. Leur visiteuse n'était pas grande, mais il émanait d'elle une aura d'autorité. Bizarrement, aucun d'eux ne fut capable de lui refuser de voir Lazar.

Elle s'agenouilla à côté de lui en laissant échapper une petite exclamation inquiète. Elle repoussa son capuchon, et Jumo remarqua d'abord sa chevelure blanche, qui avait dû être dorée dans sa jeunesse. Lorsqu'elle se tourna vers lui, il constata qu'elle était effectivement âgée, mais étrangement familière. Sa peau ressemblait à un beau parchemin ivoire, intact à l'exception des jolies marques du temps. La grande gentillesse qu'exprimait son regard apaisa le désespoir du serviteur, malgré les paroles qu'elle prononça.

— Il va nous échapper d'ici à quelques heures, annonça-t-elle en regardant Jumo, même si ces paroles s'adressaient à tout le monde.

Il ne sut comment interpréter cette déclaration.

— Pouvez-vous l'aider ?

— Il est aux portes de la mort. J'aurais dû prévoir une chose pareille, ajouta-t-elle tout bas.

Mais Pez, doté d'une ouïe très fine, l'entendit et fronça les sourcils en se demandant ce que cela signifiait. Il jeta un coup d'œil à Zafira, qui semblait perplexe, elle aussi. Tous deux coulèrent un regard en direction de Jumo, mais celui-ci ne prêtait attention qu'à la vieille femme.

— Il a été empoisonné, expliqua-t-il.

La vieille femme acquiesça, puis se pencha sur le dos de Lazar et renifla. Ensuite, elle hocha de nouveau la tête.

— Je pense que c'est du drezden, annonça-t-elle. C'est une préparation débilitante. Normalement, on l'administre par voie orale à une personne en bonne santé, et la mort survient en quelques heures. Elle possède une odeur épicée caractéristique, qui rappelle le clou de girofle... Pouvez-vous la détecter ? (Tous secouèrent la tête.) Vous êtes préoccupés, c'est normal, leur fit-elle remarquer avec gentillesse. Dans ce cas précis, le drezden a été administré localement par l'intermédiaire du fouet. Ce n'est pas des plus efficaces mais, comme vous pouvez le voir, le poison fait effet. Notre seule chance, c'est la lenteur du processus.

— Il peut survivre ? demanda Jumo, plein d'espoir.

— C'est peu probable, d'autant que ses terribles blessures risquent de le tuer d'abord. Je suis désolée, Jumo, ajouta-t-elle en lui lançant un regard plein d'un chagrin sincère.

Pez fut le plus vif des trois et nota qu'elle avait appelé le serviteur par son prénom pour s'en faire un ami. Il constata également que Jumo et Zafira semblaient tous les deux intimidés par l'inconnue.

— Vous connaît-on ?

— D'une certaine façon, répondit la vieille femme en leur faisant signe de remettre les linges mouillés sur les plaies. Vous allez devoir les garder constamment humides, ajouta-t-elle.

— Je ne vous ai jamais vue, rétorqua Pez d'un ton légèrement agressif.

— Ah, mais si, ami Pez. Vous vous souvenez du ruban de soie rouge ?

Chez le nain, la curiosité laissa place à la stupeur. La porte-balle ! Elle semblait différente, et pourtant, à présent qu'il y pensait, d'une certaine façon, c'était la même. Mais elle ne paraissait pas aussi âgée que la première fois.

— Comment savez-vous mon nom ? demanda Jumo en reprenant ses esprits.

— Je connais vos noms à tous les trois. Vous êtes Jumo, voici Pez et voici une sœur, Zafira, ajouta-t-elle en inclinant légèrement la tête.

— Vous êtes une prêtresse aussi ! s'exclama Zafira, visiblement ravie.

La vieille femme sourit, mais se tourna vers leur patient sans confirmer.

— Et voici Lazar, que nous allons sans doute perdre, mais pas sans combattre.

Ses paroles rassurèrent Jumo, même s'il pouvait presque entendre sonner le glas pour cet homme qu'il vénérait.

— Que lui avez-vous donné ? reprit la vieille femme.

— De la racine de calzen pour soulager la douleur, répondit Zafira, non pas que cela soit très efficace sur une souffrance aussi vive. Je n'ai pas voulu prendre le risque de lui donner un somnifère.

— Sage décision. Je ne peux rien faire ici, il faut le déplacer.

— Est-ce bien sûr ? s'enquit Pez, fasciné, mais soupçonneux aussi, vis-à-vis de la vieille femme qui ne leur avait toujours pas dit son nom.

— Lazar se meurt, Pez. Rien de ce que nous ferons ici ne pourra le sauver, il faut l'amener sur l'île de l'Étoile.

Tous les trois la regardèrent d'un air ébahi.

— La colonie de lépreux ? s'exclama Jumo en leur nom à tous.

La vieille femme haussa les épaules.

— C'est un endroit sûr où personne ne viendra le chercher.

— Vous vivez là-bas ? demanda Zafira, incapable de masquer son incrédulité.

— De temps en temps.

— Qui êtes-vous ? demanda Pez, bien décidé à obtenir une réponse.

— Que de questions ! (La chaleur de son sourire leur donna aussitôt du baume au cœur.) Je vous donnerai toutes les réponses, mais la vie d'un homme précieux est en suspens. Je vous en prie, aidez-moi à le conduire sur l'île. Vous, en revanche, Pez, je pense que vous devriez retourner au palais.

— Oui, mais…

— Allez, frère Pez. Vous ne pouvez plus rien faire pour Lazar. Je vous promets que nous vous tiendrons au courant. De plus, je crois que je vous dois des réponses.

Une fois encore, son doux sourire empêcha le nain d'insister davantage. Son absence risquait d'être remarquée au palais ; il jouait avec le danger. Il caressa gentiment la joue ensanglantée de Lazar, puis se sentit obligé de se pencher sur lui pour l'embrasser.

— On se reverra, mon ami, chuchota-t-il.

Après un dernier regard triste en direction de ses compagnons, il sortit du temple. Sur le chemin du palais, il songea aux nombreux moments éprouvants de cette journée. Il se rappela notamment qu'il avait perdu connaissance pendant quelque temps : après avoir prévenu Zafira, il était ressorti du temple en courant pour rejoindre Jumo ; tout à coup, il s'était retrouvé étendu sans connaissance sur le bas-côté. Personne ne s'était inquiété, si bien qu'il avait repris conscience peu à peu, sans être dérangé par des badauds curieux. Il ne comprenait pas pourquoi il s'était évanoui, mais il se souvenait d'avoir alors supplié Lazar de s'accrocher et de ne pas se laisser mourir.

Et voilà que la porteballe revenait dans sa vie. Elle les avait tous manipulés en persuadant Jumo du caractère inévitable de la mort de Lazar. Pourtant, leur ami respirait encore et s'accrochait à la vie. Mais elle les avait apaisés, aussi. Quel talent. Il était impatient d'en apprendre plus à son sujet.

Pez était profondément angoissé et perdu, mais personne au palais ne le remarqua. Ils avaient l'habitude de l'ignorer.

# Chapitre 19

Ana fut emmenée en hâte loin de la cour des Chagrins. On la conduisit directement dans une chambre à coucher qu'il lui faudrait partager avec trois autres filles. C'était en tout cas ce que suggéraient les quatre lits qu'une esclave était en train de faire. Les Elims remirent Ana aux mains de cette femme âgée qui, visiblement, l'attendait.

— Elle est en état de choc, commenta la servante en la regardant.

Horz avait accompagné Ana et s'efforçait de l'apaiser, même s'il se faisait superbement ignorer par l'odalisque. Il s'adressa calmement à l'esclave.

— Elle va avoir besoin de vos bons soins, et peut-être de quelque chose de léger pour l'aider à se reposer. Comme vous le savez, elle a passé la nuit dehors et vient d'assister à un événement qu'aucun enfant ne devrait voir. Ce fut difficile pour elle.

Il n'en dit pas plus. L'esclave hocha la tête et proposa à Ana de l'accompagner, ce que la jeune fille accepta volontiers, ravie de se débarrasser des eunuques.

— Va-t-il survivre ? leur demanda-t-elle cependant avant qu'ils s'en aillent.

— J'en doute, répondit Horz. (De nouveau, Ana refusa la compassion qu'elle lisait dans son regard douloureux.) Personne ne peut survivre à une chose pareille.

— Venez, mon enfant. Laissez-moi vous enlever ce voile ensanglanté, dit gentiment la femme. Je m'appelle Elza.

— Et moi Ana, répondit la jeune fille en lançant un regard noir au chef des Elims.

La présence de Horz semblait la perturber, si bien qu'Elza lui lança un coup d'œil peu amène pour lui suggérer de s'en aller, ce qu'il fit en silence.

Ana se détendit un peu après son départ.

— Je veux le garder, déclara-t-elle brusquement en roulant le voile en boule.

Elle avait l'impression que ce geste lui permettait d'étouffer la douleur du possible décès de Lazar. Elle refusait d'envisager pour l'instant une issue aussi terrible.

— Quoi ? se récria l'esclave. Ce tissu tout taché ? Mais pour quoi faire ?

Ana décida de mentir. Elle n'avait aucune envie de faire savoir que le sang de Lazar lui était plus précieux que quoi que ce soit d'autre dans sa vie. Jeter le voile, son seul lien physique avec lui, serait comme de le rejeter, lui. Les gouttes de sang étaient macabres, elle en avait conscience, mais c'était tout ce qu'elle avait. Elle refusait de verser davantage de larmes pour cet homme. Elle ne comprenait pas tout elle-même, mais elle pensait bien aimer Lazar – et n'aimerait plus jamais personne avec la même ferveur.

La nuit précédente, elle s'était efforcée de croire que son cœur se trompait. Elle était si jeune, alors que Lazar avait près de trente ans, peut-être plus. C'était ridicule, mais elle ne contrôlait plus son cœur, qui battait si rapidement chaque fois qu'elle était en présence de cet homme. Ils n'avaient pas passé beaucoup de temps ensemble, mais elle se rappelait parfaitement la sensation de sa main dans la sienne, le sourire qu'elle s'efforçait de faire apparaître sur son visage, et ses traits qui s'adoucissaient chaque fois que leurs regards se croisaient. Elle était capable d'entendre dans son esprit le timbre riche de sa voix, avec son intonation étrangère. Et la chaleur de son corps lorsqu'ils s'étaient tenus côte à côte la veille dans la salle du

Choix : Ana avait eu l'impression qu'une fournaise brûlait entre eux. Elle avait pris le risque de se pencher plus près de lui – sous le nez d'Herezah – juste pour sentir la dureté de ce corps.

En priant Lyana dans le temple, Ana s'était longuement demandé si c'était mal de désirer Lazar. Mais elle se sentait totalement impuissante en ce qui le concernait. Là où le contact de Salméo avait verrouillé son corps, un seul regard de Lazar suffisait pour obtenir l'effet inverse. Tout son être lui réclamait de donner libre cours au torrent de son désir.

Mais, durant leurs brèves rencontres, Lazar n'avait jamais agi autrement que d'une façon formelle et apparemment détachée. La seule fois où il avait légèrement baissé sa garde, c'était dans le bazar. Il avait paru insouciant, sur l'instant. Mais il la traitait toujours avec beaucoup de dignité. Dans ses moments de doute, Ana se posait des questions sur cette relation et admettait qu'elle se faisait peut-être des idées. Pourtant, cet après-midi-là, dans la cour des Chagrins, le lien qui existait entre eux lui avait semblé tangible. Elle savait que c'était vrai, qu'elle ne se mentait pas. Elle avait conscience désormais qu'il l'aimait aussi, mais de là à savoir si c'était le genre d'amour qu'elle voulait de lui… impossible à dire. Peut-être la considérait-il avec la bienveillance d'un oncle pour sa nièce préférée, mais elle ne pouvait se résoudre à le croire. Pendant le châtiment, elle l'avait entendu chuchoter son nom. Il n'avait parlé qu'à elle seule et il avait accepté de risquer sa vie pour elle. C'était trop, bien plus qu'elle n'en méritait. Elle l'avait cru mort à la fin, mais elle se forçait à espérer le contraire.

Elle adressa une prière à Lyana en lui proposant un marché : *S'il survit, je renoncerai à toute prétention sur lui. Je ne lui courrai pas après et je ne l'encouragerai pas. Je resterai fidèle à mes devoirs et accueillerai froidement ses avances s'il devait m'en faire.*

Elle contemplait toujours le voile et s'aperçut qu'Elza attendait une réponse. L'avertissement de Pez – de ne faire confiance à personne – résonna dans le silence de ses pensées.

— C'était ma première tenue officielle pour le harem. C'est un souvenir spécial pour moi.

— Comme c'est sinistre, mon enfant. Très bien, rangez-le pour ne pas effrayer les autres filles. Votre lit se trouve ici.

— Près de la fenêtre ? s'étonna la jeune fille. J'aurais cru que celui-là serait déjà pris.

— Pez, le bouffon du Zar, a dormi dessus la nuit dernière. Il a refusé de le quitter jusqu'à ce que les filles se lassent de le lui demander.

— Oh ?

— Ensuite, il a dit qu'il avait lancé une malédiction sur le lit. Les petites ont eu tellement peur que j'ai été obligée de chasser ce maudit nain. L'avez-vous déjà croisé ? Il est si bête, ajouta-t-elle sans attendre de réponse. Mais le jeune Zar l'apprécie autant que son père avant lui. Moi, je ne vois pas ce qu'il lui trouve. De mon point de vue, Pez est une nuisance, et je suis désolée que vous vous retrouviez avec un lit maudit.

— Je l'ai croisé, répondit prudemment Ana. Est-ce que les femmes de l'ancien harem l'aimaient bien ?

— Oh, plus ou moins. Il les divertissait. Il est inoffensif, je suppose, mais il a tellement perturbé ces pauvres fillettes qu'elles ont eu du mal à dormir.

Ana se retint de sourire. Pez avait choisi ce lit rien que pour elle, et elle l'adorait pour cela. C'était de loin le mieux placé de tous ceux de la chambre.

— Eh bien, je n'ai pas peur des malédictions.

— Bravo, commenta Elza sans vraiment l'écouter. Vous avez déjà subi votre test de Vertu, n'est-ce pas ? ajouta-t-elle en observant Ana, nue devant elle. (La jeune fille acquiesça.) Tant mieux. Venez vous plonger dans un bon bain chaud. Enfilez cette robe et suivez-moi. Vous allez voir, vous allez adorer.

Ana enfila la robe en soie qui lui parut très douce contre sa peau et en demanda une seconde pour fourrer le Voile de Lazar, comme elle l'appelait dorénavant, sous son oreiller.

Il dormirait toujours près d'elle, désormais.

Ils ramaient en silence alors que l'après-midi touchait à sa fin. Jumo maniait les avirons tandis que Zafira s'affairait sur l'Éperon évanoui. L'inconnue, quant à elle, leur tournait le dos et récitait une litanie tout bas, comme si elle priait.

Soudain, elle s'adressa à eux d'une voix douce, interrompant le cours de leurs pensées.

— Pouvez-vous vous rapprocher de Beloch ?

— Les vagues pourraient nous drosser sur le géant, protesta Jumo.

La mer n'était pourtant pas grosse, ce jour-là, mais il était surpris que la vieille femme puisse présenter une requête pareille alors que le temps jouait contre eux.

— Beloch ne nous fera aucun mal.

Jumo marmonna une réponse inintelligible, mais les fit se rapprocher du géant qui dominait de toute sa taille leur minuscule embarcation.

— Pourquoi tenez-vous à faire ça ?

— Je veux lui parler, répondit-elle.

Ce qu'elle fit, debout en équilibre précaire dans la barque qui tanguait dangereusement. Aucun de ses compagnons ne comprit ce qu'elle dit au géant.

— Nous allons tous nous noyer, protesta Jumo, la mine renfrognée.

La vieille femme lui sourit d'un air serein.

— Merci, lui parler comptait beaucoup pour moi.

— Le faites-vous chaque fois que vous venez sur l'île ? demanda Jumo.

— Non, répondit-elle d'une voix brusquement détachée, comme si ses pensées l'emmenaient très loin d'eux. Je n'avais encore jamais ramé jusqu'à l'île.

Jumo n'en dit pas plus. La situation devenait vraiment trop étrange.

— Nous n'avons besoin de rien, indiqua le Zar Boaz à Bin.

En congédiant ainsi le serviteur, il montrait que sa colère ne s'était pas dissipée. Or, il devait apprendre à la masquer s'il voulait ressembler davantage à son père.

Salméo et Tariq se tenaient devant lui et s'inclinèrent une fois de plus pour indiquer qu'ils étaient prêts à obéir à n'importe quel ordre de sa part.

Boaz ignora cette révérence, ravala sa colère et s'adressa à eux d'une voix calme :

— Avons-nous des nouvelles ?

Le grand maître des eunuques prit un air inquiet.

— Non, Majesté. Je me suis occupé de ce porc de Fustigeur qui n'avait absolument aucun talent pour ce métier.

C'était un mensonge, mais Boaz l'ignorait.

— Où étaient donc ses supérieurs ? Shaz n'est tout de même pas le seul Fustigeur présent dans le palais ?

Salméo secoua la tête en fronçant les sourcils.

— Certes non, Très Haut, mais nous n'avions pas d'autre choix que Shaz. Voudriez-vous le voir puni ?

— Pas spécialement. Je préférerais que vous punissiez ses supérieurs qui étaient absents. Nous ne pouvons pas nous passer à la fois du chef des Fustigeurs et de son adjoint. C'est inacceptable !

Boaz regretta aussitôt d'avoir organisé cette réunion sous le coup de l'émotion. La vue de son ami brisé l'avait écœuré au point qu'en rentrant dans le palais, il avait rendu son petit déjeuner dans les plantes non loin de ses appartements. Par chance, aucun garde ne se trouvait sur le balcon lors du châtiment, si bien que seule sa mère avait été témoin de cette faiblesse. Elle avait eu l'intelligence de ne rien dire et s'était contentée de lui tendre un mouchoir pour s'essuyer la bouche.

« Je vais me retirer pour le reste de la journée, Boaz. »

Telles avaient été ses seules paroles. Il avait remarqué le tremblement dans sa voix et avait compris qu'Herezah était aussi écœurée que lui. Mais elle avait appris à maîtriser ses réactions physiologiques, et il s'était promis de prendre exemple sur elle. Une fois de plus, il avait reconnu en son for intérieur que même si elle l'énervait, elle avait encore plein de choses à lui apprendre. Son père avait eu raison de la choisir pour favorite, c'était un choix politique intelligent. Boaz avait acquiescé, mais avait pris le risque de lui prendre la main pour la remercier, car il savait qu'elle ne parlerait à personne de cette humiliante preuve de détresse. De toute évidence, elle prenait au sérieux leur nouveau partenariat ; il était temps d'arrêter de la combattre pour se servir de ses connaissances et de ses qualités politiques.

Salméo s'éclaircit la voix, ramenant Boaz au moment présent.

— Dois-je les punir, Très Haut ?

— Comment ça ?

Boaz était trop distrait. Il se le reprocha en silence en voyant les yeux de Salméo s'étrécir. Il eut l'impression que le grand maître des eunuques était en train de le tester.

— Jusqu'où le châtiment doit-il aller, Majesté ? répondit prudemment Salméo. Exigez-vous leur mort ?

Boaz prit une profonde inspiration.

— Si l'Éperon ne survit pas aux coups de fouet, grand maître des eunuques, alors vous choisirez l'un des Fustigeurs, qui paiera de sa vie cet échec collectif.

— Le choix m'appartient, c'est bien ce que vous voulez dire, Très Haut ?

Boaz détestait terriblement Salméo en cet instant. Il le foudroya du regard, comme le faisait son père le Zar chaque fois qu'il était en colère.

— Nous parlons tous les deux percherais, grand maître. Je suis sûr que vous m'avez compris.

Salméo s'inclina, perturbé par cette soudaine démonstration de pouvoir du jeune Zar.

— À vos ordres, Majesté.

— Où a-t-on conduit l'Éperon ? Tariq, j'aimerais que mes médecins personnels s'occupent de lui.

Les joyaux de Tariq étincelèrent au bout de sa barbe tremblante. Ce n'était pas vraiment une tâche dont il aurait dû s'occuper, mais il était prêt à faire tout ce qui pouvait lui valoir les bonnes grâces du Zar.

— Bien sûr, Très Haut, je vais me renseigner. Y a-t-il quoi que ce soit d'autre, Votre Majesté ? s'enquit Tariq.

À ses côtés, Salméo ne put s'empêcher de ricaner.

— Ce sera tout, répondit Boaz. Où est l'odalisque Ana ?

— Si j'ai bien compris, ses vêtements étaient tachés de sang. Les Elims l'ont ramenée dans ses appartements pour qu'elle prenne un bain et se repose après son aventure nocturne, expliqua Salméo.

Boaz comprenait, mais il ne pouvait plus reculer.

— Amenez-la dans mon bureau. Immédiatement.

— Oui, Très Haut, répondit Salméo en inclinant le buste. Dois-je informer la Valide de... ?

— Ma mère n'a absolument rien à voir avec ça, répliqua Boaz, incapable de maîtriser sa fureur grandissante. Vous feriez bien, grand maître des eunuques, d'apprendre à obéir sans poser de question. Il n'y aura pas d'autres avertissements. J'ai beau être très jeune, Salméo, je n'en reste pas moins la plus haute autorité dans ce royaume. Accorderiez-vous déjà votre loyauté à la mauvaise personne ?

Le visage flasque de l'énorme eunuque se mit à trembler sous l'effet d'une rage contenue.

— Non, mon Zar. Je pensais seulement qu'il était de mon devoir de vous avertir...

Boaz l'interrompit de son ton le plus méprisant possible.

— Ne pensez pas, Salméo. Quand l'ordre vient de moi, obéissez, c'est tout ! Et n'envisagez plus jamais de m'avertir, est-ce clair ?

Salméo s'inclina pour masquer son dégoût d'être ainsi traité publiquement.

— Oui, Majesté, réussit-il à dire malgré ses dents serrées.

Ce fut au tour de Tariq d'étouffer un ricanement.

— J'ai bien peur de ne pas pouvoir vous offrir le bain délicieux que je vous avais promis, odalisque Ana, annonça Elza en revenant vers la jeune fille après qu'un serviteur lui eut chuchoté un message à l'oreille. Nous devons vous baigner rapidement dans un baquet.

— Pourquoi ?

— Le Zar souhaite vous voir.

— Boaz ?

L'esclave la regarda d'un air horrifié.

— Chut, mon enfant ! Ne prononcez plus jamais son nom à moins que lui seul vous en ait donné la permission. Ne vous ont-ils donc rien appris, encore ?

— Comment auraient-ils pu ? Je n'ai passé que quelques heures au sein du palais, répliqua Ana d'un ton acerbe.

— Vous feriez mieux de prendre un ton plus humble, mademoiselle Ana. Suivez mon conseil, car votre condescendance ne sera pas tolérée. Règle numéro un : ne jamais prononcer le nom du Zar, reprit-elle en conduisant Ana dans une nouvelle pièce, plus petite, remplie de baignoires pour une personne. Vous devez l'appeler « Votre Majesté », « Très Haut », « puissant parmi les puissants » ou des choses dans ce genre-là.

Ana hocha la tête. Pez lui avait également conseillé de se fondre dans la communauté du harem si elle ne voulait pas attirer l'attention de Salméo.

— Règle numéro deux : dans le harem, on se baigne tous les jours, expliqua Elza en désignant une baignoire. Celles-ci, nous les utilisons rarement. À partir de maintenant, vous utiliserez le pavillon principal et vous passerez la matinée complète à vous préparer.

— Quelle perte de temps, murmura Ana.

Elza l'entendit et sourit avec dédain.

— Vous feriez mieux de vous habituer à l'oisiveté, mademoiselle Ana, car vous allez passer votre vie entière à vous préparer dans l'espoir que le Zar daigne échanger ne serait-ce que quelques mots avec vous.

— On dirait que je ne vais pas avoir longtemps à attendre, n'est-ce pas ? rétorqua Ana avec lassitude.

— Oh, mon enfant, vous allez passer de très mauvais moments si vous gardez cette attitude, soupira Elza. Maintenant, dépêchez-vous, enlevez votre robe. Il faut que je vous lave et que je vous habille.

*Au temps pour le repos*, songea Ana en redoutant ce que le Zar allait exiger d'elle après la remontrance qu'il lui avait adressée en public.

Jumo insista pour porter de nouveau Lazar sur son dos. Leur guide leur ouvrit la voie en gravissant d'un pas étonnamment alerte les larges marches, heureusement pas très hautes, taillées dans la falaise. Zafira grimpa péniblement à côté du domestique.

— Que faisons-nous ici ? marmonna ce dernier.

— Je ne sais pas, mais j'ai l'impression que c'est bien. Pas vous ? Elle est arrivée juste au moment où nous avions besoin d'aide. La coïncidence est trop forte. Elle a dit qu'elle répondrait à nos questions, il faut seulement être patients.

Au sommet de l'escalier, ils découvrirent une maisonnette éloignée du bord de la falaise et entourée à l'arrière d'un petit bosquet.

— Nous y voilà, annonça la vieille femme. Les lépreux sont logés loin d'ici. Il n'en reste que six, de toute façon, et je les vois rarement. Jumo, vous sentez-vous capable de le porter à l'intérieur ?

— Oui, mais dépêchons-nous. Sa respiration a changé.

C'était vrai, Lazar semblait désormais avoir du mal à respirer.

Dans la maison, la vieille femme reprit les rênes une fois de plus.

— Déposez-le sur la paillasse et allumez quelques bougies à l'aide de cette lanterne, Jumo. Nous allons être très occupés, et le soleil se couchera sans qu'on s'en aperçoive. Zafira, peut-être pourriez-vous nous faire du quishtar ?

Heureuse de pouvoir s'occuper, la prêtresse entreprit aussitôt de chercher les ustensiles et les ingrédients dont elle avait besoin.

Leur hôtesse consacra de nouveau son attention à l'homme allongé sur son lit, ainsi qu'à son ami anxieux qui disposait des chandelles tout autour.

— Avez-vous peur des serpents, Jumo ? (L'intéressé secoua la tête sans regarder aucune des deux femmes. Il avait les yeux rivés sur le visage gris de Lazar et sa poitrine qui se soulevait trop vite.) Tant mieux. Vous trouverez dans la cave une jarre avec un gros couvercle. Il y a deux serpents à l'intérieur. Celui qui a le ventre jaune est inoffensif. Celui avec le dos rayé est mortel, et c'est lui dont nous avons besoin. Avez-vous déjà manipulé un serpent ?

— Oui, répondit Jumo. (Il ne réussissait pas à masquer l'irritation que lui inspirait la situation : l'inconnue ne manifestait pas la moindre angoisse alors que lui-même était mort de peur.) Quel rapport avec Lazar ?

— Le drezden est fabriqué à partir du poison d'un serpent appelé drezia. C'est l'arme de prédilection des assassins qui veulent être loin bien avant que la mort survienne. Le venin de drezia est fatal, mais il agit lentement s'il n'est pas administré oralement. En allant vers le cœur, il ne fait qu'engourdir. Une fois qu'il atteint cet organe vital, par contre, il le paralyse et la mort est instantanée.

— Vous voulez que je récupère le venin du serpent ? demanda-t-il, coupant court délibérément pour sauver la vie de Lazar au lieu de se perdre en longues explications.

— Précisément. Tenez, recueillez-le là-dedans, ajouta-t-elle en désignant une petite tasse en porcelaine.

— En quoi cela aidera-t-il Lazar ?

Enfin, il perçut, derrière sa façade sereine, l'inquiétude qu'elle s'efforçait de masquer.

— Faites vite, Jumo, mon frère. Lazar est trop important pour qu'on le perde. Je vous expliquerai quand tout sera prêt. (Il suivit ses indications et trouva l'entrée de la cave.) Faites attention, reprit-elle. Si le serpent vous mord, aucun remède ne pourra empêcher le poison de vous tuer.

— C'est rassurant, marmonna-t-il en disparaissant dans l'escalier.

— Sa respiration semble très superficielle, nota Zafira.

— Ce n'est pas bon signe, reconnut leur hôtesse, qui avait déjà oublié Jumo, abandonné à son sort. Mais il fallait s'y attendre. Au fait, je m'appelle Ellyana. Veuillez pardonner mes mauvaises manières.

Zafira hocha la tête.

— Voulez-vous que j'enlève les pansements ? demanda-t-elle en montrant le dos de Lazar.

— Oui, s'il vous plaît. (Elles entendirent du bruit en bas.) Jumo ? appela Ellyana avec une note de peur.

— Tout va bien, répondit une voix étouffée.

Les deux femmes échangèrent un regard soulagé. Jumo reparut quelques instants plus tard avec un liquide clair. Il y en avait à peine assez pour couvrir le fond de la tasse.

— C'est suffisant, indiqua Ellyana en réponse à l'inquiétude du domestique. Maintenant, laissez-moi vous expliquer. Je vous promets d'être brève. J'ai déjà vu des cas d'empoisonnement comme celui-ci. On peut en venir à bout. Cependant, il faut que vous sachiez que, si Lazar survit, il ne sera plus jamais le même.

Elle marqua une pause, le temps que son auditoire digère cette terrible nouvelle. Ni Jumo ni Zafira ne protestèrent, si bien qu'elle poursuivit :

— Jumo, votre maître aura toujours besoin du poison du drezia à portée de main. Ils sont désormais liés pour l'éternité, comme des amants, même s'ils sont en réalité ennemis.

— Quels sont les risques ? demanda Zafira pour Jumo, car il était si abasourdi par la nouvelle qu'il paraissait incapable de parler par lui-même.

— Sans prévenir, il sera pris de fièvre et de tremblements qui l'affaibliront très vite. Le seul remède temporaire sera de lui donner du venin dans sa forme la plus pure et en infime quantité… bien moins que ce que nous avons là. Mais, pour l'heure, nous devons chasser le poison de son corps. Il va nous falloir des litres de quishtar, ainsi que ma tisane. La douleur sera intense, atroce, même, mais vous allez devoir être forts pour lui, tous les deux. Si on veut qu'il s'en sorte, il doit souffrir.

— Va-t-il s'en sortir, justement ? osa demander Jumo.

— Je me dois d'être franche avec vous : il va sûrement mourir. Il s'est écoulé trop de temps, et ses blessures sont effroyables. Même sans le poison, elles pourraient le tuer, expliqua-t-elle gentiment. (Jumo détesta la compassion qu'il lut sur son visage à ce moment-là.) Nous allons faire de notre mieux, mais préparez-vous au pire, Jumo.

— Il est fort, rétorqua-t-il.

La vieille femme prit le risque de poser la main sur le bras du domestique et lui répondit d'une voix plus tendre encore :

— Je sais. Et vous le serez tout autant pour lui.

Jumo cligna farouchement des yeux pour chasser les larmes qui menaçaient de couler.

— Et pour ses blessures ?

— Nous allons devoir les nettoyer soigneusement et recoudre les plus profondes pour les protéger de l'infection. Pour les autres, il faudra s'en remettre à ce baume, répondit-elle en désignant un pot en pierre. Quelqu'un pourrait-il m'aider ? C'est très lourd. (Jumo vint à son secours et fit la grimace à cause du poids. Puis il ôta le couvercle.) Cet onguent sent très mauvais, mais il est merveilleusement efficace, poursuivit Ellyana. Si ça ne vous dérange pas, étalez-en tout de suite sur ses plaies les moins graves. Ça les protégera de l'air et de la maladie.

— Elles sont toutes graves, protesta Jumo en secouant la tête devant l'état de Lazar.

Néanmoins, il attira le pot à lui.

— Zafira, vos mains ne tremblent pas ? demanda la vieille femme.

— Je ne crois pas, pourquoi ?

— Vous allez devoir le recoudre vous-même, ma sœur, expliqua Ellyana en montrant comme ses doigts tremblaient.

— Je ne suis pas sûre d'y arriver…, protesta la prêtresse d'un air inquiet.

— Je vous aiderai, assura Ellyana sans lui laisser une autre occasion de protester. Nous devons tous nous laver les mains avec cette pâte à savon spéciale, prévint-elle en désignant un autre pot. Cela va vous brûler la peau, mais nos doigts seront vraiment très propres, et nous n'infecterons pas les blessures de Lazar en les soignant. (Jumo et Zafira acquiescèrent.) D'accord, mettons-nous au travail. La nuit sera longue.

Comme en réponse à cette affirmation, Lazar gémit doucement.

— Comment ça, vous n'avez trouvé aucune trace de lui ? s'exclama Boaz.

Tariq pinça les lèvres. Il avait échoué dans la première mission que lui avait confiée le Zar.

— Pardonnez-moi, Très Haut. J'ai envoyé des coursiers à la maison de l'Éperon, à la caserne et même dans les temples de la ville, car je pensais qu'on l'avait peut-être conduit auprès des prêtres pour leur demander leur assistance médicale. Personne n'a pu nous donner la moindre information.

— Quelqu'un a bien dû le voir partir. Où est Shaz ? Peut-être a-t-il une idée de l'endroit où il se trouve ?

— Non, Très Haut. Apparemment, Shaz et son assistant ont remis le corps de l'Éperon à son domestique, l'individu appelé Jumo. L'homme a quitté la cour des Chagrins. On aurait pu croire qu'il ramènerait l'Éperon tout droit chez lui pour qu'un docte l'y soigne, mais ce n'est pas le cas.

Boaz fronça les sourcils.

— Faites passer le mot en ville. Quelqu'un a bien dû voir quelque chose. Je veux que vos espions me ramènent des informations avant ce soir, vizir.

Tariq s'inclina en se demandant quelle mouche avait piqué Boaz. Le garçon semblait avoir vieilli de cinq ans depuis le châtiment de l'après-midi. Le ministre avait l'impression d'être traité comme un esclave par un gamin dont la voix venait tout juste de muer.

— Tout de suite, Votre Majesté, répondit-il, les mâchoires serrées sous sa barbe.

Un gong résonna doucement, lui épargnant tout nouveau commentaire du Zar.

— Allez vous occuper de cette affaire, vizir. J'attends de vos nouvelles, dit Boaz d'un ton las. Entrez ! s'exclama-t-il par-dessus la tête de Tariq. (Bin pénétra dans la pièce au moment où le vizir s'en allait.) Oui ?

— Très Haut, le grand maître des eunuques et l'odalisque Ana vous attendent dans l'antichambre de votre bureau.

— Ah, bien. Je souhaite me changer. Envoie-moi mon habilleur.

— Bien sûr. Je ferai entrer vos visiteurs dans votre bureau quand vous serez prêt.

Boaz retourna dans sa chambre à coucher, où l'habilleur le rejoignit quelques instants plus tard. Après avoir enfilé une tenue plus ample et plus légère, toute blanche, avec un gilet gris anthracite, il demanda au domestique qu'on lui apporte des rafraîchissements.

— Des sorbets et une flasque de chirro, suggéra-t-il.

L'habilleur s'inclina et s'en alla. Boaz sortit de sa chambre et traversa une petite salle de réception qui donnait sur son bureau privé, une pièce plus petite et plus intime que celle dans laquelle il recevait d'ordinaire. Il faisait un grand honneur à Ana en l'y accueillant. Il encourait également la colère de tous les gens qui se disputaient ses faveurs, ce dont il était ravi. Une fois à l'intérieur, il prit une profonde inspiration, avant de tirer sur un cordon. Une cloche résonna à l'extérieur.

La double porte s'ouvrit, et Bin fit entrer une mince silhouette voilée, qui paraissait toute petite à côté du grand maître des eunuques à la mine revêche. Boaz s'aperçut qu'il retenait son souffle tant il était nerveux. Il laissa lentement filer l'air tandis que l'étrange duo s'avançait jusqu'au centre de la pièce. Ana, bien préparée par Salméo, tomba immédiatement à genoux et se prosterna comme l'exigeait le protocole. Bin referma la porte.

Salméo prit la parole.

— Très Haut, il s'agit d'une violation très inhabituelle du protocole du harem. Les filles ne connaissent pas encore toutes les règles, et nous n'avons même pas eu le plaisir de participer à la cérémonie des mouchoirs, expliqua-t-il poliment mais sur un ton acide. Peut-être devrais-je rester ici avec l'odalisque Ana pendant que… ?

— Ce ne sera pas nécessaire. (Boaz s'apprêtait à ajouter « merci » et se retint au dernier moment. Il était temps pour lui de s'habituer à donner des ordres.) Je vais changer quelques règles, Salméo. (Il ne lui laissa pas l'occasion de protester.) Premièrement, c'est à moi qu'il revient de décider quand et comment je rencontre les membres du harem. La cérémonie des mouchoirs est romantique, mais dépassée à notre époque moderne. Si je suis assez vieux pour régner, je le suis également pour me trouver en compagnie d'une fille de mon âge, au milieu de l'après-midi et sans chaperon. Surtout, j'entends bien échapper à toutes les difficultés et aux sous-entendus qu'il fallait apparemment endurer à l'époque de mon père.

L'émotion de Salméo, qu'il masquait si bien en temps ordinaire, se lisait parfaitement sur son visage horrifié.

—Mais, Très Haut, je...

Boaz afficha une consternation feinte.

—J'espère que vous n'envisagez pas de me recommander quoi que ce soit ? dit-il, surpris que sa voix soit si calme et son ton si condescendant. (Il trouvait merveilleux tout à coup de disposer d'un pouvoir si grand qu'il était capable de faire bafouiller un homme comme celui-là.) Je ne vais pas coucher avec elle, grand maître des eunuques, je souhaite simplement lui parler. Vous pouvez tout à fait rester pendant notre conversation.

Il prit juste le temps de respirer avant d'ajouter :

—Tant que vous demeurez à l'extérieur. Je désire m'entretenir en privé avec l'odalisque Ana.

L'énorme bonhomme noir ouvrit la bouche pour parler, mais aucun son n'en sortit. Il lança un regard furieux en direction d'Ana, toujours prosternée, puis se tourna de nouveau vers le Zar frémissant.

Il comprit qu'il n'aurait pas le dessus dans cette discussion, mais il savait qui le pourrait.

—Je vais donc sortir, Très Haut, répondit-il avec le plus d'humilité possible.

Puis il s'inclina et s'en alla en hâte demander une audience auprès de la Valide.

Boaz contempla la jeune fille sur le sol.

— Je vous en prie, odalisque Ana, relevez-vous. (Elle obéit, mais continua à regarder ses pieds, comme on le lui avait ordonné, sans doute.) Joignez-vous à moi, lui dit Boaz en désignant de confortables divans disposés sous la fenêtre.

— Je croyais que vous étiez en colère contre moi, Zar Boaz.

— Je le suis, soupira-t-il. Lazar a souffert inutilement aujourd'hui à cause de votre entêtement, mais je vous ai publiquement réprimandée pour d'autres raisons. Je pense que l'Éperon a compris. Soyez assurée que je ne vous ai pas demandé de venir pour vous faire souffrir davantage. Je suis sûr que vous endurez déjà bien assez comme ça.

Elle se mordit violemment la lèvre inférieure pour ravaler ses larmes.

— Je ne me suis jamais sentie aussi perdue… ni désespérée. Si je pouvais changer ce qui s'est passé aujourd'hui, Zar Boaz, si je pouvais revenir en arrière, je le ferais, j'espère que vous le savez.

Elle semblait sincère.

— Vous allez devoir me pardonner ce décor, dit-il gaiement. C'est le choix de mon père. Je n'ai pas le cœur de le remanier, même si la Valide m'a suggéré d'y apposer ma propre marque.

— Vous aimiez votre père, murmura-t-elle derrière le voile bleu pâle, les yeux toujours baissés.

— Vous pouvez ôter votre voile, odalisque Ana. Il n'est pas obligatoire en ma seule présence. Je vous autorise également à me regarder.

Elle leva les yeux, et il se réjouit de voir avec quelle franchise elle soutenait son regard maintenant qu'il lui en avait donné la permission. Elle enleva lentement son voile en faisant attention à ne pas déranger sa chevelure qui avait reçu cent coups de brosse. Elza avait compté chacun d'entre eux avant d'huiler ses cheveux pour les faire briller davantage. En voyant de nouveau son visage, et cette fois si proche, Boaz retint son souffle. De loin, il l'avait trouvée belle, mais il découvrait à présent qu'elle était infiniment plus ravissante de près. Elle avait la peau lisse et parfaite, à part un léger bronzage. Il se rappela les efforts acharnés des femmes du harem pour garder un teint aussi pâle que possible. Sur Ana, cette couleur dorée était comme un éclat venu de son être intérieur… comme une caresse du soleil.

— J'aimais beaucoup mon père. Il me manque.

— Moi aussi, j'aime mon père, Zar Boaz, et il me manque tout autant.

— Je vous en prie, asseyez-vous près de moi. (Il la regarda s'avancer d'une démarche gracieuse jusqu'aux divans et s'asseoir avec précaution face à lui.) D'où votre famille est-elle originaire ?

— De l'Ouest, dans les contreforts. Mon père élève des chèvres.

— Est-il fier que sa fille habite désormais au palais ? Ce doit être très différent de ce à quoi il est habitué.

Il pensait poser là une question banale, pour l'encourager à parler de la famille qu'elle avait laissée derrière elle. Il ne s'attendait pas à la calme rebuffade qui suivit.

— Mon père est un homme simple, Très Haut. Il ignore à quoi ressemble la vie au palais. Il n'a pas eu son mot à dire sur ma présence ici. Si cela n'avait tenu qu'à lui, je pense qu'il aurait été fier que je demeure la fille d'un berger.

Elle leva le menton. Lorsque leurs regards se croisèrent, Boaz reconnut en elle une âme sœur. Tous deux étaient trop jeunes pour le destin qu'on leur avait imposé et tous deux auraient préféré choisir leur propre voie plutôt que celle qu'on les obligeait à suivre.

— Pardonnez-moi, Ana, je ne voulais pas vous insulter.

— Je comprends, Majesté, répondit-elle calmement.

Boaz était déjà fasciné par elle, mais il fut néanmoins soulagé lorsqu'on frappa à la porte, interrompant leur conversation quelque peu tendue.

— Entrez. (Un serviteur apparut avec un plateau.) Ah ! j'ai pris la liberté de commander quelques rafraîchissements, expliqua-t-il pour combler le silence tandis que le domestique déposait la nourriture et le vin devant eux. Vous n'allez pas me dire que vous ne mangez pas de sorbet, j'espère.

— Oh, j'en mange ! répondit-elle vivement. (Pour la première fois, Boaz aperçut la très jeune fille en elle.) J'en ai goûté dans le bazar, expliqua-t-elle avec ravissement.

— J'ai entendu parler de votre aventure, confia Boaz avec un grand sourire. C'est pourquoi je voulais vous rencontrer.

Il fut déçu en voyant ses yeux verts, étincelants comme des joyaux, s'assombrir brusquement.

— J'ai compris mon erreur, Très Haut.

— Ana, je n'allais pas vous réprimander, j'allais vous féliciter. (Elle soutint son regard avec une certaine incrédulité.) Zarab sait que je me languis moi aussi d'une certaine liberté.

— Mais, vous êtes le Zar, vous en disposez sûrement, non ?

— Je crois bien que je suis aussi prisonnier que vous de mon propre palais. J'aimerais avoir votre caractère intrépide. Vraiment. Il a dû vous falloir un sacré courage pour cracher ainsi au visage de Salméo. Je sais que je ne devrais pas vous le dire, mais j'étais ravi quand je l'ai appris.

Il termina sa phrase dans un murmure, de peur que le gros eunuque ne l'entende à travers les murs.

— Vous le pensez vraiment ? demanda-t-elle, les yeux brillants de nouveau.

Il porta la main à son front, puis à ses lèvres, ce qui était une manière, dans ce pays, d'indiquer qu'il disait la vérité.

— Cela doit rester notre secret, par contre.

C'était pour Ana sa première raison de sourire depuis qu'elle avait serré Jumo dans ses bras, la veille. Mais penser à Jumo lui fit penser à Lazar, et une douleur familière lui comprima le cœur.

— Vous étiez présent tout à l'heure, lui rappela-t-elle d'une voix éteinte. Je ne peux tirer aucun plaisir de mon « courage », comme vous dites, après ce que l'Éperon a enduré par ma faute.

— Il doit vous tenir en très haute estime, Ana.

Il vit son visage se rembrunir et s'efforça d'imaginer quelles pensées elle dissimulait.

— Je crois qu'il se pense responsable parce que c'est lui qui m'a vendue.

Boaz sentit qu'elle n'était pas entièrement honnête.

— J'ai entendu dire qu'il avait refusé qu'on le paie.

Elle hocha tristement la tête.

— On ne m'a donné aucune information sur son état de santé.

Boaz savait qu'il n'aurait pas dû lui en raconter autant, mais cela faisait si longtemps qu'il n'avait pas passé un moment avec quelqu'un de son âge.

— J'ai essayé de me renseigner. D'après la rumeur, il ne passera pas la nuit.

Il vit le choc se peindre sur ce joli visage aussi sûrement que s'il s'était penché pour le gifler.

— C'est impossible, Très Haut ! Je vous en prie, ne me dites pas une chose pareille !

— Mais vous avez vu dans quel état pitoyable il était. Même de mon balcon, j'ai pu constater que son dos était ouvert jusqu'à l'os. Aucun d'entre nous ne devrait être surpris d'apprendre sa mort, mais nous devrions tous avoir honte.

— Je n'ai pas vu ses blessures, je n'ai vu que son honorable visage et le courage qu'il lui a fallu pour supporter tout cela sans en partager la douleur avec nous.

Boaz siffla tout bas.

— Je ne crois pas que nous aurions eu une moins haute opinion de lui s'il avait hurlé à chaque coup.

— J'imagine que hurler n'est pas dans les habitudes de Lazar. Ce doit être pour lui une faiblesse intolérable.

— Vous semblez le comprendre intimement alors que vous le connaissez depuis bien peu de temps. (Boaz la vit froncer les sourcils.) Enfin, je veux dire que vous semblez très bien le connaître. (Elle ne répondit pas, et le jeune Zar s'efforça de regagner sa confiance.) J'ai envoyé des messagers aux quatre coins de la ville. Nous aurons bientôt des nouvelles de l'Éperon. (Elle leva de nouveau les yeux vers lui, et il vit de l'espoir au fond de ses pupilles.) Je vous préviendrai, je vous le promets.

Ana le dévisagea encore quelques instants.

— Vous savez que Salméo parlera à votre mère de notre rencontre ?

Boaz se hérissa.

— Je suis le Zar, Ana, l'auriez-vous oublié, comme le grand maître des eunuques ?

— Non, Très Haut. À mon tour de vous présenter des excuses, je ne voulais pas vous offenser. Simplement, je me fais du souci pour vous, car on voit en moi un fauteur de troubles, et je ne voudrais pas que vous ayez des ennuis à cause de moi.

— Je suis le Zar, répéta-t-il en riant. Personne n'a d'autorité sur moi. (Il se leva. Il se sentait plus grand et plus fort, tout à coup.) Merci de m'avoir aidé à m'en souvenir.

— Très Haut, je ne comprends pas...

— Eh bien, je crois que moi aussi je n'avais pas encore bien mesuré à quel point je suis un personnage puissant, maintenant. C'est ce que mon père a essayé de me dire sur son lit de mort. Il m'a supplié de ne pas oublier que j'étais l'Élu. Il m'a choisi parmi tous ses autres fils pour gouverner après lui. C'est ce que je vais faire, sans me laisser impressionner par un eunuque ambitieux... ou par ma propre mère.

Elle apprécia cette énergie belliqueuse. Elle ressentait la même chose, mais elle était pieds et poings liés.

— Je ne connais guère que votre nom et votre âge, Majesté, mais j'espère que vous ne me trouverez pas trop audacieuse si je vous dis à quel point je suis fière de vous. Vos paroles me vont droit au cœur. Je ne suis peut-être qu'une esclave, mais seulement aux yeux des autres. Moi non plus je ne laisserai pas Salméo m'humilier... ni...

Elle s'interrompit en se rendant compte qu'elle était peut-être sur le point de commettre une grave erreur.

— Ni ma mère... vous pouvez le dire, l'encouragea Boaz. (Il prit son verre de vin, le but et vint s'asseoir plus près de la jeune fille. Dans leurs coupes en argent, les sorbets avaient fondu dans un étalage de couleurs sans que les jeunes gens y touchent.) Vous pouvez parler d'elle devant moi.

Il vit qu'elle l'étudiait soigneusement et devina que quelqu'un, sans doute Lazar, l'avait prévenue de ne faire confiance à personne au sein du harem.

—Ana, je ne suis pas ton ennemi, tu peux parler librement, dit-il en la tutoyant pour l'amadouer.

—Je ne crois pas, Très Haut, finit-elle par dire, à la grande déception du jeune homme. Je ne dois pas parler sans réfléchir. Il est probablement plus sage de garder mes pensées pour moi.

—Tu ne comprends pas. Je pensais que nous pourrions devenir amis.

—Vous avez beaucoup de nouvelles amies, maintenant, Zar. J'ai cru comprendre que nous sommes quarante et une filles dans le harem. Toutes jolies et choisies avec soin pour répondre à vos besoins.

—Je parie qu'aucune n'est aussi impétueuse que toi, Ana.

—Je ne connais pas ce mot, Très Haut.

—Cela veut dire fougueuse.

—Ah! j'ai beaucoup à apprendre, on dirait.

—Laisse-moi t'enseigner.

—Un Zar enseignant à une esclave.

Ce n'était pas une question; il perçut une note d'étonnement dans sa voix, comme si elle avait du mal à imaginer une chose pareille.

—Pourquoi pas? Comment crois-tu que ma mère a accédé à un tel statut, Ana? Ne te laisse pas aveugler par toute cette grandeur. Tous les Zars sont le fruit d'une esclave, mon père, et le sien avant lui, et son grand-père encore avant, ont tous couché avec des esclaves pour engendrer le prochain puissant parmi les puissants.

Elle hocha la tête, les sourcils froncés comme si elle réfléchissait.

—Eh bien, maintenant que vous présentez les choses de cette façon…

Elle se tut, visiblement réticente à en dire davantage. Boaz insista.

— Ma mère a beaucoup appris auprès de ses précepteurs dans le harem, mais mon père s'est aussi montré extrêmement généreux en partageant avec elle une grande partie de son savoir. Je veillerai à ce que tu reçoives l'éducation que ton intelligence mérite.

— Très Haut, puis-je vous demander une faveur ?

— Déjà, odalisque Ana ? (Elle le regarda d'un air contrit.) Je plaisantais, s'empressa-t-il d'ajouter. Demande-moi.

Elle répondit très vite, les mots se bousculant sur ses lèvres.

— Je vous en prie, ne me privilégiez pas.

Il ne savait pas trop à quoi s'attendre, mais pas à cela, en tout cas.

— Comment ça ?

— On m'a conseillé de faire profil bas. Des gens puissants considèrent que je suis une source d'ennuis. Je n'ai pas d'autre choix que de vivre la vie d'une odalisque, mais je peux peut-être la vivre discrètement sans créer d'autres remous qui pourraient atteindre la Valide ou le grand maître des eunuques.

Il hocha la tête, car il comprenait parfaitement.

— Je peux arranger ça, Ana.

— Je ne vois pas comment.

— C'est parce que tu ne comprends pas encore la façon dont fonctionne le harem. Veux-tu bien me faire confiance, même si on t'a conseillé le contraire ? (Elle rougit. Il avait donc vu juste.) Crois-moi, je ne te veux aucun mal et je me contenterai de ton amitié pour l'instant, rien de plus.

— Bien sûr. Je ne peux rien vous refuser, Zar Boaz.

Il sourit tristement. Elle prenait décidément tous ces avertissements à cœur.

— Je ne laisserai personne s'opposer à ce que l'on se voie.

— Serez-vous juste envers les autres ? l'implora-t-elle.

— Si j'en apprécie certaines, oui, je passerai du temps avec elles. Je ne peux pas te le garantir. Mon père m'a dit un jour qu'une belle femme peut être aussi insipide et ennuyeuse qu'une laide. La beauté n'est pas un gage d'intelligence ou de bonne compagnie. Je commence tout juste à comprendre ce qu'il voulait dire par là et pourquoi il a choisi ma mère. Elle a toujours été ambitieuse, mais également vive et pleine d'esprit. Cela l'attirait.

— Est-ce pour cela que vous vous intéressez à moi, Très Haut ?

— Je te trouve merveilleusement audacieuse, rit Boaz. Je ne peux pas en dire autant de moi. Si je ne t'appréciais pas déjà à ce point, Ana, je te supplierais de continuer dans cette voie et de faire tout ton possible pour énerver Salméo.

— Tiendrez-vous votre promesse, me ferez-vous savoir ce que vous apprendrez ?

— Oui, car cela me donnera une excuse pour te revoir, répondit-il gaiement.

— Le grand maître des eunuques a dit qu'il était inhabituel que…

Boaz s'empressa de l'interrompre.

— Salméo peut dire ce qu'il veut, Ana, il n'est pas le Zar. Les choses vont changer. Mon père m'a choisi parce qu'il croyait en moi.

— Et votre mère ?…

— … N'est la Valide que grâce à moi. (Cela lui fit penser à Pez. Il se rendit compte qu'il n'avait pas revu le nain depuis le châtiment.) Elle ne posera pas trop de difficultés. La première mesure que je ferai appliquer, c'est d'organiser un pique-nique à chaque pleine lune.

Les yeux de la jeune fille se mirent à briller.

— En dehors du palais ?

Il se réjouit de la voir aussi ravie. Un frisson de désir le traversa sans qu'il s'y attende.

— Bien sûr. Moi aussi, je me sens enfermé ici. Je sais que, quand j'étais petit et que je vivais parmi les femmes du harem, elles se plaignaient tout le temps de l'ennui. En dépit du luxe de leur existence, chaque jour se ressemblait pour elles. Je n'ai pas compris sur le moment. J'étais trop jeune et sans doute trop gâté en tant qu'héritier pour y réfléchir. Mais je peux y remédier. Je peux faire en sorte que vous sortiez toutes du palais.

— Vous êtes merveilleux, Majesté. Je vous en remercie et je suis sûre que les autres filles seront ravies aussi.

Boaz rayonnait, savourant ses louanges. Il voulait voir souvent cette lueur dans ses yeux et ressentir de nouveau cette étincelle de désir.

— Je suis désolé pour les sorbets, ajouta-t-il en contemplant la fondue multicolore sur le plateau.

— Vous êtes le Zar, commandez-en de nouveaux ! suggéra-t-elle d'un ton léger, enhardie par la détermination dont il faisait preuve.

# Chapitre 20

Pez s'en voulait d'avoir laissé Lazar entre les mains d'une inconnue. Il aurait dû rester, veiller sur lui et le supplier de s'accrocher à la vie. Pourquoi pressentait-il une tragédie ? La seule chose qui le rassurait un peu, c'était la présence de Jumo aux côtés de l'Éperon. Jumo mourrait plutôt que de laisser leur ami s'en aller. Pez savait aussi qu'il le préviendrait au plus tôt, que le combat ait été perdu ou non.

Perdu ? Il ne pouvait envisager Percheron sans Lazar. Comme c'était étrange de se les représenter de manière indissociable, comme si l'homme et la ville appartenaient l'un à l'autre. L'Éperon ne pouvait pas mourir à cause du système de punitions de la ville elle-même, n'est-ce pas ?

L'idée que Lazar était un simple mortel plongeait Pez dans le pessimisme. Plutôt que de feindre son humeur comique habituelle, il commença à compter à l'envers dans une autre langue. Des érudits auraient reconnu de l'haslin, mais peu importait. L'essentiel était que les oreilles qui traînaient dans les parages trouvent cela étrange. Tant qu'il continuerait à faire semblant d'être distrait et même perturbé, personne au palais ne s'étonnerait de ne pas le voir faire des cabrioles. Les nombres qu'il marmonnait lui permirent de rester concentré tandis qu'il s'aventurait vers le cœur du harem. Il avait l'intention de voir Ana mais, en approchant de l'entrée interdite, il tourna les talons. Brusquement, l'idée de la revoir augmentait son sentiment de culpabilité déjà très grand. Elle le dévisagerait de ses grands yeux confiants dans l'espoir d'entendre une bonne nouvelle. Il n'en avait aucune à donner, bonne ou mauvaise, à part que Lazar n'allait sans doute pas survivre.

Il emprunta donc en se dandinant une autre série de couloirs qui l'amenèrent vers les chambres des eunuques. Cette partie du palais encerclait à moitié le harem, afin que les esclaves puissent se rendre facilement auprès des femmes qu'ils servaient.

Délibérément, Pez se mit à marmonner dans sa barbe :

— Où est Kett, dois trouver Kett, comment va Kett, notre nouveau jouet.

Il croisa quelqu'un qui l'entendit.

— Salut, Pez.

— Kett ? demanda-t-il d'un air hébété, tout en se curant le nez.

L'esclave recula.

— C'est le petit nouveau ?

Pez se mit à sautiller autour de lui.

— Pauvre Kett, perdu sa chair, le prêtre l'a prise.

L'esclave hocha la tête.

— On s'occupe de lui. Ils vont enlever le bouchon plus tôt que prévu, je crois. Tu les trouveras…

Pez s'en alla sans plus attendre. Tout le monde était habitué à son impolitesse, de toute façon. Il s'éloigna à reculons en laissant échapper un rot sonore. L'esclave reprit sa route en secouant la tête. Dès qu'il fut hors de vue, Pez fit demi-tour. Il savait que le prêtre et ses assistants se trouvaient certainement dans la salle des Précieux. Ce nom ronflant servait à désigner une vaste pièce aérée avec un dôme en verre. En son centre se trouvait une table sur laquelle on déposait la victime pour lui ôter ses pansements. Pez trouvait l'opération prématurée, mais il n'était pas en mesure de mettre en doute la sagesse de leur décision.

Dans la salle, il découvrit un Kett prostré, qui gémissait sur la table. Taillée dans le marbre, elle était légèrement inclinée et disposait de rigoles sur les côtés, avec un trou d'évacuation en bas. Cela faisait des siècles qu'elle servait pour cette procédure.

Bien entendu, Salméo présidait cette cérémonie.

— Ah, Pez ! zézaya-t-il. Nous nous demandions où tu étais passé. Procédez, je vous prie, ordonna-t-il.

Le nain se mit à fredonner distraitement, les yeux rivés sur Kett. Le malheureux semblait avoir perdu énormément de poids, pourtant son ventre était enflé de manière obscène. En pouffant, Pez pointa du doigt l'abdomen distendu du garçon.

— Un peu de respect, le nain ! siffla Salméo entre ses dents serrées. Vous êtes sûr de vous ? ajouta-t-il en s'adressant au prêtre.

— Cela vous importe-t-il ? répliqua ce dernier avec une certaine irritation.

Salméo se pencha vers lui, imprégnant l'espace qui les séparait d'une bouffée de parfum à la violette.

— Non. Mais je crois que la Valide préférerait que le fils de sa vieille amie survive ; c'est l'ancien camarade de jeu du Zar.

— Dans ce cas, je dirais que c'est la seule solution, répondit le prêtre d'un air inébranlable en surveillant ses hommes qui défaisaient les pansements avec soin. Voyez comme il transpire et tremble. Son corps s'empoisonne tout seul. Nous devons libérer le liquide en espérant que le garçon sera assez fort. Normalement, on ne le fait qu'au bout de trois jours entiers, mais la façon dont il a enflé est mauvais signe.

Le grand maître des eunuques hocha la tête.

— Faites donc.

— Si aucun liquide ne sort lorsqu'on aura retiré le tube, alors ce garçon sera condamné. Dans ce cas-là, il vaudra mieux l'aider à mourir, ajouta-t-il à voix basse, par respect pour son patient.

— Je comprends.

L'horrible blessure infligée par la lame incurvée apparut. Le tube en étain qui saillait de l'aine ravagée du garçon semblait extrêmement étrange.

Les hommes qui s'occupaient de lui et même ceux qui observaient la scène restèrent si immobiles et silencieux que Pez eut l'impression d'avoir un tableau et non plus des individus vivants devant lui. Tous ces gens se souvenaient sans doute du jour où ils avaient vécu cette même expérience traumatisante.

— Il est jeune, marmonna Salméo à voix basse, comme pour se rassurer, tandis que le prêtre tendait la main vers le tube en étain en récitant une prière.

— Ah ! c'est coincé, avoua-t-il. Vite, de l'eau chaude et de l'huile pour écarter la chair. Dépêchez-vous !

Ses assistants humidifièrent la zone, sans doute avec beaucoup de douceur et de précaution, mais les effets de leurs soins ne semblaient pas suffisamment doux. Kett continuait à se débattre de manière pathétique entre les mains des esclaves costauds qui le plaquaient sur la table en marbre froid. Ils ne pouvaient pas le faire taire, en revanche, et il protestait vigoureusement en maudissant les mères qui leur avaient donné le jour, même s'il perdait un peu de force à chaque insulte.

Le prêtre tira de nouveau sur le tube, d'un coup sec, et cette fois l'objet céda. Un torrent d'urine ensanglantée jaillit de la plaie, et les soupirs aigus de Kett trahirent son soulagement. Le liquide continua à couler à flots pendant quelques instants, puis se réduisit à un mince filet qui ne se tarit qu'au bout d'un long moment. Pez remarqua alors comme la table en marbre était particulièrement bien conçue, car elle évacuait l'urine de manière efficace tout en rafraîchissant le corps légèrement enfiévré du malheureux.

Salméo interrogea du regard le prêtre qui hocha la tête.

— Il vivra, décréta-t-il. L'urine est claire.

— Je vais prévenir la Valide, annonça le grand maître.

Visiblement plus détendu, il ne fit pas attention à Pez lorsque celui-ci s'éloigna de lui en dansant.

— Est-ce qu'il peut m'entendre si je chante ? demanda le nain au prêtre.

— Il est conscient, répondit ce dernier comme s'il s'adressait à une personne saine d'esprit.

— Et si je chuchote ? insista Pez avec un sourire dément.

Le prêtre leva les yeux au ciel d'un air exaspéré.

— Ne va pas l'embêter, Pez !

Ce n'était pas du tout dans ses intentions, mais cela ne l'empêcha pas de sourire avec indolence, car personne dans cette pièce ne pouvait lui interdire quoi que ce soit, de par la loi du Zar. Pez se pencha près de la tête de Kett.

— Kett, c'est Pez. Tu as réussi. (Le garçon ne répondit pas, mais continua à gémir.) Je vais faire une suggestion pour ton travail et tu l'accepteras dès qu'on te la proposera, d'accord ? Ne dis rien, prends ma main. (De fait, sa main planait l'air de rien au-dessus de celle de Kett, qui la lui serra faiblement.) Brave garçon, chuchota-t-il encore. Fais-moi confiance. Sois fort et guéris. Maintenant, crie comme si je t'avais embêté.

Kett poussa un faible cri. Le nain pouffa.

— Va-t'en, Pez, ordonna le prêtre d'un ton las. Le garçon a failli mourir, tu ne trouves pas que ça suffit ?

Cela ne servait à rien de lui poser cette question, cependant, puisque le nain ne comprenait jamais ce qu'on lui disait.

Pez se mit à chantonner des idioties tout en se dirigeant vers la porte d'un pas dansant. Kett était sauf. Maintenant, il devait aller voir Boaz.

À moitié conscient, Lazar se débattait. Le sédatif très doux que lui avait donné Ellyana avait cessé de faire effet, et Jumo avait besoin de toute sa force pour immobiliser son ami pendant que Zafira finissait de recoudre ses plaies.

— Son dos ressemble à un tissu sur lequel un enfant se serait maladroitement entraîné à coudre, commenta la prêtresse, gênée.

— Il a une si belle peau, souffla Ellyana, derrière eux.

— Calme-toi, Lazar, protesta Jumo. On s'occupe de toi.

— Il ne peut pas s'en empêcher, Jumo, et j'ai bien peur qu'il ne puisse vous entendre, expliqua Ellyana, toujours avec calme. C'est le poison qui le met en colère. Cela vous amuse ? ajouta-t-elle, surprise, en le voyant rire.

— Il est toujours en colère, expliqua sèchement Jumo. Mais je suppose que c'est bon signe s'il est assez furieux pour lutter contre nous, non ?

Une fois de plus, Ellyana balaya ses espoirs.

—Au contraire. Cela signifie que le poison est en train de l'emporter.

—J'ai fini, annonça Zafira en s'étirant. Ses plaies sont recousues du mieux possible, et j'ai appliqué la pommade et pansé tout son dos.

Comme si ses démons intérieurs avaient brusquement perdu leur énergie en entendant la prêtresse, Lazar s'effondra sur le matelas et se tut. En fait, il devint si immobile que Jumo se pencha sur son ami pour s'assurer qu'il respirait encore.

—Il va falloir changer les pansements deux fois par jour, prévint Ellyana.

Ses deux compagnons hochèrent distraitement la tête, perdus dans de sinistres pensées.

—Allons-nous le perdre ? demanda Jumo.

La vieille femme contempla son visage angoissé. Elle aurait bien voulu mentir pour apaiser sa douleur, mais elle en fut incapable.

—Je ne vais pas proférer des mensonges au nom du réconfort. Il se meurt, Jumo. C'est la dernière étape avant que le poison arrive au cœur. Nous sommes peut-être intervenus trop tard.

—Non ! protesta Jumo. (Ellyana voulut poser la main sur lui, mais il se dégagea.) Nous devons le sauver. C'est vous qui nous avez conduits ici, qui avez insisté pour traverser la baie et grimper en haut de la falaise. (Sa voix se brisa.) Sauvez-le.

À travers le brouillard des larmes qu'il refusait de verser, il jeta un coup d'œil à Zafira, qui semblait désespérée. Ainsi, elle aussi savait que Lazar était pratiquement perdu malgré tous ses efforts.

Ellyana voulut encore une fois le calmer.

—Jumo…

—Économisez votre salive. Vous ne seriez pas là s'il ne présentait pas un intérêt à vos yeux. Je ne sais pas quel est cet intérêt et, pour être honnête, je m'en moque. Je veux juste que vous essayiez de le sauver, même si vous pensez perdre votre temps.

— Je ne perds pas mon temps, répliqua-t-elle doucement. Moi aussi, je veux qu'il vive, mais vous devez comprendre que je n'ai pas le pouvoir de lui redonner la vie.

— Mais vous pouvez essayer !

— Oui, répondit-elle avec un petit soupir résigné. Je vais essayer, pour vous. (Elle souleva le pichet contenant la décoction qui avait eu le temps de refroidir.) Cette tisane est à base de circad, un ingrédient très rare. J'ai découvert que c'est la seule chose qui agit agressivement contre le venin de serpent et en particulier contre le drezden… à condition de l'administrer à temps.

— À quelle fréquence faut-il lui faire boire cette tisane ? s'enquit Jumo.

— Aussi souvent qu'il l'acceptera. Elle a un goût très amer. Plus il en absorbera et plus il aura de chance de guérir. Il va sûrement en recracher, mais nous devons persévérer.

— Comptez sur moi.

— Non, Jumo, laissez cela aux femmes, répondit Ellyana avec un sourire triste. Vous avez fait tout ce que vous pouvez.

— Quoi ?

Jumo avait du mal à penser à autre chose qu'à son dévouement envers Lazar. La peur de le laisser seul dans un état aussi fragile se manifesta dans le pli furieux qui lui barrait le front, chose inhabituelle chez lui.

— Retournez en ville, insista calmement la vieille femme. Nous vous donnerons des nouvelles.

— Mais pourquoi ne pas… ?

Il se tut en voyant le sourire triste sur le visage d'Ellyana et la façon dont elle leva calmement l'index pour le faire taire.

— Jumo, nous savons maintenant que Lazar a des ennemis au sein du palais, des gens qui se sentaient suffisamment menacés pour attenter à sa vie avec une telle détermination. Il s'agit sans doute de l'œuvre du grand maître des eunuques, mais nous n'en sommes pas sûrs. Le vizir pourrait être impliqué, la Valide aussi et même le Zar, qui sait ?

— Jamais, chuchota Jumo, encore plus en colère, car Lazar avait toute confiance en Boaz.

—Tout ce que je dis, c'est qu'on ne peut être sûr de rien. Il ne faut pas fragiliser la toute petite chance que nous avons de lui sauver la vie en faisant savoir à tout le monde où il se trouve.

—Que voulez-vous que je fasse? demanda-t-il avec amertume.

—Retournez chez Lazar et attendez. S'il vit, vous pourrez annoncer la bonne nouvelle et être nos yeux dans la ville. Surveillez les réactions positives, mais surtout celles qui ne le seront pas. Pez vous aidera énormément dans cette tâche. Tendez l'oreille, aussi, et écoutez ce que disent les gens. Il faut que l'on sache si Salméo et sa clique ont répandu des rumeurs sur l'Éperon. Il faut que l'on soit informés du statut de Lazar avant qu'il remette les pieds en ville.

—À vous entendre, on dirait que vous êtes convaincue de sa survie, lui fit remarquer Jumo.

—Si Lazar meurt, vous et Pez serez quand même plus utiles à Percheron qu'ici. Regardez qui se réjouit de la nouvelle et réagissez rapidement. Dans un cas comme dans l'autre, c'est en restant à proximité du palais que vous servirez le mieux votre maître.

Jumo secoua la tête.

—Je préférerais rester avec lui... jusqu'à la fin si nécessaire. Je ne veux pas qu'il meure seul.

—Il ne sera pas seul, répliqua Ellyana d'un ton ferme. Tant qu'il respire, Zafira et moi resterons à ses côtés à chaque instant.

—Je ne peux pas le laisser, insista-t-il d'une voix suppliante. Je m'en voudrais jusqu'à la fin de mes jours s'il lui arrivait quoi que ce soit.

Ellyana prit sa main dans les siennes.

—Je vais consacrer toute mon énergie à le sauver, et Zafira aussi. Nous n'avons pas besoin d'être trois, et Lazar a besoin de vous ailleurs.

Frustré, Jumo ferma les yeux.

—Mais, dès l'instant où je poserai le pied dans sa maison, on va m'assaillir de questions. Qu'est-ce que je vais leur dire?

Ils finiront bien par découvrir où il est. Comment vais-je le protéger ?

— C'est très simple, ami Jumo. Vous ne leur direz pas la vérité. Notre but est de tenir ses ennemis à distance le temps qu'il reprenne des forces. (Elle haussa les épaules.) Puisque nous ne savons pas qui ils sont, vous devez tous les traiter comme des ennemis. Vous devez mentir. Dites à tous ceux qui vous demanderont de ses nouvelles que Lazar vous a ordonné de le conduire au temple de la mer. À son arrivée, il était à l'agonie. La prêtresse a promis de faire tout ce qui était en son pouvoir pour le guérir ; elle vous a aussi demandé de le lui laisser le temps qu'elle détermine l'étendue de ses blessures.

— Personne n'y croira.

La vieille femme ne tint pas compte de cette interruption.

— Vous n'avez qu'à ajouter que vous étiez tellement choqué par l'état de Lazar que vous n'étiez même plus capable de réfléchir. Elle vous a fait boire, mais vous ignoriez que le liquide contenait un somnifère. À votre réveil, Lazar avait disparu. Depuis, vous le cherchez, mais vous n'avez pas réussi à retrouver sa trace.

L'incrédulité de Jumo ne fit que croître.

— Vous pensez vraiment qu'ils vont y croire ?

— Oui, parce qu'il n'y a aucune trace de lui. Personne ne nous a vus partir avec lui et personne ne doit vous voir revenir au port. Vous devez vous déguiser.

— Comment vais-je expliquer ma longue absence ?

Ce fut Zafira qui trouva la réponse.

— Vous étiez tellement accablé de chagrin que vous êtes entré dans la taverne la plus proche et que vous avez bu jusqu'à perdre connaissance. Vous devrez acheter le silence du moshaman, évidemment, mais ça ne devrait pas être difficile.

— Je ne bois pas dans les moshas, protesta Jumo en sachant que c'était une bien piètre protestation.

— Alors, aspergez-vous d'alcool. L'odeur suffira à convaincre vos interlocuteurs.

— Elle a raison, renchérit Ellyana. C'est une bonne idée.

— Mais Zafira risque de passer pour la méchante.

— Comme si cela me faisait peur, cher Jumo, renifla la prêtresse, non sans gentillesse. Les fidèles de la Déesse vivaient déjà comme des parias bien avant que je vienne au monde. J'ai ma foi, et c'est tout ce dont j'ai besoin. Peu m'importe ce que les gens pensent de moi.

— Jumo, vous ne voyez pas que nous sommes là pour aider Lazar et non pour vous punir ? insista Ellyana.

— Si, bien sûr, répliqua-t-il sèchement. Mais vous ne savez pas tout ce qu'on a traversé ensemble.

Il contempla le visage vide d'expression de l'homme qu'il adorait. Ses lèvres faisaient comme une ligne pâle sur la peau autrefois bronzée, qui semblait à présent vidée de toute couleur.

— Mieux vaut que vous partiez maintenant. Nous allons lui faire boire sa tisane, et ça ne va pas être beau à voir, prévint Ellyana.

— Comment ça ? demanda Jumo.

— Il va se débattre avec le peu d'énergie qui lui reste, et cela pourrait lui coûter la vie. Il va falloir trouver le juste équilibre entre le forcer à boire et éviter qu'il nous combatte nous au lieu du poison. Laissez-nous, maintenant, Jumo. Prenez la barque et retournez dans le port à la rame. Je vous promets de vous donner de nos nouvelles d'ici un jour ou deux.

Jumo ne put s'empêcher de se tourner vers Zafira pour obtenir son soutien, mais elle semblait implacable. De toute évidence, elle était d'accord avec Ellyana. Il leva l'index pour les menacer.

— Faites en sorte de me prévenir, effectivement, et sauvez-le. Sinon, Ellyana, je vous en tiendrai pour responsable.

# Chapitre 21

L'atmosphère était humide et étouffante au sein des murs de Percheron. Mais en dépit de la chaleur, le bazar grouillait d'activité. Les marchands encourageaient la foule du soir à acheter tout et n'importe quoi, depuis les feuilletés au miel tout chauds jusqu'aux tuiles peintes.

Comme toujours, la Ruelle de l'Or était la plus encombrée. Les Percherais ne se bousculaient pas pour acheter de l'or, mais ils aimaient déambuler à loisir entre les étals scintillants. La plupart étudiaient la fluctuation des prix pendant des jours, voire des semaines, avant d'investir. D'autres aimaient juste s'asseoir avec les vendeurs pour caresser le séduisant métal, ce qui ne voulait pas dire qu'ils étaient prêts à l'acheter. Personne n'était jamais pressé. Les marchands laissaient du temps à chaque client et envoyaient souvent leurs apprentis chercher du quishtar qui arrivait sur de petits plateaux dans des verres colorés. Le quishtar était synonyme d'hospitalité et d'entente. Il encourageait les conversations et, en fin de compte, les ventes.

Cependant, Tariq ne vit rien de tout cela en parcourant les rues en pente d'un pas pressé. Il était aveugle aux couleurs et aux rituels de la Ruelle de l'Or. Les yeux rivés sur le tournant d'après, il avait l'esprit plein de visions de pouvoir et de richesse. Il ne s'arrêta pas pour aider et encore moins pour s'excuser auprès du jeune garçon dont il poussa le coude. Le plateau que celui-ci tenait heurta le sol avec fracas, le quishtar ambré se répandit par terre, et le verre rouge bordé d'or s'écrasa en une pluie d'éclats. Par chance, personne ne reconnut Tariq, car sa barbe bifide et ses joyaux suffisaient d'ordinaire à proclamer qui il était. Mais il avait pris soin de se déguiser ce soir-là. Le jeune garçon dirait à son patron que c'était la faute d'une grande femme ignorante, entièrement voilée dans son jamoosh.

Tariq poursuivit sa route, l'esprit en ébullition et la peur au ventre. Avait-il pris la bonne décision ? Il se rappela que ce n'était que temporaire et qu'il disposerait ensuite d'une richesse inimaginable pour profiter du reste de ses jours. Il n'était pas si vieux, en vérité, mais simplement usé. D'ailleurs, s'il devait être tout à fait franc, c'était la richesse qui l'attirait plus que le pouvoir. Le pouvoir, c'était bon pour les hommes plus jeunes que lui. Si Maliz lui avait rendu visite dix ou quinze ans plus tôt, Tariq aurait envisagé de devenir l'homme le plus puissant du pays après le Zar. Mais il avait décidé cet après-midi-là qu'il en avait assez du palais et des manœuvres politiques. Il ne voulait pas servir un Zar qui était encore trop jeune pour se laisser pousser la barbe.

Il n'avait jamais entretenu de bonnes relations avec Joreb – sinon, il serait devenu grand vizir. Mais se retrouver à la case départ, obligé d'entamer une nouvelle relation avec quelqu'un qui se méfiait autant de lui était épuisant. Joreb n'aimait pas Tariq, mais ils avaient fait du bon travail ensemble. Par contre, le ministre sentait que Boaz allait apporter des changements. Aussi, lorsque Maliz lui avait proposé une fortune extraordinaire, ce dernier argument avait fini par l'emporter. Tariq se voyait bien prendre sa retraite pour mener la vie décadente dont il avait toujours rêvé. Ce genre de richesse était une forme de pouvoir à elle seule. Il ne serait plus un serviteur de la famille royale, mais l'un des invités qu'elle recevait au palais.

Cette idée lui plaisait beaucoup.

Maliz était venu à lui brièvement en début de soirée pour lui rappeler sa décision. Tariq avait hésité, et le démon avait préféré ne pas insister. Cette fois, il n'y avait pas eu de bavardages incessants. Peut-être était-ce cette absence de bruit dans sa tête qui avait poussé Tariq à accepter. Il voulait toutes ces choses que Maliz lui avait promises, et le démon le savait, aussi attendait-il patiemment sa capitulation.

« *Tu ne le regretteras jamais* », lui avait-il dit d'un ton légèrement moqueur.

Il avait donné quelques indications au vizir, puis avait disparu. Ainsi, Tariq s'était déguisé en femme, car le voile était le seul moyen qu'il avait trouvé pour dissimuler sa barbe si aisément identifiable. À présent, il se hâtait dans les rues, l'incident du thé renversé déjà oublié tandis qu'il se rendait vers un quartier du port appelé le Fossé.

Il y avait moins de lanternes dans cette partie de la cité, si bien que les ombres étaient plus profondes. Une odeur piquante et salée planait dans l'air. Les gens étaient vêtus plus grossièrement, mais personne ne se retourna sur le passage de la grande femme. Une nouvelle odeur parvint aux narines de Tariq, parfumée et forte, et réussit à couvrir la puanteur de poisson qui régnait quasiment en permanence à cet endroit. Il n'était pas loin du principal marché aux épices, et le mélange de graines, de poudres et d'herbes aromatiques essayait d'attirer son attention.

Tariq se sentait plus en sécurité dans le bazar, non seulement parce qu'il y avait beaucoup plus de monde dans les allées entre les marchandises colorées, mais aussi parce que des femmes y faisaient leurs courses. Il n'y en avait pas beaucoup de voilées, remarqua-t-il avec intérêt. Cela faisait longtemps qu'il ne s'était plus mêlé à la plèbe dans les rues. Le fait de voiler entièrement les femmes était autrefois une tradition nationale, mais qui avait commencé à se perdre au cours du siècle précédent, à mesure que des attitudes plus libérales s'imposaient. Désormais, seules les familles des castes supérieures préféraient que leurs femmes sortent de chez elles avec le visage dissimulé. Sans oublier les femmes du harem, évidemment.

Tariq s'obligea à s'arrêter à plusieurs étals pour y examiner les produits proposés. Ce serait sans doute plus facile pour lui de se frayer un chemin vers l'ouest s'il se faisait passer pour une vraie cliente. Ainsi, il n'attirerait l'attention de personne, car des regards curieux étaient bien la dernière chose dont il avait besoin.

Avec une nonchalance forcée, il s'attarda près d'un marchand qui vendait des épices fortes et huma des clous de girofle et des graines de cardamome, avant de retourner des piments pour vérifier leur couleur et leur fraîcheur. Puis, il poursuivit sa route. Fasciné par leurs couleurs et la profusion de l'offre, il s'arrêta près d'un étal qui ne vendait que des variétés de piments. Enfin, il remonta la rue principale, tourna en direction de la porte ouest et continua à faire semblant d'examiner différents produits, jusqu'à ce que son regard s'arrête sur une enseigne qui proclamait : *À la table de Beloch.*

C'était un endroit vulgaire, exactement comme il l'avait imaginé. Un gros homme avec un tablier sale lui sourit. Entre ses lèvres, un calon se consumait tout seul, à en juger par la quantité de cendres qui s'accrochaient encore au mégot.

— Ma sœur, que puis-je vous servir aujourd'hui ? Du quishtar, peut-être, ou une assiette de yemshi ?

Le cafard qui rampait sur le pied de l'aubergiste prouvait avec quel soin ce dernier tenait son établissement.

Sous son voile, le vizir fulminait. *Quel culot de donner à cette minable gargote le nom de l'une des grandes icônes de la ville !* Néanmoins, il tendit le karel qu'il avait préparé.

— On m'a dit de vous donner ça. Vous ne m'avez jamais vu. Je souhaite utiliser votre porte de derrière.

Si le propriétaire de cet endroit infâme fut surpris d'entendre la voix d'un homme derrière le jamoosh, il n'en laissa rien paraître.

— Je vous en prie, euh… ma sœur, répondit-il en empochant le karel avec l'habileté d'un voleur.

Personne n'avait vu la pièce changer de mains, et la femme de haute taille fut vite oubliée tandis que l'aubergiste sollicitait de nouveaux clients.

Le vizir traversa rapidement la taverne et passa dans l'arrière-cuisine où il croisa plusieurs serveurs et deux cuisiniers. Puis il repéra la porte ouverte sur la ruelle derrière l'établissement.

Il sortit, comme Maliz le lui avait indiqué, et aperçut la petite porte verte dont il lui avait parlé. Elle se situait tout au bout de l'allée déserte et n'était visible que grâce à l'unique lanterne qui éclairait les lieux. Peu de bruits filtraient dans cette partie visiblement désertée du Fossé. Un rat passa en courant et sauta par-dessus le pied du vizir, lui arrachant un petit cri de dégoût. Son cœur battait la chamade. Était-ce vraiment une si bonne idée en fin de compte ? Il tenta de se rassurer en se disant qu'il avait toujours la possibilité de changer d'avis. Maliz serait furieux, mais que pouvait-il lui faire ? Il n'était qu'une voix désincarnée, après tout. Dans le cas contraire, le démon devait être relativement impuissant malgré tout, sinon il ne chercherait pas un nouveau corps dans lequel cohabiter.

Tariq s'arrêta à une dizaine de pas environ de la porte. S'il voulait fuir, c'était maintenant ou jamais. Au même moment, une voix amusée résonna dans sa tête.

— *Bienvenue dans ma demeure, Tariq. Entre, je t'en prie.*

*Trop tard*, pensa le vizir. Il n'avait plus le choix désormais.

— Où êtes-vous ? demanda-t-il timidement – le fait de s'exprimer à voix haute ne lui procurait qu'un tout petit sentiment de sécurité.

— *Entre. Nous ne sommes pas nombreux ; tu me reconnaîtras très vite.*

Tariq se retrouva face à la porte verte. Il tendit la main vers la poignée en prenant une profonde inspiration. Il n'avait jamais eu aussi peur.

Devant les gardes, Pez se livra à ses pitreries habituelles avant de frapper de façon théâtrale à la porte du Zar. La nuit, les soldats de Percheron veillaient à la fois dans le couloir et dans le salon attenant à la chambre à coucher de Boaz. Pez fut donc accueilli par un homme au visage grave qui n'appréciait visiblement pas cette intrusion tardive.

— Oh ! c'est toi, grogna-t-il avec une note de dégoût dans la voix. On doit te laisser passer même s'il dort, j'imagine que tu ferais mieux d'entrer.

— Vous aimez la crème aux œufs ? demanda Pez avec le plus grand sérieux.

— Pas particulièrement, répondit le garde. Je n'ai pas très envie de réveiller Sa Majesté.

— Oh, Sa Majesté adore la crème aux œufs. Moi, je préfère les dauphins. Et les escargots, alors, vous les aimez ? Ils ont un drôle de chant.

L'homme leva les yeux au ciel. Il était déjà assez fatigant de garder le Zar la nuit sans y ajouter ces idioties. Il tourna les talons et laissa Pez planté près de la porte.

Le nain hésita. Il avait pris la décision curieuse de ne pas dire toute la vérité à Boaz. Même s'il ne se rappelait pas très bien pourquoi, il était persuadé qu'une voix lui avait soufflé cette étrange suggestion.

Il frappa à la porte de la chambre en se demandant, au nom de Lyana, ce qu'il allait bien pouvoir dire au garçon quant à l'endroit où il s'était trouvé ces dernières heures. Il entendit quelqu'un marmonner à l'intérieur et prit le risque d'ouvrir.

— Les fleurs violettes sentent bizarre, murmura-t-il.

Le battant lui échappa et s'ouvrit en grand.

— Où étais-tu ? demanda Boaz.

Pez fut surpris par tant de véhémence. Il regarda autour de lui pour vérifier où étaient les gardes tandis qu'une excuse prenait forme dans son esprit. Il s'apprêtait à la lui donner lorsque Boaz poursuivit :

— Je me suis fait un sang d'encre pour toi.

Pez se tourna de nouveau vers lui, soulagé.

— Je suis désolé, Très Haut. Je peux tout expliquer.

— Entre. Je n'arrivais pas à dormir de toute façon. Il n'y a pas un souffle d'air.

— C'est pire en ville.

— Tu étais donc là-bas ?

— Oui, mentit le nain.

— Tant mieux. Je pensais bien que tu serais avec Lazar. Maintenant, dis-moi où il est et s'il récupère. Je veux lui envoyer mes propres doctes immédiatement. Il a besoin des meilleurs soins. (Le jeune Zar secoua la tête.) Toute la soirée, j'ai eu du mal à penser à autre chose.

Il s'apprêtait à en dire plus lorsqu'il remarqua combien son ami avait l'air grave.

— Je ne peux pas t'aider, Très Haut, expliqua Pez solennellement. J'ignore où il est.

— Quoi ? Toi aussi ?

— Comment ça « moi aussi » ?

— Pez, personne n'est en mesure de me dire où se trouve l'Éperon. J'ai fait passer la cité au peigne fin, mais personne dans les rues ne sait où il est. Comment un homme aussi connu que lui, qui avait l'air à moitié mort, peut-il disparaître comme ça sans la moindre aide ?

— Il n'avait pas seulement l'air à moitié mort, Majesté, intervint Pez d'une voix dure. Il agonisait.

Le nain confirmait ainsi les pires craintes du Zar.

— Je t'en prie, dis-moi que c'était une plaisanterie et que tu vas maintenant m'annoncer la vérité, supplia Boaz, le cœur empli d'effroi.

— Je ne mens pas. Il est vrai que j'ai accompagné Lazar et Jumo jusqu'au temple de la mer. S'ils n'y sont plus, alors je n'ai aucune idée de l'endroit où ils sont allés, ajouta-t-il, même s'il s'en voulait pour ce mensonge.

L'adolescent le dévisagea.

— Mais toi et Lazar êtes de si bons amis ! Pourquoi n'es-tu pas resté avec lui ?

— Je n'aime pas m'aventurer en ville trop souvent ni trop longtemps, mon Zar. Je ne leur servais à rien, de toute façon. Lazar avait perdu connaissance, et ses blessures étaient si horribles que Jumo et moi ne savions que faire.

Il vit Boaz se ressaisir tant bien que mal. Il aurait pourtant été facile pour lui de s'effondrer à cet instant, il était si jeune. Pez éprouva une douce fierté à le voir ainsi faire honneur à son rang.

— Pourquoi le temple de la mer ? s'enquit Boaz. Personne n'y va jamais.

Pez haussa les épaules.

— Jumo m'a expliqué que Lazar avait découvert cet endroit très récemment. Il appréciait sa quiétude et le fait qu'il soit désert, exception faite de la vieille prêtresse qui y habite.

— C'est donc lui qui a demandé à aller là-bas ?

— Je ne sais pas, Majesté, mentit Pez. J'imagine que non, car il était inconscient, comme je l'ai dit. Je crois que, dans sa panique, Jumo l'a emmené dans l'endroit le plus paisible qu'il a pu trouver.

— Mais ça n'a pas de sens ! gémit Boaz. Il n'y a personne là-bas pour le soigner. Du haut de mon balcon, j'ai bien vu qu'il était grièvement blessé.

— Tu n'imagines pas à quel point, murmura Pez.

Boaz traversa la chambre à grandes enjambées, ouvrit la porte et attendit, sans doute qu'un garde le rejoigne. Il marmonna quelques ordres furieux avant de claquer la porte.

— Je viens d'envoyer des messagers au temple de la mer.

Pez hocha la tête. Ils le trouveraient désert, évidemment, mais il préféra garder cela pour lui. Il se rappela une voix qui lui murmurait de ne rien dire et il sentit un frisson de peur le traverser. Que lui arrivait-il ? Qui lui parlait ainsi ?

— Quelle histoire impensable ! s'exclama Pez. Tu sais que Salméo a fait en sorte que cela finisse comme ça, n'est-ce pas ?

— Bien sûr ! Cependant, pour tout ce qui touche au harem, je n'ai pas autant de pouvoir que les gens semblent le croire. Salméo et la Valide sont bel et bien le roi et la reine du harem. Je suis simplement celui qui en profite, ajouta-t-il avec une grimace.

— Comment ta mère a-t-elle réagi ?

— Pour être honnête, je crois que le choc était aussi grand pour elle que pour moi.

— Vraiment ? fit Pez d'un air peu convaincu.

— Je lui ai demandé franchement si elle avait quelque chose à voir là-dedans, et elle a nié. Je connais bien ma mère, Pez.

Le nain ne répondit pas, acceptant la rebuffade. Jusqu'ici, il n'avait pas encore mentionné l'usage du poison.

— Et Tariq ?

— Non, c'est l'œuvre de Salméo, répondit Boaz en secouant la tête. Ce châtiment porte la marque de sa cruauté. Quant aux Fustigeurs, l'un des leurs y perdra sa tête si je n'ai pas très vite des nouvelles de Lazar.

— Ce n'était pas la faute du garçon, Très Haut. Il semblait encore plus terrifié que nous.

— Je m'en moque, répondit sèchement Boaz. Malheur à eux si je reçois de mauvaises nouvelles. Vous oubliez tous, on dirait, que c'était mon ami, l'un des rares que j'ai dans cet endroit. (Il se laissa tomber sur un sofa et regarda par la fenêtre.) J'ai rencontré l'odalisque Ana, ajouta-t-il comme s'il voulait changer de sujet.

— Oh ? C'est inhabituel. Salméo a dû être ravi.

Cette remarque arracha à Boaz un petit sourire malicieux.

— Il était furieux. Il s'est précipité chez ma mère, qui lui a demandé d'obéir à son Zar et d'arrêter de venir se plaindre auprès d'elle. De toute évidence, elle est arrivée à la même conclusion que nous ; elle sait que c'est l'œuvre de Salméo et elle n'est pas contente.

— Comment va Ana ?

— Elle est atterrée, mais je pense que ma compagnie lui a fait du bien. Je mentirais en disant que ce n'était pas réciproque.

— Alors, tu l'aimes bien ?

Boaz se tourna vers le nain.

— Tu le savais. C'est pour ça que tu as pris autant de risques lors de sa présentation à la Valide. Qu'est-ce que tu manigances, Pez ?

L'intéressé se hissa d'un bond sur un siège.

— Rien du tout, Très Haut. J'ai vu sa beauté et j'ai entendu Lazar vanter son intelligence. Je me suis dit qu'elle pourrait bien t'offrir une amitié sincère en plus d'une agréable compagnie. Je suis content qu'elle te plaise. Puis-je te demander une faveur ?

— Tu le feras, que je t'en donne la permission ou non, rétorqua Boaz, non sans gentillesse.

— Je sens qu'Ana est sur le point d'être élevée à un statut dépassant celui de simple esclave. Je me demandais si tu serais assez généreux pour lui donner son propre serviteur, qui ne s'occuperait que d'elle.

— Quoi ? Mais elle n'est ici que depuis deux jours. Ma mère s'y opposera farouchement, ajouta l'adolescent en secouant la tête comme si les caprices de sa génitrice le dépassaient complètement.

— Je vais te dire pourquoi elle pourrait bien accepter. Si je puis me permettre... ? (Boaz acquiesça.) C'est à cause de Lazar. L'intérêt que ta mère lui porte n'est un secret pour personne. Mais lui a brillamment prouvé son dévouement envers Ana lors de la tragique farce de cet après-midi. Je suis certain que ça n'a pas manqué d'éveiller la curiosité de ta mère. Elle voudra savoir ce que ça cache, ce qui le motive...

Il se tut en entendant quelqu'un frapper à la porte.

— Entrez, dit Boaz.

C'était le chef des gardes, qui s'inclina bien bas, longuement.

— Avez-vous des nouvelles de l'Éperon ?

Le soldat se redressa.

— Le temple de la mer est désert, Majesté, même si nous avons trouvé des taches de sang près de l'autel.

— Et personne n'a idée d'où se trouve l'Éperon ? insista Boaz, même s'il savait que cela ne servait à rien.

— Mes hommes ont parcouru le port pour interroger les gens. Une fillette croit avoir vu un homme emmené à bord d'un bateau, mais la mère a pris peur face à nos questions, et la petite s'est fermée comme une huître. Quand nous avons insisté, elle a nié et prétendu avoir rêvé.

— Quel genre de bateau ?

— Une barque, répondit le garde d'un air dubitatif. Mais aucun endroit n'est suffisamment proche, Majesté, pour s'y rendre à la rame, surtout s'ils cherchaient de l'aide.

— Quelle est donc cette île qui n'est pas si éloignée ?

Pez retint son souffle. Le garde fronça les sourcils, puis son visage s'éclaira.

— C'est l'île de l'Étoile, Très Haut, mais elle abrite une colonie de lépreux.

Pez rota.

— Qui voudrait aller là-bas ? murmura-t-il.

— D'accord, Briz, continuez à chercher, vous et vos hommes. Il faut le retrouver.

— Quinze d'entre eux sont encore en train de fouiller le port.

— Réveillez-moi si vous apprenez quoi que ce soit.

— Bien, Très Haut.

Il porta la main à son cœur, puis prit congé.

— Tu devrais t'accorder un peu de repos, Boaz, suggéra Pez, après son départ.

— Que voulais-tu me demander à propos d'Ana ?

— Le nouvel eunuque..., soupira Pez.

— Kett ?

— Oui. Il ferait un bon domestique pour Ana.

Boaz hocha la tête.

— Je partage ton sentiment de culpabilité, Pez. Mais le moment est mal choisi pour attirer ainsi l'attention sur Ana. Elle m'a supplié de la traiter de la même manière que les autres odalisques, et j'ai tendance à penser qu'elle a raison, vu l'intérêt que ma mère lui porte déjà.

— Nous devrions aider Kett, insista Pez.

Il ne savait toujours pas pourquoi, mais il était certain que le garçon qui prétendait être l'oiseau noir avait son importance. Quand il avait annoncé être le corbeau, quelque chose avait résonné profondément en Pez.

— Laisse-le-moi. Je veillerai à ce qu'il soit bien traité. Peut-être qu'avec le temps, nous pourrons envisager de lui confier le poste que tu suggères.

Pez acquiesça. Il devrait s'en contenter pour le moment.

— Tu ne m'as toujours pas dit où tu étais pendant tout ce temps, reprit Boaz.

Le nain comprit qu'il n'allait pas s'en tirer si facilement.

Tariq franchit le seuil de la maison avec précaution et se retrouva face à plusieurs personnes à divers stades de décomposition. Il ne trouvait pas d'autres mots pour les décrire. La plupart étaient âgées, ou en avaient l'air, en tout cas. Sales et vêtues de haillons, elles portaient toutes les stigmates de la famine. Il s'agissait de ce que les Percherais qui avaient une conscience appelaient pudiquement les « gens perdus », et que les autres surnommaient les « rats d'égout ». Tout le monde les avait oubliés, sauf le vizir et son conseil qui souhaitaient les voir disparaître, ce mot étant à prendre au sens large. Pour sa part, Tariq les aurait bien fait disparaître de la surface de la terre. Mais des membres du conseil, plus conservateurs, se querellaient encore pour savoir si l'île de l'Étoile, qui abritait déjà une population indésirable dans la cité, pouvait également recueillir ces pauvres hères. Tariq redoutait que Boaz exige que Percheron prenne davantage soin de ses gens perdus. Le vizir refusait que l'on puise dans le budget de la ville pour ces imbéciles qui étaient, de son point de vue, trop paresseux ou incapables de mener une vie productive. La cité s'en sortait mieux sans eux.

Il fit la grimace en voyant une vieille édentée tituber dans sa direction. Heureusement pour lui, de fortes cataractes avaient rendu cette espèce de sorcière presque aveugle. Il la repoussa et donna un coup de pied à un autre.

— Maliz ! appela-t-il, enhardi par le pouvoir dont il disposait sur les misérables qui l'entouraient.

Il évita un troisième damné en lui donnant un violent coup d'épaule qui projeta le malheureux contre un mur, au sein des ombres.

— Démon ! ricana Tariq. Je vous cherche.

— *Et moi, je t'entends*, répondit une voix familière dans sa tête.

— *Je ne vous vois pas.*

— *Viens plus près, vizir.*

Cette fois, la peur que Tariq tenait à distance s'empara de lui pour de bon. Il se mit à transpirer sous sa robe et arracha le jamoosh autant pour y voir plus clair que pour se rafraîchir.

— Où ? demanda-t-il dans la pénombre.

— *Tout près.*

La voix venait peut-être de derrière. Tariq sursauta et se retourna précipitamment, mais il n'y avait personne à part les âmes pathétiques qu'il avait déjà chassées de son chemin.

— Je… je ne sais pas du tout où vous êtes, avoua-t-il, beaucoup moins sûr de lui à présent. Montrez-moi.

D'abord, il sentit plutôt qu'il ne vit la minuscule silhouette qui sortit des ombres sur la pointe des pieds pour se planter devant lui.

— Tu me vois, maintenant ? demanda une voix frêle.

Oui, et il n'en revenait pas d'avoir affaire à un faible vieillard qui semblait dépérir.

— Vous ? s'exclama-t-il, incrédule.

Le vieux acquiesça.

— Ne te leurre pas, Tariq, dit-il d'une voix ténue. Je suis bien celui que tu redoutais de rencontrer.

Tariq recula et retrouva toute son arrogance.

— Qui pourrait avoir peur de vous ?

— Tu me testes ? demanda calmement Maliz en soufflant son haleine fétide au visage du ministre, qui fit la grimace. Je te le déconseille. Tu te fies uniquement aux apparences, vizir, et c'est une erreur. N'oublie pas que j'ai choisi ce corps.

— Pourquoi ? demanda Tariq en évitant de respirer par le nez.

— Parce que cela correspond à mes besoins, répondit le frêle vieillard. Qui viendrait chercher le démon Maliz ici, parmi les infortunés de Percheron ?

— Qui, en effet ? approuva Tariq d'une voix lourde de sarcasme.

Brusquement, une voix plus familière résonna sous son crâne.

— *Tu es pathétique, vizir. Tu me regardes comme si tu pouvais me casser en deux et en finir. Pourquoi prendre cette peine ? Retourne à ta petite vie, Tariq. Retourne au palais subir les outrages d'Herezah et de Salméo. Retourne auprès du Zar qui te traite comme un vulgaire domestique. Tu n'es rien à leurs yeux, rien !*

*Juste un inférieur, un politicien vieillissant qui n'a pas grand-chose à leur apporter, mais qui peut leur servir de défouloir...*

Maliz continua sur cette lancée, mais Tariq était trop en colère pour entendre la suite de ses insultes. Le démon disait vrai. Il n'était rien. Ils le traitaient tous comme s'il n'était qu'une saleté sur leurs chaussures.

— Assez ! rugit-il.

Le vieillard lui sourit, dévoilant ses dents noires et malades.

— La vérité te blesserait-elle, vizir ? Je peux te changer la vie.

— Prouvez-le, montrez-moi vos pouvoirs, vos richesses, donnez-moi une preuve infaillible de ce que vous avancez.

Le vieil homme soupira, et la voix grave et incroyablement âgée de Maliz se fit de nouveau entendre dans la tête de Tariq.

— *Si tu veux que je te montre toutes ces choses, tu vas devoir laisser ton corps ici.*

— Non ! s'exclama Tariq, plus que réticent.

— *Ne t'inquiète pas, ce sera toujours le tien et tu le retrouveras. Mais je peux t'emmener dans des endroits que tu n'as encore visités qu'en rêve.*

— Je ne vais pas mourir en laissant mon corps ?

— *Non.*

— Quoi, ne pouvez-vous pas simplement le voler ?

Maliz se mit à rire, mais sans la moindre note d'humour.

— *Je ne peux pas. Zarab ne me le permet pas. Tu dois m'offrir ton corps pour que je puisse y entrer sous une autre forme que ma voix.*

Tariq perçut la vérité dans les paroles du démon.

— Alors, faites-le. Montrez-moi tout ce qui pourra me convaincre de vous donner l'invitation que vous désirez tant.

Instinctivement, le vizir ferma les yeux et ressentit une puissante secousse, comme si tout son air était aspiré hors de ses poumons.

— *Vois par toi-même*, dit Maliz.

Tariq eut l'impression de trembler de peur, ou peut-être d'impatience, et pourtant, il ne sentait plus son corps. De même, il voulut ouvrir les yeux, mais il n'y eut aucune réponse physique. Brusquement, il voyait, tout simplement.

— *Herezah ?* s'exclama-t-il.

— *Je me suis dit que tu aimerais espionner la personne dont tu désires le plus attirer l'attention.*

— *Je suis dans le harem !*

— *Pas physiquement, Tariq.*

Herezah prenait une tisane, seule en cette fin de soirée, mais elle ne faisait que jouer avec la tasse sans en boire le contenu. Elle semblait mélancolique. Malheureusement, elle était habillée. Tariq aurait adoré la voir nue.

— *Cela aussi, je peux te le donner*, souffla Maliz dans son esprit.

Tariq ignora l'habileté avec laquelle le démon lisait dans ses pensées.

— *Pourquoi est-elle d'une humeur aussi maussade ?*

— *Réfléchis ! Tu veux devenir le grand vizir et pourtant tu poses une question idiote à laquelle peut-être même ce bouffon de Pez pourrait répondre !* (Cette critique blessa le vizir.) *Tu sais pourquoi elle est en colère et déprimée ce soir, je te le garantis. Réfléchis*, l'encouragea Maliz. *Pour qu'une femme soit d'aussi mauvaise humeur, il n'y a généralement qu'une seule raison.*

— *Un homme.*

— *Lequel ?*

— *Boaz ?* suggéra Tariq, nerveux.

Maliz grommela sa déception.

— *Ne sois pas si naïf, Tariq. Herezah joue mieux sa partie que n'importe qui. Essaie encore.*

— *Lazar.*

— *Oui ! Évidemment, Lazar ! Aucun autre homme ne l'intéresse sexuellement.*

— *Elle broie du noir à cause de la flagellation ?*

— *Parce qu'il va mourir, je crois. Les choses s'annoncent mal pour l'Éperon.*

— *Êtes-vous donc au courant de tout, Maliz ?*

— *Malheureusement, non. Je ne sais que ce que je vois ou ce que j'entends, or, tout est sujet à interprétation. Heureusement, je suis suffisamment intelligent pour avoir raison la plupart du temps. D'ailleurs, Herezah ne s'intéresse pas qu'à son propre plaisir. Elle sait qu'il y a bien plus en jeu que la vie d'un possible amant.*

— *Elle s'inquiète pour la sécurité de Percheron sans l'Éperon.*

— *Exact.*

— *Je vois. Bien entendu, je déteste Lazar et j'espère qu'il est mort*, confessa Tariq avec une férocité qui le surprit lui-même.

— *Je sais. Je sais tout de toi, Tariq.*

— *Montrez-m'en plus.*

— *Que veux-tu voir ?*

— *Le harem proprement dit. Les filles.*

— *Tss, tss, vizir*, le réprimanda Maliz. *Regarde.*

Tariq se retrouva au sein des couloirs déserts du harem.

— *C'est beau*, s'extasia-t-il.

— *On cache toujours le meilleur*, répondit Maliz en riant. *Les filles dorment.*

— *Sauf une*, rétorqua Tariq en voyant l'odalisque Ana assise sur un banc sous une fenêtre. *Pouvez-vous espionner ses pensées ?*

— *Je n'ai pas essayé. Je le peux, si tu le souhaites, mais tout le monde n'est pas aussi ouvert que toi.*

— *Non, montrez-moi plutôt le Zar*, exigea Tariq.

Il se retrouva aussitôt dans la chambre de Boaz, lui aussi effondré près d'une fenêtre, le nain assis à ses côtés.

— *Encore quelqu'un que je déteste. Pez.*

— *Il n'est rien.*

Ils virent le nain pencher brusquement sa grosse tête de côté.

— *Comme toujours, il n'écoute rien. Le Zar lui parle, pourtant. C'est typique de cet ingrat.*

Pez se leva, les poings serrés.

— Qu'est-ce qui ne va pas ? demanda le Zar.

Le nain se mit à sauter entre les meubles en chantant.

— Pez, arrête. Personne ne…

Le couinement strident de Pez réduisit au silence le jeune Zar, choqué.

— Dois écrire, dois écrire, gémit le nain.

— Écrire quoi ?

Boaz et ses deux visiteurs invisibles regardèrent le nain gribouiller quelque chose sur une tablette de papier. Puis il toussa sur le mot, plusieurs fois. Enfin, il s'assit dessus et fit un pet.

— *Je méprise sincèrement Joreb pour avoir fait entrer ce troll dans nos vies*, grogna Tariq.

— *Il est inoffensif, mais je te comprends. Quel dommage que le fils le tienne en si haute estime.*

Maliz vit Pez se relever d'un coup et jeter la feuille froissée au visage du Zar étonné.

— Les oiseaux me picorent, cria-t-il. Ma chair est en feu !

Il sortit de la chambre en courant.

— *J'espère qu'il va avoir une attaque et qu'il mourra bientôt*, commenta le vizir d'un ton caustique.

Maliz ne répondit pas. Boaz lut le mot d'un air distrait. Puis, curieusement, il l'approcha de la flamme d'une bougie et regarda le papier se consumer. Maliz et Tariq virent combien il semblait furieux tout à coup. Il se rendit à grandes enjambées jusqu'à la porte, l'ouvrit à la volée et appela l'un des gardes.

— Oui, Très Haut ? demanda le soldat en s'inclinant d'un air inquiet.

— Dites à Pez que si jamais il s'avise de m'écrire à nouveau de telles obscénités, je lui interdirai l'entrée de mes appartements. Soyez très clair avec lui.

L'homme acquiesça, un peu surpris par cet éclat.

— Il n'écoute jamais rien, Votre Majesté.

— Dites-le-lui quand même, ordonna Boaz avant de claquer la porte après le départ du garde.

— *Voilà qui est intéressant*, commenta le vizir. *Une querelle entre notre Zar et le bouffon. Peut-être ce demeuré est-il allé trop loin, cette fois.*

— *On dirait bien*, reconnut Maliz. *J'aimerais savoir ce qu'il a pu écrire pour bouleverser le Zar à ce point.*

— *Maintenant, montrez-moi vos richesses, Maliz*, ordonna Tariq, qui n'avait plus envie d'espionner les gens au sein du palais.

— *Comme tu voudras. Est-ce que ce sera notre dernier voyage ?*

— *Oui. Vous m'avez convaincu de la réalité de vos pouvoirs magiques. Tout ce qu'il me faut, à présent, c'est voir certains des trésors que vous m'avez promis. Ensuite, nous scellerons notre marché.*

Boaz retrouva Pez dans le Jardin doré, comme celui-ci le lui avait indiqué. C'était une cour privée où nul ne pouvait entrer, à part le Zar. Joreb y était venu quelques fois pour recevoir une de ses favorites ou impressionner une nouvelle odalisque, mais c'était surtout un endroit calme, propice à la réflexion, loin de la vie du palais.

— À quoi rime toute cette histoire ? siffla l'adolescent entre ses dents serrées.

— Pardonne-moi, Boaz, répondit Pez, qui semblait secoué. Il fallait que je nous fasse sortir de là.

— Par Zarab, que s'est-il passé ?

Le nain secoua sa grosse tête.

— Je ne sais pas vraiment, en vérité. Mais quelque chose m'a fait peur.

— Je ne comprends pas.

— Moi non plus, mais il y avait quelque chose ou quelqu'un dans ta chambre avec nous.

— Tu plaisantes ?

— En ai-je l'air ? gronda Pez.

— Non, tu as l'air effrayé. Je ne t'ai jamais vu dans cet état. Tu crois que quelqu'un nous espionnait ? Mais d'où ? Il n'y a pas beaucoup d'endroits où se cacher dans cette chambre.

— Non, je ne pensais pas à ça. Quelqu'un était présent avec nous par la pensée.

Boaz haussa les sourcils d'un air moqueur.

— Oh ! je vois, un espion invisible.

— Ne te moque pas de moi, Boaz. J'ai fait ça pour nous protéger. Je te le répète, quelqu'un nous écoutait. Je ne sais pas qui c'était, ni pourquoi, ou même comment il faisait, mais je l'ai tout de suite senti grâce au Don.

— Pardon, Pez, répondit aussitôt Boaz, contrit. Je ne voulais pas me moquer de toi. Mais c'est tellement difficile à croire.

— Zar Boaz, tu as toi-même été témoin de la puissance du Don. Tu dois me faire confiance quand je te dis que je l'utilise pour nous protéger.

— Je te crois.

— Alors sache que celui ou celle qui nous espionnait n'était pas un ami. Sa présence avait quelque chose de sombre et de malveillant.

— C'est de pire en pire, dit Boaz en se levant du rebord de la fontaine où il s'était assis. Que veux-tu que je fasse ?

— Rien. Par contre, écoute mes avertissements. Prends-les au sérieux. Quelqu'un qui n'est pas ton ami t'a rendu visite aujourd'hui, Boaz, et l'a fait grâce au Don. Nous devons rester sur nos gardes à partir de maintenant.

— Comment savoir s'il est là si je ne peux ni l'entendre ni le voir ?

— Toi tu ne peux pas, mais moi oui. Je ferai comme ce soir et me mettrai brusquement à crier quelque chose à propos de la lune. Tu sauras alors que c'est un avertissement.

— D'accord... mais nous sommes en sécurité ici, non ?

— Je n'ai plus l'impression d'être en sécurité nulle part, avoua Pez. Je vais devoir être bien plus vigilant.

— Il s'agit donc d'un ennemi ? Mais qui aurait pu l'envoyer ?

— Je n'en ai aucune idée. Mais c'est très dangereux. Si l'on découvre ma vraie nature...

— Quelle importance, en vérité, pour les habitants de ce palais ? rétorqua Boaz sans agressivité. Que pourrait-on bien te faire si l'on apprenait que tu es sain d'esprit et que tu as joué la comédie pendant des années ?

— Ce ne sont pas les habitants du palais qui m'inquiètent, mon Zar, répondit Pez, toujours aussi mystérieux. Viens, je n'ai plus l'impression qu'on nous observe. Tu peux retourner dans ta chambre pour dormir.

— Je ne trouverai pas le sommeil tant que je n'aurai pas de nouvelles de Lazar, soupira Boaz.

Mais il suivit Pez, qui avait décidé de sortir du Jardin doré en rampant et en brayant comme un âne.

— D'accord, comment fait-on ? demanda Tariq, qui n'en revenait toujours pas des richesses qu'il avait contemplées.

Maliz lui avait montré le trésor caché du Zar Fasha, qui avait régné au siècle précédent. Cet illuminé avait insisté pour que son corps soit enterré dans le désert en compagnie de sa fortune fabuleuse et de son harem au grand complet. Sauf que les membres du harem, contrairement à leur Zar, étaient bien vivants lorsque le tombeau avait été scellé. Leurs squelettes tordus, aux mâchoires ouvertes sur des cris de douleur, témoignaient de la mort atroce qu'ils avaient connue, hurlant à tue-tête pour qu'on les fasse sortir de leur prison enfouie profondément dans le sable. Tariq n'en était pas perturbé, cependant. Il n'arrivait à se concentrer que sur le trésor et le mode de vie décadent qui serait bientôt le sien.

— Mais je n'ai jamais bien compris ce que vous aviez l'intention de faire, ajouta-t-il prudemment.

Maliz était de retour dans la peau du vieil homme presque édenté.

— Je t'en ai assez dit. Tu veux ce que je peux te donner. Maintenant, soit tu prends ce que je t'offre, soit tu t'en vas pour ne plus jamais revenir. J'en trouverai bien un autre.

*Un autre quoi ?* se demanda Tariq, l'esprit en ébullition. *Un autre idiot ?*

— *Un autre hôte*, répondit la voix grave dans son esprit. *Laisse-moi être ton invité*, ajouta-t-il plus gentiment. *Je t'apprendrai et je te montrerai tout ce que tu as toujours désiré pendant toutes ces années. Je tiendrai parole.*

— *Avez-vous toujours utilisé quelqu'un d'autre ?*

— *Oui. Quand je suis en dormance, je cherche délibérément des corps âgés pour vivre à l'intérieur. Ils ne me demandent pas beaucoup d'efforts et peuvent se déplacer sans attirer trop l'attention sur eux. Celui-ci est mon préféré, jusqu'à présent*, ajouta-t-il avec un rire mauvais.

— Comment ça « en dormance » ?

Maliz poussa un soupir exaspéré et répondit par la bouche du vieillard :

— Dois-je vraiment tout t'expliquer ? Tu connais l'histoire de ton pays, non ? Je me réveille quand Iridor réapparaît.

— Iridor ?

Visiblement, Tariq n'avait aucune notion de l'ancien monde.

— Le Messager.

— De qui ?

— De la Déesse ! De Lyana !

Tariq ne put retenir un rire nerveux.

— Lyana ? Vous êtes fou ! Je sais, d'après la légende, que Maliz était un grand sorcier autrefois et qu'il a passé un terrible marché avec Zarab. Mais Lyana est juste une invention des anciennes prêtresses pour gagner les faveurs de la population.

— C'est toi qui es fou. Lyana est aussi réelle que moi. Je sens qu'elle arrive et je sais qu'Iridor est revenu. Il apparaît toujours le premier, mais il est rusé et sait se cacher mieux qu'elle. Je dois les trouver tous les deux et les détruire. C'est ma raison d'être.

— Est-ce donc là le marché que vous avez passé avec Zarab ? En échange de la vie éternelle ?

Le vieil homme hocha la tête en grimaçant de nouveau son vilain sourire.

— La vie éternelle a ses avantages, vizir. Tu peux y goûter, toi aussi.

— Comment ça ?

Quelqu'un gémit derrière eux, mais tous deux l'ignorèrent.

— La jeunesse. Je peux te la rendre, tout en remplissant les autres promesses que je t'ai faites.

— Je peux vraiment rajeunir, et pas seulement en apparence ? demanda Tariq, surpris.

— Tu peux être tout ce que je veux que tu sois. Il te suffit de me le dire, répondit Maliz d'un ton séducteur. Nous sommes partenaires. Tu vas me prêter ton corps – pour un temps. En échange, je réaliserai tous tes rêves. Nous n'avons pas le même objectif, Tariq. J'ai ma propre mission à mener, mais les deux ne sont pas forcément contradictoires. Nous nous entraidons simplement pour atteindre nos buts respectifs.

— Aussi simple que ça, dit Tariq.

— Pourquoi compliquer les choses ?

— Ensuite, vous quitterez mon corps… quand vous aurez accompli votre mission ?

— Bien sûr, répondit Maliz avec sincérité. Après cela, je n'en aurai plus besoin.

C'était plus tentant que jamais.

— Pourquoi ne pas choisir le corps d'un jeune homme, alors ?

Maliz commençait à perdre patience.

— On ne peut passer un marché qu'avec une personne qui veut ce qu'on lui offre. Tu étais un choix facile.

Il omit de préciser qu'il sentait Iridor à proximité de la famille royale et que Tariq était donc un choix évident, surtout qu'il était désespéré et facile à corrompre.

— J'ai besoin de quelqu'un d'intelligent, qui a la sagesse des années et l'envie de m'aider autant que je peux l'aider. (Tariq acquiesça. Il était sur le point de céder.) Les jeunes gens sont trop égoïstes, trop centrés sur eux-mêmes. Ils ne visent pas assez haut. Il faut tout leur offrir sur un plateau. Ils sont paresseux. Pas comme toi, vizir. Tu as travaillé dur pour devenir quelqu'un, et il n'est que justice que tes efforts soient récompensés. Tu es tout ce que je cherchais. Vas-tu m'inviter à entrer, mon frère ?

— D'accord, Maliz. Je vous donne ma permission, dit Tariq, en osant à peine respirer à présent qu'il avait prononcé ces mots.

Il ne pouvait pas savoir que Maliz était aussi tendu que lui, à présent qu'il était si près du but.

— Tu dois dire : « Maliz, entre en moi. Prends mon âme. »

Si Tariq avait réfléchi à cette formule soigneusement étudiée, il aurait peut-être flairé le piège, mais il ne pensait plus qu'au pouvoir et au prestige.

Sans réfléchir, il répéta ces deux phrases. Un frisson lui parcourut l'échine lorsque Maliz entra dans son être. Puis, il entendit le rire froid et malveillant du démon. En fin de compte, la personne qui avait été le vizir n'eut même pas la force de se battre. Peut-être était-ce dû au choc de découvrir que Maliz l'avait trahi. Tous ces mensonges uniquement pour s'emparer de son corps ! Tariq ne put que capituler face à la force impressionnante qu'était le démon.

Il poussa simplement un cri de rage impuissante tandis que Maliz déchirait son âme en lambeaux et la recrachait sous forme d'une brume rouge, celle de la reddition.

Maliz sourit avec la bouche de Tariq. Le démon était réincarné.

# Chapitre 22

Pez passa la plus grande partie de la nuit à parler avec le Zar, qui était clairement trop agité pour dormir. Aux premières heures de la matinée, le jeune souverain s'assoupit enfin, mais le nain était trop angoissé pour trouver le sommeil. L'intrusion de la soirée lui avait fait très peur – et l'effrayait encore. Il n'avait jamais rien connu de semblable. Il avait beau essayer de se convaincre que le visiteur, ou la chose, qui lui glaçait le sang avait voulu espionner le Zar, il ne pouvait se défaire de l'idée que c'était lui et non Boaz que surveillait l'intrus.

Lorsque le soleil se leva, l'effroi était toujours là. Pez était convaincu à présent que l'espion invisible ne leur voulait que du mal. Il allait désormais devoir faire très attention à son comportement. Il ne pourrait plus avoir de discussion franche et honnête avec Boaz. Il lui faudrait utiliser le Don pour établir un cercle de protection autour d'eux. Mais si cela pouvait empêcher tout être désincarné de les espionner, cela lui coûterait beaucoup de force et alerterait son ennemi quant à l'usage de la magie. Tout dépendait bien sûr de l'être en question. Pez allait devoir y réfléchir soigneusement.

Le soleil entrait à flots dans la chambre de Boaz, annonçant une nouvelle journée étouffante. Le Zar se leva immédiatement pour aller prendre un bain.

Après le petit déjeuner, il consulta la liste des tâches qui l'attendaient ce jour-là. Mais Pez voyait bien que le Zar était toujours aussi agité. Impatient d'avoir des nouvelles de Lazar, il n'avait pas envie d'étudier les propositions de son conseil à propos des sans-abri, des célébrations pour le mois saint, du besoin de financer une nouvelle citerne… La liste était interminable. À cause de la distraction que lui offrait la présence du nain, Boaz reposa très vite les notes de Bin pour discuter de son idée de pique-nique pour les nouvelles odalisques. En ce qui le concernait, Pez trouvait le projet charmant et hocha la tête d'un air excité tandis que le jeune Zar lui décrivait son plan en détail.

—Tu auras besoin d'au moins huit barges, Très Haut, pour transporter autant de personnes.

—Au moins, elles sont toutes jeunes et minces. Si mon père avait organisé la même chose, il aurait eu besoin de deux fois plus d'embarcations pour le même nombre de femmes.

Pez fit claquer sa langue d'un air de reproche.

—Honte à toi, Boaz, lui dit-il en souriant avec malice. Ce n'était pas leur faute. Elles n'avaient rien d'autre à faire que de se laisser aller à leur gourmandise.

—Je sais, reconnut Boaz. Je le comprends, maintenant. Mais ça ne se passera pas comme ça dans mon harem. Je veillerai à ce que les femmes aient beaucoup d'activités d'une nature plus physique.

—Oh oh, fit Pez avec une grimace faussement gênée.

—Je ne parlais pas de ça, répliqua aussitôt Boaz, mortifié. Je voulais dire…

Mais il s'interrompit, car on frappait à la porte.

—Entrez.

Pendant ce temps, Pez se mit à rouler dans la pièce telle une balle en criant : « Donnez-moi des coups de pied ! »

—Que se passe-t-il, Bin ? demanda Boaz en ignorant l'invitation du nain, aussi tentante soit-elle.

—Pardonnez mon interruption, Zar Boaz, répondit le jeune homme en s'inclinant bien bas. Mais vous avez demandé à ce qu'on vous prévienne dès qu'on aurait des nouvelles de l'Éperon Lazar.

— Quelles sont-elles ? s'écria Boaz.

Même Pez arrêta ses pitreries.

— Un messager est revenu de la maison de l'Éperon, mon Zar. Le domestique de l'Éperon est rentré, apparemment, et il est complètement ivre.

— Jumo ?

— Oui, je crois que c'est bien son nom, Très Haut, répondit le jeune homme en inclinant la tête dans l'attente de nouveaux ordres.

— Le messager est encore là ?

— Non, nous l'avons renvoyé, mon Zar. Je me suis dit que vous voudriez parler au domestique en personne.

— Tu as eu raison. Demande aux gardes du palais de me l'amener.

— Voulez-vous qu'on lui laisse le temps de dessoûler, Zar Boaz ?

— Non, je veux le voir au plus vite. Pas d'excuse – peu m'importe à quel point il est ivre. Et confie cette mission à nos propres hommes, Bin, pas aux soldats de l'Éperon.

— Je comprends, Très Haut.

Bin s'inclina de nouveau et s'en alla.

— Jumo, ivre ? J'ai du mal à l'imaginer, commenta Pez.

— Peut-être a-t-il fêté le fait que Lazar va s'en sortir, suggéra Boaz, plein d'espoir.

— Dans ce cas, pourquoi le messager n'a-t-il pas mentionné la présence de l'Éperon ? Non, ça ne me dit rien qui vaille, avoua Pez tandis que l'effroi s'emparait de nouveau de lui.

Boaz fit une moue dédaigneuse.

— Ne provoque pas le jahash avant d'en savoir davantage.

— Je ne tente pas le mauvais sort, je te dis ce que je pense.

— Alors, garde tes pensées maléfiques pour toi, Pez. Je choisis d'y voir un signe positif. Si quelqu'un sait où se trouve Lazar, c'est bien Jumo.

Pez garda son avis pour lui, mais son appréhension ne faisait que croître.

Jumo fut amené dans l'un des salons de réception du Zar, qui surplombait une vaste cour avec un bassin décoratif. Il n'y avait pas de fenêtres, juste des arcades ouvertes, afin que lors des grosses chaleurs, la brise puisse rafraîchir cette pièce moins formelle que d'autres. Pez adorait ce salon en raison de son magnifique plafond en mosaïque bleu et blanc. Lorsqu'il était venu là pour la première fois, il avait aussitôt reconnu le travail des Yaznuks, ces peintres capturés en Extrême-Orient et qui avaient apporté avec eux leur artisanat d'une délicatesse exquise, notamment leurs motifs floraux qui semblaient presque abstraits, à cette distance. Leurs dessins, leurs couleurs et leurs techniques étaient un secret jalousement conservé par trois familles qui, au fil du temps, étaient devenues les gardiennes de cet art. Elles seules avaient la permission royale de produire le style yaznuk et d'apposer sur leurs œuvres l'emblème du dragon qui était leur marque.

Cette beauté captivait tant Pez qu'il n'aurait pas su que Jumo était arrivé s'il n'avait senti son odeur. La puanteur de l'alcool assaillit ses narines, et il détacha aussitôt le regard du plafond pour le poser sur le seuil. Le domestique, d'ordinaire si alerte, si réservé et si irréprochable, pendait mollement entre deux des gardes personnels de Boaz.

Pez n'en crut pas ses yeux. Il ne s'agissait pas là de la torpeur joyeuse d'un homme en état d'ébriété. Le nain réussit à masquer l'intérêt qu'il lui portait en faisant le tour de la pièce en fredonnant. Mais toute son attention était rivée sur le domestique de Lazar. Ce dernier avait un teint de cendre et les yeux dans le vague. Si Pez voyait juste, il était accablé de chagrin.

—Lâchez-le, ordonna Boaz, légèrement embarrassé pour Jumo.

Tous virent alors le plus proche compagnon de Lazar s'effondrer et tomber violemment sur les genoux. Les gardes le prirent par les bras pour le remettre debout.

—Vous l'avez trouvé dans cet état? s'enquit le Zar, consterné.

Le discret serviteur de Lazar avait toujours su garder le contrôle de lui-même.

—Non, Très Haut. Il sentait aussi fort, mais, curieusement, il semblait plus sobre.

Le garde hésita, comme s'il attendait quelqu'un.

—Alors, que me joue-t-on là ? Une pantomime rien que pour moi ? protesta Boaz, davantage énervé par l'incertitude du garde que par l'idée que Jumo lui jouait peut-être un tour.

Le commandant de la garde arriva et s'inclina bien bas.

—Briz, expliquez ce qui s'est passé, ordonna Boaz.

Pez sentit son cœur se serrer, ou était-ce sa gorge qui se nouait ? Dans tous les cas, il avait le souffle coupé par la tension qui régnait brusquement dans la pièce. Quelque chose n'allait pas, et la situation devenait dangereuse. Il vit le commandant prendre le temps de réfléchir avant de parler.

—Ô, Très Puissant, quelques minutes après l'arrivée de mes hommes à la maison de l'Éperon, un autre messager s'est présenté là-bas.

—Et ?

Pez fredonna un peu moins fort et devint aussi immobile qu'une statue. Briz parut répondre à contrecœur :

—Ce messager était porteur d'une terrible nouvelle, Très Haut. Voici Zafira, Majesté, une prêtresse du temple de la mer, ajouta-t-il en désignant une petite personne que nul n'avait encore remarquée.

Elle passa devant les gardes, approcha sur la pointe des pieds et inclina le buste avec précaution devant le jeune souverain.

—Zar Boaz, le salua-t-elle, presque dans un murmure.

Pez avait l'impression de manquer d'air. Si Zafira était ici, alors tout avait sûrement basculé. De son côté, Briz nota l'agacement grandissant du Zar et se hâta de poursuivre.

—La prêtresse Zafira a informé Jumo de la mort de son maître, qui a eu lieu la nuit dernière.

Jumo laissa échapper un gémissement déchirant, qui fit écho à la réaction muette et contenue de Boaz et au désespoir de Pez.

— Elle avait dit qu'elle ferait tout son possible pour lui sauver la vie, se lamenta doucement Jumo, éperdu.

— L'Éperon est mort ? répéta Boaz sans comprendre, la gorge nouée par l'émotion.

On aurait dit qu'il ne parlait pas la même langue et qu'il avait besoin de clarifier ce qu'il avait entendu.

— C'est la vérité, Très Haut, confirma Zafira en jetant un bref coup d'œil en direction de Pez.

Choqué, ce dernier ne put que fermer les yeux en espérant que personne ne remarquerait à quel point il se tenait immobile.

— Racontez-moi ! gronda Boaz, trop stupéfait pour être poli envers la vieille femme.

Zafira, tremblante dans sa robe azur, s'avança davantage et s'inclina une fois de plus avant de s'éclaircir la voix.

— Je vais vous raconter cette histoire comme je l'ai racontée à Jumo, le cœur extrêmement lourd. (Elle se redressa et battit des paupières pour chasser ses larmes.) L'Éperon Lazar a rendu son dernier soupir au moment où un gros nuage masquait la lune, aux petites heures du jour. C'était un présage, Très Haut, car l'obscurité qui a régné pendant plusieurs minutes a annoncé sa mort. L'Éperon a succombé aux horribles blessures infligées par ceux qui l'ont puni pour avoir protégé une innocente.

C'était élégamment formulé, mais ça n'en restait pas moins un affront direct fait au Zar, et tout le monde dans la pièce le savait. Cependant, Zafira gardait le menton crânement levé en se demandant certainement quel prix allait lui coûter sa franchise.

Boaz contempla la vieille femme, si frêle et si pâle, et songea à la longue nuit qu'elle venait de passer à tenter de sauver la vie d'un homme. Il laissa passer l'insulte qui lui paraissait presque méritée. Puis, il jeta un coup d'œil à Jumo, autrefois si fier, et éprouva un élan de pitié. Il nota aussi l'expression choquée sur le visage du nain. Il comprit alors qu'ils avaient tous besoin de temps pour digérer cette tragique nouvelle.

— Laissez-nous ! ordonna-t-il aux gardes.

— Zar Boaz…

Le commandant voulut protester, mais son souverain le fit taire.

— Je souhaite m'entretenir avec la prêtresse en privé. Vous pouvez attendre dehors si vous y tenez. Je ne crains rien de la part d'une vieille femme et d'un homme clairement hors d'état de nuire. Je présume d'ailleurs que vous les avez fouillés.

» Prévenez la Valide et le vizir, qu'ils m'attendent dans l'antichambre jusqu'à ce que je les convoque. Je leur apprendrai moi-même la nouvelle. Personne ne doit répéter ce qui s'est dit ici, est-ce clair ?

— Oui, Très Puissant.

— Bien. Veillez à ce que vos hommes obéissent à mes ordres. Aidez Jumo à s'asseoir avant de vous en aller.

D'un signe de tête, le jeune Zar permit à la vieille femme de s'installer à côté de Jumo, qui contemplait obstinément ses pieds. Dès que la porte se referma sur le dernier garde, Pez rouvrit les yeux.

— Zafira ! J'espère que c'est une ruse.

Boaz nota qu'elle refusait de croiser le regard du nain tout en secouant tristement la tête. Brusquement, c'en fut trop pour elle, et elle se mit à pleurer doucement.

— Nous avons tout essayé. C'est le poison qui l'a tué.

— Le poison ? l'interrompit Boaz. Mais de quel poison parlez-vous ? (Puis il se rendit compte, tout à coup.) Pez, tu connais cette prêtresse ?

Le nain acquiesça d'un air grave.

— Je connais Zafira, et elle sait que je suis sain d'esprit. Si nous lui avons amené l'Éperon blessé, c'est parce qu'il nous l'a lui-même demandé.

Il ne voulait pas en dire trop sur son amitié avec la prêtresse. Il savait Boaz trop affligé pour demander pourquoi Lazar, à l'agonie, aurait voulu la voir.

— Le fouet était imprégné de poison, Très Haut, reprit-il. Nous avons découvert cela dans le temple et nous avons compris que c'était une course contre le temps que nous allions sûrement perdre.

— Pourquoi ne pas m'avoir prévenu ? s'emporta Boaz, qui perdait un peu le contrôle. C'est donc là que tu étais hier ?

Tout le monde se tut pendant un long moment. Enfin, Pez avoua la vérité.

— Il y a encore une heure, jamais je n'aurais envisagé que Lazar puisse succomber. Rétrospectivement, je me rends bien compte que j'ai eu tort de ne pas te prévenir, Très Haut. Pardonne-moi, mais je me suis dit que l'Éperon déciderait lui-même à qui en attribuer la faute lorsqu'il serait guéri. J'avais l'impression que ce n'était pas de ma responsabilité.

— Ce n'est pas de ta responsabilité de me parler d'une intrigue qui non seulement affecte mon royaume, mais entraîne aussi la mort de celui qui a la charge de sa sécurité ? rugit Boaz. (Puis sa colère s'envola, d'un coup.) Mais qui ferait une chose pareille ? Tout le monde était d'accord pour trouver normal de punir l'erreur de l'odalisque Ana par des coups de fouet.

— Je suis certain qu'ils n'auraient pas utilisé le Serpent sur l'une de vos concubines, Zar Boaz, rétorqua Jumo avec une véhémence qui les surprit tous. Vous ne vous rendez pas compte à quel point c'était un geste délibéré.

— Je vous pardonne ce ton insolent, Jumo, parce que vous souffrez, annonça Boaz avec douceur, étonnant Pez par sa maturité. Expliquez-moi, pour le poison.

Pez fit signe à Zafira de répondre.

— Nous avons découvert qu'il s'agissait de drezden, Zar Boaz.

— Qu'est-ce que le drezden ?

— Du venin de serpent, répondit Pez d'un ton morne. L'élixir de prédilection des assassins.

— Connaissez-vous un antidote ? demanda Boaz en regardant tour à tour la vieille femme et le nain.

— J'ai une certaine expérience pour guérir les morsures de serpent, mentit Zafira. Lazar avait besoin d'une infusion spéciale que l'on fabrique à partir du venin lui-même. Il avait également besoin d'être recousu, car ses blessures étaient terribles.

Boaz secoua la tête d'un air étonné.

— Et vous avez fait tout cela ?

— Ainsi que tout ce à quoi j'ai pu penser, mais nous l'avons quand même perdu. Les plaies étaient trop profondes, et le poison avait eu le temps d'œuvrer.

— Mais il revenait à lui, protesta Jumo avec colère. Elle a dit que si je m'en allais, il s'en sortirait sûrement.

Boaz fronça les sourcils devant tant d'impolitesse, mais Zafira intervint immédiatement en serrant la main de Jumo. Pez comprit ce qu'elle tentait de faire. Elle ne voulait pas parler d'Ellyana. De quoi avaient-elles donc si peur toutes les deux ?

— Je pensais que Jumo serait plus utile à Percheron, Très Haut. Je me suis dit qu'il pouvait interroger ses contacts et nous soutenir davantage à distance qu'en restant à angoisser au chevet de Lazar. L'Éperon avait pratiquement reperdu connaissance, de toute façon. Il a déliré avant de sombrer dans le coma et de succomber à la paralysie du poison. Il est sans doute préférable que ses proches n'aient pas assisté à son décès.

— D'après vous, qui a manigancé tout cela ?

À cette question, la méfiance envahit le regard des trois personnes qui lui faisaient face. Pez haussa les épaules. De son point de vue, il n'était guère prudent de prononcer le nom du coupable. Zafira se composa un air neutre.

— J'en connais certains qui jalousent le Zar, répondit Jumo.

— Leurs noms ! exigea Boaz en faisant fi, une fois encore, de l'entorse au protocole du domestique.

— Ce n'est pas à moi de les dire. Je n'ai aucune preuve.

— Dans ce cas, je vais les dire pour vous, n'est-ce pas ? menaça Boaz, de nouveau furieux. Il n'y a que trois suspects : ma mère, le vizir Tariq et le grand maître des eunuques.

Personne ne protesta, aussi poursuivit-il :

— Je n'ai pas besoin de la défendre, mais il faut que vous compreniez tous que ça ne ressemble pas à ma mère. Elle aime Percheron, la sécurité de la ville et, plus encore, la sienne. Elle sait à qui l'on devait cette sécurité. (Il jeta un coup d'œil à Pez, qui hochait la tête.) Le vizir Tariq n'a aucun cran. Il est fourbe et ambitieux, mais il ne prendrait pas le risque qu'on remonte jusqu'à lui. Salméo est le plus à même de commettre un acte aussi sournois et méprisable, mais je ne vois pas pourquoi il ferait une chose pareille.

Personne ne répondit. Même Jumo comprenait qu'il s'agissait là d'un bourbier dans lequel mieux valait ne pas s'empêtrer. Il refusait que l'accusation vienne de lui.

Le Zar continua sur sa lancée.

— Si c'est Salméo, il se sera sans nul doute senti humilié par l'Éperon qui portait atteinte à son autorité. J'imagine qu'il voulait se venger de l'odalisque Ana qui avait enfreint les règles du harem. Sauf qu'il me paraît très exagéré de recourir au meurtre pour cela, vous ne croyez pas ? Non, il y a autre chose, et j'entends bien le découvrir.

Personne n'était d'accord avec lui, mais ils ne firent aucun commentaire, parce que cela ne ramènerait pas Lazar.

— Où se trouve le cadavre ? demanda Boaz à Zafira, tandis que Jumo frémissait en entendant ce mot terrible.

— L'Éperon a repris conscience quelques instants avant de sombrer dans le coma. Il m'a suppliée, dans son délire, de donner son corps à la mer, mon Zar. C'était son dernier vœu, et nous n'avons pas pu l'en dissuader puisqu'il a perdu connaissance.

— Il n'est plus là ? s'exclama Jumo, stupéfait. C'est lui qui l'a demandé ?

— Il s'est montré très ferme, acquiesça Zafira. Je n'ai pas pu lui refuser cette dernière volonté. Il n'a rien ajouté. Il se savait aux portes de la mort.

— Où est-il mort ? demanda Boaz, comme si cette pensée lui venait après coup. Personne n'a réussi à le retrouver.

Zafira soupira, sans lâcher la main de Jumo.

— Il est mort au temple. J'ai fait enlever son corps, qui a été conduit à Z'alotny.

Pez était surpris. Peut-être Ellyana ne voulait-elle pas qu'on sache que Lazar était mort chez elle. Il décida de couvrir ce mensonge, sans très bien savoir pourquoi, à part qu'il n'avait aucune raison de douter de Zafira.

— Le cimetière des prêtresses ?

— C'est un endroit paisible, que je connais bien, expliqua la vieille femme avec un haussement d'épaules. En fait, c'est précisément le genre d'endroit où un homme troublé devrait passer son dernier repos, ajouta-t-elle, sur la défensive. J'ai lavé son corps et l'ai revêtu d'une robe propre avant qu'on le conduise en barque auprès de Beloch. Je l'ai déposé dans l'eau sous le géant. Je trouvais cela approprié, ajouta-t-elle d'un ton hésitant.

Jumo était tellement en colère qu'il semblait aussi rigide que la statue dont elle parlait.

— J'aurais dû être présent.

— Je n'ai pas pu vous trouver, Jumo. J'ai envoyé un messager. Je suis tellement désolée, mais j'ai peu de ressources. Et l'Éperon m'a fait promettre de l'inhumer en mer. Il a murmuré quelque chose à propos des vagues le ramenant vers sa terre natale. Ensuite, son esprit s'en est allé.

L'expression de Jumo s'adoucit aussitôt. Envolée la colère, remplacée par une émotion nouvelle qui ressemblait à de la douleur.

— Il envisageait de quitter Percheron quelque temps, avoua-t-il dans un souffle.

Cette déclaration parut troubler Boaz.

— Lazar était-il malheureux ? demanda-t-il, perplexe.

— Non, Très Haut, répondit Jumo en choisissant ses mots avec soin. Mais la découverte de l'odalisque Ana l'avait visiblement rendu mélancolique. Il est vrai qu'il n'appréciait pas de s'être vu confier cette tâche par la Valide. Mais, quand on est dans le désert, Votre Majesté, on commence à réfléchir à la vie et à ses possibilités.

— Ainsi, il avait l'intention de nous quitter ?

— Non, Zar Boaz. Je crois qu'il avait simplement la nostalgie de sa terre natale et de sa famille.

— Je ne l'ai jamais interrogé sur son enfance ou sur sa vie avant Percheron, confessa Boaz avec une note de regret. Je m'en veux. (Il se força à revenir au présent.) Je vais informer de cette tragédie ceux qui ont besoin de savoir. Ensuite, je décréterai trois jours de deuil national. Malheureusement, nous n'aurons pas de corps pour célébrer le départ de l'esprit, mais nous l'enverrons néanmoins rejoindre le dieu.

— Et l'assassin ? demanda Pez.

— Ensuite, reprit Boaz d'une voix dure comme le fer, je ferai empaler le coupable de cette mort prématurée, soyez-en sûrs.

Zafira pâlit. Même Jumo, qui avait besoin de vengeance pour apaiser son chagrin, ne s'attendait pas à cela.

— Oh, Très Haut, je ne suis pas sûr…, protesta Pez.

— Moi, si. Vous avez tous à mi-mots accusé de meurtre une personne au sein de ce palais. C'est déjà en soi une idée qui me fait horreur. Mais la victime était un ami, quelqu'un que j'admirais et que je respectais depuis ma naissance, que j'aimais, même. Je suis donc bien décidé à faire payer son assassin. Je retournerai toutes les pierres jusqu'à ce que je découvre ce misérable traître. Ensuite, je condamnerai son corps maudit à subir le supplice des traîtres et je laisserai les oiseaux et les insectes le dévorer. Il n'aura pas droit à une incinération rituelle, car il a sali mon règne par son acte.

Pez ne savait que répondre. Jamais il n'avait vu Boaz dans cet état, jamais il ne l'avait entendu prendre un ton si terrible ou autoritaire.

— Et la famille de l'Éperon ? demanda Jumo.

— Oui, nous devrions leur envoyer un messager, mais où ? Nous ne savons rien de Lazar.

— Je veux bien y aller, Très Haut, annonça Jumo d'un air résolu. Je n'ai aucune raison de rester ici, et partir à la recherche de sa famille serait une diversion bienvenue.

— Je comprends, acquiesça Boaz. Organisez vos préparatifs, le palais veillera à vos dépenses. La Valide Zara et le vizir Tariq attendent. J'imagine que vous préféreriez tous deux les éviter, ajouta-t-il en s'adressant à Jumo et à Zafira, qui parurent reconnaissants. Pez vous montrera comment sortir en évitant l'entrée principale. Puisse Zarab vous guider sur l'océan, Jumo, et vous ramener à nous sain et sauf.

— Merci, Très Haut.

Il était sincère et s'inclina bien bas cette fois, en l'honneur du jeune Zar qui l'avait traité avec courtoisie et respect alors qu'il n'en méritait sans doute pas autant.

— Prêtresse, je ne sais pas comment il convient de vous bénir, avoua Boaz, mais que votre déesse veille sur vous. Sachez que je vous remercie personnellement d'avoir fait tant d'efforts pour sauver la vie d'un homme que j'appelais mon ami. Je sais qu'il n'est pas mort seul ni sans soins. Une donation sera faite au temple de la mer en reconnaissance de votre dévouement envers Lazar.

— Ce n'est pas nécessaire, Zar Boaz, répondit-elle gentiment. Je crains que le vizir n'apprécie pas de voir la cité donner un seul karel à un temple de Lyana.

— Vous m'avez mal compris. La donation sera prélevée dans mes coffres personnels. J'ai appris qu'il était mort au pied de l'autel de votre déesse. Considérez cela comme mes propres remerciements vis-à-vis de Lyana pour avoir veillé sur lui à l'heure où il en avait le plus besoin.

Elle hocha la tête. Elle ne s'attendait pas à tant de grâce ni de sang-froid, ou de tolérance, chez quelqu'un d'aussi jeune. Il était étonnamment perspicace ; il savait que la Valide et son complice, le vizir, seraient ravis de la lapider s'ils le pouvaient. Ni l'un ni l'autre n'avaient d'affection pour les vestiges d'une ère enfouie.

Sous la direction d'un Pez silencieux, Jumo et la prêtresse sortirent par une arcade qui donnait sur la belle mais simple cour des Miroirs. Elle devait son nom aux reflets du grand bassin. Puis ils empruntèrent une série de couloirs.

Boaz attendit que ses visiteurs soient hors de vue pour s'asseoir sur un divan et laisser libre cours à son chagrin. Ses larmes tombaient en silence dans l'intimité de sa solitude, mais son désespoir était immense. Avec la mort de son père et désormais celle de l'Éperon, il n'avait plus d'homme adulte vers qui se tourner, à moins de compter Pez. Mais celui-ci avait ses propres secrets, comme en témoignait le fait que Zafira soit au courant de sa parfaite santé mentale. En dehors de Pez, Boaz n'avait plus aucun ami au palais. Puis, il se souvint d'Ana, et son cœur lui parut un peu plus léger. Il lui avait promis de lui donner des nouvelles de Lazar dès qu'il en aurait. Serait-il capable de lui annoncer la sinistre vérité sans qu'elle l'en tienne pour responsable et qu'elle en vienne à le haïr ?

On frappa discrètement à la porte. Bin entra sur l'invitation du Zar.

— Très Haut, la Valide commence à…

Il semblait chercher le mot juste.

— … S'impatienter ?

— Oui, Très Puissant. Elle a insisté pour que je vous rappelle qu'elle et le vizir attendent votre bon plaisir.

Boaz sourit d'un air compatissant.

— Informe la Valide, je te prie, que ma journée a été interrompue par des nouvelles urgentes que je suis en train de traiter. Demande-lui, ainsi qu'au vizir, de patienter encore. Je les verrai dès que j'en aurai la possibilité.

Bin pâlit.

— Doivent-ils continuer à attendre dans l'antichambre, mon Zar ?

— Oui. Ne me transmets pas d'autres exigences de la part de ma mère, Bin. Respire un bon coup et délivre-lui mon message, ajouta-t-il avec un petit sourire en coin, en dépit de son chagrin. Puis reviens ici.

— C'est ridicule, il ne peut pas me faire attendre ainsi, je ne suis pas une domestique, gronda Herezah.

— Le Zar vous supplie d'être patiente, Valide, répondit l'intendant personnel de Boaz. Il doit s'occuper d'affaires urgentes.

— Plus urgentes que celle pour laquelle il nous a convoqués ? s'étonna Tariq sur un ton étrangement insolent.

— J'en suis désolé, vizir. Si vous voulez bien m'excuser, je dois retourner auprès du Zar, plaida Bin en commençant à s'éloigner de ses deux supérieurs indignés.

Mais Tariq n'en avait pas encore fini avec lui.

— Dites-nous donc, Bin, ce qui peut bien empêcher Sa Majesté de recevoir sa mère.

Même Herezah fut surprise par l'audace du vizir. Bin n'était qu'un serviteur, mais il était aussi les yeux et les oreilles de Boaz, qui apprenait à voler de ses propres ailes en rassemblant son équipe personnelle autour de lui. Il risquait de ne pas apprécier une attitude aussi pugnace de la part d'un autre serviteur, aussi haut placé soit-il.

— Je n'ai pas la liberté d'en parler, répondit Bin, à la fois désolé mais ferme.

Il battit précipitamment en retraite pour éviter d'autres questions. Herezah se tourna vers le vizir.

— Eh bien, Tariq, ça ne vous ressemble pas d'être si belliqueux. Vous ne vous sentez pas vous-même aujourd'hui ? demanda-t-elle avec un sourire moqueur.

Bien entendu, cela ne le touchait plus, désormais.

— Maintenant que vous le dites, Valide, en effet, je ne me sens pas moi-même, répondit-il avec un rire tout aussi moqueur, mais sans méchanceté, pour qu'elle ne se vexe pas.

Elle haussa les sourcils d'un air interrogateur et remarqua, en y regardant d'un peu plus près, que le vizir n'avait pas le dos aussi voûté que dans son souvenir. Elle s'était tellement habituée à sa bosse qu'elle n'avait pas envisagé qu'il puisse se redresser... Pourtant, il semblait bel et bien avoir le dos plus droit.

— Comme c'est étrange, on dirait que vous faites à nouveau toute votre taille, s'exclama-t-elle, incapable de ne pas lui lancer une insulte voilée.

— Merci, Valide Zara, dit-il, les yeux brillants sous ses sourcils broussailleux. J'ai découvert un merveilleux nouveau tonique qui fait des miracles pour ma santé.

— Il faudra en partager la recette avec moi. Il n'y a pas une femme au monde qui ne voudrait pas découvrir comment paraître plus jeune, affirma Herezah.

L'intensité nouvelle dans le regard du vizir la laissait quelque peu perplexe. Son imagination lui jouait-elle des tours ?

— Je n'y manquerai pas, promit-il.

— Ce remède a-t-il un nom ?

— Oh ! oui, mais c'est mon secret, pour l'instant, pouffa-t-il.

Herezah ne comprenait pas ce qui l'amusait ainsi, mais elle comptait bien se renseigner. Si une nouvelle plante avait été découverte pour lutter contre le vieillissement, son docte en avait sûrement entendu parler.

— Pourquoi avons-nous été convoqués par votre fils, à votre avis ? demanda Tariq.

— Je n'en ai aucune idée. Je pensais que cela concernait l'entrevue qu'il a eue en privé avec une odalisque, entrevue qui a tant fait enrager Salméo. Mais, puisque vous êtes là, j'imagine qu'il s'agit d'un sujet plus formel. Et vous, qu'en pensez-vous ?

— Je crois que le grand maître des eunuques aura bientôt des soucis autrement plus graves qu'un rendez-vous impromptu entre le Zar et une concubine, Valide Zara, répondit le vizir d'un air entendu.

Herezah riva les yeux sur lui. Il avait l'audace de prétendre qu'il savait quelque chose qu'elle ignorait !

— Qu'est-ce censé vouloir dire ?

Il haussa les épaules, mais avec une assurance qui troubla Herezah.

— Vous m'avez demandé ce que j'en pensais, et je vous ai répondu.

— Dites-moi tout, Tariq, ordonna-t-elle. Si vous voulez bénéficier de mon patronage, ainsi que vous l'avez toujours désiré, vous feriez mieux de vous rappeler quelle est votre place. Ne jouez pas avec moi, vizir.

— Je ne ferais jamais une chose pareille, Valide, protesta-t-il en feignant la surprise. Simplement, je veux éviter de lancer des rumeurs sans la moindre preuve. Il ne m'appartient pas de commenter la position de Salméo.

— Mais vous venez juste de le faire ! rétorqua Herezah, les mâchoires crispées. Que savez-vous donc ?

— Je ne sais rien, je n'ai que des soupçons.

Ce qui était vrai. Depuis qu'il s'était emparé de Tariq, Maliz n'était plus omniscient. Il avait besoin de toute son énergie et de toute son attention pour être le vizir, faire fonctionner son corps, penser à l'intérieur de lui et mimer le maniérisme qu'il avait étudié pendant si longtemps. Habiter le corps du rat d'égout lui demandait peu d'efforts, d'autant que le vieillard squelettique ne faisait guère que pourrir sur place. Pendant deux siècles, le démon avait sauté d'un corps frêle à un autre, sans jamais se fondre complètement en eux. Il se contentait de tuer l'âme, puis de planer au sein de l'hôte en refusant de s'en emparer totalement. Cela voulait dire qu'il était à peine capable de déplacer ces corps, mais cette liberté lui permettait d'en sortir pendant de courtes périodes. C'était grâce à cela qu'il avait pu communiquer mentalement avec Tariq. Mais c'était fini. Il était le vizir, désormais – totalement. Il mourrait dans ce corps, et son âme devrait ensuite attendre en dormance dans une nouvelle série de corps fragiles jusqu'à ce qu'il sente Iridor s'éveiller de nouveau. L'apparition d'Iridor déclenchait toujours sa réincarnation. Donc, jusqu'à sa prochaine mort, Maliz n'avait que les yeux de Tariq pour voir et ses oreilles pour entendre. Il lui faudrait vraiment agrandir le réseau d'espions du ministre s'il voulait rassembler ne serait-ce que la moitié des informations dont il disposait auparavant.

Mais, avant de devenir le vizir, Maliz avait été témoin de la conversation entre le chef adjoint des Fustigeurs et l'apprenti. Il s'agissait d'un heureux hasard, car il s'apprêtait à réintégrer le corps du vieillard lorsqu'il avait surpris leur échange. Ils n'avaient pas mentionné Salméo dans cette conversation, bien entendu, mais Maliz savait de qui ils parlaient. Il comprenait, et même admirait, la noirceur de cet homme.

— Vizir, je veux savoir ce que vous soupçonnez, insista Herezah.

— Valide Zara, je n'ai pas de preuves, mais je pense qu'on nous a convoqués pour nous informer du sort de l'Éperon.

— Lazar ? (Tariq ne manqua pas d'entendre la note d'espoir dans la voix d'Herezah.) Je ne comprends pas pourquoi nous n'avons pas eu de nouvelles plus tôt.

— Vraiment ? (Ce fut à son tour de hausser les sourcils.) Je crois que c'est parce qu'il est mort.

Une lueur choquée s'alluma dans le regard de la Valide, la seule partie de son visage qu'il pouvait voir.

— Pardon ? souffla-t-elle.

— Je suis certain que vous mesurez la gravité de ses blessures, n'est-ce pas, Valide ?

Elle garda le silence quelques instants. Ses yeux continuaient à trahir son inquiétude, mais elle faisait de son mieux pour masquer ses vraies émotions.

— Quel rapport avec Salméo ? demanda-t-elle avec dédain.

— Tout, Valide. Je le soupçonne non seulement d'avoir choisi le fouet, mais aussi la personne qui l'a manié.

— Vous avez entendu ce qui est arrivé au Fustigeur, ce qu'il a dit.

— Je n'ai entendu que les excuses d'un jeune homme qui n'était pas prêt à infliger un châtiment, Valide.

— Vous dites qu'il s'agit d'un geste délibéré ?

Il haussa les épaules, agaçant une fois de plus son interlocutrice avec son attitude cachottière. Normalement, Tariq se serait empressé de partager ses pensées avec elle pour l'impressionner.

— Je ne porte aucune accusation, Valide, j'observe, c'est tout.

— Mais l'absence de Salméo à cette entrevue suggère que vous pourriez bien être visé, rétorqua-t-elle en disant tout haut ce qu'il préférait taire.

— Nous devons rester patients. Nous le saurons bien assez vite.

Il avait raison. Bin revint et s'inclina devant eux.

— Le Zar va vous recevoir à présent, Valide Zara, vizir Tariq. Si vous voulez bien me suivre.

— Il était temps, jeune homme, grommela le vizir en faisant un clin d'œil à Herezah. La Valide n'a pas à être retenue loin du harem qui est sous sa responsabilité.

Elle n'en revenait pas de l'audace de cet homme. Jamais encore il ne lui avait adressé de clin d'œil. Et taquinée non plus. Par Zarab, que lui arrivait-il ?

Lorsqu'ils furent à l'abri des regards indiscrets, Pez, qui n'avait cessé de chanter et de sautiller depuis qu'ils avaient laissé Boaz, entraîna Jumo et Zafira dans ses propres appartements.

— Raconte-nous tout, ordonna-t-il à la prêtresse.

— J'ai tout dit devant le Zar. Je n'ai rien à ajouter.

— Dis-nous donc pourquoi tu n'as pas parlé d'Ellyana, insista le nain.

— Ou pourquoi vous avez raconté que mon maître est mort au temple de la mer quand je ne sais que trop bien qu'il a été conduit sur l'île de l'Étoile.

Le chagrin de Jumo s'était transformé en colère, mais Pez se réjouit de voir que l'ancien esclave se contenait encore.

— Il est vrai qu'Ellyana m'a demandé de ne pas parler d'elle, reconnut Zafira en baissant les yeux. Il ne sert à rien de mentionner son existence ou sa présence sur l'île.

— Pourquoi ? voulut savoir Jumo. J'espère qu'elle n'a pas oublié mon serment.

— Que vous comptez vous en prendre à elle ? (Zafira sourit tristement en le voyant acquiescer.) Vous ne la trouverez pas, Jumo. Elle est…

— Elle est quoi ? demanda Pez en sentant ses cheveux se dresser sur sa nuque.

— J'aurais cru que toi, plus que quiconque, tu le saurais.

Le nain la dévisagea pendant quelques instants. Il avait l'esprit en ébullition.

— Que veut-elle dire ? s'enquit Jumo.

Pez avait des secrets, mais la mort de Lazar changeait tout. Il avait brusquement l'impression de faire partie d'un groupe de conspirateurs. Eux seuls savaient la vérité sur l'endroit où Lazar avait passé ses dernières heures. Mais il ignorait pourquoi ils dissimulaient ce fait. Il avait toujours fait confiance à Zafira, mais elle le laissait perplexe.

Jumo le regardait d'un air furieux, aussi Pez se sentit-il obligé de répondre. Cette fois, il s'en tint à la stricte vérité.

— Ellyana est déjà venue à moi, il y a longtemps. J'étais dans le harem, où elle est entrée en compagnie des porteballes. Elle n'avait pas le même physique alors. Elle ne s'est intéressée ni aux odalisques, ni aux épouses, pas même aux domestiques. Elle n'en avait qu'après moi.

— Mais tout le monde te croit fou à lier, alors pourquoi toi ? protesta Jumo.

— C'est bien là le problème. Elle connaissait la vérité, ce qui m'a terrifié.

— Que t'a-t-elle dit ?

Pez prit un air vaguement embarrassé.

— Eh bien, je ne comprends pas vraiment, Jumo. (Il hésita en grattant sa grosse tête.) Elle a dit que je devais découvrir qui j'étais vraiment.

— Qu'est-ce que ça veut dire ?

— Je ne sais pas.

Il préféra passer sous silence le fait qu'Ellyana avait mentionné Iridor. Il était trop tôt pour leur en parler.

— Rien d'autre ?

Une fois encore, Pez hésita en songeant aux étranges événements qui s'étaient déroulés ces derniers temps. Zafira avait l'impression de faire partie de quelque chose qui la dépassait. Ellyana était revenue dans sa vie. Une étrange sensation l'avait envahi lorsqu'il avait touché Ana. La voix dans sa tête l'avait guidé jusqu'au temple. Un visiteur invisible s'était introduit dans la chambre du Zar. Et Lazar était mort. Au sein du brouillard qui régnait dans son esprit se trouvait le hibou de la prophétie, Iridor. Mais il n'était pas encore prêt à se dévoiler.

Jumo se lassa du silence qui s'éternisait.

— Lazar est mort à cause d'Ellyana…, insista-t-il.

— Ce n'est pas juste, Jumo, l'interrompit aussitôt Zafira. Ellyana a fait tout ce qui était en son pouvoir. Il y a d'autres éléments en jeu, que je ne comprends pas encore. Mais ça concerne Ellyana, et nous devrions lui faire confiance.

Jumo s'en prit à la prêtresse, profitant de l'occasion pour libérer un peu de sa colère.

— Vous parlez par énigmes, Zafira. Disons les choses franchement : Ellyana cache quelque chose, et vous l'aidez. Et maintenant, Lazar est mort ! (Sa voix se mit à trembler, mais ne se brisa pas, car il luttait contre son émotion.) Il reprenait le dessus, je vous l'affirme. Je l'ai senti, même si je ne suis pas médecin. Ces gémissements, ces grognements, c'était Lazar en train de lutter. N'essayez pas, comme Ellyana, de me convaincre du contraire. Lazar et moi partageons un lien qui remonte à une décennie. On ne passe pas autant de temps ensemble sans apprendre à bien se connaître. Lazar n'aurait pas abandonné le combat.

— Il ne l'a pas fait, répliqua froidement Zafira. Les circonstances ont eu raison de lui.

Jumo n'était pas prêt à céder.

— Pez, quand je t'ai demandé s'il y avait autre chose à propos d'Ellyana, tu as hésité. Veux-tu tout me dire, ou s'agit-il là encore d'un secret ?

— Pourquoi dis-tu ça ? demanda le nain.

— Parce que je sens des secrets tout autour de moi. J'ai l'impression que personne n'est vraiment honnête. Lazar est mort, son corps déjà inhumé, et Ellyana a disparu. Est-ce que ça ne t'alarme pas, Pez ? Ou n'y a-t-il que moi pour flairer là quelque chose de pourri ?

Pez le flairait aussi, en vérité, mais il n'était pas prêt à l'avouer.

— Quand Ellyana est arrivée avec les porteballes, elle semblait jeune et très belle, mais elle restait en retrait. Quand nous avons discuté, j'ai cru que mes yeux me jouaient des tours parce qu'elle a paru très vieille, tout à coup. Non, pas vieille, carrément ancienne. Elle m'a averti à propos de quelque chose qui me concernait, et puis elle est partie. C'était très déstabilisant.

Jumo ne répondit pas, mais lança au nain un regard qui semblait voir jusque dans son cœur.

— J'avais oublié cette rencontre. (Pez aurait préféré ne pas mentir, mais il avait besoin d'un peu de temps pour faire le tri dans ses pensées.) Mais, ensuite, elle est réapparue au temple de la mer. Au début, je ne l'ai pas reconnue.

— Oui, je me souviens de ton air surpris, admit Jumo, les sourcils froncés. Elle te suit délibérément, tu crois ?

— Je n'en ai aucune idée, répondit sincèrement Pez. L'avais-tu déjà rencontrée, Zafira ? Sois honnête, ajouta-t-il en se méprisant pour tant d'hypocrisie.

— Comme Jumo, je la voyais pour la première fois, même si je me suis sentie étrangement rassurée en sa présence. Tu te souviens de notre conversation en haut du temple, Pez ? Je t'ai dit qu'il se passait quelque chose et que j'y étais mêlée, mais sans savoir pourquoi ni de quoi il s'agissait.

— Oui. Tu semblais perturbée et indécise.

— Eh bien, je pense qu'Ellyana a les réponses.

Jumo se détourna en poussant un grognement de dégoût.

— Pardonne-nous, dit Pez en lui prenant la main pour le réconforter. Un triste voyage t'attend. Mais je te fais cette promesse : pendant ton absence, je trouverai Ellyana et j'exigerai d'elle les réponses dont tu as besoin.

Jumo soutint fermement son regard, une fois encore.

— Je compte sur toi, dit-il d'une voix chargée d'émotion. Je la traquerais bien moi-même si je n'avais pas ce dernier devoir envers mon maître.

— Lazar m'a toujours fait confiance. Tu peux t'en remettre à moi, toi aussi.

Jumo se tourna vers Zafira.

— Je ne vous pardonnerai jamais, prêtresse, d'avoir disposé du corps de mon maître sans mon accord.

— Je n'en avais pas besoin, Jumo, répondit Zafira, tout aussi ferme. J'avais le sien.

— Peu importe. Rien de ce que j'ai entendu ne ressemble à l'homme que j'ai connu.

— J'en suis désolée. Faites votre voyage. À votre retour, nous en reparlerons, quand vous serez mieux à même de comprendre ma position.

Pez nota une fois de plus qu'elle formulait sa phrase de façon étrange, avec beaucoup de prudence. Jumo, quant à lui, hocha la tête, trop en colère pour continuer sur ce sujet.

— Je m'en vais. L'un d'entre vous a-t-il la moindre idée de l'endroit où je dois commencer mes recherches ?

— Oui, moi, soupira Pez, mais il s'agit d'un secret que Lazar n'a partagé qu'avec moi.

Jumo plissa les yeux d'un air méfiant, car il n'y avait jamais eu de secrets entre son maître et lui.

— Pourquoi aurait-il fait une chose pareille ?

Pez secoua la tête comme s'il ne comprenait pas vraiment, lui non plus.

— Peut-être pour que, dans l'éventualité de sa mort, quelqu'un sache.

— Pourquoi pas moi ? protesta Jumo, visiblement blessé.

— Parce que cela aurait affecté votre relation et qu'elle lui était précieuse, Jumo. Lazar tenait trop à toi pour compromettre votre amitié.

— Dis-moi ! exigea Jumo qui avait du mal à respirer, tout à coup.

— Zafira, si tu veux bien nous excuser… j'ai donné ma parole, il y a longtemps, que je ne partagerais cette information qu'avec Jumo le moment venu.

La prêtresse semblait intriguée, mais elle leva les mains en signe de défaite.

— Je comprends. Je vais attendre dehors, ensuite, nous pourrons retourner ensemble au temple de la mer, ajouta-t-elle à l'adresse de Jumo.

Ce dernier ne répondit pas. Après le départ de Zafira, il vit que Pez fixait sur lui son curieux regard jaune.

— Tu crois que Lazar est issu d'une noble lignée de la Merlinée. Il aimait prétendre qu'il n'appartenait pas à une famille en vue, mais tu as toujours pensé le contraire… Tu te disais qu'il fuyait les siens, qu'il était peut-être un fils cadet ou puîné qui n'avait pas atteint son potentiel ou que l'on avait banni à cause d'une liaison interdite.

— Quelque chose dans ce genre, répondit Jumo d'un ton circonspect.

Une fois encore, Pez soupira.

— En réalité, Lazar s'appelle Lucien. Est-ce que cela te donne un indice ?

L'homme secoua la tête sans mot dire, bien que visiblement surpris par cette nouvelle. Le nain lui assena son dernier choc de la journée en déclarant :

— Lucien n'est… n'était pas du tout originaire de la Merlinée. Il était l'héritier du trône de la Galinsée, le fils aîné du roi Falza.

# Chapitre 23

Boaz décréta trois jours de deuil officiel pour la mort de l'Éperon. Des messagers allaient être envoyés dans les différents quartiers de Percheron pour annoncer la nouvelle. Ils ne donneraient aucun détail, mais les rumeurs les plus folles risquaient de se répandre rapidement.

En apprenant cette nouvelle choquante, Herezah s'était retirée dans ses appartements en exigeant qu'on ne la dérange sous aucun prétexte. Ainsi, Boaz eut de nouveau la confirmation que sa mère n'avait rien à voir avec la mort de Lazar. La rigidité de son corps lorsqu'il l'avait mise au courant, l'horreur qu'elle n'avait pu dissimuler dans son regard et le léger tremblement dans sa voix étaient pour lui des preuves suffisantes. La Valide était aussi anéantie que lui, bien que pour des raisons différentes, sans aucun doute.

Le vizir, en revanche, avait étonné le jeune Zar. Il y avait quelque chose de différent chez lui, dans la façon dont il l'avait écouté pensivement avant de faire calmement des commentaires. En temps ordinaire, les mots se seraient bousculés sur ses lèvres tant il faisait d'efforts pour impressionner la famille royale et s'immiscer dans la moindre de leurs conversations. Malgré lui, Boaz avait apprécié avec quelle fermeté le vizir lui avait déconseillé de réagir avec excès.

— Puis-je humblement vous suggérer de prendre votre temps, mon Zar ? La situation est grave, effectivement, et si l'Éperon a été assassiné, comme vous le laissez entendre, alors il vaut mieux éviter de tirer des conclusions hâtives. Il faut mener une enquête en bonne et due forme, en désignant officiellement celui qui pourra la mener avec le soin qu'elle nécessite. Qu'elle dure aussi longtemps qu'il le faudra pour retrouver le coupable. L'Éperon était très aimé de la plupart des Percherais. Il faut qu'ils sachent que justice sera faite, c'est important, surtout au tout début de votre règne.

Boaz ne s'attendait pas à tant de bon sens. Il connaissait la mésentente entre le vizir et le grand maître des eunuques. Elle provenait de plusieurs années de jalousie, sentiment qui n'avait fait que croître depuis le décès de Joreb, à cause du désir qu'ils avaient tous les deux de gagner la confiance d'Herezah. Bien entendu, ni l'un ni l'autre n'avaient escompté que le jeune Zar voudrait s'impliquer dans les affaires de l'État. Ils le considéraient simplement comme un gamin dont la mère régnerait en attendant qu'il ait l'âge d'assumer ses responsabilités. Ils pensaient sans doute avoir trois ou quatre ans d'autonomie devant eux, après quoi il serait difficile pour Boaz de leur arracher le contrôle de son royaume. Mais ils se trompaient. Boaz avait bien l'intention de prendre en main les rênes tout de suite, avant que des doutes sur son droit ou sa capacité à régner puissent apparaître.

Le jeune Zar avait congédié et sa mère et le vizir, mais il avait également mis un point d'honneur à remercier Tariq pour ses paroles pleines de sagesse. Il avait cru que le vieil homme se rengorgerait, comme à son habitude, mais il avait été surpris, une fois encore, en voyant que ce compliment ne le faisait même pas ciller. Le ministre avait incliné le buste avec grâce en répondant simplement :

— Mon Zar, vous pouvez faire appel à moi chaque fois que vous en aurez besoin.

Ensuite, le vizir avait escorté Herezah, visiblement étonnée par tant de gentillesse, hors de la pièce, en veillant à ne surtout pas effleurer sa personne. Le Zar avait froncé les sourcils, intrigué par le comportement du vizir, mais aussi par son maintien. Son dos semblait moins voûté. Boaz allait devoir discuter avec Pez de cette soudaine métamorphose. Mais, d'abord, il devait ordonner qu'on envoie de l'argent à Jumo. Puis il lui faudrait s'entretenir avec l'odalisque Ana et lui annoncer une nouvelle dont elle risquait de ne pas se remettre.

Dans un silence tendu, Jumo raccompagna Zafira jusqu'au temple de la mer. Elle eut le bon sens de ne pas essayer de le raisonner, mais elle crut que son cœur allait se briser lorsqu'elle le vit s'agenouiller auprès de l'autel de Lyana. Il embrassa la tache de sang séché à l'endroit où, la veille, son maître gisait à l'agonie. C'en fut trop pour la prêtresse. Elle s'agenouilla près du domestique qui se lamentait doucement et passa son bras autour de lui. Elle pensait qu'il la repousserait vivement, mais ce ne fut pas le cas. Sa colère était passée, il ne restait plus que le chagrin. Jumo savait qu'ils partageaient le même désespoir.

— Je suis tellement désolée, Jumo, de vous avoir fait une chose pareille, chuchota-t-elle.

Ils restèrent ainsi, en silence, pendant plusieurs minutes, avant que Zafira se relève douloureusement.

— Je vous laisse à vos pensées et à vos prières. Quand vous serez prêt, permettez-moi de partager un quishtar avec vous avant votre départ.

Plus tard, tandis qu'elle préparait le breuvage, elle perçut des voix masculines dans le temple, mais elle ne descendit pas pour voir de quoi il retournait. Très vite, elle entendit quelqu'un monter l'escalier d'un pas lent. Elle se retourna et découvrit Jumo sur le seuil de son petit logis.

— Prêt au départ ? demanda-t-elle avec douceur.

Il acquiesça.

— Le Zar m'a envoyé de l'argent. (La prêtresse vit qu'il tenait une bourse et que celle-ci semblait lourde.) C'est trop de générosité. Je suis venu vous demander si je pouvais en laisser un peu ici. Peut-être pourrez-vous en faire un meilleur usage au service de Lyana. Lazar a toujours respecté celles qui servent la Déesse.

— C'est parce que son peuple la vénérait encore il n'y a pas si longtemps, contrairement à Percheron. Les Merlinéens ont eu plus de mal à se débarrasser de nous, les prêtresses, expliqua Zafira sans la moindre malice.

— Lazar ne croyait pas aux dieux, Zafira. Ni à Lyana, ni à ceux de Percheron.

— J'en suis désolée. Cela veut certainement dire qu'à un moment donné de sa vie, il a dû se retrouver abandonné de tous. Je trouve intéressant, cependant, qu'il ait été attiré ici la veille de votre départ dans le désert. Il m'a confié éprouver une attirance spéciale pour la statue de Lyana. Elle lui procurait un sentiment de paix. Jumo, il faut que je vous dise quelque chose, poursuivit Zafira d'un ton suppliant, en faisant un pas vers lui. Je mesure la profondeur de votre tristesse, mais vous devez comprendre que c'est du chagrin, pas de la haine. Lazar ne voudrait pas que vous me haïssiez.

— Ce n'est pas vous que je hais, Zafira. C'est Ellyana.

— Je vous en prie, ne lui fermez pas totalement votre cœur. Elle a fait des choix difficiles, mais pour les bonnes raisons.

Il secoua la tête.

— Elle a pris des décisions qui ne lui appartenaient pas. J'aurais dû rester. Peut-être aurait-il survécu. Sinon, j'aurais au moins été avec lui au moment de sa mort. Je ne peux pas pardonner à Ellyana. Il n'y a pas de place pour elle dans mon cœur. Quant à vous, vous êtes un pion… Peut-être trouverai-je un peu de place pour vous pardonner, Zafira, mais ce n'est pas encore le cas.

Ces mots la blessèrent terriblement. Elle aurait voulu lui en dire davantage à propos d'Ellyana, mais la peur l'en empêcha.

— Gardez l'argent. Le Zar a déjà prévu de faire une offrande au temple, et vous pourriez avoir besoin de tout cet or. Vous ne savez pas dans quoi vous vous aventurez, ni combien de temps cela vous prendra. Je suppose que vous savez à présent jusqu'où il vous faudra aller pour retrouver la famille de Lazar ?

Il ne répondit pas. Il avait encore du mal à croire à l'histoire de Pez et avait délibérément choisi de ne plus y penser pour le moment. La traversée de la Faranelle lui laisserait amplement le temps de réfléchir au grand secret de Lazar.

Heureusement, Zafira était bien trop sensible pour l'interroger davantage.

— Gardez l'argent, c'est plus sûr. Vous pourrez toujours le laisser ici à votre retour.

Il fit disparaître la bourse sous sa robe.

— Alors, je m'en vais. Merci de m'avoir proposé du quishtar, mais cela devra attendre une autre fois peut-être, quand certaines blessures auront guéri. Je dois trouver un navire.

Zafira hocha la tête.

— Bon voyage, Jumo. Je prierai pour votre sécurité. J'espère pouvoir partager un quishtar salvateur avec vous à votre retour.

Sur ce, il s'en alla. Elle entendit ses pas lorsqu'il descendit l'escalier, puis traversa le sol en pierre du temple. De sa fenêtre, elle le regarda émerger dans le silence de la longue péninsule et s'éloigner jusqu'à ce qu'il se perde dans la foule et l'agitation du port. Elle se demanda si elle le reverrait un jour ou si Lyana lui pardonnerait jamais d'avoir si profondément blessé un homme aussi bon.

Zafira fit le calme dans son esprit. Elle devait retourner voir Pez. Elle avait oublié de lui remettre quelque chose d'important, que Lazar avait insisté pour lui donner. Encore un aspect de l'affaire sur lequel elle n'avait pas été entièrement sincère. Elle avait peur d'ailleurs avec cet objet en sa possession. Elle connaissait les vieilles histoires, et la signification de cette statuette en or lui glaçait le sang.

Iridor allait revenir. Zafira avait pour mission de donner cette statuette au nain étrange et mystérieux qu'elle appelait son ami, mais au sujet duquel elle savait si peu de choses.

Boaz convoqua le grand maître des eunuques qui arriva tout essoufflé, du fait du caractère urgent de cette entrevue.

Le jeune homme ne perdit pas de temps en politesses inutiles. Le gros eunuque n'avait pas fini sa révérence que le Zar parlait déjà.

— Avez-vous donné l'ordre de préparer l'odalisque Ana en vue d'une discussion, comme vous en avez reçu l'instruction ?

— Oui, Majesté. Nos esclaves sont en train de la préparer, même si je vous recommanderais…

— Salméo, j'en ai assez que tout le monde dans ce palais me recommande tout le temps des choses. Pour la dernière fois, je vais être parfaitement clair avec vous et ceux qui voudraient remettre en cause mon autorité. Je prends mes propres décisions, bonnes ou mauvaises, et si j'ai un jour besoin de vos conseils, je vous le ferai savoir. En attendant, contentez-vous de suivre mes instructions, comme je vous l'ai déjà demandé !

Salméo fulminait, malgré le calme de façade qu'il avait appris à montrer au monde.

— Bien entendu, mon Zar. Nous n'avons à cœur que vos intérêts.

— Dans ce cas, vous pouvez peut-être m'expliquer pourquoi je n'ai plus d'Éperon.

L'eunuque regarda autour de lui comme si le Zar s'adressait à quelqu'un d'autre.

— Majesté ?

Boaz ravala sa colère. Cela faisait des années qu'il observait Salméo à l'œuvre. Ce serait dommage de gâcher cet avantage, au tout début de leur nouvelle relation, en montrant à l'eunuque que son Zar pouvait être amené à des explosions de colère ou être manipulé de quelque façon que ce soit.

— Lazar, notre Éperon, rappela-t-il calmement. Je me demande si vous avez songé combien il est imprudent que le responsable de la sécurité de Percheron soit indisponible.

Salméo parut pris au dépourvu.

— Ma foi, Très Haut, j'imagine qu'il lui faudra longtemps avant d'être suffisamment guéri pour monter de nouveau à cheval ou commander ses hommes. (Il avait visiblement du mal à en dire plus.) Quelques jours, peut-être ?

— Quelques jours ? Vous étiez tout près, grand maître des eunuques, je suis sûr que vous avez remarqué à quel point ses blessures étaient graves.

Salméo haussa les épaules d'un air innocent.

—Oui, Shaz a fait du très mauvais travail, mon Zar. Depuis, je l'ai consigné dans sa chambre, même s'il n'a pas le cœur d'en sortir de toute façon. Il reconnaît lui-même être complètement passé à côté.

—Pourtant, vous le pensiez apte à délivrer la punition, lui rappela Boaz.

—Zar, je n'avais pas beaucoup d'autres possibilités. Il fallait bien que quelqu'un remplisse cette mission. Son supérieur m'a affirmé que Shaz était le meilleur candidat disponible. À ce qu'on m'a dit, il manie très bien le fouet.

—Oui, le fouet, pour châtier les domestiques et d'autres dissidents au sein du palais, peut-être même pour punir une odalisque qui avait besoin d'être remise à sa place. Il n'avait jamais été autorisé à toucher le Serpent avant ce jour. Je suis sûr que vous étiez au courant.

—Je n'en étais pas certain, Majesté. Nous avions peu de temps, et ses supérieurs n'étaient pas disponibles pour en discuter plus en détail.

—Saviez-vous que Shaz n'avait jamais fouetté quelqu'un auparavant, juste des mannequins dans la cour d'entraînement ?

Salméo secoua lentement la tête.

—Mon Zar, c'est la première fois que j'en entends parler. Comment l'avez-vous appris ?

Boaz comprit qu'il s'agissait d'un mensonge et préféra ne pas répondre.

—Avez-vous eu des nouvelles de l'état de santé de l'Éperon ?

—Non, Zar, mais j'imagine que le vizir a envoyé des messagers en ville. Vous aurait-il fait défaut sur ce point ?

—Nous avons reçu des nouvelles, grand maître des eunuques, mais peut-être étiez-vous trop occupé au harem pour être au courant.

Salméo ne montra pas sa colère, mais il comptait bien s'occuper personnellement des Elims qui ne lui avaient pas rapporté cela.

— Oh ! Zarab soit loué. J'en suis ravi, Très Haut. J'ai entendu dire que des messagers avaient quitté le palais il y a quelques heures et j'espérais que c'était pour obtenir des nouvelles de l'Éperon.

Boaz fixa sur le gros eunuque son regard le plus inflexible, qu'il avait appris auprès de son père.

— Oui, grand maître. De nouveaux messagers ont été envoyés, à ma demande, pour annoncer en ville la mort de l'Éperon.

— Sa mort, répéta doucement Salméo en posant la main sur le cœur.

— Cela vous surprend ?

— C'est même un choc, Zar Boaz. Ses blessures étaient graves, certes, mais l'Éperon était fort et jeune encore. S'il avait bénéficié des soins appropriés, sa guérison aurait peut-être demandé un certain temps, mais… Mort, répéta-t-il encore une fois, visiblement incapable d'y croire.

Boaz ne savait plus quoi penser, mais faisait de son mieux pour n'en rien laisser paraître. Il avait espéré pousser Salméo à une espèce de confession, ou tout au moins qu'il laisse échapper une information indiquant qu'il était à l'origine du meurtre. Mais peut-être était-il réellement innocent.

— Tout est ma faute, Zar Boaz. Si je n'avais pas tenu autant à respecter la tradition, l'Éperon aurait été épargné. C'est moi qui l'ai tué, et personne d'autre. (L'homme semblait profondément bouleversé. Tant bien que mal, il se mit à genoux.) Je l'ai tué par inadvertance, à cause de mes actes. Oh ! mon Zar, j'essayais seulement de faire ce qui était juste. Vous êtes jeune, et nous voulons tous vous soutenir et rendre cette transition aussi facile que possible. J'ai cru qu'en faisant un exemple avec l'odalisque Ana, nous pourrions éviter tout nouvel embarras à la famille royale. Qui aurait pu penser que l'Éperon Lazar demanderait à subir la punition à sa place ?

Boaz eut tout à coup l'impression de perdre pied. Pour une fois, il regretta que sa mère ne soit pas là pour le conseiller. L'eunuque pleurait-il ? Oui. Boaz voulut détourner le regard, mais il savait qu'il ne devait pas.

— Vous auriez pu lui épargner le Nid de Vipères, Salméo. C'était une cruauté inutile et, de mon point de vue, un châtiment qui dépassait le crime.

Salméo ouvrit les bras en grand, d'un air suppliant.

— Oh, Zar Boaz, je l'aurais fait. L'idée ne vient pas de moi. Il faut me croire. Je n'ai jamais demandé qu'on l'utilise et ne le ferais que s'il fallait châtier un traître.

— Si ce n'est pas vous, alors qui ?

— Non, Zar Boaz, j'en assume l'entière responsabilité. Je ne peux rejeter la faute sur quelqu'un d'autre. J'ai donné mon accord mais, je vous le promets du fond du cœur, Très Puissant, j'essayais seulement de faire ce qui était juste.

— Salméo, ce sombre méfait ne s'arrête pas là, prévint Boaz.

Il vit son interlocuteur se figer. Son visage noir, luisant de larmes et de sueur, parut s'assombrir autour de ses yeux écarquillés.

— Comment cela, Très Haut ?

— Levez-vous, je vous prie, ordonna Boaz, embarrassé face à l'énorme masse du grand maître des eunuques l'implorant à genoux.

Salméo mit plusieurs secondes pour se remettre debout et dut s'aider des meubles. Mais il était vraiment imposant. Boaz se réjouit d'avoir choisi de se poster dans une partie surélevée de la pièce, sinon il aurait su ce que Pez devait ressentir tous les jours. Il s'éclaircit la voix.

— Les blessures de Lazar étaient effroyables, mais nous savons que c'était principalement le résultat d'un travail d'amateur.

— Il n'aurait pas dû en mourir, acquiesça Salméo.

— Nous ne le saurons jamais. Ce que l'on sait, en revanche, c'est que c'est le poison qui a précipité la mort de Lazar.

— Du poison ? répéta Salméo, incrédule.

— Du drezden, apparemment. En avez-vous entendu parler ?

— Oui. Les Zars l'utilisaient il y a longtemps.

— Quoi ? s'écria Boaz, horrifié.

— Très Puissant, c'est uniquement ma faute. Votre père m'a demandé de me débarrasser de la petite quantité qui restait dans le palais. Mais elle était sous clé, en sécurité, et j'avais oublié son existence jusqu'à aujourd'hui.

— Vraiment ? fit Boaz, sèchement.

— Mais quand l'Éperon en a-t-il bu, Très Haut ? S'il en a ingéré avant d'arriver dans la cour des Chagrins, l'assassin pourrait être n'importe qui en dehors du palais.

— C'est vrai, sauf que l'on peut penser que si Lazar l'avait ingéré, il ne serait jamais arrivé jusque dans la cour. Il serait mort sur place.

— Pas nécessairement, Très Haut. D'après ce que j'en sais, le drezden tue très lentement. C'est bien le but. Cela laisse à l'assassin le temps de s'éloigner.

— Je vois. Quoi qu'il en soit, l'Éperon n'a pas avalé le poison.

— Oh ?

— D'après mes informations, on a plongé les extrémités du Serpent dans le poison mortel, qui est entré dans son corps par l'intermédiaire de ses blessures.

La surprise de Salméo semblait totale.

— Non, murmura-t-il en secouant la tête avec véhémence, sa chair tremblant sous la robe neutre qu'il avait décidé de porter ce jour-là.

— Qui a choisi le Nid de Vipères si ce n'est pas vous, Salméo ? s'enquit Boaz.

— Je ne peux pas…, gémit l'eunuque.

— Il le faut, grand maître, sinon, c'est sur vos épaules que retombera l'entière responsabilité de la mort de l'Éperon. Je ne mentirai pas au peuple à ce sujet. Je veux des réponses. Quelqu'un doit payer pour la mort de cet homme.

L'eunuque se mit à pleurer de plus belle. C'était déjà déconcertant de voir cet homme d'ordinaire si arrogant s'humilier de la sorte, mais jamais encore Boaz ne s'était senti aussi mal à l'aise qu'en l'entendant pleurer.

— C'était Horz, mon Zar, lâcha brusquement le grand maître des eunuques. Horz, le commandant de mes Elims. Il a dit qu'il se vengerait de l'Éperon, mais je ne l'ai pas cru. Je me suis dit que c'étaient juste des paroles en l'air dues à l'ébriété.

— Horz ? répéta Boaz, surpris, car le commandant des Elims était l'une des personnes les plus fiables et les plus sobres qu'il connaisse.

On aurait dit que Salméo lisait dans ses pensées.

— Horz en voulait à Lazar, expliqua-t-il.

— De quoi parlez-vous ?

— Horz est apparenté à l'odalisque Ana, Très Haut. Il est le frère de son père. Il était furieux qu'elle ait été amenée dans le harem pour devenir une concubine. Peut-être son père est-il furieux également. La jeune fille a dit que la vente s'était faite sans son accord.

— L'oncle d'Ana ? (Boaz n'en revenait pas.) Mais elle n'en a jamais parlé.

— Pourquoi l'aurait-elle fait ? Ana est de nature secrète, mais je mets un point d'honneur à tout savoir à propos de vos odalisques, Majesté.

— C'est lui qui s'est servi du drezden ? Vous en êtes sûr ?

— Qui d'autre ? Il y a accès. Nous sommes les seuls, lui et moi, à avoir les clés de la pharmacie. Lorsque nous avons appris les intentions de l'Éperon Lazar, j'ai fait appel à Horz pour m'aider à préparer le châtiment. Je l'ai mis au courant et lui ai laissé entière latitude, mon Zar. C'est lui qui a choisi le Nid de Vipères. Croyez-moi, cela a été un choc pour moi aussi quand j'ai vu arriver cette arme cruelle. Mais il était trop tard, alors. Que pouvais-je faire ?

— Intervenir ? suggéra Boaz, furieux.

— Mais de quoi aurions-nous eu l'air ? J'ai placé ma confiance en Horz, Très Haut, tout comme vous avez placé la vôtre en ceux qui vous servent bien. C'est un Elim modèle dont la conduite est exemplaire depuis qu'il est devenu leur chef. Je n'aurais jamais compromis sa position en sapant son autorité lors du châtiment. J'étais surpris, mais on m'avait assuré que

Shaz était le meilleur nouveau Fustigeur, j'ai donc cru que le fouet serait manié avec précaution. Qui plus est, lorsque vous avez réduit la sentence...

— Chose que vous ne sembliez pas approuver, lui rappela Boaz.

— C'est vrai, Très Puissant. Je n'aime pas que l'on bafoue la tradition ; pardonnez-moi si mon visage a reflété ma réticence.

Salméo se tut. Il haletait tant il mettait de conviction dans ses explications.

— Horz avait donc le mobile et l'opportunité de commettre le crime ?

— C'est vrai, mais j'ai cru qu'il s'agissait de paroles en l'air dues à l'alcool. Jamais il ne m'est venu à l'esprit qu'il pourrait passer à l'acte.

Boaz soupira, profondément perturbé par tout ce qu'il venait d'entendre.

— L'honneur d'une famille est chose puissante.

Salméo hocha tristement la tête.

— J'en prends l'entière responsabilité, mon Zar. C'est moi qui ai nommé Horz.

— Ne soyez pas ridicule, Salméo. Vous ne lui avez pas demandé de faire une chose pareille et vous n'avez pas non plus guidé sa main. C'est un meurtre prémédité, et je refuse de tolérer cela dans mon palais.

— Que va-t-il se passer ? demanda l'eunuque d'un ton plaintif.

— Il doit payer pour son crime. J'exige une confession complète de sa part d'ici au coucher du soleil. Amenez-le-moi juste avant que sonne le gong du dîner. Je préférerais ne pas avoir à traiter cette affaire le ventre plein.

— Oui, mon Zar.

— En attendant, Salméo, tout cela doit rester entre nous. Si je découvre que quiconque a eu vent des faits et gestes de Horz ou de notre discussion, votre tête tombera avec la sienne. Je veux entendre la vérité de sa bouche avant de prendre ma décision.

— Je comprends, Zar Boaz. Je vais le préparer.

— Sera-t-il sincère ?

— C'est un homme honorable, Très Haut.

Boaz hocha la tête.

— Je souhaite rester seul pour réfléchir à tout cela. Je veux vous revoir dans une heure. Amenez-moi l'odalisque Ana à ce moment-là, je vous prie.

Le grand maître des eunuques entendit la tristesse dans la voix de son Zar. Il s'inclina bien bas et tourna les talons. Le jeune souverain ne put donc pas voir la façon dont la cicatrice de l'eunuque s'était soulevée en raison de son sourire fourbe.

# Chapitre 24

— Mentir au Zar ? protesta le commandant des Elims d'un air écœuré. Confesser un péché terrible que je n'ai pas commis ?

— Oui, si tu ne veux pas que ta famille soit massacrée, répondit Salméo d'un ton badin. Tu pensais que je n'étais pas au courant de leur existence ? ajouta-t-il en voyant la stupéfaction se peindre sur les traits du soldat. Je sais tout, Horz. Tu as été marié et tu as trois enfants, deux garçons et une fille, si je ne m'abuse. Je sais que ta femme est morte parce que tu l'as fait voyager alors qu'elle était malade. Ton frère a recueilli tes enfants, et toi, en guise de repentir, tu t'es offert aux Elims.

Le visage de Horz avait perdu toute couleur. L'homme se tenait complètement rigide face au grand maître des eunuques.

Celui-ci regarda ses ongles et prit note de demander à son esclave de s'en occuper le soir même.

— Ce n'est pas tout. Tes enfants habitent donc chez l'aîné de tes frères. L'autre est berger dans les contreforts. Son mariage est tout sauf parfait, mais il a cinq enfants, dont l'un n'est pas de lui. La fille cadette est une orpheline qu'il a adoptée. Elle s'appelle Ana et elle a été découverte par l'Éperon Lazar, qui l'a achetée en bonne et due forme et l'a amenée au palais. Sauf que la vente a été réalisée par l'épouse acariâtre, pas par ton frère. Il en souffre et tu es furieux que l'un des tiens ait été donné au harem. L'odalisque Ana t'a reconnu mais n'a rien dit, c'est une fille intelligente. Elle me posera certainement plus de problèmes que je n'en mérite, mais elle t'a protégé, Horz. Tu t'es trahi tout seul. Je ne savais rien de ton frère dans les contreforts. Mais, en voyant ta réaction lors de la présentation des filles, j'ai commencé à poser des questions. Tu étais si protecteur envers Ana. Très vite, mes soupçons se sont confirmés. C'est simple, Horz. J'ai besoin d'un bouc émissaire, et tu es le parfait candidat. Je ne pouvais tout de même pas endosser la faute moi-même.

L'Elim ne répondit pas. Sans doute comprenait-il qu'il se trouvait au bord de deux abîmes, tout aussi sombres et horribles l'un que l'autre. Au fond du premier, la famille qu'il chérissait mourait. Au fond du deuxième, c'était lui qui perdait la vie. Il n'avait pas vraiment le choix, en vérité.

— Si tu acceptes de mentir, reprit Salméo d'une voix douce qui rendait son chuintement plus prononcé encore, je te ferai le serment – sur mon sang, si tu y tiens – de veiller sur tes enfants. Tes fils auront de l'argent et un lopin de terre ou une boutique. Pour ta fille, je lui trouverai un bon époux… quelqu'un qu'elle appréciera, je te le promets, et qui la traitera bien. Un homme riche. Elle ne manquera de rien. Tes frères et leur famille toucheront chaque année un revenu sous forme d'or et de chameaux. Même dans tes rêves les plus fous, tu n'aurais pas pu en espérer autant.

— C'est vrai, reconnut Horz en secouant tristement la tête.

— C'est pour te montrer toute ma gratitude. Je te le jure. Tout cela se produira si tu mens pour moi… et si tu meurs pour moi. Tu es un Elim, après tout.

Cette fois, l'homme ne répondit pas.

— Mais, si tu ne mens pas, Horz, ta famille mourra. Pas seulement tes enfants, tes deux frères aussi, leurs épouses et leurs propres enfants. J'ai cru comprendre que le plus jeune avait tout juste un été. Quel dommage. Il n'y a rien que tu puisses faire. Ils ne peuvent se cacher nulle part. Je préfère également t'avertir, ajouta Salméo en contemplant cet homme autrefois si fier qui tremblait, la tête baissée. Mes hommes encerclent leurs maisons à l'heure où je te parle.

Horz releva brusquement la tête, les yeux pleins de haine.

— Oh, allons, à quoi pensais-tu ? ajouta Salméo. Évidemment que j'ai déjà envoyé les tueurs, mais ils n'agiront pas tant que je ne leur en donnerai pas l'ordre. Ta famille va-t-elle vivre ou mourir, Horz ?

Deux Elims escortaient Ana, qui sentit tout de suite que le Zar n'était plus de l'humeur gaie et bavarde de la veille. Il ne congédia pas non plus son escorte. Il s'agissait donc d'une entrevue formelle.

Elle l'observa entre les plis du voile anthracite qu'elle portait par-dessus une tunique et un pantalon ample de couleur crème. Elle se réjouit qu'il ne puisse pas voir sa peur, car elle devinait que son attitude grave ne pouvait signifier qu'une chose. Il avait de mauvaises nouvelles à lui annoncer. C'était évident. Lazar n'allait pas revenir de sitôt.

Elle ne comprenait pas comment elle avait pu s'imaginer qu'il parcourrait à nouveau ces couloirs en marbre d'ici à quelques jours. Nul besoin de connaissances en médecine pour voir que ses blessures étaient si terribles qu'il lui faudrait des mois pour s'en remettre. Or, tout était sa faute. Par son égoïsme, elle avait provoqué cette souffrance. Bien sûr, elle se rappelait la façon dont il l'avait regardée avant de recevoir le fouet. Elle savait au fond d'elle que Lazar lui avait déjà pardonné. Mais elle, se pardonnerait-elle un jour ? Elle en doutait.

Elle déglutit péniblement en songeant que cet examen de conscience était une fois de plus une marque d'égocentrisme. Elle se demandait déjà comment elle allait pouvoir tenir sans la possibilité d'entrapercevoir Lazar ou d'entendre sa voix. Elle l'aimait. Elle voulait le lui dire. Elle avait essayé, mais il ne l'avait pas vue articuler ces mots derrière son voile. Elle pouvait juste espérer que son regard avait su faire passer ses véritables sentiments. Il en rirait, et peut-être même à raison. Il ne la considérait sans doute que comme une enfant, mais il l'avait vendue au harem pour y jouer un rôle d'adulte. Si elle pouvait faire l'amour avec le Zar, elle pouvait aussi le faire avec l'Éperon.

*Oh, honte à toi, Ana*, se reprocha-t-elle en silence en regardant Boaz approcher. *Tes pensées impures vont te détruire.*

Elle se laissa tomber à genoux et se prosterna comme on le lui avait appris, les bras écartés en signe de supplique.

— Relève-toi, Ana, ordonna Boaz gentiment.

Elle obéit et lissa sa tunique, mais refusa de croiser son regard tant qu'il ne lui en donnait pas la permission. Elle avait l'intention de suivre le protocole à la lettre à partir de maintenant, afin de gagner l'affection des gens du palais et, avec un peu de chance, le respect de Lazar.

— Je souhaite te parler en privé, mais j'ai demandé aux Elims de rester. Éloignons-nous un peu pour ne pas être entendus.

Elle acquiesça, surprise. Elle se demandait pourquoi Boaz avait besoin des Elims ce jour-là quand leur présence n'avait pas été nécessaire la veille.

— Regarde-moi, Ana. Cela me ferait plaisir.

Elle comprit, au son de sa voix, qu'il avait du mal à parler, et elle décida de l'aider.

— Mon Zar, je crois que vous m'avez fait venir cet après-midi pour me donner des nouvelles de l'homme qui a si généreusement offert son dos pour sauver le mien. Merci de tenir votre promesse.

Ce coup de pouce ne parut pas soulager Boaz.

— Ton intuition est juste, odalisque Ana. Oui, il s'agit de l'Éperon Lazar, mais je dois d'abord te poser une question.

— J'y répondrai avec plaisir, Très Haut.

— Je veux la vérité, ajouta-t-il d'un air très déterminé. Connais-tu le dénommé Horz ?

— C'est le commandant des Elims, Très Haut. répondit-elle aussitôt, mais avec prudence.

Boaz resta très sérieux.

— Cela, je le sais. Je veux savoir si tu le connais en dehors de ce rôle.

Ana battit des paupières.

—C'est mon oncle, souffla-t-elle. Je ne le connais pas bien, mais je l'ai vu une fois avant de venir au palais, lorsqu'il a rendu visite à mon père et à notre famille. C'était il y a longtemps, mais je n'oublie jamais un visage, Très Haut.

—Je vois.

Elle crut lire de la déception sur son visage. N'était-ce pas la réponse honnête qu'il lui avait demandée ?

—Mon Zar, il n'a fait preuve d'aucun favoritisme, s'empressa-t-elle d'ajouter. Je l'ai à peine vu depuis mon arrivée, à part le jour de la cérémonie du Choix. Il m'a également prise en charge lors du châtiment, mais nous n'avons pratiquement pas échangé un mot. Il a fait mine de ne pas me connaître, et j'ai fait de même.

Boaz soupira, car Ana ne pouvait évidemment pas savoir pourquoi il avait posé cette question.

—Merci pour ton honnêteté.

—Vous semblez si malheureux, mon Zar. J'en suis désolée. Je vous en prie, libérez-vous de votre fardeau et donnez-moi les nouvelles de l'Éperon. La douleur est mienne, parce que la faute l'est aussi. Je sais qu'il est grièvement blessé et j'imagine que vous êtes déçu de savoir qu'il ne pourra reprendre son service avant longtemps.

Elle vit Boaz écarquiller légèrement les yeux. Un profond chagrin se dissimulait derrière son air surpris, et il y avait de la douleur dans le pli qui barrait sa bouche.

—Ana, il est de mon triste devoir de t'annoncer que l'Éperon Lazar ne reviendra pas au service de Percheron.

Elle l'entendit parfaitement, mais ces mots n'avaient aucun sens pour elle.

—Serait-il parti ? demanda-t-elle, blessée que Lazar ne lui ait pas envoyé un mot d'adieu.

—Oui, il est parti pour de bon pourrait-on dire, admit Boaz. Il a rejoint ses dieux, Ana.

Elle pencha la tête de côté comme si elle écoutait une voix intérieure. Elle n'avait pas l'air de comprendre.

— L'Éperon Lazar est mort tôt ce matin, Ana. Une vieille prêtresse du temple de la mer nous l'a confirmé.

— Zafira ? chuchota-t-elle sans s'en rendre compte.

— Oui. Il est mort dans ses bras. Elle a inhumé son corps en mer comme il le lui avait demandé.

Ana tremblait. Boaz fit signe aux Elims, qui la rejoignirent aussitôt pour l'empêcher de tomber.

— Il est mort de ses blessures ? (Elle se mit à pleurer doucement.) Comment est-ce possible ?

— Je n'ai pas d'autres informations, mentit Boaz qui ne souhaitait pas parler du poison à ce stade.

— C'est impossible, il ne peut pas être mort, gémit-elle. Avez-vous vérifié auprès de Jumo, mon Zar ?

— Jumo était ici avec moi ce matin, Ana. Il est aussi bouleversé que toi et a accepté d'aller voir la famille de Lazar pour leur apprendre la nouvelle et leur transmettre mes plus grands regrets.

— Jumo est parti pour la Merlinée ? balbutia-t-elle.

Incapable de former des pensées cohérentes, elle continuait à parler pour repousser l'horreur.

— Oui. Ana, tu as besoin de t'allonger. C'est un choc pour toi. Les Elims vont te raccompagner dans ta chambre et te donner quelque chose pour t'aider à dormir. Nous reparlerons bientôt.

— Boaz, non ! s'écria-t-elle au mépris du protocole.

Les Elims lui saisirent durement les poignets, furieux de la façon dont elle traitait leur Zar.

— Arrêtez ! leur ordonna-t-il. Soyez doux avec elle. Ramenez-la dans le harem. Si j'apprends que vous lui avez arraché ne serait-ce qu'un cheveu, vous le paierez tous les deux. Va, maintenant, Ana, ajouta-t-il gentiment. (Il ne voulait pas la toucher devant les Elims, mais il aurait aimé pouvoir prendre son visage entre ses paumes ou lui tenir la main.) Nous en saurons bientôt davantage. Lazar voudrait que tu sois aussi courageuse qu'il l'a été. (Il regarda l'un des gardes.) Demandez à sa servante qu'on lui donne un somnifère immédiatement. Elle doit dormir pour évacuer le choc. Quelqu'un doit rester auprès d'elle en permanence. Pez fera l'affaire. (Il vit qu'ils avaient l'air perplexes.) Oui, il est fou, mais ça reste une compagnie, et il pourra alerter les serviteurs si elle se réveille ou si elle a besoin de quoi que ce soit. Faites ce que je vous dis. Trouvez-le et dites-lui de rester avec elle.

Il détourna les yeux, tandis que les Elims interloqués, qui se demandaient comment ils allaient bien pouvoir faire obéir Pez, emmenaient avec eux la jeune fille silencieuse et accablée de chagrin.

Pez n'eut qu'à voir son visage baigné de larmes pour comprendre qu'Ana avait appris la terrible nouvelle.

— … dois rester ici avec elle, nain. Tu comprends, idiot ? Ce sont les ordres du Zar, lui disait un Elim.

Il l'ignora à sa manière habituelle, en fredonnant. Mais il veilla, lorsque l'Elim s'accroupit pour être à sa hauteur, à lui éternuer au visage. Il le fit plusieurs fois de suite, pour le plus grand dégoût du garde horrifié. Il le vit serrer les poings dans son désir de lui faire payer cette insulte.

— Non, lui dit son compagnon. Ne risque pas ta peau pour ça, ça n'en vaut pas la peine. Il est fou, tu sais.

— Parfois, j'ai l'impression qu'il sait très bien ce qu'il fait, grommela le premier en s'essuyant le visage. Viens, allons-nous-en.

Par bonheur, ils sortirent. Pez put ainsi poser la main sur le front légèrement fiévreux de la jeune fille. Agitée, elle gémissait doucement dans son sommeil artificiel. Pez éprouva de nouveau cette sensation étrange, qui lui picota la paume et remonta le long de son bras jusqu'à entrer dans son corps proprement dit, qu'elle réchauffa de la tête aux pieds. C'était si bizarre, comme si la fièvre de la jeune fille était passée dans son corps à lui, et pourtant c'était très réconfortant. Il laissa sa main où elle était, et la sensation de chaleur perdura. Elle ne le perturbait plus, elle l'intriguait, à présent.

Ana remua. Ses paupières papillonnèrent et s'ouvrirent, mais elle ne voyait rien. La chaleur qui parcourait Pez s'intensifia. Il s'attendait plus ou moins à voir Ana s'asseoir et même se lever dans son sommeil. Il avait déjà vu d'autres personnes faire ça. Mais non, elle commença à murmurer. Au début, elle parla dans une langue inconnue, mais les mots parurent se diluer pour devenir du percherais. Malgré tout, Pez avait du mal à déchiffrer ses paroles, car elle marmonnait.

Puis, tout changea. Elle lui agrippa la main avec force, comme s'il y avait urgence. Son corps était rigide, même si son regard restait dans le vague.

— Pez.

Sa voix semblait distante, étrange. Le nain sentit le frisson de la peur.

— Je suis là, Ana.

— Dis à Lazar que je suis désolée.

Il ne voulait pas mentir, mais le fit pour la rassurer.

— Je le lui dirai, mais il n'a pas besoin de tes excuses.

Pez fronça les sourcils, car la chaleur du corps de la jeune fille augmentait encore.

— Le hibou est à toi.

— Quoi ? murmura-t-il à son oreille.

— Récupère le hibou, Pez.

Un nouveau frisson le secoua, en dépit de la chaleur.

— Le hibou ?

— C'est Zafira qui l'a. Récupère-le, maintenant !

— Je vais le faire, promis, répondit-il, stupéfait.

Ana lâcha son poignet et tout son corps se détendit. Elle sombra de nouveau dans un profond sommeil, les lèvres entrouvertes. Elle n'avait plus l'air troublée mais sereine.

— Le hibou, marmonna-t-il tout bas, sans rien y comprendre.

Que devait-il faire ? Il avait des ordres, mais s'il se faufilait hors du palais à cet instant, les Elims penseraient juste qu'il était contrariant, comme d'habitude. Malgré tout, l'ordre provenait de Boaz, ce qui rendait la chose plus compliquée. Cependant, la demande d'Ana semblait plus pressante. Il pourrait toujours prétendre qu'elle n'avait pas voulu se calmer tant qu'il était resté à son chevet.

Il prit sa décision. La chaleur qui lui brûlait le corps était trop étrange et trop effrayante pour l'ignorer. De toute façon, il avait une bonne raison de rendre visite à Zafira. D'une manière ou d'une autre, elle lui dirait où trouver Ellyana. Il avait une promesse à tenir envers Jumo.

Boaz avait passé la dernière heure à s'armer de courage en vue de cette confrontation. Il souffrait de devoir traiter sévèrement un homme qu'il admirait tout en ignorant celui qu'il méprisait. Boaz ne croyait pas tout à fait Salméo, qu'il savait fourbe, mais il ne pouvait pas non plus le traiter de menteur au débotté. Le fait était que si Horz confessait ce crime choquant, alors Boaz n'aurait pas d'autre choix que de lui faire sentir tout le poids de son courroux en choisissant une sentence appropriée. Ce meurtre relevait de la plus haute trahison. La victime était non seulement un homme très haut placé, mais un proche du Zar, son protecteur, en vérité. Le peuple n'exigerait rien moins que la mort, et celle-ci ne pourrait pas être honorable. Le pire, dans tout cela, c'était que cette trahison venait de l'intérieur. Que Boaz ait pu être trahi ainsi par l'un des siens, surtout un membre des prestigieux Elims, impliquait le plus terrible des châtiments. S'il n'agissait pas avec la plus grande sévérité, le jeune Zar montrerait à tout le monde qu'il était faible.

La mine sombre, Bin annonça l'arrivée du grand maître des eunuques et du commandant des Elims.

— Fais-les entrer.

Bin disparut momentanément dans l'antichambre et revint en compagnie des deux visiteurs. Si Salméo s'inclina, Horz, lui, se prosterna.

— Debout, ordonna Boaz, heureux que sa voix ne tremble pas. (Mais le commandant des Elims se mit simplement à genoux, tête baissée.) Horz, le grand maître des eunuques m'a fait part, avec une grande réticence, devrais-je ajouter, d'informations qui ont fait voler en éclats mon amitié pour les Elims. J'imagine que vous savez de quoi je parle ?

— Oui, mon Zar, mais je vous supplie de ne pas en rejeter la faute sur les Elims. Leur honneur est intact, car l'acte auquel vous faites référence est de mon seul fait.

— Ainsi, vous reconnaissez votre culpabilité ?

— Je reconnais avoir agi seul, Très Haut.

— Dites-nous ce que vous avez fait, Horz, que les choses soient claires, insista Boaz.

Le soldat déglutit péniblement. Le jeune Zar vit que sa main tremblait.

— J'ai tué l'Éperon Lazar avec du poison que j'ai volé dans la pharmacie. À l'insu du Fustigeur, j'ai trempé les extrémités du Nid de Vipères dans la potion létale qu'on appelle drezden.

Il se tut. Salméo le bouscula du bout de son orteil, si bien qu'il se remit à parler.

— J'ai obligé le chef des Fustigeurs à abandonner son poste sur une fausse excuse. Je savais que son adjoint, Rah, était malade. Cela ne laissait que l'apprenti, Shaz, dont je savais qu'il ferait un mauvais travail, surtout avec le Serpent. C'est moi qui ai insisté pour qu'il utilise ce fouet.

Horz s'exprimait avec le détachement d'une personne lisant un texte rédigé à l'avance.

— Cela suffit ! ordonna Boaz. Grand maître, laissez-nous un moment. Je souhaite m'entretenir avec Horz seul à seul.

Salméo inclina brièvement son énorme buste, mais Boaz ne manqua pas de noter le regard furieux qu'il lança à l'Elim.

— Regardez-moi, Horz, ordonna le jeune souverain.

L'Elim releva la tête à contrecœur. Boaz contempla ce regard plein de colère et le pli insolent de cette bouche, qui démentaient son ton humble et sa confession. Il n'en fallut pas plus pour que les pièces du puzzle se mettent en place dans la tête de Boaz, qui regretta amèrement de ne pas avoir envoyé un messager chercher Horz afin d'organiser une confrontation avec le grand maître des eunuques, lors de leur précédente entrevue. Brusquement, il se sentit vide.

— C'est bien ce que je pensais, dit-il tristement. Qu'a-t-il donc sur vous, Horz, qui vous pousse ainsi à mentir pour lui ?

Ce ne peut pas être la loyauté, car le crime que vous venez de confesser va certainement à l'encontre de tout ce pour quoi vous vous êtes toujours battu.

Tous les deux savaient ce qu'il voulait dire. Horz prit un moment pour se ressaisir. Quand il parla à nouveau, ce fut d'un ton égal, sans la moindre colère.

— Je ne mens pas, Très Haut. Je suis honorable dans cette confession.

Mais ses yeux disaient le contraire. Boaz avait le cœur brisé, mais les mains liées. De toute évidence, Horz servait de bouc émissaire, mais il avouait le meurtre ouvertement et avec beaucoup de détermination. Lui seul devait donc en supporter les conséquences. Boaz appela Bin et lui dit de faire rentrer Salméo, qui revint d'un air confiant, mais veilla à garder un visage grave en s'inclinant de nouveau.

— Est-ce que tout va bien, mon Zar ?

— Oui, tout est comme vous l'avez décrit, grand maître, répondit Boaz avec condescendance.

Salméo inclina la tête en signe de remerciement. Boaz n'avait plus d'autre choix que de laisser le commandant des Elims tisser ses tristes mensonges.

C'était fini. Salméo devait jubiler intérieurement, même si son visage ne laissait transparaître qu'une immense compassion pour l'homme agenouillé à côté de lui.

— Nous avons besoin pour délivrer la sentence d'un témoin officiel appartenant à mon conseil, annonça Boaz. Bin ?

Le serviteur, qui se trouvait dans un recoin de la salle, s'avança.

— Mon Zar ?

— Va chercher le vizir – et la Valide Zara aussi, je suppose que cela vaut mieux.

Le domestique s'inclina et partit chercher des messagers en urgence. Boaz prit congé, mais sans grande politesse. Il ne supportait plus de regarder Horz ou le grand maître sans avoir envie de leur faire mal à tous les deux pour oser le croire si crédule.

Mais, comme son père n'avait cessé de le lui répéter, la connaissance, c'était le pouvoir. Boaz était conscient de la culpabilité de Salméo, ce que ce dernier comprenait sans doute. Le jeune Zar éprouvait une certaine satisfaction à l'idée que le gros eunuque lui était à présent redevable et risquait de ne plus jamais se sentir aussi à l'aise en sa présence.

Bin fit preuve d'une efficacité remarquable en réussissant à réunir le vizir et la Valide avant le dîner.

Boaz retourna dans son bureau. Horz était toujours à genoux, mais Salméo avait délibérément pris ses distances avec le criminel. Boaz ressentit à nouveau les prémices de la colère devant l'audace du grand maître des eunuques, mais il les étouffa aussitôt, sachant qu'il ne ferait que gaspiller son énergie.

— Mère, Tariq, les salua-t-il.

Tous deux s'inclinèrent. Une fois encore, le jeune souverain fut frappé par la nouvelle posture du vizir. Il paraissait encore plus droit et plus grand qu'il ne l'était à peine quelques heures auparavant. Même son teint semblait moins terreux. Sa mère, en comparaison, avait l'air profondément malheureuse dans ses vêtements sombres sans le moindre ornement. On aurait presque dit qu'elle était en deuil.

Il ne perdit pas de temps en politesses.

— Vous êtes ici pour entendre la sentence de Horz, le commandant des Elims, qui a confessé le meurtre prémédité de l'Éperon Lazar.

Herezah laissa échapper une exclamation étouffée. Peu de choses arrivaient à surprendre la Valide, mais celle-ci en était une. En revanche, Tariq ne souffla mot et cilla à peine, comme si cela ne l'intéressait pas. Mais sans doute en savait-il plus qu'il ne voulait bien le dire.

— Le grand maître des eunuques nous a aidés à obtenir cette confession, ajouta Boaz en guise de menace silencieuse à l'égard de Salméo.

— Si je puis me permettre, mon Zar, intervint le vizir, quel mobile Salméo a-t-il arraché à Horz pour le meurtre de notre Éperon ?

Le ton était tout à fait innocent, mais cela n'empêcha pas Boaz de lancer un regard acéré au vizir. Visiblement, Tariq ne se faisait aucune illusion lui aussi quant au rôle de Horz dans la mort de Lazar.

— Ce n'est pas à moi de répondre, rétorqua l'eunuque. Je laisse à mon Zar le soin de vous l'expliquer.

Boaz récapitula brièvement les faits pour les nouveaux venus.

— À cause de cette fille ! s'exclama Herezah, furieuse à présent. Elle nous a causé plus d'ennuis qu'elle n'en vaut la peine. D'abord son évasion, puis la flagellation de l'Éperon, et voilà maintenant qu'on apprend qu'il a été tué en son nom à elle, à cause de la colère d'un père.

— Mère, je vous en prie, tempéra Boaz.

Mais Herezah ne voulut rien entendre. La douleur qu'elle avait ressentie en apprenant qu'elle ne verrait plus jamais l'Éperon s'était cristallisée au cours des deux dernières heures. L'apitoiement s'était transformé en colère. Comment oublier Joreb qui lui avait recommandé de garder Lazar proche de leur fils ? À présent, elle avait peur pour son petit lion, et surtout pour le statut et le pouvoir qu'elle avait mis si longtemps à obtenir. Toutes ces émotions débordèrent.

— C'est la fille d'un berger, d'un paysan, et nous avons perdu Lazar à cause d'elle !

Il y avait là trop d'émotions latentes au goût de Boaz. Ce que les personnes présentes ressentaient avait peu de choses à voir avec le chagrin causé par le meurtre d'un personnage important et apprécié.

— Silence ! exigea Boaz avec plus de sévérité qu'il ne le souhaitait. Bin, tu vas écrire ce que je vais dicter et nommer la Valide Zara, le vizir Tariq et le grand maître des eunuques Salméo comme témoins.

Bin acquiesça en se préparant à noter les détails.

— Horz, relevez-vous, je vous prie. (Le soldat de haute taille se redressa enfin.) Vous avez confessé le meurtre de l'Éperon Lazar. Vous serez donc conduit à la Fosse du palais pour y attendre votre exécution. Vous êtes considéré comme un traître à Percheron et recevrez en conséquence le châtiment approprié.

Il jeta un coup d'œil à Bin, qui leva la tête d'un air interrogateur.

— Horz, vous subirez le supplice du pal demain lorsque sonnera la cloche de midi, annonça brutalement Boaz. En attendant, vous ne recevrez ni eau ni nourriture, ni aucune visite. Vous n'avez pas le droit de parler aux Elims, ni à aucun membre de votre famille. Vous avez trahi votre Zar et votre patrie. Voilà pourquoi votre cadavre pourrira sur le pal, en guise d'avertissement pour tous ceux qui voudraient me trahir.

Boaz avait du mal à croire que cette voix véhémente était bien la sienne, mais la douleur qu'il put lire sur le visage de Horz faillit le faire flancher. Il savait combien ses paroles blessaient cet homme qui n'avait jamais fait du tort à son Zar.

Il veillerait discrètement à ce que Horz touche une forme de rétribution mais, malheureusement, pas dans cette vie. Il lui faudrait savourer sa satisfaction dans le royaume de Zarab.

— Hors de ma vue, ajouta Boaz. Puisse Zarab vous offrir le sanctuaire que votre Zar ne peut vous donner.

Il savait que Horz comprendrait le message contenu dans ces paroles de regret.

# Chapitre 25

En entendant du bruit, elle se retourna et se leva de sa chaise.

— Oh ! c'est toi.

— Tu savais que j'allais venir, Zafira.

— Puis-je t'offrir quelque chose ?

— Uniquement des informations, cette fois-ci. Je ne peux pas rester.

— Assieds-toi au moins, Pez, tu me rends nerveuse.

— Aurais-tu des raisons de l'être ? demanda-t-il en voyant comme elle essuyait ses mains sur sa robe.

— Pourquoi me demandes-tu une chose pareille ?

— Parce que, jusqu'ici, je t'avais toujours vue parfaitement détendue en ma présence.

— Assieds-toi, Pez. Ces derniers jours ont été difficiles, soupira-t-elle.

— Je veux bien le croire, répondit le nain en prenant la seule chaise confortable de la pièce.

Zafira prit place pour sa part sur l'une des chaises rigides, à dossier droit, qui entouraient sa table.

— Tu veux savoir qui est Ellyana.

— J'ai donné ma parole à Jumo.

— Je t'en prie, Pez, je ne peux pas répondre à d'autres questions.

— Pourquoi, Zafira ? De quoi as-tu peur ?

— Toi aussi, tu aurais peur si tu savais, gémit-elle en se retournant pour lui faire face.

Malgré l'angoisse, elle s'étonna une fois de plus de la ressemblance du nain avec un oiseau. Elle reconnaissait lequel, désormais, et fut surprise qu'il lui ait fallu si longtemps pour comprendre.

— Si je savais quoi ? demanda-t-il.

— Pourquoi on m'a demandé de te donner ça, répondit-elle calmement, en sortant de sa robe une statuette dorée qu'elle lui tendit d'une main tremblante.

Pez fronça les sourcils. Comment Zafira pouvait-elle savoir qu'il s'agissait là de la raison de sa visite ?

— Un hibou ? Il ne m'appartient pas.

— Si. Il t'a toujours appartenu. Il faut juste qu'il te retrouve à chaque fois.

— J'aimerais bien savoir de quoi tu parles, Zafira, avoua Pez en secouant la tête.

— Cette statuette a été donnée à Ana, dans le bazar, avant qu'elle n'entre officiellement au palais. Celle-ci a demandé à Lazar de la garder, car elle savait qu'on ne l'autoriserait pas à la conserver dans le harem. Elle lui a dit que ce serait un souvenir d'elle. Elle ne s'attendait pas à le revoir.

— Elle avait tort.

Pez ne voulait pas avoir l'air irascible, mais il avait peur et il était énervé. Zafira hocha la tête.

— Lazar a gardé le hibou. Il avait l'intention de veiller sur lui, comme Ana le lui avait demandé, mais, sur l'île…

La voix de Zafira vacilla. Pez songea qu'il lui faudrait analyser cette réaction plus tard.

— Oui ? l'encouragea-t-il.

— Il a essayé de le donner à Ellyana.

— Parce qu'il se savait mourant ?

Zafira haussa les épaules. Pez essaya de ne pas montrer combien cela l'agaçait.

— Tu vas me dire qu'elle a refusé.

— Oui. D'après Ellyana, le hibou voyage lui-même vers celui qu'il cherche. Elle a dit à Lazar qu'Ana avait choisi à qui le transmettre et qu'il devait faire ce choix lui aussi, à présent. Elle a ajouté que l'oiseau devait aller de l'avant, jamais en arrière.

— Je vois. Comment Lazar était-il censé choisir le prochain destinataire ?

— Ellyana lui a dit que son cœur le lui dirait, qu'il devait suivre son instinct.

— Lazar m'a choisi, devina Pez.

Zafira acquiesça en soutenant son regard.

— J'ignore pourquoi, reprit le nain. Je ne l'avais encore jamais vu et je préférerais ne pas garder sur moi quelque chose qui a autant de valeur.

— Pez, laisse-moi te dire qui cette statuette représente, demanda la prêtresse d'une voix dure.

Il ne voulait pas écouter ce qu'elle avait à lui raconter. Des cloches sonnèrent l'alarme dans son esprit et son cœur se mit à battre plus vite pour lui donner envie de fuir. Mais il était prisonnier de ce fauteuil comme si tout le poids du monde l'écrasait sur les coussins. Lui aussi savait qui était ce hibou.

— Voici Iridor. Il t'appartient.

Comme hypnotisé ou victime de cette espèce de transe qu'il avait vu Yozem induire chez des gens crédules, Pez tendit la main. Tout son être lui hurlait de refuser la statuette. Avec effroi, il vit étinceler les joyaux rouges qui servaient d'yeux au hibou. Ils semblaient briller d'un feu intérieur.

*Accepte-moi, Pez*, dit une voix dans son esprit. Qu'elle soit imaginaire ou pas, il répondit à son appel, prit le hibou dans sa paume et referma les doigts autour de sa chaleur brûlante.

Puis il disparut.

Il était dans le désert et pouvait entendre sa propre respiration paniquée. Mais il ne voyait rien, car il faisait nuit, et l'on aurait dit que le samazen soufflait tout autour de lui. Il n'avait pas peur, cependant. Curieusement, la chaleur qui brûlait en lui le rassurait.

*Que s'est-il passé ?* Il se sentit un peu bête en appelant le nom de Zafira, mais le sable qui semblait tourbillonner autour de lui brisa le son de sa voix et l'emporta au loin.

Il n'y avait rien d'autre à faire qu'exister, à cet endroit. Il ne savait pas s'il était encore assis ou s'il se tenait debout. Il n'osait pas bouger de peur de tomber. Peut-être se trouvait-il au bord d'un précipice ou au sommet d'une grande dune. De plus, la peur mise à part, il n'avait aucune envie de faire le moindre mouvement. Il se sentait étrangement en sécurité au milieu du fracas du samazen, avec un feu qui brûlait à l'intérieur de lui. Très vite, malgré tout, le bruit du vent et du sable s'éteignit. Il avait cru que des nuages couvraient la lune, mais ils n'étaient plus là. Peut-être n'y en avait-il jamais eu. Le grand disque d'argent, de toute beauté, était bas sur l'horizon et illuminait le ciel nocturne où des millions d'étoiles scintillaient. Pez laissa échapper un long soupir de plaisir. Il ne savait pas où il était mais il aurait aimé rester là.

— *Pez.*

— *Iridor ?* répondit-il instinctivement.

— *Merci de me reconnaître.*

— *Pourquoi suis-je ici ?*

— *Pour mener son combat encore une fois.*

— *Celui de la Déesse ?*

Il s'imagina que l'entité à qui cette voix appartenait venait d'acquiescer.

— *Lyana se prépare pour la guerre, mais le Messager doit se réincarner le premier.*

— *Suis-je le Messager ?*

— *Oui.*

— *Je ne comprends pas.*

— *Tu as été choisi, Pez, comme d'autres l'ont été avant toi.*

— *Quel est mon rôle ?*

— *Tu dois offrir tes sages conseils à ceux qui protègent et nourrissent Lyana. Tu es leur ami. Tu es leurs yeux et leurs oreilles, ainsi que les siens. Tu lui diras ce qu'elle a besoin de savoir.*

— *Mais c'est toi, Iridor, ce n'est pas moi.*

*— Nous ne faisons qu'un.*

*— Comment est-ce possible ?*

*— Parce que tu as été choisi. Libère-moi de la statuette. Laisse nos esprits s'unir.*

*— Comment ?*

*— Tu m'as déjà ouvert ton esprit. Maintenant, ouvre-moi ton cœur. Je suis ton ami, pas ton ennemi. Je ne te ferai jamais de mal, pas plus qu'à ceux que tu aimes. Mais, ensemble, nous sommes des guerriers dans ce combat.*

*— Contre Maliz ?*

*— Oui.*

*— A-t-il commencé à chercher un corps ?* demanda Pez, surpris de se rappeler la légende.

*— Oui, c'est fait, mais il ne sait pas qui est Iridor pour ce combat.*

*— Comment saurons-nous qui il est ?*

*— Tu le découvriras, comme lui apprendra qui tu es.*

Le sujet de leur discussion lui parut trop vaste, tout à coup. Cela le submergea.

*— Es-tu sûr que c'est bien moi ? Tu peux me voir, n'est-ce pas ? Je ne suis qu'un nain hideux, un prétendu demeuré ! Que puis-je bien accomplir, comment puis-je… ?*

*— Chut, Pez*, l'apaisa la voix. *Tu es né ainsi pour pouvoir être Iridor. Tu as appris très tôt à dissimuler ta vraie nature. Tu connais tes capacités depuis ton plus jeune âge… et tu les as bien cachées. Accepte-moi entièrement, Pez.*

*— Est-ce là mon nom ?*

*— Ton nom terrestre, oui. Ton nom céleste a toujours été Iridor, et ceux qui vénèrent la Mère ne voient que ta beauté.*

En entendant cela, Pez crut qu'il allait pleurer, mais il n'en était pas sûr. La voix qui lui parlait était si douce, elle n'exigeait rien. Elle lui demandait simplement de prendre part au combat pour utiliser les dons qu'il avait reçus.

*— Est-ce que j'appartiens à Lyana ?*

*— Bien sûr, tu lui as toujours appartenu. Elle t'aime, et tu es son plus proche ami.*

Les mots apaisants, la voix douce et la chaleur dans tout son être lui disaient d'accepter cette mission spéciale.

— *Je ne lui ferai pas défaut.*

— *Comme toujours. Quand tu t'éveilleras, nous ne ferons qu'un, mais tu ne peux accéder pleinement à tes pouvoirs tout de suite, ce serait trop tôt. En attendant, tu auras des questions. Écoute attentivement ceux qui peuvent t'aider.*

Sur ce, la nuit du désert explosa en un feu argenté.

Le nain aspira une grande goulée d'air et s'aperçut que Zafira était penchée sur lui, l'inquiétude gravée sur le visage.

— Pez !

— Qu'est-ce qui s'est passé ? demanda-t-il, surtout parce qu'il était choqué de la découvrir si proche de lui et si inquiète.

— À toi de me le dire. Nous discutions et, tout à coup, tu es devenu silencieux et tout rigide dans ton fauteuil. Je ne pouvais plus t'atteindre. Je te parlais et je te secouais, mais tu étais comme la statuette que tu serrais si fort dans ton poing.

Pez vit qu'il avait les jointures toutes blanches ; il ouvrit lentement la main et découvrit un hibou argenté dont les joyaux n'étaient plus rouges. Ils étaient jaunes, à présent, comme si tout l'or avait été absorbé à l'intérieur. Pez s'aperçut qu'ils avaient la couleur de ses propres yeux, ces étranges iris jaunâtres qui avaient toujours fasciné et repoussé les gens.

Zafira laissa échapper une exclamation.

— Que vous est-il arrivé, à toi et à cette statuette ?

— Je ne sais pas comment c'est arrivé, répondit-il en toute sincérité. J'ai eu… l'impression de voyager.

— Quand ? À l'instant, quand tu étais comme de la pierre ?

Il hocha la tête.

— Je ne me rappelle pas ce qui s'est passé, ajouta-t-il en décidant de mentir.

Il n'était pas prêt à partager ses secrets avec Zafira, d'autant qu'il se rendait brusquement compte que son esprit abritait désormais un ancien savoir. Il ne pouvait y accéder encore, car il était en dormance, ainsi qu'Iridor le lui avait appris. Il se demanda quand l'heure viendrait de l'utiliser.

Zafira continuait à parler avec angoisse.

— Tu m'as appelée, mais ensuite, j'ai eu l'impression de t'avoir perdu.

Pez ne répondit pas. Il tremblait.

— Je ne me souviens de rien, répéta-t-il en se demandant si Zafira avait l'air aussi choquée qu'il l'était lui-même. Je me souviens de ce que tu m'as dit, par contre. J'ai quelques questions.

— Pose-les, répondit-elle sans que son inquiétude semble se dissiper.

— La vieille femme dans le bazar, celle qui a donné le hibou à Ana…

La prêtresse savait ce qu'il allait demander.

— Oui, c'était Ellyana.

— C'était aussi ma porteballe.

— Je sais.

— Elle est donc délibérément venue à moi, puis elle est allée au-devant d'Ana et de Lazar. Pourquoi ne pas m'avoir donné le hibou lors de notre première rencontre ?

— Pez, je n'en sais pas autant que tu as l'air de le penser, mais je suppose qu'Ellyana a été attirée vers vous tous, comme elle l'a été vers moi. Quelque chose l'y a poussée, si tu préfères. Le hibou trouve son propriétaire, comme je te l'ai expliqué. Lorsque Ana s'est approchée d'elle, Ellyana s'est rendu compte que c'était la jeune fille qu'elle cherchait. En ce qui concerne Lazar, je ne suis sûre de rien. Il pourrait n'avoir été qu'une personne qui passait par là.

— Mais alors, pourquoi essayer de lui sauver la vie ? rétorqua Pez. Ça n'est pas logique.

— Par compassion ?

— Ne me prends pas pour un imbécile, Zafira, renifla-t-il. Je ne dis pas qu'Ellyana est cruelle, mais elle a visiblement un objectif très précis, quel qu'il soit. Cet objectif nous concerne, Ana et moi, ainsi que toi et Lazar, je dirais. L'arrivée d'Ellyana au temple n'avait rien d'une coïncidence, tout comme sa décision d'aider Lazar n'avait rien d'un coup de tête. Elle voulait lui sauver la vie, elle en avait besoin. Il est aussi impliqué que le reste d'entre nous. Mais elle l'a perdu. C'est là que tout s'effondre. Comment a-t-elle réagi à sa mort ? Ça a dû lui faire un choc.

Zafira haussa les épaules d'un air embarrassé.

— J'étais trop occupée pour y prêter attention. De plus, ce n'est pas comme si nous avions eu beaucoup de moyens de contrer ce poison.

— Oui, mais souviens-toi comme elle était calme dans le temple. Elle a même dit qu'elle aurait dû deviner qu'une chose pareille allait se produire. Elle semblait perturbée, mais pas terrifiée, contrairement à nous, comme si elle savait quelque chose que nous ignorions. Malgré tout, il est mort. (Il secoua la tête.) Ce n'est pas logique. Tu ne lui as donc pas parlé ? N'as-tu pas trouvé étrange qu'elle apparaisse juste à ce moment-là ?

— Si, Pez, mais je n'ai pas ta curiosité. Depuis l'arrivée d'Ellyana dans le temple, je suis moins perturbée. C'est une prêtresse, comme moi, et sa présence m'a apaisée. Je suis heureuse de ne plus remettre mon existence en question.

— Qu'a-t-elle donc dit pour apaiser ton angoisse ?

— Que nous sommes sœurs et que j'ai déjà rendu service à la Mère.

— Ça ne peut pas être tout, fit remarquer Pez.

Elle hésita.

— Dis-moi, insista-t-il.

— Elle a dit que Lyana allait revenir. Elle le savait parce que Iridor est en train de se réincarner. Ellyana m'a assuré que mon travail ne faisait que commencer et que mon aide serait précieuse à Lyana pour la bataille à venir.

Pez ne savait quoi lui répondre. C'était aussi perturbant pour lui d'entendre cela que pour Zafira de le lui confier. Ils étaient donc tous les deux impliqués dans la résurrection de la Mère. Ils se dévisagèrent, impuissants.

— Je suis Iridor, avoua-t-il enfin.

Il ne voulait toujours pas y croire. Il n'y arrivait pas, en vérité.

— Oui, à mon avis, c'est ce qu'Ellyana voulait te faire comprendre. Voilà pourquoi elle a donné la statuette à Ana, je présume, en espérant qu'elle trouverait son chemin jusqu'à toi, dans le harem. Mais Ana l'a donnée à Lazar...

— Et malgré tout, le hibou est venu à moi, conclut-il à sa place. (Pez se redressa et prit la main de Zafira.) Mais comment savoir si c'est bien la vérité ? demanda-t-il d'une voix suppliante. Comment pouvons-nous accepter que je suis ce... ce... ?

Il fut incapable de le dire.

— ... Ce demi-dieu ?

Il hocha la tête.

— Dis-moi ce que tu sais d'Iridor, l'encouragea-t-elle.

Il se renfonça dans son siège d'un air abattu.

— Très peu de choses. C'est un hibou, apparemment.

— Il se cache, ajouta Zafira, qui semblait passionnée, tout à coup. Il écoute, il rassemble des informations et il peut prendre la forme d'un hibou blanc argenté à volonté.

Il esquissa un sourire forcé.

— Je remplis les trois premières conditions, mais certainement pas la dernière. Je te le demande, Zafira, est-ce que j'ai l'air d'un oiseau ? demanda-t-il d'une voix amusée.

— En fait, oui, répondit-elle, à sa plus grande surprise.

— Un oiseau blanc argenté ? protesta-t-il en reniflant avec dérision.

— Viens avec moi, Pez, dit-elle doucement.

— Où ?

— Là-bas.

Elle désigna un petit bureau sur lequel se trouvaient son peigne et sa brosse, sa chaîne avec la Croix de Vie et quelques autres objets, parmi lesquels un joli miroir à main en argent ouvragé. Elle le lui tendit.

— Regarde-toi.

Pez obéit. Il lui prit le miroir et contempla son reflet d'un air horrifié. Il ne l'avait jamais aimé, même dans les meilleurs moments, mais ce qu'il vit le laissa bouche bée.

— Mes cheveux sont devenus tout blancs !

# Chapitre 26

Quand Ana se réveilla le lendemain matin, Pez était de nouveau à son chevet. Il portait un bonnet en tricot aux couleurs criardes ; plaqué sur sa tête carrée, ce couvre-chef le rendait plus ridicule encore, surtout avec les vêtements multicolores qu'il arborait.

— Aimes-tu ma nouvelle tenue ? demanda-t-il.

— On ne risque pas de te perdre, répondit-elle avec un pâle sourire.

Puis ils se regardèrent tristement pendant quelques instants. Pez lui prit la main.

— Est-ce vrai ? demanda la jeune fille en plongeant son regard dans les étranges yeux jaunes de son ami. Ce n'est pas juste un mauvais rêve ?

— Lazar est mort, répondit-il aussi gentiment que possible.

Ces mots lui restaient encore en travers de la gorge. Il avait l'impression d'énoncer un mensonge, sans doute parce qu'il n'était pas encore prêt à y croire.

— Jumo a pris un bateau hier pour retrouver sa famille, ajouta-t-il. Et demain, Horz va payer de sa vie le meurtre de l'Éperon.

— Horz ? s'exclama-t-elle en se redressant, parfaitement réveillée à présent. Mais il n'a rien fait !

Pez haussa les épaules.

— Personne ne connaît la vérité, enfant. Il a confessé le meurtre au Zar, devant témoins.

— Alors, on l'aura forcé à dire un mensonge.

— Je suis certain que le Zar en est conscient, mais on ne peut rien y faire. De toute façon, ce n'est pas quelque chose qui devrait t'affecter.

— La mort d'un oncle ? rétorqua-t-elle durement. Pas étonnant que Boaz m'ait demandé de confirmer notre lien de parenté.

— Appelle-le le Zar, Ana. Il est important de garder profil bas, maintenant. Serais-tu en train de me dire que Horz et toi êtes parents ?

Elle hocha la tête. Elle lui était reconnaissante de cette remontrance.

— Je te promets de faire attention. (Puis ses yeux s'emplirent de larmes.) Oui, Horz est le frère de mon père, mais nous avons gardé le secret. (Elle haussa les épaules.) Aucun de nous n'a dit quoi que ce soit quand nous nous sommes vus dans la salle du Choix et nous avons continué ainsi. Pez, je ne suis pas sûre d'avoir encore envie de vivre. Mon existence s'étire devant moi. Elle me semble longue et vaine dans le harem. En plus, Lazar est mort à cause de moi…

Elle ne réussit pas à terminer sa phrase. Pez lui tendit un mouchoir en soie à pois.

— Essuie tes larmes, Ana, et enfouis cette blessure, je t'en supplie. Personne ne se soucie de toi dans ce harem, à part moi. Je te protégerai, comme je l'avais promis à Lazar. Mais il n'est plus là, et tu ne l'aurais pas revu de toute façon, même s'il avait vécu. On ne t'aurait pas autorisée à rencontrer quiconque en dehors des membres du harem ou du Zar. Tu dois l'accepter et chasser Lazar de ton esprit.

Elle le regarda comme s'il parlait une autre langue.

— Le chasser de mon esprit ? Comment peux-tu me demander ça ? Je l'aimais, ajouta-t-elle d'un ton farouche.

Cet aveu ne surprit pas le nain. Mais il jeta un coup d'œil à la ronde en lui faisant signe de se taire.

— Moi aussi, mon enfant. Peu importe s'il ne s'agissait pas de la même forme d'amour. Il va me manquer, comme à Boaz, comme à Jumo, mais nous devons continuer à vivre sans lui. Tu dois t'élever au-dessus de ta douleur et te forger une nouvelle vie, car on ne t'aurait jamais permis de l'aimer, sauf comme un lointain souvenir. Je parie que tu as déjà attiré l'attention du Zar, cela devrait suffire à te redonner espoir.

— L'espoir de devenir sa concubine, tu veux dire ? D'obéir à ses moindres caprices, de satisfaire tous ses besoins sexuels ?

Pez fit claquer sa langue d'un air de reproche.

— Tu vois les choses en noir. Donne une chance au jeune Zar. Tu pourrais être surprise. Il n'est pas obsédé par le plaisir charnel. Il est plutôt du genre érudit, et de charmante compagnie qui plus est. Je pensais pour toi à un statut qui va au-delà de celui de concubine, odalisque Ana. Je ne vois pas pourquoi tu ne deviendrais pas une épouse, voire la favorite absolue.

— Ça ne change rien, Pez, répondit-elle d'un air morose. Je reste une prisonnière.

— Seulement dans ton esprit. Le Zar parle de changements. Il prévoit un pique-nique pour les filles – et ce n'est que le début.

— Tu veux dire que je peux amener des changements à travers lui ?

— Brave fille, lui répondit-il en souriant. Regarde vers l'avant, Ana. Fais comme si Lazar n'était pas mort. Dis-toi simplement que tu ne le verras plus. C'est ce qu'ils t'auraient fait de toute façon. Le temps guérira cette douleur dans ton cœur, je te le promets. Forge ton propre destin, mon enfant.

Ces paroles éveillaient en elle un nouvel espoir.

— Est-ce qu'on t'a déjà dit que tu ressemblais à un oiseau ? demanda-t-elle brusquement.

Elle ne put s'empêcher d'éprouver un certain amusement en voyant la surprise se peindre sur son visage.

Ce soir-là, pour oublier un peu les désagréables événements de la veille, Boaz choisit de dîner dans la petite pièce qui jouxtait son bureau. C'était une salle à manger que son père avait fait aménager quelques années plus tôt afin de pouvoir prendre un repas en privé au cours d'une journée de travail.

Elle était entièrement décorée de mosaïques. Chaque centimètre de mur était recouvert de carrés de céramique joliment vernissés qui portaient tous un fruit. Il s'agissait d'un motif assez audacieux pour l'époque, et il le restait encore. Pourtant, c'était l'un des endroits préférés de Boaz dans tout le palais. Il aimait que cette pièce soit à lui, même s'il ne l'admirait pas autant que d'habitude.

Il grignotait distraitement le repas que Bin lui avait personnellement servi. Intuitif, le serviteur avait deviné que la dernière chose dont le Zar avait envie, c'était d'une armée de domestiques aux petits soins pour lui, prêts à satisfaire ses moindres exigences.

Il avait vu juste, bien entendu. Une fois de plus, Boaz lui était reconnaissant de savoir anticiper ses besoins. Il ne cessait de repenser aux aveux de Horz tout en mangeant de l'agneau rôti avec une sauce relevée, à base d'ail et de yoghourt. Ce plat délicieux avait été préparé spécialement pour lui dans les cuisines privées de la famille royale, mais il n'en appréciait pas la saveur, ni même celle des grosses figues bien mûres ramassées le jour même. Cependant, Bin ferait son devoir en disant aux cuisiniers du Zar que celui-ci s'était régalé. Ils travaillaient dur pour flatter le palais du jeune homme, même si ce dernier n'était pas encore très aventureux côté nourriture. Il allait devoir développer des goûts sophistiqués afin de pouvoir recevoir ou être reçu avec faste.

Le travail en cuisine ne s'arrêtait jamais. Les feux étaient attisés à chaque heure de la journée pour préparer des centaines de repas pour les innombrables habitants du palais. Le lieu lui-même occupait une aile tout entière ; une dizaine d'immenses cheminées recrachaient de la fumée toute la journée et toute la nuit dans des pièces séparées reliées par de petits corridors. Le harem était normalement servi par trois de ces cuisines, dont l'une était exclusivement dédiée à la

Valide Zara et aux épouses. Celle-là ne fonctionnait pas encore à plein régime, bien entendu, puisque le harem venait juste d'être rempli, mais cela ne tarderait pas. Huit autres cuisines nourrissaient les dignitaires, les soldats, les Elims et toutes les autres personnes rattachées au palais. La dernière occupait seule une partie du bâtiment, sans communiquer avec les autres. Elle était réservée aux repas du Zar et disposait de son propre potager et même d'un verger. Aucune nourriture en provenance des autres cuisines n'y entrait jamais. Le personnel était trié sur le volet et méticuleusement éduqué, pas seulement à la cuisine, mais aussi en matière de discrétion et de règles de sécurité. Bin était conscient qu'il fallait maintenir de bonnes relations avec les cuisiniers ; ainsi, ces derniers se mettaient toujours en quatre pour satisfaire leur Zar. Ils restaient constamment vigilants et ne permettaient jamais aux étrangers d'avoir accès à sa nourriture. Ce dernier point était de la plus haute importance.

Bin s'adressa au jeune Zar en entrant pour remplir de nouveau son verre.

— Mon Zar, le vizir a fait une suggestion qui a un certain mérite, je trouve. Peut-être me permettrez-vous de vous en faire part ?

— Ah oui ? Que suggère-t-il donc ?

— Eh bien, mon Zar, le vizir Tariq n'oublie pas que, sans l'Éperon, notre sécurité est compromise. Jusqu'à ce que nous trouvions un remplaçant digne de ce nom...

— Aucun ne lui arrive à la cheville, l'interrompit Boaz. Il n'y a pas de remplaçant du tout, en fait. Je ne suis pas prêt à accepter sa mort et je n'ai donc aucune intention de nommer un autre homme à son poste.

— Bien sûr, Très Haut. Mais, en l'absence d'un Éperon, le vizir Tariq aimerait instaurer une garde permanente autour de votre cuisine. Il estime qu'il s'agit d'un aspect fondamental de la sécurité du palais. Tout ce qui a trait à votre personne est vérifié, et plutôt trois fois qu'une. Or nul endroit n'est plus vulnérable que celui où l'on prépare vos repas.

Boaz était surpris. Cela ne ressemblait pas à Tariq de se faire du souci pour lui. Jusque-là, il l'avait traité avec un mépris à peine voilé quand il n'était que prince. Même après la mort de son père, le vizir était resté condescendant.

— Quand a-t-il fait cette suggestion ?

— La nuit dernière, mon Zar.

— Qui devrait s'en charger, d'après lui ?

— Il pense que personne n'est plus digne de confiance que les Elims. D'après lui, la Valide devrait sélectionner l'équipe. Elle connaît tous les gradés.

— Il pense aux Elims alors même que l'un des leurs s'est avéré être un traître ?

Bin ne répondit pas. Mais Boaz voyait bien que le domestique et sans doute le vizir croyaient à la trahison de Horz au moins autant que lorsque Pez, un jour, leur avait dit qu'il savait voler.

— J'aimerais voir le vizir.

— Je vais le convoquer immédiatement.

Le vizir Tariq fut annoncé et entra sans les innombrables courbettes auxquelles il avait habitué Boaz.

— Mon Zar, dit-il avec douceur.

Il posa la main sur ses lèvres puis sur son cœur en inclinant gracieusement le buste.

Boaz remarqua tout de suite que le vizir était vêtu de couleurs sombres, ce qui était déjà inhabituel en soi. Mais il fut plus surpris encore de constater qu'il n'y avait plus ni clochettes tintinnabulantes ni joyaux étincelants dans la barbe de son ministre. D'ailleurs, celle-ci n'était plus fourchue et se terminait en une tresse bien nette. Décidément, les goûts ostentatoires de Tariq s'effaçaient sous ses yeux. Il ne put s'empêcher d'ailleurs de l'évoquer.

— Vizir Tariq, allez-vous bien ?

— Très bien, merci, Très Haut, répondit le ministre en se redressant.

— Non, je veux dire, vous ne semblez pas tout à fait… euh, vous-même.

— Comme c'est curieux, mon Zar. Votre mère suggérait la même chose hier seulement.

— Aucun problème ?

— Absolument aucun. Je ne crois pas m'être jamais senti aussi bien.

— Tant mieux, répondit le Zar, ne sachant pas trop quoi dire d'autre. Joignez-vous à moi, je vous prie, ajouta-t-il en désignant un long coussin sur le sol en face de lui.

— C'est une pièce merveilleuse, commenta Tariq. Votre père avait un goût exquis pour les arts.

— Oui. Je regrette qu'il ait fait tant d'efforts pour le cacher.

— Je ne suis pas sûr qu'il l'ait fait. Il suffit de regarder cette salle, dit-il avec un geste de la main. Elle est tellement en avance sur son époque ! N'oublions pas non plus les extensions qu'il a ajoutées au palais : chacune a superbement rehaussé la beauté de l'édifice, mais en pavant la voie vers l'avenir plutôt qu'en restant tournée vers sa gloire passée. Ses épouses, en particulier votre mère, furent choisies non seulement pour leur physique exquis, mais aussi pour leur intelligence. Quelques qu'aient pu être ses désirs concernant les personnes avec qui il passait son temps, là encore, le Zar Joreb était tourné vers l'avenir. Il voulait des héritiers dotés d'un esprit souple et rusé.

Boaz n'avait jamais entendu le vizir faire une telle remarque depuis tant d'années qu'il le connaissait. Tariq était normalement du genre à être d'accord avec les pouvoirs en place.

Mais le vizir n'en avait pas terminé.

— Sa foi en son propre jugement s'est vérifiée à travers vous, mon Zar, si je puis me permettre. D'après ce que je sais de vous, vous êtes le très bon mélange des meilleures qualités de vos deux parents.

— Oh, vraiment ? répondit Boaz, amusé. Qu'ai-je donc hérité de ma mère ?

Il pensait que le vizir allait à présent le couvrir de louanges, comme il le faisait d'ordinaire, mais il était curieux de savoir comment il allait répondre à cette question.

— Son physique, de toute évidence, répondit Tariq avec désinvolture. Mais, d'après ce que je vois, depuis que vous assumez votre nouveau rôle, vous montrez que vous avez également hérité de son intuition. C'est une qualité admirable.

Modéré, direct, bref. Boaz n'en revenait pas.

— Et de mon père ?

— Ma foi, votre père était effectivement rusé. Je reconnais que son intérêt pour ceux qui l'entouraient a quelque peu faibli vers la fin de son règne, mais on se souviendra longtemps de ses décisions incisives. Joreb – que Zarab le garde – n'était pas du genre à éluder ses responsabilités. Bonnes ou mauvaises, il prenait ses décisions rapidement. Vous avez fait preuve du même courage hier, mon Zar, si je puis me permettre. C'était une situation très difficile, qu'aucun d'entre nous n'aurait aimé avoir à affronter. Toutes les personnes présentes n'ont pu être qu'impressionnées par votre sang-froid et votre capacité à rendre le plus dur des jugements. C'est facile d'envoyer un homme à la mort quand on n'a pas de conscience.

Là, c'était dit. Boaz dut ravaler son envie de répondre que, clairement, Horz mentait et endossait la responsabilité d'un crime odieux qu'il n'avait pas commis.

— Malgré tout, cela pèse lourdement sur ma conscience, expliqua-t-il en veillant à ne pas s'impliquer dans un sens ou dans l'autre.

Il vit une lueur s'allumer brièvement dans les yeux du vizir, comme si l'homme applaudissait sa prudence.

— Si cela peut vous aider, vous avez pris la bonne décision, mon Zar.

— Je ne cesse de me poser la question, avoua Boaz en dépit de la méfiance que lui inspirait le ministre.

— C'est normal. Le contraire serait étonnant. Bien entendu, toute cette affaire autour de la mort de l'Éperon est très étrange, vous ne trouvez pas, mon Zar ?

Tariq retournait le couteau dans la plaie. Boaz se sentait impuissant à masquer ses propres sentiments alors que le vizir faisait preuve d'une telle honnêteté.

— Je ne connaîtrai pas le repos tant que je ne saurai pas la vérité, confirma-t-il, heureux de ne pas avoir perdu son sang-froid face à une question aussi brutale.

— Ainsi, vous doutez de la culpabilité de Horz ?

— Comment le pourrais-je ? Il est passé aux aveux.

Le vizir ne répondit pas, mais son regard inquisiteur en disait long.

— Je pense que la vérité ne se limite pas à ce que nous avons découvert, répondit Boaz avec plus de sincérité. Je vais donc m'appliquer à chercher à ma façon et à mon rythme. Pour l'heure, le peuple sera content que justice ait été faite.

— Bravo, mon Zar. C'est un raisonnement très pragmatique.

Pour la toute première fois, Boaz se sentit fier d'être ainsi complimenté par le vizir.

— Puis-je vous offrir un peu de zerra, Tariq ?

Ce dernier sourit intérieurement.

— J'en serai ravi, Très Haut, merci.

Bin, qui attendait tranquillement dans un coin de la pièce uniquement éclairée par deux lampes à huile, sortit de l'ombre afin de remplir un verre pour le vizir.

— Merci, mon Zar.

Il but une gorgée avec une expression de plaisir qui prouvait la qualité du zerra.

— J'aimerais effectuer quelques changements. Si vous m'y autorisez, j'aimerais que votre cuisine soit constamment surveillée par les Elims.

— Bin m'en a parlé. Est-ce vraiment nécessaire ?

— Je ne vous le proposerais pas si je ne jugeais pas cela important, mon Zar, répondit Tariq.

Il se rendit compte un peu tard qu'une telle affirmation était en contradiction avec le comportement de l'ancien vizir. Cette impression fut d'ailleurs confirmée par le rictus narquois que le Zar ne put retenir.

— Est-ce que je vous amuse ? demanda-t-il en sachant parfaitement que c'était le cas.

— Pardonnez-moi, Tariq. Quel que soit le changement qui est intervenu chez vous, je veux juste que vous sachiez que j'apprécie notre conversation. Êtes-vous conscient de la différence que j'observe chez vous ?

— Mon Zar, puis-je être franc ?

— Je vous en prie.

— Je respectais énormément votre père, mais cela servait mieux mes objectifs de me comporter comme je le faisais alors, expliqua-t-il après avoir bu une nouvelle gorgée. Je ne peux l'expliquer plus clairement. Votre père était adulte lorsqu'il est monté sur le trône. Il avait déjà ses habitudes et beaucoup d'expérience. Je venais juste d'être nommé et j'ai dû assumer discrètement mon rôle en me liant avec les bonnes personnes pour gagner leur confiance. Tout cela a pris des années.

Boaz ne put se retenir.

— Tariq, mon père ne vous respectait pas beaucoup. Je sais qu'il ne vous aimait pas, ajouta-t-il plus brutalement qu'il n'en avait l'intention.

— Croyez-vous que je ne le savais pas ?

— Je dois avouer que je me pose la question quand je repense à certaines de vos… affectations, dirons-nous.

Tariq intriguait Boaz, principalement parce qu'il avait passé toute sa vie à l'ignorer, car il ne l'aimait guère. Mais voilà que son calme et ses commentaires judicieux l'impressionnaient malgré lui.

— Il ne s'agissait que de cela, Très Haut, de simples affectations. Elles m'aidaient à disparaître… vous ne le voyez donc pas ?

— Franchement, non.

— Quelque fois, Zar Boaz, les gens se montrent d'une certaine façon dans l'intention délibérée de masquer leur vraie nature.

— Pourquoi ?

— Pour se défendre. Rester invisible. Le paon que vous avez connu, vous ne voyiez que cela. Vous n'avez jamais su que derrière cette façade se cachait un esprit fin.

— Et modeste avec ça, répliqua Boaz.

Tariq haussa les épaules et but une nouvelle gorgée de zerra en souriant.

— Je ne fais que vous expliquer les choses.

— C'était donc de la comédie ?

— Le mot est peut-être un peu fort. Je me suis toujours appliqué dans mon travail et je suis certain que votre père ne s'en est jamais plaint.

— Certes. En fait, je l'ai entendu dire à maintes reprises que peu importait à quel point il ne vous aimait pas, il ne pouvait douter de vos efforts.

— Voilà pourquoi je suis arrivé jusqu'au poste où je suis aujourd'hui, répondit Tariq comme si cela justifiait son comportement.

— N'aurait-il pas été plus facile de rester vous-même et de gagner le respect des autres en chemin ?

— Peut-être, mais alors je n'en aurais pas appris autant.

— Comment cela ?

— Zar Boaz, ma présence au palais n'est qu'une partie de ce que je fais. Mon véritable travail est d'écouter les gens dans la rue, afin de savoir ce qui les fait râler et ce dont ils ont besoin. Je dirige un réseau de contacts, et cela m'arrangeait jusque-là de paraître vain et flamboyant parce qu'on ne me prenait pas au sérieux. Les gens parlaient en ma présence comme si je n'étais pas là. Ils pensaient que ma nomination au poste de vizir était une farce, mais ils s'imaginaient que je pouvais être facilement compromis.

— Est-ce le cas ?

Tariq sourit. Franchement, Boaz avait l'impression de discuter avec un autre homme.

— Zar Boaz, je vous dévoile le vrai Tariq afin que nous puissions démarrer votre règne sous le signe de la sincérité. Vous êtes jeune, et je ne dis pas ça pour vous insulter. Vous avez besoin de bons conseils. Votre père n'a jamais eu besoin de quelqu'un comme moi, contrairement à vous. Voilà pourquoi je m'offre honnêtement à vous. J'espère que nous pourrons travailler main dans la main et que vous ferez confiance à mon jugement, que vous voudrez bien écouter mes conseils et m'inclure dans vos décisions.

Boaz prit quelques instants pour réfléchir à cette requête. Il voulait être sûr de formuler sa réponse avec soin.

— Vizir Tariq, jusqu'à hier, j'avais l'intention de prendre mes distances d'avec vous. Je vous méprisais plus encore que ne le faisait mon père, car je ne respectais même pas le rôle que vous jouiez.

Il vit le ministre hocher humblement la tête en dépit de ces paroles sévères.

— Mais vous me surprenez. Je mentirais si je n'admettais pas que j'ai l'impression d'être assis ici ce soir avec un homme tout à fait différent.

— Cela veut-il dire que nous avons un avenir ensemble, Zar Boaz ?

— C'est précisément ce que cela veut dire. Cela n'arrivera pas du jour au lendemain, bien entendu, vizir. Vous devez d'abord gagner ma confiance et mon respect. Mais ce que je veux par-dessus tout que vous compreniez, c'est que c'est moi qui suis assis sur le trône de Percheron et non ma mère. Je pense que trop de gens se trompent à ce sujet, y compris vous.

— Vous avez été parfaitement clair, Zar Boaz. Peut-être pourrais-je inaugurer notre nouvelle relation en organisant la surveillance de votre cuisine ? (Boaz acquiesça.) Y a-t-il autre chose que je puisse faire ?

— Tenez-moi informé.

— Mon Zar ?

— Je veux savoir tout ce que vous faites. Tout ce que vous apprendrez dans la rue, je veux que vous le partagiez avec moi. C'est vous qui désirez ce partenariat. Montrez-moi que vous le méritez et que je peux vous faire confiance.

— Qu'ai-je à y gagner, Zar Boaz ?

Une lueur de déception s'alluma dans les yeux du jeune souverain.

— C'est l'ancien vizir qui parle !

— Non, Très Haut. L'ancien vizir n'en aurait pas eu l'audace. Vous avez prouvé que vous étiez pragmatique, alors continuons dans cette veine. Rien dans cette vie n'est gratuit, mon Zar. Vous pensez peut-être cela à cause de votre fortune et de votre pouvoir, mais tout a un prix… tout.

— Que voulez-vous ? De l'or ?

Tariq se mit à rire.

— Non. Je veux le titre de grand vizir.

Cela ne surprit pas Boaz. Il voyait à présent où cela les menait.

— Un statut égal à celui de Salméo.

— Oui, mon Zar. J'ai trop longtemps été traité comme son inférieur. Je veux les mêmes privilèges et les mêmes libertés que lui.

Boaz acquiesça. Si Tariq continuait à l'impressionner ainsi, il ne devrait pas être trop difficile d'accéder à sa demande.

— Alors, nous avons un accord, vizir. Gagnez ma confiance et mon respect et vous aurez une promotion.

— Merci, Zar Boaz. (Il leva son verre de zerra.) À votre règne, Très Haut. Je travaillerai avec zèle et sans relâche pour remplir vos objectifs.

— Vous ne les connaissez pas encore, rétorqua Boaz avec une certaine malice.

— Oh, mais j'ai l'intention de les découvrir. Je commencerai par me renseigner sur les dernières heures de l'Éperon. N'est-ce pas là un bon début ?

Boaz leva son verre pour trinquer, avec ce vizir qui se réinventait, à la curieuse alliance qu'ils venaient de nouer.

— Aux nouveaux départs, répondit-il en vidant son verre de vin.

Tout au fond des ombres, quelqu'un, dont les deux hommes ignoraient la présence, fit la grimace.

# Chapitre 27

Salméo ruminait dans sa chambre. Il avait senti la colère et la suspicion du jeune Zar, même si Horz était resté inébranlable. Or, ces deux émotions n'étaient pas dirigées contre le commandant des Elims, mais bien contre lui, grand maître des eunuques. Cela signifiait que ses mains n'étaient pas encore lavées du sang de l'Éperon.

— Je suis un imbécile impétueux, murmura-t-il.

Pour la énième fois, il regrettait la rage qui l'avait poussé à utiliser le drezden. Rajouter le poison au châtiment de l'Éperon avait vraiment été une piètre décision. En l'état, Shaz avait fait un travail pire encore que Salméo aurait pu l'imaginer. Selon toute probabilité, l'Éperon aurait pu mourir de ses seules blessures. Le risque pris avec le drezden, qui l'avait obligé à impliquer d'autres personnes et à se mettre en danger, n'avait servi à rien.

Cela ne lui ressemblait pas d'agir avec autant d'imprudence. À présent, dans le calme qui suivait la tempête des événements, il se rendait bien compte à quel point il avait été imprudent. Il était passé très près de la catastrophe. Il avait cru le drezden indétectable – maudite soit l'intervention de cette prêtresse. Il ne comprenait même pas comment elle avait pu identifier le poison.

Il devait couvrir ses traces. Le chef des Fustigeurs se trouvait toujours dans le grand nord, ce qui lui convenait parfaitement. Son adjoint avait été réduit au silence par des menaces envers sa famille, auxquelles s'ajoutait la promesse d'un petit lopin de terre. Rah avait été plus facile à convaincre que Horz, qui n'avait besoin ni de terres ni de richesses. Mais tout le monde pouvait être acheté, à condition de menacer les gens qu'ils aimaient. Voilà pourquoi personne ne pourrait jamais faire chanter le grand maître des eunuques. Il n'aimait que lui-même. Horz endossant la responsabilité du crime, il était facile de faire taire l'adjoint. Il ne restait que l'apprenti, Shaz, qui savait peut-être quelque chose. Sans doute avait-il tenté de se dérober à sa tâche, ce qui signifiait qu'il avait dû poser des questions à son supérieur. L'esprit agile de Salméo envisagea toutes les hypothèses. L'adjoint avait dû lui répondre ; il lui avait probablement ordonné d'obéir parce qu'ils n'avaient pas leur mot à dire dans cette affaire. Shaz était jeune mais pas stupide. Il devinerait sans peine que la seule personne capable de donner un ordre auquel nul ne pouvait s'opposer était le grand maître des eunuques lui-même.

Salméo détacha un grain de raisin de la grappe noire et luisante que l'un de ses serviteurs lui avait apportée avec une assiette de noix de carrak. Il mordit le grain et savoura l'explosion de jus qu'il laissa dégouliner dans sa gorge en réfléchissant. Puis il recracha les pépins. Oui, il savait quoi faire à présent.

Boaz se sentait revigoré par la visite du vizir. C'était une sensation étrange, en vérité, que d'apprécier le ministre, et pourtant il ne pouvait s'en empêcher.

Juste à ce moment-là, Bin vint le voir, un peu mal à l'aise.

— C'est le grand maître des eunuques, mon Zar. Il semble très agité.

— Tu crois que c'est important ? demanda Boaz.

— Oui, je le crois.

— Conduis-le dans mon bureau. Je ne veux pas le voir. Il ne doit pas savoir que j'ai vu le vizir, ajouta-t-il au moment où Bin s'en allait.

Il regretta aussitôt sa remarque en voyant la mine déconfite de son domestique. Bin était bien trop discret pour laisser échapper une chose pareille. Mais Salméo avait l'art et la manière de tout découvrir.

Bin revint quelques instants plus tard.

— Il vous attend, mon Zar.

Boaz hocha la tête et fit patienter l'eunuque trois minutes de plus avant d'entrer dans le bureau.

— Vous avez demandé à me voir, chef eunuque ? lui dit-il en sachant très bien que Salméo préférait qu'on s'adresse à lui par son titre de grand maître, plus ronflant.

— Pardonnez-moi cette interruption, mon Zar, répondit l'énorme bonhomme en s'inclinant.

— Je suppose que c'est important.

— C'est à propos de l'Éperon.

— Je pensais que nous avions réglé cette affaire. Je veux pouvoir la chasser de mon esprit. Ce n'est pas facile de condamner un homme à mort, surtout quelqu'un d'aussi loyal en apparence que Horz.

Salméo prit un air contrit.

— Je ne peux que l'imaginer. Mais quelque chose pèse lourdement sur ma conscience, mon Zar.

— Expliquez-moi donc.

— Merci, Très Haut. Je n'ai cessé de me demander comment Horz avait pu plonger les lanières du Nid de Vipères dans le drezden sans un complice. Vous voyez, mon Zar, même si le commandant des Elims avait accès à la pharmacie, et donc au poison, il n'avait pas aussi facilement accès aux fouets. Seuls les Fustigeurs s'occupent de ces armes.

— Eh bien, nous avons établi que le chef des Fustigeurs était absent, n'est-ce pas ?

— Tout à fait, mon Zar, il n'est pas encore rentré.

— Il ne peut donc pas être impliqué. Et son adjoint était malade ?

— C'est exact, Zar Boaz. Rah avait une forte fièvre, j'ai envoyé mon propre docte s'occuper de lui, mentit Salméo. Il pourra vous confirmer l'état de l'adjoint.

*Je n'en doute pas*, pensa Boaz avec amertume.

— Va-t-il mieux ?

— La fièvre est tombée, Zar Boaz, mais il ne peut toujours pas travailler. Au moment du châtiment de l'Éperon, il était incapable de tenir debout.

— Ce qui nous laisse ?..., demanda Boaz en sachant d'avance quel nom allait être donné comme complice du meurtre, ce qui lui inspirait une grande pitié.

— Il n'y a qu'une seule autre personne qui aurait pu ouvrir le bureau des armes, mon Zar. C'est Shaz.

— Pourquoi pensez-vous qu'un jeune homme comme Shaz accepterait d'être impliqué dans l'assassinat de l'Éperon ?

— Il n'y a qu'une seule chose qui pousse la plupart des hommes au crime, mon Zar, répondit Salméo.

Son chuintement était plus prononcé à présent qu'il s'exprimait d'une voix douce et sournoise. Une bouffée de parfum à la violette vint aux narines de Boaz.

— De quoi s'agit-il donc ?

— D'argent, Zar Boaz. L'or galvanise la plupart des hommes, jeunes ou vieux, et les pousse à agir.

— Qu'en est-il de l'amour ? Du respect ? De la loyauté ?

— Ce sont des moteurs puissants, mais la richesse est plus attirante encore, surtout pour un homme qui gagne à peine plus de quelques karels par mois, Zar Boaz. Et si on lui avait promis une petite fortune ?

Boaz en avait assez entendu.

— Conduisez-moi dans les quartiers des Fustigeurs.

— Maintenant, mon Zar ?

— Oui, immédiatement.

— Ils doivent certainement se reposer après leur entraînement, risqua Salméo.

Boaz fixa sur lui un regard assez dur pour broyer des cailloux.

— Vous avez perturbé mon repos, chef eunuque, parce que cela vous semblait trop important pour attendre. Réglons donc la question maintenant. Si nous devons exécuter quelqu'un d'autre, je veux que les deux coupables soient punis ensemble afin que nous puissions passer à autre chose.

Salméo s'inclina pour dissimuler son soulagement ; il avait pris ses précautions et s'était occupé du problème à l'avance.

— Bien sûr, mon Zar, allons-y, répondit-il en se redressant.

Boaz n'échangea pas un mot avec l'eunuque tandis qu'ils se rendaient chez les Fustigeurs. En revanche, il s'adressa à voix basse à Bin, à qui il avait demandé de les accompagner. Il en profita pour tenir son secrétaire au courant de ce qui s'était passé.

Intimidées par ce trio, les quelques personnes qu'ils croisèrent firent la révérence ou se collèrent contre les murs pour s'incliner ensuite dans leur sillage. Boaz ne prêta attention à aucune d'elles, pas plus qu'aux bénédictions qu'elles murmurèrent pour lui, puissant parmi les puissants. Il n'était pas d'humeur à se montrer généreux et il nota, non pour la première fois, d'ailleurs, que cela n'avait pas d'importance. La vérité était qu'il pouvait faire ce que bon lui semblait. Il pouvait gifler un passant s'il le souhaitait ; ce dernier le remercierait probablement d'avoir fait attention à lui. Il était plus facile de faire comme s'il ne les voyait pas et ignorer leurs bons vœux.

Après avoir traversé plusieurs cours, Salméo finit par ouvrir une porte en bois. Elle donnait sur la petite aile du palais qui abritait les quartiers des Fustigeurs.

Les gens qui travaillaient là tombèrent à genoux comme s'ils étaient malades. Il était inhabituel qu'un membre de la famille royale, en particulier le Zar, visite ces humbles logements. Boaz plaqua un sourire pincé sur sa bouche et suivit Salméo, énorme, imposant, dans la salle principale.

Pris au dépourvu, le chef adjoint des Fustigeurs pâlit.

— Grand maître des eunuques, c'est...

Puis il vit qui accompagnait Salméo. Il mit quelques instants avant de comprendre que c'était bien le Zar, après quoi, il tomba à genoux.

— Oh, Votre Grandeur !

Boaz fit la grimace.

— Relevez-vous, je vous prie. Vous êtes ?

L'homme tremblait. Boaz pouvait comprendre que son arrivée l'ait rendu nerveux, mais de là à le terrifier... Avait-il quelque chose à cacher ?

— Très Haut, je suis Rah, le chef adjoint des Fustigeurs.

— Ah, bien. Êtes-vous seul ?

— Ma femme et mon fils sont à l'intérieur, mon Zar. Quelque chose ne va pas ? balbutia-t-il en jetant un coup d'œil à Salméo, qui pinça les lèvres.

Ce simple geste suffit à prévenir Rah qu'il s'agissait d'une visite tout à fait officielle. Il comprit très vite de quoi il s'agissait.

— Pouvons-nous parler quelque part en privé ? suggéra Boaz alors même que quelqu'un entrait dans la pièce et en ressortait précipitamment en voyant le trio.

— Euh, vous êtes le bienvenu dans mes humbles appartements, mon Zar, répondit Rah d'un ton hésitant.

Boaz hocha la tête.

— Envoyez votre femme et votre fils à l'extérieur. Mieux vaut qu'ils n'entendent pas.

Ce fut fait. La famille s'en alla précipitamment et Rah revint, embarrassé et visiblement nerveux – il n'y avait qu'à voir la façon dont ses mains tremblaient.

— Puis-je vous offrir un rafraîchissement, mon Zar ? demanda-t-il d'une voix chevrotante. Je...

— Non, ce ne sera pas nécessaire. Je suis ici pour clarifier un point de détail avec vous, Rah, et j'insiste pour que vous me répondiez en toute sincérité, sans craindre de représailles.

L'homme acquiesça machinalement en jetant un nouveau coup d'œil en direction de Salméo. Boaz en avait assez de l'imposante présence de l'eunuque.

— Grand maître, vous pouvez attendre dehors.

Salméo se hérissa. Néanmoins, il s'inclina et sortit. Boaz le regarda attentivement, mais il n'y avait aucune trace de menace sur son visage à l'intention de Rah.

Tout comme il l'avait fait avec Horz, Boaz se tourna vers l'adjoint.

— Savez-vous pourquoi je suis ici ?

— Non, Très Haut, balbutia Rah, terrifié.

— Calmez-vous, l'ami. Je veux seulement vous poser une question. (Rah hocha la tête, les yeux écarquillés.) Je dois savoir si quelqu'un, en dehors des Fustigeurs, a accès à vos instruments de travail.

Rah secoua vivement la tête. Boaz, qui nourrissait déjà des soupçons, trouva sa réaction trop rapide. La plupart des gens auraient affiché une certaine consternation face à une question aussi étrange, posée sans le moindre préambule.

— Non, mon Zar, répondit-il d'un air un peu horrifié. Absolument personne n'a accès aux cannes, aux fouets ou aux autres outils de châtiment. Pourquoi demandez-vous cela ?

— Parce qu'un homme est mort. Êtes-vous au courant pour l'Éperon ?

Rah prit un air stupéfait.

— Il est mort ? Pardonnez-moi, mon Zar, je me relève tout juste d'une maladie.

Soit il s'agissait d'une comédie remarquablement bien répétée, soit il disait la vérité.

— Comment avez-vous su que l'Éperon allait être châtié ?

— Le grand maître des eunuques est venu me voir. Il était choqué d'apprendre que j'étais malade, mon Zar, et incapable de remplir ma mission. Il savait déjà que notre chef, Felz, était hors de la ville. Mais il ignorait quoi faire.

Boaz n'était pas d'accord. Salméo était rarement à cours de solutions dès qu'il s'agissait d'intrigues.

— Il vous a donc demandé conseil ?

L'homme hocha de nouveau la tête d'un air apeuré.

— Je n'en avais guère à lui donner. Si j'avais pu tenir debout sans assistance, je lui aurais donné le fouet moi-même, mon Zar. Pardonnez-moi. C'est moi qui ai suggéré Shaz. Il était notre seule possibilité, étant donné que le châtiment devait être infligé immédiatement. Shaz a été bien entraîné, c'est notre meilleur apprenti. Il savait ce qu'il devait faire. J'imagine que l'humeur et la célébrité de l'Éperon ont dû le perturber.

J'étais plutôt confiant, je pensais qu'il s'en sortirait avec les honneurs.

— Eh bien, ce ne fut pas le cas. Il transpirait et il tremblait. Il était incapable d'assumer cette tâche. Je m'en suis rendu compte alors que j'étais la personne la plus éloignée de la scène.

— Malgré tout, Très Haut, je n'arrive pas à croire qu'il l'ait tué.

— Je ne crois pas non plus qu'il l'ait fait. À mon avis, la mort de l'Éperon est plutôt due au poison.

Rah releva brusquement la tête d'un air ébahi.

— Du poison, murmura-t-il. Vous plaisantez ! ajouta-t-il, faisant fi du protocole.

— Je ne plaisanterai jamais à propos d'un sujet aussi grave. L'Éperon de Percheron est mort parce que quelqu'un a plongé le fouet dans le poison.

Rah pâlit plus encore qu'à l'arrivée du souverain. Boaz se dit que cette réaction ne pouvait être feinte.

— Qui a choisi le Nid de Vipères ?

Rah pouvait à peine répondre tant il était choqué.

— Je ne vois pas pourquoi il aurait fait une chose aussi stupide, mon Zar, balbutia-t-il enfin, mais c'est Shaz. Les Elims et le grand maître Salméo n'auraient jamais pris part à une telle décision. Ils s'en remettent toujours au jugement des Fustigeurs.

— Qu'est-ce qui a bien pu lui donner envie de choisir le fouet le plus difficile à manier alors qu'il avait affaire à sa première victime vivante ?

Rah faillit hausser les épaules et se retint juste à temps.

— Peut-être que l'excitation lui est montée à la tête. Shaz sait qu'il est de loin notre meilleur apprenti, il est donc possible que son arrogance ait affecté son bon sens. Vous savez combien les jeunes gens aiment se mettre en avant. (Il s'aperçut brusquement qu'il s'adressait à quelqu'un qui avait à peu près le même âge que Shaz.) Peut-être aussi a-t-il une dette et s'est-il laissé acheter ? ajouta-t-il doucement. Je n'étais au courant de rien jusqu'à cet instant, mon Zar.

Boaz avait la tête qui tournait. Il n'allait quand même pas devoir exécuter Shaz en même temps que Horz ? Il savait au fond de lui que l'Elim n'était pas coupable et il ne l'imaginait pas non plus en train de payer un gamin pour faire le sale boulot. Horz était trop fier pour ça. Pourtant, Boaz ne pouvait prouver leur innocence à tous les deux, il n'avait que des preuves de leur culpabilité. Une colère noire menaçait de s'emparer de lui.

— J'ai trouvé ce que je suis venu chercher, annonça-t-il sèchement.

Il tourna les talons, à la fois furieux et bouleversé. Il sortit de la petite habitation et passa devant Salméo, qui attendait d'un air grave non loin de la porte principale.

Lorsque le Zar fut parti, Salméo se tourna vers Rah, qui venait d'apparaître sur le seuil de son logis. Il était encore tout tremblant.

— A-t-il cru à ton histoire ? Lui as-tu raconté précisément ce que je t'avais dit ?

Rah ne put qu'acquiescer en murmurant « Zarab, aide-moi ». Il se sentait malade jusque dans son âme d'avoir menti à son Zar en accusant le pauvre Shaz, dont le seul défaut était peut-être de faire trop d'efforts pour plaire à ses supérieurs.

— Tu as bien fait. Ta famille vivra… et te sera reconnaissante de ta loyauté.

Rah se mit à pleurer.

— Qu'est-ce qui va arriver à Shaz ?

— Quelle importance ? répliqua Salméo en souriant cruellement au pitoyable Fustigeur. Ne t'inquiète pas pour lui. Viens plutôt chercher la bourse que je t'ai promise demain, quand tout sera fini. Cela apaisera ta conscience, adjoint.

Shaz commençait tout juste à se remettre du traumatisme de la veille. Il n'avait pas encore appris la mort de l'Éperon et vivait dans l'espoir que l'homme qu'il admirait et qu'il avait si grièvement écorché lui pardonnerait. Il comptait bien être l'un des premiers à rendre visite à l'Éperon, si ce dernier lui en donnait la permission, afin de pouvoir s'excuser en personne. Il avait même changé d'avis à propos de son métier. Il ne voulait plus devenir Fustigeur. Fouetter un homme ne ressemblait en rien au fait de fouetter un mannequin. Felz disait qu'il suffisait d'oublier son émotion et de prétendre que la victime attachée au poteau était elle aussi dépourvue de vie. Mais Shaz avait été incapable de prendre ses distances d'avec son émotion ou la réalité. Il détestait ce qui s'était passé la veille ; d'ailleurs, si cela ne s'était pas produit en présence du Zar, qu'il admirait également, il aurait refusé de continuer après les premiers coups ratés, en dépit de la punition sévère qu'il encourait. Sa mission était déjà assez difficile à remplir avec un fouet normal. C'était ridicule de lui avoir mis le Serpent entre les mains.

Il se reposait à l'issue de son entraînement lorsque les soldats vinrent le chercher. Eux aussi étaient en colère. La nouvelle de la mort de leur commandant avait fait le tour de la caserne aussi vite qu'un incendie. L'Éperon avait été tué à cause de l'inaptitude d'un apprenti Fustigeur qui trempait dans une conspiration au nom d'une dette et de la cupidité. Telle était l'histoire qui prenait forme en passant d'une bouche à une autre. Salméo serait ravi de constater que son mensonge s'embellissait grâce aux ragots.

Shaz fut traîné à bas de son lit. Il reçut des gifles, des coups de poing et de pied, et fut bousculé par les quatre hommes qui le conduisirent sans la moindre explication jusqu'à la Fosse, où il rejoignit Horz, attristé d'entendre les cris du jeune homme. L'Elim comprit très vite ce qui s'était passé. Dans la pénombre de sa cellule en pierre, il salua d'un hochement de tête la fourberie de Salméo.

Shaz et lui allaient périr le lendemain pour un crime qu'ils n'avaient pas commis. Horz savait qu'il mourrait fièrement, calmement. Il était prêt et avait accepté son sort dès l'instant où Salméo avait lancé ses menaces. Les Elims étaient entraînés à accepter leur destin. La mort était le sien. Il regrettait seulement que cela n'ait pas suffi à Salméo, qui avait décidé que le gamin devait mourir aussi. Pauvre Shaz. Horz pria Zarab pour que leur fin soit rapide. Sinon pour lui, au moins pour le jeune homme.

# Chapitre 28

Pez était assis dans l'infirmerie du palais, où il faisait frais grâce aux murs en marbre. Il regarda Kett revenir vers lui en boitillant sans aucune aide. Ils étaient seuls.

— Est-ce que tout fonctionne convenablement ? demanda-t-il prudemment.

— Avec l'aide du tube, répondit l'adolescent en détournant la tête pour que le nain ne puisse pas voir sa peine.

— Tout va bien, Kett. Je ne vais pas te dire que je comprends, car comment le pourrais-je ? Mais je compatis. Je crois qu'il est important pour toi de pleurer ce que tu as perdu.

— Le grand maître des eunuques est venu me voir, annonça le garçon après s'être éclairci la voix.

— Et ?

— Il veut que je prenne mes fonctions demain.

— T'a-t-il déjà attribué un rôle ?

— Non. Je vais juste devenir l'un de ses esclaves. Je dois oublier mon rêve de travailler pour l'Éperon Lazar.

Cette fois, Kett ne dissimula pas sa douleur de voir ses aspirations voler en éclats. Pez comprit qu'une autre personne allait devoir faire le deuil de Lazar.

— Kett, sois patient. Il y a des choses à l'œuvre dont je ne peux pas encore te parler. Mais j'ai bon espoir que tu trouves un rôle à ton goût.

— Oh ?

L'espérance dans la voix du garçon était tout bonnement déchirante.

— Je t'en parlerai quand j'en saurai plus.

— Pez, puis-je être franc avec toi ?

— Bien sûr, puisque je le suis avec toi.

— C'est bien ça qui me perturbe. Tu n'es pas fou.

— C'est notre secret, répondit Pez en souriant.

— Mais le Zar est au courant, n'est-ce pas ?

— Il t'a menti uniquement pour me protéger. Il est au courant depuis qu'il est en âge de parler, expliqua Pez. Et maintenant, tu sais aussi.

Un sourire illumina le visage morne du garçon, mais disparut aussi vite qu'il était venu. Il ne connaissait pas le nain depuis assez longtemps pour être vraiment stupéfait par cette nouvelle.

— Je suis privilégié.

Pez se souvint que Kett avait prétendu être l'oiseau noir, le corbeau. Il ne savait pas ce que cela signifiait. Mais, d'après la voix qu'il entendait, Kett pourrait bien être l'un des participants de la bataille à venir. Impossible en revanche de savoir s'il était un disciple de Maliz ou s'il soutenait la Déesse. L'instinct de Pez lui soufflait qu'il s'agissait plutôt de la seconde hypothèse ; or, il faisait confiance à son instinct. Il fallait garder ce garçon à proximité, surtout d'Ana si c'était possible. Mais, là encore, il n'avait aucune guidance, juste le vague sentiment que c'était le chemin à suivre.

— Tu protégeras donc mon secret.

C'était une affirmation et non une question. Mais Kett acquiesça solennellement et porta la main à son front avant de la poser sur son cœur.

— Je l'emporterai dans la tombe.

Pez le croyait volontiers.

— J'ai quelque chose à t'apprendre, ajouta-t-il d'un air grave. Tu étais en convalescence, aussi je suppose que personne ne t'a prévenu, pour l'Éperon Lazar.

Le garçon secoua la tête.

— Qu'est-ce qui s'est passé ? Est-il blessé ?

— Pire, répondit Pez d'un air lugubre.

En ayant toujours l'impression d'être lié d'une façon ou d'une autre à cet adolescent, il entreprit de lui raconter toute cette histoire sordide.

Il n'y avait rien que Kett puisse dire lorsque ce fut fini. Profondément bouleversé, il contempla le sol en silence, avant de prendre finalement la parole d'une voix tremblante :

— Il a essayé de me venir en aide.

— Oui, Lazar n'était pas du genre à tolérer les souffrances d'autrui. Il a certainement jugé que ton châtiment dépassait de très loin la gravité de ton crime.

— Comme le sien. Moi, au moins, je suis vivant.

Pez ravala sa propre tristesse.

— C'est bien, Kett. Tu as raison, tu es vivant. Les dieux ont épargné ta vie, peut-être y a-t-il une bonne raison à cela ?

— Vraiment ? demanda le garçon avec beaucoup de dédain. Je vais grossir et me comporter comme une femme.

— Je ne connais pas d'Elim obèse, et nul ne saurait les accuser d'agir autrement que loyalement et farouchement.

— Sauf leur chef, apparemment, rétorqua Kett avec colère.

Pez s'énerva à son tour.

— N'en sois pas si sûr, Kett. Il y a des forces à l'œuvre que tu ne peux pas comprendre. Si tu crois que Horz est coupable de meurtre, alors je suis encore plus désolé pour toi que je ne le suis déjà. Tu connais Horz, j'imagine ?

Le garçon acquiesça, acceptant la réprimande.

— Il mérite autant de mourir que je méritais d'être châtré.

— C'est vrai. Il endosse la responsabilité du crime de quelqu'un d'autre.

— Pourquoi ne dis-tu rien ?

— Crois-tu que les gens ne le savent pas déjà ? Le fait est que Horz est passé aux aveux. Il est impossible de répondre à cela. De toute façon, qui écouterait les délires d'un fou ?

— Mais tu n'es pas fou !

— Très peu de gens le savent, Kett. C'est un secret que j'ai besoin que tu gardes.

— Pourquoi me fais-tu confiance ?

Pez secoua la tête.

— Je m'y sens obligé. Je pense que nous étions destinés à nous rencontrer. Je regrette juste que cela ait eu lieu en de telles circonstances.

— Seras-tu honnête avec moi, maintenant que nous partageons ce secret ?

Pez aquiesça.

— Je te le promets.

— Comment se fait-il que les gardes m'ont vu, mais qu'ils ne vous ont pas vus, toi et notre Zar ?

Le nain s'attendait à cette question.

— Encore un secret.

— Tu peux me faire confiance, Pez.

— J'ai le Don.

Le garçon écarquilla les yeux.

— Le Don, répéta-t-il comme si le mot lui-même était précieux. Mais pourquoi ne m'as-tu pas caché, alors ?

— Je n'ai pas pu, avoua Pez d'un air peiné. C'était déjà très difficile de nous maintenir invisibles, le Zar et moi, et je savais que cela ne tiendrait pas longtemps. Ils savaient que quelqu'un se trouvait derrière cet écran et je ne pouvais courir le risque qu'ils fouillent et qu'ils découvrent le Zar. Je suis sûr que tu comprends.

— J'ai été sacrifié, commenta tristement Kett.

— Tu n'aurais pas dû être là, répondit doucement Pez.

— Toi non plus.

— Mais je devais penser au Zar. Il se trouvait là par ma faute.

— Alors, pourquoi es-tu ici ?

— Honnêtement, je n'en sais rien, répondit Pez, ce qui n'était qu'en partie vrai.

— Qui d'autre sait ?

— Oh, tu fais partie d'une poignée d'élus qui se comptent sur les doigts d'une main, répondit Pez. Lazar était au courant, bien entendu. Tout comme son serviteur, Jumo, l'odalisque Ana et une prêtresse du nom de Zafira.

— Et maintenant, moi.

— Oui.

— Pourquoi garder le secret sur ta santé mentale ?

— Tous m'ont posé la même question et je réponds toujours que je ne sais pas. Je joue les cinglés depuis que je suis entré à Percheron en tant que prisonnier. Cela a attiré l'attention des hommes qui achètent les esclaves pour le palais. J'ai eu de la chance, le vieux Zar traversait justement le marché aux esclaves cet après-midi-là. Il m'a vu, a ri de mes bêtises et a donné l'ordre à ses serviteurs de m'acheter. C'était il y a vingt ans. Depuis, j'habite au palais.

— Quel âge as-tu ? demanda Kett, les yeux écarquillés par la surprise.

— Je suis très vieux, répondit Pez en sachant, à présent, que c'était la vérité.

— Je ne te trahirai pas, promit l'adolescent.

— Tu en seras récompensé.

— Comment ?

— Tu verras.

— Ta présence n'est pas nécessaire, Boaz, rappela Pez.

— Ne vois-tu pas qu'il faut que j'y sois ? Horz ment, et il sait que je le sais.

— Je ne comprends toujours pas.

— Si, tu comprends. C'est une question d'honneur. Je vais honorer le noble sacrifice de Horz. L'Elim ne se rend pas compte à quel point il prouve sa loyauté en faisant cela. Il donne sa vie pour protéger son chef symbolique.

— Tu admets donc que c'est l'œuvre de Salméo ?

— Je n'en ai jamais douté, Pez. Simplement, je ne peux pas le prouver.

— Et maintenant, Shaz va mourir aussi. Est-ce vraiment une obligation ?

— Si je ne le fais pas, Salméo est assez fourbe pour répandre dans tout Percheron la nouvelle que je n'ai pas puni le coconspirateur. Il a élaboré ce plan pour couvrir ses arrières.

Il s'est débarrassé des deux personnes qui auraient pu le dénoncer. Quant au troisième complice, Rah, il préfère me mentir plutôt que de voir Salméo mettre ses menaces à exécution, quelles qu'elles soient.

— Il faut que le peuple ait l'impression que justice a été faite, c'est ça ?

— Précisément.

— Quelqu'un quelque part doit bien connaître la vérité.

— Je ne vois pas qui, mais si tu mets la main sur cette personne, n'hésite pas à me l'amener. (Boaz soupira.) J'ai peur de me couvrir de honte.

— Ça n'arrivera pas, petit.

— Comment peux-tu en être aussi sûr ? (Puis il comprit.) Le Don ? (Le nain acquiesça.) Je croyais que tu ne voulais pas l'utiliser ?

— Eh bien, j'y suis parfois obligé, comme tu le sais.

— Tu le ferais encore ? demanda Boaz avec étonnement.

Il était toujours aussi fasciné par le pouvoir de Pez.

— Si tu veux bien faire quelque chose pour moi en échange.

— Quoi donc ? demanda le Zar en lançant à son ami un regard un peu sévère.

— Nous en avons déjà parlé. Je voudrais qu'Ana ait un serviteur le moment venu.

— Kett, tu veux dire ?

— Salméo lui a demandé de se présenter demain, expliqua Pez. Je ne sais pas vraiment ce qu'il peut faire dans son état, mais le grand maître des eunuques insiste pour qu'il commence à travailler.

— Tu veux qu'il soit entraîné dans le harem ? Pourquoi t'intéresses-tu à Kett ?

— Je me sens responsable, répondit Pez, ce qui n'était pas tout à fait un mensonge.

— Tu devrais, grommela Boaz. Visiblement, il connaît la vérité à ton sujet, maintenant.

— Oui, je me suis montré à lui tel que je suis.

— Zarab nous sauve ! Bientôt, tu partageras la nouvelle avec ma mère autour d'un quishtar et je n'aurai plus à me soucier du secret le moins bien gardé de tout Percheron ! D'accord. Je verrai ce que je peux faire. Moi aussi, je me sens responsable de ce qui lui est arrivé.

Boaz inclina le buste.

— Merci, mon Zar.

— Mais je ne peux pas l'ordonner immédiatement. Patiente un peu. Laisse-le guérir entièrement. Laisse-nous tous guérir de cette turbulence qui affecte le palais. Donne-moi jusqu'à douze lunes.

Pez accepta. C'était plus long qu'il l'avait espéré, mais il n'était pas en mesure de protester.

— Avant l'été prochain, donc.

— Je t'en donne ma parole.

— Merci, mon Zar.

— Reste près de moi aujourd'hui, veux-tu ? Je suis rempli de peur et tu es le seul devant qui je peux l'admettre.

— Je te protégerai.

Le Zar voyageait dans un karak fermé par des rideaux et porté par des esclaves. Il n'allait pas loin, mais il dut traverser d'innombrables jardins entretenus avec soin et six portes différentes pour atteindre la cour principale. Ils n'allaient pas vraiment sortir de l'enceinte du palais mais s'arrêter dans la cour de la Lune, qui donnait sur la ville proprement dite. C'était là que, depuis des siècles, les Zars escaladaient un escalier spécialement construit à leur intention, qui les amenait au bord du parapet d'où ils pouvaient assister aux manifestations publiques : les défilés, les fêtes et les exécutions.

Boaz n'aimait pas se déplacer en karak, car il n'avait jamais vraiment réussi à se débarrasser de la nausée qui l'envahissait à cause des oscillations. Assis d'un air maussade sur des coussins de soie, il sentit le malaise le menacer une fois de plus, tel un visiteur familier mais non désiré. À côté de Boaz, Pez était vêtu d'habits identiques aux siens.

— Ça gratte un peu, non ? commenta le nain dans l'espoir de détourner l'attention de son Zar de l'épreuve qui l'attendait.

— Mon habilleur a jugé que les gens devaient bien voir que tu étais le fou.

— Vraiment ? répondit Pez à voix basse. Prends garde qu'ils ne te fassent par inadvertance passer pour un fou aussi, mon Zar.

Boaz esquissa un petit sourire, le premier depuis une éternité. Puis, il se rembrunit.

— Je sais que ça va être terrible, Pez, mais dis-moi à quel point, franchement ?

Le nain comprit que sa tentative de diversion avait échoué. Il pinça ses lèvres épaisses, car la franchise était probablement la dernière chose dont Boaz avait besoin à cet instant. Mais il ne pouvait rien y faire.

— Ce sera pire que tout ce que tu peux imaginer. Boaz, tu sais ce que le supplice du pal implique, mais tu n'as aucune idée à quel point une telle exécution peut être atroce. Quant à Shaz, il va subir les ganches, c'est bien ça ? (Boaz acquiesça tristement.) Tu as déjà vu ce genre d'exécution ?

— Non. Mon père affirmait que j'avais bien le temps de découvrir ces choses-là.

— Joreb a eu raison de t'en protéger ; il espérait sans doute que tu n'aurais pas à affronter cela avant un bon nombre d'années. Le supplice des ganches est une méthode d'exécution incroyablement cruelle, Boaz. À l'aide de poulies, on hisse la victime au-dessus d'un échafaudage spécial auquel sont fixés de terribles crochets affûtés. On laisse tomber la victime d'une certaine hauteur ; pour la foule, tout le plaisir de ce spectacle consiste à voir où les crochets vont transpercer son corps. Si le malheureux a de la chance, ils percent une artère, et la mort est relativement rapide.

— Et sinon ? demanda Boaz, qui sentait sa nausée empirer.

— S'ils transpercent son ventre ou sa poitrine, il met longtemps à mourir.

— Je ne vais pas pouvoir regarder ça, murmura Boaz.

— Tu n'as pas le choix.

— Mais si je ne peux pas m'empêcher de fermer les yeux ou de tourner la tête ?

— Je ne te laisserai pas faire. Ma magie n'est pas seulement répulsive, elle peut contraindre aussi, mon Zar. (Le karak s'immobilisa.) Nous sommes arrivés, annonça Pez inutilement, en jetant un coup d'œil à la dérobée.

À en croire les murmures excités de l'autre côté de l'épaisse muraille, beaucoup de monde s'était rassemblé pour les deux exécutions.

— Pourquoi veulent-ils voir cela ? murmura Boaz.

— Curiosité morbide, fascination sinistre, divertissement macabre.

— Alors, je fais la promesse de fournir de nouveaux divertissements à mon peuple. Nous sommes une nation qui ne cesse de vanter sa culture, Pez, pourquoi... ?

Il ne put en dire plus. Il avait l'impression de manquer d'air.

— Boaz, je loue tes intentions, répondit Pez d'un ton ferme. Mais les exécutions publiques ont leurs mérites. Elles servent à rappeler que la vie est précieuse, peu importe qui l'on est ou ce que l'on fait. Tous ceux qui seraient prêts à commettre des crimes sauront, après aujourd'hui, que tu ne laisseras personne penser qu'il est au-dessus de tes lois.

Boaz hocha la tête, mais Pez n'avait pas fini.

— Après aujourd'hui, tes sujets sauront, Très Haut, que même si tu aurais pu très facilement couvrir le crime commis au sein de ton palais, tu t'es montré impitoyable envers l'un des tiens. Tout le monde comprendra.

Boaz entendait à peine les paroles de son ami. Il était convaincu qu'il allait vomir. Pez fixa sur lui un regard farouche qui, curieusement, lui redonna des forces. Puis, d'une roulade, le nain sortit du karak en couinant.

Boaz repoussa la peur et sortit à son tour, posément. Il plissa légèrement les yeux à cause de la vive lumière de cette chaude matinée, moins humide que la veille. Une petite brise soufflait, et le ciel était comme une toile bleue sur laquelle le soleil répandait ses rayons dorés. Quelques nuages épars les masquaient par endroits, vestiges des cieux plombés des jours précédents. Mais aucune pluie ne viendrait ce jour-là laver le sang ou la puanteur de la mort.

Boaz transpirait déjà dans sa tenue de cérémonie et sous son turban de soie. Mais cela n'avait pas grand-chose à voir avec le temps. Après une nouvelle roulade, Pez lui prit la main en mimant ces singes qui amusaient tellement Boaz dans le zoo de son père lorsqu'il était petit.

— Attention, mon Zar. Salméo a mis au point une autre vilaine surprise.

Ana et quelques autres filles avaient été rassemblées dans une vaste salle. Très aérée, elle bénéficiait d'une douce brise en provenance de la Faranelle et donnait sur une immense cour carrée. La plupart des jeunes filles étaient assises autour de la grande fontaine de pierre qui recrachait de petits jets d'eau par la bouche des poissons sculptés. Mais Ana était restée dans la salle pour admirer les mosaïques exquises dépeignant l'arbre de vie. Elle plaignait trois des plus jeunes odalisques, qui sortaient à peine de l'enfance et tentaient de trouver un peu de réconfort dans la compagnie l'une de l'autre. Elles se tenaient à l'écart des autres filles, qui avaient toutes le même âge. L'une des trois n'avait que neuf ans et semblait terrifiée en permanence. Elle avait une bonne raison de l'être, car ce maudit Salméo n'avait pas épargné la jeune Eishar et avait exploré son corps comme les autres.

— As-tu bien dormi, Eishar ? demanda Ana en essayant d'apaiser les peurs de la fillette.

— Non, j'ai tout le temps peur qu'ils viennent me chercher, répondit la petite dans un sanglot.

— Qui ?

— Les serviteurs du Zar, répondit-elle d'une petite voix effrayée.

— Il ne faut plus t'inquiéter, la rassura Ana. J'ai vu le Zar, et c'est vraiment un homme très doux. Il est très jeune, à peu près mon âge, et il n'appellera aucune d'entre vous pour l'instant, pas avant un bon moment.

Elle espérait qu'il s'agissait de la vérité, car elle ignorait tout des goûts et des désirs du Zar. Mais elle avait l'impression que Boaz n'était pas intéressé par les enfants. Il ne semblait même pas s'intéresser au sexe pour l'instant, car il aurait pu lui ordonner de coucher avec lui quand ils s'étaient retrouvés seuls.

Eishar lui rappelait sa petite sœur ; Ana se demanda comment allait sa famille. À cette période, le samazen pouvait survenir à n'importe quel moment, si bien que son père avait certainement ramené ses deux petits troupeaux près de leur habitation. Pour la première fois, elle ne pourrait pas l'aider, et cela l'attristait profondément. Elle avait toujours aimé passer du temps seule avec lui. Il lui racontait souvent comment il avait découvert le plus joli des bébés dans les broussailles, tout au bout des contreforts, juste avant qu'ils ne cèdent la place au désert proprement dit. Ce sentiment de vide lui rappela le seul autre homme qu'elle avait jamais aimé. Lui non plus ne poserait plus les yeux sur elle. Au moins, son père était vivant, s'il n'était pas mort de chagrin. Mais Lazar était mort par sa faute à elle, à cause de son égoïsme.

Toutes les filles se retournèrent en entendant les Elims arriver. Les plus âgées paraissaient excitées à l'idée de se rendre dans le pavillon des bains, alors que les trois fillettes auraient préféré qu'on les laisse jouer sous les cyprès.

Mais les deux Elims précédaient le grand maître des eunuques, dont l'arrivée suscita un frisson de peur chez les filles.

— Mes sœurs, susurra-t-il.

Toutes se figèrent. Ana jeta un coup d'œil à Eishar, qui semblait prête à pleurer.

— Bienvenue pour votre première vraie journée dans le harem du Zar Boaz. Malheureusement, je crains que les activités d'aujourd'hui doivent être remises à plus tard. J'avais l'intention de démarrer officiellement votre éducation. Cependant, un événement important s'est produit, qui concerne l'une des vôtres.

Il laissa cette déclaration faire son effet avant d'ajouter :

— Nous sommes venus chercher l'odalisque Ana, ajouta-t-il enfin, d'une voix douce, presque sur un ton d'excuse. Où es-tu, Ana ?

La jeune fille avait tout de suite compris qu'il parlait d'elle, mais elle ne savait pas du tout pourquoi.

— Je suis là, répondit-elle sans faire d'effort particulier pour dévoiler sa présence.

Salméo se retourna, et sa cicatrice se souleva légèrement sous l'effet d'une grimace passagère.

— Ah, te voilà ! Tu te cachais ?

— Non, grand maître, je tenais simplement compagnie aux plus jeunes. Tout cela est encore très effrayant pour elles.

— Mais pas pour toi, hein, Ana ?

— Je pense que vous avez déjà commis le pire, répondit-elle d'un ton calme.

Elle vit Eishar lui lancer un drôle de regard, impressionnée sans doute par tant d'audace.

— Oh ! ma chère, je viens à peine de commencer. Viens, tu dois assister à un événement.

— Encore un de vos spectacles particulièrement désagréables ?

— Attention, Ana. Je suis tolérant parce que nous sommes encore dans les tout premiers jours. Mais dès que ton apprentissage aura officiellement commencé, la discipline sera très stricte. Vous devriez toutes faire attention, ajouta-t-il à l'adresse des autres filles. L'odalisque Ana bénéficie d'une certaine indulgence aujourd'hui parce qu'elle va devoir regarder quelque chose de… (Il fit mine de chercher le bon mot.) peu ragoûtant, dirons-nous.

Il s'amusa de voir l'inquiétude balayer le sang-froid d'Ana. Un murmure passa parmi les jeunes filles.

— Ne vous agitez pas, mes jolies, nous vous rendrons très vite Ana saine et sauve. (Il sourit, et sa langue jaillit brièvement dans l'espace entre ses dents.) Viens, Ana, ajouta-t-il d'un ton plus ferme.

Elle comprit qu'il ne valait mieux pas désobéir. Après avoir été habillée pour la circonstance et convenablement voilée, Ana laissa les deux Elims la conduire au-delà de l'entrée principale. Ils l'installèrent dans un tout petit karak fermé par des rideaux et la transportèrent rapidement à travers une série de jardins magnifiques. Elle prit le risque d'écarter légèrement les voilages et s'aperçut qu'ils la conduisaient vers la cour de la Lune. Elle avait l'impression qu'une vie entière s'était écoulée depuis qu'elle y avait mis les pieds, alors que cela ne faisait que quelques jours. Dans un moment de lucidité absolue, elle songea qu'il serait plus facile de s'ôter la vie que d'affronter l'ennui de sa nouvelle existence. Plus de Lazar, plus de discussions franches avec les filles qui ne tarderaient pas à la voir comme une ennemie lorsque débuterait la compétition pour gagner les faveurs du Zar. Seul Boaz lui donnait un peu d'espoir, grâce à son intelligence, à sa jeunesse, à son désir de ne pas emprisonner les filles du harem et de trouver de nouvelles façons de les divertir et de les éduquer. Et ce cher Pez… qui était peut-être sa bouée de sauvetage.

Le karak fut posé par terre. Ana entendait des murmures constants dans le lointain. L'un des Elims ouvrit les rideaux.

— Vous devez nous accompagner.

— Pourquoi sommes-nous là ? demanda-t-elle d'un ton léger, presque badin.

Elle apprenait vite, même si les Elims connaissaient sans doute toutes les ruses des odalisques. Celui-là, cependant, était jeune et peut-être pas aussi expérimenté que ses collègues, car il répondit à sa question.

— Il va y avoir une exécution publique, mademoiselle Ana. Votre présence est requise.

Ana laissa échapper un hoquet de stupeur et recula à l'intérieur du karak. Pourquoi n'avait-elle pas deviné ? Salméo allait veiller à ce qu'elle paie son insolence de multiples façons. Elle n'avait rien retenu de l'avertissement de Pez, elle avait encore provoqué le gros eunuque ce jour-là, en impressionnant les plus jeunes au passage et en savourant les regards choqués des plus vieilles. C'était stupide et ne servait qu'à intensifier le pouvoir que Salméo avait sur elle. Or, il adorait ça, surtout parce qu'il savait qu'elle ne pourrait jamais gagner. L'audace ne lui permettrait jamais d'usurper le pouvoir du grand maître et de saper l'autorité qu'il avait sur elle. Elle était à ses ordres.

— Je ne peux pas, dit-elle d'un ton implorant au jeune Elim.

Agacé, l'autre, plus âgé, intervint.

— Dépêchez-vous, fit-il sèchement, le grand maître des eunuques attend.

— Vous devez venir, maintenant, mademoiselle Ana, insista le jeune Elim d'un air compatissant.

Elle secoua la tête pour refuser, mais le plus âgé l'attrapa et la sortit pratiquement de force du karak.

— Obéissez, odalisque Ana. Je dois rendre des comptes au grand maître des eunuques. Si vous nous causez le moindre ennui aujourd'hui, je veillerai personnellement à vous rendre la vie aussi désagréable que possible.

Ainsi, les abus suivaient la voie hiérarchique et passaient de Salméo à son Elim.

— Ça ne peut pas être pire, murmura-t-elle.

— Oh ! si, croyez-moi, odalisque Ana. Maintenant, tenez-vous bien droite et faites honneur au harem.

Boaz eut la gorge nouée en entendant l'avertissement de Pez. Il leva les yeux vers l'imposante muraille qui entourait le Palais de pierre et ses jardins. Il reconnut immédiatement l'énorme masse de Salméo et aperçut à côté de lui une petite silhouette vêtue de couleurs sombres. Elle était trop petite pour être celle de sa mère, et aucune servante n'aurait eu la permission de quitter le harem pour assister à une exécution publique. Il n'existait qu'une seule personne que l'on puisse forcer à être témoin de cet événement : l'odalisque Ana. Salméo avait de toute évidence l'intention de briser la jeune fille avant que sa personnalité prenne son essor. Il refusait de lui laisser l'illusion que son intégrité pourrait survivre à la vie dans le harem. Même Herezah avait appris à jouer selon les règles de Salméo. Il en irait de même pour Ana, à moins que Boaz intervienne.

Il regarda l'escalier. Tous les Zars l'avaient gravi à un moment ou à un autre, généralement pour faire un discours ou simplement pour observer le peuple vaquer à ses occupations quotidiennes. Ce jour-là, ces marches allaient lui donner une vue imprenable sur la souffrance. Boaz souhaitait de tout son cœur être ailleurs, mais il ne pouvait y échapper. Pez l'attendait en haut et se livrait à ses pitreries habituelles, arrachant de gros éclats de rire à la foule.

Le Zar de Percheron prit une profonde inspiration et entama la longue ascension. Le bruit de ses pas résonnait au même rythme que le tambour obsédant qui annonçait son arrivée à la foule.

Un individu vêtu d'un jamoosh gris foncé attendait parmi les curieux venus assister aux deux exécutions barbares. Il tenait la main d'un garçon qui ne devait pas avoir plus de dix ans. Visiblement apeuré, le petit se tournait fréquemment vers son compagnon, qui n'avait d'yeux que pour la muraille et les diverses silhouettes qu'on apercevait à son sommet.

— C'est elle, c'est l'odalisque Ana, debout à côté du grand maître des eunuques, chuchota le garçon.

— J'avais compris, répondit l'autre.

— La Valide Zara est là aussi, près du vizir. Vous le voyez ?

— Oui, mais je ne l'aurais pas reconnu sans ses soieries criardes et sa barbe ridicule.

— Le tambour résonne pour l'arrivée du Zar.

— Merci, Teril, répondit l'adulte d'un ton de doux reproche pour bien montrer qu'il le savait déjà.

Mais le petit ne se découragea pas pour autant.

— Devrait-on se rapprocher ?

— Non. Je pense que tu regretteras bientôt d'être là.

— J'ai déjà assisté à de nombreuses flagellations, se vanta le garçon, sans avoir l'air très convaincant.

— Je sais, répondit l'adulte avec une certaine tristesse. Mais là, ce sera bien pire, d'autant que tu connais le prisonnier. As-tu déjà vu quelqu'un mourir dans d'atroces souffrances ?

Le garçon secoua la tête.

—C'est ce qui attend le jeune Shaz. On ne devrait peut-être pas rester.

—Mais vous m'avez demandé de vous amener ici, protesta le petit, perplexe.

—C'est vrai. Mais j'avais une tout autre raison de venir, qui n'a rien à voir avec une exécution.

—Vous êtes venu pour elle ? demanda Teril en désignant Ana d'un signe de tête.

—Oui.

—On ne peut pas parler à une odalisque. Vous devriez le savoir.

—Je n'ai pas l'intention de lui parler. Je voulais simplement la voir de mes propres yeux, c'est tout. Vois-tu le nain qui caracole ?

—Oui, il s'appelle Pez.

—Je veux que tu lui remettes un message de ma part. C'est très important et très urgent. Peux-tu faire ça pour moi ? Je te paierai.

—Je ne veux pas de votre argent. Vous devriez le savoir, ça aussi, après ce qu'on a partagé. (L'adulte acquiesça, et le garçon lut des remerciements dans le regard intense qu'il lui lança sous son jamoosh.) Où est le message ?

—Ici.

L'homme pressa un petit parchemin plié dans la main du garçon.

—Maintenant ?

—Dès que tu pourras, Teril.

—Je vais peut-être devoir attendre que le nain redescende cet escalier.

—Je ne pourrais jamais assez te remercier de m'aider ainsi.

—Alors, notre dette est réglée ?

—Entièrement. (L'adulte posa la main sur la tête du petit.) Sois prudent. Personne d'autre ne doit lire cette note.

—Je comprends. Mais comment allez-vous rentrer ? Vous avez eu besoin de mon aide pour venir ici.

— Ça ira, répondit brusquement l'adulte.

Le garçon lui dit au revoir, brièvement, avant de se fondre dans la foule.

L'homme au jamoosh leva les yeux vers Ana, puis tourna les talons tant bien que mal, heureux que ses vêtements amples dissimulent la douleur que lui causaient ses mouvements. Il s'éloigna en boitillant, appuyé sur deux cannes en bois noueux.

# Chapitre 29

Les habitants de Percheron applaudirent à tout rompre l'arrivée de Boaz. Ils ne voyaient pas souvent leur souverain en personne, et le fait qu'il s'agissait de leur tout nouveau Zar déclencha chez eux beaucoup d'excitation et d'enthousiasme. Il leur parut grand et mince, mais avec de larges épaules. En cela, il ne ressemblait pas à son père, si corpulent dans ses dernières années. Quant à sa mère, même si peu de gens avaient posé les yeux sur elle, ils connaissaient de réputation sa beauté incroyable. Or, les boucles noires de ce jeune homme et son physique agréable laissaient à penser qu'il ressemblait davantage à la nouvelle Valide qu'à son père. De nombreuses personnes dans l'assistance avaient été surprises mais également ravies d'apprendre que le jeune Zar allait faire exécuter en public non pas un mais deux condamnés. Certaines rumeurs le dépeignaient comme un adolescent studieux, voire intellectuel. Elles avaient enflé au point de suggérer qu'il était aussi de nature délicate. Plusieurs des figures éminentes de la cité s'étaient discrètement demandé entre elles si ce prince était taillé pour le rôle de Zar et s'il pouvait régner avec fermeté. D'autres avaient répondu, à juste titre, que son père, si craint dans la force de l'âge, avait certainement choisi l'Élu avec soin parmi ses nombreux héritiers. Joreb n'aurait pas désigné un fils incapable de trouver en lui la force nécessaire pour gouverner Percheron d'une main ferme.

Voilà que Boaz donnait apparemment raison à son père. Il n'avait pas du tout l'air intimidé lorsque, d'un geste, il les remercia de leur accueil.

— Tout va bien ? demanda Pez à son Zar dans un murmure, même si personne n'était assez près d'eux pour les entendre.

— Oui, étonnamment. Utilises-tu déjà ta magie ?

— Non, pas encore, mentit Pez. Tu t'en sors très bien tout seul. Je suis fier de toi.

Pez canalisait son don si doucement que Boaz ne pouvait pas le sentir. Très vite, il s'en rendrait compte mais, pour le moment, le nain voulait seulement donner confiance au jeune homme.

— Dois-je continuer à sourire à tout le monde ?

— Tu leur donnes exactement ce qu'ils veulent. Maintenant, tu dois réclamer le silence, afin que les bourreaux puissent faire leur ouvrage.

Boaz leva la main. En voyant cela, la foule se calma. D'un air grave, il hocha la tête à l'intention du bourreau du palais, qui possédait un physique effrayant.

— Il a rempli ce rôle auprès de mon père pendant tant d'années, chuchota-t-il à son ami.

Tandis que le bourreau énonçait les sentences, Boaz jeta un coup d'œil à la dérobée vers Ana.

— Ce n'est pas bien qu'elle soit là, murmura-t-il avec colère.

— Je ne vois pas pourquoi tu es surpris, rétorqua Pez.

Boaz fit la grimace.

— Je pensais qu'avec le châtiment de Lazar et sa mort, tout serait fini entre Salméo et Ana.

Pez fronça les sourcils.

— Ne sois pas naïf, Boaz. Ça ne fait que commencer.

Ils se turent lorsqu'une poterne s'ouvrit au sein de la muraille et que l'on fit sortir les deux condamnés. L'un marchait fièrement, alors que l'autre pleurait et se débattait. Les deux Elims qui l'escortaient étaient pratiquement obligés de le porter.

— Oh, Zarab ! Pauvre Shaz, chuchota Boaz d'un air accablé.

Pez comprit qu'il était temps de passer à la vitesse supérieure.

Herezah se pencha vers Tariq.

— Ma présence est-elle vraiment nécessaire ?

— Pardonnez-moi d'abuser de votre bienveillance, Valide. Je me suis dit que notre jeune Zar avait besoin de votre soutien aujourd'hui.

Herezah dévisagea longuement le vizir, au point qu'il fronça les sourcils.

— Tariq, je ne sais vraiment pas quoi penser de vous en ce moment, avoua-t-elle enfin.

— Comment cela, Valide ? demanda-t-il doucement sans écouter la litanie du bourreau en contrebas, ni la crise d'hystérie de l'apprenti et les murmures excités de la foule.

— Je n'arrive pas à vous cerner. Il y a chez vous quelque chose qui ne correspond plus à l'image que j'avais de notre vizir.

Il eut un rire de gorge, profond et grave. Elle en apprécia la sonorité, mais elle ne l'avait jamais entendu rire ainsi depuis toutes ces années qu'elle le connaissait.

— C'est comme votre rire, à l'instant. Je ne vous ai jamais vu aussi sincèrement amusé, Tariq.

— Comment était-ce, avant, Valide ?

— C'était le rire d'un flagorneur, répondit-elle franchement. Je vous ai observé pendant des années, le moindre pouffement était calculé. En fait, tout chez le Tariq dont je me souviens était calculé et feint. (Elle secoua la tête.) Mais là, non. Vous semblez sincèrement amusé.

— C'est le cas, répondit-il en jetant un coup d'œil en contrebas – Shaz venait de se mettre à hurler en entendant sa sentence.

Songeuse, la Valide se mordillait la lèvre inférieure sous son voile.

— Aussi, j'ai toujours pensé que vous n'aimiez pas beaucoup Boaz.

— C'est vrai, je ne l'aimais pas. (Il sourit en voyant une lueur choquée s'allumer dans le regard d'Herezah.) Ce que je veux dire, c'est que votre fils était encore, il n'y a pas si longtemps, un simple héritier parmi d'autres… un prince en attente. Tout à coup, il est notre Zar, l'Élu. Or, je me soucie de notre Zar, Valide, d'autant plus que celui-ci est encore très jeune et qu'il a besoin des conseils de tous ceux qui peuvent lui faire profiter de leur sagesse.

— Vous voyez, Tariq, ça, ça ne vous ressemble pas du tout, chuchota-t-elle.

Une fois de plus, il sourit, comme s'il voulait la séduire. Ses yeux, visiblement plus jeunes, n'avaient jamais autant brillé.

— Je ne vois pas du tout à quoi ça ressemble, alors.

— On dirait qu'un intrus a volé le corps de Tariq.

Le vizir se retint de rire à gorge déployée.

— Peut-être est-ce le cas ? Voudriez-vous que je porte un autre nom ?

Herezah le regarda d'un air interrogateur.

— Non, ce ne sera pas nécessaire. Mais je dois admettre que vous m'impressionnez. J'apprécie cette curieuse métamorphose que vous semblez traverser, vraiment, et je ne peux que l'attribuer à la potion que vous prenez. Visiblement, cela fonctionne, je vois que votre bosse est presque partie.

— Merci. Il est vrai que cela fait longtemps que je ne m'étais pas senti aussi bien.

— Je suis particulièrement ravie de voir que, pour une fois, vous vous souciez d'une autre personne que vous. (Elle choisit d'ignorer le coup d'œil ironique qu'il lui lança. Sans doute trouvait-il cette remarque quelque peu hypocrite venant d'elle.) Je trouve que Boaz s'est montré très courageux en prenant la décision de faire exécuter ces deux-là. C'était nécessaire, et il a fait le bon choix, mais je sais qu'il va devoir faire appel à tout son courage pour assister à leur mort.

— Boaz sera un grand Zar s'il sait s'entourer des bonnes personnes, répondit le vizir d'un air songeur. Il possède l'extraordinaire beauté et le sang-froid de sa mère pour charmer les gens, ainsi que l'attitude guerrière de son père pour les intimider. C'est un mélange qui n'a pas de prix.

—Je n'aurais jamais cru dire cela, mais vous avez raison. Ces derniers jours, il me fait vraiment penser à Joreb quand il était jeune.

—Nous ne devons pas oublier, cependant, que Boaz est encore assez jeune pour subir de mauvaises influences.

—Que voulez-vous dire par là? demanda Herezah, surprise.

—Rien de bien grave. Certes, je ne me suis pas beaucoup intéressé à lui par le passé, mais maintenant qu'il est Zar, je vais l'observer de beaucoup plus près, au nom des Percherais. À qui se confie-t-il? Qui va-t-il voir quand il a besoin de conseils? Il faut que j'en sache plus sur lui.

—Je n'arrive pas à croire que nous ayons cette conversation, Tariq. Vous connaissez ce garçon depuis sa naissance. Vous savez aussi bien que moi que ses deux meilleurs amis sont ce nain détestable et l'Éperon. Maintenant que Lazar est mort, mon fils n'a plus qu'un demeuré pour proche compagnon.

Tariq se retourna pour observer Pez, qui se tenait debout sur une jambe au risque de tomber dans la foule en contrebas. Le nain semblait clairement dans son propre monde.

—J'ai demandé à Yozem, ma sorcière, de lire son sang, vous savez, ajouta Herezah avec nonchalance.

—Et?

—Rien. Pez est une page blanche pour elle. Elle est incapable de lire en lui.

—Est-ce fréquent?

—Elle ne m'avait encore jamais fait défaut, renifla Herezah.

—Je vois, marmonna Tariq, distrait, en sentant vaguement une douce magie tourbillonner autour de lui.

Il essaya de la suivre, de se fixer dessus, mais il en fut incapable, comme si elle se savait traquée. Il n'avait aucune idée de sa provenance. Il retourna à ses pensées et se concentra sur le nain. *Je vais également m'intéresser à toi, Pez. Peut-être nous caches-tu quelque chose…*

Sur le rempart, tout en dansant, Pez priait la déesse de continuer à le protéger pendant qu'il canalisait prudemment sa magie.

Tous les discours officiels avaient été prononcés. Tandis que s'élevaient les gémissements pitoyables de Shaz, le bourreau se tourna vers Boaz pour lui laisser la parole avant qu'ils ne passent aux choses sérieuses.

Le jeune Zar prit une profonde inspiration. Il lui restait un dernier espoir de sauver une vie ce jour-là sans pour autant donner aux personnes présentes une raison de douter de la sincérité de ses intentions.

— Bon peuple de Percheron, commença-t-il. (La foule à ses pieds se tut.) La décision du Zar a été proclamée. Shaz le Fustigeur et Horz l'Elim m'ont trahi et se trouvent à présent dans l'ombre de la mort à cause de leur crime. Ceci dit, je respecte les anciennes traditions de notre nation. Trop d'entre elles sont tombées dans l'oubli ces derniers temps. J'espère qu'ensemble, nous pourrons ranimer un peu de notre passion pour les rites de nos ancêtres, à qui nous devons d'être ce peuple riche, éduqué et cultivé que nous sommes aujourd'hui.

Des sifflets et des vivats s'élevèrent de la foule. Boaz leva la main pour réclamer le silence.

— Pour cela, suivant l'exemple du Zar Baelzeemen voilà trois siècles, je remets le pouvoir de la Couronne entre les mains du peuple.

Cela lui valut encore d'autres applaudissements, même si personne dans la foule ne comprenait à quoi il faisait allusion.

Contrairement au vizir. Maliz était si vieux qu'il avait connu le règne du Zar Baelzeemen.

— Il est bien plus intelligent que nous le pensions, commenta-t-il.

— Que savez-vous ? lui demanda vivement Herezah.

— Je connais l'Histoire, tout comme votre fils. Le Zar dont il parle avait l'habitude de permettre à la foule de faire preuve de clémence lorsque deux exécutions ou plus devaient avoir lieu le même jour.

Herezah n'eut pas le temps de répondre, car Boaz poursuivait déjà :

— Peuple de Percheron, si jamais, au cours de mon règne, deux personnes ou plus devaient être exécutées le même jour, je t'autorise à faire preuve de clémence envers l'un des condamnés. Le Zar Baelzeemen était un homme plein de compassion et je compte bien régner avec la même humanité. Je ne peux pardonner à ces prisonniers ce qu'ils ont fait. Je ne dois pas leur pardonner, en vérité. Mais tu peux annuler l'une des condamnations, si tu le souhaites.

» Lève la main, bon peuple, si tu souhaites que Horz l'Elim subisse les conséquences de son crime, cria-t-il d'une voix teintée d'émotion, car il espérait contre toute attente qu'ils épargneraient le plus âgé des deux hommes.

Mais la foule rugit sa réponse, et tous les bras se levèrent à l'unisson. Horz allait mourir ce jour-là.

Boaz ravala sa déception. Il leur en avait trop demandé. Cela ne l'empêcha pas de faire appel à eux une deuxième fois. Même Shaz s'était tu, dans l'attente de voir si les Percherais éprouvaient la moindre sympathie pour son calvaire et ses protestations d'innocence.

— Sachant ce qu'il a fait, lève la main si tu souhaites voir Shaz l'apprenti payer le prix de sa participation au meurtre de l'Éperon.

Des murmures embarrassés laissèrent place à un silence tendu alors que, sur les quelques deux cents personnes présentes, seule une soixantaine levèrent la main.

Sous l'effet du soulagement, Pez applaudit spontanément, mais il tourna aussitôt la chose en plaisanterie. Il se mit à faire des grimaces à la foule et à pousser des cris de joie comme s'il ne comprenait pas vraiment pourquoi il s'enthousiasmait ainsi. Boaz posa la main sur l'épaule de son compagnon, et le nain s'immobilisa aussitôt.

— Voyez comme il le contrôle, chuchota Herezah au vizir. Personne d'autre n'y parvient.

Tariq hocha la tête. Décidément, Pez attisait sa curiosité. Il risqua un coup d'œil en direction de Salméo, qui lui lança un regard mauvais. Tariq sourit. Le grand maître des eunuques devait être furieux que le Zar ait annulé le châtiment de Shaz. C'était un problème qu'il avait cru réglé et dont il lui faudrait s'occuper plus tard.

— Mon peuple a choisi d'épargner Shaz l'apprenti, annonça Boaz en faisant de gros efforts pour ne pas montrer qu'il était ravi.

La foule ne fut pas aussi circonspecte et rugit son approbation de manière assourdissante. Shaz lui-même semblait perdu, incapable de croire qu'il venait d'échapper à la mort alors qu'elle cognait si fort à sa porte. Il se tourna vers Horz, qui hocha la tête avec un petit sourire triste, félicitant le jeune homme. Puis les assistants du bourreau poussèrent brutalement Shaz vers la poterne pour le ramener dans la cour de la Lune. Là, il serra dans ses bras tous les soldats, tous les domestiques et même l'un des membres de l'équipe du bourreau. Puis, il aperçut un visage familier un peu plus loin. C'était Teril, l'un des plus jeunes apprentis Fustigeurs. Shaz agita le bras, trop heureux pour parler. Le garçon lui rendit son salut. Il avait l'intention de venir le féliciter, mais il avait d'abord une mission à remplir.

Il regarda vers le haut de la muraille sur laquelle Pez exécutait l'une de ses fameuses gigues.

— Hé ! gamin, tu n'as pas le droit d'être là ! Notre Zar est là-haut, explique un soldat en arrivant au pas de course. Tu pourrais te prendre un coup de couteau pour moins que ça.

— J'ai un mot à remettre au nain, marmonna Teril. C'est important.

— Quoi ? s'exclama le soldat en riant. Tu crois que le fou sait lire ?

Le gamin parut hésiter tout à coup.

— Non. C'est juste que j'ai promis à un prêtre que je lui apporterai ce message. Je me moque qu'il puisse le lire ou pas.

— Fais-moi voir ça, demanda le soldat, un peu troublé que cela vienne d'un saint homme de Zarab.

— Non, monsieur, je ne peux pas, répondit le garçon. Je ne peux pas faire ça. C'est un message privé du prêtre pour le nain. (Puis il se dépêcha de changer de sujet, pour ne plus mentir.) Je porte mon uniforme, vous voyez bien que je suis autorisé à me déplacer au sein du palais.

— Montre-moi ta marque, insista le soldat, pas vraiment suspicieux mais préférant ne prendre aucun risque avec le Zar à neuf mètres de là.

Teril releva la manche de sa tunique ample pour dévoiler la marque que tous les serviteurs recevaient lorsqu'ils commençaient à travailler au palais. Le soldat hocha la tête.

— Qui est ton supérieur ?

— Rah, répondit le garçon. Je vais retourner auprès de lui dès que j'aurais remis le message. Vous pouvez me surveiller, si vous voulez.

— Je ne peux pas te laisser monter et tu ne peux pas rester là.

— Vous ne voulez pas au moins me laisser attirer son attention ? S'il est prêt à accepter le mot, il pourra nous le signaler à tous les deux ?

— Le nain ne comprendra rien…

— Je sais, monsieur, mais j'ai donné ma parole.

— D'accord, soupira le soldat, qui avait un peu pitié du gamin.

Il avait un fils du même âge et savait à quel point il était important d'inculquer le sens du devoir à ces jeunes garçons. Celui-ci essayait seulement de mener une mission à bien. De plus, tous les soldats étaient contents que Shaz ait échappé à la mort. Personne ne croyait qu'il avait joué le moindre rôle dans la mort de leur bien-aimé Éperon. Un peu d'indulgence ne pouvait pas faire de mal, comme l'avait démontré leur Zar.

— Vas-y, alors, vois si tu peux attirer son attention. Mais je vais devoir te fouiller.

Rayonnant, Teril autorisa cette fouille. Puis, il siffla pour interpeller Pez. Le destin fit qu'il n'y avait pratiquement plus de bruit de l'autre côté des remparts, alors que l'on préparait Horz en vue de son supplice.

Le sifflet déchira donc le silence. Les deux silhouettes en haut de la muraille se retournèrent.

— Tu es grandiose. Ne gâche pas tout maintenant. Continue à regarder devant toi, conseilla Pez à son Zar. (Puis, agacé, il baissa les yeux vers le gamin qui lui faisait signe.) Qu'est-ce qui se passe ?

— Qui est-ce ? demanda Boaz entre ses dents.

— Je n'en sais rien. Je ne le connais pas, mais il appartient au personnel du palais, visiblement.

— Qu'est-ce qu'il veut ?

— Me voir, je crois. Je ne saurais dire. Veux-tu que je me renseigne ?

— Non. Fais-le attendre. Je ne veux pas que tu me laisses.

— Je ne te laisserai pas. Il agite quelque chose à mon intention. Laisse-moi juste le récupérer.

Pez disparut dans l'escalier en s'arrêtant régulièrement pour continuer à mimer la folie.

— Ma foi, tu as de la chance, petit, le bouffon s'y est laissé prendre, commenta le soldat.

En compagnie de Teril, il regarda le nain descendre en s'efforçant d'attraper un fruit volant imaginaire.

— J'aime bien Pez, il est drôle.

— Drôle, oui. Mais il est fou, aussi. Je ne comprends pas comment notre Zar et son père avant lui peuvent supporter les délires de cette créature toute la journée.

Pez leur fit un grand sourire en arrivant devant eux.

— C'est déjà l'heure du dîner ? Allons-nous manger les éléphants du zoo ?

— Vas-y, dit le soldat en donnant un coup de coude au garçon.

— Euh, Pez, monsieur…

Teril ne savait pas très bien comment s'adresser au bouffon de la cour, car il ne lui avait encore jamais parlé. Pez les contempla tous les deux en se grattant l'entrejambe.

— Vous avez vu toutes ces grenades volantes ? Je ne savais pas qu'elles pouvaient parler ou avoir des ailes.

— Le, euh, le garçon a un mot pour toi, Pez, expliqua le soldat en décidant d'accélérer un peu les choses.

— C'est mon dîner ? demanda Pez en regardant le parchemin.

Le soldat regarda Teril d'un air compatissant.

— Tu n'as qu'à le lui mettre dans la main, comme ça, tu pourras dire au prêtre que tu as fait ce qu'il te demandait. Si cet idiot mange le message, c'est son problème.

Le gamin obéit et fourra le rouleau de parchemin dans les mains curieusement trop grandes du nain. Il essaya de ne pas montrer sa stupeur face à ces énormes jointures et ces longs doigts.

— On m'a demandé de te donner ça.

Pez renifla le message, puis s'immobilisa, les yeux dans le vague, un filet de bave coulant le long de la bouche.

— Et les éléphants ? demanda-t-il quelques instants plus tard, comme s'il revenait à lui.

— Bientôt, répondit le soldat, qui prit congé à son tour.

Pez serra le message dans son poing et sentit un frisson remonter le long de son échine. Personne ne lui avait jamais écrit. Pour quoi faire, à moins de connaître la vérité à son sujet ? Cela signifiait que quelqu'un, à l'extérieur du palais, avait demandé au garçon de lui faire passer ce message. Était-ce Jumo ? Il ne savait pas écrire, mais il avait peut-être dicté le mot à quelqu'un. Zafira, ou Ellyana ? Il ne pouvait pas le lire tout de suite, en tout cas. Ce serait trop flagrant. Il renifla de nouveau le parchemin, car il se savait observé. Puis, après avoir grignoté les bords et recraché aussitôt les fragments, il rangea le message dans sa tunique et monta de nouveau l'escalier pour voir Horz. Il n'avait pas laissé la magie se dissiper pendant qu'il était occupé, mais il sentait l'anxiété de Boaz augmenter. Visiblement, le bourreau et ses assistants étaient prêts à commencer l'exécution, selon l'une des pires méthodes en vigueur à Percheron.

# Chapitre 30

Boaz était si pâle que Pez se demanda s'il n'allait pas s'évanouir. Le jeune Zar contemplait un point fixe, le regard vitreux. Le nain augmenta la vague de magie, et son ami parut recouvrer un peu d'équilibre.

— Pez, marmonna Boaz en titubant légèrement. Comment puis-je laisser un innocent mourir ?

Le nain ne répondit pas, mais canalisa encore plus. L'adolescent allait devoir apprendre à affronter ces situations de cruauté intolérable. Puis il baissa les yeux et eut le ventre noué lui aussi à la vue de la scène en contrebas. Horz, nu à l'exception d'un petit pan de tissu noué autour de ses hanches, venait d'être allongé sur le sol par les assistants.

— J'ai lu des descriptions dans les livres de la bibliothèque. Tu crois que ça a été inventé par un des Zars ? demanda Boaz, à la fois fasciné et révulsé.

Pez sentait que l'adolescent s'appuyait sur sa magie et tentait d'en puiser davantage à cause de la peur.

— Boaz, tu dois apprendre à lâcher prise, conseilla le nain. Je te tiens. Tu es en sécurité. Je peux te rendre aveugle momentanément si tu le souhaites, mais je crois que ça serait lâche. Pense à l'odalisque Ana qui se tient là-bas toute seule et qui doit regarder son oncle subir un sort atroce. Elle n'a rien pour l'aider, à part le courage qu'elle arrivera à trouver en elle.

C'était exactement la chose à dire. Boaz se redressa, le dos bien droit, en entendant parler de la jeune fille.

— Maintenant, lâche prise, comme je l'ai dit, et sache que tu es en sécurité avec moi. Tu ne te couvriras pas de honte.

— Et Ana ? chuchota-t-il en respirant plus lentement.

Pez sentit l'emprise avide du garçon sur sa magie diminuer.

— Ana est forte. La haine qu'elle voue à Salméo l'aidera à traverser cette épreuve. (Le jeune Zar continuait à lâcher prise. Pez allait devoir agir vite. Il n'avait plus le temps.) Maintenant, Boaz, je dois y aller.

— Quoi ?

— Chut, mon garçon, je veux dire au revoir à Horz.

Boaz rougit.

— C'est quelqu'un de bien. J'espérais qu'ils le gracieraient. Ta magie ne peut-elle pas l'aider, elle aussi ?

— Non, je ne vais pas utiliser la magie. (Pressé de s'en aller, Pez ne voulait pas en dire plus.) Reste ici et concentre-toi sur moi. Je serai près de lui, donc ils auront l'impression que tu regardes le condamné. Le Don ne te laissera pas tomber, Boaz. Fais-lui confiance.

Le Zar hocha la tête d'un air misérable.

— Dis à Horz que je suis désolé.

— Je pense qu'il le sait déjà.

Sur ce, Pez dévala de nouveau l'escalier.

Horz avait des lanières de cuir autour des poignets et des chevilles. Quatre hommes tirèrent dessus jusqu'à ce que l'Elim ait les bras et les jambes complètement écartés.

Le bourreau se tourna vers le Zar, qui baissa tristement la tête pour lui ordonner de procéder à la mise à mort.

Le silence au sein de la foule était si dense qu'il en devenait oppressant. Pez sortit par l'une des portes et courut vers les spectateurs en poussant des grondements. Ils reculèrent, hésitants. Cela faisait-il partie du spectacle ? Ou était-ce juste la bizarrerie du fameux nain ? Ce n'était pas souvent qu'ils voyaient de si près le célèbre bouffon du Zar, mais sa réputation le précédait. On le savait contrariant, plus heureux que les oiseaux au lever du soleil à un moment donné et furieux et sombre comme un ciel d'orage l'instant d'après. Apparemment, l'aube n'était plus qu'un souvenir et l'orage couvait. Pez regardait tout le monde, y compris le bourreau, en sifflant comme un chat en colère.

— Je veux l'embrasser pour lui dire adieu, gémit-il brusquement en éclatant en sanglots.

Il ne cessa de le répéter comme un enfant faisant un caprice.

Le bourreau s'était vu remettre par ses assistants un gros pieu, solide et effrayant. Il positionna la pointe entre les jambes écartées de Horz. Dans quelques secondes, il allait l'utiliser pour empaler l'Elim tremblant mais silencieux.

Pez augmenta le volume de sa voix jusqu'à crier.

Brusquement, le bourreau en eut assez et se tourna une fois encore vers le Zar pour demander sa permission. Le jeune homme, seul sur le parapet, tremblait de concert avec le condamné. Il hocha la tête, et le bourreau recula pour permettre à Pez de dire adieu à Horz. Tous ceux qui se trouvaient sur le devant de la foule ou perchés en haut de la muraille virent le nain passer aussitôt de la colère hystérique à la sérénité et aux sourires. Il s'inclina devant son Zar, puis devant le bourreau, avant de venir, en se dandinant, s'agenouiller auprès de Horz.

— Le Zar ne connaît pas d'homme plus courageux que toi, chuchota Pez à l'oreille du malheureux. Va rejoindre ton dieu la conscience en paix, mon ami.

Il empêcha l'innocent de répondre en posant sa bouche sur ses lèvres. Quand il releva la tête, il vit Horz le regarder d'un air stupéfait, pour deux raisons. Le nain les avait dupés pendant toutes ces années ! Il était aussi sain d'esprit qu'eux, il l'avait entendu dans ses paroles et il le lisait dans son regard jaune intense. Mais il avait aussi eu droit à une autre surprise, pour laquelle il lui était profondément reconnaissant.

— Chut, fit Pez en portant un doigt à ses lèvres. (Puis il s'éloigna d'un pas sautillant, en souriant et en applaudissant.) Je l'ai embrassé ! s'écria-t-il.

Les gens, médusés, ne purent que secouer la tête en le regardant faire la roue jusqu'à la poterne par laquelle il se faufila dans l'enceinte du palais.

Distraits par la folie du nain, ils ne virent pas Horz mourir en mordant la capsule que Pez avait glissée dans sa bouche. Elle contenait un poison rapide qui arrêta son cœur en quelques secondes. L'Elim mourut dans un soupir, les yeux ouverts, et ce fut à peine si un frisson agita ses membres entravés. Ce fut une fin paisible et indolore pour priver le bourreau de la victoire de Salméo.

Tout le monde s'émerveilla du courage de l'Elim lorsque son supposé supplice commença. Ils furent tellement impressionnés de ne pas l'entendre hurler lorsque le pieu fut enfoncé dans son corps que cette émotion devint palpable, comme une entité vivante. Quelques personnes eurent de violentes nausées lorsque le bourreau utilisa un énorme maillet pour faciliter le passage de l'épieu à travers le corps de Horz. Même deux des assistants qui lui tenaient les membres détournèrent le regard lorsque la pointe du pieu passa à travers la chair et l'os pour ressortir au niveau de l'épaule.

Les cris de dégoût s'éteignirent peu à peu, par respect pour le héros qui, bien que condamné pour meurtre, allait survivre dans les livres d'histoire comme le plus célèbre guerrier des Elims, presque divin dans son stoïcisme.

— Hissez-le, ordonna le bourreau, lui aussi surpris par l'absence de cri ou de réaction.

Horz fut donc hissé, empalé sur le pieu qui fut enfoncé dans le sol. Il allait rester ainsi pendant trois jours jusqu'à ce que l'odeur de son cadavre devienne insupportable pour les habitants du palais. Alors, on l'emmènerait sur un mont spécial en bordure de la cité, où il resterait jusqu'à la complète décomposition de son corps, pour rappeler pendant un long moment aux Percherais que leur Zar ne tolérait aucune trahison.

Ana avait fermé les yeux pour ne pas voir la scène terrifiante en contrebas. Elle refusa de les ouvrir même lorsqu'un parfum de violette lui annonça que Salméo se penchait vers elle.

— Votre oncle est incroyablement courageux, susurra-t-il. Il n'a pas émis un son. Je dois dire que même moi, je suis impressionné, alors que je suis témoin de la bravoure des Elims depuis des années.

— J'espère que son esprit ne vous laissera plus jamais trouver le repos, répliqua Ana.

Salméo rit, même s'il était furieux. Non seulement Horz était mort courageusement, mais Shaz avait été libéré et représentait une menace très réelle pour lui.

— Allons, Ana, tu découvriras que les esprits ne me font pas peur. Maintenant, il est temps d'entamer ton éducation d'esclave. (Il s'humecta les lèvres.) Je te réserve tellement de choses.

Dans le karak qui le ramenait à ses appartements, Boaz sentit sa légère migraine empirer.

— C'est le contrecoup du Don, expliqua Pez avec simplicité. Tu devrais dire à ton secrétaire que tu ne souhaites pas être dérangé.

Boaz secoua sa tête douloureuse.

— Je suis impressionné par la bravoure de Horz.

Il regarda d'un air absent l'écran de soie qui le dissimulait à la vue des passants dans le palais.

— Nous devrions tous l'être. Je lui ai répété tes paroles, mentit Pez.

— Et ? demanda Boaz avec avidité, car il avait désespérément besoin de soulager sa conscience.

Pez lui offrit ce répit.

— Il t'a remercié.

Il y eut quelques instants de silence tendu entre eux.

— Je vais en voir d'autres dans ma vie, pas vrai ? finit par demander Boaz.

— Oui, tu verras d'autres souffrances.

— La prochaine fois, je serai aussi courageux que l'Elim. Je suivrai son exemple et je ne ferai pas appel au Don.

Pez hocha la tête. Boaz mûrissait un peu plus chaque jour.

—Je suis fier de toi, dit-il.

—C'est donc fini, soupira le jeune Zar.

—Quoi donc ?

—Toute cette histoire avec Lazar.

—Pas pour moi, marmonna Pez avec amertume.

Il demanda aux Elims de s'arrêter et sortit du karak dans une roulade, avant même que les hommes se soient entièrement immobilisés. Il rit d'un air dément avant de passer de nouveau la tête entre les rideaux.

—Pourquoi as-tu fait ça ? chuchota Boaz.

—Tu as besoin de rester seul. Repose-toi. Je viendrai dîner avec toi tout à l'heure, si tu veux.

Le Zar acquiesça distraitement.

—Peux-tu transmettre un message à l'odalisque Ana pour moi ?

Pez opina du chef, car cette histoire de message lui rappelait le parchemin plié contre sa poitrine.

—Bien sûr.

—Dis-lui que je suis désolé qu'elle ait dû assister à ça. Dis-lui que je tiendrai ma promesse pour le pique-nique.

—Je vais aller la voir tout de suite.

Boaz prit la main crochue du petit homme, si semblable à une serre d'oiseau.

—Merci, Pez.

# Chapitre 31

Pez regagna sa chambre et referma la porte sur les événements de la journée. Le parchemin lui grattait la peau, et il éprouvait des picotements sur tout le corps. Ce n'était pas le mot, mais autre chose, comme si chaque parcelle de son être fourmillait d'impatience.

Il vérifia d'abord, en regardant par les fenêtres, qu'il n'y avait personne au-dehors. Ensuite, il prit la précaution supplémentaire de s'asseoir par terre à côté d'une énorme commode peinte qui contenait ses soieries. Elle le dissimulerait si quelqu'un décidait tout à coup de jeter un coup d'œil par ces mêmes fenêtres.

En dépliant le parchemin, il se souvint tout à coup pourquoi le garçon qui le lui avait apporté lui était familier. Il était présent dans la cour des Chagrins lors du châtiment de l'Éperon. C'était l'assistant de Shaz, qui lui avait amené le Nid de Vipère. Il ne connaissait pas son nom.

Une prémonition l'envahit. Pez ouvrit le parchemin et, dans un frisson, reconnut l'écriture, en dépit des gribouillis. Il retint son souffle et finit par lire le terrifiant contenu.

Il ne savait pas combien de temps il avait passé à contempler le message. Plusieurs minutes s'étaient certainement écoulées pendant qu'il lisait et relisait le mot avec incrédulité.

— C'est la vérité, dit une voix familière.

Pez leva les yeux et découvrit une éblouissante jeune femme devant lui. Il n'aurait su dire si elle venait juste d'apparaître ou si elle s'était faufilée dans la pièce en passant par la porte.

— Pourquoi ne suis-je pas surpris de vous voir? demanda-t-il avec colère, à cause de ce qu'il venait de lire, mais aussi à cause de l'audace de sa visiteuse.

— J'ai senti ta détresse, répondit-elle calmement.

— Oh! le mot n'est pas assez fort pour décrire ce que je ressens. Ce qui me vient à l'esprit, c'est plutôt le sentiment d'avoir été trahi. Un homme intègre est mort aujourd'hui.

— J'ai vu, confia-t-elle dans un souffle.

— Ça ne vous a pas atteint, à ce que je vois, constata-t-il d'un air furieux.

— Ce que j'ai surtout remarqué, c'est qu'il n'a pas souffert. Tu as livré là l'une de tes meilleures performances.

— Perdre la vie prématurément, ce n'est pas souffrir?

— Je ne vais pas débattre de ça avec toi maintenant, Pez, déclara-t-elle comme si cela ne l'intéressait plus tout à coup. Nous avons des sujets plus importants à aborder.

— Plus importants... (Il ne put finir sa phrase tant il enrageait. Il pointa un doigt tordu sur elle.) Je refuse de participer à vos intrigues, Ellyana. Je ne vous laisserai pas me manipuler comme vous l'avez fait avec d'autres. Je vous suggère de vous méfier de Jumo.

— Oui, j'imagine qu'il voudra se venger, soupira-t-elle.

— Il est prêt à tuer, oui! Et il en a tous les droits après ce qui s'est passé. Vous l'avez manipulé, comme tout ce qui touche à la mort de Lazar.

— Je comprends ta colère...

Il l'interrompit par une exclamation de dégoût.

— Où? demanda-t-il sèchement.

— Tu le sauras.

— Laissez-moi. Je ne veux plus rien avoir à faire avec vous.

— Pas avant d'avoir fini ce que j'ai à te dire. Déteste-moi si tu y tiens, Pez, mais je ne suis pas ton ennemie.

— Qui a besoin d'ennemis avec des amies comme vous ? rétorqua-t-il aussitôt.

— Tu en as un, qui est déjà à ta recherche, car il peut te sentir.

— Je ne sais pas de quoi vous parlez, dit-il, moins sûr de lui à présent.

— Si, tu le sais. Tu as le hibou. Il t'a marqué. Je sais que tu as menti à propos de tes cheveux, ce n'est pas de la teinture. C'est Sa marque à Elle, et elle est permanente. Tu te souviens du paysage du rêve aussi, je vois dans tes yeux que cela te hante. Tu sais qui tu es.

— Je suis Pez, gronda-t-il.

— Tu lui appartiens à Elle ! Tu es Iridor ! riposta-t-elle, les dents serrées.

La beauté de la jeune femme s'évanouit sous sa colère. Son teint crémeux laissa place à une peau translucide et parcheminée. Ses yeux, jusque-là d'un bleu saisissant, se couvrirent de cataracte, et son corps parut se ratatiner devant Pez. Elle rayonnait de puissance, mais il ne se laissa pas intimider.

— Qui êtes-vous, Ellyana ?

— Tu en sais suffisamment pour comprendre que l'avènement d'Iridor est déclenché par une visite de la vieille femme.

— La Mère ? s'exclama-t-il, stupéfait.

— Son incarnation, sa messagère, sa servante. Appelle-moi comme tu veux, ajouta-t-elle avec beaucoup plus de douceur, tout à coup. Je le répète, je ne suis pas ton ennemie, Pez. Nous sommes des alliés qui doivent livrer le même combat.

— Pour la Déesse, vous voulez dire. (Il formulait enfin ce qui le troublait depuis son rêve effrayant au temple de la mer. Son sang se glaça du simple fait de prononcer ces mots à haute voix.) Allez-y, admettez-le.

Il détestait cette façon qu'Ellyana avait de lancer des paroles aussi provocantes sans jamais s'expliquer.

— Oui, c'est vrai. Pour la Déesse mère. Iridor est presque complètement réincarné, Pez, et il annonce la venue prochaine de Lyana.

— Je ne comprends rien à tout cela, répliqua-t-il avec un geste de la main, comme s'il espérait, en la congédiant, se débarrasser de cette nouvelle responsabilité effrayante.

— Tu ne comprendras pas… jusqu'à ce que tu te métamorphoses.

— Quelle métamorphose ?

— C'est ce dont je suis venue te parler. Tu dois te transformer complètement.

— En quoi ? demanda-t-il, stupéfait.

— Tu dois prendre la vraie forme d'Iridor.

Ce fut à ce moment-là que tout se mit en place. Il n'y eut aucun son, mais Pez sentit comme un déclic dans son esprit, comme si la dernière pièce du puzzle avait trouvé sa place. On aurait dit qu'il le savait. Depuis toujours, même. Il se sentait complet, tout à coup, comme si son ancienne vie n'était qu'un récipient et que celui-ci, inutile, gisait à présent en mille morceaux autour de lui. Il savait au fond de lui qu'elle disait la vérité et pourtant il n'était pas prêt à l'entendre, même si toute son existence avait servi à l'amener à ce moment précis.

— Le hibou ? chuchota-t-il en refusant encore d'y croire.

— Regarde dans le miroir. Tu y es presque.

Pez tenta une autre approche à l'aide de ce ton sarcastique qu'il employait souvent.

— Je suis un nain rabougri, fou et déformé, Ellyana, vous n'aviez pas remarqué ?

— Pour cette bataille, tu es Iridor, souffla-t-elle avec tellement d'affection qu'il faillit fondre en larmes. Tu es aussi Pez, mon cher. Tu n'as pas besoin de renoncer à qui tu étais, mais tu dois accepter qui tu es. N'aie pas peur. C'est ton destin. Tu as été choisi, comme nous tous.

Une sombre pensée lui traversa soudain l'esprit.

— Et Maliz ?

Elle hocha la tête d'un air grave.

— Il a retrouvé un corps. Il est parmi nous.

— Déjà ? (La peur le tenaillait, à présent.) Comment le reconnaîtrais-je ?

— Tu ne pourras pas. Pas encore. C'est toujours pareil. Mais, du coup, il ne peut pas savoir qui tu es, lui non plus, pas encore. Mais il te cherche et, quand il te retrouvera, tu le mèneras jusqu'à elle.

— Elle ?

— Lyana.

Il n'osa pas prononcer son nom sacré et adoré à haute voix. Les sourcils froncés, il le répéta dans sa tête.

— Qui est-elle ?

— Je ne sais pas. Aucun d'entre nous ne le sait. Les voies de la Mère sont bien mystérieuses. Mais Lyana se dévoilera le moment venu, et tu devras la protéger. Deviens ses yeux et ses oreilles.

— Comment est-ce que je deviens Iridor ? demanda-t-il en passant ses doigts courts dans sa chevelure blanche.

Ellyana hocha doucement la tête pour saluer son acceptation.

— Va au temple de la mer. Tu y trouveras des réponses.

— Vous ne les connaissez pas ?

— Je ne suis qu'une messagère, comme toi. Je sais seulement ce qu'on m'a dit. Nous servons, toi et moi, c'est tout. Va, maintenant, et que personne ne te voit. Puisse Lyana te bénir et te protéger des périls qui t'attendent. (Ellyana effleura son visage avec des doigts qui lui firent l'effet de plumes sur sa peau, ou était-ce l'inverse ?) Je dois y aller.

— Je vais vous montrer comment sortir, dit-il en tendant la main vers la poignée, pressé qu'elle s'en aille pour qu'il puisse réfléchir en silence.

Ellyana sourit.

— Personne ne m'a vue entrer et personne ne me verra sortir. Fais attention à toi. C'est toi le lien capital, maintenant. Ne fais confiance à personne dans ce palais, pas même à ton ami le Zar. Pour ce que nous en savons, Maliz a très bien pu s'emparer de lui.

— Je le saurais, je pense, grogna Pez.

— Pas nécessairement, le prévint-elle. Méfie-toi de tout le monde. Va, maintenant. Lyana attend.

Pez se rendit au temple de la mer comme s'il était en transe. Il avait échangé sa tenue de bouffon contre un doux jamoosh couleur sable sous lequel il était nu à l'exception d'un pagne en lin blanc. Pez portait rarement les vêtements traditionnels de Percheron, mais ceux-ci lui offraient pour l'heure l'anonymat dont il avait besoin. Il courut sans devoir prendre la peine de se cacher. Toutes les fibres de son être vibraient à cause de l'information nouvelle contenue dans le message et par anticipation de cette transformation dont Ellyana avait parlé.

Il arriva essoufflé au temple de la mer et s'arrêta un moment pour aspirer de grandes goulées d'air. Il leva les yeux tout en inhalant l'air salé et distingua pour la première fois le minuscule balcon qui faisait le tour du dôme bleu du bâtiment.

*Comme c'est étrange que je ne l'ai pas remarqué avant.* Des colombes et quelques mouettes appelaient depuis la balustrade, d'où elles disposaient d'une vue imprenable sur le port et la ville. Pez contempla ensuite la porte ouverte sur la pénombre. Il savait que sa vie allait changer lorsqu'il franchirait le seuil. Il ignorait comment, ou quel allait être son nouveau rôle, mais il comprenait qu'il n'avait pas le choix. C'était son destin. Il se tourna ensuite vers la mer. Lorsque son regard s'arrêta sur Beloch et Ezram, Pez se rappela son envie de rendre visite aux géants du port. Il en avait l'intention depuis qu'il avait parlé d'eux à Boaz. Peu importait ce qui lui arriverait ce jour-là, il ferait cette visite dans les prochains jours.

Puis, Pez gravit l'escalier vers la pénombre fraîche au sein de laquelle Lyana l'attendait. Le doux sourire sur ses lèvres semblait plus prononcé. N'y avait-il pas une légère rougeur sur ses joues ? Peut-être avait-il trop d'imagination, mais il était brusquement tout à fait conscient d'être en présence de la Déesse mère.

Il s'agenouilla, baissa la tête et tendit son petit bras pour effleurer les plis de sa robe. Ce fut à ce moment-là que Lyana s'adressa à Pez, son nouvel Iridor, son Messager.

# Chapitre 32

Il n'y avait aucune trace de Zafira. Il ne comprenait pas pourquoi, car elle n'était jamais absente lors de ses précédentes visites. Mais ce sentiment de surprise passa aussi rapidement qu'il était venu.

Lyana lui avait parlé. Au début, il avait cru rêver, mais la sincérité de cette belle voix, sa gratitude et son amour n'étaient que trop réels. Il s'était mis à pleurer quelques secondes après l'avoir entendue lui souhaiter la bienvenue. D'un ton musical, elle l'avait remercié de lui faire don de sa vie.

Les souvenirs d'enfance de Pez étaient flous. Peut-être en avait-il bloqué la plupart, mais les échos des tourments et des humiliations lui revenaient parfois à travers le temps. Il avait appris très jeune à se forger une carapace, à retourner les railleries des gens contre eux et à utiliser l'humour pour qu'on l'apprécie au lieu de le détester. Il se rappelait avoir rejoint un cirque itinérant. La plupart des artistes se livraient à des performances très audacieuses ou à des tours de passe-passe. Son travail à lui était simplement de faire rire, ce qui n'était pas difficile, grâce à sa petite taille et à son physique. Lorsque les marchands d'esclaves l'avaient capturé, il se trouvait en compagnie d'une partie de la troupe qui avait traversé la Faranelle vers des terres légendaires mais moins visitées, à la recherche de nouveaux numéros pour le cirque. Pez n'était pas son vrai nom. C'était celui qu'il avait choisi pour le cirque et qui lui était resté. Il lui allait bien. Il ne voulait pas des souvenirs d'avant la joie et la camaraderie qu'il avait connues au sein de la troupe.

Depuis, la vie était agréable. Il ne pouvait guère se plaindre, mais il n'avait jamais été aimé par quiconque – que ce soit Joreb ou même Boaz, en toute honnêteté. Pourtant, alors qu'il pleurait comme un bébé, à genoux sur le sol d'un temple, une déesse lui avait dit combien elle l'aimait.

Comme s'il était en transe, il se rendit tout en haut du temple, au-delà du petit appartement de Zafira. Une petite trappe lui permit d'accéder au toit.

— *Fais-moi confiance, mon vieil ami*, l'avait supplié Lyana.

Il lui avait répondu, timidement, que ce qu'elle lui demandait était très effrayant. Le doux rire cristallin de la Déesse avait empli son corps de chaleur.

— *Nous avons toujours cette discussion, Iridor. Tu as toujours peur, mais on ne se laisse jamais tomber l'un l'autre. Fais-moi confiance, comme je te fais confiance.*

Tout en se déshabillant au son des colombes qui roucoulaient, il songea que le saut de l'ange qu'il était sur le point de faire était vraiment un acte de foi. Il ôta également le pagne qui lui ceignait les hanches et le déposa sur le jamoosh. Il tremblait légèrement, mais il ne savait pas si c'était à cause de la chaude caresse du vent ou de la peur de ce qu'il s'apprêtait à faire.

Nu, Pez grimpa sur la balustrade. Agacées d'être ainsi dérangées, les colombes s'envolèrent. Le nain resta perché en équilibre sur la pierre, en s'efforçant de trouver le courage de sauter.

— *Pour moi, Pez*, chuchota-t-elle dans son esprit.

Il comprit alors qu'il ne pourrait jamais lui faire défaut.

Pez, le bouffon du Zar de Percheron, ouvrit ses bras courts comme pour supplier la Déesse qui le poussait à accomplir cet exploit. Il prit la plus profonde inspiration de sa vie, puis, comme les colombes avant lui, il s'élança du toit vers ce qui apparaissait comme une mort certaine mais qu'il espérait être la vie éternelle.

Il attendit que le sol vienne à sa rencontre ; dans quelques instants, les gens allaient s'attrouper autour de son corps désarticulé, en marmonnant à propos du gâchis de la vie. Mais le sol ne vint pas. Au contraire, Pez prit conscience d'une sensation rassurante : l'air chaud qui le secouait.

Il ouvrit les yeux et n'éprouva que de l'allégresse.

Il était un hibou, blanc argenté, majestueux, magnifique. Et il volait.

Iridor était de retour.

**BRAGELONNE – MILADY,**
**C'EST AUSSI LE CLUB :**

Pour recevoir le magazine *Neverland* annonçant les parutions de Bragelonne & Milady et participer à des concours et des rencontres exclusives avec les auteurs et les illustrateurs, rien de plus facile !

Faites-nous parvenir votre nom et vos coordonnées complètes (adresse postale indispensable), ainsi que votre date de naissance, à l'adresse suivante :

**Bragelonne**
**60-62, rue d'Hauteville**
**75010 Paris**

**club@bragelonne.fr**

Venez aussi visiter nos sites Internet :
**www.bragelonne.fr**
**www.milady.fr**
**graphics.milady.fr**

Vous y trouverez toutes les nouveautés, les couvertures, les biographies des auteurs et des illustrateurs, et même des textes inédits, des interviews, un forum, des blogs et bien d'autres surprises !

CPi
AUBIN IMPRIMEUR

Achevé d'imprimer en août 2012
N° d'impression 1206.0450
Dépôt légal, septembre 2012
Imprimé en France
35294602-1